숲으로 된 성벽

숲으로 된 성벽

남진우 평론집

문학동네

● 일러두기

1. 각 글의 말미에 처음 발표했던 연도를 밝혀두었다.
2. 인용문의 표기는 원전의 원칙에 따랐으나 띄어쓰기는
   현행 원칙을 따랐다.
3. 인용문 안의 윗점 표시는 인용자 강조 부분이다.
4. 본문에서 사용한 약호는 다음과 같다.
   ● 장편소설, 책, 잡지 : 『 』
   ● 작품, 평론, 논문 : 「 」
   ● 노래, 그림, 영화 제목 : 〈 〉
   ● 대화, 인용 : " "
   ● 짧은 인용, 강조, 소제목 : ' '

책머리에

나는 홀로 있었다. 나는 기다리고 있었고 나의 모든 작품들도 또한 기다리고 있었다. 어느 날, 나는 발레리를 읽었다. 그리고 나의 기다림이 끝났다는 것을 알았다.

이처럼 감동적인 말을 할 수 있는 사람으로 시인 릴케 말고 또 누가 있을까. 이 말 속엔 단순한 겸허함만이 아니라 "눈 있는 자 볼지어다"라는 식의 무한한 자부심 또한 담겨 있다고 여겨진다. 지금은 지상에 없는 한 문학평론가는, 젊은 시절 한 평문의 서두에 릴케의 이 말을 인용해놓고는 "기다리고" 있었던 것은 릴케만이 아니었을 것이라고 언급한 바 있다. 그렇다. 기다리고 있었던 것은 릴케만이 아니었고 그 선배 평론가만도 아니었다. 나 또한 기다리고 있었다. 수많은 날들 동안 이러저러한 책을 읽으며.

그 시절 내가 읽은 대부분의 책들은 그냥 내 곁을 스쳐 지나가 망각의 어둠 속에 잠기곤 했다. 그러나 간혹 어떤 텍스트는 내 주위에 오래 머물며 나로 하여금 끊임없이 그 속에 나오는 이미지와 사유를 따라가도록 부추기기도 했다. 그런 호명을 받을 때마다 나는 드디어 내 기다림을 결정적으로 채워줄 그 무엇이 현전했나 보다라는 설렘과 함께 그 텍스트를 들여다보곤 했다. 물론 그들 중 어느 것도 내 기다림의 마지막 해답이 되어주거나 하진 않았다. 하지만 그들의 존재는 그 기다림이 앞으로도 계속되어야 하며 계속될 수밖에 없을 것이라는 점을, 그리고 성실하게 기다리는 사람에겐 언젠가 그에 상응하는 보답이 주어질 것이라는 점을 인식하게 해주었다.

그러므로 여기 실린 글들은 지난 시절 이처럼 언어의 방문을 받고서 내 마음속에 일어난 다양한 형태의 파문들을 되도록 있는 그대로 옮겨놓은 것이라 할 수 있다. 그런 의미에서 나는 이 글들이 분석과 평가의 기록으로서가 아니라 사랑과 열정의 흔적으로 받아들여지길 희망한다. 나는 텍스트를 '이해'하기보다는 '욕망'하고자 했으며 그것을 '해체'하려 하기보다는 그것과 '결합'하고자 했다. 텍스트의 육감적인 매혹 앞에서 나는 금욕을 지키는 수도승이기보다는 부드럽고 섬세한 연인이고자 했다. 나와 텍스트가 수면 위에 일렁이는 그림자처럼 겹쳐지는 계시와도 같은 한순간, 나는 텍스트 속에서 텍스트를 통해 텍스트와 함께 다시 태어나고자 했다.

내가 지향한 이런 비평적 기도는 어쩌면 꿈에 지나지 않은 것인지도 모른다. 나와 텍스트의 충만한 합일에 대한 꿈의 이면엔 나와 텍스트 사이에 가로놓인 거대한 협곡에 대한 의도적 눈감음이 있었는지 모른다. 텍스트의 시원을 향한 끝없는 접근은 무한히 먼 거리에서부터 무한히 먼 거리에 있는 소실점을 향해 나아가는 도정이며 따라서 궁극적으로 나의 소멸을 요구하는 작업인지도 모른다. 하지만 그 순간 나의 사라짐은, 그것이 이루어질 수 있는 것이라면, 얼마나 감미로운 사라짐일 것인가.

　그래서 나는 아직도 홀로이며, 나는 아직도 기다리고 있다. 어느 날 불현듯 나를 찾아와줄 어떤 미지의 언어를.

1999년 봄
남진우

차례

V. 저 너머의 부름

I. 이 텅 빈 세계에서

공허한 너무도 공허한
—세기말·현대성·김현 비평

1. 누가 세기말을 두려워하랴

어느덧 세기말이다. 바야흐로, 마침내, 드디어, 그리고 별수 없이 우리는 세기말 앞에 당도하고야 말았다. 그런데 그게 어쨌단 말인가. 세기말이 우리의 나날의 삶과 어떤 구체적인 관련이 있지 않은 이상 그것이 수사 이상의 무슨 의미를 가질 수 있단 말인가. 천년주기설이나 백년주기설을 신봉하지 않는 바에야 20세기가 종점에 이르렀다 해서 그게 무슨 문제일 수 있단 말인가. 최후의 날이 임박했으며 역사의 시계 바늘이 자정을 가리키고 있다는 식의 가설은 적어도 현대적 이성에 충실하고자 하는 사람에겐 수긍되기 어렵다. 프랭크 커모드가 지적한 바와 같이 묵시록적 패러다임은 서구 역사와 그 수명을 같이해왔으며 종말감sense of ending은 성장과 풍요의 신화를 구가해온 현대사회가 숨기고 있던 다른 얼굴에 지나지 않는다. 대재앙의 경보나 말세에 대한 예언은 오늘날 대중들이 일용하는 양식은 아닐지언정 애용하는 기호품이 되어버린 감이 없지 않다. 말 그대로 우리는 역사적 연속감을 잃고 시간의 잔재 속에서in the dregs of time 살아가고 있는 것이다. 그렇다면 세기말은 이제 그 위협적이기조차 했던 본래의 뜻을 상실하고 한낱 우리 시대의 부정적 측면을 과장해서 드러내주는 수식어 정도로 전락하고 만 것일까. 광휘에 찬 장밋빛 미래는 어디론가 사라져버리고 음산하고 암울한 잿빛 시간대만이 우리 앞에 공허하게 펼쳐져 있다는 정도의 상식적 경고를 담고 있는 말에 불과한 것일까.

물론 파국의 전조는 도처에 도사리고 있다. 여기저기서 폭발하고 불타고 무너져내리고 떠내려가는 소리가 들려온다. 세상은 지금 돌이킬 수 없이 묵시록적 파멸을 향해 질주해가고 있다고 믿게 만들 만한 여러 징조들이 나타나고 있다. 정치적 혼란, 계급간의 갈등, 마취적 향락산업의 번창, 윤리감각의 마비, 엽기적 범죄의 증대 등 우리 사회가 안고 있는 숙제는 여전히 무거운 하중으로 우리를 짓누르고 있다. 이념적 공황 상태에 생태학적 재난이 겹쳐 있고 여기에 다시 사회적 아노미 현상이 합세하고 있다. 천민자본주의의 여러 뿌리 깊은 질환들을 채 치유하지도 못한 형편에 세계화를 빙자한 아류 제국주의적 욕망이 노골적으로 분출하고 있기도 하다. 사회주의권의 몰락과 함께 진리의 지상명령이 인간에게 줄 수 있었던 정당성과 확실성에 대한 신화 역시 자취를 감추었으며 진부한 일상의 되풀이는 만성적인 환멸의 상태를 조성하고 있는 실정이다.

그러나 한 가지 확실한 것은 지금 이곳의 세기말은 당사자들에게 결코 괴로움과 두려움의 대상이기만 한 것은 아니라는 사실이다. 세기말은 이제 더이상 장엄한 아우라에 감싸여 있지 않으며 회피할 수 없는 단 한 번의 거대한 사건으로 우리를 압도해오지도 않는다. 아니 현재 우리 주변에서 창궐하고 있는 세기말은 오히려 즐겁기조차 하다. 즐거운 세기말?! 그렇다, 우리의 세기말은 온갖 현란한 모습으로 우리를 유혹하고 흡인해들인다. 삶의 매순간을 축제화하고 일상의 모든 세목들을 상품화하고자 하는 저 소비자본주의의 가공할 만한 마력 앞에서 세기말이 담보하고 있던 비장함은 증발해버리고 만다. 자신이 속해 있는 사회에 더이상 장래가 없다고 생각한 사람들은 공적 광장으로부터 후퇴하여 사적 피난처에서 자기만을 위한 삶, 순간을 위한 삶에 몰두한다. 남은 것은 세기말의 형해, 저널리즘적 화제성을 띤 유행어로서의 세기말에 지나지 않는다. 역사적 의미 부여를 수행하지 않은 채, 현실에 대한 치밀한 통찰을 결여한 채 세기말이란 단어만 무반성적으로 운위하는 것은 무의미할뿐더러 기만적이기조차 하다. 그런 의미에서 세기말은 어쩌면 시대의 빈곤이 아니라 지성의 빈곤을 드러내 보이는 말일 수도 있다.

중요한 것은 세기말이 아니라 세기말을 넘어서 맞이할 또다른 세기초에 있을 것이다. 그럼 어떻게 해야 우리 주변에서 회오리바람을 일으키고 있는 세기말의 파고와 격랑을 무사히 헤치고 나와 저쪽 연안에 도착할 수 있을 것인가. 결국 각자가 자신의 방법대로 이 난국을 돌파할 수밖에 없을 것이다. 그렇다면 나는? 그 방법의 하나로 필자는 세기말의 어수선한 세상에서 잠시 등을 돌리고 이제는 고인이 되어버린 문학평론가 김현의 책을 펴든다. 김현 읽기를 통해 이 세기말을 극복할 수 있는 방법을 발견할 수 있다는 보장은 물론 없다. 다만 한 사람의 성실한 독자이자 작가였던 고인의 문학세계를 내 나름대로 추적해봄으로써 우리가 당면하고 있는 난관을 극복할 수 있는 실마리를 찾을 수 있지 않을까 하는 기대가 있을 뿐이다. 비록 많은 왜곡과 한계가 내재돼 있음에도 불구하고 우리는 4·19야말로 우리 사회에 진정한 현대성의 구현과 자율적 주체의 정립을 위한 집단적 노력의 시발점이었다는 평가에 동의해왔다. "내 육체적 나이는 늙었지만, 내 정신의 나이는 언제나 1960년의 18세에 멈춰 있다. 나는 거의 언제나 4·19세대로서 사유하고 분석하고 해석한다"는 생전의 고백을 굳이 상기하지 않는다 하더라도 우리는 김현을 생각할 때마다 끝까지 4·19이념에 충실하고자 했던 한 지식인의 초상을 떠올리지 않을 수 없다. 지금 우리의 논의의 주제인 세기말이 바로 현대성의 파탄, 모더니티의 절대성에 대한 회의와 밀접한 관련을 맺고 있는 것이라면 4·19정신의 문학적 실천을 위해 평생을 바친 김현을 다시 읽는 작업은 나름대로 유효성을 획득할 수 있을 것이다.

그러나 "시기적으로 향가로부터 키치의 문학에까지 이르고 있으며, 공간적으로 여성주의와 남성주의, 주관적 낭만주의와 객관적 현실주의, 섬세한 감성과 뜨거운 의지, 구축하는 작업과 파괴하는 작업을 두루 아우른다"(정과리, 「김현 문학의 밑자리」)는 평가를 받고 있는 김현의 드넓은 비평세계를 단숨에 횡단하고 전체적인 조감도를 작성하기엔 필자의 능력이 모자람을 자인하지 않을 수 없다. 그래서 여기선 김현 문학의 핵심이라 여겨지는 열쇠어 하나를 찾아 그가 건축한 다면적인 비평의 성채 한켠에 나 있는 문 하나를 열어보기로 하겠다. 그 열쇠어는 바로 고대 그리스 신화에 나오는 미소년 '나르시스'이다.

2. 나르시스, 이원론적 찢김의 화신

시인은 누구나 되는 것은 아니다. 하나 우물은 도처에 있다. 우물은 조용히 동요치 않고 언제나 그 자리에서 기다린다. 한때는 나무 바가지로 물을 펐다. 한때는 양철로, 잔으로—하나 우물은 거기에 있다. 사람들이 갈증을 느낄 때까지—인간의 가슴속에 잠들어 있는 시인을 깨워 우물로 향할 욕망을 일으킬 때까지. 갈증이 일어났을 때 우물은 기다린다. 와서 너를 보라, 그리하여 시인은 나르시스의 변신을 계속하는 것이다.

— 「나르시스 시론」 중에서

시인과 나르시스가 천국을 꿈꾸는 것은, 진실은 형태—상징 뒤에 숨어 있다는 생각 때문이다. 모든 현상은, 물—거울에 나타나는 외관처럼 진실의 상징이다. 그것의 유일한 의무는 진실을 드러내는 데 있다. 그러나 그 진실을 드러내기는 쉽지가 않다. 나르시스처럼, 시인이 결국 보는 것은 자신이기 때문이다. 나르시스와 시인은 자기가 보는 것이 결국 자기라는 것을 안다 하더라도 바라보며 꿈꿀 수밖에 없다. 그것이 시인의 의무다.
—「바라봄과 텅 빔」 중에서

새벽에 형광등 밑에서 거울을 본다 수척하다 나는 놀란다
얼른 침대로 되돌아와 다시 눕는다
거울 속의 얼굴이 점점 더 커진다
두 배, 세 배, 방이 얼굴로 가득하다
나갈 길이 없다
일어날 수도 없고, 누워 있을 수도 없다
결사적으로 소리지른다 겨우 깨난다
아, 살아 있다

—『행복한 책읽기』 중에서

우연의 일치겠지만 우리는 김현의 문학적 여정의 시초와 중간 그리고 종말에서 나르시스라는 인물과 조우하게 된다. 1962년 『자유문학』 3월호에 발표된 데뷔작 「나르시스 시론」에서 김현은 자기 응시, 자기 도취의 대명사로 알려진 나르시스를 통해 시의 본질에 접근해가려는 노력을 보여주고 있다. 또 김현이 대가의 반열에 접어들기 시작할 무렵인 1982년 발표된 「바라봄과 텅 빔」은 롤랑 바르트의 『기호의 제국』에 나오는 한 문단을 설명하는 형식을 취하면서 동서양의 거울 이미지를 고찰하고 있다. 그리고 김현이 죽기 직전, 자신의 육체의 소멸을 예감하며 써나간 일기의 마지막 페이지를 장식하고 있는 일화 역시 거울에 얼굴을 비춰본 환각적 경험을 그리고 있다. 초기 중기 후기의 글에서 발췌한 세 개의 문단은 각기 말하려고 하는 요점이 상당히 다르기는 하지만, 또 감수성의 질 역시 충일감에서 공포에 이르기까지 전혀 다른 색채를 띠고 있지만 모두 공통적으로 나르시스-거울 모티프를 중심으로

회전하고 있다는 사실을 확인할 수 있다.

　이러한 간략한 점검은 김현 비평의 통시적 변모와 발전에도 불구하고 시종 그의 정신세계에서 변치 않는 영향력을 행사해온 원형질이 존재하며 나르시스 신화는 바로 그 원형질 중에서도 핵을 이루는 요소라는 추정을 가능하게 만든다. 다른 모든 위대한 신화가 그러하듯이 나르시스를 둘러싼 이야기 역시 인간과 세계에 대한 심오한 직관을 상징적 표현에 담고 있다. 특히 필자가 주목하고 싶은 것은 거울 – 반사경이 바로 김현의 우주상(宇宙像, imago mundi)을 이루고 있다는 점이다. 우리가 살아가면서 하나의 세계관을 형성하고 그 세계관에 맞춰 이 세계를 해석하듯이 사람들은 의식적이든 무의식적이든 내면 깊숙이 각인된 하나의 우주상의 도움을 받아 이 혼돈스러운 세상에서 자신의 존재론적 거처와 방위를 설정하게 된다. 인간에겐 자신이 거주하는 세계를 단순히 자연과학적 법칙에 종속된 균질적이고 기하학적인 공간으로 파악하는 차원을 넘어 상상력의 작용을 통해 하나의 통일된 영상으로 이미지화하는 속성이 있다. 그런데 김현의 경우 주체와 세계는 일종의 자기 반영의 자장 속에 놓여 있으며 서로는 서로를 투영하는, 되받아 비추는 관계에 있는 것으로 인식되고 있다.

　물론 그 비춤의 과정과 결과가 항상 동일했던 것은 아니다. 김현의 사유의 진전과 함께 주체와 거울, 실재와 영상의 관계 또한 달라지게 된다. 초기엔 그래도 조화롭고도 안정된 관계를 유지했던 주체와 거울은 후기로 갈수록 균열이 가고 뒤틀린 모습을 보여준다. 처음엔 거울의 표면에 어른거리는 영상에만 집착했던 나르시스는 깊숙이 점점 더 깊숙이 거울 속의 심연으로 접근해 들어갔던 것이다. 주체가 단일하지 않듯 거울 또한 일정한 논리의 그물에 포섭되지 않는다. 반사경 앞에서 나르시스는 무한한 좌절을 거듭해가며 실재와 영상이 극적으로 만나 포옹하는 어떤 절정, 유토피아의 도래를 희구하지만 그것은 영원히 달성될 수 없는 꿈으로 남을 뿐이다. 김현의 이러한 탐구를 가리켜 혹자는 폐쇄적인 지성의 자기 반사라고 폄하할지도 모른다. 그러나 김현에게 있어서 거울 속으로의 여행은 단순히 자기 탐닉 자기 복사만으로 그치는 것은 아니다. 그것은 자기 내부로의 여행 journey into myself인 동시에 타자와의 적극적인 만남·교류의 시도이며 나와 타자가 함께 어울려 살 만한 세상을 이룩하기 위한 지난한 노력을 포함하고 있기 때문이다. 자신과 마찬가지로 타자와 타자가 쓴 텍스트 또한 나를 비추는 거울이며 그 거울은 무한히 증식하면서 퍼져나간다. 나르시스는 되풀이해서 거울 앞으로 나아가며 거울은 매번 나르시스를 자기 앞으로 소환하는 것이다.

첫 평론집 『존재와 언어』 후기에서 "내가 확실히 말할 수 있는 것은 다만 고정되어 응결하고, 썩어 냄새나는 안정성을 내가 제일 싫어한다는 그것뿐이다"라고 선언한 그는 "내가 발견한 하나의 열쇠—그것은 '만남'의 열쇠이었다"라면서 수동적으로 기다리지 않고 적극적으로 우물—거울을 찾아나서는 나르시스의 의욕을 보여준 바 있다. 그 만남은 그후의 김현의 저작이 증명하듯 한국과 서구, 전현대와 현대와 탈현대, 의식과 무의식의 경계를 넘나들고 아우르며 아름다운 언어의 결정체—또다른 사유의 거울을 빚어내기에 이른다. 김현 자신이 즐겨 쓴 말을 빌리자면 그의 사상적 진전 자체가 '감싸'면서 확장해나가는 지적 성실성의 눈부신 본보기가 되어주고 있다. 동일한 중심에서 퍼져나간 동심원처럼 그의 사유와 글은 수평적으로 확대되어가면서 수직적 깊이와 높이를 얻는다.

그러나 김현의 비평에 가해진 숱한 찬사에 다시 또하나의 찬사를 보태기 전에 우리는 김현의 나르시스적 행로를 좀더 세밀히 검토해볼 필요성을 느낀다. '시와 악의 문제'라는 부제를 달고 있는 김현의 데뷔작 「나르시스 시론」에서 무엇보다 흥미를 끄는 것은 나르시스 신화에 대한 그의 해석이 기존의 해석과 상당히 다르다는 점이다. 김현이 주목하는 나르시스는 프로이트 이래 보편화된 자기애의 화신으로 나타나기보다는 오히려 1950~60년대 우리 지식사회를 풍미한 실존주의의 체취를 더 강렬하게 띠고 있는 독특한 성격의 나르시스이다. 일반적인 견해에 따르면 나르시스는 자기애의 화신이며 철저하게 자신 속에 갇혀 있는 존재의 수인으로서 이처럼 자신에게만 집중된 리비도의 무절제성과 비사회성은 끝내 그를 파멸=죽음으로 이끌고 말았다는 설명이 통용돼 왔다. 그러나 김현의 경우 나르시스의 비극은 자기애 때문이 아니라 자기 인지의 고통 때문이라는 입장에 서 있다. 그 나르시스는 분열된 존재, 이원론적 찢김 속에서 고통받고 있는 인물의 전형이다.[1)

먼저 자기가 속해 있는 세계 속에서 아무런 갈등도 번민도 없이 무자각적으로 존재하는 나르시스를 가정할 수 있다. 자의식 없이 살아가는 그에게 어느 날 갑자기 '갈증'이 찾아온다. 즉자적 존재에서 대자적 존재로의 변신, 혹은 행복한 무지의 상태에서 고통스런 지의 상태로의 이행이 일어난 것이다. 갈증은 현재의 그에게 무엇인가 결정적인 것이 결핍돼 있다는 것을 알려주는 동시에 그 결핍을 채워줄 수 있는 그 무엇인가에 대한 열망을 낳는다. 그래서 그는 자신의 목마름을 다스려줄 수 있는 우물을 찾아가게 된다. 그는 '이해할 수 없는' 그러나 분명히 '느낄 수 있는' 욕망의 지배를 받아 우물을 향해 걸어가게 된다. 김현

---

1) 나르시스는 오이디푸스와 함께 프로이트 이론에서 유아의 성적 환상 내지 욕구를 대변하는 대표적인 인물이라 할 수 있다. 그러나 나르시스나 오이디푸스 모두 과거지향적이고 퇴행적인 무의식적 욕구의 희생물이 아니라 보다 미래지향적이고 긍정적인 가치의 구현을 위해 싸우다 순교한 인물로 해석될 수도 있다. 『프로이트와 철학』에서 폴 리쾨르는 오이디푸스의 눈뜸/눈멺을 통해 자기 희생을 감수하면서까지 은폐된 진실의 발견을 위해 투쟁하는 자아 인식의 비극을 찾아낸다. 오이디푸스의 죄악은 유아적 리비도의 영역에 속해 있지 않고 성인의 자의식의 영역에 속해 있다는 것이다. 마찬가지로 우리는 나르시스 신화에서도 진정한 자신의 발견을 위한 의식의 명징성에 대한 문제를 도출해낼 수 있다.(오이디푸스 신화와 나르시스 신화의 혈연성에 대해선 이 두 이야기에 똑같이 미래를 예언하는 눈먼 현자 티레지어스가 등장하는 것으로도 추론이 가능하다.) 아울러 우리는 김현의 나르시스론이 시대적 한계 때문에 라캉의 언어학적 정신분석 이론으로부터 별다른 도움을 받지 못했지만 이미 라캉 이론의 어떤 점을 선취하고 있다는 점을 지적할 수 있다. 이 점에 대해선 최근 후기구조주의 이론의 도움을 받아 나르시스 신화를 정치하게 분석한 글에 나오는 다음 대목과 비교해볼 필요가 있다. "나르키소스의 이야기를 죄와 벌의 맥락에서 벗어나 '자아의 드라마'로 읽을 때, 그것은 바로 자아와 타자가 원초적으로 관계를 맺고 있음을 보여주는 것이며 자기 정체성이란 단순히 동일률의 지배에 있는 것이 아니라 '스스로 일치하지 않는 자신'을 상정토록 해준다는 점이다."(이성원, 「목소리 자아 영상」)

은 그 우물을 나르시스=시인을 둘러싸고 있는 '사회' '현실'이라고 풀이한다. 현실은 그 결핍 때문에 시인으로 하여금 갈증을 느끼게 하지만 그 갈증을 해결해줄 수 있는 유일한 현장 또한 현실이다. 따라서 시인이 우물로 가는 것은 진정한 현실과의 직면을 의미하는 동시에 진정한 자기 자신과의 만남을 의미하게 된다. 그러나 나르시스가 거울 앞에 서는 순간 거울은 나르시스를 소외시킨다.

바로 이 부분에서 김현은 나르시스에 대한 전통적 해석과 결정적으로 결별한다. 나르시스가 물에 비친 영상에서 발견하는 것은 단순히 그때까지 본 적이 없는 "자신의 아름다운 얼굴"이나 "이제는 죽고 없는 사랑하였던 누이의 얼굴"이 아니라 갈증 때문에 "고뇌에 차 있는 자기의 얼굴"이라는 것이다. 마찬가지로 그는 자기 자신과 사랑에 빠져(자기의 타자화) 물에 몸을 던지는 것이 아니라 상상 속의 아름다운 얼굴(상상적 자아)과 현실 속의 고뇌에 찬 얼굴(현실적 자아) 사이의 분열 때문에 갈등하다 죽은 것이라고 풀이한다. 바꿔 이야기해서 완전성에 대한 희구와 불완전한 현실 사이의 간극이 바로 나르시스의 죽음의 진정한 이유라는 것이다. 나르시스는 물에 비친 자신의 영상 때문에 죽은 것이 아니라 물에 비친 영상 저 너머에 있는 또다른 자신 때문에 죽은 것이다. 나아가 김현은 이러한 상상의 얼굴과 현실의 얼굴 사이의 단절, 정신과 육체 사이의 간극, 그 커다란 구멍=심연이 곧 악(惡)이라고 언급한다. 따라서 김현이 시의 발생적 조건이라고 명명한 악은 윤리적인 것이라기보다는 존재론적인 것이라고 할 수 있을 것이다.(김현은 창세기에 나오는 선악과 이야기를 들어 자신의 논리를 보강한다. 나르시스의 우물과 성경의 선악과는 똑같이 인간을 악, 즉 존재의 이원성에 대한 깨달음으로 인도하는 기능을 하고 있다는 것이다.)

'존재의 초석으로서의 악'은 인간 존재의 불완선성과 생의 부조리함을 나타낸다. 그렇다면 이런 과정을 거쳐 자신 속에 있는 악을 인지하게 된 시인이 취할 수 있는 태도엔 어떤 것이 있을까. 김현은 당시 상징주의와 실존주의에 심취해 있던 문학도답게 '신을 향하여 서서 그의 존재를 망각' 하는 길과 '자기를 향하여 그의 존재를 일깨우는' 길을 제시한다. 하지만 전자의 길은 존재에의 물음을 중단하는 것이고 오직 후자의 길—열심히 죽음과 삶의 부조리에 관해서 생각하는—만이 진정한 시인에게 열려 있는 길이다. 이 후자의 길을 김현은 다시 은유적으로 "모든 타자들이 자기 속에 용해된다"거나 "달성될 수 없는 무진장한 나와의 교섭"이라고 표현하고 있다. 그러나 이러한 소망 혹은 시도의 성취는 불가능하다. "자기 존재를 자각하고 악을 의식하면 할수록 그는 더 교접할 수 없는 자기를 느끼"기 때문이다. 그래서 나르시스는 결국 자살하고 마는 것이다. 정리하자면 시인은 존재론적 심연(악)을 향해 헤엄쳐 들어가는 자인데 그는 그 심연의 끝에서 죽음과 조우하게 된다. 이처럼 시인이 자살한 곳에서 피어난 한 송이 꽃, 그것이 바로 시(詩)이다.[2]

습작기의 단계에서 벗어나지 못한 글답게 서투르고 비약이 심하면서도 순정하고 야심에 찬 일면을 보여주기도 하는 김현의 이 에세이는 향후 김현의 문학적 진로를 예측할 수 있게 해주는 여러 단서들을 내포하고 있다. 나르시스와 우물, 주체와 대상으로 이루어진 이 신화 해석에서 먼저 우리는 선명하기 이를 데 없는 이원론적 세계관을 지적할 수 있을 것이다. 상상의 얼굴과 현실의 얼굴, 정신과 육체의 간극은 서양의 경우 플라토니즘에서 낭만주의와 상징주의를 거쳐 실존주의에 이르기까지 끊임없이 되풀이되어온 고전적 주제이다. 나르시스가 현실 속에서 결핍을 느끼게 되는 것도, 우물 속에서 고뇌에 가득 찬 얼굴만을 발견하게 되는 것도, 그리고 갈등 끝에 궁극적으로 자살이란 마지막 주사위놀이를 향해 줄달음치게 되는 것도 모두 자아의 분열, 세계의 불완

---

2) 우물 앞에 선 나르시스의 모습은 「절대에의 추구—말라르메 시론」이란 초기 평론에서 거울 앞에 선 이지튀르의 모습으로 다시 되풀이된다. 김현은 이지튀르에게서 "자기 초극을 원하면서도—그리하여 실재의 세계에 도달하려 하면서도—자기의 초극을 행할 수 없을 때 생겨나는 권태와 불안"을 본다. '영원한 것'을 바라면서도 '시간에 얽매여진 존재'인 말라르메의 주인공은 백지 앞에서 무(無)와 싸운 끝에 '죽음'에 도달한다. 김현은 "이 죽는 자리에서 마치 나르시스의 자살한 자리에 수선화가 피어나듯이 미(美)가 개시되는 것"이라고 설명한다.

전성 때문이었다. 초기의 김현은 바로 이러한 세계관 – 인간관을 충실하게 신봉하는 외국문학도의 면모를 보여준다. 이원론적 찢김은 당연히 결핍을 낳고 그 결핍은 완전한 상태에 대한 욕망(동경)을 낳는다. 자신에게 주어진 삶이 궁핍하다고 느끼는 의식이 강렬해지면 질수록 그러한 상태를 초극하고자 하는 욕망의 열도 또한 높아질 수밖에 없다.

그러나 김현의 이러한 논의에는 결정적인 함정이 도사리고 있다. 그것은 나르시스 신화에 대한 해석이 역사성이 사상된 진공의 공간 속에서 이루어지고 있다는 점이다. 신화 속에서 나르시스는 영원히 그 얼굴을 물에 비춰보고 있으며 우물 – 거울은 항상 그대로 고요한 평정의 상태를 유지하고 있다. 그러나 이것은 어디까지나 가공의 이야기에 불과할 뿐 현실 속에서 가능한 이야기는 아니다. 위 인용에서 김현은 "우물은 조용히 동요치 않고 언제나 그 자리에서 기다린다"라고 진술하고 있지만 현실 속에서 그런 우물은 존재하지 않는 것이다. 따라서 그의 나르시스론은 그것이 내장하고 있는 나름대로의 중요한 통찰과 진지성에도 불구하고 비역사주의적 환원론의 일종이라는 반론을 불러일으킬 수 있다. 예컨대 그는 1950년대 비평계의 기수였던 이어령의 화제의 평론 「저항으로서의 문학」이 지나치게 추상적 관념적이라고 비판한 적이 있다. 사르트르식 실존주의의 메아리가 짙게 깔려 있는 그 글에서 이어령은 억압받는 자의 상징인 홉 프로그라는 인물이 상실된 인간성을 회복하는 과정을 통해 참여문학의 당위성을 역설하고 있다. 하지만 김현은 이어령이 목청 높여 주장하고 있는 그 인간(성)이란 것이 지극히 추상적이며 서구적이라는 의미에서 '공중에 뜬 의자'와 비슷하다고 꼬집는다. 이어령은 불행히도 "그 인간이 우리에게는 한국인을 의미하며, 그 현실이 우리에게는 한국의 현실을 의미한다는 것을 잊고 있다"는 것이다.(「한국 비평의 가능성」) 그렇다면 우리는 젊은 김현에게 역시 다음과 같은 질문을 던질 수 있을 것이다. 김현이 시인의 메타포로 제시한 나르시스는 과연 홉 프로그에 비해 얼마나 구체적이며 우리 현실에 뿌리박고 있는가. 김현의 나르시스 역시 서구의 인문주의적 교양의 소산이라는 점에서 홉 프로그와 같은 혈족이 아니겠는가.

　김현의 사상적 발전은 초기 평론에서 내보인 이러한 정태적 인간관 – 역사관을 극복하고 지금 이곳의 현실에 대한 예리하면서도 구체적인 인식에 토대를 둔 역동적 인간 이해 – 문학론의 정립으로 모아진다. 즉 나르시스에게 사회역사적 좌표를 마련해주는 일을 해나간 것이다. 그가 이십대의 자신의 지적 편력을 반성적으로 회고한 「한 외국문학도의 고백」이란 글에서 프랑스 문학과 철학에 선험적으로 심취한 자신의 착란된 의식을 해부하고 『상상력과 인간』 서문에서 "1968년 이후부터의 글에는 사회와의 관계라는 것이 상당히 중요시되고, 이미지보다는 원초적인 투기, 삶에 대한 태도가 더욱 탐구의 대상이 된다"라고 언급한 것은 바로 이러한 사정을 말해준다. 실제로 그는 소설비평에 본격적으로 착수하면서 상상적 자아/현실적 자아, 정신/육체와 같은 다분히 관념적인 이항대립에서 벗어나 '이념과 풍속의 괴리'라는 보다 구체적인 화두를 들고 나온다. 그 결과 그는 '문화의 고고학'이란 새로운 작업으로 나아가며 그 결실로 『한국문학사』 『한국 문학의 위상』의 서술이 이루어지는 것이다. 또 초기 평론에 자주 등장하던 '절대' '부재' '미(美)'와 같은 단어들은 점차 자취를 감추고 욕망과 억압의 상관성에 대한 심화된 천착이 이루어진다. 나르시스와 우물, 자아와 세계는 결코 고정된 상태로 수동적 반영만 하고 있는 것이 아니라 부단히 상호변화하며 영향을 끼치는 관계에 있다. 나와 세계는, 있는 그대로의 나와 세계에 그치는 것이 아니라 부단히 바뀌고 있으며 바뀌어야 한다는 인식은 거기서 나온다. 김현이 후기 저작 『분석과 해석』의 서문에서 자신의 역사주의적 관점이 변천해온 과정을 설명하면서 "초기의 역사주의가 새로운 세계의 만듦이라는 당위와 연결되어 있다면, 이번의 역사주의는 억압적 세계의 파괴라는 당위와 연결되어 있다"라고 언급한 대목은 그의 사유의 치열성이 어느 정도에 이르렀는지를 말해준다.

3. 욕망의 차안 행복의 피안

이와 더불어 지나칠 수 없는 점은 「나르시스 시론」에 이미 김현 특유의 욕망학적 인간 존재론이 그 싹을 내밀고 있다는 사실이다. 결핍과 욕망의 무한 순환은 인간이 인간인 이상 벗어날 수 없는 굴레이자 존재조건이라 할 수 있다. 김현은 인간의 본질을 이성이나 의지, 혹은 정신에서 찾지 않고 욕망에서 찾았다. 그가 후일 프로이트에서 융, 바슐라르, 질베르 뒤랑으로 이어지는 지적 계보에 경도된 심리주의적 편향성을 노출한 것은 그 때문이라고 할 수 있다. 기독교적 가풍의 집안에서 유소년기를 보냈음에도 불구하고 그는 욕망학의 테두리를 넘어선 인간 구원이나 세계 초월의 가능성을 믿지 않았다. 육체라는 유한하고 더럽혀진 장소에 유폐된 인간은 결코 실재=절대=이상적 세계에 도달할 수 없는 숙명을 타고났다고 본 것이다. 물론 김현은 인간의 본질을 욕망으로 파악하긴 했지만 그 욕망의 본질이 무엇인가에 대해 명료한 해답을 내놓지는 않았다. 초기의 경우 아무래도 프로이트에 많이 기울어진 분석 태도를 취했으나 후기로 갈수록 그 욕망은 성욕의 범주를 넘어서 소유욕(마르크스), 권력욕(미셸 푸코), 모방 욕구(르네 지라르) 등 여러 분야로 폭넓게 확산돼나갔다. 또 소비사회, 관리사회의 메커니즘이 인간의 자율성을 위협하고 인위적으로 욕망을 조장하는 현상의 문제점에 대해 투철한 이해를 보여주었으며, 욕망과 상상력, 욕망과 폭력 등의 관계에 대해서도 선구적인 접근을 보여주었다. 그는 욕망의 개인심리학이라 할 수 있는 밀폐된 영역에서 욕망의 정치경제학, 욕망의 문화사회학이란 넓은 지평으로 나아간 것이다. 이처럼 김현은 욕망의 속성에 대해 단일한 정의를 내리지는 않았지만 '욕망의 광포성'이란 주제는 그가 평생을 걸고 싸운 문제라고 할 수 있다.

모든 사람에게는, 자기의 모든 욕망을 다 채우려는 욕망이 있다. 욕망은 현실에 의해 제한될 수 있지만, 욕망의 욕망은 제어될 수 없다. 욕망의 욕망은 욕망의 뿌리다. 뿌리를 자르면, 욕망이 없어질 수 있다. 동양의 위대한 선사들은, 그 욕망의 뿌리까지 자르라고 모두 다 같이 말한다. (……) 문제는 욕망의 욕망을 부정적인 것으로만 생각하지 않는 데 있다. 그것은 세계를, 있는 그대로의 세계와 있어야 되는, 아니 차라리, 꿈으로 있는 세계 사이의 간극으로 이해하는 긍정적 힘이 될 수 있다.

—『젊은 시인들의 상상세계』 서문 중에서

  풍경은 수직적인 의미의 중첩이며, 수평적인 의미의 이동이다. 그 중첩과 이동을 낳는 것은 사람의 욕망이다. 욕망은 언제나 왜곡되게 자신을 표현하며, 그 왜곡을 낳는 것은 억압적인 충동이다. (……) 그 없음은 있는 없음이다. 그 있는 없음 속에서 움직이고 있는 것은 욕망, 아니 충동뿐이다. 욕망은 교활하게 자신을 숨긴다. 욕망은 개인의 탈을 쓰고 나타나, 자신의 흉포성을 개인적 외상으로 바꿔치기한다.

—『말들의 풍경』 서문 중에서

  욕망이란 단어가 성찬을 이루고 있는 위 인용에서 볼 수 있듯이 욕망은 생의 지속을 가능케 하는 원동력인 동시에 생을 끝없이 마모시키고 진정한 자기 발견 및 타자와의 결합을 불가능하게 만드는 근본 요인이기도 하다. 얼굴 없는 욕망은 끝없이 번식하며 또 끈질기게 도처에서 변장을 하고 나타난다. 그는 심지어 가장 논리적이고 주관 배제적인 것으로 보이는 "기호학의 내부에 있는 것도 욕망"(「만화 기호학에 대하여」)이라고 언급하고 있을 정도이다.
  이러한 욕망의 편재성에 대한 성찰은 다시 다음 두 가지 방향으로 뻗어나간 것으로 보인다. 그 하나는 욕망의 부정성을 되도록 감소시킴으로써 욕망의 결정론적 구속으로부터 인간이 해방될 수 있는 가능성을 찾는 길이다. 김현은 프로이트의 경직된 범성주의pansexualism나 사르트르의 실존적 정신분석이 강요하는 '불행한 의식'에서 벗어나 행복한 인간학이 가능할 수 있는 여러 지적 노력을 탐색한다. 융과 바슐라르, 제네바 학파, 그르노블 학파에 대한 집요한 천착이나 프랑크푸르트 학파에 대한 깊은 관심은 이런 측면에서 이해할 수 있을 것이다. 그는 "인간은 숨을 잘 쉬도록 만들어졌다"는 한 시골 철학자의 말에 거듭 공감을 표시하고 욕망의 승화된 양상에 주의를 기울인다. 그의 중기 저작에서부터 큰 비중을 차지하고 나타나는 유토피아에 대한 강조 역시 이런 각도에서 파악이 가능하다.

존재의 이원성에서 유래한 나르시스의 열망을 '악'이라고 부른 데서 우리는 이미 그의 사유가 지닌 전복적 성격을 눈치챌 수 있었다. 그는 체계·제도·관습의 테두리 밖으로 나아가고자 하는 모든 인간활동을 긍정적으로 평가했다. 그는 규범·순응·정상보다는 위반·일탈·실험에 더 많은 애정을 표시했으며 동세대나 후배 세대의 작품에 나타난 전위적 움직임에 누구보다 먼저 깊은 관심을 표명하곤 했다. 초기의 광태 연구에서 후기의 푸코 연구에 이르기까지 광기에 대한 남다른 천착역시 이런 배경을 갖고 있다고 할 수 있다. 즉 그에게 욕망은 자기 보존적인 속성만이 아니라 자기 해체적 속성을 함께 보유하고 있는 것으로 드러났던 것이다. 그는 탐욕이나 권력욕 같은 욕망의 부정성을 지우고 대신 세계 개조를 꿈꾸는 욕망의 혁명성·생산성을 적극적으로 내세우고자 했다. "욕망의 욕망은, 조금 과감하게 말하자면, 세계를 향해 마음을 열어놓는 사람들의 마음의 구조이다. 나는 세계다와 나는 세계를 바꾸고 싶다는, 결국, 하나이다"(『젊은 시인들의 상상세계』 서문)라는 단언은 그래서 나온다.

다른 하나의 방향은 욕망이 변장하고 나타나는 양태를 추적해 들어감으로써 끝내 욕망의 뿌리를 캐내고 싶다는, 욕망의 시원에 대한 관심으로 이어진다. 인간이 그러하듯 문학을 포함해서 모든 인간적 활동의 총체라 할 수 있는 문화 또한 욕망의 침윤으로부터 자유롭지 못하다. 텍스트의 내밀한 광맥을 파고 들어가는 비평적 기도는 그런 의미에서 감춰져 있기도 하고 왜곡돼 있기도 한 욕망의 동적 변용 과정을 뒤따르는 것이라 할 수 있다. 그가 다른 저자의 책을 서평하는 자리에서

"저자의 욕망과 독자의 욕망은 서로가 서로를 욕망하면서, 마주쳐 혼융을 이루는데 그것이 바로 작품의 주제"(「세계라는 질료와 주관성」)라고 했을 때 이 정의는 단순히 문학 상상력 연구라는 특정의 비평방법론에 대한 설명에 그치는 것이 아니라 바로 김현 자신의 비평세계에 대한 적절한 해명이 되어주고 있다. 작가의 상상력(욕망)과 독자의 상상력(욕망)이 마주쳐 울리는 자리가 곧 비평 공간인 것이다. 이러한 비평적 입장이 가장 집약적으로 전시된 것이 바로 다음 문단이다.

　내 마음속의 무엇이 움직여 그 글로 내 마음을 무의식적으로 이끌리게 하는 것일까? 그것을 생각다 보면 때로 내 마음을 움직인 글은 자취도 없이 사라지고 내 마음이 움직인 흔적들만 남아, 마치 달팽이가 기어간 흔적처럼 반짝거린다. 그 흔적들을 계속 좇아가면, 그것은 기이하게도 다시 내 마음을 움직인 작품으로 가 닿고, 그 길은 다시 그것을 쓴 사람의 마음의 움직임으로 다가간다. 내 마음의 움직임과 내 마음을 움직이게 한 글을 쓴 사람의 마음의 움직임은 한 시인이 '수정의 메아리'라고 부른 수면의 파문처럼 겹쳐 떨린다.

―「속꽃 핀 열매의 꿈」 중에서

우리는 앞에서 나르시스의 시학이 거울 앞에서의 독백―동일성에의 집착이 아니라 타자와의 만남―이질성의 수락이라는 점을 지적한 바 있다. 작가와 텍스트와 독자는 서로가 서로를 비추는 삼면경이라 할 수 있다. 흔히 '공감의 비평'이라는 이름으로 불리는 김현의 비평은 텍스트의 내부로 침투해 들어가 그 속에 투영된 작가의 상상력의 구조를 재구성·재창조하는 것을 목표로 하고 있다. 명백한 사실은 오직 김현처럼 유동성과 탄력성을 고루 갖춘 정신의 소유자만이 이런 섬세한 작업을 성공리에 해낼 수 있다는 것이다. 텍스트의 미로를 더듬어나가는 과정에서 비평가는 또다른 텍스트―직물을 분비해내게 되며 작가와 비평가는 상대방의 꼬리를 물고 있는 뱀처럼 둥근 원환을 그리게 된다.

이때 그의 글쓰기는 흡사 "열에 뜬 육체를 서로 만지는 것 이상의 에로스로 충만한 행위"(「술 취한 거지의 시학」)가 된다. 바로 이 동화의 순간이야말로 김현 비평의 순금 부분에 해당되며 우리 비평사를 두고 말하더라도 작가들이 겪은 가장 행복한 경험 가운데 하나였다고 할 수 있을 것이다. 다시 말해서 우리는 김현의 장기가 충분히 발휘된 몇몇 작가론·작품론에서 물에 몸을 던진 나르시스가 자신의 영상과 합치되는 극히 짧은 순간의 희열을 목도하게 된다. 그러나 문제는 그것이 지극히 찰나적이라는 데 있다. 김지하의 시 「무화과」에 깃들인 의미를 계시적으로 드러낸 「속꽃 핀 열매의 꿈」을 두고 이야기한다면 청명하게 대기 속으로 울려퍼지는 '수정의 메아리'에도 불구하고 '검은 개울 – 심연' 은 여전히 입을 벌리고 있는 것이다.

심연의 입구에서 아무리 성대한 축제를 벌인다 하더라도 심연이 존재한다는 사실 자체가 사라지지는 않는다. 다만 심연을 외면하거나 아니면 너무 심연의 안쪽 깊숙이 들어가지 않도록 주의하면서 위태로운 곡예를 하는 수밖에 없다. 하지만 만일 그 심연의 존재를 도저히 무시할 수 없을 정도로 위급한 지경에 처해진다면 어떻게 해야 할 것인가. 심연이 아예 능동적으로 주체를 삼키려 덤벼든다면?

4. 검은 심연 속에서

거울이 가진 마법적인 힘에 대해서는 많은 이야기가 전해오고 있다. 거울을 깨뜨리면 재수가 없다든지, 임종시엔 거울에 휘장을 덮어놓아야 한다든지, 흡혈귀는 거울에 영상이 나타나지 않는다든지 하는 것들은 거울에 얽힌 여러 주술적인 민간 전승의 극히 일부분에 불과하다. 특히 거울에 대한 물질적 상상력을 멀리 밀고 나갈 때, 그리하여 평면적인 거울이 입체화되어 깊이를 얻을 때 거울은 다른 세계로 통하는 문 혹은 통로가 된다. 루이스 캐럴의 동화 『거울나라의 앨리스』나 장 콕토가 감독한 영화 〈올페〉에는 바로 이러한 어둡고 깊은 거울, 지금 이곳과 반대되는 질서와 법칙이 통용되는 공간으로의 하강이란 상징성을 갖는 거울이 등장한다.

「나르시스 시론」에서 김현은 거울 앞의 나르시스가 현실적 세계와 상상적 세계 사이의 구멍—그것이 곧 악인데—을 느끼고 불행을 느끼는 장면을 묘사하고 있다. 이어서 김현은 인간인 이상 '생의 불완전성'을 극복할 수는 없으므로 이 순간 그가 절망하는 것은 당연하다면서 "그 심연은, 그것을 보지 못하는 사람에겐 아주 연약할 수 있"지만 "시인은 이 간극이, 이 심연이, 이 악이 연약하기보다는 오히려 그의 모든 존재가 걸려 있다는 것을" 알고 있다고 진술한다. 심연의 유혹 앞에서 시인은 자신의 죽음을 최대한 유예시키면서 자신 속에 깃들인 악을 승화시키려고 투쟁하게 된다. 김현의 사유의 성숙과 더불어 그 거울이 존재론적 차원에 갇혀 있지 않고 사회성과 역사성을 획득하게 된 뒤에도, 즉 그 거울이 '실존의 두께'를 확보한 다음에도 그 심연은 해소되지 않고 다만 그의 의식이 도달할 수 있는 한계 저 너머에서 가끔씩 그 음울한 그림자를 드러냈던 것으로 보인다.

데뷔작 「나르시스 시론」과 달리 김현이 이미 우리 문학계의 거인으로 자리잡은 1980년대 초반에 씌어진 「바라봄과 텅 빔」은 바로 이런 각도에서 읽어볼 필요가 있는 글이다. 그 글에서 김현은 서양의 거울이 나르시스적 대상과 결부된다면 동양의 거울은 마음의 비움(空, le vide)과 연결돼 있다는 바르트의 견해를 말라르메 발레리 릴케 등 서양의 상징주의 시인들의 시와, 신수와 혜능의 게송 같은 동양의 선시와의 대비를 통해 증명해 보이고 나서 다시 거울 이미지에 대한 한국 현대시인의 반응을 다음 세 유형으로 나누고 있다. 첫째는 인식의 깊이를 담보하지 않은 채 거울에 대한 동서양의 전통적 이미지를 별 갈등 없이 혼용해서 쓰는 것이고, 둘째는 존재 확인의 근거인 거울 이미지를 더욱 현대화시켜 자아의 분열을 보여주는 것이며, 마지막 하나는 거울—티끌이란 불교적 이미지를 변주하는 것이다. 피상적인 모방과 답습의 소산인 첫째 유형을 제외한다면 존재의 이원성을 철저히 사는, 그래서 자아 분열의 극한까지 치닫는 정신의 모험을 겪는 둘째 유형과 사물이 지닌 외관의 미혹을 불식하고 오(悟)의 경지를 추구하는 셋째 유형만이 유의미한 것으로 남게 된다. 그리고 우리는 비록 김현 자신은 중립적인 입장에서 이 두 유형 사이에 아무런 우열도 가정하지 않은 채 다만 그것이 작품을 통해 드러나는 양상만 세련되게 정리 요약하고 있지만 동양의 거울 이미지가 서양의 거울 이미지가 지닌 어떤 한계에 대한 돌파구일 수 있다는 암시를 받게 된다.(노파심에서 덧붙이자면 여기서 동/서의 구분은 어디까지나 논리 전개의 편의를 위해 도입한 개념에 불과하다. 지나치게 경직되게 동/서를 구분하는 사고의 상투성에 대해선 김현 자신이『행복한 책읽기』1989. 9. 2에서 날카롭게 비판한 바 있다.) 즉 한편에 이원적 찢김을 인간에게 주어진 불변의 조건이라고 보고 검은 심연 속으로 용감하게 투신하는 영웅주의, 쾌락주의가 있다면 다른 한편엔 일체의 현상계의 허무함을 인식하고 모든 분별과 집착에서 벗어나 텅 빔에 이르는 도가(道家)나 선(禪)의 경지가 있는 것이다.

거울 속의 심연은 이처럼 전혀 다른 텅 빔으로 우리를 인도한다. 하나가 검은 나르시스의 길이라면 다른 하나는 선정(禪定)과 해탈의 길이다. 아마도 김현의 후기 저작에 나타난 동양사상에 대한 깊은 관심과 이해로 미루어보건대 그는 자신을 비추고 있는 거울 속의 심연이 깊어져갈수록 암암리에 전자의 텅 빔을 후자의 텅 빔으로 전환시켜보려는 노력을 기울였던 것 같다. 가령 그가 「속꽃 핀 열매의 꿈」에서 김지하의 시에 나오는 '검은 개울 – 심연'을 분석하며 이를 "인위적인 마술의 세계, 보들레르가 인공낙원이라고 부른 검은 낙원의 세계, 술과 마약의 세계"에 연계시킬 때 우리는 그의 이러한 해명이 갖고 있는 심층적 의미를 충분히 짐작할 수 있게 된다. 그러나 더욱 의미심장한 것은 글의 결말에서 자신이 왜 시의 몇몇 어휘에 특히 민감하게 반응했는가를 설명하면서 다음과 같이 토로할 때이다.

나는 왜 2연에서 특히 몇몇 말들을 강조하여 읽었을까? 그것은 내가 여성성에 무의식적으로 침잠해 있기 때문이 아닐까? 무의식적으로 나는 갈등이 해소되어 편안해진 상태, 노자가 박명의 상태라고 부른 상태를 희구하고 있었던 것이 아닐까? 나의 무의식은 검은 마법의 세계에 대해 겁을 내고 있는 것이 아닐까? 나는 무릎을 꿇고 내 마음을 들여다보기 시작한다. 컴컴하다. 편안치 않다.

위 인용은 명민하기 이를 데 없는 그가 이미 스스로에 대한 정신분석까지 수행하고 있음을 말해준다. 검은 마법의 세계/노자의 박명의 상태는 당시 검은 심연 속에서 허우적거리고 있던 김현의 정신이 지향하고 있던 양극점이었던 것이다. 그는 골똘히 자신의 내면을 들여다보며 "컴컴하다. 편안치 않다"라고 외마디 탄식을 토한다. 그는 끝까지 서구적 교양에 충실한 인문주의자 내지 "본질과 외관의 괴리에 고뇌하는 실존주의자"로 남아 이 세계의 심연과 싸우는 길을 택한 것이다. 그의 이러한 면모는 그의 육체가 소멸을 향해 급격히 치닫게 되면서 한층 처절한 진정성을 획득하게 된다.

우리는 이미 김현이 청년 시절 4·19의 승리와 좌절을 겪었고 장년 시절 광주 항쟁의 무참한 학살극을 지켜보며 자신의 정신세계가 뿌리부터 흔들리는 체험을 했다는 전기적 사실을 알고 있다. 그러나 또한 그러한 위기의 순간마다 김현은 자신의 지적 토대를 새롭게 재구축함으로써 자신의 인문주의가 허용하는 범위 내에서 외적 도전을 극복해왔다는 점도 알고 있다. 그러나 1980년대 중반 이후 김현이 맞이한 적은 바로 자신의 육체 속에서 자라나고 있는 죽음의 암종 – 검은 심연이었다. 삼인칭 관찰자의 시점에서 생과 죽음의 부조리성을 말해오던 그가 막상 자기 자신의 죽음과 맞닥뜨려야 했을 때 느꼈을 충격과 허탈을 굳이 이야기할 필요가 있을까. 그 어떤 인문주의적 접근으로도 끝내 극복이 가능하지 않은 영역, 그것이 바로 죽음의 차디찬 침묵의 세계인 것이다. 존재의 이원성과 심연은 이제 교양의 차원에서가 아니라 실존적 운명의 형태를 띠고 그 앞에 박두하게 된다. 그런 의미에서 김현의 후기 저작 『시칠리아의 암소』 『말들의 풍경』 『행복한 책읽기』 등은 점차 꺼져가는 자신의 생명의 불꽃을 응시하면서 검은 심연과 정면에서 맞서 싸운 지적 고투의 소산이라고 할 수 있다.

1980년대 중반에 씌어진 한 에세이에서 그는 "내 육체는 이미 자연스러운 육체가 아니라 인위적으로 조절해야 하는 자연"이라면서 "그 자연이 자연스러운 자연 앞에서 때로 견딜 수 없는 충일감을 느낀다. 죽음이 그 충일감을 막을 수 있다는 것을 자각할 때부터 육체는 그 충일감을 더욱 강조한다"(「몸 이야기」)라고 고백하고 있다. 자기 몸 속에서 천천히 현재형으로 진행되어가는 죽음을 경험하며 그는 모든 가치와 의미의 상실에 직면한다. 죽음, 그것은 무(無)이며 비존재(非存在)이며 영원한 미지(未知)이다. 막연한 위협은 이제 존재 해체라는 절박한 공포의 대상으로 그 앞에 닥쳐온다. 나르시스의 거울은 검은 심연을 거쳐 이제 텅 빈 허공에 이른다.

네 죽음이라는 구멍은 그 무엇으로도 메울 수가 없다. 그런 끔찍한 전언을 35세의 시인이 보내고 있다. 나는 너무 오래 살았다!
—「거대한 변기의 세계관」 중에서

그의 기억의 창고에는 절망의 형상들만이 감춰져 있는 것인지. (······) 죽음의 길은 언제나 가슴 답답한, 아니 가슴 아픈 길이다.
—「둥근 빈 여인들의 의미」 중에서

사람은 죽기 위해 태어난 것일까? 사람에겐 본질적이며, 영원한 것은 없는 것일까? 놀랍게도, 열심히 혼자 살다 간 한 젊은 시인은 단호하게 그렇다고 말한다.
—「영원히 닫힌 빈 방의 체험」 중에서

김현은 자신이 읽은 텍스트의 도처에서 죽음을 찾아내고 그 죽음의 이미지 위에 미래의 자신의 죽음을 포갠다. 최승호의 변기, 송찬호의 움푹 파인 여인, 기형도의 빈집 등은 모두 죽음을 가리키는 기호들이다. 그러나 그는 이러한 육체의 심연, 욕망의 심연, 죽음의 심연 속에서도 마지막까지 지적 긴장과 의연함을 잃지 않고 대상이 된 텍스트의 심층적 의미를 증폭시켜 드러내는 데 성공하고 있다. 이 글들을 감싸고 있는 비극적 후광은 이 글들이 단순한 객관적 작품 분석에 그치는 것이 아니라 바로 김현 자신의 진솔한 내면 고백이기도 하다는 점 때문에 얻어진 것일 것이다. 이는 『행복한 책읽기』에서도 마찬가지이다. 그는 문충성의 시집에서 "신경성으로 느껴질 정도로 죽음에 사로잡혀 있"는 모습을 보고 "그에게 편지라도 띄우고 싶을 정도"(1986. 8. 1)의 충격을 느끼며, 김명인의 시에서 "죽음 적막에 대한 긍정적 순응"을 읽어내고 "무엇이 그를 무 속으로 끌어당기고 있는 것일까"를 자문하며, 김정웅의 시의 수다 밑에는 공포심이 숨어 있다면서 "그것이 권력에 대한 공포일까, 존재의 무에 대한 공포심일까"(1988. 11. 21)를 묻는다. 발랄하기 이를 데 없는 황인숙의 시에서도 "고양이의 죽음이 환기시킨 유한성의 경험"(1988. 3. 31)을 찾아내고, 박정만이 죽기 직전 쓴 시에 대해 "그의 시쓰기는 시-쓰기가 아니라 살아 있음을-확인하기이다. 시-쓰기는 죽음의 연장이다. 이야기가 그러하듯, 시도 죽음을 생존의 원 밖으로 밀어내려는 힘든 노력이다"(1988. 11. 4)라고 말하는가 하면 박정만의 유고시집 『그대에게 가는 길』에 일시가 붙어 있지 않다면서 "일시가 붙어 있고, 그 순서대로 나열되어 있더라면, 그의 죽음의 순간을 재해석할 수 있었을 텐데. 안타깝다"(1988. 12. 17)라고 언급한다. 오정희의 「파로호」에 나오는, 자루 속에 담겨 부패해가는 고양이의 시체와 글을 읽는 자신을 동일시하기도 하고(1989. 3. 31), 박인홍의 『벽 앞의 어둠』에 대해선 "일종의 죽음 연습"(1989. 7. 28)이라는 평가를 내린다. 이 밖에도 『행복한 책읽기』의 여기저기에서 마주칠 수 있는 죽음·구멍·공백에 관한 도저한 성찰들을 보라.

모든 구멍 체험이 되돌아가는 것은 오르페 신화이다. 왜냐하면 구멍은 결국 지옥이기 때문이다. 그 지옥에 들어갔다 나올 수 있게 해주는 것이 음악 – 쾌락이지만, 그것의 끝은 무이다.(1986. 12. 26)

죽는다는 것은 남의 기억 속에는 남아 있으나, 육체적으로는 접촉할 수 없다는 뜻이다. 그를 기억하는 사람이 없어질 때, 다시 말해 혼자 살게 됐을 때 그는 사라진다. 어디로? 무 속으로. 무마저도 없는 무 속으로.(1988. 11. 24)

삶의 순간순간이 죽음과의 싸움인데 그것을 모르고 희희낙락 지낸다. 그러나 고통이 없으면 죽음의 실감도 없으리라. 많이 아프라, 죽음이 너를 무서워하도록.(1989. 6. 12)

그렇다면 이러한 검은 심연, 막막한 허공 속에는 무엇이 있는가. 불행히도 그 답은 아무것도 없다는 것이다. 그는 때로 "대상의 내부로 깊게 내려가면 따뜻하고 밝은 불"(1987. 11. 30)을 만날 수 있을지 모른다는 언급을 하기도 하지만, 어쩌면 그것조차도 허상일 수 있다는 것을 놓치지 않는다. 그가 구멍 체험을 오르페우스 신화와 결부시켜 이야기하면서 "유리디스로 표현되는 이타성은 핑계이지 절대적인 것이 아니다. 어두운 지하동굴 속에 허상으로 존재하는 유리디스"(1986. 12. 26)라고 말할 때 이러한 측면은 역력히 드러난다.[3] 그래서 "나는 내 욕망의 총화

---

3) 유리디스를 허상으로 보는 것은 「속꽃 핀 열매의 꿈」에서 자신이 "여성성에 무의식적으로 침잠해 있"던 게 아닐까라고 불편한 심경을 내비친 것이나 『행복한 책읽기』에 가끔씩 나오는 성(性)에 대한 평가절하적 언급(1986. 1. 14, 1987. 5. 26) 등과 연계시켜 생각해볼 때 만년의 그의 주요한 내적 투쟁이 여성성에 대한 거부 쪽으로, 다시 말해 자신의 아니마를 억압하는 방향으로 흘러가지 않았나 하는 추측을 불러일으킨다. 선천적으로 그 누구보다도 여성적 자질에 대해 깊은 이해를 갖고 있던 그가 이렇게 된 데에는 아마도 김현 자신보다는 그를 둘러싼 우리 정치사회 환경이 더 큰 작용을 했을 것으로 보인다. 젊은 시절

이다"(1987. 12. 28)라고 말한 그는 "욕망 이론도 하나의 구멍 이론" (1987. 4. 20)이라는 명제에 이른다. 나는 내 욕망의 주인이 아니라는 주체의 허구성에 대한 인식이 욕망 또한 공이며 무라는 욕망의 허구성에 대한 인식으로 옮아가고 이는 다시 진리의 자기 확장성을 이야기하다가 "그 우주에도 끝은 있다"(1987. 8. 30)라는 전면적 허무주의로 귀결된다. 그의 마지막 일기에 나오는, "거울 속에 비친 얼굴이 점점 더 커지"는 경험은 바로 개체의 죽음이 몸 밖의 광활한 우주로 확산되는 충격적인 경험의 극화일 것이다.

물론 구멍을 결핍으로만 보지 않고 이를 창조적 여백으로, 생산적 자궁으로 보는 노장사상이나 불교의 가르침이 작은 위안을 줄 수도 있다. "빈 곳이 있어야 채울 마음이 생겨난다"(1987. 1. 31)면서 노자의 항아리를 거론하거나 '구멍으로서의 잊음'을 이야기하면서 "나는 잊기 때문에 사는 것이 아니라, 내 삶이 잊음이다. 내 활력은 잊음에서 나온다" (1988. 1. 7)는 역설을 말할 때, 또 최승호의 시를 분석하면서 "그가 구멍이 충일일 수도 있다는 것을 알았으면 좋겠다"(1989. 7. 20)라고 되뇌일 때 우리는 그 자체로 가치를 가진 구멍, 김지하의 '활동하는 무'와 유사한, 모든 생성의 터전으로서의 구멍을 만날 수 있다. 이때 빈 구멍은 행위나 물체를 가지고 채워야 할 것이 아니라 있는 그대로 받아들여야 하는 것이다. 하지만 채워도 채워도 채울 수 없는 구멍의 현존이 자아내는 원초적 공허만은 그 어떤 사변으로도 무화될 수 없다. 나의 안과 밖이 다 텅 빈 허공이며 그 텅 빈 허공 저편엔 아무것도 없다는 비감한 인식이 살아 있음의 나른한 관능성과 결부될 때 다음과 같은 표현을 얻는다.

중앙아시아의 넓은 들판에서, 밤에 모닥불을 지피면서 부르는 음악 소

김현을 사로잡았던 상징주의 시학이 이렇다 할 발전을 보여주지 못하고 바슐라르나 제네바 학파에 대한 연구 등을 통해 간접적으로만 그 편린이 드러났던 것에서도 우리는 동일한 해석을 할 수 있다. 여하튼 이 부분은 김현의 후학들에게 과제로 남겨지게 되었다.

리에는 아늑함과 평화로움과 사라짐이 뒤섞이어 있다. 중앙아시아에는 산들이 적어, 소리는 되돌아오지 못하고 그저 사라질 따름이다. 아무리 크게 내질러도 결국은 중앙아시아의 한도 없이 너른 들판 속에서 사라질 소리들. 그런데도 사람들은 그 소리를 내지르지 않고서는 견디질 못한다. 러시아 민요를 빌리면, 내 죽음으로도 메우지 못할 들판을 그곳 사람들은 소리로 메운다. 아무리 메워도 메워지지 않는 소리로.

—「사라짐과 맺힘」 중에서

위 문단에서 김현이 진정 강조하고자 한 것은 메워지지 않음의 비극성에 있는 것일까, 아니면 그럼에도 불구하고 하염없이 내지르는 소리에 있는 것일까. 무한한 우주의 침묵 앞에서 인간이 기울이는 허망하기 그지없는, 그러나 중단될 수 없는 소중한 노력들. "어떤 일이 있더라도 살아서 이 세계의 무의미와 싸워야 한다"던 고인의 평소 발언은 그래서 더욱 처연하다.

5. 세기말을 넘어서

지금까지 우리는 김현이라는 우리 시대의 대표적 지성이 구축한 성채의 한 모서리를 나르시스라는 신화적 인물이 내포하고 있는 상징성에 의지해서 답사해보았다. 거울 속에서 실재와 허상 간의 조화로운 일치를 보지 못하고 분열과 심연만을 보았던 그는 그 심연의 확산과 함께 점차 의미와 가치의 영도(零度) 상태에 이른다. 그러나 그가 모든 손님 중에서도 가장 불길한 손님인 죽음이 자기 앞에 다가오는 것을 응시하며 쓴 글들 속에서 우리는 헛된 구원의 기대나 소극적 허무주의로의 경사가 아니라 오히려 현상의 배후에 있는 존재의 계시적 드러냄을 위한 꾸준한 탐구와 이를 뒷받침한 영혼의 냉엄함을 보게 된다. 비록 그 탐구가 현실적 차원에선 이렇다 할 보상을 가져다 주지 못했지만 문학에 자신의 실존을 건 사람으로서 그가 보여준 자세는 참으로 우리를 숙연케 하는 바가 있다. 과연 그는 김인환이 지적한 대로 우리 시대의 가장 어둡고 저열한 부분을 "그 자신의 몸에 난 불치의 상처로 앓고"(「글쓰기의 지형학」) 갔는지도 모른다. 기억해야 할 것은 그 상처의 심화 속에서 더없이 아름답고 우아한 후기의 산문들이 탄생했고 삶과 세계에 대한 폭넓은 조망이 이루어졌다는 사실이다. 김현의 글쓰기가 세기말의 우리에게 주는 가장 큰 교훈은 그의 저서 속에 피력된 여러 외래 이론이나 특정의 작가·작품에 대한 가치평가가 아니라 바로 이 부분—시대의 상처를 치열하게 앓되 이를 글쓰기를 통해 육화시켜 드러내는 작업을 결단코 포기하지 않았다는 데 있을 것이다.

우리는 '메시아적 현재 시간'으로서의 세기말을 꿈꾸지만, 그런 절정의 순간은 결코 쉽게 찾아오지 않는다. 다만 일상의 쳇바퀴만이 항상 과도기·전환기라는 이름으로 우리 모두가 누릴 권리를 갖고 있는 진정한 행복을 내일 또 내일로 유예시키며 돌아가고 있을 따름이다. 명백한 사실은 오늘날 인류는 '성장의 한계'는커녕 '존속의 한계'에 접근해가고 있다는 점이다. 모든 발전과 진보의 신화는 무너졌거나 무너져가고 있다. 그 어떤 거창한 시각, 강력한 담론도 우리의 나날을 진부함의 늪에서 구해내지 못한다. 그럼에도 불구하고 역사라는 일방통행로 바깥에 우리가 서 있을 자리는 없는 것으로 보인다.

검은 심연은 여전히 우리 앞에 있고 우리는 나침반도 항해도도 없는 상태에서 그 불확실한 영역을 통과해야 한다. 세기말의 우리 문학은 이 심연과 정직하게 대결하는 데서부터 아마도 자신의 진로를 찾을 수 있을 것이다. 그리고 심연을 응시하는 것 그 자체만 해도 기실 굉장한 용기와 인내를 요구하는 작업이 아닐 수 없다. 니체는 말하지 않았던가. 당신이 심연을 들여다보고 있을 때 심연 또한 당신을 들여다본다라고.

(1995)

시의 종말, 종말의 시
— 생명주의/허무주의를 넘어서

1. 시의 운명

시는 이제 더이상 문학의 중심이 아니며 문학은 이제 더이상 문화의 중심이 아니다. 한 세기의 종말이 그리 멀지 않은 지점에서 우리를 기다리고 있는 지금 우리는 글쓰기의 본원적 의미에 대해 다시금 냉철하게 성찰하고 우리 시의 미래를 모색해야 한다는 무언의 요청 앞에 서 있다. 변혁기니 전환기니 불확실성의 시대니 하는 말들이 그 적실성과 ✝체성을 상실한 채 우리 시대를 수식하는 상투어 정도로 전락한 지 오래이지만, 그럼에도 우리는 이들 용어가 지니고 있는 일정한 유의미성을 전혀 무시할 수는 없는 형편에 있다. 또 세기말이니 역사의 종언이니 새로운 밀레니엄이니 하는 말들이 유행의 물살을 타고 우리 시대를 침식해 들어오기 시작한 지 상당한 시일이 경과했지만, 이들 용어역시 그 문제성이 제대로 이해되거나 평가되지 않은 채 지극히 피상적으로 소비되고 있는 실정인 듯하다.

특히 시의 경우 '위기'라는 진단이 자연스럽게 나올 만큼 요즘 우리 시단이 보여주고 있는 몇몇 징후들은 매우 불안하고 혼란스럽기까지 한 면모를 띠고 있다. 외면적 구태의연함과 내면적 빈곤으로 요약될 수 있는 최근 우리 시단의 무기력한 풍경은 이제 시에 남겨진 유일한 마지막 임무는 하루빨리 자신의 수명을 앞당김으로써 자신의 최후를 좀더 장엄하게 장식하는 정도가 아닐까 하는 의구심을 자아내는 형편에 이르고 있다. 물론 이러한 지적은 지나치게 성급하고 과장된 것이라는 비판을 면할 수 없을지 모른다. 상상력의 고갈과 시의 죽음을 선전 유포하는 모든 담론들은 기실 시의 역사만큼이나 오래된 것인지 모른다. 하지만 최근의 우리 시에 대해 지나치게 비관 일변도로 평가하는 일부의 시각에 어느 정도 거리를 둔다 하더라도 1990년대 이후 우리 시가 보여주는 양태들이 긍정적이기보다는 부정적이고 마치 어떤 종말을 향해 다가가고 있는 듯한 느낌을 안겨준다는 사실은 부인되기 힘든 측면이 있다고 여겨진다. 다만 그 종말이 말 그대로의 종말인지 아니면 새로운 시작의 전조인지를 판별하기 위해서는 좀더 섬세하고 치밀한 분석이 필요할 것이다.

그렇다면 오늘날 우리 주위에서 흔히 들을 수 있는, 시의 죽음을 예언하는 불길한 목소리들을 잠재우기 위해 요구되는 작업엔 어떤 것이 있을까. 아마도 그중 하나로 지난 연대에 우리 시를 대상으로 산출된 주요 담론들을 더듬어보고 그 성과와 한계를 조명해봄으로써 거기서 우리 시의 출구를 찾아보는 노력을 들 수 있을 것이다. 우리 시가 현재 막다른 퇴로에 봉착해 있는 것 같다는 인상적 판단을 불식시키기 위해서도 우리 시가 지나온 항적을 다시금 반추해보고 우리 시가 도달해 있는 현위치를 해도상에 명기해 넣는 작업은 소중하다고 아니할 수 없다. 이 글은, 이런 전제하에, 우리 시가 지난 연대를 거치며 그려온 변모의 궤적을 추적해보고 현재 어떤 양상으로 진화해가고 있는가를 소묘해보고자 한다. 이때 우리 시의 변모를 추동해온 가장 큰 힘은 현대성과의 씨름이었다는 점에 주어질 것이다. 즉 1960년대 이후 우리나라-민족의 지상목표이자 변화의 동인이었던 현대성의 추구가 우리 시에서 어떻게 굴절-구현됐는지 살펴보고 이러한 현대성의 파탄 및 좌초가 최근 우리 시가 노정하고 있는 혼돈이나 방황과 어떤 관련을 맺고 있는지 그리고 나아가 현대성을 대체할 새로운 패러다임으로 떠오르고 있는 환경/몸을 주제로 한 일련의 의제들과 어떤 연결고리를 맺고 있는지 밝혀보고자 한다. 본론에 들어가기에 앞서 한 가지 양해를 구할 것은 상당히 광범위한 대상을 압축해서 다루어야 하는 우리 과업의 성격상 어느 정도의 도식화를 감수하지 않을 수 없으리라는 점이다.

2. 각(角)의 시학

우리 문학에 있어서 진정한 현대성의 도입 및 천착이 4·19라는 시대적 분기점을 통과하면서 그 구체적 모습을 드러냈으며 그 첫머리에 김수영의 시와 시론이 놓인다는 사실은 이제 증명이 불필요한 공리의 하나로 굳어진 감이 있다. 그렇다면 김수영의 시와 시론 가운데 어떤 점이 그에게 그런 영광을 가져다 준 것일까. 너무도 잘 알려진 그의 시론 한 대목을 다시 음미해봄으로써 이 물음에 대한 해답을 찾아보기로 하자.

시는 온몸으로, 바로 온몸을 밀고 나가는 것이다. 그것은 그림자를 의식하지 않는다. 시의 형식은 내용에 의지하지 않고 그 내용은 형식에 의시하지 않는다. 시는 그림자에조차도 의지하지 않는다. 시는 문화를 염두에 두지 않고, 민족을 염두에 두지 않고, 인류를 염두에 두지 않는다. 그러면서도 그것은 문화와 민족과 인류에 공헌하고 평화에 공헌한다. 바로 그처럼 형식은 내용이 되고, 내용이 형식이 된다. 시는 온몸으로 바로 온몸을 밀고 나가는 것이다.

—「시여, 침을 뱉어라」 중에서

상당한 시간이 흐른 지금에도 여전히 읽는 사람을 압지처럼 빨아들이는 인용문의 강력한 흡인력으로부터 초연하기란 사실 어려울 것이다. 그러나 많은 감동과 함께 성찰거리를 제공해주는 위 글이 정작 구체적으로 말하고자 하는 것이 무엇이냐 하는 물음 앞에 이르면 조금 당황할 수밖에 없게 된다. 적잖은 평자들이 위 대목을 인용하고 저마다 다양한 주석을 덧붙이고 있지만 온몸으로 온몸을 밀고 나간다거나 시는 그림자를 의식하지 않으며 의지하지도 않는다는 등의 구절은 여전히 모호하고 불투명한 안개에 둘러싸여 있는 듯하다. 김수영은 시인답게 산문에서도 흔히 논리의 단계적 전개보다는 비약과 역설, 당돌하면서도 함축적인 잠언을 자유자재로 구사하였고 그에 따라 그의 글에서 단일한 의미의 매듭을 이끌어내기란 비교적 지난한 일에 속한다. 논리의 그물로 그를 붙잡았다고 생각하는 순간 그의 글이 내뿜고 있는 야성의 에너지는 어디론가 빠져 달아나버리고 마는 것이다.

한 가지 확실한 것은 대부분의 사람들이 위 대목을 읽고 감동하는 것은 어떤 명료한 의미나 설득력 있는 논리 때문이라기보다는 위 글을 감싸고 있는 어떤 막연한 분위기—뭔가 장엄하고 결연해 보이는 의지, 혹은 험난한 세상을 향해 이루어지는 비극적인 투신 행위가 자아내는 감동—다시 말해 이지적이라기보다는 감성적인 요소가 더 큰 역할을 하고 있다는 점이다. 온몸으로 온몸을 밀고 나간다는 것은 적대 세력으로 가득 찬 세상 한가운데에 내던져진 주체가 주위의 온갖 저항—장애물을 힘겹게 물리치면서 조금씩 전진해나간다는 뉘앙스를 풍긴다. 김수영의 시를 이야기할 때 자주 거론되는 정직성이나 속도감 같은 것 역시 바로 이러한 '투신의 시학'과 밀접한 관련이 있는 것으로 보인다. 물론 김수영 자신에겐 그 '투신'이 꼭 정치적 참여와 동의어였던 것은 아니다. 시작 행위는 전 존재의 자발적 동시적 참여를 요구하며 그 참여가 진실한 것일 때 시는 자동적으로(혹은 필연적으로) 개인적 차원을 넘어 정치 사회적 주제에까지 그 지평이 확장됨은 물론 그가 몸담고 사는 시대 상황의 핵심에 육박하게 된다는 의미에 가까울 것이다.

아울러 위 문단은, "밀고 나가는"이라는 구절이 암시해주듯, 시란 끊임없는 이행이며 열려 있음(개방성)을 그 속성으로 갖고 있다는 점을 지적하고 있다. 그것은 끝없는 나아감이자 중단 없는 옮겨감이다. 시란 계속되는 '시작'이자 '과정'이며 '운동'이다. 시는 고정된 본질의 구현이 아니며 주어진 결말에 이르기 위한 단거리 경주도 아니다. 본질론과 목적론을 배제한다는 점에서 김수영의 시론은 '전이의 시학'이라 부를 수 있다. 한 편의 시는 하나의 '사건'이다. 그것은 과거와 미래를 향해 열려 있으며 변화해나간다. 그런 의미에서 시쓰기는 부단한 자기 파괴와 갱신의 도정이다. 이제 중요한 것은 완성태로서의 하나의 작품이 아니라 개개 작품들을 꿰뚫고 지나가는 순발력 있는 정신의 움직임이라 할 수 있다. 김수영은 '잘 빚어진 항아리' 대신 '영원한 미완성'을 추구한다. 지속 대신 순간을, 언어의 미시적 세공보다 거칠지만 힘있는 삶의 숨결을, 수미일관한 형식미보다 역동적이고 예측 불가능한 정신의 곡예를 더 선호하는 현재진행형의 시쓰기. 이러한 '전이의 시학'은 자연히 시를 생성과 파괴, 해체와 구축이 쉼없이 일어나는 극적 무대로 만든다.

또한 조화보다는 긴장과 대립에 토대를 두고 있다는 점에서 김수영의 시론은 '갈등의 시학'이라 할 수 있다. 그런데 이때의 갈등은 대립하는 요소 가운데 어느 하나를 배제하거나 무화시켜버리는 움직임이 아니라 상반된 요소 모두를 함께 싸안고 나아가는 움직임이라는 점에 유의할 필요가 있다. 시는 머리로 쓰는 것도 아니고 가슴으로 쓰는 것도 아니며, 머리와 가슴을 포함한 온몸으로 쓰는 것이라는 언명은 김수영이 추구한 '전체성을 향한 열망'을 잘 말해주고 있다. 그 전체성에 이르기 위해선 모순과 대립, 그리고 갈등을 충실히 살아내고 육화시켜야 하는 것이다. 더욱이 위 인용문이 자리잡고 있는 글의 전후 문맥에 따르면 그 대립은 단순한 시대적 추세나 시인의 취향에 종속된 것이 아니라 '세계의 개진'과 '대지의 은폐'라는 보다 근원적이고 형이상학적인 차원에 뿌리를 내리고 있다. 하이데거의 예술론에서 발원한 이 난해하고 비의적인 개념들에 대한 보다 구체적인 해명을 위해선 아마도 다른 지면이 필요할 것이다. 다만 여기서 우리는 김수영이 시의 존재 조건으로 생각한 갈등의 항구성과 직접성이야말로 시를 정태적인 자기 모방과 자기 복제의 함정에서 빠져나올 수 있게 한 동력이라는 점에 주목하고자 한다.

문제는 김수영에 의해서 지극히 암시적으로 그리고 포괄적으로 제시된 이 명제가 그 뒤 후배 시인들에 의해 매우 단선적으로 수용되어 일종의 전투적 참여시론의 한 전범쯤으로 여겨지게 됐다는 점이다. 그 결과 김수영이 지향한 '투신의 시학' '전이의 시학' '갈등의 시학'이 지닌 풍부한 의미와 가능성은 간과되고 단순히 정치적 실천과 이념에 대한 시적 종속이라는 형태로 축소 왜곡되는 현상이 전면화되기에 이르렀다. "나는 너무나 많은 첨단의 노래만을 불러왔다/나는 정지의 미(美)에 너무 등한하였다"(「서시(序詩)」)는 구절이 말해주는 바와 같이 김수영은 자신의 시세계에 대해 냉엄한 반성적 자의식을 유지하고 있었다. 비록 자신은 '첨단의 노래'를 부르는 노력을 경주해왔지만 그것과 다른 '정지의 미'의 영역이 있다는 사실을 그는 무시하지 않았던 것이다. 그의 다른 시구절인 "누이야/풍자가 아니면 해탈이다"(「누이야 장하고나!」)를 빌려 이야기하자면 그가 지향하는 풍자가 아닌 해탈을 지향하는 시도 가능하며 또 가능해야 한다는 점을 그는 잘 알고 있었다.

그러나 김수영 사후 전개된 이런 시적 흐름은 어쩌면 필연적일 수밖에 없는 것이었다. 시인 생전에도 후진성을 면치 못했던 우리의 정치는 그가 불의의 사고로 작고하고 난 후 점차 야만성의 강도를 높여갔고 그에 따라 억압적인 정치권력과의 싸움이 문학에 주어진 가장 중요한 과제라는 인식이 광범위하게 확산되는 지경에 이른다. 김지하 시인이 70년대 초반 강연에서 한 다음과 같은 발언은 그가 김수영의 시정신을 어떤 식으로 계승하면서 또 뛰어넘고자 했는지 여실히 드러내주고 있다.

44

가해당한 폭력의 강도와 지속도가 높고 길수록 그만큼 비애의 강도도 높아지고 한의 지속도는 길어진다. 비애가 지속되고 있고 한이 응어리질 대로 응어리져 있는 한, 부정(否定)은 결코 종식되는 법이 없으며 오히려 부정은 폭력적인 자기 표현의 길로 들어서는 법이다. 비애야말로 패배한 시인을 자살에로 떨어뜨리듯이 그렇게 또한 시적 폭력에로 떠밀어올리는 강력한 배력(背力)이며, 공고한 저력이다. 비애에 의거하여, 한의 탄탄한 도약대의 그 미는 힘에 의거하여 드디어 시인은 시적 폭력에 이르고 드디어 시적 폭력으로 물신의 폭력에 항거한다. 가장 치열한 비애가 가장 치열한 폭력을 유도하는 것이다.

—「풍자냐 자살이냐」 중에서

김지하가 시인으로 막 문단에 입성했던 시절의 사유를 농축해 담고 있는 위 글은 도발적인 제목만큼이나 신선한 주장과 발성법으로 가득 차 있다. 그는 김수영이라는 막강한 선배 시인과의 대결을 통해 자기 시의 입지점을 확고히 하고자 하는 의지를 굳이 숨기지 않고 있다. 전후 시단에서 모더니스트 시인으로서 김수영이 담당한 역할을 정당하게 평가하면서도 그는 김수영의 시 역시 소시민성의 협소한 굴레에서 끝내 자유롭지 못했음을 날카롭게 지적 질타하고 있다. 그리고 이러한 한계로부터 벗어나기 위해선 민요나 민예 같은 우리 민족 재래의 예술 형식 속에 숨어 있는 해학과 풍자를 적극 계발하고 수용할 필요가 있음을 역설하고 있다. 지금 와서 보면 지극히 평범하고 당연하기까지 한 발언이지만 당시로서는 평지돌출에 가까웠을 김지하의 이런 대담한 제인은 1970~80년대를 관통하며 수많은 시인들에게 영감과 자극을 주어 왔다.

그런데 이 글에서 우리가 보다 눈여겨봐야 할 것은 다음 세 가지 점이다. 첫째, 김지하는 김수영이라는 선배 시인이 남긴 "풍자가 아니면 해탈이다"라는 명제를 "풍자가 아니면 자살이다"로 잘못 읽었으며 이런 오독에 기초해 자신의 논리를 펼쳐나가고 있다는 점이다. 여기서의 오독은 단순히 무시할 수도 있는 사소한 실수가 아니라 김수영과 김지하, 나아가 김수영 자신과 김수영 이후의 무수한 김수영 에피고넨들을 구분짓는 결정적인 결절점이라는 점에서 중요하다. 조금 비약해서 이야기하자면, 김지하는 김수영에게서 후배 시인이 강한 선배 시인에게서 받기 마련인 '영향의 불안anxiety of influence'을 느꼈으며 그것에 대한 방어기제가 바로 이러한 오독을 낳았으리라는 추측을 가능케 한다. 해롤드 블룸이 정식화한 대로 후배 시인은 선배 시인의 텍스트에 대한 오독과 수정을 통해 자신의 세계를 구축해나갈 수 있게 된다. 자신보다 앞선 시인의 말을 무비판적으로 받아들이는 것이야말로 시인에겐 '죽음'에 다름아니다. 그렇게 본다면 "풍자가 아니면 자살이다"에서의 자살은 김지하가 쓴 글의 맥락에서 이탈하여 새로운 의미를 생성하게 된다. 뒤늦게belated 등장한 시인은 앞선 시인의 텍스트를 살해하는 반역의 모험을 수행하고서야 비로소 한 사람의 온전한 시인으로 생환할 수 있게 되는 것이다.

둘째, 앞의 사항과 연관된 것으로, 풍자/해탈에서 풍자/자살로의 궤도 변경은 시의 가능성이라는 문제에서 시인의 선택이라는 문제로 초점을 이동시킨다는 점이다. 전자가 시가 지향하는 혹은 시에게 허락된 광활한 세계에 눈뜨게 해준다면 후자는 시급한 결단의 현장 앞으로 시인을 내몬다. 전자가 이것인 동시에 저것일 수도 있다는 포괄의 입장에 서 있다면 후자는 이것이냐 저것이냐라는 질문을 숨가쁘게 제기하고 있는 데서 알 수 있듯이 배제의 논리 위에 기초해 있다. 그런데 풍자와 자살 가운데 하나를 선택하기를 요구하는 이 질문엔 이미 그 답이 내장돼 있다는 점에서 이 둘 사이의 대립은 말 그대로의 이항대립이라기보다는 내부적으로 이미 결론이 나 있는 허구적 대립에 지나지 않는다. 이 점은 그후 민중주의 계열의 시에서 보이는 소영웅주의나 관념의 우위, 언어 밀도의 약화 같은 부정적인 문제점으로 현상하게 된다.

셋째, 당시 김지하가 우리 시의 유일한 혈로로 파악한 풍자는 현실세계의 물리적 폭력에 대한 일종의 문학적 되먹임feedback이라 할 수 있다는 점이다. 물신의 폭력과 시적 폭력은 물리학에서 말하는 작용과 반작용의 관계에 있다. 어느 한편이 증가하면 자동적으로 다른 한편도 그만큼 증가할 수밖에 없다. 그것은 곧 힘에 대한 갈망을 불러온다.(짧은 인용인데도 김지하의 위 글에선 폭력 배력 저력 강도 지속도 미는 힘 등 힘과 관련된 단어가 밀집해 있다.) 따라서 여기서 김지하가 말하는 풍자는 수다한 문학적 기법 가운데 하나가 아니라 그 자체로 우리 문학이 지향하지 않으면 안 될 결정적인 목표라는 의미를 품게 된다. 그리고 이때의 풍자는 억압적인 지배권력에 대한 원천적 부정이자 최고의 공격이라는 말과 동의어이다. 즉 풍자는 지배층에 대한 저항의식과 분노 그리고 민중간의 연대감과 사랑, 이 모두를 총칭하고 있는 개념이다. 물론 현실세계의 물리적 힘과 종이 위에 씌어진 글자들의 조합으로 탄생하는 힘은 엄연히 그 범주가 다른 것이다. 그런데도 문학 창작에서 힘에 대한 추구가 노골화된 것은 그만큼 정치 사회적 형편이 절박했고, 언어의 감금과 훼손이 극심했으며, 자유로운 말, 진실된 말에 대한 갈증이 강했기 때문일 것이다.

그런 의미에서 1970~80년대 시는 시대적 제약에도 불구하고 정치적 상상력의 찬란한 무대였다. 김지하 김남주 같은 지사적 지식인에서 박노해 백무산 같은 노동자계급의 전사에 이르기까지 이들 시인의 시는 한결같이 첨예한 공격성과 유격적 감수성, 경성(硬性)의 강렬한 이미지로 가득 차 있다. 일찍이 우리 시사에서 찾아보기 힘든 언어의 무장 봉기가 시작된 것이다. 이들 시는 모더니즘의 허울을 쓴 근거 없는 난해시와 재래의 고답적인 순수 서정시로 양분된 시단에 새 바람을 불러일으켰으며 우리 시가 나아갈 새로운 이정표를 제시했다. 이들 시는 필연적으로 남성적 영웅주의의 속성을 띨 수밖에 없으며 단단하고 예리하며 직선적인 물체와 운동에 대한 경도를 보여준다. 80년대 민중문학론의 중간 기착지라고 할 만한 한 산문에서 채광석은 명료하게 개념 규정하기 쉽지 않은 '민중의식'을 기하학적 도형에 비유해서 풀이해 보이고 있다.

여기서 나는 민중의식이란 대체로 소시민으로서의 시인의 삶과 의식에 뒤엉켜 있는 역사적 사회적 현실의 모순에서 비롯된 비애와 한에 대한 치열한 자각, 자신의 그것을 밑바닥 민중생활에 전형적으로 집적되어 있는 비애와 한과 통합시켜나가려는 지향성, 그 비애와 한을 창출하고 온존시키며 확대 재생산하는 동시에 그 통합 지향성을 저지하는 주체에 대한 공격성—바로 이것들이 서로 어우러지며 민중의 역사적 주체로서의 일어섬이라는 정점을 향하여 운동해나가는 의식임을 확인한다. (……) 이것을 도식적으로 표현하자면 민중의식이란 자각, 지향점, 공격성을 세 꼭지점으로 하는 삼각형이 그 정점인 민중의 주체로서의 일어섬을 향하여 삼각뿔을 이뤄나가는 운동의 의식이라고 말할 수 있다.

—「설 자리, 갈 길」 중에서

위 글에 제시된 민중의식에 대한 정의가 얼마나 독창적이며 타당한 것인가 하는 문제는 우리의 관심사가 아니다. 이채로운 것은 채광석이 민중의식을 삼차원의 입체에 비교할 때 하필이면 삼각뿔 형태를 빌려왔다는 점이다. 이러한 비유는 단순한 우연이 아니라 나름대로 무의식적 편향에서 연유한 필연성을 지녔다고 여겨진다. 즉 삼각뿔의 예각성과 견고성, 운동 지향성은 민중주의의 내적 속성의 일면을 정확히 반영하고 있다. 필자가 민중문학론에 대해 '각의 시학'이란 이름을 붙인 것은 민중문학에 내재된 바로 이러한 측면을 지적하기 위해서였다.

3. 원(圓)의 시학 : 축제, 구도, 유희, 투시

이처럼 1970~80년대 시는, 다시 김수영의 표현을 빌려 말하건대, 시대적 소명에 따른 '첨단의 노래'가 열정적으로 불리워진 시대였다. 이 계열의 시는 자기 바깥에 위치한 거대한 적을 향해 가차없는 비판과 공격을 퍼부음으로써 '권력에 대한 권력'으로 자리잡았다. 그러나 모든 첨단엔 결국 끝이 있는 법. 정치적 상상력에 입각한 '무기로서의 시'는 정치적 지형 변화와 함께 효용의 한계라는 상황과 조우하지 않을 수 없게 되었다. 국내적으로 비록 형식적 차원이긴 하지만 정치 사회적 민주화가 진척되고, 국외적으로 현실사회주의 정권의 잇따른 붕괴로 진보적 이념의 기반이 와해됨으로써 우리 시 역시 중대한 진로 수정의 국면을 맞게 되었다. 1980년대 말을 기해 우리를 내습해온 거대한 정치 사회적 지각 변동은 모든 부면에 걸쳐 깊은 단애와 균열을 만들어냈고 새로운 담론의 수요와 공급을 창출해냈다. 문제는 세상이 바뀌었다는 것이 아니라, 얼마큼 바뀌었으며, 어떻게 바뀌었느냐 하는 점이었다. 문학, 좀더 좁혀서 시에 국한해 말하자면 두 갈래 상이한 지류가 평원을 가로질러 뻗어나가고 있음을 볼 수 있다. 그 하나가 정치 경제 사회의 층위를 넘어서 보다 근원적인 영역, 다시 말해 문명사적 층위로 시선을 넓히는 거시적 작업이라면, 다른 하나는 오히려 시야를 극도로 좁혀 자아나 신체의 밀실로 침투해 들어가는 미시적 작업이다. 이렇게 해서 외부의 우주와 내부의 공방, 환경과 몸이 우리 시대 시의 두 거점으로 자리잡기에 이르렀다. 이 두 거점은 분리돼 있는 것이 아니라 서로 겹쳐 있고, 고정돼 있는 것이 아니라 부단히 변모한다.

그러나 이처럼 '각의 시학'이 종언을 고하고 '생태시'와 '몸시'라는 새로운 경향이 출현한 것이 꼭 정치 사회 상황에 종속되어 일어난 부수적 현상인 것은 아니다. '공인받지 못하는 세상의 입법자'라는 고전적 정의가 말해주는 것처럼 시인들은 실제 상황이 닥치기 훨씬 전에 이미 그러한 징후를 예감하고 진작부터 인식과 표현의 근본적인 전환을 위해 분투해왔기 때문이다. 그러한 시인 중 가장 대표적인 사람이 바로 김지하이다. 누구보나 치열하게 자기 몸을 불사르며 정치적 암흑기를 헤치고 질주해온 이 시인이 누구보다 먼저 당대의 지배적 우상과 통념을 파괴하고 인간과 세계를 바라보는 혁신적인 사유의 모색에 나선 것은 아이러니하면서도 수긍 가는 일면이 있다. 1980년대 초반 오랜

영어생활을 마감하고 선보인 시집 『애린』에서 시인은 다음과 같이 노래한 바 있다. "애린/네 이름을 부를 때마다/나는 조금씩 동그래져/애린/네 얼굴을 그릴 때마다/나는 조금씩 보드라워져"(「결핍」) "거리에서/노점상 좌판 위에 수북수북이 쌓아놓은/사과알 자꾸만 만지작거리는 건/(……)/모난 것, 모난 것에만 싸여 살아/둥근 데 허천이 난 내 눈에 그저/둥글기 때문".(「둥글기 때문」) 이들 시에 표명된 단단한 것, 굳은 것, 강한 것, 모난 것에 대한 거부가 일차적으로는 시인 개인의 남다른 체험에서 유래한 것임은 틀림없다. 그러나 둥근 형태에 대한 유난한 애정과 집착은 이런 표피적 차원을 넘어 시인의 무의식 깊숙이 자리잡은 전체성의 회복에 대한 열망과 맞닿아 있다.

원은 시작도 끝도 없는 영원의 상징이며 그 자체로 충만한 완전성의 상징이다. 또 한 사람, 김지하와 비슷한 연배의 시인이 그와 비슷한 시기에 원 이미지가 주는 매혹에 대해 토로하고 나섰다. 바로 정현종 시인이다. 그가 "그래 살아봐야지/너도 나도 공이 되어/떨어져도 튀는 공이 되어//살아봐야지/쓰러지는 법이 없는 둥근/공처럼, 탄력의 나라의/왕자처럼"(「떨어져도 튀는 공처럼」)이라고 노래했을 때, 또 "둥근 기쁨 하나/마음의 광채/둥근 슬픔 하나/마음의 광채/굴리고 던지고 튕기며 노는/내 커다란 놀이"(「벌레들의 눈동자와 같은」)라고 노래했을 때 그 원은 김지하의 원과 조응하면서 각으로 가득 찬 시언어에 지친 독자들을 위무해주고 각이 지배하는 세상과 다른 세상에 대한 가능성에 눈뜨게 해주었다. 이 원 이미지는 두 시인의 산문에서 '생명'이란 공통의 화두와 결부돼 있다. 1990년대는 김지하와 정현종의 이런 선구적인 통찰이 하나의 유행적 경향으로 번져나간 기간이라 할 수 있다. 1980년대엔 문학적 우세종인 각의 시학에 눌려 매우 미약하게 일정한 반경 안에서만 울려퍼지던 '원의 시학'이 1990년대를 통과하면서 강력한 자력을 발산하며 많은 시인들을 영향권 안으로 끌어들였다. 가령 감옥에 갇힌 몸으로 새로운 사유의 틀을 짜나가고 있던 시절 박노해가 남긴 다음 산문을 보라.

에밀레종은 뼈아픈 내 침묵, 절필 이후에 새롭게 시작할 나의 시가 어떤 울림을 지녀야 하는지를 깨우쳐줍니다. 장중하면 맑기 어렵고, 맑으면 장중하기 힘든 법이건만 엄청나게 큰 소리이면서 이슬처럼 영롱하고 맑은 울림. 참된 시는 날카로운 외침이 아니라 그 누구도 거부할 수 없는 '둥근 소리'여야 하지 않겠느냐, 길고 긴 여운을 지닌 소리여야 하지 않겠느냐, (……) 그만한 삶과 사상과 체험과 고난과 정진이 절실하게 차오를 때 에밀레종 소리 같은 맑고 장중한 울림의 시가 나오지 않겠느냐, 그렇게 내 귓전에 뎅- 울려오는 것입니다.

　　　　　　　　　—「삶의 대지에 뿌리박은 팽창된 힘」 중에서

다시 되풀이되는 원 이미지, 그것은 이 이미지가 지닌 원형적 보편성을 알려주는 동시에 우리 시의 형질 변화가 어떤 극점에 이르렀음을 짐작하게 해준다. '각의 시학'이 갈등과 투쟁을 주조로 한 아니무스의 시학이라면 '원의 시학'은 사랑과 조화를 지향하는 아니마의 시학이라고 할 수 있다. 이러한 '원의 시학'이 표상하는 정신은 이후 중심에서 번져나가는 동심원처럼 빠른 속도로 우리 시의 저변에 스며들었다. 정치적 대결의 장에서 철수한 시인들은 정치 경제적 현안을 둘러싸고 있는 더욱 광범위하고 더욱 본질적인 사안과 맞닥뜨리게 되었다. 그것은 잘 알려져 있다시피 우리 사회, 나아가 우리가 발붙이고 사는 지구라는 행성을 위협하고 있는 생태학적 재앙이다. 마음놓고 마실 물이 없고 숨쉴 공기가 없는 세상, 인간을 제외한(아니 소수 인종을 포함해서) 숱한 생물학적 종들이 멸절의 위기에 처한 세상, 유한할 수밖에 없는 지구 자원의 급격한 고갈과 자정 능력의 저하를 목전에 두고 있는 세상. 이 모든 현상들이 인간의 생존을 위협하는 재앙으로 우리 눈앞에 박두해 있지 않은가. 그런 의미에서 이들 생태시는 자연이 사라진 시대의 목가이다.

이 목가는 다시 두 가지 유형으로 분화된다. 그 하나가 '축제'를 꿈꾸는 태도라면 다른 하나는 한때 '정신주의'라는 말로 운위되기도 한 '영성'의 추구를 가리킨다. 전자가 자연과의 합일에 대한 열망으로 가득 차 있는 동적 태도라면, 후자는 자연에 대한 관조, 욕망의 절제 같은 정적 태도를 지향한다. '축제'에의 참여를 권유하는 흐름의 선두에 있는 시인은 역시 정현종이다. 그가 원하는 것은 자신과 세계와의 우주적 근친상간이다. 그의 시는 자신을 에워싸고 있는 동식물들, 그리고 심지어는 광물이나 대기, 햇빛에 이르기까지 다양한 존재들과 벌인 화간의 기록이다. 그의 몸은 자유자재로 세상과 소통하며 자연이 허락하는 미세한 지복의 순간에 참여한다. 거기서 이 시인 특유의 건강한 에로티시즘이 피어난다. 삼라만상과 교호하고자 하는 이 시인은 욕망의 조율이 아닌 발산에서 잃어버린 낙원의 흔적을 되찾는다.

이처럼 욕망의 자발성에 몸을 맡기지 않고 이를 철저히 걸러내려 할 때 그리하여 욕망이 끝간 곳을 응시하고자 할 때 영성의 추구가 대두한다. 김지하 조정권 최동호 이시영 등 다양한 시인들은 욕망의 무한 팽창을 부추기는 현실에서 멀리 떨어져 내면으로 난 또하나의 길을 걸으려 한다. 이런 그들에게 새롭게 다가오는 것이 한때 '신들의 거주지'였던 자연이다. 그래서 이들의 시에선 종종 자연의 아름다움과 신성함에 대한 예찬이 이루어지며 자연에 입문하는 과정은 영혼의 성숙을 위한 고행에 비유된다. 이러한 자연의 신격화 내지 정신화는 인간의 왜소함과 유한함을 넘어서고자 하는 의지의 표현이다.

축제를 지향하든 영성을 지향하든 이들 생명주의에 입각한 시는 인간과 세계의 합일이 실현될 수 있으며 양자 사이에 새로운 계약과 유대가 가능하다고 믿고 있다는 점에서 낙관적이다. 그렇다면 이러한 낙관주의를 믿지 않는, 그리하여 자연의 치유력마저 인정하지 않는, 혹은 거기에 기대려고 하지 않는 시인들이 설 자리는 어디인가. 물활론적이고 생기론적인 생명주의자들의 자연관과는 다른 자연관의 소유자들이 갈 곳은 어디인가. 생명주의의 낙관성을 받아들이지 못하는, 그래서 자연에 대한 낭만주의적 수사에 진력이 난 일군의 다른 시인들은 허무주의의 비극성을 철저히 감내하고 체화하는 것만이 이 시대를 정직하게 사는 길이며 오히려 거기서 어쩌면 구원 가능성의 실마리를 찾을 수 있을지 모른다고 생각한다. 이들 허무주의자에게 생명주의자가 꿈꾸는 둥근 공〔球〕은 곧 텅 빈 공〔空〕에 다름아니다. 원의 충만함이 일순간에 텅 빈 무〔無〕로 화할 때의 충격, 거기서 음산한 죽음의 드라마와 허망하기 이를 데 없는 도시적 일상의 잔해가 떠오른다. 헛되고 헛되며 헛되고 헛되니 모든 것이 헛되도다. 이럴 때 시인들이 선택할 수 있는 길엔 어떤 것이 있을까. 그 하나가 헛됨 속으로 뛰어들어 헛됨을 연기(演技/延期)하며 헛됨을 사는 유희의 길이라면 다른 하나는 헛됨에 매몰되지 않기 위하여 이를 꿰뚫어보고자 하는 투시의 길이다. 자연의 호출조차도 신경쓰지 않는 이들에게 유일한 버팀목은 자아와 그 자아를 담보하고 있는 신체이다. 아니 그 자아조차 탈현대의 주창자들에 의하면 이미 해체돼버렸다고 하지 않은가. 문학적으로 성공을 거둔 것 같지는 않지만, 포스트모더니즘 이론에 심취한 이승훈 같은 시인이 1990년대에 보여주는 것은 바로 이러한 유쾌한 허무주의이다. 그는 지루한 세상에서 할 만한 유일한 일은 그 지루함을 잠시 잊게 해주는(그러나 실제로는 좀더 연장하는 데 그치고 마는) 언어의 놀이에 지나지 않는다고 생각하는 듯하다. 그는 모든 심각한 시도와 진지한 노력을 비웃고 언어의 타일로 갖가지 형상을 모자이크해내는 듯하다가 이내 흩트리고 만다. 보다 젊은 세대의 시인 가운데 이런 경향에 가까운 작품세계를 밀고 나가는 시인으로는 박상순을 들 수 있다.

이에 비해 김혜순이나 유하의 작품을 관류하고 있는 유희정신은 자본주의 현실에 대한 비판이라는 세몽주의 정신으로부터 상대적으로 자유롭지 못하다. 온갖 욕망이 범람하는 고도 소비사회의 상징인 서울을 "나의 우파니샤드"로 파악하는 김혜순이나 압구정동에 흘러넘치는 젊은 육체와 풍속을 산책자의 시선으로 뒤따르면서도 고향 하나대를 잊지 못하는 유하는 일탈의 유희가 주는 쾌감과 비판을 위한 정신의 긴장 사이를 왕복하면서 시를 빚어내고 있다. 그들의 시에 등장하는 난만

한 몸의 만다라는 허구에 불과한 삶의 진면목과 그것이 허구임을 알면
서도 매혹되는 자아의 이중성을 드러낸다.

　허무주의의 심연 가장자리에서 벌어지는 이들의 유희는 항시 추락의
위험을 동반하고 있다는 점에서 위태롭기 그지없다. 그래서 일군의 다
른 시인들은 자아와 세계의 가려진 뒷모습을 투시하는 노력을 통해 또
다른 확실성을 추구하는 방향으로 나아가게 된다. 그것은 자본주의적
일상을 수식하는 모든 완곡어법을 거절하고 그것의 참혹한 실상을 그
로테스크하게 드러내는 최승호나 김기택의 시로 현상하기도 하고 어지
럽게 펼쳐진 몸 속의 미로를 더듬어 내려가며 악몽과 에로티시즘을 뒤
섞는 김언희나 채호기의 시로 현상하기도 한다.

4. 폐허를 향해 열린 문

　1990년대 들어 우리가 직면한 사실 가운데 하나는 좌든 우든 그 동
안 모두가 암암리에 신봉해왔던 '발전과 성장의 동학'이 한계에 도달
했다는 점이다. 지구라는 행성 전체에 대한 자본의 식민화가 거의 완성
단계에 접어든 지금 이를 추동해온 계몽적 이성과 합리주의의 기반이
뿌리째 흔들리고 있다는 것은 매우 역설적인 사실이다. 그런 의미에서
현대인들은 물질적 만족을 얻고자 악마와 거래한 파우스트의 후예들이
다. 파우스트가 꿈꾼 인공낙원이 한낱 신기루로 판명된 것처럼 그의 후
예들 역시 세계 상실, 가치의 총체적 몰락이라는 묵시록적 상황과 마주
하고 있다. 이러한 미증유의 사태와 대면하여, 한쪽에선 생명의 존엄성
을 제일원리로 하는 생태학적 관점이 힘을 얻어가고 있고, 다른 한쪽에
선 허무주의적 인식을 원료로 삶과 세계를 바라보는 시각의 전면적 재
편을 기도하는 움직임이 이루어지고 있다. 실제로 1990년대 시문학은
각기 생명주의와 허무주의에 젖줄을 댄 축제/구도/유희/투시의 네 경
향이 복합적으로 작용하며 짜여진 직물이라 할 수 있다.

지금까지 살펴본 바와 같이 최근 우리 시에서 부상하고 있는 환경/
몸이라는 주제는 지난 연대의 자아/세계 같은 고전적 주제나 주체/체
제라는 정치적 주제와는 다른 층위에서 작동하고 있으며 바로 이 점이
우리 시의 변모를 예감케 한다. 그러나 이 주제가 실제 작품에서 얼마
나 깊고 풍요로운 모습으로 구현될지는 아직 미지수이다. 지난 연대의
정치적 상상력에 입각한 문학적 경향을 빠르게 기억의 저편으로 밀어
내면서 새롭게 우리 문학을 교직하고 있는 생명주의/허무주의는 모두
급변하는 실제 현실 앞에서 창백하고 무력한 모습을 떨쳐버리지 못하
고 있는 것으로 보인다. '역사의 종말'이 운위되는 시대에 '시의 종말'
이란 얼마나 하찮은 것인가. 그런데도 사람들은 살아야 하고 시인들은
시를 써야 한다. 종말 앞에서, 종말을 유예하는, 종말의 시를.

(1998)

견딜 수 없이 가벼운 존재들
—댄디즘과 1990년대 소설

1. 댄디의 출현

    문학과 인접 예술과의 관련은 1970년대 문학이 사회과학과 관련되었던 것과 비교할 만하다고 그는 덧붙였다. 그가 그런 말을 하지 않았다 하더라도, 나는 그가 지독한 예술 취미의 소유자라는 것을 알 수 있었다. 그가 혼자 쓰는 사무실(그는 도서출판 청하의 주인이다)은 얼른 봐서 사치가 드러나지 않게 잘 꾸며져 있었다.

    엷은 오렌지빛 커튼, 베이지색 카펫, 심플한 소파, 선퍼니처 류의 데스크, 이렇게 안온하고 부드러운 무드 속에 하루 종일 있으면 바깥세상으로 나가기가 정말 싫을 거라고 속으로 생각하면서 나는 문득 그에게 "부드러움이란 무엇인가"고 물었다. 그가 자주 쓰는 이 부드러움이 혹시 예술지상주의와 치환관계에 있는 것이 아닌가 하는 생각이 얼른 들었기 때문이다. 그러나 그는 말했다.

"그 부드러움은 지성성을 현실에 뿌리내린 새로운 상상력에 의해서만 도달될 수 있다고 봐요."

나는 그의 답에 약간 의아했다. 그것은 지금까지 그를 공격하는 사람들의 의견과 합치하는 말이었기 때문이다. 그렇지만 적어도 '현실에 뿌리내린 상상력'이라는 그의 말을, 이번 『언어의 세계』가 진정으로 책임져준다면, 그것은 실로 축하해야 할 일이다.

룸 살롱 같은 그의 방을 나올 때 그와 악수하면서 나는 그의 열린 와이셔츠 사이로 가느다란 금속 실목걸이가 그의 목을 감고 있는 것을 보았다. 나는 그에게 말했다.

"장 형은 굉장한 댄디요."

—황지우, 「무크 바람의 풍향계」 중에서

인용된 글은 읽는 사람을 십여 년의 세월을 훌쩍 건너뛰어 1980년대 초반의 정치적으로 엄혹하기 이를 데 없었던 시절로 되돌아가게 만든다. 주요 문학계간지가 대부분 강제 폐간되어 생긴 빈자리를 몇몇 무크지가 힘겹게 메워주고 있던 시절, 당시 문단에서 한창 두각을 나타내고 있던 한 시인이 그와 문학적 경향은 현저히 다르지만, 시·평론·출판 등 다방면에 걸쳐 왕성한 활동을 펼치고 있던 다른 한 시인–출판인을 만난다. 글쓴이는 특유의 재기 넘치는 유격적 감수성으로 대상이 되고 있는 시인–출판인의 초상을 그려 보이고 있다.

위 인용에서 우리의 관심을 끄는 것은 두 가지이다. 그 하나는 글쓰는 주체가 대상에 대해 행사하는 거의 무소불위에 가까운 권력이다. 대상이 되는 인물은 원치 않는 방식으로 글 속에 소환돼 일방적으로 규정되고 재단된다. 글쓴이는 의도적으로 대상이 되는 인물이 곤핍한 시대 현실과 얼마나 유리된 채 안락하고 쾌적한 삶을 누리고 있는지, 그가 지향한다고 말하는 문학세계 역시 얼마나 공허한 수사에 지나지 않는지를 날렵하게 드러내고 있다. 언뜻 봐서 글쓴이는 그 인물의 사무실 정경을 묘사하거나 그 인물이 한 말을 그대로 옮겨놓거나 하는 식으로,

비교적 객관적 정보의 제시에 충실한 면모를 보여주는 듯하지만 읽는 사람이 그런 서술의 심층에 도사리고 있는 냉소와 경멸을 눈치채기란 그리 어렵지 않다. 그 냉소와 경멸은 "룸 살롱 같은 그의 방"이라는 조롱이나 다름없는 비유를 거쳐 그의 목에 걸린 "가느다란 금속 실목걸이"에 대한 언급으로 절정에 이른다. 우리는 여기서 대상이 되는 인물에 대한 글쓴이의 접근 방식과 평가가 얼마나 타당하며 공정한가를 세밀하게 따질 필요는 없을 것이다. 다만 글쓰기에는 필연적으로 권력적 속성이 따라다니며 그것의 유혹으로부터 자유롭기란 대단히 어렵다는 사실을 확인하는 것으로 족하다.

위 인용에서 보다 우리의 관심을 끄는 또하나의 요소는 글쓴이가 대상이 되는 인물에 부여한 '댄디'라는 명칭이다. 무엇이 한 인물에게 '댄디 출판인 댄디 시인'이라는 명칭이 자연스럽게 주어지는 것을 가능케 하는가. 지독한 예술 취미인가, 잘 꾸며진 사무실 환경인가, 아니면 안온하고 부드러운 무드인가. 그리고 댄디란 과연 글쓴이의 어조에서 묻어나는 바와 같이 상대방에 대한 놀림의 의미를 함축하고 있는 부정적 개념일 따름인가. 앞당겨 이야기하자면 댄디는 1980년대라는 시대 상황과 숙명적으로 길항관계에 있을 수밖에 없었다. 정치적 억압으로부터의 해방과 경제적 불평등의 해소라는 시급한 현안을 목전에 두고 대다수 사회 구성원들이 살아남기 위한 비장한 투쟁을 해나가지 않으면 안 됐던 그 시절에 댄디란 분명 공소하기 이를 데 없는 의식의 사치이거나 태도의 희극에 불과했다. 그러나 1990년대도 저물어가는 지금 이 시점에서 볼 때 댄디에 대한 부정 일변도의 사고는 문제가 있다고 하지 않을 수 없다.[1] 댄디dandy 그리고 댄디즘dandyism은 유한계급이

---

1) 댄디-댄디즘은 1990년대 들어서 우리 사회와 문학을 설명하는 데 유효한 개념으로 자리잡기에 이르렀다. 댄디즘은 이제 현실과 유리된 소수 예술가들의 독점물이 아니라 유행의 물살을 타고 대중의 일상생활 깊숙이 침투해 들어와 있는 문화적 사회적 현상으로 위력을 발휘하고 있다. 최근 우리 젊은이들을 사로잡은 '하루키 소설'과 '왕가위 영화'는 바로 이 댄디즘에 대한 이해 없이는 적절히 설명되기 힘들 것이다. 이들 작품은 우리 독자와 관객들의 감수성에 스며들어 지각과 인식에 큰 변동을 일으켰으며 우리 문학과 예술에 많

누리는 물질적 풍요 및 문화적 소비 행위와 분리할 수 없는 개념이지만 그렇다고 이러한 것들로 환원되고 나면 그만인 개념에 그치는 것은 아니기 때문이다.

잘 알려진 대로 댄디즘은 19세기 서구 자본주의가 남긴 문화적 유물 가운데 하나이다. 역사적으로 댄디즘이 처음 그 모습을 드러낸 나라는 자본주의의 진척 속도가 빨랐던 영국으로 알려지고 있다. 19세기 초엽 낭만주의가 한창 기세를 떨칠 무렵 당시 영국 상류 귀족계급의 청년들 사이에 몸치장이나 생활 방식에 있어서 타인들과 구별되는 독특하면서도 사치스러운 스타일이 유행하기 시작했는데 이것이 바로 댄디즘의 탄생을 가져왔다.(이 용어를 고안한 브루멜에 따르면 댄디즘이란 "타협하지 않는 예외적 삶의 양식을 통해 사회적 권위를 얻으려는 태도를 의미"했다.) 이러한 댄디의 태도와 행동엔 단순히 물질적 부의 표시만이 아니라 돈만을 숭배할 뿐 인문학적 교양이나 예술과는 담을 쌓고 지냈던 부르주아 사회에 대한 지독한 멸시와 혐오가 담겨 있었다. 낭만주의에 심취한 당시 청년들은 무지한 속물들과 자신을 구분하기 위해 외양부터 이처럼 남과 구분되는 독자적 차림새를 추구하기에 이른 것이다. 그것은 한편으로 사회적 부적응을, 다른 한편으로 예술가로서의 자부심과 우월감을 나타내는 상징적 제스처라 할 수 있다.

이러한 새로운 물결은 곧바로 바다를 건너 프랑스에 전파돼 유행처럼 번져갔으며 그 양상 또한 원산지와는 적잖게 달라지게 됐다. 특히 시인 보들레르는 이 댄디즘에 이론적 기초를 마련해준 사람으로 기억될 만하다. 댄디즘은 보들레르에 의해 단순한 몸단장이나 생활 태도에 지나지 않는 단계에 머무르지 않고 미학적인 동시에 윤리적이며 종교적인 의의까지도 지닌 어떤 것으로 탈바꿈했다. 그에게 댄디즘은 "하나의 종교"이며 댄디는 "새로운 귀족계급"이다. 보들레르는 댄디에게서

은 모방 및 아류작들이 나오도록 만들었다. 무라카미 하루키 소설에 나타난 댄디즘의 양상에 대해선 졸고 「오르페우스의 귀환—무라카미 하루키, 댄디즘과 오컬티즘 사이에서 방황하는 청춘」을 참조할 것.

"몰락의 시기"에 나타난 "마지막 영웅주의의 섬광"(「현대적 생활의 화가」)을 본다. 이러한 댄디-댄디즘에 대한 설명은 즉각 다음 두 가지 점을 인식하게 해준다.

첫째, 댄디는 구체제의 몰락과 신흥 부르주아 계급의 대두라는 역사적 사실에 그 발생 근거를 두고 있다는 것. 이전 시대에 문화 예술의 정신적 경제적 후원자 역할을 해준 귀족계급은 역사의 뒤안길로 사라져가고 있는 반면 새로 등장한 부르주아들은 아직 문화적 세련성을 보여주지 못하고 있던 시절, 이러한 현실에 절망하고 반항한 젊은 예술가들이 택한 길 가운데 하나가 바로 댄디즘이었던 것이다. 부르주아의 속악한 물질주의에 대한 반발을 태동 배경으로 갖고 있었던 만큼 보들레르의 댄디는 당연히 정신주의에 경도되는 면모를 보여줄 수밖에 없었다. 또 대다수 일상인과 자신을 구분짓고자 한다는 점에서 민주주의적 평준화보다 귀족주의적 엘리티즘에 더 경사된 면을 보인다.

둘째, 주어진 현실과 타협하지 않고 자신만이 가진 내밀한 그 무엇을 가꿔나간다는 점에서 댄디즘이란, 사르트르의 표현을 빌린다면, "노력의 도덕률"이라고 할 수 있다는 것. 외부 현실의 유혹이 큰 그만큼 댄디는 끊임없이 "의지를 강화시켜주고 영혼을 단련시켜주기에 적합한 정신적 훈련"을 해야 했다. 그래서 보들레르는 "댄디는 끊임없이 고상하기를 갈망하여야 한다. 거울 앞에서 살며 잠자야 한다"(『나심(裸心)』)는 철칙을 제시하기에 이른다. 얼굴 화장에서부터 옷차림, 말투, 취향, 습관에 이르기까지 댄디는 철저히 자신을 통제하고 타인의 시선 앞에서 자신을 연출해나가야 하는 것이다. 그리하여 품위와 절제, 그리고 세속적 가치에 구애받지 않는 초연함 등을 내면화해야 한다.

그러나 댄디즘이 추구하는 이러한 '자아의 숭배'는 자본주의의 발전과 함께 쇠락과 변질의 국면을 맞는다. 보들레르가 논리화했던 댄디즘의 원래 의미는 희석돼버리고 대신 체제가 선전하는 '멋있고 자유로운 삶'에 이르는 하나의 통로로 구실하기에 이른다. 경제 성장으로 소득이 증대하고 여가 시간이 늘어나면서 예전엔 소수의 선택받은 계층만이 누릴 수 있었던 상품과 문화의 소비가 확산되고, 문화산업의 팽창으로 고급문화와 대중문화의 경계선이 흐려짐에 따라 이른바 일상생활의 심미화aestheticization of everyday life라는 현상이 광범위하게 자리잡게 되자 댄디즘은 빠르게 사회 저변에 스며들 수 있는 기회를 갖게 됐다. 댄디는 이제 저주받은 영혼의 소유자나 미적 창조에 헌신하는 사제가 아니라 소비자본주의사회의 흘러넘치는 상품과 현란한 이미지 사이를 헤집고 다니는 익명의 단자에 불과하게 되었다. 자본주의의 전 지구적 승리라는 보편화 획일화의 물결 속에서 가냘프게나마 개성화 차별화의 전략을 통해 그 명맥을 유지하고자 해온 댄디즘은, 바로 그 개성화 차별화가 자본주의 상품광고의 다시 없는 모토라는 점에서 변화하는 시대 흐름에 휩쓸리며 중대한 도전을 맞게 된 것이다. 특히 우리나라에서도 1990년대 들어 중단 없는 경제 성장의 신화가 만들어낸 방만하고도 과시적인 여피 문화의 보급으로 댄디즘은 사회 문화적 조류의 하나로 정착한 듯하다. 이제 1990년대 소설에 나타난 댄디즘의 양상을 구체적으로 살펴보도록 하자.

2. 댄디의 미학

1980년대에서 1990년대로 넘어오면서 우리 사회는 안팎으로 많은 변화를 체험했다. 아울러 이 두 시대 사이에 가로놓인 단층의 의미에 대해선 어느 정도 정리가 이루어진 상태이다. 1980년대가 이념의 시대였다면 1990년대는 탈이념의 시대이고, 1980년대가 광장의 시대였다면 1990년대는 밀실의 시대이고, 1980년대가 공동체의 꿈과 연대에 대한 희망이 지배적인 시대였다면 1990년대는 고독한 단자의 시대이다……아마도 이러한 식의 상투적 분류는 얼마든지 계속될 수 있을 것이다. 그리고 이런 분류가 어느 정도 현실을 반영하고 있는 것도 사실이다. 1980년대가 이념 지향적 시대였고 낭만적인 열정으로 충만한 시대였다면, 1990년대는 그런 이념과 열정이 썰물처럼 퇴조하고 한편으로 화사하면서도 다른 한편으로 음침한 현실의 갯벌이 그 모습을 드러낸 시대로 보이기 때문이다.

1980년대 말 사람들은 사회주의 정권의 몰락이라는, 자신의 미래를 의탁할 수 있을 만큼 단단하고 영속하리라 믿었던 이념이 한순간에 대기중에 녹아 사라지는 광경을 지켜봐야 했다. 그리고 이어서 소비자본주의의 휘황찬란한 불빛이 사람들의 시야를 덮쳤다. 댄디라는 19세기식 문화적 아방가르드가 우리 문학에 본격적으로 출현한 것은 이런 현상을 배후에 두고 있었다. 그리하여 1980년대의 금욕적인 투사형 주인공과는 전혀 다른, 쾌락적인 예술가형 주인공이 우리 문학, 특히 소설에 부지런히 얼굴을 내밀기에 이르렀다. 이들 댄디형 주인공은 너무 많고 다양하기 때문에 특정 작가를 거론하는 것 자체가 거의 무의미할 지경이다. 대충 손꼽아보아도 장정일 구효서 박상우 채영주 배수아 은희경 윤대녕 장태일 김영하 이응준 조경란 등의 소설의 작중인물들이 바로 댄디적 성격과 기질을 농후하게 내비치고 있다.[2]

이들 소설의 주인공들은 대개 고학력이며 상당한 인문학적 소양을 갖고 있고 예술에 대해서도 해박한 지식을 갖고 있다. 아예 그들 자신이 프리랜서이거나 작가나 화가 혹은 연극 연출가 같은 예술가로 설정되기도 한다. 그들은 가정이나 직장으로부터도 자유롭다. 성적으로도 분방한 관계를 유지하지만 거기에 특별한 가치를 부여하지는 않는다. 그들은 경제적 여유와 성적 자유방임의 상태에 놓여 있으면서도 그것으로부터 초연하다. 그들은 진지하고 성실한 품성을 지녔지만 사회적 출세나 물질적 성공에는 상당히 냉담한 편이다. 그들은 주거 공간으로 독신자용 오피스텔이나 원룸 아파트를 애용하며 그들을 에워싸고 있는

---

2) 필자는 이 명단에서 장석주 하재봉 박일문 같은 댄디즘적 취향은 훨씬 노골적이면서도 문학적 성과는 훨씬 의심스러운 작가의 이름은 일부러 생략했다. 왜냐하면 이들을 다른 작가와 같은 반열에 놓고 이야기한다는 것 자체가 다른 작가에 대한 결례라고 생각되었기 때문이다.

공간엔 값비싼 오디오-비디오 시스템과 컴퓨터 팩시밀리 핸드폰 호출기 자동차 같은 현대적 기기들이 자리잡고 있다. 그들은 패스트푸드점과 카페 극장 레코드점 미술관 등을 자주 드나들고 서양식 음식과 서양식 상표가 붙은 맥주와 복장을 선호하며 해외여행을 포함해 일상으로부터의 탈출을 가능케 해주는 여행을 즐기기도 한다. 팝 음악 가수와 곡명이 자주 출몰하고 외국 영화나 화가 사진작가 이름도 빈번하게 인용된다. 이런 특성들은 이젠 너무 보편화되어 익숙하다는 느낌을 줄 뿐 별다른 감흥을 주지 않게 되어버렸다. 하지만 1980년대 우리 문학의 주류를 이루었던 분단 문제나 노사 문제, 정치적 자유의 문제를 다룬 소설들과 이들 소설에 나온 소시민이나 노동자 대학생 등의 인물 유형과 비교한다면 작중인물의 이런 성격변화는 그처럼 예사롭게 지나칠 수 있는 문제는 아니다.

> 단지 내 종합상가에 들러 220볼트짜리 백열전구 한 개와 바게트와 블랙베리잼 한 병을 샀다. 캔맥주를 사고, 윈도 브러시를 샀다. 야채 코너 앞에 서서 내 냉장고의 내부를 상상했다. 오이 두 개와 양상추 반 포기를 샀다.
> 커다란 비닐주머니에 넣어 가지고 와선, 바게트를 1센티 두께로 썰고 블랙베리잼을 얹어 맥주와 함께 먹었다. 그런 일을 나는 아주 천천히 했다. 더운 나라의 코끼리처럼 움직였다.
> ─구효서, 「덕암엔 왜 간다는 걸까 그녀는」 중에서

위 인용은 무라카미 하루키의 상륙 이후 1990년대 젊은 작가의 소설에서 흔히 만나볼 수 있는 장면 중의 하나이다. 이때 작가의 이름과 문체는 별로 중요하지 않다. 하릴없이 도시 공간을 배회하며 일상이 제공하는 감각적 만족에 탐닉하는 한 댄디적 인물의 별다를 것 없는 어느 하루 한나절이 그려져 있을 따름이다. 그 인물이 무엇을 구입했고 어떻게 음식을 만들어 먹는 것을 좋아하는지 따위의 자잘한 정보가 나열돼

있을 뿐이다. 보다 과감하게 이야기하자면 이 작품에서 위 문단을 빼버린다고 해도 이 작품의 완성도는 별로 달라지지 않을 것이다. 다만 독신자인 주인공의 일상이 보여주는 한가로움과 감각의 섬세함이 읽는 사람에게 산뜻한 쾌감을 제공해준다는 게 위 문단의 효과라면 효과라고 할 수 있다.

그런 의미에서 이들 댄디적 주인공은 1990년대식 '잉여인간'이라고 할 수 있다. 1950년대와 1960년대 손창섭이나 김승옥 소설의 잉여인간이 사회적 무능력의 반어적 표현이었다면 이들 1990년대 작가들의 잉여인간은 삶에 적응하지 못한 자의 고통스러움보다는 삶과의 거리 유지를 통한 자아의 가공에 더 신경을 쓴다. 그는 참여의 열정보다는 관조의 쾌락에 더 민감하다. 그에게 현실은 지겹긴 하지만 그렇다고 척결과 개조의 대상은 아니다. 그는 현실의 지겨움을 인위적으로 극복하기 위해 노력하기보다는 잠시 동안의 유희를 통해 망각해버리는 편을 택한다. 그에겐 그 편이 더 자연스러운 것이다. 그런 의미에서 댄디는 다른 어떤 감각보다도 시지각이 더 발달한 조망적scopic 인간이라 할 수 있다. 그는 삶을 '투쟁'으로 보지 않고 하나의 '구경거리'로 다루려고 한다. 그는 초연한 자세로 삶을 감상appreciate하려 하는 것이다.

"아까부터 무대만 바라보고 있던데, 춤을 출 줄 모르는 모양이지. 아니면 싫어하거나."

(······)

"아닙니다. 구경하는 걸 좋아해요."

"다른 사람이 춤추는 것 구경하면서 무슨 생각을 해? 아무 생각 없이 사물을 바라다보는 것은 내면을 바라보는 것이라던데."

(······)

"내 권태를 바라봐요."

—장정일, 『아담이 눈뜰 때』 중에서

장정일을 시인에서 소설가로 존재 전이시키는 데 있어 결정적인 역할을 한 이 작품은 대학입시에 낙방한 한 청년이 일 년 동안 재수생활을 하며 겪은 일들을 삽화적으로 나열한 형식을 취하고 있다. 이 작품이 의미 있는 것은 1980년대와 1990년대의 시대적 단절 지점을 매우 명료하게 보여준다는 데 있다. 이 작품의 주인공은 보통 우리 소설에 등장하는 청년상과 다르다. 그는 사회가 강요하는 성적 제일주의 학력 제일주의 출세주의의 대척점에 서고자 하며 그래서 나중에 원하던 대학교에 들어갈 수 있게 되었음에도 불구하고 입학을 포기한다. 위 인용은 재수 시절 디스코홀에서 만난 연상의 여인과 주고받은 대화 내용인데 이 말 속에 그의 입장이 생생히 드러나 있다. 춤추는 무리 속에 섞이는 대신, 그리하여 자신의 개별성과 정체성을 상실해버리는 대신 다만 이를 초연히 응시하고자 하는 것, 그리고 그러한 바라봄의 대상이 바로 그 자신의 권태라는 것. 이러한 발언엔 소외감을 오히려 우월감으로 도치시키는 댄디 특유의 심리적 메커니즘이 작동하고 있다. 더구나 권태란 무위도식하며 경제적으로 타인에게 기생할 수밖에 없는 댄디가 일용하는 다시 없는 양식이 아니던가. 권태란 댄디즘이 발효시킨 감성의 분비물이라 할 수 있다. 이러한 주인공의 마음의 근저에 기묘한 자기애가 숨어 있다는 것은 두말할 나위가 없다. 그는 겉으로 오만한 듯 보이지만 실은 대단히 소심하다. 그는 보이는 대신 보는 것을 선택한다. 그는 자신이 주시의 대상이 될 수도 있다는 사실을 견디지 못하고 차라리 주시하는 편을 택한 것이다. 남의 눈에 흡수당하길 싫어하는 이 기질은 그럴듯한 말과 빌려온 지식으로 자기 주변에 보호막을 형성하는 태도로 나타나기도 한다.(주인공을 포함해서 이 작품 속에 나오는 등장인물들이 주고받는 어색할 만큼 고급한 대화를 상기할 것.) 그는 시각으로 타인을 포획하는 존재이지만 그 포획은 사물의 핵심에 대한 포착이나 타인과의 진정한 만남을 유도하는 게 아니라 타인에 대한 성적 유혹과 지배에 그칠 뿐이다. 위 인용 다음에 주인공은 여인을 따라 그녀의 집에 간다. 화가인 그녀 앞에 그는 나체 모델이 되어 자세를 취한다.

이때 그녀가 하는 다음과 같은 말은 관음증이 성적 약탈로 가는 전단계임을 말해준다. "남자의 실물이 필요한 게 아니라 영감이 필요한 거야. 나는 지금 너에게서 이미지를 앗으려는 거야."

여류화가의 이러한 이미지 중독증은 그녀만의 것이 아니라 주인공의 것이기도 하다. 이 소설의 첫 문장, "내 나이 열아홉 살, 그때 내가 가장 가지고 싶었던 것은 타자기와 뭉크 화집과 카세트 라디오에 연결하여 레코드를 들을 수 있게 하는 턴테이블이었다"라는 언명은 바로 댄디가 꿈꾸는 '삶과 절연된 예술적 인공낙원'에 대한 희구를 여실히 보여주고 있다. 장정일은 의도했든 의도하지 않았든 이 소설에서 1980년대 젊은이와는 다른 가치관과 세계관을 지닌 1990년대적 젊은이의 탄생을 예고한 셈이다. 그 젊은이는 정치 사회적 혁명보다 일상생활의 심미화에 더 관심이 많으며, 자본주의가 숭배해 마지않는 금전보다 문학(타자기) 미술(뭉크 화집) 음악(턴테이블)을 더 애타게 소유하고자 하는 인물이다.[3] 그는 대학 입학을 포함해서 사회적으로 용인 장려되는 모든 행위를 기성체제와의 타협이라 해서 혐오한다.(그 혐오의 밑바탕에 야권 분열과 그로 인한 민주세력의 집권 실패라는 1987년의 정치적 상황이 도사리고 있음은 물론이다.) 그 혐오는 타인과 자신 사이에 건너뛸 수 없는 심연이 자리잡고 있다는 자의식을 낳고 그 자의식은 타인과 자신 사이의 무수한 차이짓기로 현상한다. 그리하여 이해인의 시집을 들고 다니는 학생과 최승자의 시집을 들고 다니는 학생 사이에, 보이 조지나 마이클 잭슨을 좋아하는 사람과 짐 모리슨이나 지미 핸드릭스를 좋아하는 사람 사이에, 스피드족과 오디오족 사이에, 일렉트로닉 리스너와 뮤직 러버 사이에 실재 이상의 거리가 있는 것처럼 생각하여 구분지은

---

3) 이 소설에서 주인공은 경제적으로 어머니의 노동에 거의 전적으로 의존하고 있다. 그가 원하던 뭉크 화집이나 턴테이블을 얻을 수 있었던 것은 자신의 육체를 타인에게 제공하는 매음을 통해서이다. 그러나 그의 매음은 성취와 자기 파괴의 이중성을 함께 갖고 있다. 그에게 성관계는 남성성의 확인인 동시에 뭉크 화집의 찢겨나간 페이지가 암시하듯 자기 실존의 공허함을 깨닫게 해주는 계기가 된다. 그가 번역하고자 했던 『빈집 empty house』이란 소설의 제목이 말해주는 것처럼 그의 내면은 텅 비어 있는 것이다.

다음 다수 대중이 좋아하는 전자를 경멸적으로, 소수가 열광하는 후자를 숭배에 가까운 감정으로 예찬하는 서술이 이루어진다. 그런 의미에서 장정일의 『아담이 눈뜰 때』는 미숙한 대로 댄디적 감각으로 무장한 새로운 세대의 등장을 알리는 신호탄 같은 작품이라 하겠다.

정치적 환멸과 예술적 인공낙원으로의 도피라는 주제는 박상우의 「샤갈의 마을에 내리는 눈」이라는 작품에서 다시 되풀이된다. 1980년대가 저물어갈 무렵 술집에서 만난 젊은이들은 지난 연대의 정치 과잉을 "똥통 속의 넝마주의"라고 조소하며 술을 마신다. 술집을 옮겨다니며 극도로 취한 상태에서 그들은 서로 싸우게 되고 그 결과 뿔뿔이 흩어지기에 이른다. 그러다 일행 중 일부는 우연히 만난 여인을 따라 그녀가 사는 집에 가게 된다. 연립주택 지하에 자리잡은 그녀의 방에는 샤갈의 그림이 여러 개 걸려 있다. 정치 얘기로 열을 올리는 남자들과 달리 여자는 헤어진 남자에 대한 그리움에 사로잡혀 있다. "누가 그에게 전화를 걸어줄 수 없나요? 내가 그를 기다린다고…… 샤갈의 눈 내리는 마을에서 아직도 그를 기다리고 있다고……"라는 그녀의 혼잣말을 들으며 잠 속으로 미끄러져 들어가던 남자의 머리에 다음과 같은 장면이 떠오른다.

붉은 태양과 흰 염소, 그리고 한 다발의 꽃과 두 여인, 올망졸망하게 눈 덮인 마을과 헐벗은 겨울 나무의 풍경들이 아득하게 떠오르기 시작했다. 아주 오래 전부터 우리 모두의 기억 속에서 잠자고 있던 그런 풍경인 것 같았다.

— 「샤갈의 마을에 내리는 눈」 중에서

정치적 환멸 지편에 샤갈로 상징되는 예술과 미의 세계가 자리잡고 있다. 아름다움의 향유, 그것만이 삶에다 가치를 부여해줄 수 있다는 것이다. 근시안적 실용성의 추구에서 벗어난 곳에, 문학 미술 영화 같은 우리를 둘러싸고 있는 아름다움의 창조 속에 우리가 찾는 위안이 있다.

소멸하는 것의 아름다움, 그 멜랑콜리에 대한 탐닉이 시작된 것이다. 그러나 19세기 말의 데카당스들과 다르게 20세기 말의 댄디들은 자신의 삶의 반경을 '예술을 위한 예술'이란 좁은 테두리 안에 가두려고 하지 않는다. 오히려 그들은 삶 그 자체를 미학화함으로써 예술과 일상 사이의 경계선을 무화시키고자 한다. 미셀 푸코의 말을 빌리면 "자신의 육체와 행위, 감정, 정열 및 존재 그 자체를 재료로 예술작품을 생산하"는 댄디적 삶의 태도가 빠른 전파 속도를 타고 사회적으로 전염돼나간 것이다. 그것은 "새로운 취미와 감각의 추구, 유별난 삶의 양식에 대한 선호"라는 현상과 관련이 있다.

이러한 일상생활의 심미화는 소비대중문화의 창궐이란 사회적 추세와 맞물려 급속하게 확산되어왔다. 잘 알려진 대로 소비사회는 이미지의 증식을 통해 인위적으로 욕망을 자극하는 데 골몰하는 사회이다. 이미지를 통해 현실은 끊임없이 비현실로 탈바꿈하고 상업적 의도는 미적 가면을 쓰게 된다. 그 결과 예술은 현실과의 비판적 거리를 잃어버리고 욕망과 감각의 직접성에 종속당한다. 미적 현혹의 편재, 이것이야말로 소비대중문화를 지탱해나가는 핵심요인이 아닐 수 없다. 이러한 사회 속에서 댄디적 인물은 관음증적 태도를 내재화하게 된다. 그는 직접적인 몰입을 가능한 한 배제하고 대상과 거리를 유지하고자 한다. 그런 의미에서 우리 시대의 댄디는 대도시의 아케이드를 거닐며 자신을 스쳐 지나가는 인상과 감각의 범람을 초연한 위치에서 향유하고자 했던 발터 벤야민의 '산책자 flâneur'의 현대적 후예라고 할 수 있다. 진품의 아우라가 사라진 자리에 복제물의 스펙터클이 펼쳐진다. 대도시에서 단자적 삶을 누리는 이 댄디는 다양한 패션과 양식을 실험하고 즐기며 현대문명이 제공하는 쾌적한 주변 여건과 우연성에 몸을 맡긴다. 타인들과의 관계 역시 차갑고 드라이할 수밖에 없다. 합리적인 계산과 세련된 매너가 이념적 결속감과 동지적 연대감을 대신한다. 감정의 노출은 극력 자제되고 대인관계는 자신에게 주어진 일정한 배역을 연기하는 연극을 닮아간다. 은희경의 한 작품에서 주인공의 내면에 대한 다음과 같은 서술은 이 점을 잘 말해주고 있다.

　나는 타인이 내 삶에 개입되는 것 못지않게 내가 타인의 삶에 개입되는 것을 번거롭게 여겨왔다. 타인을 이해한다는 것은 결국 그에게 편견을 품게 되었다는 뜻일 터인데 나로서는 내게 편견을 품고 있는 사람의 기대에 따른다는 것이 보통 귀찮은 일이 아니었기 때문이다. 타인과의 관계에서 할 일이란 그가 나와 어떻게 다른지를 되도록 빨리 알고 받아들이는 일뿐이다.

―「타인에게 말 걸기」 중에서

　이 작품에서 주인공은 여러 번에 걸쳐 "어떤 식으로든 타인의 틈입은 내가 결코 바라지 않는 일이었다"라고 말한다. 독신남인 그는 직장 동료들과 산행중 우연히 만난 여인의 거듭된 구애(?) 때문에 여러 번 예상치 않은 경험을 하게 된다. 그에겐 자신의 기호와 일상적 평안이 중요할 뿐, 타인의 지나친 관심 표시나 호의는 반갑지 않은 것이다. "나는 단조로움을 원한다"라는 그의 선언은 타인의 배려를 원치 않는 댄디의 고독한, 그러면서도 오만한 자아를 잘 말해주고 있다. 대신 그는 문화적 상품과 기호품, 그리고 취미생활로 일상의 방어벽을 쌓는다. "앰프를 마란츠로 바꾸었고 건강진단 때 간이 조금 나빠졌다 하여 말보로에서 마일드세븐으로 바꾼 것, 그리고 두 달 전부터 아침마다 실내 스포츠 센터에서 수영을 하기 시작한 것이 또다른 변화라면 변화였다. 월풀 빨래방에서 내 영국제 버버리 머플러와 보세 이미테이션 머플러가 바뀐 일과 갑작스러운 출장 때문에 레닌 필 오케스트라의 내한공연 R석 티켓을 썩힌 것, (……) 등 몇 가지를 빼고는 모든 것이 대체로 단조로웠다"는 대목은 댄디가 애호하는 사생활의 한 단면을 예리하게 드러내고 있다. 그는 원천적으로 타인과의 소통 가능성을 믿지 않으며 자신의 감각과 이지력을 가다듬고 위무하는 데 주력한다. 과연 이 작품 말미에서 여자는 주인공에게 자신이 왜 그 동안 그렇게 그에게 매달렸는지 아느냐고 물은 뒤 그가 풍기는 냉정함을 그 이유로 들고 있다. "난 네가 좋아. 아무것도 기대할 수 없게 만드는 그 냉정함 말야. 그게 너무 편해." 혹은 "어떻게 하면 너처럼 그렇게 냉정하게 살 수 있는 거지? 사실은 너도 겁이 나서 피해버리는 거 아니야?" 같은 그녀의 발언은 댄디의 존재 방식과 그 한계를 적절히 드러내고 있다.

그런데 이때 은희경의 주인공이 보여주는 '냉담한 초연함'에 대해서는 좀더 생각해볼 여지가 있는 듯하다. 몇몇 평자가 지적했듯이 은희경의 주인공은 '성적 불감증'이나 '신경증적 절제벽'이라고 표현되는 자폐적 성향과 거침없이 타인에게 자신을 개방하거나 타인이 자신을 성적으로 유린하는 것에 대해 거의 무감각하게 반응하는 과감한 측면이 공존하고 있다. 타인과의 교감에 극도로 서툰 「열쇠」의 영신이 전자의 대표적 경우라면, 타인의 시선이나 성에 대한 일체의 고정관념으로부터 자유롭고자 하는 「먼지 속의 나비」의 선희나 아무런 감정도 느끼지 못하는 남자에게 별 저항 없이 몸을 맡겨버리는 「그녀의 세번째 남자」의 여주인공은 후자의 대표적 경우라고 할 수 있다. 이 두 유형의 인물은 서로 대극에 위치하고 있는 듯하지만 주위 현실에 '냉담한 초연함'으로 대응한다는 점에선 동일하다. 「그녀의 세번째 남자」에서 여주인공이 골똘히 자신을 들여다보는 과정을 거쳐 자폐적 상태에서 벗어나 "셋부터는 다 똑같다"는 명제로 요약되는 분방한 삶을 선택하는 것은 극에서 극으로 이동하는 주인공의 내면의 궤적을 선명히 예시해주고 있다. 그것은 댄디적 성향의 인물이 자신을 압도해오는 외부 현실에 반응하는 두 가지 다른 양식을 극단화한 것이라 할 수 있다. 자신의 소심성에 대한 방어수단이 때로 성적 불감증으로 여겨질 정도의 자폐적 성향으로 치닫기도 하고 때로 성적 난교를 연상시키는 분방한 삶에 대한 수락으로 나아가기도 하는 것이다. 자폐증은 물론이고 방종조차 때로는 정신적 긴장의 표출일 수 있다.[4]

---

4) 이런 시각에서 보자면 『새의 선물』의 여주인공 강진희가 보여주는 의도적인 자아의 분

3. 댄디의 윤리

이상에서 살펴보았듯이 댄디즘은 우리 문학 깊숙이 침투해 들어와 있으며 성향이 다른 작가의 작품 속에 다양한 양상으로 출몰하고 있다. 그러나 댄디즘이 우리 문학에 형상화되는 방식은 대략 다음 세 가지로 구분지어 이야기할 수 있을 것 같다.

첫째, 도시에 사는 댄디의 일상에 대한 세태 묘사적 접근. 현대 도시인의 일상생활에 대한 탐구는 많든 적든 댄디적 인물의 등장을 요구하고 있다. 1990년대 들어 전례 없이 문화가 관심의 초점으로 부상하고 문화 연구가 붐을 이루고 있는 것에서 짐작이 가듯이 경제적 여유와 여가 시간의 증대는 '삶의 질'에 대한 관심을 드높였고 이는 다시 문화적 귀족주의에 대한 갈망을 낳고 있다. '자아의 가공과 조형' '계약으로서의 남녀관계' 같은 우리 시대의 징후는 댄디가 육성 번창할 수 있는 좋은 토양이자 자양분이 아닐 수 없다. 구효서나 박상우 은희경 이응준 등의 몇몇 소설은 이런 각도에서 접근할 때 매우 흥미로운 해석이 도출될 수 있을 것으로 보인다. 그러나 이런 유형의 소설이 유행하고 시류를 타는 것은 거대서사의 위축이라는 사회적 현상과 맞물려 있는 만큼 좀더 사려 깊은 접근이 필요하다. 삶의 미세한 진실에 대한 천착이 자칫 소설적 육체를 얻지 못하고 트리비얼리즘으로 전락할 때의 위험 또한 만만한 것이 아니기 때문이다. 문제는 다루는 주제나 소재의 크기가 아니라 '사소한 것들의 사소하지 않음'을 얼마나 잘 형상화하

열, 즉 보여지는 자아와 보는 자아의 분리야말로 댄디즘의 단초라고 할 만하다. 보들레르가 스스로를 사형집행인이자 희생자라고 이원화해서 파악했듯이 자기 자신을 하나의 대상으로 삼아 관조하고 성찰한다는 것은 댄디라면 반드시 행해야 할 '자아의 기술'이다. 절대로 자아를 방치하지 않고 항구적인 긴장 상태에서 응시한다는 것, 그것은 대단한 에너지의 소모를 요구한다. 댄디는 예술품을 창조하듯이 자신을, 그리고 자신의 삶을 교정하고 창조하려는 자를 가리킨다.

느냐에 달려 있을 것이다.

둘째, 평균적이고 반복적인 도시적 일상을 전복하는 사건이나 인물과의 조우를 통한 신비 경험에 대한 천착. 아마도 이 계열의 작가로는 가장 먼저 윤대녕을 꼽아야 할 것이다. 그는 우리 소설사에 '도시적 신비주의'라고나 부를 수 있는 새로운 소설의 유형을 구축하는 데 성공했다. 변함없이 흘러가는 일상, 그러던 어느 날 불현듯 찾아오는 저 세계의 신호, 약간의 망설임 끝에 새로운 자아의 탄생을 위하여 편력의 길에 오르는 주인공…… 윤대녕의 소설은 대개 이런 구조로 이루어져 있다. 제임스 조이스의 에피파니(현현) 기법이 우리나라에 전수돼 문학적으로 가장 순도 높은 표현을 얻은 것은 윤대녕의 작품에서이다. 그는 현대가 내세우는 '지속적인 발전'에 맞서 '심미적인 순간'을 대립시키고 있다. 그의 소설엔 '문득' '히뜩' '불쑥' 같은 단어가 자주 등장하는데 이 역시 평범한 일상에 매몰돼 무자각적으로 살아가던 사람이 우연히 시적 불꽃의 순간과 만나게 될 때의 경이로움과 관련이 있다. 그러나 그러한 정점의 순간을 포착하고 장식하기 위해 나머지 이야기가 편집되고 반복되는 가운데 작위성이랄까 매너리즘이랄까 하는 면이 노정되는 것은 유의할 점으로 보인다.

셋째, 댄디적 삶의 기만성과 기생성을 폭로하는 작업. 앞에서 살펴보았듯이 댄디즘은 나름대로 역사적 필연성과 함께 1990년대 우리 사회에 등장-유행하고 있으나 그렇다고 충분히 정당하고 바람직한 현상으로 평가할 수는 없는 성질의 것이다. 특히 댄디의 경제적 사회적 기생성은 더욱 가차없이 비판받아야 한다. 댄디의 지나친 자아 중심주의는 결국 이기주의에 다름아니며 이는 사회적 다위니즘을 더욱 부추기는 방향으로 작용할 뿐이다. 아울러 댄디즘은 지식인-예술가 계층의 공허한 제스처에 그칠 뿐 사회 개조에 아무런 힘도 행사할 수 없다는 약점을 지니고 있다. 사르트르가 보들레르를 논하면서 "댄디즘은 어떠한 기존의 율법들도 전복시키지 아니한다. (……) 권력층은 항상 혁명론자보다는 댄디를 더 좋아한다"고 한 것은 정곡을 찌르고 있다고 보여진다.

이 주제는 아직 본격적인 작품으로 결실을 맺지는 못했지만 그만큼 앞으로 더 기대 가능한 열려 있는 영지이다.[5]

하버마스를 비롯해 많은 논자들이 지적하고 있듯이 현대화란 끊임없는 '학습 과정'이다. 문제는 그 학습 과정중에 종종 적잖은 시행착오가 발생한다는 점이다. 1990년대 문학작품에 나오는 댄디형 인물은 그렇다면 일과성의 시행착오적 인물인가, 아니면 앞으로도 상당 기간 힘을 발휘할 매혹의 대상인가.

문학이 지나치게 시사적 쟁점을 뒤좇을 필요는 없지만 가령 IMF 시대를 맞아서도 이런 댄디형 인물이 유행할 수 있으리란 보장은 없는 듯하다. 해방 후 우리나라는 크고 작은 굴곡은 있었지만 시간의 흐름과 함께 중단 없는 정치 발전과 경제 개발이 가능하다는 환상이 통용돼왔다. 댄디는 그런 자유롭고 풍요한 사회의 비전이 낳은 이 시대의 '브랜드'일 수 있다. 그러나 그 꿈은 최근의 정치 사회 상황이 말해주듯 여지없이 깨어졌다. 사회 각 분야에 걸쳐 탈거품의 조류가 밀려들고 있는 요즘 댄디형 인물의 창백함과 얄팍함은 한층 두드러져 보인다. 삶의 심연을 응시하려 하지 않은 채, 또 자신을 둘러싸고 있는 사회적 힘의 갈등을 외면한 채 정신적 육체적 향락을 추구하는 이 인간형은 왠지 이질감과 저항감을 주는 게 사실이다. 물론 이것은 아직도 우리의 사고가 계몽주의의 잔재를 떨쳐버리지 못했기 때문에 나오는 반응일 수도 있다. 그러나 고뇌의 외면, 깊이의 외면, 총체성의 외면…… 이처럼 전시대에 바람직하다고 여겨진 것들의 망각 위에 과연 어떤 의미 있는 작품이 축조될 수 있을 것인가.

댄디즘은 출발에서부터 현재의 존재 양태에 이르기까지 비판받을 수

---

5) 예컨대 채영주의 단편 「도시의 향기」는 이런 주제를 다룬 선구적인 작품으로 평가할 수 있다. 우연히 옆집 남자를 자기 오피스텔에 머무르게 했다가 봉변을 치르는 화가를 그리고 있는 이 작품은 댄디가 자랑하는 냉정함과 초연함이 외부의 작은 충격에 의해 얼마나 쉽게, 그리고 우스꽝스럽게 부서질 수 있는가를 보여준다. 이 작품에 대한 보다 자세한 분석은 졸고 「작은 존재들의 사랑과 모험」을 참조할 것.

있는 많은 요소를 갖고 있다. 하지만 부인할 수 없는 것은 그럼에도 불구하고 적잖은 매력 또한 보유하고 있다는 사실이다. 그 누군들 댄디처럼 경쾌하게 이 시대의 표면 위를 가로지르고 싶지 않으랴. 보들레르가 현대성을 "덧없는 것, 순간적인 것, 우연한 것"이라고 정의했을 때, 바로 이런 현대의 특성을 가장 잘 구현한 존재들이 바로 댄디였다. 그런 의미에서 댄디의 '멋부림'은 단순한 외양 가꾸기가 아니라 자신에게 주어진 순간순간을 최대로 충만하게 살려는 의욕의 표출로 봐야 할 것이다. 그는 진정한 자신을 '발견'하고 나아가 '발명'하려는 자인 것이다. 댄디가 추구하는 쾌락주의 앞에 '금욕적'이라는 수식어가 붙는 이유를 생각해볼 필요가 있다. 금욕적 쾌락주의란 말은 단순히 형용모순이 아니라 현대를 사는 인간의 처지와 지향점에 대한 일말의 통찰을 담고 있다.

그런 의미에서 댄디즘에 대한 이해는 우리 사회와 문학의 이해를 위해 더이상 미뤄둘 수 없는 과제임이 분명하다. 댄디즘이란 창을 통할 때 우리는 변화의 도중에 있는 우리 문학의 전부는 아니더라도 상당히 많은 부분을 보다 명료하게 읽어낼 수 있게 될 것이다.

(1998)

II. 세속도시의 시

동심원적 상상력의 변주
—황동규의 시 편력 35년 염탐기

1. 나에게서 나에게로 나아가는 원환의 궤적

시인의 임무, 어쩌면 유일한 임무는 아마도 시를 준비하는 일일 것이다. 시인은 시를 창조하는 자이기보다는 시를 영접하는 자에 가깝다. 시인은 매순간 시의 영원회귀에 참여한다. 시인에게 주어진 모종의 소명이 있다면 이것 외엔 있을 수가 없다. 여러 평자들이 지적한 대로 황동규에게 있어 여행은 시를 영접하는 가장 적극적인 자세이자 행위라고 할 수 있을 듯하다. 그는 여행을 통해 고정된 삶의 틀을 깨고 지각과 언어의 쇄신을 이룩한다. 당연한 이야기지만 여행은 일상 바깥으로 떠나는 행위이다. 그러나 그 떠남—투신은 단순히 전방에 놓여 있는 목적지를 향해 가는 단선적 운동에 그치는 것은 아니다. 낯선 곳을 떠돌며 새로운 풍물과 조우하던 여행자는 언젠가는 자신이 떠나왔던 지점으로 다시 회귀할 수밖에 없는 운명에 처해 있다. 그런 의미에서 여행은 나아가는 것이자 되돌아오는 것이기도 하다. 시인이 젊은 시절 쓴 산문의 일절은 바로 이러한 점을 명료하게 서술하고 있다.

여행은 일종의 가출이다. 일단 자기가 잘 알고 있는 세계를 떠난다는 의미에서 그렇고, 새로운 세계와 자진해서 부딪치려는 자세에 있어서도 그렇다. 단체로 하는 관광여행이 아니라면 우리는 여행에서 완전한 타인들과 만나는 하나의 공간을 만들어가지고 돌아오는 것이다. (……) 여행 중에 너무 아름다운 것을 만나면 몸만 돌아올 때도 있다. 그럴 때는 냉정하게 마음과 이별해야 한다. 몸만 살아 있어라. 아름다움이란 별건가, 우리의 살과 부딪친 어떤 긴장이고 그 긴장 속에 팽팽해진 위의 삶일 뿐이다. 며칠 지나면 혼자서 지친 마음이 막차에서 내려 그대 집 문을 두드릴 것이다.

—『겨울노래』(지식산업사) 중에서

출세간과 입세간은 맞물려 있을 수밖에 없으며 그 어느 하나가 사상된 움직임은 무모하거나 무책임한 것이기 쉽다. 떠남과 되돌아옴, 그리고 그 사이에 겪은 새로운 체험과 그 체험을 통한 정신의 성장—이러한 나선의 궤적이야말로 황동규가 지금까지 일관되게 그려온 존재론적 도정이라고 할 수 있다. 그리고 이러한 떠남과 돌아옴의 과정은 조금 확대해서 적용하면 여행에만 국한되는 것이 아니라 그의 삶과 시작 행위 전반을 규정짓는 원리라고 해석될 수도 있다.

황동규의 시는 일관되게 나로부터 출발했다가 다시 나에게로 회귀하는 여정을 보여준다. 떠남과 돌아옴의 이원적 운동을 통해 시인은 정신적 육체적 타성을 깨뜨리고 세계와 자신 사이에 새로운 관계를 수립하게 된다. 이때 나아갔다가 되돌아오는 것은 의식일 수도 있고 시선일 수도 있고 신체일 수도 있다. 그는 자아라는 한정되고 폐쇄된 테두리 바깥으로 나가 자신을 에워싸고 있는 타인들 사물들 풍경들과 만나고 그들 속으로 스며들어간다. 그러나 그가 아득한 지평선 저 너머로 아무리 멀리 나아간다 하더라도 그는 결코 외계의 풍부함 속에서 길을 잃어버리는 법이 없으며 다시 자신 속에 자리잡고 있는 견고한 내면의 성채로 귀환하곤 한다. 험난한 여행을 마친 오디세이는 고향인 이타카로 돌아오는 데 성공하는 것이다. 그의 모험과 편력은 자기 동일성이 유지되는 한계 내에서 이루어진다.

나아감과 되돌아옴의 과정은 단일한 선로 위를 왕복하는 직선운동이 아니라 수렴하고 확산하는 원운동이라 할 수 있다. 자아와 세계의 대칭적 관계는 시인의 지향성에 의해 끊임없이 위협받는다. 가만히 자신 속에 머물러 있으려는 힘과 내면성의 닫힌 세계에서 무한히 열린 세계로 나아가려는 힘이 서로 갈등하며 긴장을 증폭시킨다.[1] 이처럼 그의 상상

---

1) 황동규의 시를 주의깊게 읽어보면 우리는 쉽게 '동심원적 상상력'이라 부를 수 있는 특성을 발견하게 된다. 그의 시에선 중심과 원주 사이의 왕복으로 이루어지는 점층/점강의 움직임이 자주 포착된다. 이것은 시의 구상에서부터 이미지의 교직 및 시의 구축 원리에 이르기까지 폭넓게 편재되어 있다. 가령 「조그만 사랑노래」에서 「더 조그만 사랑노래」로, 다시 「더욱 더 조그만 사랑노래」로 이어지는 시의 흐름에서 우리는 점점 좁아져가는 원, 파문의 번짐을 거슬러 중심을 향해 오므라드는 상상력의 작용을 보게 된다. 「비린 사랑노래」 연작에서 「더 비린 사랑노래」로, 그리고 「더욱더 비린 사랑노래」로 전개되는 것도 마찬가지이며 「편지」가 '앞 편지를 줄여서'라는 부제를 단 「다시 편지」로 이어지는 것도 그렇다.

개개 이미지의 측면에서도 힘의 집중과 확산, 공간의 축소와 확대는 자주 나타난다. 예컨대 "꽃나무여 꽃나무여/적은 열매의 약속으로/수많은 꽃을 바깥으로 내어민/어둡고 어두운 우수(憂愁)여/그 어둠 속에/벌떼 울듯/수만의 봄이 오래/집중된다"(「비가 서시」)라는 짤막한 작품에서 시인은 꽃을 "바깥으로 내어민"과 "집중"이란 상반된 힘이 역사하는 현장으로 파악한다. 동심원이 줄어들어 중심에 이를 때 화자의 시선은 어둠의 심연에 이르고 그것이 밖으로 확대될 때 화사한 봄풍경이 펼쳐진다. 이처럼 확산/수렴의 변증법은 미시적 내상과 서시적 세계의 상호소통을 기도한다.

산문집 『나의 시의 빛과 그늘』을 읽어보면 자신을 포함해서 시인이 갖추지 않으면 안 될 요소로 '틀'과 '정열'을 들고 있는데 이러한 시인의 설명을 우리 논의에 약간 도식적으로 접맥시키면 틀은 구심력으로, 정열은 원심력으로 번역할 수 있을 것이다. 틀이 시를 빚는 힘이라면 정열은 글쓰기와 삶에 대한 치열한 부딪침을 의미할 것이다. 틀이 없는 시인은 무정형의 혼란 속에서 좌절하기 쉽고 정열이 없는 시인은 모범적이지만 상투적인 그저 그런 수준의 시인에 머물고 만다. 따라서 시인은 자기만의 고유한 틀을 형성하기 위한 구심적 노력을 게을리하지 말아야 하지만 일단 만들어진 틀은 부술 줄 아는 원심적 정열 또한 있어야 한다.

공간을 점유하고 있는 원심력과 구심력의 길항관계는 자연히 그의 시에 강한 역동성을 부여한다. 그의 시는 정태적 관망의 순간을 다루고 있을 때에도 내장된 힘이 느껴진다. 아울러 원심력/구심력의 대립은 동일성/차이의 대립을 가져온다. 우리는 앞에서 그의 모험과 편력이 자기 동일성이 지켜지는 한도 내에서 이루어진다고 말한 바 있다. 그러나 나로부터 벗어나 세계와 만나기 시작할 무렵의 나와 그 세계로부터 철수하여 다시 자기 자신에게로 되돌아올 즈음의 나가 엄밀한 의미에서 동일하다고 할 수는 없다. 나에게서 나에게로 나아가는 원환의 궤적을 따르는 동안 나는 새로운 나로 탈바꿈한다. 나란 존재의 출발점과 회귀점은 같지만 그 존재의 속성 또한 동일한 것은 아니다. 돌아온 탕자는 이미 떠날 때의 탕자가 아닌 것이다. 떠남과 돌아옴의 여정을 거치면서 그는 변모한다. 동일성은 차이를 예비하고 차이는 동일성을 확장시킨다. 존재의 전환을 가져오는 체험을 통해 시인은 한 단계 더 성숙한 자기 인식, 자기 실현의 경지로 나아간다.[2]

이 글은 황동규의 시에 나타난 원심력/구심력의 길항 및 변주를 통시적으로 고찰해봄으로써 그의 상상세계의 지도를 작성해보고자 하는 의도에서 씌어진다. 황동규의 시에 대한 보다 입체적인 이해를 위해선 그의 시에서 중요한 비중을 차지하고 있는 여행 모티프를 반복해서 지적하거나 시대적 중압 밑에서 고뇌하는 지식인의 내면을 형상화했다는 식의 피상적 설명을 되풀이하는 단계에서 한 걸음 더 나아가야 할 필요가 있기 때문이다.

2) 이는 이 시인이 여러 산문에서 언급하고 있는 '극서정시'라는 개념과 조응한다. 여러 지면에 걸쳐 단편적으로 피력되고 있기 때문에 시인이 말하고자 하는 극서정시의 핵심이 명료히 다가오지는 않지만 한 가지 확실한 것은 극서정시가 읽는 사람과 쓰는 사람 모두의 "존재의 전환" "조그만 거듭남"을 목표로 하고 있다는 점이다. "극서정시의 면모를 나의 여행시들처럼 극명하게 보여주는 예는 달리 없을 것이다. 그 시들은 하나같이 단지 여행의 즐거움이나 처음으로 만나는 풍경의 기이함을 접하는 재미로만 되어 있지 않고 여행을 계기로 해서 이룩되는 삶에 대한 깨달음과 깨달음이 낳는 조그만 거듭남들을 담고 있다." (「알레고리와 상징의 밀회」)

2. 젊은 영혼의 은신처 : 자기 응시와 내면 방황

『어떤 개인 날』과 『비가』로 대표되는 이 시인의 초기시에서 구심력과 원심력의 길항은 기다림/사랑(만남), 또는 잠/방황의 상반된 이미지로 나타난다. 먼저 우리는 그의 데뷔작인 「시월」을 통해 시인의 이러한 상상 세계를 진단해보기로 하자. 「시월」의 맨 앞에 놓인 다음 단락에서 우리는 나아감-되돌아옴이란 이 시인 특유의 상상력의 운동을 발견할 수 있다.

   내 사랑하리 시월의 강물을
   석양이 짙어가는 푸른 모래톱
   지난날 가졌던 슬픈 여정들을, 아득한 기대를
   이제는 홀로 남아 따뜻이 기다리리.

시의 출발점에 '나'가 자리잡고 있다. 그 '나'가 미래시제로 표명하고 있는 소망과 의지가 위 시의 서두와 결말을 이루고 있다. 그 소망-의지의 내용은 사랑하겠다는 것과 기다리겠다는 것이다. 사랑과 기다림은 같은 뿌리를 갖고 있는 마음의 움직임이지만 그 방향은 정반대이다. 사랑하겠다는 것이 적극적이고 능동적으로 세계를 향해 나아가는 운동이라면 기다림은 소극적이고 수동적으로 대상과 자신 사이에 거리를 유지하는 자세리 할 수 있다. 위 작품에서 먼저 시인은 세계 속으로 확산해가는 상상력의 진동을 보여준다. 화자는 자아라는 비좁은 처소에 머물러 있지 않고 열린 세계를 향해 나아간다. 그 나아감은 시월의 강물과 석양이 짙어가는 모래톱이란 서정적인 정경을 무대로 펼쳐진다. 강물과 모래톱으로 대표되는 물과 대지의 대비에 이어 석양과 모래톱-천상과 지상, 붉음과 푸름이 대조적 효과를 일으키고 있다. 상류에서 발원하여 먼바다를 향해 가는 강물처럼 석양 역시 세계 속에 자신의 빛을 부드럽게 확산시킨다. 석양은 강렬하게 집중된 빛이 아니라 이처럼 옅은 농도로 퍼져나가는 빛이다. 화자의 사랑은 강물과 석양을 따라 파문을 그리며 아득히 멀리 퍼져나간다. 이러한 공간적 확산에 이어 시간적 확산이 뒤따른다. 화자는 지난날의 여정(과거)에서 아득한 기대(미래)로 내적 시선을 뻗어나간다. 그러나 시인은 시공간을 한껏 확장시킨 다음 돌연 애초의 출발점으로 되돌아온다. 무한히 팽창해가는 세계의 중심에 "홀로 남"아 기다리는 화자가 바로 그것이다. 확산의 움직임은 종결되고 수렴과 응축의 운동이 전면화된다. 자아의 확산 다음에 찾아온 이 휴지의 공간에서 화자가 하는 일은 '기다림'이다. 물론 그가 기다리는 대상은 그가 사랑하겠다고 밝힌 대상과 다르지 않다. 나아감과 되돌아옴이 합치되는 순간이자 세계와 자아가 삼투하는 순간이다.

「시월」의 이어지는 다음 단락들에서도 시인은 외부의 자극에 민감하게 반응하며 정처없이 헤매는 젊은 영혼의 마음의 행로를 보여준다. 화자의 발길이 머무는 곳은 달빛 흐르는 낮은 돌담이기도 하고 찬비 뿌리는 안개 속이기도 하고 밤물 소리 들리는 석등 곁이기도 하다. 그는 자신 속에 머물러 있으려는 충동과 밖으로 나아가고자 하는 충동 사이에서 애처롭게 흔들린다. "바람은 사면(四面)에서 빈 가지를/하나 남은 사랑처럼 흔들고 있다"는 구절에서 바람/빈 가지는 외부의 유혹 앞에 선 시적 자아의 조바심과 설렘을 적절히 형상화해 보여준다고 하겠다. 이처럼 청년기 특유의 낭만성과 감상성에 깊게 침윤돼 있는 화자가 자신과 주위 세계를 통합적으로 인식하는 것은 다섯번째 단락에 와서이다.

낡은 단청 밖으론 바람이 이는 가을날, 잔잔히 다가오는 저녁 어스름. 며칠내 며칠내 낙엽이 내리고 혹 싸늘히 비가 뿌려와서…… 절 뒷울 안에 서서 마을을 내려다보면 낙엽지는 느릅나무며 우물이며 초가집이며 그리고 방금 켜지기 시작하는 등불들이 어스름 속에서 알 수 없는 어느 하나에로 합쳐짐을 나는 본다.

위 인용에서 우리는 가을날 절 뒷울에 서서 마을을 내려다보는 화자를 만나게 된다. "잔잔히 다가오는 저녁 어스름"이란 구절이 말해주듯 위 단락에서 외부로 나아가는 운동은 종말을 고하고 구심점으로 수렴되는 운동이 관류하고 있다. 그 수렴이 절정에 이를 때 그는 삼라만상이 "알 수 없는 어느 하나에로 합쳐짐"을, 즉 개별자들이 저마다의 특성을 손상하지 않은 채 하나로 어우러지는 화해로운 생성의 순간을 목도하게 된다. 분산과 방황은 끝나고 내면으로의 집중되는 힘의 화살표를 느끼게 된다. 그러므로 이 시가 다음과 같은 구절로 막을 내리는 것은 매우 의미심장하게 여겨진다.

이제 나도 한 잎의 낙엽으로 좀더 낮은 곳으로, 내리고 싶다.

구심점으로의 수렴은 하강 이미지를 수반한다. 그는 낮은 곳, 그것도 좀더 낮은 곳으로 내려가고자 한다. 공중에 떠 있는 상태에서 그는 좀더 대지와 밀착된 삶을 희구한다.[3] 방황이 종결된 보다 안정된 삶을 동경하는 것이다. 그러나 이때의 안정은 완전한 정지 상태의 휴식이 아니라 끝없이 진행중인 동적 과정이라고 할 수 있다. 자신의 본향인 대지로 돌아가는 낙엽처럼 화자 또한 자신이 머물 지상의 거처를 찾아 세계의 심층으로 내려가고자 한다. 우울한 관망과 낭만적 동경 사이에서

---

3) 황동규의 시에서 화자는 자주 위에서 아래를 내려다보는 자세를 취하고 있다. 초기시에서 화자는 절 뒷울이나 이층집 창가에 서서 마을이나 거리를 내려다보고 있으며 중기시 「지붕에 오르기」에서도 화자는 지붕에 올라가 동네 풍경을 조감한다. 후기시에 접어들 무렵 쓴 「악어를 조심하라고?」나 「아파트 생전(生傳)」에선 아파트 옥상에서 지상을 굽어보는 화자가 나타나며 「다산초당」에서도 화자가 마음속으로 그린 다산은 두 팔 묶인 채 강진만을 내려다보고 있다. 이러한 화자의 공간적 거점에서 재빨리 엘리티즘을 끌어내고 이를 비판하는 것은 아마도 현명한 시읽기가 아닐 것이다. 보다 중요한 것은 그가 위에 그대로 머물러 있는 것이 아니라 위에서 아래로 내려가고 있는 중이라는 점이다. 그의 내려감이 완성될 때 후기시인 「엄나무」나 「편한 덩굴」에서와 같은 "몸의 힘 알맞게 빼고" 편안히 누워 있는 와선(臥禪)의 경지에 이르게 된다.

흔들리던 화자는 마침내 자신이 걸어가야 할 "슬픈 여정"을 발견하기에 이른다.

고적하면서도 쓸쓸한 분위기로 가득 찬 대로 「시월」은 어떤 기대나 희망의 편린이 남아 있어 읽는 사람으로 하여금 안온한 자족감에 젖게 만든다. 하지만 『어떤 개인 날』과 『비가』에 실린 대부분의 시편은 이보다 훨씬 강렬한 비관적 정조에 물들어 있다. 이들 시에서 우리는 한결같이 홀로 고립된 채 뭔가를 기다리고 있는 화자의 모습을 발견하게 된다. 광막한 세상/고립된 자아의 대립은 거의 운명적이어서 화자로 하여금 선험적으로 체득한 삶의 비극성과 세상의 불가해함을 직정적으로 토로하게 만든다. 자아라는 구심점 바깥엔 스산한 바람이 불거나 차가운 눈이 내리고 있으며 어두운 밤의 장막이 쳐져 있다. 시인은 암울한 겨울 풍경 한가운데 버려진 채 견딤의 노고를 치르고 있다. 그는 "목 위에 타오르는/얼굴을 달고/막막히 한겨울을/바라보는 자"(「겨울노래」)이다.

바람 한점 없는 들판
벌거벗은 땅 위에
그림자처럼 오래 참으며
무릎 꿇고 앉아 있었노라
지열(地熱)이여 지열이여
어두운 더듬음이여
등가죽에는 찬이슬 돋아나고
열린 이빨을 허공에 맡길 때
빈 머리 문득 수그러진다.

—「비가 제2가」 중에서

초기시에서 화자는 대부분 "언 창가에"(「어떤 개인 날」) 서서 "캄캄해오는 들판"(「이것은 괴로움인가 기쁨인가」)이나 "멀어져가는 친구의 등"을 바라보거나 "하늘을 물들이는 스산한 바람 소리"를 들으며 "내 진실로 생을 사랑했던가, 아닐 건가"를 자문한다. 그는 홀로 있으면서도 "아무래도 나는 무엇엔가 얽매여 살 것 같으다"(「어떤 개인 날」)는 예감에 시달리며 "누가 와서 나를 부른다면" "얼은 들판을 걸어가는 한 그림자를"(「달밤」) 보여주겠노라고 말한다. 그러나 이처럼 "저녁 들판에/돌을 주위에 쌓아놓고 든"(「비가 제1가」) 유폐적 삶을 사는 그도 바깥세계와 완전히 두절된 단독자적 삶을 살 수는 없다. 그는 끊임없이 외부에서 자신을 부르는 음성을 듣는다. "날 부르는 자여"(「이것은 괴로움인가 기쁨인가」) "찬 물 속으로 부르는 기다림"(「어떤 개인 날」) 등의 구절은 자기만의 세계 밖으로 그를 잡아당기는 인력을 보여준다. 이처럼 화자는 안과 밖으로부터 서로 상이한 청원을 받고 그 사이에서 갈등한다. 산다는 것은 "실로 오랜 기다림"(「비가 제7가」)이지만 "혼자 사는 일은/끊임없는 갈증, 방향 없는 돌아옴"(「새벽빛」)이기도 하기 때문이다. 무위로운 기다림에 지칠 때 그는 때로 과감히 자기 밖으로 나아가는 확산의 움직임을 보여주기도 한다.

눈이 그쳤을 때, 바람이 불 때, 내 외롭지 않을 때
나는 갔었다, 너의 문 닫는 집으로
—「얼음의 비밀」 중에서

내 그처럼 아껴 가까이 가기를 두려워했던 어린 나무들이 얼어 쓰러졌을 때
나는 그들을 뽑으러 나갔노라
—「이것은 괴로움인가 기쁨인가」 중에서

내 갔었네, 해질 무렵이면
내 몸 속 잔뼈에
희미한 불을 감추고
—「새벽빛」 중에서

그는 자기 밖으로 나가 세계와 접촉하고 타인을 만나고 그들에게서 자신과 닮은 점, 즉 동지적 유대감의 근거를 찾는다. 그는 "들판으로, 저 바람 받는 지평으로" 내려가 자신의 외로움을 달래줄 친구를 찾는다. 그 친구는 흔히 훈훈한 술집이나 술 취해 부르는 나직한 노랫소리와 결부돼 시인의 젊은 날의 한 단면을 반추하게 만든다. 그러나 그의 초기시에 자주 등장하는 '친구'는 말의 진정한 의미에서 자신과 분리된 타자라기보다는 그의 원망과 갈등의 투사체, 바꿔 말해서 그의 분신에 지나지 않는다. 하여 그가 어느 순간 "만나라 친구들이여, 눈 멎은 저녁 모퉁이에서 갑자기 서로 떨리는 손들을 내밀고, 찾아라, 서로 닮은 점들을, 서로 닮은 곳에 흘러내리는 눈물을"(「겨울날 단장」)이라고 말했을지라도 이것이 지속적인 타인과 세계를 향한 열림이나 조화로운 연대로 귀결되지는 않는다. 이처럼 외부로 확산하고자 하는 충동과 힘이 한계에 부딪쳤을 때 다시 그를 사로잡는 것은 자기 내면으로의 회귀 의지이다. 그리고 이때의 회귀는 존재의 하강을 동반한다. 그는 데뷔작 「시월」에서의 다짐처럼 "좀더 낮은 곳"을 찾아 내려간다. 특기할 만한 점은 그 하강이 초기시에선 종종 '쓰러짐'이란 과격한 방식을 취하고 나타난다는 것이다. 이때 쓰러짐은 단순히 패배나 힘의 소진을 의미한다기보다는 대지의 중력에 편안히 적응하는 것을 의미하며 따라서 부정적이기보다는 긍정적 뉘앙스를 띠고 나타나는 것이 보통이다.

당신이 나에게 바람 부는 강을 보여주며는 나는 거기에서 얼마든지 쓰러지는 갈대의 자세를 보여주겠습니다.

—「기도」 중에서

날 부르는 자여, 어지러운 꿈마다 희부연한 빛 속에서 만나는 자여, 나와 씨름할 때가 되었는가. 네 나를 꼭 이겨야겠거든 신호를 하여다오. 눈

물 담긴 얼굴을 보여다오. 내 조용히 쓰러져주마

—「이것은 괴로움인가 기쁨인가」 중에서

나무들이 날리는 눈을 쓰며 걸어가는 친구여
나는 요새 눕기보담 쓰러지는 법을 배웠다

—「어떤 개인 날」 중에서

위 시에 언급된 화자의 쓰러짐에서 우리는 슬픔이나 울분을 느끼기보다는 오히려 약간의 오만조차 섞여 있는 묘한 자부심과 자존심의 여운을 감지하게 된다. 그의 쓰러짐은 자신의 연약함이 초래한 불가피한 결과가 아니라 정반대로 진정 강한 자만이 선택적으로 취할 수 있는 동작이다. 다시 말해서 화자는 조용히 쓰러져줌으로써, 즉 무저항을 통해서 존재론적 우위를 확인받는 내밀한 승리를 거두게 되는 것이다. 이러한 쓰러짐은 "우리 같이 흰 흙을 핥던"(「겨울밤 노래」)이나 "무릎을 꿇고 엎드려서 (……) 얼어 있는 땅의 맥을 짚어보는"(「얼음의 비밀」)과 같은 표현을 가능케 한다. 땅은 "어디에 엎드려도 나를 밀어내지 않"으며 화자로 하여금 "불이 꺼진 후/머리보다 배로 온 잠"(「새벽빛」)을 자도록 만든다. 이처럼 쓰러짐에의 경사가 육체적 휴면 – 의식의 중단으로 연결될 때 잠과 꿈 이미지가 전면화된다.

어젯밤에는 꿈 많은 잠이 왔었다

—「기도」 중에서

빈 들의 봄이로다
밤에 혼자 자며 꿈결처럼 들은
그림자 섞인 물소리로다

—「비가 제1가」 중에서

돌벼개여 돌벼개여
돌벼개에 쏟은 잠이여
네 가볍게 흔들리는 머리에
내 머리칼을 묻고

—「비가 제7가」 중에서

이제 죽은 자를 경애하지 말고
죽은 자의 죽음을 생각하라
무성한 잎은 잠자는 나무의 꿈이요
꿈속의 한 안씨로움이로다

—「십사행(十四行)」 중에서

화자는 잠의 둥지에 몸을 묻음으로써 외부의 소란과 인식의 고통으로부터 자유로워지고자 한다. 그 잠은 절친한 친구의 죽음을 추모한 작품인 「십사행(十四行)」이 장중한 목소리로 말해주듯 죽음과 서로 통하는 것이다. 젊은 날의 정열이 현실의 벽에 부딪혀 좌절될 때 잠과 꿈이 가져다 주는 위안은 더욱 커진다. 그를 실의에 찬 방황으로 이끌던 원심력은 잠과 꿈의 구심력에 의해 적절히 규제되고, 시인은 극히 한정적인 것이기는 하지만 삶을 지속할 수 있는 원기를 회복할 수 있게 된다. 초기 시편을 쓸 무렵 그의 상상 세계는 순수하고 순진한 감성의 표백에서 짐작할 수 있듯이 아직 대사회적 인식이 명료화되기 이전이었고 그 결과 원심력보다는 구심력이 더 강한 영향력을 미치고 있었던 것으로 보인다. 그의 방황은 그때까지만 해도 현실의 역학에 대한 구체적 탐색이나 객관적 관찰을 의미하기보다는 그의 의식에 각인된 외부 풍경에 대한 정서적 탐닉으로 나타나고 있다. 또 그의 바라봄 역시 외부를 향해 뻗어나가는 성질의 것이기보다는 내면의 심연을 맴도는 자기 응시적 들여다봄에 가깝다.

나는 들여다본다, 들여다본다, 나는 꿈꾼다, 한 금제 있는 일생을, 한
불 밝힌 윤곽을

―「소곡 4」 중에서

그러나 이러한 자기 응시, 내면 방황은 조만간 압도적인 외부 현실의
침입에 의해 허물어지고 말 수밖에 없는 것이었다. 시인은 곧 잠과 꿈
이 안전한 도피처가 되지 못한다는 사실을 깨닫는다. 그래서 시인은
"수월히 살기가 가장 수월쿠나/너무 수월하매/잠 못 드는 밤이 잦았드
라"(「네 개의 황혼」)는 아픈 신음을 토하는가 하면 "나는 요새 잔다/ 모
든 기관(器官)이 거부하는 잠을"(「브라질 행로」)이라는 역설을 우울히
내뱉기에 이른다.

누어지지 않는다, 아시아 지도 등고선 뒤로
자꾸 흐려지는 불빛
"이 세계에서 배울 것은
조심히 깨어 있는 법일 뿐"
법뿐일까, 뿐일까

―「밤에 내리는 비」 중에서

자리에 누워 편히 잠들 수 없는 화자는 이제 깨어 있는 법을, 그것도
"조심히" 깨어 있는 법을 익히게 되는 것이다. 그리고 그때부터 수렴의
움직임 대신 확산의 움직임이 그의 시세계의 기본 동력으로 작용하게
된다.

3. 현실 탐구 : 수평적 확산과 수직적 구심운동

연륜의 축적과 더불어 내면의 밀실에서 벗어난 시인은 이제 구체적

이고 경험적인 현실 속으로 잠입해 들어간다. 『태평가』『열하일기』에서 『나는 바퀴를 보면 굴리고 싶어진다』에 이르기까지 이 시인의 중기시를 특징짓는 것은 상대적으로 구심력보다 원심력이 더 결정적인 역할을 담당하고 있다는 점과 시대 상황에 대한 점증하는 관심이 예각적인 정치적 상상력으로 전화될 조짐을 보인다는 점이다. 「기항지 1」은 현실의 관문으로 조심스럽게 입성하고자 한 시인이 치른 일종의 통과의례적 성격의 작품이라 할 수 있다.

> 걸어서 항구에 도착했다.
> 길게 부는 한지(寒地)의 바람
> 바다 앞의 집들을 흔들고
> 긴 눈 내릴 듯
> 낮게낮게 비치는 불빛
> 지전(紙錢)에 그려진 반듯한 그림을
> 주머니에 구겨 넣고
> 반쯤 탄 담배를 그림자처럼 꺼버리고
> 조용한 마음으로
> 배 있는 데로 내려간다
> 정박중의 어두운 용골(龍骨)들이
> 모두 고개를 들고
> 항구의 안을 들여다보고 있었다
> 어두운 하늘에는 수삼개(數三個)의 눈송이
> 하늘의 새들이 따르고 있었다
>
> —「기항지 1」 전문

한 폭의 인상적인 풍경화라 할 수 있는 이 작품은 많은 평자들이 호의적으로 평가한 데서도 알 수 있듯이 젊은 날의 무정형의 모호한 정서에서 벗어나 현실의 세목을 섬세하고 정연하게 복원시키고 있다. 그러나 우리의 논의에서 보다 중시되어야 할 점은 이 시가 원심력과 구심력의 대위법적 긴장에 의해 그 균형을 획득하고 있다는 점이다. 걸어서 항구에 도착한 화자와 항구에 정박중인 배는 운동/정지라는 측면에서도 대립적이지만 동일한 지점에서 서로 마주 보고 있다는 점에서도 대극적인 처지에 놓여 있다. 먼 바다를 향하고 있는 화자와 오랜 항해를 마치고 돌아와 항구의 어두운 안을 들여다보고 있는 배는 삶의 양면성을 대비적으로 드러내 보여준다. 긴 여행의 끝에서 우리는 휴식과 안정이라는 또다른 욕망을 발견하게 되는 것이다. 이 시의 결미를 장식하고 있는 눈과 새의 하강은 데뷔작 「시월」의 마지막에 등장하는 낙엽의 변주이면서 원심력에서 구심력으로의 전환에 이어지는 심리적 안정에 대한 지향을 다시 한번 선명하게 부각시켜주고 있다. 초기시와 중기시의 접경에 자리한 이 작품과 달리 이 시인의 작품 가운데 가장 많은 논란을 자아낸 또다른 작품 「태평가」는 보다 진일보한 현실 탐구를 보여준다.

    말을 들어보니
    우리는 약소민족이라드군
    낮에도 문 잠그고 연탄불을 쬐고
    유신안약(有信眼藥)을 넣고
    에세이를 읽는다드군

    몸 한구석에 감출 수 없는 고민을 지니고
    병장 이하의 계급으로 돌아다녀보라
    김해에서 화천까지
    방한복 외피에 수통을 달고
    도처 철조망(到處鐵條網)
    개유 검문소(皆有檢問所)
    그건 난해한 사랑이다

난해한 사랑이다
전피수갑(全皮手匣) 낀 손을 내밀면
언제부터인가
눈보다 더 차가운 눈이 내리고 있다.

—「태평가」 전문

　위 시 역시 1연의 구심력과 2연의 원심력의 대비에 의해 구축돼 있다. "말을 들어보니"라는 소극적이고 방어적인 입장 천명에 이어 내면으로 응축되는 일련의 행위가 서술된다. 문을 잠그고 연탄불을 쬐고 안약을 넣고 에세이를 읽는, 점차 외부세계와의 교섭을 차단하고 안으로 웅크리고 드는 모습을 보여준다. 이처럼 안이하고 기만적인 소시민적 삶의 방식에 대한 야유와 냉소로 점철된 1연에 이어 2연에선 이와 전혀 상반되는 원심력의 운동을 보여준다. 2연 첫행의 "감출 수 없는 고민"이라는 표현 자체가 벌써 안에 있던 것이 밖으로 유출되는 외향적 움직임을 지시하고 있다. 극도로 왜소해진 1연의 행위자와 달리 2연의 행위자는 김해에서 화천까지를 거침없이 돌아다니며 밖에 내리고 있는 차가운 눈을 향해 손을 내민다. 그러나 2연의 행위자의 동작 역시 완벽하게 자율적이고 자유로운 것은 아니다. 검문소 철조망 방한복 전피수갑으로 상징되는 체제의 불구성과 억압성은 행위자의 의지와 소망을 차단하고 외계와의 생생한 접촉을 가로막는 기능을 수행한다. 때문에 헐벗은 조국을 껴안고자 하는 화자의 마음은 "난해한 사랑"이 될 수밖에 없는 것이다. 따라서 2연의 원심력은 그 내부에 이미 그것을 방해하는 구심력의 역작용을 받고 있으며 그만큼 원활한 진행을 하지 못하고 있다고 해야 할 것이다. 초기시에서 젊은 영혼의 은신처 역할을 하며 나름대로 긍정적인 역할을 담당했던 내적 공간은 중기시에선 현실 도피나 정치적 억압의 굴레와 연결돼 부정적 후광을 쓰고 나타나는 것이다. 즉 초기시에서 원심력─부정적/구심력─긍정적의 구도는 중기시에서 원심력─긍정적/구심력─부정적의 구도로 뒤바뀌고 그 내포와 외연에도 상당한 변동이 따르게 된다.

이처럼 시인의 상상 세계에 큰 폭의 변화가 생긴 것은 대략 다음 세 가지 각도에서 그 이유를 찾아볼 수 있을 것이다. 첫째는 위에 인용한 「태평가」나 「들기러기」 같은 시에서 강력하게 드러나는 군대 체험이고 둘째는 「외지에서」 「낙법(落法)」 「아이오와 일기」 같은 시편에서 노래된 외국 유학생활이 가져다 준 충격이라고 볼 수 있다. 이러한 체험은 그의 시에서 막연한 낭만적 동경이나 선험적 비관주의를 걷어낸 대신 보다 냉정한 현실 인식과 단단한 역사의식을 부여하는 데 일조했을 것으로 여겨진다. 그리고 보다 중요한 셋째 요인은 1960년대 후반부터 점점 노골화하기 시작하여 1970년대에 절정을 이룬 정치적 억압의 가속화일 것이다. "행인들/돌든 학생들"이 "보도에" "꽃물을 흘리"(「허균 2」)며 쓰러진 모습이나 "처처(處處)에 다져지는 조그만 아우성들"은 시인에게 예전과 다른 압력으로 다가왔을 것임에 틀림없다. 그래서 시인은 "눈떠라 눈떠라 참담한 시대가 온다"(「전봉준」)라고 급박한 경고의 외침을 발하는가 하면 "나는 요새 무서워져요. 모든 것의 안만 보여요. 풀잎 뜬 강물에는 살 없는 고기들이 놀고 있고 강물 위에 피었다가 스러지는 구름에선 문득 암호만 비쳐요"(「초가(楚歌)」)라고 음울한 탄식을 현란한 이미지의 직조를 통해 제시하기에 이른다. 이 시인의 중기시에서 이러한 구심력의 부정성을 가장 강력하게 보여주는 것이 다음에 볼 수 있듯이 철사에 묶인 새나 내뱉지 못하고 입 안에 감금된 말 같은 이미지들이다.

끈질긴 머리칼
힘주어 잡아다니면 끈에 묶인
새가 걸어 나온다 풀어놓아도
날지 못한다

—「신초가(新楚歌)」 중에서

장난감 말이 쓰러져 뒹군다. 아니 잠이 깬다. 몇 마디 아픈 말이 뱉어지지 않는다.

—「세 줌의 흙」 중에서

마찬가지로 초기시에서 대지와의 친화력을 의미했던 쓰러짐 – 엎드림도 "찬 땅에 엎드려/눈도 코도 입도 아조아조 비벼버리고"(「계엄령 속의 눈」)나 "길이 없군요. 없습니다. 한 점씩 불을 켠 채 언덕을 오르는 아이들 (……) 아이들은 넘어지지 않습니다. 쓰러집니다"(「바다로 가는 자전거들」) 같은 섬뜩한 구절에서 보여지듯 상황의 위급함과 자아의 무력함을 표상하는 이미지로 전환된다. 이는 다음 시에서처럼 모든 행동의 가능성을 박탈당한 채 아파트 한구석에 웅크리고 있는 의식인의 초상을 낳는다.

짚지 못할 것이다
조그만 아파트 방 책상머리
새벽 두시의 무거운 공기 속으로
읽던 책 모두 띄우고 웅크리고 앉아
어깨에 아이들과 나를 얹고 서 있는
철근의 식은 힘을 느낄 것이다

—「여름 이사」 중에서

억압적인 체제하에서 행동으로 표출되지 못한 에너지는 존재를 끝없이 왜소화하고 그를 헤어날 길 없는 심연 속으로 밀어넣는다. 이처럼 수난과 좌절 고행을 의미하는 움츠러듦 – 구심력과 정반대되는 방향에 다음과 같이 역동적이고 환희에 찬 삶의 움직임이 존재한다.

다른 말들, 아침 해 앞에서 가슴 펴고 깊은 숨 쉬기, 한낮 바위 위에서 벌거벗고 춤추기, 저녁 해 따라 힘센 나무들 사이로 달려가기.
혹 자리 바꾸면, 아침 해 앞에서 벌거벗고 춤추기, 한낮 바위 위에서

가슴 펴고 깊은 숨 쉬기, 피어나는 뭉게구름, 저녁 해 따라 힘센 나무들
사이에서 떼로 달려 나오기, 그 사람 냄새.

—「지하실」 중에서

　　나는 바퀴를 보면 굴리고 싶어진다
　　자전거 유모차 리어카의 바퀴
　　마차의 바퀴
　　굴러가는 바퀴도 굴리고 싶어진다
　　가쁜 언덕길을 오를 때
　　자동차 바퀴도 굴리고 싶어진다

—「나는 바퀴를 보면 굴리고 싶어진다」 중에서

　모든 동적 움직임은 정신적 육체적 마비 상태를 일깨우는 자극으로
구실한다. 그는 현실의 변경 불가능성을 강변하는 순응적 사고에 반기
를 들고 경직된 사물과 사람들에게 생기를 불어넣어주고자 욕망한다.
그런데 황동규의 탁월한 점은 자칫 원심력/구심력의 대립에서 어느 하
나만을 절대화함으로써 시의 이미지들이 일방통행의 고정된 의미만을
생산하도록 하지 않고 이 양자를 동시적으로 껴안고 그것을 삶의 원리
로 받아들이도록 한다는 점이다. 예컨대 중기시를 대표하는 작품이라고
할 수 있는 「지붕 오르기」의 다음 장면에서 우리는 여전히 시인의 내면
깊는 곳에 자리잡고 있는 구심력에 대한 지향성을 엿볼 수 있다.

　　목수들은 하루 종일 마루를 고치고
　　나머지 목재로 사다리를 만들었다
　　발을 굴러도 마루가 삐걱대지 않는다
　　소리가 더 깊이 들어갔을까
　　더 깊은 데, 우리가 자갈처럼 가라앉아
　　더이상 남이 될 수 없는 데,

위에 인용된 대목 앞에서 화자는 삐걱이는 마루를 고치기로 한 날 아침의 출근길과 퇴근길의 풍경을 불연속적인 자유연상과 반어적 표현을 동원하여 속도감 있게 묘사하고 있다. 범상한 거리 풍경이 일순간에 예루살렘과 예수의 처형으로 비약하는 분방한 상상력의 확산을 보여준 다음 화자는 드디어 집에 도착한다. 마루가 제대로 고쳐졌는지를 확인하기 위해 발을 굴러보는 위 구절에서부터 상상력은 다시 수렴의 궤도로 접어든다. 수평적 확산이 끝난 지점에서 수직적 구심운동이 일어나는 것이다. "우리가 자갈처럼 가라앉아/더이상 남이 될 수 없는" "더 깊은 데"야말로 우리 삶의 부동의 중심일 것이다. 이어서 지붕에 오른 화자는 삭막하게 펼쳐진 집 주변 풍경을 둘러보며 자신의 존재의 뿌리 없음을 확인한다. 이러한 확산/수렴, 운동/부동의 대비는 다음 시에서 다시 정교하게 변주돼 나타난다.

불 끈 기차가 지나가지
저건 신촌집에서 쫓겨나 변두리로 변두리로
가벼운 마음으로
눈감고 달리는 기차야
집에 마음쓰면 안 돼
서 있는 것
꽃나무 몇 그루
이름 서로 아는 친구
아들아, 네 올라가 숨곤 하던 장독대
그런 것에 마음쓰면 안 돼
움직이는 것을 아껴야 해, 움직이는 것들,
고양이, 참새, 동네마다 뛰노는 아이들,
그리고 네 잠들 때
하늘에서 깔깔대며 달리는 별들, 끝없이 반짝이는 것들,

"하지만 아빠,

기차는 수색에서 잘 꺼야

둥글게 맴돌다 꼬리에 코를 박고."

—「불 끈 기차」 전문

　아빠와 아들 간의 대화로 이루어진 이 시에서 이상주의/현실주의의 대립을 읽어내기는 쉽다. 이상주의자인 아빠는 "집"이나 "서 있는 것"에 마음쓰면 안 된다고 말한다. 대신 움직이는 것을 아껴야 한다고 충고한다. 움직이는 것들, 외부로 확산해나가는 것들은 고양이, 참새, 뛰노는 동네 아이들을 거쳐 밤하늘의 별들에까지 연결된다. 무한한 창공 저편으로 흩어져가는 조그만 발광체들이야말로 가장 거칠 것 없는 자유로움의 극대치를 상징한다고 봐도 무리가 없을 것이다. 다시 말해서 이 시가 뿜어내는 역동성의 상당 부분은 도시 변두리로 쫓겨나듯 가고 있는 불 끈 기차에서 천상의 별을 이끌어내는 상상력의 비약에 있다. 그러나 2연에서 아이는 당돌하게도 아빠의 끝없는 몽상에 제동을 걸고 나선다. 둥글게 확산하는 원운동을 하는 기차도 결국 맴돌다가 수색에서 "코를 박고" 잠들 것이라는 것이다. 기차는 바깥을 향해 뻗어나가는 동적 움직임을 보여주는 것이 아니라 동일한 궤도를 순환하다 정지할 뿐이라는 것이다. 여기서 아빠/아들은 대립된 입장의 두 사람을 의미한다기보다는 시인의 분신들, 상반된 욕망의 대변자들로 봄이 더 타당할 것이다. 그렇다면 위 시에서의 확산/수렴 역시 어느 하나가 다른 하나보다 절대적으로 우월한 것이 아니라 양자가 서로 어울려 삶의 질서를 구성하고 있는 것으로 보아야 할 것이다. 구심점을 향한 응축력과 외부를 향한 확산력 가운데 어느 하나가 배제된 삶은 억압적이거나 허황한 것이기 쉽다. 이러한 원심력/구심력이 갈등하지 않고 일체화될 때,

　　그대와 나만이 어깨로 열심히 세상을 가리고

아니 세상을 열고.

―「눈 내리는 포구」 중에서

처럼 동일한 동작이 가림/열림이라는 상반된 효과를 내는 모순어법의
경지에 도달하며(위 구절 다음의 "어떤 음탕하고 싱싱한 공간이/우리 품
에 안긴다"라는 대목도 공간의 열림/품에 안김이라는 상반된 이미지의 맞
물림으로 이루어져 있다),

돌이 허리 굽혀 눈을 헤치고
돌을 물었다
물린 돌이
환히 웃는다
주저없이 바람이 멎고
가득 찬 달이 뜨고 있다

잊혀진 별들까지 모두 모여
끝없이 끝없이 빛나는 하늘
이제 사랑은 아무것도 아니기.

―「사랑의 뿌리」 중에서

처럼 지상의 돌에서 천상의 별로 변주되는 상상력의 활주를 시인하게
된다. 사랑의 연금술은 사람의 마음을 "모든 것"이면서 "아무것도 아
닌" 것, 그런 상태로 만든다. 전 우주가 환하게 웃음짓는 그 상태 속에
서 "눌렀던 춤이 튀어오른다". 드디어 우리는 이 시인이 폭력적 정치
상황 속에서 지식인이 고뇌를 우의적으로 드러내는 차원을 넘어 새로
운 시세계의 입구에 진입했음을 짐작하게 된다.

4. 원심력과 구심력의 융합 : 일상의 축제화

이 시인의 초기시가 상대적으로 구심력의 지배하에 있었고 중기시는 원심력의 지향이 강했던 반면 『악어를 조심하라고?』『몰운대행』『미시령 큰바람』 같은 후기시의 집적물에서 우리가 만날 수 있는 것은 원심력과 구심력이 서로 넘나들고 융화해서 이루는 축제의 공간이라고 할 수 있다. 그는 무료한 일상을 여행의 원심력으로 충만케 하는 한편 무한팽창이 초래할지 모를 중심의 상실을 일상으로의 회귀에 의해 적절히 제어한다. 『악어를 조심하라고?』의 제일 첫 장에 실린 다음 작품에서 우리는 이 시인 특유의 원심력/구심력의 극화가 가열한 긴장을 자아내고 있음을 보게 된다.

　　나는 나무들이 꽃을 잔뜩 피워놓고
　　열매가 생기기를
　　우두커니 서서 기다린다고 생각할 수가 없다

　　사방에서 벌이 잉잉거릴 때
　　꽃들은 먼발치서 달려오는 벌을 맞으러
　　하나씩 문을 열 것이다
　　꽃송이 하나하나가
　　마침 파고든 벌을 힘껏 껴안는
　　이 팽팽함!

　　　　　　　　　　　　　　　　　　　—「꽃」 중에서

위 시에서 꽃/벌이 벌이는 생의 축제는 원심력과 구심력의 상호조응이기도 하다. 피워놓음, 문을 엶이라는 원심적 운동이 달려옴, 파고듦, 껴안음의 구심적 운동과 만나는 순간 "팽팽함"으로 표현된 엑스터시를 창출하게 된다. 이들은 서로를 배척하지 않고 살아 있음의 소중함을 있는 그대로 포용한다. 이러한 긍정적 전망은 3연에서 다시 천상과 지상의 통합을 가져와 "배나무와 벚나무 상공에서" "환한 구름이 일어나"는 황홀경이 연출된다.

위 시에 대한 이러한 간략한 독후감은 다음 두 가지 방향으로 우리를 인도한다. 그 하나는 원심력과 구심력이 서로 갈등하지 않고 바다의 밀물과 썰물처럼 조화로운 궤적을 그릴 때 중심과 원주 사이의 차이도 무화될 수밖에 없다는 점이다. 다시 말해서 시인은 단일한 중심, 즉 자신의 에고에 대한 집착에서 벗어나 다중심적 세계관을 향해 나아가게 되는 것이다. 중심의 절대성이 무너지는 순간 이제 도처가 중심이 된다. 시인은 매시간 모든 장소에서 삶의 비밀을 포착하고 나아가 지복의 순간을 체험한다. 일상/여행의 차이도 무화돼 시인은 도시 한복판에서 자연의 숨결을 듣는가 하면,

마음 한 가닥은 터미널 지하상가에서 운동화를 고르고
다른 가닥은 보은군 내속리면 대목리 비탈길을 오르는
저 수상한 사내 좀 봐!
밤새 이슬 맺힌 풀섶을 걸었는지
(……)

아파트 자기 동(棟)을 지나쳤다가
조심히 되돌아와
슬며시 입구로 스며드는 저 사내!

—「혼 없는 자의 혼노래 1」 중에서

고립/통합의 대립도 약화돼 우리 모두는 따로따로 흩어져 있으되 함께 모여 있다는 깨달음이 부각된다.

풀 몇 줄기 눈 위에 솟아
바람에 흔들렸다
솜털까지 파란 풀 몇 줄기 눈 위에 솟아
바람에 흔들렸다
따로따로 그러나 모여 서서
풀 몇 줄기 바람에 흔들렸다
(……)
따로따로 그러나 모여 서서 우리는
지워진 글을 같이 읽었다.
　　　　　　　　　—「따로따로 그러나 모여 서서」 중에서

　다른 한 가지는 확산에서 수렴으로, 수렴에서 확산으로 전환되는 속
도가 점차 빨라져 나중엔 그 간격 자체가 찰나적이 된다는 점이다. 이
것은 시인이 사물의 실체에 번개같이 도달하는 순간의 경험을 노래한
다음 시편에서 여실히 드러난다.

방금 올챙이에서 땅에 기어오른 개구리가
초점 맞추듯
네 다리 움츠렸다
(심상치 않은 그의 거동)
뛰었다, 새 공간 확 달려들어
숨 일순 정지,
황홀!
(……)

이 긴장,
지구 거죽 한 점(點)의 황홀!
　　　　　　　　　—「뛰었다, 조그만 황홀」 중에서

바로 눈앞 아무것도 없던 곳에서
점 몇 개가 갑자기 튀어 흩어진다.
물벼룩들이로군!
한 점이 달아나다 멈추고 꼼짝 않고 있다.
뒤돌아보는가, 두현대는 가슴으로, 다리 후들후들 떨며?
참, 물벼룩 하나하나에도 심장이 뛰고,
그리고 자기만의 내면생활이……
햇빛이 수면에서 부서져 무지개색으로 퍼진다.
한순간 허파 한 쌍과 마음 한 채가 몽땅
그 한 점에 깊숙이 빨려들었다가
확 놓여난다.
　　　　　　　　　—「견딜 수 없이 가벼운 존재들」 중에서

　각각 개구리나 물벼룩 같은 미소하기 이를 데 없는 생물에서 단번에 생의 기미를 포착하고 있는 위 시편은 시인의 돌연한 깨달음이 주는 충격을 무한소에서 무한대로 넘나드는 상상력과 사고의 '건너뜀'으로 형상화하고 있다. 그것은 극도의 응축이 일순간 무한정한 확산으로 변환될 때 일어나는 힘의 방사를 느끼게 한다. 움츠렸던 개구리가 도약하는 순간의 긴장이나 주위 풍광이 물벼룩의 한 점에 깊숙이 빨려들었다가 확 놓여나는 순간의 황홀은 시인이 조우한 생의 절정을 의미한다. 현대문명의 중심지인 뉴욕에서 경험한 모든 번다하고 사소한 일상적 사실들, 예컨대 시 낭송회에서 무용 공부를 하는 한국 여자를 만나고 친구와 영화구경을 한 뒤 하숙집에 돌아와 술을 마시고 취해 떠들다가 여주인에게 주의를 받고 뉴욕 거리를 걸어가다 횡단보도 옆에서 머뭇거리는 옆사람과 미소를 교환하고…… 이런 자질구레한 일상의 파편들이 그대로 깨달음으로 통하는 입구가 될 수도 있다는 것을 시인은 체득하게 된다. 몰입과 해탈이 일체화된 그 순간, 삶은 첨단의 일점이었다가 무한한 우주 크기로 확대되는 곡예를 하게 된다. 이러한 무한소와 무한대의 넘나듦은 다음 시에서도 미묘하게 변주돼 나타나고 있다.

1) 숲에서 나와
　가까이,
　땅의 얼굴에 얼굴 가까이,
　그 얼굴의 볼에 가볍게 볼 비비고
　그 얼굴의 입에 입 가까이,
　혀 가까이,
　목구멍 가까이,
　가볍게
　몸이 가벼워져 거꾸로 빙빙 돌며 떠오르는 곳
　회오리바람 이는 곳 내 죽음 통하지 않고 곧장 승천하는 곳.
　　　　　　　　　　　　　　　　　　　　—「풍장 15」 전문

2) 봄 막 풀어지기 직전
　난폭하게 꽃핀 때죽나무를 둘이서 보다
　모르는 사이에 얼굴을 돌려
　서로 눈을 들여다본다.
　한순간
　망막이 찰칵 열렸다 닫히고
　하늘이 떠진다.
　　　　　　　　　　　　　　　　—「비린 사랑노래 4」 중에서

　1)에서 얼굴에서 볼로, 입으로, 혀로, 목구멍으로 점점 깊숙이 자연과 밀착해 들어가던 사람은 자신의 몸이 일순간 "빙빙 돌며" "회오리바람 이는" 세계 가득히 확장되는 경험을 하게 되며, 2)에서도 눈을 떴다 감는 순간 하늘이 열리고 닫히는 체험을 갖게 된다. 이는 「풍장 20」에서

바다와 해가 맞물려 출렁이는 순간 물 속에서 왕보석처럼 빛나는 해당화에서 다시 그것을 바라보는 사람의 눈으로 순간적으로 초점이 이동하는 것에서도 확인된다. 원심력과 구심력이 일체화된 순간 시인은 "우주의 공간 전부와 한번 몸 부비는/저 경련!"(「풍장 30」) 같은 강렬한 체험을 하게 되는 것이다. 이처럼 일상의 사소한 징후에서 우주적 열림을 체험하는 시인의 최근 시세계는 '도취의 시학'이라고 불릴 만한 측면을 갖고 있다. 시인은 "삶에 취해 비틀거"(「삶에 취해」)리는가 하면 곧잘 감미로운 "꿈에 취한 벌처럼 흐늘흐늘"(「풍장 40」)댄다. 이 시인의 시에서 도취는 대개 술-춤-향기의 삼위일체를 통해 표출된다.

우리는 이 시인의 시집 곳곳에서 화자가 술을 마시는 장면을 심심치 않게 볼 수 있는데 이는 특히 최근으로 올수록 더 늘어나는 추세에 있다. 술은 정신을 무한히 가볍게 하고 육체를 들뜨게 한다. 술은 술을 마시는 사람의 몸을 세상 만물 속으로 퍼져나가게 만든다. 퍼져나가는 육체란 곧 춤추는 육체이다.

1) 둘이 따로따로 그러나 같이 한바탕 웃고
   어깨춤 추며 노래 부른다
                                    ―「악어를 조심하라고?」 중에서

2) 아내와 아이들이 외출한 사이
   FM을 수돗물처럼 쏴 틀어놓고
   목욕 마친 수건바람 그대로
   유도화 향기 속에 갑자기 나타나 춤을 추었다
                                    ―「벌도 나비도 없이」 중에서

3) 축 늘어져
   뜨고 있는 눈조차 보이지 않는,
   그러나 생김생김은 물 속의 새,

104

물결 속을 날은다.
아 저 스페인춤 한바탕!
막 끝내고 대 위에 오른 저 모습.

—「가오리」중에서

1)에서 술을 마시던 화자는 죽은 김수영 시인의 혼령과 만나 의기투합하여 대화를 나누고 어깨춤을 추며 거리를 거닐고, 2)에서 첫눈 내린 날 유도화의 진한 향기에 취한 화자는 집 안에서 홀로 춤추며, 3)에선 수산시장 판매대에 누워 있는 가오리도 이전에 물 속에서 활기차게 춤추었음을 말하고 있다. 춤은 육체의 열림과 닫힘을 아름답게 양식화한 것이라고 할 수 있다. 춤을 추고 있을 때 인간의 육체는 고정된 중심에 묶여 있는 상태에서 벗어나 활짝 피어난다. 육체는 춤의 동작 속에서 접혀짐과 펼쳐짐, 떠오름과 가라앉음을 되풀이한다. 춤추는 순간 육체는 공중에서 "조그만 동작을 하면서/기쁨에 떠는 새들"(「풍장 12」)이 된다. 시인이 원하는 것은 이처럼 "날으며 춤추는" 것, "춤추다 춤추다 몸째 춤이 되는 그곳으로" 가는 것이다. 이러한 우주적 춤을 가시적으로 구현해 보여주는 것으로 눈송이와 물방울을 들 수 있다.

하늘이 부드러워지며
내리는 가벼운 눈송이들.
잠시 공중에 날아올랐다 흩날리는
남해안의 하얀 차꽃잎들.

—「관악 일기 1」중에서

땅에 떨어지는
아무렇지도 않은 물방울
사진으로 잡으면 얼마나 황홀한가?
(마음으로 잡으면!)

순간 튀어올라
왕관을 만들기도 하고
꽃밭에 물안개로 흩어져
꽃 호흡기의 목마름이 되기도 한다.

—「풍장 17」 중에서

　　날아올랐다 흩날리는 눈송이나 물방울은 조그맣고 투명한 육체 속에
광대한 우주를 머금고 있다.[4] 가장 작고 연약한 사물 속에 세계가 동그
랗게 수렴돼 있는 것이다. 이러한 춤추는 육체의 등가물이 바로 향기이
다. 향기는 육체성(물질성)을 벗어던진 존재의 확산 그 자체이다.

실과 바람 사이
바람과 난(蘭) 사이
풍란(風蘭)과 향기 사이
에서 흰 빛깔과 초록 빛깔이 알록달록 가벼이 춤추는
뼈들이 골수 속에 코를 박고 벌름대는
이 향기.

—「풍장 7」 중에서

　　　마른 국화를 비벼서

---

4) 장 피에르 리샤르는 "물방울은 태어나면서부터 어떤 완성을, 소우주를, 닫혀 있지만 피
어난 조그만 세계를 형성하"(『시와 깊이』, 민음사)고 있다고 말한 바 있다. 물방울은 응집
력(닫혀 있음)과 확산력(피어남)을 함께 갖추고 있기 때문에 불안한 그만큼 동적일 수 있
다. 황동규의 상상 속에서 물방울은 눈송이이며 꽃잎이다. 「조그만 사랑노래」에서 "한없이
떠다니는 몇 송이 눈"은 「더 조그만 사랑노래」에서 "한 바람에서 다른 바람으로 끌려가며/
그대를 스치는 물방울"로 변주되고 「더욱 더 조그만 사랑노래」에선 "나무에서 막 벗어난
꽃잎"으로 변주된다. 그 물방울-눈송이가 햇살을 받아 빛날 때 그것은 "여관 마당 가득
넘실대는/눈 진주"(「꽝꽝 언 길 달리고 싶어」) "잠시 그친 눈에/농장은 온통 진주"(「외계
인 1」) 같은 표현처럼 진주가 된다. 그 진주는 사람의 "마음속에"(「브롱스 가는 길」)도 깃
들여 있다.

향내를 낸다.
꽃의 체취가 그토록 가벼울 수 있는지.
손바닥을 들여다보다가
마음이 쏟아진다.

—「풍장 31」 중에서

풍란이 됐든 국화가 됐든 매화가 됐든 모든 꽃은 향기로 시인을 유혹한다. 향기는 무한 속으로 퍼져나가며 존재의 충일을 드러내준다. 그래서 시인은 "나는 매화의 내장 밖에 있는가, /선암사가 온통 매화, /안에 있는가"(「풍장 40」)라고 안과 밖의 경계가 무화된 경지를 노래한다. 그러나 향기를 내뿜는 것이 어찌 식물뿐이겠는가. 인간도 정신적 성숙과 함께 향기를 낸다.

아내가 내 몸에서 냄새가 난다고 한다.
드디어 썩기 시작!
먼저 입이 썩고
다음엔 항문이 썩으리라.
(……)

입도 항문도 뭉개진
어느 봄날,
돈암동 골짜기 정현기네 집
입과 항문 사이를 온통 황홀케 하는 술
계속 익을까?

—「풍장 33」 중에서

술이 익어 향기를 내뿜듯 인간의 육체도 익어(썩어) 향기를 낸다. 후각적인 차원에서 향기를 내뿜는 육체는 시각적으로 빛을 내뿜는 육체이다. 원심력과 구심력이 만나는 순간 사물 – 인간은 빛을 발한다.

> 혼자 몰래 마신 고량주 냄새를 조금 몰아내려
> 거실 창을 여니 바로 봄밤.
> 하늘에 달무리가 선연하고
> 비가 내리지 않았는데도
> 비릿한 비냄새.
> 겨울난 화초들이 심호흡하며
> 냄새 맡기 분주하다.
> 형광등 불빛이 슬쩍 어두워진다.
> 화초들 모두 식물 그만두고
> 홀쩍 동물로 뛰어들려는 찰나!
>
> —「봄밤」 전문

　겨울 화초들이 식물성의 고정된 위치에서 이탈하여 동물성의 차원으로 홀쩍 뛰어드는 순간 형광등 불빛이 슬쩍 어두워진다. 이처럼 외부의 빛의 강도가 줄어드는 것과 반비례해서 화자의 내면은 환하게 불 밝혀질 것이다. 다음 시는 이처럼 인간이 발광체가 되는 순간을 포착하고 있다.

> 이삿짐 센터의 62세 노인,
> 술 없이는 힘 못 쓰는
> 그러나 아직 고운 얼굴,
> (내 그 나이에 그만큼 깨끗할까?)
> 피아노 밑에 혼자 들어가
> 힘을 쓴다.
> 아 힘이 보인다,
> 힘이 일어선다,

환해지는 그의 근육!
날 흐려 켜논 거실 등불들이 일순 광도를 줄인다.

—「이사」 중에서

피아노의 무게를 전혀 감당하지 못할 것처럼 보였던 노인이 피아노를 메고 거뜬하게 일어서는 순간 "거실 등불들이 일순 광도를 줄"이고 그의 근육이 "환해"진다. 물론 이러한 언급은 물리적 빛을 넘어서 작용하는 내면의 빛을 강조하기 위한 수사적 표현이겠지만 삶의 굽이에서 부딪친 자잘하면서도 놀라운 경험과 이를 통한 마음의 거듭남을 효과적으로 전달해주고 있기도 하다. 그래서 시인은 인감증명을 떼다가 군번을 잊어버린 것을 깨닫고 오히려 "머릿속 환한 빛"(「군번을 잊어버리고」)을 느끼는가 하면 오미자술을 마시고 나서 "욕을 해야 할 친구 만나려다/전화 걸기 전에/내가 갑자기 환해지"(「오미자술」)는 경험을 하기도 한다. "바닷속이 환히 뒤집어지기도 하였다"(「시인」) "마음이 얼얼하면 몸 속이 환해지리"(「점박이눈」) "환히 출렁대는 동해의 가장자리"(「금지곡처럼」) "머릿속 해골이 환해진다"(「매화꽃 2」)처럼 쉽게 찾아볼 수 있는 환해짐에 관련된 표현들은 삶을 그래도 살 만한 것으로 만들어주는 일상의 은혜로움을 인각시켜준다. 시인이 무더운 여름날 사람 만나는 것에 지쳐 홀로 차를 몰고 몰운대를 향해 가는 것도 궁극적으로 환하게 펼쳐진 구름의 길을 향해 가는 것이다.

신선하고 기이한 뼁대
저녁빛을 받아 얼굴들이 환했다
그 위에 환한 구름이 펼쳐진 길
그 끝을 향해.

—「몰운대행」 중에서

이러한 환하게 뻗어 있는 길 끝에 완벽한 소멸−죽음이 있다.

아 행복의 끄트머리가 흐지부지된들 어떠리
어느 봄날 저녁
뭇벚꽃으로 환하게 흩날린들
칙칙하게 서부해당화(西部海棠花)로 시들어
나뭇가지 휘어잡고 어둡게 매어달린들
하나의 노래가 흐르다가
풍금 소리 뒤로 흔쾌히 사라진들

—「꽃이 질 때」 중에서

어젯밤에는
흐르는 별을 세 채나 만났다
서로 다른 하늘에서
세 편(篇)의 생이 시작되다가
확 타며 사라지는 것을 보았다

—「풍장 16」 중에서

"환하게 흩날리"며 "흔쾌하게 사라지는" 생의 아름다움, 그리고 "확
타며 사라지는" 생의 청결함. 그것은 생물학적 죽음이 불가피하게 초래
하게 마련인 슬픔을 넘어서 진행되는 우주의 무한한 섭리에 대한 외경
으로 시인을 이끈다. 장년기에 접어든 시인이 끈질기게 천착하고 있는
「풍장」 연작은 바로 언젠가 닥칠 완벽한 소멸(죽음)을 미리 예행연습하
는 것에 다름아니다. 그가 풍장이라는 죽음의 의식에 그처럼 매혹을 느
낀 것도 그것이 매장이나 화장과 달리 인위적 노력의 투입 없이 육체
의 완벽한 소멸을 기할 수 있는 방식이라고 보았기 때문일 것이다. "바
람을 이불처럼 덮고 /화장(化粧)도 해탈도 없이 /이불 여미듯 바람을
여미고 /마지막 몸의 피가 다 마를 때까지 /바람과 놀게 해다오"(「풍장
1」)라는 청원은 죽음의 고뇌와 불안까지 삶의 연료로 활용할 줄 아는

시인의 여유와 예지를 보여준다. 혹자는 시인의 이런 태도를 향해 다음과 같은 의문을 표시할지도 모른다. 현실적 자아를 구속하고 있는 일체의 자력에서 해방되어 죽음까지 향유하는 그러한 자세는 자칫 현실 도피나 자기 방기로 흐를 수도 있지 않은가. 또 시인의 상상력이 지나치게 원심력 일변도로 나아가는 것을 막아주던 구심력은 후기시에선 영 사라져버렸단 말인가. 이러한 의문에는 아마도 다음과 같은 답변이 주어질 수 있을 듯하다. 이 시인의 후기시에서의 확산이 단일 중심에 근거해 있지는 않지만 그렇다고 중심 부재의 카오스로 치닫고 있지는 않다는 점이다. 시인이 미국에 사는 친구의 가슴에서 주목한 진주는 실은 모든 인간의 내면에 자리잡은 중심이라고 할 수 있을 것이다.

> 과격한 사람들은 그를 센티멘털리스트라고 부르겠지만
> 애국자들 어디 손들어봐요!
> 비원 뒷골목과 무교동 술집을 그리며 22년을 보냈다면
> 마음속에 진주가 들어도
> 엄청나게 크고 답답한 것이 들어 있으리.
>
> ─「브롱스 가는 길」 중에서

그 진주는 시인이 미국의 지하철에서 만난 흑인 청년 셋에게서도 발견하는 데서 알 수 있듯이 특정인의 소유물이 아니라 선량하고 진실된 모든 사람의 내면에 한 알씩 깃들여 있는 것이다. "사람 하나하나의 마음"이 "숨쉬는 우주의 중심"(「별」)이다. 중요한 것은 이 진주가 어느 순간 터져나와 온 세상을 향해 찬란한 광채를 내뿜을 때의 환희인 것이다. 터져나오는 진주가 의미하는 구심력─원심력의 교호 작용은 다음 시에서도 여지없이 관철되고 있다.

> 꽃 하도 이뻐 남작화!
> 노랑 혹은 파랑 나비 모양 꽃 속으로

나비의 입을 지나 식도 속으로
회전문 속에 숨어들듯
슬쩍 빨려들어가면
꿀방울이 보이고
그 방울 점점 커지다
터진다.

봄이 온통 달다.

—「풍장 41」 전문

　화자의 시선은 나비의 입을 지나 꽃 속으로 빨려들어가 꿀에 이르렀다가 이제 그 꿀방울이 정반대로 점점 커져 끝내 터지는 순간에 도달한다. 봄의 도래와 함께 화자를 둘러싼 세계는 다디단 꿀의 세례를 받게 되는 것이다. 또 다음 시에서 시계(視界)의 닫힘이 허공의 열림으로 이어지며 자아와 세계가 "0밀리 간격"으로 만나는 순간에 대한 상상이 의미하는 것도 동일하다.

내 마지막 기쁨은
시(詩)의 액셀러레이터 밟고 또 밟아
시계 좁아질 만큼 내리 밟아
한 무리 환한 참단풍에 눈이 열려
벨트 맨 채 한계령 절벽 너머로
다이빙.
몸과 허공 0밀리 간격 만남.
아 내 눈!
속에서 타는
단풍.

—「풍장 37」 전문

이렇게 본다면 『미시령 큰바람』이란 시집 제목 또한 극소(微시령)에서 극대(큰바람)로 통하는 이 시인 특유의 상상력의 운동을 함축적으로 담고 있다고 할 것이다. 어느 날 연구실 밖 복도에 내놓은 쓰다 버린 책상을 쓰다듬다 화자가 만나는 천지 가득한 큰바람이야말로 시공을 초월하여 우주 삼라만상을 지배하는 "우연이라는 이름의 필연"일 것이다. 그 바람은 소멸의 바람이자 생성의 바람이고 허무의 바람이자 달관의 바람이다.

　　바람이 일기 시작한다
　　복도 끝의 나무들이 흔들리고
　　가로수와 간판이 흔들리고
　　강원도 나무들이 환하게 소리지르고
　　그 바람 점점 커져
　　드디어 내 상상력을 벗어난다.
　　아 이 천지에

　　미시령 큰바람.

5. 삶의 신비스러운 중심

　황동규는 끊임없이 자신과 싸워온, 그래서 일정한 세계에의 안주를 거부하고 늘 새로움을 찾아 편력을 계속해온 시인으로 기억될 만하다. 스무 살이 채 못 된 나이에 조숙하게 시단에 입문, 그야말로 "요절의 운명과 싸우면서" 지금까지 여러 채의 성곽을 쌓아올린 그는 전후시인 가운데 가장 확실하게 대가의 풍모를 보여주는 시인이기도 하다. 그의 시가 지닌 다면성과 시적 공간의 폭넓음은 그의 시를 어느 한 테두리

안에 가두는 것을 허락지 않는 동시에 그의 시의 한 단면에 대한 분석을 통해 그의 시의 총체를 붙잡으려 하는 비평적 기도를 자주 무력화시켜오기도 했다.

우리는 수렴과 확산, 나아감과 되돌아옴을 속성으로 갖고 있는 동심원적 상상력이란 프리즘을 통해 황동규의 시세계의 한 측면을 해명해보고자 했다. 일상의 협소한 원의 한계를 부수고 광대한 세계로 나아갔다가 다시 중심으로 회귀하는 그의 시적 여정은 그때마다 항상 풍성한 수확을 우리 시단에 가져다 주곤 했다. 이제 '미시령 큰바람' 속에 홀로 서 있는 시인은 아마도 그를 휩싸고 도는 작은 일상의 파편들이 수렴되는 정점, 삶의 신비로운 중심을 응시하고 있을 것이다. 바라건대 그 응시가 끝없이 깊어지고 넓어져 다시 아름다운 언어의 물방울로 결정될 수 있기를. 그래서 어느 날 문득 그 물방울이 한 바람에서 다른 바람으로 끌려가며 우리 곁을 스칠 수 있기를.

(1994)

뿔과 구멍, 그 악순환의 세계
─최승호의 시에 대한 명상

1. 태초에 종말이 있었다

　태초에 종말이 있었다…… 모든 시작은 끝을 응시한다…… 삶은 곧 죽음이다…… 아마도 이러한 명제들은 그 자체로 옳은 것도 그른 것도 아닐 것이다. 다만 문맥에 따라 그 유효성을 검증받을 수 있을 따름이다. 그러나 최승호 시인에게 있어 이러한 명제들은 선험적으로 그 정당성을 부여받고 있는 것으로 보인다. 최승호의 모든 시적 진술은 일관되게 삶과 문명의 허망함에 바쳐지고 있다. 그는 삶의 부질없음을 되풀이해서 이야기하고 인간이 이룩한 문명이 기괴하게 해체되어가는 모습을 되풀이해서 묘사한다. 그는 건설·생산·발전보다는 폐허·몰락·소멸 등의 단어에 상대적으로 더 친근감을 느끼는 부류의 시인이다. 물론 최승호말고도 우리 시대엔 이와 비슷한 감수성과 사유를 갖고 있는 시인들이 상당수 있다. 최승호가 이들과 다른 것은 이들과 다른 이미지, 다른 어법으로 그것을 표현해낸다는 데 있다. 우리는 보통 자신이 살아 있다고 믿고 열심히 생을 영위해나가고 있지만 실제로는 죽어 있는 존재에 불과하다고 말하기는 얼마나 쉬운 일인가. 중요한 것은 '무엇을' 말하느냐에 있는 것이 아니라 '어떻게' 말하느냐에 있는 것이다.

최승호의 말하는 방식에 대해선 이미 뛰어난 평자들에 의해 선도적인 연구가 상당히 밀도 있게 전개되어왔다. 먼저 김우창은 최승호의 시에서 날카로운 현실 관찰력과 표현의 즉물성을 주목했고 유종호는 이를 도시산업문명에 대한 비판으로 확장시켰다. 여기까지가 대략 연주의 서곡에 해당된다. 이어서 김현에 의해 본악장 연주가 우아하고 정교하게 행해졌다. 「거대한 변기의 세계관」이란 글에서 김현은 당시까지만해도 시단의 중심부에 입성했다고 할 수는 없는 최승호의 시의 문제성을 극명하게 부각시키는 데 성공했다. 뿐만 아니라 그 글은 최승호의 시에 나오는 구멍 이미지에 대해 광범위한 관심을 불러일으키는 효과를 거두었다. 김현의 평문에 의해 최승호는 마침내 그리고 결정적으로 '구멍의 시인'이 되고 만 것이다. 이후에 나온 최승호론들은 대개 다 김현이 편곡한 방식에 따라 연주가 이루어져왔다고 볼 수 있다. 특히 최근 시집 『회저의 밤』에 실린 도정일의 해설은 최승호의 시에 나타난 구멍 이미지를 거의 완벽에 가깝게 설명한 탁월한 글로서 앞으로 상당 기간 최승호의 시에 대한 해석의 결정판 역할을 할 것으로 여겨진다. 그리고 이와 더불어 최승호의 시가 불교적 세계관에 깊숙이 침윤된 정신의 소산이라는 지적이 몇몇 평자들에 의해 간간이 제기되기도 했다. 그러나 이 부분은 시인 자신의 적극적인 관심 표명에도 불구하고 인상비평적 수준의 언급만이 반복됐을 뿐 아직까진 실제 작품 분석에서 이렇다 할 성과를 올렸다고 볼 수는 없을 것 같다.

간략히 살펴본 바와 같이 최승호의 시에 대한 지금까지의 접근은 대략 '표현의 즉물성' '도시산업문명에 대한 비판' '구멍 이미지' '불교적 세계관'이란 네 개의 오솔길이 서로 교차 평행하면서 텍스트를 가로지르거나 휩싸고 도는 형국이었다고 할 수 있다. 그렇다면 이제 우리

116

가 만만치 않게 축적된 최승호의 시에 대한 설명에 새삼 추가하거나 수정을 시도하고자 하는 것은 무엇인가. 지나치게 서두르는 감이 없지 않지만 우선 기존의 최승호론이 노정하고 있는 문제점 두 가지를 지적하기로 하자. 첫째, 최승호의 시엔 '구멍' 이외에도 매우 큰 비중을 차지하고 있는 중요한 이미지가 상당수 포진하고 있음에도 불구하고 이제까지 여기에 대한 본격적인 천착이 거의 없었다는 점이다. 물론 '구멍'이 이 시인의 상상 공간의 중심에 자리잡고 있는 것은 사실이지만 그것만이 전부인 것은 아니다. 따라서 우리는 이 글에서 구멍의 대척점에 있는 것으로 보이는 '뿔' 이미지에 대해 성찰을 시도할 것이다. 둘째, '구멍' 이미지만 하더라도 선행된 최승호론에선 그 의미론적 부분만 주로 검토됐을 뿐 그 감각적 측면은 거의 접근이 이루어지지 않았다는 점이다. 삶이 허망하다는, 누구나 다 아는 사실을 일깨워주기 위해 이 시인이 시 속에 그토록 자주 구멍 이미지를 '동원'한 것은 아닐 것이다. 한 시인이 제시한 이미지의 진정한 힘은 무엇보다도 먼저 '감각의 깊이'라는 각도에서 성찰이 이루어지지 않으면 안 된다. 그렇지 않고 그 의미만을 산문으로 풀어서 번역해내는 비평은 진정한 의미에서 살림의 비평이라고 하기 어려울 것이다. 예컨대 평자들은 어느 날 갑자기 이 시인이 변기에 주목하고 이를 자신의 시 속에 도입한 것처럼 이야기한다. 그러나 최승호의 시를 찬찬히 들여다보면 이미 '변기'의 등장 이전에도 '변기'를 예감케 하는 이미지들이 꾸준히 그 편린을 드러내고 있다는 사실을 발견할 수 있을 것이다. 따라서 우리는 어떤 한 이미지만을 독립해서 파악하기보다는 다양한 이미지들이 상호연결되어 형성한 시적 지형도의 전체적 파악에 보다 힘을 기울일 것이다.

2. 뿔의 죽음과 구멍의 죽음

일단 최승호의 시적 주제를 죽음에 대한 탐구라고 규정짓는 데서부터 그의 시에 대한 분석을 시작하기로 하자. 여기서 죽음은 인간 개체의 죽음이기도 하지만 인류와 문명 전반의 몰락을 의미하기도 한다. 잘 알려져 있다시피 최승호는 인간 혹은 인류가 당면해 있는 죽음을 특유의 구멍 이미지를 통해 형상화해온 것으로 평가받아왔다. 그러나 우리는 최승호의 시에 나오는 죽음이 '구멍'이란 단일한 형태의 이미지로 드러나지는 않는다는 사실을 주시해야 한다. 구멍의 죽음 맞은편에 다른 형태의 죽음이 도사리고 있는 것이다. 다음 시는 이 점을 아주 명료하게 드러내주는 작품이라 할 수 있다.

> 죽음은 뿔과 같다, 딱딱한 것
> 뾰족한 것, 노려보는 것, 속이 텅 빈 것,
> 느닷없이 죽음과 마주쳐
> 처음엔 얼마나 놀랐는지,
> 증기탕에서 털투성이 음부를 보고
> 울어버린 소년의 공포 그것이었다
> 죽음, 뿔 돋친 벽,
> 죽음을 벗어나는 일은
> 코뿔소가 제 코뿔 속으로 들어가려고
> 애써 먼길을 뛰는 것과 같고
> 뿔 돋친 벽에 머리를 찧으며
> 피 흘리는 수고를 하는 것이다.

—「뿔 돋친 벽」 전반부

죽음과의 느닷없는 조우가 자아내는 공포를 다루고 있는 위 시에서 죽음은 두 가지 상반된 모습을 하고서 나타난다. 그 하나가 "속이 텅 빈 것" "털투성이 음부"로 대표되는, 우리가 이 시인의 시에서 익숙하게 보아왔던 '구멍의 죽음'이라면 다른 하나는 "딱딱한 것" "뾰족한 것" "노려보는 것"의 모습을 한 '뿔의 죽음'이다. 한편에 물렁물렁하고 내부가 비어 있는 수용성의 죽음이 입을 벌리고 있다면 다른 한편에 딱딱하고 뾰족한 공격성의 죽음이 버티고 있는 셈이다. 구멍과 뿔, 다분히 프로이트적인 이 주제는 그러나 단순히 성적 환기력만을 갖고 있는 것은 아니다. 구멍의 죽음과 뿔의 죽음은 대립 갈등하는 관계가 아니라 서로 상호순환하는 관계에 있다. 뿔의 죽음은 구멍의 죽음으로, 구멍의 죽음은 뿔의 죽음으로 변전을 거듭하면서 죽음의 질서를 확대 재생산한다. 중요한 사실은 인간의 어떤 노력도 죽음의 현존 앞에선 무용하기 그지없다는 점이다.

> 죽음, 뿔 돋친 벽,
> 그 벽에 먼저 덤빌 필요가 없다.
> 언젠가는 그 벽이 달겨들기야 하겠지만
> 그때는 온몸에 뿔이 박힌 채
> 구멍투성이로 울부짖어야 하겠지만
>
> ―「뿔 돋친 벽」 후반부

죽음의 뿔에 받힌 존재는 구멍투성이의 존재가 되어 죽는다. 아니 그 순간 존재는 부재로 화한다고 해야 시인이 말하고자 하는 바에 보다 근접할 수 있을 것이다. 이 시인의 시는 죽음의 뿔에 박힌 채 구멍투성이가 되어 죽어가는/죽어버린 존재의 "들리지 않는 울부짖음"으로 가득 차 있다. 죽음의 벽은 도처에 현존해 있으며 간단없이 인간을 위협한다. 죽음의 벽에 능동적으로 덤벼들든 아니면 수동적으로 죽음의 벽이 달겨들기를 기다리든 그 결과는 동일하다. 인간은 어차피 죽으며 그 죽음의 비극성을 대신할 만한 어떠한 것도 갖고 있지 못한 것이다. 죽음을 향한 인간 실존의 덧없음을 노래한다는 점에서 그의 시는 어둡고 불길한 분위기를 자아낼 수밖에 없다. 시인은 한결같이 냉랭한 어조로 죽음의 포충망에 걸린 인간 존재의 가련함과 행위의 부질없음을 상기시키고 죽음을 망각한 삶의 허위성을 강력하게 고발한다.

최승호의 시에서 죽음은 이처럼 '구멍'과 '뿔', 다시 말해 '음적인 죽음'과 '양적인 죽음'의 양면적 얼굴을 하고 나타난다. 인간은 죽음에 의해 삼켜지거나 죽음의 타격에 의해 부서져나간다. 다음 시에서처럼 시의 지평이 개체의 죽음에서 문명의 종말로 확대된 경우에도 이 점은 마찬가지이다.

> 문명엔 너의 죽음이 필요하다
> 네 뼈가
> 공업용 쇠뼈로 부서지고
> 네 육신이 포장육으로 나눠질 때
> 가죽공장 노동자들은 네 가죽에
> 무두질과 염색을 시작한다
> (……)
>
>
> 쇠뿔 달린 힘센 문명이여
> 가방으로 물소들을 때려 죽여라
>
> ─「물소 가죽가방」 중에서

코뿔소에서 물소로 변신했지만 위 시의 모티프는 동일하다. 인간은 문명의 필요에 따라 물소를 잡아 죽인다. 공격적인 물소는 죽어 속이 빈 가죽가방으로 화한다. 이제 그 가죽가방=문명은 다시 뿔을 치켜들고 다른 물소를 잡아들이는 데 즉 '때려 죽이는 데' 앞장설 것이다.(위 시에서 쇠뿔은 물소의 뿔이란 의미와 쇠, 즉 철기문명의 이기란 양면적 의미를 내포하고 있다.) 죽음의 왕성한 식욕을 당할 자는 없으며 뿔과 구멍의 순환은 끝없이 이어지고 되풀이되는 것이다. 어린아이를 인신 공양으로 요구하는 야만적인 부족신 몰로크처럼 문명은 무수한 생명체의 죽음을 통해서만 겨우 유지될 수 있는 것이다. 아니 문명은 속이 텅 빈 줄도 모르고 날뛰는 물소 가죽가방과 같은 것이다. 뿔이 곧 구멍이고 구멍이 곧 뿔이다. 바꿔 이야기해서 뿔은 구멍에서 나오고 구멍은 뿔에서 나온다.

> 나를 혼란시킨 뿔쥐들,
> 잡으러 가면 온데간데없고
> 국어사전에도 없고 동물도감에도 없는,
> 다행히 쥐뿔이라는
> 말이 있었다
> 쥐뿔,
> 그곳이 바로 사전의 구멍이었다
> 나는 뿔쥐들이
> 그 구멍으로 쏟아져나왔다고 생각한다
>
> —「뿔쥐」 중에서

화자를 혼란에 빠뜨리는 원흉인 뿔쥐는 사실 존재하지 않는 것이다. 그러나 존재하지 않는 그것이, 사람들이 일상적으로 쓰는 말을 빌리자면, 쥐뿔도 없는 그것이 화자를 당혹스럽게 만들고 세상에 위기를 초래한다. 모든 있음은 없음에서 기인하며 '뿔'쥐가 쏟아져나온 것도 다름아닌 '구멍'으로부터인 것이다. 그렇다면 이 악순환에서 벗어날 길은 없는 것일까. 우리는 뿔 혹은 구멍에서 쉽사리 벗어나 해탈의 길에 접어들려고 하지 말고 먼저 뿔의 죽음에서 구멍의 죽음에 이르는 과정을 주도면밀하게 뒤따라가봐야 할 것이다.

3. 텅 빈 두개골과 말라빠진 뼈의 세계

최승호의 시를 연대기적으로 읽어보면 초기시엔 뿔의 죽음이 압도적이었음을 알 수 있다. 시인의 시적 사유의 진전과 더불어 뿔의 죽음은 보다 광범위한 구멍의 죽음에 의해 감싸이거나 그 한 부분으로 자리잡게 된다. 따라서 우리는 이제부터 뿔의 죽음에서 구멍의 죽음에 이르는 이 시인의 시적 궤선을 추적해보고자 한다. 시인의 첫 시집 『대설주의보』 첫머리에 있는 「밤의 힘」은 그런 점에서 일독할 가치가 있다.

> 폭풍우에 휩싸인 채
> 정전이 된 밤의 도시
> 검은 아스팔트, 검은 강
> 상점마다 촛불이 가물거린다
> 번갯불이 터진다 천둥이 친다
> 그것은 번갯불로 충전된 푸른 도끼다
> 때리면 별들이 힘차게 빛난다
> 때리면 산이 쩌렁쩌렁 운다
> 때리면 난쟁이들쯤이야
>
> ─「밤의 힘」 중에서

위 시에서 '빛의 뿔'이라 할 수 있는 번개는 어둠에 잠긴 인간의 도시를 위협하는 외부의 적대적인 힘으로 나타나고 있다. 그 힘은 정체불명이며 가공하리만큼 거대한 것이다. 거인이 휘두르는 도끼에 비유되는 번갯불은 난쟁이 같은 인간의 왜소함과 연약함을 대조적으로 부각시킨다. 그 번갯불 앞에서 인간의 운명은 가물거리는 촛불에 지나지 않다. 여기서 죽음의 징후는 아직 구체적으로 나타나고 있지 않다. 대신 어떤 막연한 불안감, 파국에 대한 예감이 위 시를 관류하고 있다. 외부의 경이로운 힘과 조만간 닥쳐올 몰락의 조짐이 한편으로 화자를 들뜨게 하면서 다른 한편으로 그를 두렵게 만든다. 이처럼 인간을 위협하던 번개는 다음 작품에서 폭설로 변주되어 나타난다.

해일처럼 굽이치는 백색의 산들,

제설차 한 대 올 리 없는
깊은 백색의 골짜기를 메우며
굵은 눈발은 휘몰아치고,
쬐그마한 숯덩이만한 게 짧은 날개를 파닥이며……
굴뚝새가 눈보라 속으로 날아간다.

길 잃은 등산객들 있을 듯
외딴 두메마을 길 끊어놓을 듯
은하수가 펑펑 쏟아져 날아오듯 덤벼드는 눈,
다투어 몰려오는 힘찬 눈보라의 군단,
눈보라가 내리는 백색의 계엄령.

—「대설주의보」 중에서

무대는 도시에서 산골로 이동했지만 그 주제는 「밤의 힘」과 대동소이함을 알 수 있다. 휘몰아치는 눈발과 작은 굴뚝새의 대비는 객관적인 풍경 묘사에 머물지 않고 자연의 강력한 힘 앞에서 생존의 위협을 겪는 왜소한 개체의 비극성을 떠올리게 만든다. 눈발은 여기서 모성적인 안온함이나 부드러움에 연결되지 않고 '군단' '계엄령' 같은 비유에 연결되어 권위적이고 파괴적인 힘의 행사를 의미하게 된다.[1] 그 힘은 정

---

[1] 동양사상에 대한 경도에도 불구하고 최승호가 정신주의 계열의 시인들과 다른 독특한 점 중의 하나는 자연이 주는 위안과 치유력에 거의 기대지 않는다는 점이다. 「밤의 힘」 「대설주의보」 등에 역력히 드러나듯이 그는 자연의 모성적 측면보다는 부성적 파괴력에 더 민감한 반응을 보인다. "사람이 하늘보다/어질게 느껴지는 때가 있다// 원두막에서 비를 피하던/농부들을 벼락이 때리는 순간이다"(「사람이 하늘보다」), "북극곰의 이빨처럼/눈보라가 덮치는 고골리의 마을"(「오징어 1」), "산사태는 왜 한밤중에/골짜기 집들을 뭉개버리는가"(「마을」) 같은 구절들 역시 이 점을 드러내준다.
  이와 더불어 우리는 그의 시에 나타난 부성/모성에 대한 부정적 표현을 주목해야 할 것이다. 이 시인의 시엔 유년 시절의 흔적이 나타나지 않는다는 김현의 지적이 있은 후로 대다수 평자들은 이 의견을 무비판적으로 받아들이고 있는데 최승호의 시를 꼼꼼히 들여다보면 흐릿하나마 유년 시절의 몇 장면이 떠올라온다. 그러나 그 장면들은 유년의 순진무구

상적인 힘이 아니라는 점에서 괴력이며 위 시에선 명확히 언표돼 있지 않지만 세계에 재난을 초래하는 화근이 될 수 있다는 점에서 불길한 여운을 자아낸다. 외계의 적대적인 정체불명의 힘은 다음 시에선 죽음의 신의 손에 들린 도끼로 형상화된다.

> 수소가 쿵 하고 드러눕는다
> 빼빼 마른 백정 앞에서
> 덩치 큰 수소가 드러눕는다
> 드러누워
> 버둥거리다가
> 도살장 천장 향해 검은 울음 게우다가
> 저것 봐, 수소가 일어선다.
> 도끼와 뿔의 박치기다.

함과 따스함으로 감싸여 있기보다는 고통스럽고 그로테스크한 것들이다. 그의 작품 속에 표출된 부성/모성은 둘 다 부정적으로 착색돼 있다. 부성을 나타내는 이미지는 단연 도끼이다. 시인은 첫 시집에 실린 「흉터」에서 "어린 나무를/스쳐간 도끼 자국은/나무가 자라 푸르름을 완성하는 날에도 여전히 남아 있을 것이다"라면서 "왕 같은 아버지의 얼굴"과 "으르렁거리는 개"를 중첩시키고 있다. 『진흙소를 타고』에 실린 「가엾게 생각해줘요」에선 "달밤의 마당에서 아버지의 큰 발에/마구 짓밟히는 아이"가 다음날 학교의 작문 시간에 "아버지는 새파란 도끼, 달, 홍수, 수박, 쥐"라고 쓰는 모습을 그리고 있다. 자전적 측면이 강한 소설 『시인의 사랑』에서도 주인공이 유년 시절을 회상하며 "그 집 나무기둥엔 도끼 자국이 움푹움푹 찍혀 있다. (……) 나는 광기 덩어리인 아버지가 하루빨리 장님이 되거나 중풍이 들기를 바라곤 했다. (……) 나의 유년은 아버지의 발바닥 밑에서 꾸물거리는 애벌레처럼 물렁하기만 했다"고 언급한 대목이 나온다. 아버지는 폭력적 힘이 강조될 때 도끼=벼락으로 나타나고 그 힘의 상실과 함께 근엄한 두개골로 조롱된다.

이처럼 부성이 야만적인 힘과 문명에 의해 순치되지 않는 광기를 나타낸다면 모성은 부성의 폭력 앞에 무력하게 짓밟히며 함께 오염되는 존재, 밑빠진 허구렁으로 나타난다. 그것은 비옥함을 잃어버린 황폐한 땅, 매춘부·창녀의 모습을 하고 있다. 그 어머니는 자식을 낳자마자 변기 속에 밀어넣는가 하면 무뇌아를 낳고서 자신이 공장 굴뚝과 간통한 게 분명하다고 상상한다. 그 어머니는 이 세계를 오염시킨 주체는 아니지만 그와 어쩔 수 없이 연루돼 있는 타락한 존재다. 남과 여, 도끼와 허구렁이 만나면 "그 오징어 부부는/사랑한다고 말하면서/부둥켜안고 서로 목을 조르는 버릇이 있다"(「오징어 3」)는 식의 광경이 벌어진다. 남녀의 결합이란 타락의 제도화와 세습화에 지나지 않는 것이다. 이 도저한 비관주의!

아니다.
도끼와 급소의 박치기다.
수소는 글썽글썽한
큰 눈알을 부릅뜬 채 죽어간다.

                    —「수소」중에서

　덩치 큰 수소가 빼빼 마른 백정에게 죽임을 당하는 이 역설적인 광경을 통해 시인은 삶의 허망함과 존재의 무력함을 증언하고 있다. 그토록 당당해 보였던 수소의 뿔은 보다 강한 인간의 뿔=도끼 앞에서 맥없이 꺾이는 것이다. 링을 종종 피범벅으로 만드는 권투 선수도 "죽음의 왕" 앞에선 "불쌍한 투우"에 지나지 않듯이.(「권투왕 마빈 해리스」) 힘에 대한 추구는 보다 강한 힘 앞에선 무용지물이나 마찬가지이다. 이처럼 이 시인의 초기시는 공격적인 힘에 대한 이끌림과 두려움을 동시에 보여주며 삶의 종말론적 양상을 직설적으로 드러내고 있다. 이러한 힘에 대한 시인의 민감한 반응은 다음 두 가지 방향으로 시적 회로를 이어나간다. 그 하나가 외부의 알 수 없는 힘의 출현에 의해 조만간 닥쳐오고야 말 파국의 예감이라면 다른 하나는 생명력의 고갈과 힘의 소진이 가져올 부정적인 양태이다. 죽음은 가차없이 삶 속으로 스며들어와 유기체를 분해시키고 공동체를 와해시킨다. 거기에 예외란 있을 수 없다. 최승호의 대다수 시편은 점진적으로 몰락을 향해 미끄러져 내려가는 과정에 대한 공포스러운 기록이자 그 몰락을 망각하고자 하는 무반성적 의식에 대한 치열한 고문이라 할 수 있다.

　나는 그들을 만나야 했다.
　모자를 눌러쓴 녀석들,
　그들은 밤이면 담을 타넘어 왔다.
　연거푸 곰방대를 빨며
　벽에 바싹 달라붙어 몸을 숨기면서

곰팡이가 움푹 파먹은 문어 같은 대가리를
피 줄줄 흐르는 얼굴을 감추려고
모자를 눌러쓴 녀석들,

— 「모자를 눌러쓴」 중에서

좀도둑은커녕 도둑고양이도
얼씬거리지 않던 밤
아스팔트 텅 빈 밤의 저쪽에서
그 무엇이 오고 있는지
곰인지
화재인지
태풍인지
도무지 내다볼 엄두가 나지 않을 만큼
대문들의 빗장이
굳게 대문을 지키는 밤이었다

— 「이상한 도시」 중에서

「밤의 힘」「대설주의보」에서 거대한 자연의 힘으로 형상화된 바 있는
외부의 힘은 위 인용에선 유령처럼 삶을 에워싸고 있는 알 수 없는 적
대적 존재들로 나타난다. 악몽과 현실이 착잡하게 뒤섞인 혼미 속에서
시인은 삶의 지반 상실을 예감하고 있다. 아무리 비껴나가려 해도 몰락
은 끝내 닥치고야 말며 그 몰락의 운명을 피할 수 있는 방도란 존재하
지 않는 것이다. 그러나 다시 생각해봐야 할 것은 그 몰락은 결국 인간
자신이 자초한 것이라는 점이다. 인간들이 자신들의 안락과 풍요를 위
해 쌓아올린 모든 것이 오히려 인류의 수명을 앞당기는 재앙의 불씨가
되고 만 것이다. 시인은 두번째 시집 『고슴도치의 마을』에서 자연의 파
괴적 힘에 대한 찬탄 어린 언급이나 영락한 존재들의 환영이 불러일으
키는 섬뜩한 느낌을 우의적으로 형상화하는 단계에서 벗어나 이 세계

에 파멸을 초래한 구체적 세력으로 자본주의 문명을 적시하고 있다. 「부르도자 부르조아」는 그 대표적인 작품이라 할 수 있다.

　　반이 깎여나간 산의 반쪽엔
　　키 작은 나무들만 남아 있었다

　　부르도자가 남은 산의 반쪽을 뭉개려고
　　무쇠턱을 들고 다가가고
　　돌과 흙더미를 옮기는 인부들도 보였다

　　그때 푸른 잔디 아름다운 숲속에선
　　평화롭게 골프 치는 사람들
　　그들은 골프공을 움직이는 힘으로도
　　거뜬하게 산을 옮기고
　　해안선을 움직여 지도를 바꿔놓는다
　　산골짜기 마을을 한꺼번에 인공호수로 덮어버리는

　　그들을 뭐라고 불러야 좋을까
　　누군가의 작은 실수로
　　엄청난 초능력을 얻게 된 그들을
　　　　　　　　　　　　　　　　　　　　—「부르도자 부르조아」 전문

　　말의 유사성에 기초한 기발한 펀(pun)에 의지하고 있는 위 작품은 자본주의의 약탈성과 파괴력을 우의적으로 드러내고 있다. '무쇠턱'으로 비유된 자본주의의 공격적 힘은 대지 표면의 모습을 완전히 바꿔놓기에 이른다. 부르주아에 의해 주도되는 경제 개발은 우리의 삶의 양태 자체를 근저에서부터 뒤흔든다. 그 힘은 불도저처럼 막무가내로 밀어붙이는 힘이며 자기 보위를 위해서라면 일말의 망설임도 없이 타자를 공격 수탈하는 맹목적인 의지이다. 이처럼 타자 위에서 군림하고 타자를 짓누르는 힘의 대표적 상징이 '뿔'인 것이다.[2] 그 뿔이 동력을 얻을 때 다음과 같은 위협적인 질주로 나타난다.

운전사는 왕, 뽕작노래를 크게 틀어놓고, 달린다, 폭군처럼 달려간다. 브레이크를 느닷없이, 계엄령처럼 다급히 밟을 때마다
거꾸로 내리박히고 나뒹굴고 엎어져 지지 않으려고, 무수한 나는, 무수한 중심을, 무수한 손잡이를 잡아야 했다. 선 채로 흔들리는 객(客)들이, 의자에 나란히 앉아 조는 사람들을 부러워하고
　　　　　　　　　　　　　　　　　—「광고판이 붙은 버스」중에서

과속 운전에 비유된 뿔의 질주, 그것은 폭군의 폭정에 다름 아니며 사람들은 속수무책 거기에 당할 수밖에 없다. "피를 튀기며 달리는 주황색 디젤 기관차"(「바퀴」) "기차가 총알같이 지나가며 염소의 몸뚱이가 나뒹군다"(「기차의 고집」)는 구절 역시 기차로 상징되는 자본주의 문명의 야수성을 직설적으로 드러내고 있다. 힘으로 군림하는 자들은 "입가의 핏자국 지우는 무쇠 이빨들이 더욱 강해져/너털웃음을 웃으며 만족한 잠자리에 들고 있다".(「사랑하는 메뉴」) 그러나 삶의 공간적 시간적 확장을 기도하는 현대인의 욕구는 오히려 죽음의 운명을 앞당길 뿐이다. 타자를 죽이는 것은 궁극적으로 자기 자신의 파괴로 귀결될 따름이다. 무분별한 삶의 추구 끝에서 우리가 보게 되는 것은 갖가지 죽음의 양상이다. 그 죽음은 당연히 생명성의 박탈을 의미하게 되며 경직과 마비와 불모의 이미지를 불러온다. '뿔의 죽음'은 이처럼 딱딱한 응고와 각질의 이미지를 동반한다.[3] 그것을 시각적으로 보여주는 것이 일

───────────────

2) 이 시인의 시에 유난히 많이 등장하는 뿔, 혹은 뿔 달린 짐승에 유의할 것. 코뿔소, 수소, 물소, 투우, 뿔쥐, 새우의 이마뿔, 개미의 뿔눈, 뿔방망이 등은 바로 맹목적인 삶에의 의지와 공격욕을 상징한다.
3) 이 시인이 자코메티의 조각 사진과 자신의 시를 병치시킨 시선집 『나는 숨을 쉰다』를

렬로 꿰어진 북어대가리이며

    북어들의 일 개 분대가
    나란히 꼬챙이에 꿰어져 있었다.
    나는 죽음이 꿰뚫은 대가리를 말한 셈이다.
    한 쾌의 혀가
    자갈처럼 죄다 딱딱했다.

—「북어」 중에서

말라비틀어진 채 방부제가 처발라진 쥐포이며

    연탄불에 굽는 쥐포들이 꿈지럭거린다
    쥐포는 딱딱하고
    방부제를 잔뜩 발라놓았고
    콧구멍도 없다
    주둥이도 없고 혀도 없고
    귀도 없다 눈도 없다 지느러미조차 없다

—「쥐치」 중에서

통 속에서 어기적거리며 죽어가는 게이며

    통 속에 꽉 차는
    늙은 게가 한 마리
    통 속에 죽어라

펴낸 것에서도 깡마른 금속성의 이미지에 대한 이 시인의 깊은 관심을 엿볼 수 있다. 생명이 유지될 수 있는 임계점에 이르렀다고 할 만큼 극도로 응축된 존재가 내뿜는 강밀함, 형태와 부피의 최소화에 비례해서 깊어지는 내면성—이런 점에서 이 두 예술가의 개성은 소통하는 점이 있다.

죽어라 게다리를 어기적거리고 있다

—「통 속에 죽어라」 중에서

무엇보다도 홀쭉한 뱃가죽을 들썩이며 짖어대는 늙은 개다.

> 뼈다귀가 가죽을 내미는 늙은 것이
> 털이 빠지고
> 웅크린 채
> 홀쭉한 뱃가죽을 들썩이며
> 가쁜 숨을 몰아쉬는 늙은 것이
> 쇠사슬에 목덜미가 묶인 채
> 짖어댄다

—「울음」 중에서

이들 동물 이미지는 한결같이 쇠잔해져가는 생명의 종착지점을 보여준다. 이들은 죽음 앞에서 마지막으로 발악적으로 움직이거나 소리를 내보지만 그것으로 죽음의 숙명을 돌이키기엔 역부족이다. 비참한 지경에서 벗어나고자 하는 이들의 마지막 시도는 오히려 최후의 시간을 재촉하고 말 따름이다. "그물을 뒤집어쓰고 퍼덕이"던 굴비는 "장님에 벙어리 귀머거리가"(「무서운 굴비」)된 채 석쇠 위에 놓이고, "가지도 없고 잎도 없"는 내 영혼의 북가시나무는 "원치 않는 깃발과 플래카드들이/내 앙상한 몸통에 매달려 나부끼는 소리"(「내 영혼의 북가시나무」)를 듣는다. 살아 있음을 증거해주던 피와 살이 빠져나가고 말라붙은 다음 자리엔 뼈와 가죽만이 남는다. 앙상하게 줄어들고 모난 그 존재는 고체화·경화·석화의 이미지를 집결시킨다. 그것은 예컨대 「죽음의 아르페지오」에서 "금강석 두개골은 어디 있는가"라는 구절로 나타나며, 「지하철 정거장의 노란 의자들」에선 "돌고드름과/돌의 떡잎과/돌기둥들이 자라나는 텅 빈 동굴만큼이나/썰렁한 지하철 정거장"이라는 구절로,

또 「나는 숨을 쉰다」에선 "자라나는 쇠의 소리/관청의 스피커 소리가 점점 커지는 날들"로 표출된다. 모든 습기가 사라진, 탈수된 그 세계는 광물성으로 가득 찬 사막으로 줄달음질치는 것이다. 이 점을 가장 명료하게 보여주는 것이 고철과 폐차 이미지이다.

> 끌려다니는 바퀴들은 어디서 쓰러지는지
> 코끼리가
> 상아의 동굴에서 쓰러지듯
> 고철의 무덤에서 쓰러지는지
> 삭은 뼈들
> 녹슨 대포알
> 녹슨 철모
> 덜컥거리며 굴러떨어지는 텅 빈
> 두개골
>
> —「바퀴」 중에서

> 바퀴 달린 기계들이 질주하는 아스팔트다
> 작은 차들이 큰 차에 대해 공포를 느끼는 아스팔트다
> 인간이 쥐처럼 벌벌 떤다
> 불어나고 우글쩍거리고
> 충돌하며 인간의 피를 먹는 기계들
> (……)
> 붕붕거리는 소리를 쫓아 뒤질세라 떼지어 붕붕거리며
> 중고차 시장으로 폐차장으로
> 고철을 향하여 질주하는 욕망의 바퀴들이다
>
> —「붕붕거리는 풍경」 중에서

> 길가에 버려진 붉은 고철 덩어리

불도저는 조립된 운명이 너무 느리게 해체되는 것을
쇠의 업(業)으로
비와 바람의 장례로 받아들인다
(……)
들어올려진 마른 뼈들의 천국에
무슨 영광이 있을까
천국은 말라빠진 뼈의 나라가 아닐 것이다
　　　　　　　—「담쟁이덩굴에 휩싸인 불도저」중에서

　　위 인용에서 확인할 수 있듯이 고철은 첫 시집에서 최근 시집에 이
르기까지 지속적으로 나타나는, 이 시인이 애용하는 전형적인 이미지
가운데 하나이다. 그토록 광포한 힘과 속도로 세속 도시를 누비고 다녔
던 문명의 이기들도 시간의 마모만은 견뎌내지 못하고 고철의 운명 앞
에 무릎을 꿇는다. 그것이 바퀴가 됐던 대포알이나 철모 같은 무기가
됐든 혹은 자동차나 불도저 같은 운송 수단, 건설 장비가 됐든 그 최후
는 모두 동일하다. 쇳덩어리들은 일그러지거나 붉게 녹슬어 끝내 "텅 빈 두개골" 혹은 "말라빠진 뼈"
의 신세로 전락한다. 고철의 운명은 쇠의 업(業)이자 힘의 추구의 종점
이다. 그러나 이것은 사물들에만 해당되는 현상인 것은 아니다. 인간들
도 실은 부품과 나사로 조립된 기계에 불과해서 "재롱이나 떨고/노예
처럼 봉사하다"(「기계」) 조만간 쉽게 부서지고 떨어져나간다. 문명이 제
공하는 안락에 도취해 사는 삶은 "꺽쇠와 같이 긴장한 채 꺽쇠처럼 부
서지는 생"(「나사가 나사에게」)에 지나지 않는다. 그래서 시인은 세속
도시의 도처에서 지반이 무너지고 존재에 균열이 일어나 해체되어가는
소리를 환청처럼 듣는다. 세월의 흐름 속에서 시인은 "나는 듣는다 모
든 로마 병정의 머리에서/투구들이 떨어지는 소리/텅 빈 대머리해골
에서 턱뼈가/굴러떨어지며/파도에 깨지는 소리를"(「도둑게로 형상화된

시계」)이라고 말하는가 하면 "삐그덕삐그덕거리는 소리가 며칠째 내 몸 안에서"(「물질적 열반의 도시」) 난다고 토로하기도 하고 지하철을 타고 가며 "찍 – 찌익 – 찍 – /쇠의 껍질이 벗겨지는 소리"(「세월」)를 듣기도 한다. 그 소리는 죽음이 진행되는 과정에서 새어나오는 소음이자 문명의 종국을 알리는 경고음이라 할 수 있다. 삶의 열기가 다 빠져나가버리고 난 뒤엔 "상자에서 식은 해골들이/굴러떨어지며/부스스 먼지를 일으키"(「저녁의 상자」)는 우울한 조락의 풍경만이 남을 뿐이다. 뿔의 질주는 이처럼 뿔 자체의 소멸을 불가피하게 초래하는 것이다. 여기서 시인은 뿔 너머에 있는 구멍의 압도적 현존을 깨닫게 된다. 뿔의 상상력을 밀고 나간 시인은 뿔의 상상력 끝에서 자연스럽게 구멍과 만나게 되는 것이다. 녹슬고 부서지고 앙상해지는 모든 존재들 – 물체들이 결국 가는 곳은 어디인가. 이러한 물음 앞에 시인은 질주하는 뿔을 한입에 삼켜버리는 거대한 구멍을 떠올리기에 이른다.

　　돌연 늙은 개의 짖음은 음울하고 서러운
　　늑대의 울음으로 변해버린다.
　　시커먼 늑대의 울음이
　　새벽 하늘을 시커멓게 적셔버린다.

　　　　　　　　　　　　　　　　　　—「울음」 중에서

　　너펄거리는 날개 큰 쥐들이
　　쥐라기 이전의 까마득한 어둠을 끌고
　　널찍하게 텅 빈 밤의 하늘을 날아다닌다

　　　　　　　　　　　　　　　　—「지질학적 시간」 중에서

　　어디서 터지는 금빛처럼 닭이 우는데
　　그 울음조차 이내 빨려들어가는
　　깊은 고요

―「하늘의 어둠」 중에서

늑대 울음이 되어 새벽 하늘을 시커멓게 적시는 늙은 개의 짖어댐이나 금빛 닭 울음소리를 순식간에 빨아들이는 깊은 고요, 혹은 광산촌을 암울하게 뒤덮고 있는 어둠은 바로 이러한 구멍의 초기 국면이라 할 수 있다. 공명 작용을 차단하는 그 구멍은 삶과 두절된 죽음의 세계, 차디찬 암흑의 근원을 가리킨다. 초기시에서 시의 배후에 도사리고 있던 이 어둠―구멍은 점점 자라나 이 시인의 최근시에 이르면 완전히 뿔의 전면에 자리잡기에 이른다. 그 구멍은 무엇이든 삼키고 빨아들이는 거대한 흡반이다. 이러한 이미지가 집약적으로 표출될 때 다음과 같은 구절이 등장한다.

도끼를 삼키는 물렁한 상처들

―「적신(赤身)」 중에서

4. 무한 팽창 끝의 텅 빈 허공

힘과 속도의 화신인 뿔의 존재가 겪어야 하는 마지막 운명이 바로 구멍 속으로의 삼켜짐이며 한없는 나락으로의 추락이라는 시인의 상상력은 무섭다. 그 구멍은 밑빠진 독처럼 모든 것을 삼키고 이내 버리는 절대적 허무의 공간이기 때문이다. 그러나 더욱 무서운 것은 그 구멍이 뿔―도끼―고철의 밖에 대기하고 있다가 수동적으로 이를 받아들이기만 하는 공간을 의미하는 데 그치는 것이 아니라는 점이다. 오히려 그보다는 그 구멍은 뿔―도끼―고철의 내부에 자리잡고 그 내부에서 점점 성장해가는 것이다. 구멍은 뿔의 바깥에만 있는 것이 아니라 애초부터 그 뿔 속에 숨어 있었던 것이다. 이 시인의 첫 시집에 수록된 뛰어난 작품인 「물 위에 물 아래」는 바로 이러한 점을 웅변해주고 있다.

관광객들이 잔잔한 호수를 건너갈 때

수부(水夫)는 시체를 건지려
호수 밑바닥으로 내려가
호수 밑바닥에 소리없이 점점 불어나는
배때기가 뚱뚱해진 쓰레기들의 엄청난 무덤을,
버려진 태아와 애벌레와
더러는 고양이도 개도 반죽된
개흙투성이 흙탕물 속에
신발짝, 깨진 플라스틱통, 비닐 조각 따위를 먹고 배때기가
뚱뚱해진 쓰레기들의 엄청난 무덤을,
갈수록 시체처럼 몸집이 불어나는 무덤을
본다 폐수의 독에 중독된 채
창자가 곪아가는 우울한 쇠우렁이를
물가에 발상했던 문명이
처리되지 않은 뒷구멍의 온갖 배설물과 함께
곪아가는 증거를

호수를 둘러싼 호텔과 산들의 경관에
취하면서 유원지를 향해
관광객들이 잔잔한 호수를 건너갈 때

—「물 위에 물 아래」전문

위 시는 제목 그대로 물 위/아래의 대립이라는 대칭적 의미망으로
짜여 있다. 호수 위에 펼쳐진 수려한 자연 경관과 호수 밑에서 소리없
이 커져가는 추악한 쓰레기 더미의 대비는 화려한 문명의 외관에 가려
진 부패의 실상을 충격적으로 인식시켜준다. 그것은 쓰레기의 무덤이자

이 시대를 살고 있는 우리 모두의 무덤이다. 사물의 외형만 보는 관광객들과 달리 시인=수부는 물 깊숙이 내려가 문명의 속 모습을 들여다본다. 그런데 위 시에서 우리가 보다 주목해야 할 것은 "소리없이 점점 불어나는" 쓰레기의 형상이다. 문명의 온갖 배설물이 쌓여 점점 커져가는 묵시록적 광경은 자본주의 체제의 표리 구조와 상동적인 연관을 맺고 있다. 즉 표면적 안락함―이면의 이전투구라는 자본주의적 삶의 양상은 대상의 외형적 팽창―내적 공허의 심화와 짝을 이룬다는 것이다. 부풀어오를수록 뚱뚱해질수록 배가 불러올수록 그 내부는 텅 비어간다. 외적 확산은 내적 빈곤을 유발하며 그것은 끝내 존재의 텅 빔 즉 무화를 가져온다. 호수 밑에서 점점 커지는 쓰레기 더미는 풍요의 증식이 아니라 불모의 확산일 따름이라는 점에서 비극적이다. 그것은 존재의 잉여성이 초래한 헛된 넘쳐흐름일 따름이다. "모두들 허겁지겁 키가 크나 보다/줏대도 없이/불품만 장대하게 키가 커서"(「상황판단」), 혹은 "작살에 찔려 허공에 버둥거리는 물고기처럼/눈은 휘둥그레졌고"(「휘둥그레진 눈」), "허수아비처럼 큰 옷을 입고, 배부른 사람들이/느릿느릿 롯데백화점을 올라간다/물컹한 살이 무너질 것 같다"(「배부른 사람들」)처럼 이 시인의 시에서 신체의 확장은 대개 부정적 의미를 함축하고 있다. 이는 다음 시에서 다시 검고 뚱뚱한 항아리로 변주된다.

> 달빛 탓이었을까 어느 집 옥상에
> 검고 둥근 모자를 덮어쓴
> 뚱뚱한 유령들이 서 있었다.
> 항아리들이었다.
>
> ―「문짝의 안팎」 중에서

최승호의 시는 자본주의 체제의 비만한 육체가 내뿜는 외설스러움에 대한 풍자와 조롱으로 가득 차 있다. 뚱뚱한 항아리는 포만감을 모르는 대식가처럼 무엇이든 닥치는 대로 집어삼킨다. "밑빠진 왕의 항아리는 밑빠진 채 얼마나 널찍한지/모든 게 왕의 항아리의 아가리 속으로 들어간다".(「왕의 항아리」) 점점 커져가는 쓰레기 더미는 밑빠진 항아리에 다름아닌 것이다. 이어서 시인은 "항아리에 머리를 거꾸로 박고 울부짖는 인간을/항아리가 선뜻 잡아먹지 않는"다고 증언한다. 그러나 항아리에게 잡아먹히기 이전에 이미 인간 자신이 속이 빈 항아리가 돼가고 있는 것이다. 그래서 시인은

> 느닷없이
> 북어들이 커다랗게 입을 벌리고
> 거봐, 너도 북어지 너도 북어지 너도 북어지
> 귀가 먹먹하도록 부르짖고 있었다
>
> —「북어」 중에서

커다랗게 입 벌린 북어(뿔 속의 구멍!)에게서 자신도 북어와 동류라는 부르짖음을 듣는가 하면

> 입이 귀까지 찢어진 채 으하하하 크게 웃으니까
> 입이 귀까지 찢어진 채 으하하하 크게 웃으니까
> 당신은 길게 찢어진 입 너머 허공의 빛깔을 보아두세요
>
> —「입이 귀까지 찢어진 채」 중에서

한껏 입을 벌린 채 너털웃음을 웃는 사람의 입 속에서 막막한 허공을 본다. 체적의 확대는 부패의 확산이며 이는 결과적으로 무(無)의 증대를 가져오는 것이다.[4]

---

4) 부패와 팽창의 상관성에 대해 장 피에르 리샤르는 그의 뛰어난 보들레르론에서 다음과 같이 적고 있다. "부패된다는 것은 바로 최상의 팽창이 아니고 무엇이겠는가? 부패의 꿈은 팽창의 상념과 분리될 수 없다. 그리고 부패의 꿈은 팽창의 논리적인 결과와 그것의 풍자를 이룬다. 왜냐하면 부패한 생명이란 해체된 생명인데, 그러나 이 생명은 바로 해체되었다

뚱뚱한 쥐가 더욱 뚱뚱해지고
뚱뚱한 쥐가 뚱뚱한 쥐새끼들에게
너희들도 뚱뚱해져야 한다고 자꾸 처먹인다
뚱뚱한 쥐눈에는 뚱뚱한 쥐의 행복만 보이니까

—「부패의 힘」중에서

무한한 팽창은 끝내 존재의 파괴를 가져온다. 뚱뚱해질수록 속은 비어가며 속이 비어감에 따라 존재는 충일성을 상실하고 실체는 증발해버리는 것이다. 공허의 증대는 외관의 화려함·거창함과 정비례 관계에 있다. 욕망은 과적(過積)을 부르고 과적은 존재의 소멸을 가져온다. "풀을 닥치는 대로 뜯어먹"고 "내 시를 통째로 삼켜버리고/내 말을 한입에 삼키면서/거대해진" 초어라는 고기는 마침내 폭발하며, 그때 "터진 초어의 배 사이로" 쏟아져나오는 것은 "어리둥절한 얼굴들"(「초어」)에 지나지 않는다. 가득 차 있다고 여겨졌던 그 존재는 실은 무(無)의 부풀어오름에 불과했던 것이다. 그래서 시인은 죽음을 "눈덩이 불어나듯 부풀어오른 내 몸뚱이만큼의 공간을/순순히 비워주"(「설경」)는 것이라고 정의하고 있다. 욕망한 것, 소유한 것이 많을수록 비워줘야 할 공간 또한 커지는 것이다. 뿔의 운명을 향해 매진해왔던 존재들은 이제 구멍의 운명 속으로 빠져든다. 끝없는 심연 속으로 함몰돼가면서도 그들은 그러나 "태평가를 부른"(「노래하는 땃쥐」)다. 그 심연엔 끝(바닥)이 없다.

는 사실 때문에, 널리 퍼지고 우글거리며, 극도로 활동적인 것처럼 보인다."(『시와 깊이』, 민음사) 시체의 아름다움을 찬미하는 탐미주의자 보들레르와 대승불교의 공(空)에 입각한 시세계를 전개해온 최승호는 구분되어야 하겠지만 시체에서 "부조리하게 기름진 생명"의 "괴물 같은 개화"를 본다는 점에서 이 두 시인은 서로 만난다. 최승호는 "성욕 왕성한 흰 벌레들이/죽음을 진행중인/주검은 자갈치시장보다 더 활기찬 것이다"(「바퀴」)라고 노래하는가 하면 "콸콸콸 철관에서 폐수의 폭포가 힘차게 쏟아지고, 부글부글 거품의 소용돌이에 죽은 시궁쥐가 뜬다. 대낮의 장엄한 소용돌이"(「대낮」)라고 문명의 부정성을 노래하고 있다. 최승호의 시 속에선 "힘찬 죽음만이 새파랗게 젊다".(「지팡이를 짚은 늙은 고독」)

아니 끝이 없음으로 해서 그것은 심연이다. 심연 속엔 또다른 심연이 숨겨져 있다. 구멍 속에서 구멍 속으로 나아가는 그 도정은 도식화해서 이야기하자면 해체→용해→무화의 세 단계로 이루어져 있다. 차례대로 이 세 관문을 통과해보자.

먼저 해체의 과정. 단단하고 영속적일 것 같은 존재도 외적 힘의 침식에 의해 점차 부스러지고 흩어진다. 응집력의 쇠퇴와 결속력의 약화는 불가피한 것이다. 굳게 뭉쳐져 있다고 믿었던 존재들도 낱낱의 부분으로 조각나고 개체성을 유지하지 못한 채 어디론가 떠밀려간다. 힘과 속도를 자랑하던 뿔의 존재가 와해되어가는 것을 나타내는 일차적 조짐이 바로 삐걱거림이다.

> 삐걱거린다, 지하철의 침목들이
> 고체의 법전(法典)이 삐걱거린다
> OB 베어즈 투수의 뼈가 삐걱거리고
> 뒤틀리는 내면의 꺽쇠들이
> 금이 가는 나라에서
>
> —「피동사」 중에서

시인은 도처에서 휘청거림·삐걱거림의 징후와 부닥친다. 지하철의 침목, 투수의 뼈 같은 구체적인 것에서부터 법전이나 사람의 내면 같은 추상적인 것에 이르기까지 모든 것이 뒤틀리고 금이 가고 있다. 이 삐걱거림이 좀더 진행되면 존재는 걷잡을 수 없는 분해와 붕괴의 길로 접어들게 될 것이다.

> 쇠들을 분해하고 결합하다 손가락뼈는
> 게 같은 손가락뼈는 와르르 분해된다.
> 삐걱거리며 낡아가는 뼈의 사슬,
> 나사가 부족한 영혼,

풍지박산이다 그의 가족은
(……)
갈수록 풍랑이 거세어지는 세파 속에
서로 멀리멀리 멀어지면서
저마다 통나무를 붙들고 버둥거린다
—「부서진 뗏목」중에서

「수리공」에서 인체의 파손은 「부서진 뗏목」에서의 가족의 파산과 동일한 물리적 법칙의 지배를 받고 있다. 구심력을 상실한 존재는 원심력의 작용에 의해 갈수록 서로 멀어지는 해체의 운명을 맞게 된다. 유연성과 탄력성을 결여한 메마르고 경직된 존재의 마지막은 박살나 흩어지거나 떠내려가는 것이다. 근원도 목적지도 없이 무질서하게 피동적으로 "홍수 속에 큰 돌들이 구르는 소리"를 내며 "거세어지는 욕망의 홍수에 휘말려/떠내려"(「떠내려가는 사람」)가는 것이다. "헤엄쳐나올 생각이 없는/익사체의 머리들"은 "사나운 물결에 서로 부딪쳐 깨어"(「사람살려!」)진다. 그것은 정상적인 이동이 아니라 무방향적 표류이다. 「설경」의 한 구절을 빌리자면 "뭉쳐진" 것들은 언젠가는 "뭉개질" 수밖에 없는 것이다. 뭉개져 흩어지는 것을 가장 끔직스럽도록 적나라하게 보여주는 것이 바로 다음 용해의 단계에서 집중적으로 살펴보게 될 똥이다.

이제 나는 하찮고 더럽다
흩어지는 내 조각들 보면서
끈적하게 붙어 있으려 해도
이렇게 강제로 떠밀려가는
변기의 생, 이제 나는
내가 아니다 내가 아니다

―「꽁한 인간 혹은 변기의 생」중에서

그러나 "흩어지는 것이 어디 똥뿐이랴/성자들의 몸뚱이도 바다 밑의 눈사람이다".(「외로운 성(聖)」) 흩어짐에 대한 극도의 부정적인 반응은 이 시인의 최근 시집에서도 여전해서 다음과 같은 고백을 남기게 할 정도이다.

> 토막, 토막, 토막들. 젖꼭지에서 발가락 크기까지, 토막나서 꿈틀거리는 낙지의 다리, 서로 뒤엉키고 달라붙고, 방향 없이 꿈틀꿈틀 기어나가는, 눈알 없는 토막들. 벌판이 보이는 나이 마흔에는, 성(性)을 포함한 모든 방황을 끝내고, 수미산(須彌山)처럼 우뚝 내가 서 있어야 한다.
> ―「산 낙지 한 접시」중에서

여기서 낙지 토막과 수미산의 대비는 원심력과 구심력, 분산과 집중, 수평과 수직의 대비이다. 정체성을 확립하지 못하고 혼돈 속으로 휩쓸려 드는 자아에 대한 불안감을 반영하고 있는 위 시에서 화자는 방황의 종결이 바로 흩어짐(토막남)과 반대되는 방향의 운동임을 암시하고 있다. 하지만 해체의 역학이 그리 쉽게 극복될 수 있는 것은 아니다. 해체 다음엔 물에 의한 용해 작용이 기다리고 있다. 해체의 순간에도 최소한의 형태는 유지될 수 있다고 봐야 한다. 그러나 해체를 넘어 용해의 단계로 진입하는 순간, 존재의 자기 동일성은 완전히 상실된다.

가장 처승호다운 상상력의 운동을 보여주는 용해 단계에서 시인이 집요하게 추적하고 있는 것은 존재의 오물화이다. 이제 광물성의 삐걱거림은 동물성의 우글거림으로 변한다. 그 동물들은 광물성과 유체성의 전이 지대에 자리잡고 있는, 무질서하고 비정형적인 생존 양태의 화신들이다. 그의 시에 자주 등장하는 오징어 낙지 지렁이 뱀 같은 연체동물이나 쥐며느리 바퀴벌레 거미 개미 구더기 회충 하루살이 같은 곤충, 쥐처럼 작으면서 재빠르게 움직이는 동물군은 모두 존재의 액체화를 지시하는 기호들이다. 그것의 질료적 측면은 흐물흐물함, 질척거림, 끈적거림, 물렁거림이며 이것이 보다 더 진전될 때 오물 진흙 수렁 거품 등의 이미지가 등장하게 된다. 윤곽이 문드러지고 지워진 아메바적 상태에 대한 본능적인 두려움을 그의 시는 불러일으킨다. 이들은 모두 불투명한 물질의 지옥을 의미하며 인간은 그 속에 빠진 채 익사해가는 가련한 존재들로 타기된다. 생명체는 썩고 곪아 들어가 그 지옥의 일부를 이룬다.

> 천장 위를 요란하게 뛰던 쥐들이
> 죽어서 썩는 건지 며칠째
> 천장에 테를 넓히며 얼룩이 지고
> 파리똥과 쥐오줌과 거미줄로
> 얼룩진 천장이 내 넋을 음울하게 한다.
> 상표가 화려한 통조림,
> 국물에 잠겨 있는 통 속의 송장 덩어리,
>
> ─「통조림」 중에서

> 그녀는 지하생활자가 되어간다
> 지하철을 타고 지하상가의 많은 물건들을
> 방에다 가득 채우는 그녀의 머리에
> 끈끈한 음지식물이 자라는 것을
> 나는 보고 있다 그녀는
> 지하생활자가 되어간다 습기와 시멘트 냄새,
> 하수구의 악취,
> 그녀의 살가죽은 눅눅하고 퀴퀴하게
> 속으로부터 썩으며 곪고 있지만
>
> ─「썩는 여자」 중에서

"산성비에 더 빨리 부식되고/구멍이 뚫려가는 굵은 홈통들"(「홈통」)

처럼 모든 존재는 부패하며 공동화(空洞化)한다. 구멍난 그 존재는 이윽고 더 큰 구멍 속으로 빨려들어간다. 부패의 과정 즉 똥이 되는 과정과 공동화의 과정 즉 변기 속으로 삼켜지는 과정은 겹친다.[5] 변기 속의 오물은 통조림 속의 송장 덩어리(「통조림」)이며, 무덤 같은 모범 가정에서 발효하는 시체의 냄새(「무인칭 대 무인칭」)이며, 화투판에서 내장 썩는 줄도 모르고 날밤을 새는 노름꾼(「광이 차면 노름꾼들은 발광한다」)이며, 가마솥 끓는 물 속의 개고기(「가마솥」)이며, 엘리베이터에 빽빽이 들어찬 승객(「엘리베이터 속의 파리」)이며, 의자에 앉아 꺼져들어가는 사람(「의자의 수렁」)이며, 붉은 등 싱싱한 정육점에 걸려 있는 고깃덩어리(「적신(赤身)」)이며, 텅 빈 은막 위에서 민망한 섹스 신을 대신하는 단역 배우(「세속도시의 즐거움 1」)이며, 자동판매기 속에 옹기종기 갇혀 사는 바퀴벌레들(「바퀴벌레 일가」)이며, 냄비에 덤벼드는 움푹한 밥숟갈(「밥숟갈을 닮았다」)이며, 수족관 같은 아파트의 주민(「수족관」)이다. 점액질의 수렁에 한번 발을 들여놓은 사람은 기나긴 부패의 숙명을 되풀이하지 않을 수 없다. 천천히 육체에서 젊음 그리고 생명이 새어나가는 완만한 붕괴의 과정을 밟게 되는 것이다. 자본주의사회 속에서 비개성적인 무인칭의 삶을 살고 있는 사람들은 다 같이 이러한 죽음의 과정 중에 있다. "끈적한 죽음의 그물 속에서/어기적거리며 늙어가는 검정거미"(「문짝의 안팎」), 혹은 "비가 낙지하여, 거리에 낙지발들이 미끄럽고/비가 낙지하여, 거품의 눈알들이 떠다닌다"(「비가 낙지하여」) 같은 묘사는 육신의 부패=용해에 대한 시인의 끈질긴 성찰이 낳은 구절들

---

5) 배설물에 대한 이 시인의 집요한 관심은 엘리아스 카네티의 권력론을 생각나게 한다. 카네티는 명저 『군중과 권력』에서 소화 과정이 일종의 위장된 권력 과정이라는 대담한 가설을 제시한다. "배설물엔 우리의 모든 살생의 죄과가 담겨" 있으며 "우리를 몰아세울 모든 증거들을 응축시켜놓은 집산물"이다. 그래서 그것은 "냄새를 피우며 하늘을 우러러 울부짖는 것이다". 악취나는 그 찌꺼기를 주목함으로써 최승호는 지금·이곳에 살아남은 자들의 살생의 죄과를 부단히 심문하는 한편 우리 자신이 그 배설물이라는 사실에 눈뜨게 함으로써 우리가 현재 어떤 권력자-자본가의 내장에서 소화되고 있는 중인지 성찰하게 만든다.

이다. 불결하고 누추한 육체는 조만간 썩어들어가 구멍이 날 수밖에 없는 것이며 이것이 시인으로 하여금 육체성에 대해 노골적인 혐오를 표시하게 만든다. 이 시인에게 있어 유한성의 굴레에 묶인 인간의 육체는 "피둥피둥 회충떼처럼 불어나며/이리저리 힘차게 회오리치는/온몸이 헛바닥뿐인 벌건 욕망들"(「몸」)일 뿐이다. 인간은 고상하고 순결한 이념과 영혼의 담지자가 아니라 말 그대로 고깃덩어리에 지나지 않는다. 이 시인의 시 속에 자주 등장하는 헛바닥 목구멍 내장 뇌수 살껍질 털투성이 음부 같은 신체기관이나 죽은 태아, 냉동실의 시체, 문둥이 매춘부 포주 같은 군상들 또는 "끈적한" "찐득한" "희멀건" "꿈틀대는" 같은 수식어들은 모두 공통적으로 필멸의 운명 속에 허덕이는 존재의 괴로움을 증언하고 있다. 죽음의 눈앞에선 사람은 "온몸이 다 때"(「때밀이 수건」)에 불과하다. 너덜너덜 곰삭은 그 존재는 구멍이 뚫린 채 구멍 속으로 빠져들어가 그 구멍의 일부가 된다.

　　자루의 밑이 터지면서 쓰레기들이 흩어진다. 시원하다.
　　홀가분한 자루, 퀴퀴하게 쌓여서 썩던 것들이
　　묵은 것들이 저렇게 잡다하게 많았다니 믿기 어렵다.
　　위에도 큰 구멍, 밑에도 큰 구멍. 허공이 내 안에
　　있었구나. 껍데기를 던지면 바로 내가 큰 허공이지.
　　　　　　　　　　　　　　　　　　　　　—「세번째 자루」 전문

　　첫 시집에서 호수 밑의 거대한 쓰레기 더미 혹은 검고 뚱뚱한 항아리로 그 모습을 드러냈던 구멍은 두번째 시집에서부터 변기의 형태로 그 미끈하면서도 어두컴컴한 자태를 과시하고 있으며 위 시에선 다시 위아래가 모두 터진 자루로 나타나고 있다. 변기는 무엇이든 삼키려 드는 탐욕적인 소화기관＝식인귀인 동시에 바닥 없는 바닥, 밑 빠진 허구렁이다. 세계—인간은 이제 수직의 관(棺)이자 관(管)의 형상을 하고 등장한다. 그것은 무엇이든 받아들이고 받아들인 그것을 죽음으로 인도하고 다시 막막하기 이를 데 없는 텅 빈 원래의 상태로 되돌아가는 순환운동을 되풀이한다. 사람들은 "우르릉거리는 허공에서 거푸거푸 잔을 돌리며/허공에서 춤추느라 길길 뛰며 쿵쾅거리"(「세속도시의 즐거움 3」)지만 그것은 "묵은 업(業)의 힘에 밀려, 꾸불텅거리"(「끝없이 밀려가는 것」)는 것에 지나지 않으며, "밤 깊은 곳 똥과 오줌 사이로 내려가"(「대머리독수리 3」) "통째로 (……) 사라지고 만다".(「혈연과 유대」)

> 괄약근이 늘어지는 길을
> 나는 내려간다
> 배설조차 긴 기다림과 인내의 고통이 되는
> 지루한 늙음의 길을 지나
> 진흙구덩이로 내려가는
> 묵직한 관
>
> 무덤들, 정화조들,
> 냄새나는 덩어리를 쪼개 안고 떨어지는
> 변기의 폭포
>
> ─「지루하게 해체중인 인생」 중에서

해체와 용해의 먼길을 거쳐온 존재는 변기 속에서 최후를 맞는다. 변기는 자궁과 무덤, 탄생과 죽음이 몸을 섞는 곳으로서 "임신에서 매장까지의 길들이/둥근 벽 안에서 미끄러지고 뒤집힌"(「변기」)다. 변기 속의 삶은 "거품의 밤"에 다름아니다. "한 세대가 변기의 물처럼 오고/거품에 휩쓸려 구멍으로 빠져나가도"(「거품좌(座)의 별에서」) 변기는 닳지 않는다. 물질성의 농도가 최대로 희박해진 거품은 존재가 무화 직전 자신을 현시하는 마지막 모습이라 할 수 있다. 그런 의미에서 다음 작품은 해체─용해─무화의 세 단계가 종합적으로 구현된 상상력의 운동을 보여준다.

소설가 조성기씨는 돈황에서, 바다를 잃은 파도를 보았다 한다. 바다를 잃은 파도라니, 이 말은 당장 시 속으로 들어와야 할 말이 아닌가. 파도는 바다를 잃고 사막을 방황하고, 그 부글거리는 파도떼에서 떨어져나온 거품들이 더 쪼개져서, 사막을 뿔뿔이 방황하고, 그 길도 없이 나누어진 거품들의 무리를 허둥지둥, 뒤쫓아가는 거품 한 덩이가 오늘의 얼굴이라면, 나는 목이 말라 오늘 죽어도, 속이 빈 거품처럼 증발해서, 죽은 뒤에 아무것도 없이, 사막의 마른 바람에 섞이리라.

　　　　　　　　　　　　　　　　　　—「사막의 거품 한 덩이」 전문

근원(바다)에서 떨어져나온 파도는 쪼개져 거품이 되고 그 거품마저 뿔뿔이 흩어져가다 끝내 증발해서 사막의 마른 바람에 섞이고 만다. 구멍에 대한 이끌림은 이제 사막을 방황하는 거품 한 덩이의 이미지와 맞물려 전적인 무, 무의 무한 속으로의 증발이란 차원에 이르게 된다. 해체의 끝은 결국 완벽한 소멸에 도달하는 것이다. 존재의 무화가 달성될 때 그래서 「세번째 자루 2」의 백지와 같은 텅 빔에 도달할 때 만나게 되는 것이 허공이다.

　텅 빈 껍질들의 뒤얽힌, 애무, 관능도 얇은 뱀허물이다, 비와 바람에 삭아버린다.

　공터의 풀벌레들이 울고 있다. 거대한 공테이프인 밤의 허공이, 이 찌찌거리는 풀벌레 울음을, 녹음해두고 있을까.

　　　　　　　　　　　　　　　　　—「공터에 풀벌레 울 때」 중에서

모든 것이 삭아내려 실체는 지워지고 거대한 밤의 허공만이 남는다. 사막화된 세계는 "껍질뿐인 낙타떼의 껍질조차 얇게 녹여버린다",(「모래빌딩」) 그래서 시인은 자본주의 소비문명의 상징인 백화점 내부를 거닐

146

며, "텅 빈 눈에/화려한 색의 껍질이 지나간다/감시용 텔레비전 속으로/영상뿐인/입자들뿐인/보이지 않는 파동뿐인 내가 흘러간다"(「배부른 사람들」)고 말하는가 하면 일식집 간판에 붙어서 밤늦도록 헛발질을 하는 새우를 보며 "찐 옥수수보다 팝콘이 빨랐고, 꽃보다 헛꽃의 개화가 더 빨랐다"(「우울은 느리고 변덕은 빨라」)고 언급한다. "찌르는 순간 헛찌르고, 물어뜯는 순간 헛씹게 하는"(「무일물의 밤 3」) 세상은 "헛것들, 그림자뿐"(「모래 빌딩」)이며 "타일에도 꽃이 피고, 눈에도 헛꽃이 피어나는, 헛꽃만다라의 서울"(「남자용 변기를 닦는 여자」)이다. 허구렁 세상은 헛것들로 가득 차 있으므로 "헛것들이 마구 헛것을 뜯어먹으니/헛배지만 모두들 배가 부"(「꿈속의 여섯 사람」)르다. 그렇다면 이 몽환의 세계, 미망의 세월에서 벗어날 길은 영영 없는 것일까. 헛것 속에서 헛것에 취해서 다시 헛것을 양산하는 가짜 삶을 반복할 수밖에 없는 것일까. 우리는 여기서 이 시인의 시가 헛꽃만다라의 세상에 대한 강력한 고발인 동시에 거기서부터 탈출해 나오기 위한 힘겨운 모색의 결정이기도 하다는 사실을 재인식할 필요가 있다. 허무의 끝으로의 여행은 탈(脫)허무의 도정이기도 한 것이다.

5. 영혼의 향기를 찾아

최승호의 시는 매우 다채로운 소재와 언어의 폭을 과시하고 있지만 그 내적 구조는 의외라 할 만큼 단순하고 정연한 편이다. 그의 시는 삶/죽음, 표면/이면, 닫힘/열림, 가득 참/텅 빔의 뒤집음에 기초해 있다. 그의 시가 노리는 것은 사람들이 일반적으로 긍정적으로 여기는 것을 부정적인 것으로, 부정적인 것을 긍정적인 것으로 전환시키는 순간의 섬광 같은 깨달음이라 할 수 있다. 살아 있는 것이 실은 죽어 있고 죽어 있다고 믿어온 것이 살아 있다고 할 때, 밀폐된 것은 열려 있으며 바깥이라고 여겼던 것이 실은 안에 지나지 않는다고 할 때, 혹은 문명의 안락함이 결국은 문명의 종말을 앞당기는 도로에 지나지 않으며 욕망의 무한 팽창은 텅 빈 적멸의 허공에 이를 뿐이라고 할 때 발생하는 놀라움을 그의 시는 안겨준다. 그 놀라운 깨달음을 통해 우리는 우리가 몸담고 살고 있는 세상의 허위성을 다시 한번 꿰뚫어보게 되고 그 허위성을 깨부수는 순간 얻게 될 신선한 자유의 공기를 예감하게 되는 것이다. 지금 이곳에 대한 도저한 환멸에 기초해 있는 그의 시는 다른 삶 다른 세상의 존재를 알리는 은밀한 신호이기도 한 것이다. 이 다른 삶, 다른 세상은 현상 질서의 헛것스러움을 인식한 정신만이 가 닿을 수 있는 것이다. 그것은 이 시인의 초기시에선 우리 시대 인간들을 지배하고 있는 소유욕과 소비욕에 대한 비판과 결부돼, 버림·무소유에 대한 찬양으로 나타났다. 현대인이 추구하는 팽창과 반대되는 자리에서 묵묵히 자기 소임을 다하는 소외된 존재들에게서 시인은 이 시대의 마지막 구원 가능성을 본다.

　　자신은 똥칠이 되어도 아무것도 원하지 않고
　　아무것도 두려워하지 않는
　　6척의 똥막대기
　　물이 쏟아지지 않는 그 거화(巨貨) 빌딩 화장실엔
　　6척의 똥막대기 하나가
　　언제나 벽에 기대어 서서 당황한 사람들을 기다립니다
　　자신을 아낌 없이 사용해주기를 바라면서 기다립니다
　　　　　　　　　　　　　　　　　—「희귀한 성자」 중에서

　　쓰레기 청소부 늙은 마씨는 쓰레기를 뒤집어쓴 채
　　늙은 말 같은 삶에도 투레질하지 않고
　　그래서 성자다운 삶, 쓰레기 청소부 늙은 마씨는
　　왜 허구한 날 이렇게 남이 버린 쓰레기 더미에 처박혀서
　　몸을 더럽히고 그 팔자가 대체 뭐냐고, 마누라 마구니에게

구박받지만 대꾸하지 않고 빙긋이 웃어서 바보 같지만
그 일엔 죄의식이 없다, 아무런 죄의식이 없다, 마보살이여
—「쓰레기 청소부 마씨」 중에서

6척 똥막대기나 쓰레기 청소부 마씨는 사람들의 눈이 미치지 않는 곳에서 이 세상의 오물과 쓰레기를 정화하는 기능을 담당하고 있는 존재들이며 그래서 시인은 이들을 성자라고 부르고 있다. 끝없이 팽창을 추구하다 폭발하고 마는 그래서 역으로 무에 귀착하고 마는 대다수 존재들과 달리 이들은 끝없이 자신을 버림으로써 축소시킴으로써 무에 이른다. 따라서 이들의 무는 헛것들의 가득 참이 일으키는 현기증 나는 공허와는 다른 진정한 의미에서의 텅 빔이라고 할 수 있다. 이들은 무에 도달함으로써 오히려 풍요로움을 획득하는 것이다. 대도시의 소란스러운 들끓음과 구분되는 공터의 고요를 보라.

아마 무너뜨릴 수 없는 고요가
공터를 지배하는 왕일 것이다
빈 듯하면서도 공터는
늘 무엇인가로 가득 차 있다
(……)
하늘의 빗방울에 자리를 바꾸는 모래들,
공터는 흔적을 지우고 있다
아마 흔적을 남기지 않는 고요가
공터를 지배하는 왕일 것이다
—「공터」 중에서

시인은 텅 빈 공터에서 가진 것 없는 존재의 충만함을 본다. 이것은 단순히 쓸모없음의 쓸모있음(장자의 무용지용無用之用)을 표방하는, 변형된 실용주의의 소산인 것은 아니다. 말없이 모든 것을 감싸안고, 보

잘것없다 하더라도 자신이 가진 것을 넉넉히 베풀어주는 공터는 혼탁한 세태에서 벗어난 청정한 정신을 의미한다. 그는 세상살이에 짐짓 무심한 듯하지만 단독자로서 유폐된 삶을 고집하지 않고 타자와 어울리고 그들을 위해 숨어서 봉사하는 삶을 살아간다. "성자들이란/거지로 기어나와 알거지로 매장되는 길 위에서/알몸에 만족했던 동족 거지들의 이름이다". 시인은 이들의 초속적인 삶의 태도를 가리켜 "큰 품안에 북두(北斗)도 두남(斗南)도 다 품은 채/지금도 텅 비어 살아 움직이는 이 외로운 고요"(「외로운 성(聖)」)라고 말한다.

그러나 시인이 모범으로 삼는 이러한 삶의 자세는 자본주의적 삶의 방식이 전일화된 우리 시대에 자칫 소극적이고 방어적인 역할밖에 하지 못하고 말 수도 있다. 당위적인 그만큼 내실이 뒤따라주지 않을 경우 공허한 정신주의의 한 지류로 흘러버릴 위험도 있는 것이다. 아울러 그것은 시인이 자신의 삶을 통해 체득한 사유의 정수이기보다는 관찰자의 시선으로 보고 읽고 느낀 것의 시적 환치물에 불과하다는 한계도 가지고 있다고 할 것이다. 그런 점에서 이 시인의 최근 시집 『회저의 밤』은 매우 중요하게 여기지 않으면 안 될 변모의 징후를 담고 있다. 시인은 이 시집에서 드디어 그 동안 자신을 사로잡아왔으며 또 자신이 추구해왔던 무의 세계마저 내동댕이치고 새로운 길을 찾아 떠나는 자기 변신의 흔적을 보여주고 있기 때문이다. 그것은 우선 무에 대한 자리매김의 변화로부터 찾아질 수 있다.

그 동안 크게 부풀면서 나를 삼키려던, 무(無)야말로 없는 것이다. 정말 털 한 가닥 없다. 그렇다면 내가 욕심으로 키우고 뜯어먹은 무라는 것도, 내 빌어먹을 생각이 끌고 다닌 말 그림자였단 말인가.
　　　　　　　　　　　　　　　　　　　　　—「무일물의 밤 1」 전문

무야말로 정말로 없다는 시인의 선언은 "무라는 말을, 밑씻개 종이처럼 갈가리 찢어버리자"(「무일물의 밤 2」)는 의지의 표명으로 나아간다.

150

무에 대한 집착이 또하나의 미망이요 욕심에 지나지 않는다고 보는 시
인은 세상만사를 무로 돌리고자 하는 관성적 사유의 진행에서 벗어나
무를 넘어서 나아가고자 한다. 그러나 이때 무를 넘어선다는 것은 현상
세계의 법칙을 그대로 받아들이고 거기에 순응한다는 것을 의미하지는
않는다. 오히려 그와 반대로 시인은 철저히 무의 극한까지 추구해 들어
감으로써 무에 대한 집착에서조차 자유로워지려고 한다. 그리고 이때의
무에 대한 추구는 처절한 자기 무화를 동반하고서만 이루어질 수 있는
것이다. 즉 시인은 이제 삼인칭 관찰자의 시점이 아니라 일인칭의 시점
에서 자기 소멸이라는 험난한 통과의례를 치르는 것이다. 이것이 이번
시집에서 재 이미지로 드러나고 있다.(물론 이 시집에 실린 일련의 '재'
시편을 죽은 아내의 영혼을 편히 쉬게 하기 위해 부른 일종의 천도가로 여
길 수도 있다. 그러나 이때 그의 아내는 시인과 분리된 별개의 존재가 아니
라 분신으로 보아야 할 것이다.)

온몸의 살이 썩고
온몸의 뼈가 허물어져서
재 밑의 재로 나는 돌아가리라

(……)

지금은 재 위에 주저앉아
추한 꼴로 썩어가는 몸을 재로 씻으며
까마귀떼 울음소리 듣고 있으나
재 휩쓸어가는 바람의 밤엔 다 조용해지리

나 없는 그 밤에
울음도 타버린 마른 재를 맡기면서
침묵의 밤으로 나 돌아가리라

재의 입술이 떨어지는
흙의 밤 속으로

—「회저」 중에서

　여기서 재는 제의적 죽음의 과정중에서 만나게 되는 마지막 육신의
잔존물이자 무에 이르는 문지방이다. 그 재는 적극적으로 받아들이고
쟁취한 죽음, 자기 소멸을 통한 고통스러운 변신의 노력을 상징한다. 수
동적인 무화가 아니라 적극적인 자기 무화의 실현이라는 점에서 재는
부정적 의미의 함축물에 머물지 않고 긍정적 가치를 획득한다. 모든 것
이 불타 재가 되어버린 "나 없는 그 밤", 탕진과 종말과 공허의 한가운
데서 시인은 재생의 순간을 겨냥한다. 그래서 그 재는 기이하게도 탯줄
이나 빛과 같은 신생의 이미지와 연결된다.

나의 탯줄들이
재로 떨어져나간 이후에
내가 핥은 재의 여물통에 불멸의 보석이 있었던가

—「말머리성운」 중에서

　나는 호주머니에서 재의 탯줄을 꺼내 그에게 준다 그리고 그를 부둥
켜안는다

—「재 된 사람」 중에서

너의 재로
나는
빛의 탯줄을 끌고 오는 사람이 되고

—「너의 재로」 중에서

　재는 영원한 죽음이 아니라 새로운 삶을 가능케 하는 바탕이 된다.

물질의 감옥 안에 갇혀 더럽혀진 존재는 스스로를 불태워 재로 만드는 시련을 통과함으로써 순수한 존재로 다시 태어날 수 있게 된다. 그것은 「회저의 시간」에 따르면 "단숨에 죽는 자가 아니라, 고통을 겪을 만큼 겪으면서 느릿느릿 죽어가는 자의 병"이다. 회저(壞疽)란 존재의 변모를 추구하는 연금술사들이 반드시 거쳐야 할 단계의 하나로서 원초적 혼돈의 재현—육신의 썩음(腐植)은 대우주의 혼돈을 소우주인 인체 내부에서 되풀이하는 것이다—을 의미한다. 따라서 그것의 색깔은 검은색nigredo이며 무덤 까마귀 등의 이미지로 표현된다.[6] 재는 조악한 금속이 금으로 변화되듯 인간이 물질의 구속에서 풀려나 해방된 영혼으로 화하기 직전의 상태를 가리키는 것이다. 그래서 시인은 "너의 재가/ 혼돈의 찌꺼기는 아니다"라고 말하고 나서 "너의 재는/흰빛으로" "거칠고 소란스러운 나를 비춘다"고 고백한다. 재는 우리 모두의 "미래이자 거울이다".(「재 된 사람」) 그 재는 다음 시에서처럼 바람이란 우주적 숨결에 녹아들어 지상과 천상을 순회한다.

> 고요가 하나의 부드러운 숨결이라면
> 너의 재는 하나의 숨결 속으로 흘러드는
> 고요한 숨결이 되었다
>
> 너는 죽음으로써

6) 고대와 중세의 연금술사들은 금속(광물)을 식물의 성장과 연결시켜 생각했다. 불순한 금속은 땅속에서 느리게 자라 수세기가 지난 후 금으로 변한다고 믿어졌다. 고로 보통 금속에서 금을 얻기 위해선 그 숙성 과정을 최대한 인위적으로 단축시켜야 한다는 결론이 나온다. 그 방법으로 변환시킬 금속을 죽여 기본 물질을 만들고 거기에 금속의 씨(촉매제)를 집어넣어 급속히 성숙시켜 금을 생성하도록 한다는 이론 체계가 세워졌다.(죽음-재탄생-급속한 성장) 금속의 죽음은 고온에 의한 가열이나 황에 의한 표면의 흑화 현상 melanosis으로 증명된다. 다시 여기에 다른 혼합물을 첨가하여 금에 이르기 전의 중간 단계인 은으로 변환시킨다. 이것이 백화 현상leukosis이다. 최승호 시인이 『회저의 밤』에서 탐색하고 있는 것은 여기까지인 것으로 보인다. 완벽한 금을 얻기 위해서 시인이 가야 할 길은 아직도 멀다.

그 누구보다도 부드럽고 평온하다

—「흰빛으로」 중에서

그 바람은 기나긴 죽음의 병을 앓고 난 뒤 새롭게 태어난 자가 내뿜는 생명의 숨결pneuma이며 아픈 세월을 딛고 연면히 지속되는 우주의 섭리를 암시한다. 바로 여기서 우리는 이 시인의 놀라운 사고의 반전을 보게 된다. 육체—물질에 대한 철저한 부정으로 시종일관해왔던 그는 "진물 흐르는 썩은 살" "터트리지 못하는 고름주머니의 육신"과 같은, 자기 소멸의 고통을 지불한 끝에 생명의 눈부신 개화를 목격하게 된 것이다. 이제 이 시인을 사로잡아왔던 인간—세계의 끝없는 부패—구멍의 확대는 종결되고 신생의 희망이 조심스럽게 싹을 내민다. 이제 똑같은 부패는 발효라는 전혀 다른 모습으로 우리 앞에 그 얼굴을 드러낸다.

부패해가는 마음 안의 거대한 저수지를
나는 발효시키려 한다

—「발효」 중에서

물과 불을 품고 들끓는 우리들 영육신(靈肉身)은
바람에 죽은 가죽 들썩이는 땅에서
마음껏 드넓은 하늘로 발효할 것이다

—「담쟁이덩굴에 휩싸인 불도저」 중에서

똑같은 세균 작용이 어떻게 해로운 결과도 초래하고 이로운 결과도 초래할 수 있는지에 대한 설명, 다시 말해서 부패와 발효의 변증법에 대한 보다 구체적인 이해는 자연과학자들에게 맡겨두기로 하자. 다만 우리는 이 시인이 "육신의 회저로서/가벼워지는 영혼의 향기"를 발견했으며 그 결과 물질—육체를 있는 그대로 긍정할 수 있는, 삶에 대한 너그러움과 열린 정신을 획득했다는 사실을 확인하는 것으로 족하다.

이 시인의 시 속에서 존재가 해체되어가는 와중에 극도로 부정적인 양상을 노출한 바 있는 오물로서의 반죽이 다음 시에선 생명을 낳는 넉넉한 토양으로 변주되고 있다.

> 그 저수지에 왕골을 헤치고 다니는 물뱀들이
> 춤처럼 살아 있기를 바란다
> 그리고 물과 진흙의 거대한 반죽에서 흰 갈대꽃이 피고
> 잉어들은 쩝쩝거리고 물오리떼는 날아올라
> 발효하는 숨결이 힘차게 움직이고 있음을
> 내 마음에도 전해주기 바란다
>
> —「발효」 중에서

> 그런 것들이 여기서는 물렁물렁하게 녹는다
> 늪은 거대한 반죽통이다
> 수렁, 혹은 황갈색의 즙
> 그 즙을 마시고 물풀들을 게우고 싶다
>
> —「반죽」 중에서

부패와 발효가 같으면서 다르듯이 이 반죽—수렁은 예전의 반죽—수렁과 같으면서 다르다. 그것은 "자신의 인생에게 홀로 침묵으로 예배해야 하는 시간"(「회저의 시간」)을 거친 다음에 이 시인이 도달한 정신의 경지를 말해준다. 시인은 지금까지 해온 대로 "마음에 뚜껑을 덮고 오물을 거부"(「발효」)하는 대신 더러움을 거부하지 않고 오히려 더러움 속에서 새 생명을 피워내는 "물의 법 물왕의 도"를 따르고자 한다. 시인이 남해안의 콘크리트 다리를 건너다 말즘풀이 자라는 하수도를 보고 불현듯 풍어제를 연상하고 자전거를 타고 달리는 여자를 님프로 보는 것(「말즘풀이 자라는 하수도」), 혹은 기차를 타고 가다 창 밖을 스치는 무덤들을 보면 불쑥 어묵이 먹고 싶다(「어묵」)고 말하는 것은 다 정

신적 죽음을 겪고 난 다음 체득한 생명의 존엄함과 삶의 발랄함에 대
한 동의를 나타낸다. 그리고 이것이 바로 다음 시에서 "꽃 피우는 시
절" "바람 속 태아들의 숨소리"의 기척을 깨닫게 만든다.

언젠가는 질겨빠진 물소 가죽가방 안에도, 여린 풀들이 자라나는 시절
이 있을 것이다. 땅의 푸른 뿔인 풀잎들이, 곰삭은 가죽의 밑을 뚫고 옆
구리를 뚫으면서, 가방에 들어앉아 꽃 피우는 시절이 있을 것이다.

그 향기로운 시절은 아직 태어나지 않은, 바람 속 태아들의 숨소리일까.
—「가죽 뒤로 펼쳐지는 것」 전문

위 인용에서 시인은 뿔 달린 물소에서 내부가 비어 있는 가죽가방으
로의 변신에 상상력을 고정시키지 않고 보다 먼 미래를 향해 시선을
던진다. 가죽가방=구멍을 뚫고 다시 땅의 푸른 "뿔"인 풀잎이 밀려들
어와 꽃을 피운다. 이때 풀잎의 푸른 뿔은 옛날의 공격적인 물소의 뿔
과는 다른 뿔, 생명의 환희와 좀더 살 만한 세상의 가능성을 알려주는
뿔이라 할 수 있다. 시인이 거듭 꽃 피우는 시절, 향기로운 시절이라 말
하는 그 유토피아적 공간은 아직 현실화되지 않은, 시인이 그리워하며
가고자 하는 어떤 마음의 상태를 가리키는 것일 것이다. 지금은 부재하
지만 언젠가는 분명히 존재하게 될 그 세상을 향한 시인의 서늘한 갈
증이 끝나지 않는 한 그의 시 작업도 끝나지 않을 것이다. 아니 어쩌면
그 아름다운 세상은 현실 저편의 다른 어떤 곳에 있는 것이 아니라 우
리가 발 딛고 서 있는 지금 이곳에 이미 와 있는 것인지도 모른다. 다
만 우리의 눈이 멀어 그것을 제대로 알아차리지 못하고 있는 것일 뿐.
그래서 시인은 "모든 존재가 거품 덩이며/비존재 또한 허구렁이라고/
생각해온/내/앞에/앵두나무는 서 있다"(「앵두」)고 말했는지도 모른다.
있는 것을 있는 그대로 보는 것, 이것이 인간의 모든 사유와 행동의 출
발점이 되어야 하는 것이다. 그리고 그럴 때 우리는 아마도 시인이 오래

전부터 꿈꾸어왔던 "잎사귀 달린 시를, 과일을 나눠주는 시를" "초록과 금빛의 향기 뿌리는 시를"(「내 영혼의 북가시나무」) 읽고 듣고 맛보면서 살 수 있게 될 것이다.

……한 명민한 젊은 평론가의 말을 빌리자면 세상에 끝난 이야기는 없다. 불연속적인 시인의 작품들에 연속성을 부여하여 그의 시세계를 완결된 원환으로 만들고자 하는 평론가의 작업은 어쩌면 부질없는 것일지도 모른다. 그것은 자칫 시의 육체를 짓눌러 즙을 짜내는 씁쓸한 작업이 되기 쉽다. 그러나 다시 말하건대 세상에 끝난 이야기는 없다. 최승호의 시 작업이 계속되는 한 최승호의 시에 대한 담론 또한 계속 이어지고 되풀이되면서 증식될 수밖에 없을 것이다. 그 하염없는 무위의 대열 후미에 이 글을 세워두기로 한다.

(1993)

숲으로 된 푸른 성벽
—기형도, 미완의 매혹

1. 비명(碑銘)으로서의 시

기형도의 시가 그로테스크한 것은, 그런 괴이한 이미지들 속에, 뒤에, 아니 밑에, 타인들과의 소통이 불가능해져, 자신 속에서 암종처럼 자라나는 죽음을 바라다보는 개별자, 갇힌 개별자의 비극적 모습이, 마치 무덤 속의 시체처럼—그로테스크라는 말은 원래 무덤을 뜻하는 그로타에서 연유한 말이다—뚜렷하게 드러나 있다는 데에 있다.
—김현, 「영원히 닫힌 빈방의 체험」 중에서

기형도는 죽음이 서로 삼투하고 있는 구조를 세계의 한 본질적인 운명으로 파악하고 있다. (······) 그가 그 세계의 비극적 구조를 하나의 냉엄한 풍경으로 포착했을 때나 또는 세계의 구조로부터 떠나버린 인간의 내면풍경을 드러낼 때 기형도의 시들은 일정한 성공을 거둔다.

　　　　　　　　　　　　　　　　—김훈, 「기형도 시의 한 읽기」 중에서

　기형도의 시에서 가장 중요한 것은 그것의 도저한 부정성이다. 그 부
정성은 세 가지 차원에 걸쳐 있다. 세계의 부정성, 자아의 부정성, 그리고
그것의 부정적인 드러냄이 그것이다.
　　　　　　　—성민엽, 「부정의 언어, 그 사회적 의미」 중에서

　기형도의 시는 실존의 우울과 초현실적 환상을 보여주고 있다. 그의
시가 우울한 것은 삶이란 자유로울 수 있지만 짧고 현기증 나는 한순간
에 지워질 수밖에 없는 것이기 때문이고, 그의 시가 환상적인 것은 낯익
은 현실이 사실은, 찬찬히 들여다보면, 낯설고 기이한 유기체 같기 때문
이다.
　　　　　　　　　　—박해현, 「정거장에서의 추억」 중에서

　유년의 넋과 꿈으로서의 책읽기의 세계가 그의 출발점이었다면, 그것
을 땅바닥에 질질 끌고 다니며 바스러뜨린 폭압적 현실의 세계는 그가
머무른 마지막 기착점이었다. 그의 시세계는 이처럼 낙원을 잃었다는 상
실의식과 그 잃어버린 낙원으로 되돌아가려는 회귀의식으로 점철된 것이
었다. 비극은 그에게는 돌아갈 길이 없었다는 것, 그것뿐이다.
　　　　　　　—박철화, 「집 없는 자의 길 찾기, 혹은 죽음」 중에서

　기형도, 그리고 기형도의 시와 관련된 모든 담론들엔 죽음의 음산한
후광이 드리워져 있다. 뛰어난 재능을 가졌음에도 불구하고 젊어서 세
상을 하직한 이 시인의 불우한 운명이 자아내는 애통한/애틋한 마음이
그 한켠에 자리잡고 있다면 그의 시 속에서 빈번히 발견되는 죽음과
쇠락의 이미지들이 다른 한켠에서 이 시인의 시읽기를 규정짓는 인자
로 작용하고 있다. 그래서 마치 한용운이나 이육사를 대상으로 한 시인
론들이 흔히 위인전의 함정에서 벗어나지 못하듯 기형도에 관한 대다

수 글들은 그의 영정 앞에 바쳐진 진혼가의 성격을 띠어왔다. 기형도의 시에 대한 보다 객관적이고 심층적인 접근에 꼭 도움을 준다고는 할 수 없는 이러한 태도는, 그러나 어느 정도는 필연적일 수밖에 없는 것인지도 모른다. 그는 그토록 젊은 나이에 죽었으며 그토록 순결한 모습만을 우리 가슴속에 각인시켜둔 채 저 세상으로 사라졌기 때문이다.

하지만 그가 지상에 남기고 간 유일한 흔적인 그의 시를 다시금 들춰보고 거기서 고독하면서도 고뇌에 가득 찬 한 실존의 내적 드라마를 엮어내려 하는 우리의 기도는 지금까지의 기형도론이 지향했던 것과는 다른 방향에 해석의 빛을 던지려고 한다. 먼저 우리는 그가 남긴 시에서 그의 육체적 죽음의 전조를 찾아내는 작업이 가능하기도 하고 매력적인 것이기도 하지만 반드시 생산적인 결과를 보장하지는 않는다는 점에 유의할 것이다. 우리는 가능한 한 시와 시인의 삶이 성서의 구약과 신약처럼 예표론적typology 관계를 맺고 있다는 관점에서 떠나 기형도의 시에 다가가려 한다. 인간의 삶을 수식하고 있는 부수적인 모든 것을 떨쳐버리고 그 본질인 '죽음을 향한 실존'을 냉엄하게 드러내 보이려 한 이 시인의 시도는 단단함이란 질료적 특성에 대한 남다른 관심, 강인한 응집력과 내구력을 지닌 언어 조직과 더불어 그의 시를 비명적(碑銘的) 글쓰기—돌 위에 새겨진 비명처럼 그의 시는 백지 위에 새겨진 일종의 비명일 수 있다는 점에서—의 한 전범으로 단정짓게 만들어왔다. 그리고 이러한 관점은 이 시인이 살아온 평탄치 못한 생애와 결부돼 한층 설득력 있게 받아들여져온 감이 있다. 많은 평자들이 공통적으로 지적하고 있듯이 기형도의 시는 그가 살아왔던 어려운 삶의 흔적들을 비교적 가식 없이 보여준다. 그 어려움이란 유년 시절의 물질적 궁핍과 성년이 된 다음 조우한 세계의 폭력성 및 허위성으로 요약될 수 있을 것이다. 도시 근교의 농촌에서 보낸 그의 어린 시절은 아버지의 사업 실패와 갑작스러운 병환으로 인한 가난, 어머니를 비롯한 나머지 전 가족의 생업전선으로의 진출, 어린 시절 목격한 누이의 죽음 등 가족사적 불행으로 점철돼 있었다. 또 성년이 된 뒤 거대도시에 입성해 조직사회의 일원으로 활동하면서부터는 보람 없는 일상적 삶의 되풀이에 마모되어가는 실존의 덧없음을 누구보다 뼈저리게 체험한 듯하다. 우리는 그의 시가 주는 감동의 상당 부분이 바로 이러한 시인의 삶의 비극성에 기초하고 있다는 사실을 부인하지는 않는다. 그러나 또한 그의 시의 모든 것이 이처럼 시인의 생애로 환원돼서 설명될 수 있다고는 생각하지 않는다. 그러므로 우리는 이 글에서 기형도가 얼마나 어려운 삶을 살았고 심한 고통과 번민에 시달렸는가를 시를 통해 증명해내려 하기보다는 그러한 삶과 내적 갈등을 얼마나 섬세하게 언어로 포착하고 상상력의 작용을 통해 풍요롭게 변형시킬 줄 알았던가를 드러내는 데 주력할 것이다. 우리가 기억하고 사랑하는 기형도는 한낱 유년의 가난과 청년기의 실연, 그가 살던 시대의 정치적 폭압성 때문에 괴로워하던 청년에 그치는 것이 아니라 그 모든 것을 감각적이면서도 개성적인 언어 조직에 담아냄으로써 우리의 머릿속에서 영원히 지워지지 않게끔 한 시인으로서의 기형도이기 때문이다. 명심할 것은 한 사람의 자연인으로서의 기형도는 불행했을지 몰라도 한 사람의 시인으로서의 기형도는 정녕 행복했다는 사실이다. 그는 자신의 고통을 과시하기 위해 시를 쓴 게 아니라 아름다운 이미지의 힘을 빌려 자신의 고통을 띄워 승화시키기 위해 시를 썼고 또 그것에 성공했다.

아울러 우리는 기형도의 시세계가 시인의 돌연한 죽음으로 인해 미완으로 끝날 수밖에 없었으며, 많은 가능성에도 불구하고 모든 시편이 다 높은 완성도를 보여주지는 않는다는 사실을 인정하면서도, 일단 그의 시가 통일된 이미지의 망을 형성하고 있다는 전제하에 분석 작업을 진척시켜나가고자 한다. 기형도가 탐사한 언어의 협곡 사이에 난 가파른 단애를 우리는 실선이 아닌 점선으로나마 연결시켜 이해해줄 수밖에 없는 처지에 있는 것이다. 그리고 그럴 때만이 기형도의 시는 유물의 파편이 아니라 살아 있는 생명체로서 우리 앞에 그 역동적인 모습을 보여줄 수 있을 것이며 나아가 그가 몸담고 활동했던 1980년대라는 시대적 배경을 넘어서 1990년대와 2천년대에도 여전히 의미 있는 문학적 성과물로 우리 곁에서 숨쉴 수 있을 것이다.

기형도의 시를 경쟁적이라 할 만큼 온통 불행으로 포장하고 싶어하는 일반적 충동에서 벗어나 그의 시 속에서 행복을 찾아 헤매는 한 지순한 영혼의 편력을 읽어내도록 해보자. 삶에 대한 비극적 통찰이 보다 조화롭고 희망에 가득 찬 삶에 대한 희원 위에 자리잡고 있음을 추적해보자. 그러기 위해선 우리는 먼저 시인이 자신을 비극적 운명을 타고난 존재로 인식한 그 원초적 순간, 원초적 장면으로 되돌아갈 필요가 있다.

2. 안과 밖, 모성의 불과 바람 부는 거리

열무 삼십 단을 이고
시장에 간 우리 엄마
안 오시네, 해는 시든 지 오래
나는 찬밥처럼 방에 담겨
아무리 천천히 숙제를 해도
엄마 안 오시네, 배추잎 같은 발소리 타박타박
안 들리네, 어둡고 무서워
금간 창 틈으로 고요히 빗소리
빈방에 혼자 엎드려 훌쩍거리던

아주 먼 옛날
지금도 내 눈시울을 뜨겁게 하는
그 시절, 내 유년의 윗목

―「엄마 걱정」 전문

지상의 방 한 칸. 시인이 유년 시절 겪은 삽화의 한 토막을 담담하게 기술하고 있는 위 시의 1연에서 화자는 지상의 어느 한구석에 조그맣게 불을 밝히고 있는 방으로 우리를 데려간다. 그 방 안에서 한 소년이 울고 있다. 이유는 어머니가 그의 곁에 없기 때문이다. 가족의 생계를 책임진 어머니가 열무를 이고 시장에 나가 밤늦도록 돌아오지 않고 있는 것이다. 그 방 바깥은 어둠과 비의 세계이다. 방 안엔 불이 밝혀져 있는 데 비해 방 바깥은 어두우며, 방 안이 메말라 있는 데 비해 방 바깥은 습기로 가득 차 있다. 그러나 방의 내부와 외부는 모두 썰렁한 냉기(해의 시듦, 찬밥, 빗소리)를 내뿜고 있다는 점에서 동일하다. 모성의 상실이 따뜻한 온기의 부재로 나타나고 있는 것이다. 금간 창 틈으로 스며드는 빗소리에 호응이라도 하듯 소년은 운다. 그 울음이 방 바깥의 비를 그치게 하고 어머니를 보다 빨리 오게 할 수 있을까. 아마도 그러지 못할 것이다. 제목과 달리 위 시에서 화자가 어린 시절 진정으로 걱정한 것은 어머니라기보다는 그 어머니로부터 단절된 자기 자신인 것이다.

유년 시절을 현재형으로 묘사하고 있는 1연과 달리 2연에선 화자가 서 있는 위치가 전면에 노출되어 있다. 이제 성인이 된 화자는 아주 먼 옛날 유년의 기억을 더듬고 있다. 그는 1연의 풍경을 머릿속에 떠올리며 다시 눈시울이 뜨거워진다. 추억 속의 풍경을 바라보며 화자는 자신이 아직도 그 빈방에서 홀로 어머니를 기다리고 있는 중이며, 상당한 세월이 흐른 지금에도 그 시절과 별로 달라진 게 없음을 토로하고 있다.

위 시에서 어머니의 부재는 단순히 생애의 어느 한 시점에 어린 화자가 겪은 일과성의 체험에 그치는 것이 아니라 이후 그의 무의식의 핵심에 자리잡고서 그를 부단히 원래의 그 자리로 되돌아가게 만드는 원초적 장면primal scene이라 할 수 있다. 어린 화자의 울음은, 그런 의미에서, 단순히 내향적이었던 소년의 외로움과 쓸쓸함을 말해주는 것에 멈추지 않고 자신이 이 세계 속에 홀로 버려졌다는 것을, 다시 말해 이제 자신은 어머니의 영지에서 완전히 추방당했으며 다시는 그곳으로 복귀하지 못하리라는 것을 예감한 순간의 정서적 반응이라고 할 수 있다. 따라서 그 울음은 그 시간대에 고정되지 않고 이 시인의 생애 전체를 관통해서 울려퍼지게 된다. 이제 그가 있는 곳이 어디이든 그는 항상 빈방에 버려진 자신을 발견하고 탄식하게 될 것이다. 어머니와의 별리 및 그로 인한 낙원 상실을 구체적이고 사실적인 정황을 들어가며 노래한 위 작품과 달리 시인은 다음 작품에서 같은 주제를 장중한 예언적 목소리를 빌려 보다 추상적이고 신화적으로 진술하고 있다.

내 유년 시절 바람이 문풍지를 더듬던 동지의 밤이면 어머니는 내 머리를 당신 무릎에 뉘고 무딘 칼끝으로 시퍼런 무를 깎아주시곤 하였다. 어머니 무서워요 저 울음소리, 어머니조차 무서워요. 애야, 그것은 네 속에서 울리는 소리란다. 네가 크면 너는 이 겨울을 그리워하기 위해 더 큰 소리로 울어야 한다. 자정 지나 앞마당에 은빛 금속처럼 서리가 깔릴 때까지 어머니는 마른 손으로 종잇장 같은 내 배를 자꾸만 쓸어내렸다. 처마 밑 시래기 한 줌 부스러짐으로 천천히 등을 돌리던 바람의 한숨. 사위어가는 호롱불 주위로 방 안 가득 풀풀 수십 장 입김이 날리던 밤, 그 작은 소년과 어머니는 지금 어디서 무엇을 할까?
　　　　　　　　　　　　　　　　—「바람의 집—겨울 판화 1」 전문

「엄마 걱정」과 마찬가지로 위 시의 공간 역시 방 안/바깥으로 선명하게 양분되어 있다. 방 안은 어머니의 주재하에 있으며 방 바깥은 사나운 바람과 추위가 지배하고 있다. 그러나 "사위어가는 호롱불"이란 구절이 암시하듯 방 안의 평온은 방 바깥에서 불어오는 바람의 위협에 직면해 있다. 유년의 자아와 세계의 만남은 가슴 설레는 기대나 편안한 소속감을 안겨주기는커녕 막연한 불안감과 공포를 유발한다. 그는 어디선가 들려오는 울음소리를 듣고 그것이 무섭다고 호소한다. 그런데 더욱 의미심장한 것은 소년을 무릎에 누이고 있는 어머니가 무서움에 떠는 그 아이를 달래 안심시켜주기는커녕 그 울음소리의 진원지가 방 바깥의 어느 먼 곳이 아니라 바로 그의 내부임을 지적함으로써 그로 하여금 세계-삶의 비극성으로부터 눈을 돌리지 못하도록 한다는 것이다. 아울러 그녀는 그가 성장하면 그 울음소리 또한 따라서 커질 것이라는 불길한 신탁을 들려준다. 이러한 어머니의 말 속엔 이제 그가 더이상 어머니의 치맛자락만 붙들고 살 수는 없으며 조만간 한 사람의 성인으로서 세상의 비극적 조건들과 정면에서 맞서 싸워야 한다는 의미가 실려 있다. 일 년 중에서 밤이 가장 길고 낮이 가장 짧은 동짓날 어머니는 어린 아들과의 결별을 선언하는 것이다.[1] 그 결별의 시각적 표상이 어머니의 손에 들린, 탯줄 자르기나 거세를 암시하는 칼이다.(깎는 칼은 무디고 오히려 깎이는 무가 시퍼렇다. 정신적 성숙의 고통스러움을 나타내는 이미지.) 어머니의 집도는 모자간의 근친적 일체감을 끊는, 그래서 그를 세상 속으로 놓아보내는 상징적 행위라고 할 수 있다. 즉 위 시에서의 어머니는 혈육에 대해 일방적인 헌신과 무조건적인 모성애를 발휘하는 살붙이가 아니라 화자를 정신적으로 성장시키기 위한 제의를 집전하는 여사제, 비개인적인 무서운 어머니의 형상을 하고 있다.[2] 다사롭고 안온한 것으로만 알았던 어머니의 품에서 추방된 그는 위험과 불확실성이 지배하는 밤의 바람 속에 내던져진다. 이때 어린 화자가 전신으로 느낀 일차적 감정이 무서움인 것은 당연하달 수밖에 없을 것이다.

---

1) 동지는 어둠과 빛의 전환점이라 할 수 있다. 일 년 중에서 음(陰)의 기운이 가장 충만한 날이자 밤이 짧아지고 낮이 길어지기 시작하는, 즉 양(陽)의 기운이 서서히 회복되기 시작하는 날이기도 하다. 예수 그리스도를 비롯, 신화 속의 주인공들은 흔히 동지를 전후해 태어난 것으로 되어 있다.

2) 굳이 프로이트나 융, 라캉의 이론을 들먹이지 않더라도 모든 인간관계 근원에 어머니의 원형이 자리잡고 있다는 것은 오늘날 하나의 상식으로 통용되고 있다. 유아와 모친은 신비적 관여mystical participation의 관계에 있으며 인간 심성의 발달은 이것의 분화에서부터 시작된다. 이 머니와의 심리적 동일성psychic identity에서 빠져나옴으로써 이시이 성장이 가능해지는 것이다. 그래서 원시인들의 성인식은 대개 어머니와의 결별을 나타내는 일련의 상징 구조로 이루어져 있다. 입사자들은 어머니의 자궁을 의미하는 깊은 숲속의 오두막집으로 안내되어 일정 기간 학습을 받고 할례와 같은 육체적 시련을 겪는 것이 보통이다. 그는 어머니의 일부로서의 자신을 죽이고 성인 남성으로 다시 태어나는 것이다. 기형도의 시에서 입사의 지도자가 어머니로 나타나는 것은 그의 아버지의 병환이란 전기적 사실과 관련이 있을 것이다. 아울러 칼-시퍼런 무가 암시하는 거세 모티프는 "나의 혀는 천천히 굳어갔다"(「입 속의 검은 잎」)와 같은 혀의 마비로 이어진다. 현실세계로의 입문은 언어의 박탈을 감수하고서야 가능하며 이 소외된 언어의 저장소가 바로 시인의 입이다.

이와 더불어 위 시에서 우리가 주목해야 할 또하나의 요소는 시적 화자가 자신의 내부를 일종의 텅 빈 공동(空洞)으로 상상하고 있다는 점이다. 그의 내면은 가득 차 있는 것이 아니라 비어 있으며 이 공명 상자로부터 바람이 문풍지를 더듬는 듯한 울음소리가 발원한다. 그 내적 공동은 그의 육체적 정신적 성숙과 함께 더 확대될 것이며 거기서 울려퍼지는 울음소리 또한 더 커질 것이다. 빈방은 소년의 바깥에만 있는 것이 아니라 이처럼 그의 내부에도 자리잡고 있는 것이다. 종잇장 같은 소년의 배는 이러한 내부의 빔과 밀접한 연관을 맺고 있다. 바람은 구멍을 낳고 구멍은 존재의 희박화, 무화를 초래한다.[3] 삶은 실체가 아니라 잔영으로 존재하는 것이다. 모성과 결별한 뒤 험난한 현실 속에 내던져진 존재는 오히려 현실감을 상실한 채 지상을 헛되이 떠도는 운명을 맞이하게 된다. 바람 소리=울음소리에 귀를 기울이던 소년은 이를 예감하고 마치 자신이 한없이 넓은 공간의 차디찬 침묵 속으로 빨려들어가는 듯한, "보이지 않는 거대한 숨구멍 속으로 빨려간 듯"(「어느 푸른 저녁」)한 현기증을 느끼는 것이다. 어머니로부터의 떠남과 세계의 텅 빔에 대한 인식은 이처럼 같은 순간에 이루어진다.

이상의 분석을 통해 알 수 있듯이 이 시인을 사로잡고 있는 낙원상실 의식은 유년 시절 경험한 어머니의 떠남/어머니로부터의 벗어남에 기초해 있다. 어느 날 생애의 "길 모퉁이를 돌아서다가" "불현듯 존재의 비밀을 알아버린"(「나의 플래시 속으로 들어온 개」) 그는 이제 "위대

---

3) 기형도의 시엔 유난히 얇고 가느다란 것에 대한 경도를 보여주는 이미지가 많이 등장한다. 어머니는 "가늘은 유리막대처럼 위태로운 모습"(「폭풍의 언덕」)이며 아버지는 금방 녹을 것 같은 "가늘은 고드름"(「너무 큰 등받이의자」)이다. 누이는 "구부러진 핀"(「폭풍의 언덕」) "가늘게 휘청거리는 냉이꽃"(「위험한 가계·1969」)에 비유된다. 화자는 "아버지가 끊어뜨린 한 가닥 실정맥"(「폭풍의 언덕」)이며 "압핀처럼 꽂혀" (「소리 1」) 있다. 이 밖에도 "야윈 낮의 형상을 한 달"(「이 겨울의 어두운 창문」) "길쭉하고 가늘은 다리"(「여행자」), "헝겊 같은 배"(「폭풍의 언덕」), "엷은 그늘" "무엇인지 알 수 없는 희미한 빛깔"(「소리 1」) 등 점차 사라져가고 지워져가는 존재양태를 나타내는 표현들이 자주 나온다. 단단한 실체로 여겨졌던 삶의 구성물들도 점차 무화되어 "얼룩"만을 남길 따름이며 이내 그마저 사라지고 만다. 창문에 가득한 구름이 저 홀로 없어지듯.(「죽은 구름」)

한 혼자"(「비가 2」)로서 지상의 어둠·혼돈·고난과 대결해나가야 하는 운명에 처해진다. 그리고 이러한 어둠·혼돈·고난의 집약적 상징이 바로 앞에서 지적한 바 있는 자아와 자아를 둘러싼 세계의 텅 빔이다. 그 텅 빔은 물질적 공복감을 암시하기도 하지만 보다 근원적으로 삶의 유한성을 나타낸다. 인간은 덧없는 물질의 감옥에 갇혀 있는 존재인 동시에 무한한 무(無)의 감옥에 갇혀 있는 존재이기도 하다. 예컨대 시인이 경제적으로 극도의 어려움을 감내해야 했던 어린 시절을 회상한 시에서 "올해에는 무들마다 웬 바람이 이렇게 많이 들었을까" "어머니. 잠바 하나 사주세요. 스펀지마다 구멍이 숭숭 났어요" "누이의 도시락 가방 속에서 스푼이 자꾸만 음악 소리를 냈다"(「위험한 가계·1969」)라고 말할 때 우리가 보게 되는 구멍은 물질적 빈곤에 대한 비유라고 할 수 있다. 그러나 시인이 "나의 영혼은/검은 페이지가 대부분이다"(「오래된 사람」)라거나 "공포를 기다리던 흰 종이들아"(「빈집」)라고 말할 때의 검은 페이지나 흰 종이가 가리키는 텅 빔은 공허 속에 내맡겨진 실존의 비극성을 표상한다.

그러나 우리는 텅 빔에 대한 이 시인 특유의 상상 체계를 더듬어가기 전에 잠시 우회의 길로 접어들어야 한다. 먼저 하나의 동심원을 머릿속에 떠올려볼 필요가 있다. 그 동심원의 중심에 울음 우는 화자가 자리잡고 있다. 수면 위로 파문이 번져가듯 그 동심원이 조금 확대되면 불 켜진 실내가 등장한다. 그것이 더욱 확대되면 어둡고 습기찬 바람 부는 거리(벌판) 풍경이 펼쳐진다. 만일 우리가 그 동심원을 더욱 확대시켜 아예 동심원 바깥의 공간으로 나아갈 수 있다면 어떻게 될까. 아마도 우리는 동심원 안의 풍경을 가만히 응시하고 있는 어떤 슬픈 시선과 조우하게 될 것이다. 화자의 육체 – 방 – 세계로 퍼져나가는 이 동심원의 경계선은 유동적이다. 화자는 그 동심원의 안에 머물 수도 있고 그 바깥을 돌아다닐 수도 있다. 그의 시선이 동심원의 중심, 시인 자신의 표현을 빌리자면 "내부의 유배지"(「비가 2」)라 부른 곳을 향할 때 낭만적 동경의 시가 씌어지며 그가 과감히 방을 떠나 바람 부는 세계의 변방을 기웃거리며 돌아다닐 때 환멸과 공포의 감정으로 채색된 일 련의 시편이 탄생하게 된다.

방 안에서 그가 하는 일은 어린 시절엔 「엄마 걱정」에 나오듯, 숙제 하는 일이었을 것이다. 이것이 보다 발전하면 책읽기와 시쓰기 그리고 무엇보다 이 둘을 아우르는 시적 몽상으로 뻗어나가게 된다. 그 몽상의 중심엔 부드러운 모성의 불이 타오르고 있다. 그러나 그가 방에서 나와 거칠고 황량한 세계 속에 입문할 때 그는 진눈깨비 폭설 장마 가랑비 안개와 같은 축축한 물, 혹은 사나운 바람과 마주치게 된다. 그는 방을 떠나 길 위에 서 있지만 그의 마음은 항상 애초에 떠나왔던 그 방 주위 를 맴돈다. 하지만 불행히도 그는 그 방으로 끝내 되돌아가지 못한 채 길을 가다 쓰러지고 말 운명이었다.

3. 유년의 떨리던, 짧은 넋

시인이 방 안에 계속 머문다는 것은 낙원 상실 이후 도래한 자아-세계의 찢김, 그 이원성을 인정하지 않고 가상의 원초적 통일성 속에 자신의 영혼을 의탁한다는 것을 의미한다. 그것은 분리 이전의 충만한 일체감에 대한 향수이며 모든 갈등이 소거된 유아적 상태로의 회귀이다. 이러한 지향의 한가운데에 어머니=따스한 불이 존재한다. 바람 불고 습기찬 밖의 세계와 구분되는 방 안의 세계는 어머니의 따스한 품에 다름아닌 것이다. 그 방 안엔 어머니가 밝혀둔 조그만 불이 빛나고 있다. 가정이나 신전의 중심에서 타오르는 둥근 화로를 지키고 있는 헤스티아(로마식 표기로는 베스타) 여신처럼 어머니는 사랑과 평화의 화신이며 신성한 불길 그 자체이다. 그 불은 이 시인의 시 속에서 높은 빈도로 등장하는 액체 이미지와 달리 전면에 드러나지 않고 은밀히 숨어 있다. 하지만 그 불씨는 기형도의 시의 저층에 묻힌 채 지속적인 영향력을 행사해왔다. 우리는 이미 「바람의 집」에서 어머니와 아들 간의 멀어짐이 "사위어가는 호롱불"이란 이미지로 나타남을 보았다. 유년 시절을 추억하고 있는 또다른 시편에서 그것은 다양한 형태의 불 이미지로 변주된다.[4]

1) 알아? 얼음가루 꽉 찬 바다야
   이 작은 성냥불이 어떻게 견딜 수 있겠어
   어머니는 나보고
   소다가루를 좀 먹으라셔
   어디선가 통통 기타 소리가 들려
   방금 문을 연 촛불가게에 사람들이 몰려 있어
                              —「성탄목(聖誕木) — 겨울 판화 3」 중에서

---

4) 기형도의 시에 나타난 불 이미지에서 흥미로운 점 한 가지는 현대적인 조명 기구가 대개 부정적인 의미를 띠고 있는 반면 전통적인 점화 도구는 긍정적인 가치 부여를 받고 있다는 점이다. 「물 속의 사막」에 나오는 "와이셔츠 흰빛은 터진다"의 형광 불빛이나 「나의 플래시 속으로 들어온 개」에 나오는 플래시 불빛이 차갑고 섬뜩한 죽음의 불빛, 갑자기 습격해와서 존재를 파열케 하는 불빛이라면 '호롱불' '남폿불' '램프' '촛불' '성냥'은 화자를 보다 안온하고 다사로운 추억의 공간으로 인도하는 모성의 불빛, 집중된 불빛이라고 할 수 있다. 시인은 고달픈 삶에 시달릴 때 "침묵의 심지를 조금 낮추"(「10월」)며 그리움에 지칠 때마다 "떨리던 손으로 짧은 촛불을 태우곤"(「포도밭 묘지 1」) 한다. 시인의 이러한 바슐라르적 불꽃의 몽상은 다음 산문에서 매우 아름답고 환상적인 표현을 얻는다. "어제는 부산에 거대한 폭풍이 있었다고 했다. 나는 상상 속에 거대한 태풍의 나무를 생각했다. 그 바람으로 만든 둥글고 강철 같은 이파리, 구름 사이에 누군가 서 있었다. 그것은 바로 너였다. 너는 어둡고 세찬 바람 속에서 작고 가느다란 양초를 들고 있었다. 분명히 불꽃은 심지에서 타고 있었는데 너는 자꾸만 성냥을 그어대고 있었다. 이젓 봐, 성냥을 아낄 줄 알아야 한다. (……) 어둡다. 대낮이다. 이봐, 힘을 아껴봐. 난 벌써 잉크가 떨어지고 있다."(『짧은 여행의 기록』, 살림, 62쪽) 후배에게 보낸 편지의 일절인 이 대목은 기형도의 시의 주요 주제들—나무 바람 구름 촛불 심지어 강철의 단단함에 이르기까지—이 모두 진열돼 있는 한 편의 산문시이다. 만다라의 중심에 양초와 성냥을 든 '너'가 있으며 그 주위를 바람이 휩싸고 돈다. 그 바람은 지상의 나무에서 천상의 구름까지 뻗어올라간다. 바람 속에서 초에 불을 붙이기 위해 자꾸 성냥을 그어대는 '너'의 환영은 기형도의 핵심 환상core-fantasy이었을 것이다. 이 바람 속에서의 성냥 켜기는 백지 위에 글쓰기의 주제와 겹쳐져 "잉크가 떨어지고 있다"는 말을 불러낸다. 불이 약해지는 것과 함께 글쓰기 또한 그 종점에 이른다.

2) 어른이 돌려도 됩니까?
　돌려도 됩니까 어른이?

(……)
대보름의 달이여
올해에는 정말 멋진 연애를 해야겠습니다
모두가 불 속에 숨어 있는 걸요?
　　　　　　　　　　　　—「쥐불놀이—겨울 판화 5」 중에서

3) 얼음장 위에서도 종이가 다 탈 때까지 네모반듯한 불들은 꺼지지 않
았다.
　　　　　　　　　　　　　　　—「위험한 가계 · 1969」 중에서

　1)에서 화자는 자신의 몸이 얼음으로 꽉 차 있으며 자기 뒤엔 바람벽
이 가로놓여 있음을 말하고 있다. 내면의 얼음과 외부의 바람 사이에서
화자는 성냥을 긋는 행위를 반복한다. 이 행위는 "크리스마스 트리"
"사과나무" "은박지 같은 예배당" "기타 소리" 같은 시인의 유년 시절
의 친숙한 풍경이나 사물과 연결되어 있다.(「먼지투성이의 푸른 종이」라
는 작품에 나오는 "기타 소리가 멎으면 더듬더듬 나는 양초를 찾는다"라는
구절로 미루어보아 시인은 소년 시절 종종 어두운 방에서 촛불만 밝히고
기타를 치거나 음악을 들었던 모양이다.) 즉 작은 성냥불이나 촛불은 무
의식적으로 시인에게 "고향에 가고 싶은" 충동을 불러일으키는 것이다.
그 불은 2)에서의 정월 대보름의 쥐불놀이, 혹은 3)에서의 얼음장 위에
서 타오르는 불과 친족관계를 맺고 있다. 이러한 작은 불꽃은 시인의
"유년의 떨리던, 짧은 넋"에 다름아니다.

　살아가리라 어디 있느냐
　식목제의 캄캄한 밤이여, 바람 속에 견고한 불의 입상이 되어

싱싱한 줄기로 솟아오를 거냐, 어느 날이냐 곧 이어 소스라치며
내 유년의 떨리던, 짧은 넋이여

—「식목제(植木祭)」중에서

화자를 둘러싼 외적 조건은 동일하다. 캄캄한 밤과 바람이 그를 위협
하고 있다. 그러나 그 속에서 화자는 자신이 "견고한 불의 입상이 되
어" 불꽃나무처럼 피어오르기를 바란다. 그 싱싱한 불꽃에 대한 희원이
어려웠던 생활을 말없이 감내해야 했던 유년 시절을 아름답고 따뜻하
게 회상하고 있는 시 「위험한 가계·1969」의 맨 마지막에서 다음과 같
은 도약하는 불꽃 이미지로 나타나고 있다.

보세요 어머니. 제일 긴 밤 뒤에 비로소 찾아오는 우리들의 환한 가계
를. 봐요 용수철처럼 튀어오르는 저 동지의 불빛 불빛 불빛.

우리는 위 구절이 단순히 세상살이의 어려움을 완전히 체득하지 못
한 순진한 영혼의 자기 다짐에 불과하다고 보고 지나쳐서는 안 된다.
위 구절을 상투적 이미지의 나열로 이루어진 희망의 표현 정도로 여기
고 말기에는 위 구절 앞에 제시된 시인의 유년 시절의 다사다난했던
삶에 대한 정보가 주는 감동의 진폭이 너무 크다고 할 수 있다. 그 불
은 온갖 어려움에도 불구하고 피어오르는 것이지 저절로 주어진 게 아
닌 것이다. 그 불은 유년 시절 그가 살던 마을에 들러 아이들에게 삶의
진정한 의미와 기쁨을 가르치고 떠난 떠돌이 사내의 입을 빌려 다음과
같이 표현되기도 한다.

어른들은 참된 즐거움을 두려워하기 때문이란다. 그들은 세상을 자물
통으로 만들고 싶어한다. 그러나 세상은 신기한 폭탄, 꿈꾸는 부족에겐
발견의 도화선.

—「집시의 시집」중에서

여기서 부정적인 대상을 표상하는 자물통과 긍정적 의미를 나타내는 폭탄, 도화선의 대립은 갇힘/열림, 내적 응고/외적 분출의 상반된 연상 망을 거느리고 있다. 자물통이 세상을 차갑게 얼어붙게 만든다면 폭탄 도화선 속엔 용수철처럼 튀어오르는 동지의 불빛, 정월 대보름날 숨차게 돌리던 쥐불놀이의 둥근 불이 담겨 있다. 이 튀어오르는 불꽃이 밤 하늘의 별과 연결될 때

저녁노을이 지면
신들의 상점엔 하나 둘 불이 켜지고
—「숲으로 된 성벽」 중에서

하늘에는 벌써 티밥 같은 별들이 떴다
—「위험한 가계·1969」 중에서

같은 이미지를 불러오며, 그 불빛의 반짝임이 청각 이미지와 결부될 때

그 이상한 연주를 들으면서 어떨 때는 내 몸의 전부가 어둠 속에서 가 볍게 튕겨지는 때도 있다.
—「먼지투성이의 푸른 종이」 중에서

어디선가 통통 기타 소리가 들려
—「성탄목」 중에서

같은 통통 튀는 기타 소리와 합류한다. 그것은 액체의 무거운 하강이나 수평적 흐름을 거부하고 수직으로 가볍게 비상하며, 지속적으로 이어지 는 것이 아니라 순간적으로 나타났다 사라지기를 반복한다. 따라서 그것 은 아름답지만 덧없고 덧없지만 아름다운 것이다. 이처럼 불꽃으로 타오

르고 싶은 화자의 소망을 가장 잘 대변해주는 이미지는 아마도 그 내부에 큰 꽃을 숨기고 있는 식물의 작은 씨앗일 것이다.

둑방에는 패랭이꽃이 무수히 피어 있었다. 모두 다 꽃씨들을 갖고 있다니. 작은 씨앗들이 어떻게 큰 꽃이 될까. 나는 풀밭에 꽂혀서 잠을 잤다.(5)

아주 추운 밤이면 나는 이불 속에서 해바라기 씨앗처럼 동그랗게 잠을 잤다. 어머니 아주 큰 꽃을 보여드릴까요?(6)
—「위험한 가계·1969」중에서

패랭이꽃이나 해바라기꽃의 씨앗은 그 내부에 저마다 불(태양)을 머금고 있다. 동그랗게, 마치 어머니의 자궁 속의 태아처럼 웅크리고 잠자는 소년은 언젠가는 큰 꽃으로 피어날 향일성의 꿈을 꾸고 있다. 웅크림은 "스스로의 빛을 아껴두듯이 내 또한 지친 정신을 가을 속에서 동그랗게 보호하기 시작했"(「포도밭 묘지 1」)다는 구절처럼 스스로의 면적을 최소화함으로써 외부의 위험으로부터 자신을 보호하고자 할 때 취하는 자세인 동시에 "다음날 무엇을 보여주려고 나팔꽃들은 저렇게 오므라들어 잠을 잘까"(「위험한 가계·1969」)라는 구절처럼 내일의 영광(찬란한 꽃 핌)을 예비하기 위해 오늘 하루를 인내하는 자세이다. 이때 보호와 기다림의 대상은 언젠가 휘황한 모습을 드러낼 내면의 빛에 다름아닌 것이다.

그러나 소년의 거듭된 다짐에도 불구하고 그 씨앗이 큰 꽃으로 피어나는 것은 결코 쉬운 일이 아니었다. "아버지는 흙 속에서 천천히 걸어나오셨다. 봐라. 나는 이렇게 쉽게 뽑혀지는구나"(「위험한 가계·1969」)처럼 실패로 끝난 아버지의 꽃모종에 이어 화자의 꽃모종 또한 시련에 부딪치게 된다. 시인의 식물적 상상력은 큰 꽃으로 피어나 열매를 맺는 대신 그래서 울창하고 신비로운 숲을 이루는 대신 채 다 크기 전에 뿌리가 뽑히고 이파리가 부스러지는 곤경에 처해지는 것이다. 그 나무는 꽃을 피우기도 전에 온몸에 단풍이 든다. 너무 일찍 찾아온 조락과 조로의 운명 앞에서 시인은 비탄에 잠긴다.

내 얼굴이 한 폭 낯선 풍경화로 보이기
시작한 이후, 나는 주어(主語)를 잃고 헤매이는
가지 잘린 늙은 나무가 되었다.

가끔씩 숨이 턱턱 막히는 어둠에 체해
반 토막 영혼을 뒤틀어 눈을 뜨면
잔인하게 죽어간 붉은 세월이 곱게 접혀 있는
단단한 몸통 위에,
사람아, 사람아 단풍든다.
아아, 노랗게 단풍든다.

—「병」 전문

위 인용에서 자기 얼굴이 낯선 풍경화로 보이기 시작했다는 것은 자기 내면에 분열이 일어났다는 것을 의미한다. 그는 자기 동일성에 심각한 회의를 느끼고 자신을 또 한 사람의 타인처럼 관찰하는 버릇을 익히게 된다.[5] "잔인하게 죽어간 붉은 세월"을 지내온 그 나무의 가지는 "봄빛이 닿는 곳마다 기다렸다는 듯 목을 분지르며 떨어지"는 절명을 택하거나 아니면 "부러지지 않고 죽어 있는 날렵한 가지"(「노인들」)처

---

5) 아마도 이렇게 된 데에는 어린 시절 불의의 사고로 세상을 떠난 작은 누이의 죽음이 큰 영향을 미쳤을 것으로 보인다. 이를 다루고 있는 작품 「나리 나리 개나리」에서 누이의 죽음은 잔잔한 어둠이 "이파리 하나 피우지 못한 너의 생애를/소리없이 꺾어갔던" 것으로 노래된다. 그렇게 본다면 같은 시에 나오는 "아아, 하나의 작은 죽음이 얼마나 큰 죽음들을 거느리는가"라는 구절은 아주 암시적이라 하지 않을 수 없다. 어머니와의 상징적 결별은 어머니의 또다른 분신인 누이의 죽음에 의해 보다 확고해지고 세계와의 불화는 돌이킬 수 없게 되어버린 것이다. 이제 진정 "과거는 끝났다".(「종이달」)

럼 추악한 생존을 택하거나 해야 한다. "검고 무뚝뚝한 나무"(「안개」), "검고 마른 나무"(「어느 푸른 저녁」)에선 "연거푸 물방울이 떨어지고"(「정거장에서의 충고」), "대지의 맛에 익숙해진 나뭇잎들"만이 그의 "초라한 위기의 발목 근처로 어지럽게 떨어질"(「10월」) 뿐이다. 그 나뭇잎의 색깔 또한 생명의 푸른빛을 머금고 있는 것이 아니라 망자의 혀를 닮은 '검은 잎'이다. "지나간 봄 화창한 기억의 꽃밭"은 자취를 감추고 "사방으로 인적 끊어진 꽃밭"엔 "썩은 꽃잎들끼리 모여 울고 있"(「도시의 눈」)다. 이러한 과정을 거쳐 나온 다음 구절은 이 시인이 제시한 가장 끔찍한 식물 이미지를 보여준다.

> 나무들은 그리고 황폐한 내부를 숨기기 위해
> 크고 넓은 잎사귀들을 가득 피워냈다
>
> ─「길 위에서 중얼거리다」 중에서

나무의 황폐한 내부와 화려한 외관의 극명한 대조, 이것은 그의 비관주의의 뿌리가 얼마나 깊었는가를 단적으로 말해주고 있다. 외관이 화려하게 보이면 보일수록 그 내부는 더욱 황폐해져간다. 그 황폐함을 가리기 위해 나무는 다시 필사적으로 더욱 크고 넓은 잎사귀를 피워내야만 할 것이다. 기만적인 외관에 현혹되지 않고 그 내부를 투시하는 사람에게 드러나는 이 세계의 실체는 이처럼 참혹한 것이다. 이제 시인은 더이상 방 안에 머물러 있을 수가 없다. 그도 별수 없이 그의 "뒤에 있는 캄캄하고 필연적인 힘들에 쫓기며"(「10월」) 거리로 나서야 하는 것이다. 물론 때로 시인은

> 아아, 그곳에는
> 아직도 남겨져야 할 것이 있었다.
> 폐광촌 역사에는
> 아직도 쿵쿵 타올라야 할 것이 있었다.

라고 외치며 자신도 "한때는 아름다운 불씨"였음을 주장하지만 한번 꺼진 불길을 다시 타오르게 할 수는 없었다. 그가 "천국이라고 말하였"으며 "언제나 푸르고 깊었"던 "내부의 유배지" "불더미 속에서 무겁게 터지는 공명의 방"(「비가 2」)으로는 절대 되돌아갈 수 없게 되어버린 것이다. 이를 시인은 다음과 같이 은유적으로 표현해놓고 있다.

> 자고 일어나면 머리맡의 촛불은 이미 없어지고
> 하얗고 딱딱한 옷을 입은 빈 병만 우두커니 나를 쳐다본다
> —「10월」 중에서

그를 비춰주고 감싸주던 불이 사라진 다음 시인이 만나게 되는 것은 딱딱한 옷을 입은 빈 병에 불과하다. 드디어 우리는 이 시인의 시세계를 관류하고 있는 딱딱함과 텅 빔의 상관관계에 대해 본격적인 성찰을 해야 할 시점에 이른 것이다.

4. 딱딱한 구멍의 지옥

그가 어머니의 영지에서 이탈한 뒤 외부현실에 발을 내딛을 때부터 이 세계는 '방'이 아니라 '길'의 모습을 하고 나타난다. 피호성(被護性)의 공간을 박탈당한 그는 피투성(被投性)의 존재로서 이 세계를 떠돌게 된다. 방 안의 불과 대조되는 바깥세계의 전형적인 구성물이 안개 진눈깨비 비 같은 액체 이미지이다. "이 읍에 처음 와본 사람은 누구나/거대한 안개의 강을 거쳐야 한다"(「안개」), "문을 열면 벌판에는 안개가 자욱했다"(「입 속의 검은 잎」)처럼 이 세계의 축도라 할 수 있는 읍과 벌판은 물의 점령하에 있다. 시인의 산문의 한 구절에 의하면 "이 땅의

날씨가 나빴고" 그는 "그 날씨를 견디지 못했다".(「시작 메모」) 왜냐하면 여기서의 안개나 비 등은 기후나 자연 조건에 머무는 것이 아니라 이 세계의 폭력성과 허위성을 함축적으로 지시하는 상징이기 때문이다.

> 몇 가지 사소한 사건도 있었다.
> 한밤중에 여직공 하나가 겁탈당했다.
> 기숙사와 가까운 곳이었으나 그녀의 입이 막히자
> 그것으로 끝이었다. 지난 겨울엔
> 방죽 위에서 취객 하나가 얼어 죽었다.
> 바로 곁을 지난 삼륜차는 그것이
> 쓰레기 더미인 줄 알았다고 했다. 그러나 그것은
> 개인적인 불행일 뿐, 안개의 탓은 아니다.
>
> —「안개」 중에서

> 어둠 속에서 몇 개의 그림자가 어슬렁거렸다
> 어떤 그림자는 캄캄한 벽에 붙어 있었다
> 눈치 챈 차량들이 서둘러 불을 껐다
> 건물들마다 순식간에 문이 잠겼다
> (……)
> 담뱃불이 반짝했다, 골목으로 들어오던 행인이
> 날카로운 비명을 질렀다
>
> —「나쁘게 말하다」 중에서

사람들은 불의가 공공연하게 저질러지고 폭력이 횡행하는 세상을 짐짓 모른 체하며 기만적인 삶을 살아간다. 체제의 구조악이 낳은 비극도 "개인적인 불행"으로 치부되고 사람들은 일상에 길들여진 채 "가축들처럼"(「안개」) 순응적으로 살아간다. 습관이란 "참으로 편리한 것"(「안개」)이며 "아교처럼 안전"(「오후 4시의 희망」)한 것이기 때문이다. 따라서 아무도 서로가 "살아온 내용에 간섭하면 안 된다".(「추억에 대한 경멸」) 그들은 "좀더 편안한 생을 차지하기 위하여"(「조치원」) 타인을 착취하기를 서슴지 않으면서도 자신의 욕망을 투사한 우상 앞에서는 "사내들은 울먹였고 감동한 여인들은 실신했다"(「홀린 사람」)는 식의 무반성적 열광을 나타낸다. 그 욕망과 열광마저 식고 나면 그들은 "나의 희망은 이미 그런 종류의 것이 아니었다"(「10월」)라고 항변의 뜻이 담긴 자탄에 빠지거나 "작은 고양이, 날카로운 이빨 사이로 독한 술을 쏟아붓는, 저 헐떡이는, 사내"(「추억에 대한 경멸」)처럼 위악적인 행동에 몰입한다. 이처럼 공포스럽고 무의미한 세계를 시인은 홀로 무력하게 "흘러간다".

(……) 흘러간다
어디로 흘러가느냐, 마음 한자락 어느 곳 걸어두는 법 없이

—「식목제」 중에서

그 흘러감은 많은 사람들이 무더기로 없어지고 망자의 혀가 거리에 흘러넘친 그해 여름—1980년 5월을 이야기하는 것일까—의 끔찍한 기억(「입 속의 검은 잎」)을 거쳐 돌층계에서 총성을 들으며 플라톤을 읽고 목련철이 오면 친구들은 감옥과 군대로 흩어지는 암울한 세월(「대학시절」)을 지나 진눈깨비 흩날리는 날 길에 떨어진 서류봉투를 주우려다 말고 이런 귀가길은 언젠가 소설에서 읽은 적이 있다(「진눈깨비」)고 생각하는 직장인의 삶으로 이어진다. 만족스러울 리 없는 이런 황야에서의 삶을 통과하면서 시인은 다시금 쓰라린 회한에 사로잡힌다. 이 회한의 다른 이름이 자아와 세계의 텅 빔이다. 이미 우리는 앞에서 이 텅 빔이 물질적 육체적 차원에서 형이상학적 차원까지 폭넓게 걸쳐 있는 개념임을 확인한 바 있다. 아울러 이 텅 빔은 공간적 측면에서도 이중적이라 할 수 있다. 화자의 바깥세계의 텅 빔인 동시에 화자의 내면의 텅 빔이기도 한 것이다. 그가 머물고 있는 곳은 어디나 빈방이며 이 빈

방 바깥에는 더욱 광활하고 황폐한, 다시 말해 빈 공간이 까마득히 펼쳐져 있다. 그 외적 텅 빔은 다시 화자의 내적 텅 빔으로 전이되어 화자로 하여금 자신의 몸 속에서 거대한 공동(空洞)을 발견하게 만든다.

> 문득 저 홀로 안개의 빈 구멍 속에
> 갇혀 있음을 느끼고 경악할 때까지.
>
> —「안개」 중에서

> (……) 텅 빈 희망 속에서
> 어찌 스스로의 일생을 예언할 수 있겠는가
>
> —「오래된 서적」 중에서

> 가끔씩 어둡고 텅 빈 방에 홀로 있을 때
>
> —「먼지투성이의 푸른 종이」 중에서

자신이 서 있는 곳이 안개의 빈 구멍이든, 텅 빈 희망 속이든, 어둡고 텅 빈 방이든 시 속의 인물들은 불현듯 자신이 세계와 분리된 채 버려져 있음을 실감하고 경악하거나 삶에의 의지를 포기한 채 체념적인 반응을 나타내 보인다. 빈방은 유년 시절 화자가 찬밥처럼 담겨 숙제를 하던 방 혹은 성인이 된 그가 야근하던 불 켜진 사무실만을 지시하는 것이 아니라 이 시인 혹은 시 속의 등장인물을 둘러싸고 있는 시공간 전부를 가리키는 것이다. 그는 이 세상 어디에서도 자신이 머물 거처를 찾지 못하고 겉도는 존재에 불과하다. 왜냐하면 이 세상은 그를 받아줄 수 있는 모성적 풍요로움과 넉넉함을 가지고 있지 못하기 때문이다. 그 세계는 "주인은 떠나 없고 여름이 가기도 전에 황폐해져버린 그해 가을, 포도밭 등성이"(「포도밭 묘지 1」)의 세계이다. 그 세계는 그 속에 살고 있는 인간을 향해 차가운 단절감과 적의를 드러내 보인다. 이 단절감과 적의의 시적 표현이 바로 기형도의 시에 자주 등장하는 딱딱함의 이미지이다. 가령 우리는 앞서 인용한 「안개」에서 "안개의 빈 구멍"이란 표현을 읽어볼 수 있었다. 안개는 부드럽게 유동하는 것이 아니라 그 내부에 구멍이 뚫려 있을 만큼 강밀한 어떤 것으로 상상되고 있는 것이다.[6] 그래서 사람들은 "안개 속을 이리저리 뚫고 다니"는가 하면 안개가 내리면 "순식간에 공기는/희고 딱딱한 액체로 가득 찬다". 그 안개 속으로 한 사내가 사라지는 모습을 화자는 "한 사내의 반쪽이 안개에 잘린다"고 표현해놓고 있다. 안개는 액체라기보다 흡사 금속성의 날을 세운 덩어리처럼 인식되고 있다. 이 세계에서 공격의 칼날을 세우고 있는 것이 어찌 안개뿐이겠는가.

> 두꺼운 공중의 종잇장 위에
> 노랗고 딱딱한 태양이 걸릴 때까지
>
> —「안개」 중에서

> 하늘은 딱딱한 널빤지처럼 떠 있다
>
> —「백야」 중에서

> 어두운 차창 밖에는 공중에 뜬 생선가시처럼
> 놀란 듯 새하얗게 서 있는 겨울 나무들
>
> —「조치원」 중에서

그의 시 속에서 "물들은 소리없이 흐르다 굳고"(「길 위에서 중얼거리다」) "싸락눈들은 비명을 지르며 튀어오르"(「백야」)며 사람들은 "딱딱해 보이는 모자를 썼다".(「어느 푸른 저녁」) 생명의 온기가 제거된 세계는 "이 밤, 빛과 어둠을 분간할 수 없는/꽝꽝 빛나는, 이 무서운 백야/

---

6) 기형도의 시에 나타난 딱딱한 구멍의 지옥은 최승호의 물렁한 구멍의 지옥과 흥미로운 대조를 이룬다. 최승호의 시에 나타난 구멍, 텅 빔의 의미에 대해선 졸고 「뿔과 구멍, 그 악순환의 세계」를 참조할 것.

밟을수록 더욱 단단해지는 눈길"(「백야」)의 세계이다. 이처럼 사방에서 옥죄어오는 세계의 부정성에 대항하기 위해선 그 속에 사는 인간들 또한 무장을 서두르지 않을 수 없다. 그들은 "단단한 확신"(「이 겨울의 어두운 창문」) "단단한 각오"(「물 속의 사막」) "단단한 몸통"(「병」)으로 자신을 방어한다. 그들은 "콘크리트처럼" "잘 참아"(「오후 4시의 희망」)내야 하는 것이다.

> (……) 견고한 지퍼의 모습으로
> 그의 입은 가지런한 이빨을 단 한 번 열어 보인다.
>
> —「조치원」 중에서

> 무슨 딱딱한 덩어리처럼
> 달아날 수 없는
> 공원 등나무 그늘 속에 웅크린
>
> —「늙은 사람」 중에서

> 코트 주머니 속에는 딱딱한 손이 들어 있다
>
> —「진눈깨비」 중에서

> 나무토막 같은 팔을 쳐들면서 사내는, 방이 너무 크다
> 왜냐하면, 하고 중얼거린다, (……)
>
> —「추억에 대한 경멸」 중에서

이 밖에도 우리는 이 시인의 시 속에서 "추억이 덜 깬 개들은 내 딱딱한 손을 깨물 것이다"라거나 "혀는 흉기처럼 단단하다"(「정거장에서의 충고」) "나의 혀는 천천히 굳어갔다"(「입 속의 검은 잎」)는 등 육체의 경직 마비를 나타내는 이미지를 쉽게 찾아볼 수 있다. 그것은 살아 있는 육체 속에서도 가차없이 진행되는 죽음(냉각된 육체의 부동성)을 의

미하는 것이기도 하지만 적의로 가득 찬 세계에 내던져진 존재가 그 세계의 공격과 침입으로부터 자신을 보호하기 위해 취한 불가피한 조치로 읽혀질 수도 있다. 그것은 마치 갑각류의 생물이 단단하고 두터운 갑옷 밑에 연약한 살을 감추는 것과 같다. 그래서 때로 시인은 이를 '검은 외투'에 비유하고 있기도 하다. 누구든 추운 겨울을 대비하기 위해 "한 개쯤의 외투는 갖고 있는 것"(「조치원」)이며, 어느 저녁 "모든 신비로부터 자신을 보호하기 위하여" "검은 외투를 입은 그 사람들은" (「어느 푸른 저녁」) 환상적인 경험을 무시하고 태연히 거리를 지나간다. 「장밋빛 인생」에서의 건장한 사내나 「가수는 입을 다무네」에서의 중년 사내가 입고 있는 "두툼한 외투" "검은 외투" 역시 마찬가지이다. 그렇다면 이처럼 두터운 각질의 보호막 밑에 사람들이 보관하고 있는 것은 무엇인가. 그들의 내면의 공동을 채우고 있는 것은 무엇인가.

> 내 희망을 감시해온 불안의 짐짝들에게 나는 쓴다
> 이 누추한 육체 속에 얼마든지 머물다 가시라고
> —「정거장에서의 충고」 중에서

> 그의 마음속에 가득 찬, 오래된 잡동사니들이 일제히 걸그럭거린다
> —「여행자」 중에서

그의 내면은 정거장이나 화물창고이며 그곳을 메우고 있는 것은 불안의 짐짝이나 오래된 잡동사니 같은 것들뿐이다. 아니 이것들조차 그의 내부에 지속적으로 정주해 있는 것이 아니라 일시적으로 통과해 지나가는 것들에 지나지 않는다. 이것들 역시 조만간 흔적만 남기고 지워 없어질 것들이다. "휴일의 행인들은 하나같이 곧 울음을 터뜨릴 것만 같다"(「흔해빠진 독서」) "나 가진 것 탄식밖에 없어"(「질투는 나의 힘」)라는 구절을 보면 그 내부엔 울음과 탄식만이 가득 쌓여 있을 따름이며, "비닐백의 입구같이 입을 벌린 저 죽음"(「죽은 구름」) 같은 구절을

보면 죽음이 그 속에 도사리고 있는 것 같기도 하다. 또 공원 등나무 그늘에 앉아 있는 늙은이는 "그의 육체 속에/유일하게 남아 있는 그 무엇이 거추장스럽다는 듯이"(「늙은 사람」) 입을 벌리고 있다. 그리고 아마도 '그 무엇'조차 조만간 밖으로 쏟아져나오게 될 것이다. 내면에 있던 그 무엇이 밖으로 분출해나올지도 모른다는, 그래서 자신이 완전히 텅 비게 될지도 모른다는 강박적인 위기감은 다음 구절을 낳는다.

곧 유리창을 쏟아버릴 것 같은 검은 건물들 사이를 지나

—「어느 푸른 저녁」 중에서

검은 비스듬히 몸을 기울여본다, 쏟아질 그 무엇이 남아 있다는 듯이

—「오후 4시의 희망」 중에서

엎질러질 것이 가난뿐인 거리에서

—「흔해빠진 독서」 중에서

나의 눈빛 지푸라기처럼 쏟아졌네

—「그 집 앞」 중에서

그해 늦봄 아버지는 유리병 속에서 알약이 쏟아지듯 힘없이 쓰러지셨다.

—「위험한 가계·1969」 중에서

거리든 건물이든 인체든 모든 것의 내부엔 공동이 자리잡고 있어서 그로부터 무언가가 쏟아져나오거나 쏟아져나올 것 같은 느낌을 준다. 딱딱한 고체의 칸막이로 나누어진 개별적 존재들의 안과 밖엔 이처럼 거대한 구멍이 패어 있는 것이다. 그 구멍 속의 내용물이 다 비워지고 나면 "그가 텅텅 울린다"(「오후 4시의 희망」)처럼 빈 용기(容器)에서 나

는 음향이 울려퍼진다. 이러한 텅 빔에 대한 민감한 인식은 필연적으로 이 시인으로 하여금 대기 속의 무한한 허공에 시선이 미치도록 만든다.

가지를 막 떠나는 긴장한 이파리들이 공중 빈 곳을 찾고 있다.
—「바람은 그대 쪽으로」 중에서

고단한 달도 야윈 낫의 형상으로 공중 빈 밭에 힘없이 걸려 있다.
—「이 겨울의 어두운 창문」 중에서

나는 그때 수천의 마른 포도 이파리가 떠내려가는 놀라운 공중을 만났다.
—「포도밭 묘지 1」 중에서

언제나 내 눈물을 불러내는 저 깊은 공중들.
—「포도밭 묘지 2」 중에서

공중엔 희고 둥그런 자국만 뚜렷하다
—「길 위에서 중얼거리다」 중에서

공중 빈 곳에 잠시 머물 자리를 찾다가 이내 힘없이 스러지고 마는 존재들. 마른 이파리나 눈물처럼 그들은 곧 소멸하고 말며 공중엔 희미한 자국만 남는다. 시인은 자신이 "구름 밑에서 천천히 쏘다니는 개처럼/지칠 줄 모르고 공중에서 머뭇거렸구나"(「질투는 나의 힘」)라고 말한다. 이처럼 기화 휘발하는 우발적 존재들의 사라짐을 나타내는 전형적인 이미지가 바로 어디선가 몰려왔다가 조만간 없어지고 마는 구름이며,

(……) 저 홀로 없어진 구름은

184

처음부터 창문의 것이 아니었으니
―「죽은 구름」 중에서

구름들은 길을 터주지 않으면 곧 사라진다
―「길 위에서 중얼거리다」 중에서

자리를 바꾸던 늙은 구름의 말을 배우며
나는 없어질 듯 없어질 듯 생 속에 섞여들었네
―「식목제」 중에서

어렴풋한 흔적만 남기고 이내 사라지는 연기이며(연기는 불의 소멸을 알리는 신호이며 시인이 경도한 식물=풀잎의 자손과 결부돼 죽은 이들의 혼의 승천을 떠올린다),

(……) 어디선가 기다란 연기들이 날아와
희미한 언덕을 만든다
―「10월」 중에서

어느 틈엔가 낯선 풀잎의 자손들이 날아와 벌판 가득 흰 연기를 피워올리는 것을 나는 한참이나 바라보곤 했네.
―「포도밭 묘지 1」 중에서

어디쯤일까 내가 연기처럼 더듬더듬 피어올랐던
―「식목제」 중에서

지상에 내렸다가 자취도 없이 녹아 없어지는 밤눈, 진눈깨비이다.

네 속을 열면 몇 번이나 얼었다 녹으면서 바람이 불 때마다 또다른 몸

숲으로 된 푸른 성벽 185

짓으로 자리를 바꾸던 은실들이 엉켜 울고 있어. 땅에는 얼음 속에서 썩은 가지들이 실눈을 뜨고 엎드려 있었어. 아무에게도 줄 수 없는 빛을 한 점씩 하늘 낮게 박으면서 너는 무슨 색깔로 또다른 사랑을 꿈꾸었을까.

—「밤눈」 중에서

천상도 지상도 아닌 공중이야말로 이 시인의 고유한 영역이었으며 그는 이 두 세계 사이에서 방황하는 눈송이였다. 시인의 예상에 의하면 그 눈송이는 "하늘과 지상 어느 곳에서도" "받아들여지지 않았"지만 "사나운 밤이 물러가면" "또다른 세상 위에 눈물이 되어 스밀"(「시작 메모」) 것이었다. 위 시에서 2인칭으로 불리고 있는 그 눈송이는 유적지인 공중을 헤매며 "또다른 사랑"과 "또다른 세상"을 꿈꾼다. 그 눈송이는 수직의 무한히 빈 공간을 지나가는 속이 빈(열린) 존재이다. 그 존재의 내부를 들여다보면 "은실들이 엉켜 울고" 있다. 눈은 수분이 아니라 식물성의 섬유질로 이루어져 있는 것이다. 눈송이의 존재 방식은 삶의 덧없음에도 불구하고 지속되는 생명의 여린 싹, 얼음 속의 썩은 가지들도 실눈을 뜨고 있음을 보여준다. 이 얼음 속에서 눈뜨는 실눈이야말로 춥고 황량한 세계를 헤매고 있는 화자에게 주어진 유일한 구원의 희망일 것이며 아직도 그의 기억 속에 간직돼 있으면서 그를 손짓하는 유년 시절의 등불일 것이다. 어두운 도시 한복판을 가로지르는 그의 내면엔 항상 이 불꽃이 은은히 빛을 발하고 있었던 것이다. 하지만 만일 그 불마저 완전히 꺼지고 만다면? 그래서 끝없이 어둠 속에 그 혼자만이 영원토록 남는 유형에 처해진다면? 그래도 그는 자신의 삶을 지탱해나갈 수 있을 것인가.

5. 낭만적 영혼의 우울한 편력기

유년의 안온했던 방에서 나와 냉담하고 배타적인 도시를 방황하고 있는 시인에게 남은 희망은 언젠가는 그 유년의 방으로 다시 되돌아갈 수 있을 것이라는 실낱 같은 희망이었다. 그가 「숲으로 된 성벽」이나 「집시의 시집」에서 제시한 조화롭고 투명하고 천진난만한 세계는 결코 잊혀질 수도 단념될 수도 없는 것이었다.(이때 그것이 시인이 어린 시절 실제로 겪은 것이 아니라 옛날이야기나 책읽기를 통해 축조된 가상의 공간에 지나지 않는다는 지적은 별로 의미가 없다. 현실과 비현실에 대한 그러한 경직된 이분법은 한 실존의 내면을 해명하는 데는 아무런 도움도 주지 못한다.)

저녁노을이 지면
신들의 상점엔 하나둘 불이 켜지고
농부들은 작은 당나귀들과 함께
성안으로 사라지는 것이었다
성벽은 울창한 숲으로 된 것이어서
누구나 사원을 통과하는 구름 혹은
조용한 공기들이 되지 않으면
한걸음도 들어갈 수 없는 아름답고
신비로운 그 성

—「숲으로 된 성벽」 중에서

모든 풍요의 아버지인 구름
모든 질서의 아버지인 햇빛
숲에서 날 찾으려거든 장화를 벗어주어요
나는 나무들의 가신(家臣), 짐승들의 다정한 맏형
(……)

나는 즐거운 노동자, 항상 조용히 취해 있네
술집에서 나를 만나려거든 신성한 저녁에 오게

　그가 꿈꾼 세계는 이처럼 인간과 자연만물이 서로 자유롭게 교통하며 연대하는 물활론적 공동체이자 경험현실과 상관없이 자족적으로 존재하는 동화적 공간이었다. 물론 이 "아름답고 신비로운 성(城)"이란 공간과 "신성한 저녁"과 같은 시간은 현실세계에선 도달할 수 없는 거리에 있는 것이다. 그러나 그는 그 세계를 향해 지칠 줄 모르고 나아갔다. 그의 시에 짙게 표백돼 있는 괴로움의 호소와 자신을 무용한 희생자로 나타낸 이미지들은 이러한 꿈의 높이와 비례해서 증폭됐던 현실에 대한 환멸·절망의 소산이었다. 그는 대학 시절을 회고하며 졸업 후 그곳을 떠나기가 두려웠다(「대학 시절」)고 말하지만 그가 떠나기를 두려워한 것은 대학만이 아니었다. 이미 그 이전에 그는 어머니의 방을 떠나왔고 고향을 떠나왔고 유년의 순수를 떠나왔고 드디어는 돌이킬 수 없이 그의 "둥우리가 아"(「조치원」)닌 거대 도시의 한구석에 꽂힌 것이다. 유년 시절 "풀밭"에 꽂혀서는 잠시 동안이지만 충만한 잠을 잘 수 있었던 것(「위험한 가계·1969」)과 달리 "도시"에 꽂힌 사람에게 허락된 것은 낯선 세계가 주는 불안정과 권태 그리고 갈증뿐이었다.

　　김은 주저앉는다, 어쩔 수 없이 이곳에
　　한번 꽂히면 어떤 건물도 도시를 빠져나가지 못했다
　　　　　　　　　　　　　　　　　—「오후 4시의 희망」 중에서

　　(……) 그는 낡아빠진 구두에 쑤셔박힌, 길쭉하고 가늘은
　　자신의 다리를 바라보고 동물처럼 울부짖는다, 그렇다면 도대체 또 어디로 간단 말인가!
　　　　　　　　　　　　　　　　　—「여행자」 중에서

　도시를 무대로 한 그의 시의 등장인물은 "이곳까지 열심히 걸어왔"

(「여행자」)으며 "무슨 영화의 주제가처럼 가족도 없이 흘러"(「가수는 입을 다무네」)왔다. 그는 도시를 떠나 다시 "길고도 오랜 여행을 떠날" (「그날」) 것을 계획하지만 이 소망은 결코 이루어질 수 없는 것이다. 그는 "완전히 다르게 살고 싶었다"(「여행자」)고 말하지만 그의 일생은 기껏해야 "몇 개의 도회지를 방랑하며 청춘을 탕진하"(「흔해빠진 독서」)는 것에 지나지 않는다. 그는 현실에 좌절하고 자기 자신에 절망해 있지만 그곳을 벗어나 다른 어떤 곳으로도 갈 수 없는 처지에 있다. 그런 의미에서 끝없이 거리를 쏘다니는 것은 실제로는 위 인용처럼 한 곳에 "꽂혀" 있는, 정지해 있는 것과 다르지 않다. 끝없는 방황은 한없는 정체일 뿐이다. "모든 길들이 흘러온다, 나는 이미 늙은 것이다"(「정거장에서의 충고」)라는 구절이 의미하듯 그가 길을 가는 것이 아니라 길이 몸 속으로 흘러들어와 고이는 것에 지나지 않는다. 행동과 행동의 부재는 사실 동일하다.[7] "밤 세시, 길 밖으로 모두 흘러간다 나는 금지된다"(「물 속의 사막」)에서 흘러감/금지는 대립적인 것 같지만 사실은 동일한 것의 양면에 지나지 않는다. 이러한 세계의 부정성 앞에 절망한 인물은 곧잘 울음을 터트리거나 탄식을 내뱉는다. 아니면 「장밋빛 인생」에 나오는, 고작 탁자 위에나 "나는 인생을 증오한다"는 구절을 새기는 덩치 큰 남자처럼 우스꽝스러운 태도의 희극을 연출한다. 그리고 그들 중의 한 사람은 어쩌면 어느 눈 내리는 날 밤 거리를 지나가다 다음과 같은 경험을 하게 될지도 모른다.

그리고 나는 우연히 그곳을 지나게 되었다

---

7) 우리의 논의와는 약간 다른 각도에서 이루어진 성찰이긴 하지만 신예 평론가의 다음과 같은 예리한 지적 역시 기형도의 시에서의 방황이 정지에 다름아니라는 사실을 일깨워주고 있다. "책의 세계는 기형도의 자아 내부에 존재하는 바깥세상이다. '안에 존재하는 바깥' 그곳을 떠돌며 탐사하는 일, 바로 그것이 기형도의 시쓰기이다. 때문에 그의 여행은, 그의 글쓰기의 대상은, 그의 자아라는 경계선 안쪽으로만 국한된다."(임태우, 「죽음을 마주 보는 자의 언어」, 『작가세계』 1991년 가을호)

눈은 퍼부었고 거리는 캄캄했다
움직이지 못하는 건물들은 눈을 뒤집어쓰고
희고 거대한 서류 뭉치로 변해갔다
무슨 관공서였는데 희미한 불빛이 새어나왔다
유리창 너머 한 사내가 보였다
그 춥고 큰 방에서 서기(書記)는 혼자 울고 있었다!
눈은 퍼부었고 내 뒤에는 아무도 없었다
침묵을 달아나지 못하게 하느라 나는 거의 고통스러웠다
어떻게 해야 할까, 나는 중지시킬 수 없었다
나는 그가 울음을 그칠 때까지 창 밖에서 떠나지 못했다

그리고 나는 우연히 지금 그를 떠올리게 되었다
밤은 깊고 텅 빈 사무실 창 밖으로 눈이 퍼붓는다
나는 그 사내를 어리석은 자라고 생각하지 않는다
　　　　　　　　　　　　　—「기억할 만한 지나침」 전문

　우리는 위 시를 단순히 도시적 삶의 부정적 측면을 산문적으로 노래한 시편 가운데 하나로 여기고 지나칠 수도 있다. 그러나 우리는 위 시를 읽을 때 이 글의 서두에서 분석한 바 있는 「엄마 걱정」을 염두에 두어야 한다. 위 시는 「엄마 걱정」과 비교해볼 때 유년/성년, 시골/도시처럼 각기 상이한 시공간을 다루고 있지만 그 내적 형식은 하나의 원장면에서 파생된 작품이라 할 수 있을 정도로 비슷한 구조로 이루어져 있다. 위 시 역시 「엄마 걱정」과 마찬가지로 1연의 풍경 묘사와 2연의, 풍경을 바라보는 자—보다 정확히는 얼마만큼의 시간이 흐른 다음 그 풍경을 기억 속에서 반추하는 자—의 심경 토로라는 이중 구조로 이루어져 있다. 또한 위 시의 공간 배치 역시 사무실을 경계로 해서 안과 밖, 빛과 어둠, 메마름과 습기의 대조를 보여준다. 화자는 사무실 창 밖에 서서 사무실 안의 남자가 울음을 그치기를 기다린다. 그리고 굳이

"나는 그 사내를 어리석은 자라고 생각하지 않는다"라는 언급을 덧붙인다. 아무 관련도 없는 다른 사람을 향한 이 공감과 이해는 무엇인가. 사무실 안의 우는 남자는 실은 사무실 밖에서 그를 지켜보고 있는 화자의 분신에 다름아닌 것이다. 울음 우는 사람, 그 울음 우는 사람을 지켜보는 사람, 그리고 이를 다시 추억하는 사람은 모두 내적으로 연루된 서로의 분신인 것이다. 다른 사람들이 다 퇴근하고 난 뒤 사무실에 홀로 남아 울고 있는 그 남자는 어린 시절 어머니를 기다리며 홀로 훌쩍이던 소년의 이미지와 겹쳐진다. 과거와 현재가 겹쳐지듯 안과 밖이 겹쳐지고 나와 타자가 겹쳐져 하나가 된다. 이제 우리는 다음 시에서 관공서의 서기처럼 깊은 밤 사무실 안에서 홀로 오열하고 있는 화자의 모습을 만나게 된다.

밤 세시, 길 밖으로 모두 흘러간다 나는 금지된다
장마비 빈 빌딩에 퍼붓는다
물 위를 읽을 수 없는 문장들이 지나가고
나는 더이상 인기척을 내지 않는다
(……)

장마비, 아버지 얼굴 떠내려오신다
유리창에 잠시 붙어 입을 벌린다
나는 헛것을 살았다, 살아서 헛것이었다
우수수 아비지 지워진다, 빗줄기와 몸을 바꾼다

아버지, 비에 묻는다 내 단단한 각오들은 어디로 갔을까?
번들거리는 검은 유리창, 와이셔츠 흰빛은 터진다
미친 듯이 소리친다, 빌딩 속은 악몽조차 젖지 못한다
물들은 집을 버렸다! 내 눈 속에는 물들이 살지 않는다
—「물 속의 사막」 중에서

화자는 사무실 창가에 서서 사무실 바깥에 쏟아지고 있는 빗줄기를 바라본다. 위 시에서 "나는 더이상 인기척을 내지 않는다"라는 구절은 「기억할 만한 지나침」에서의 "침묵을 달아나지 못하게 하느라 나는 거의 고통스러웠다"라는 구절과 얼마나 잘 조응하는가. 텅 빈 방이 텅 빈 빌딩으로 변했지만 그 텅 빔 속에 홀로 서 있는 화자의 처지와 심정은 조금도 변하지 않은 것이다. 그래서 그는 회한에 사로잡혀 소리지른다. "내 단단한 각오들은 어디로 갔을까" 하고. 이어서 그는 "내 눈 속에는 물들이 살지 않는다"고 선언한다. 그러나 우리는 이 구절을 비록 그는 현재 눈물을 흘리고 있지는 않지만 그의 내면은 온통 울음으로 가득차 있다, 혹은 그 울음을 표시할 눈물마저 메마를 정도로 그는 지금까지 고통스러운 삶을 살아왔다는 의미로 받아들여야 할 것이다. 과연 다음 시에서 화자는 진눈깨비 내리는 저녁 거리를 걷다가 갑자기 눈물을 흘리며 탄식한다.

저 눈발은 내가 모르는 거리를 저벅거리며
여태껏 내가 한 번도 본 적이 없는
사내들과 건물들 사이를 헤맬 것이다
눈길 위로 사각의 서류 봉투가 떨어진다, 허리를 나는 굽히다 말고
생각한다, 대학을 졸업하면서 참 많은 각오를 했었다
(……)
취한 사내들이 쓰러진다, 생각난다 진눈깨비 뿌리던 날
하루 종일 버스를 탔던 어린 시절이 있었다
낡고 흰 담벼락 근처에 모여 사람들이 눈을 턴다
진눈깨비 쏟아진다, 갑자기 눈물이 흐른다, 나는 불행하다
이런 것은 아니었다, 나는 일생 몫의 경험을 다 했다, 진눈깨비
　　　　　　　　　　　　　　　　　　—「진눈깨비」 중에서

안/밖, 보여짐/바라봄의 구조로 이루어진 「엄마 걱정」이나 「기억할 만한 지나침」과 달리 「물 속의 사막」은 안(사무실)의 풍경만을 보여주며 「진눈깨비」는 바깥(거리) 풍경만을 전면에 부각시키고 있다. 이제 그는 안에서 우는 자를 바깥에서 공감하며 지켜보는 위치에서 벗어나 그 스스로 걸어가다 문득 눈물을 흘린다. 아무것도 아닌 그 무엇의 돌연한 나타남이라고밖에는 달리 설명할 길이 없는 심정의 미세한 변화에 의해서 그는 우는 것이다. 그 울음은 현재 화자가 처해 있는 지난한 삶의 조건에 대한 무의식적 반응인 동시에 성숙한 화자의 내면에 자리잡고 있는 불우한 어린 시절, 어린 넋의 반향이라고 할 수 있다. 그 울음엔 추방당한 자의 비애와 차단된 미래에 대한 안타까움이 깃들여 있다. 그의 전락은 어느 한순간에 이루어진 것이 아니라 그 옛날 어머니와의 결별 이후부터 점진적으로 누적되어온 것의 결과이다. 시인은 자신이 다시는 그 원초적 공간으로 복귀하지 못하리라는 것을 알고 있으면서도 그것을 포기하지도 못한다. 이제 성인이 된 그는 실제의 어머니가 아니라 사랑하는 여인에게서 원초적 공간의 따스함과 평화로움을 누리려고 시도한다. 다음 작품에서 시인은 잃어버린 시간, 떠나왔던 공간으로 회귀하고자 하는 낭만적 영혼의 지순한 꿈을 보여주고 있다.

어둠에 가려 나는 더이상 나뭇가지를 흔들지 못한다. 단 하나의 영혼을 준비하고 발소리를 죽이며 나는 그대 창문으로 다가간다. 가축들의 순한 눈빛이 만들어내는 희미한 길 위에는 가지를 막 떠나는 긴장한 이파리들이 공중 빈 곳을 찾고 있다. 외롭다. 그대, 내 낮은 기침 소리가 그대 단편(短篇)의 잠 속에서 끼여들 때면 창틀에 조그만 램프를 켜다오. 내 그리움의 거리는 너무 멀고 침묵은 언제나 이리저리 나를 끌고 다닌다. 그대는 아주 늦게 창문을 열어야 한다. 불빛은 너무 약해 벌판을 잡을 수 없고, 갸우뚱 고개 젓는 그대 한숨 속으로 언제든 나는 들어가고 싶었다. 아아, 그대는 곧 입김을 불어 한 잎의 불을 끄리라. 나는 소리없이 가장 작은 나뭇가지를 꺾는다. 그 나뭇가지 뒤에 몸을 숨기고 나는

내가 끝끝내 갈 수 없는 생의 벽지(僻地)를 조용히 바라본다. 그대, 저 고
단한 등피(燈皮)를 다 닦아내는 박명(薄明)의 시간, 흐려지는 어둠 속에
서 몇 개의 움직임이 그치고 지친 바람이 짧은 휴식을 끝마칠 때까지.
—「바람은 그대 쪽으로」 전문

화자는 어둠 속에 몸을 숨기고서 창가에 서 있는 여성을 바라본다.
그 여성이 창가에 켜든 조그만 램프는 화자의 영혼을 위무해줄 부드러
운 열기와 빛을 발산한다. 그러나 화자는 그 여자, 램프를 향해 다가가
는 데 실패한다. 그 여인이 서 있는 창가는 그가 "끝끝내 갈 수 없는 생
의 벽지"에 위치해 있는 것이다. 그 여자와 일체가 되고자 하는 화자의
바람은 좌절되고 그는 다시 바람 부는 벌판에 홀로 서 있는 초라한 자
신을 마주하게 된다. 창가에 램프를 켜든 여인과 어둠 속에 몸을 숨기
고 이를 지켜보는 남자—이러한 풍경은 낭만주의 이후 숱한 시와 소
설, 영화 등이 다루어온 모티프라고 할 수 있다. 속으로 애만 태울 뿐
언표될 수 없는 사랑의 비극성에 대해선 새삼 말을 덧붙일 필요가 없
을 것이다. 욕망은 욕망하는 대상이 멀리 있으면 있을수록 더 강해지는
법이다. 가장 강한 욕망은 그런 의미에서 부재하는 대상에 대한 욕망이
다. 사랑의 환영 없이 사랑이 유지될 수는 없다. 그러나 위 시에서 보다
중요한 것은 이러한 익숙한 클리셰를 이 시인이 화려한 수사를 동원해
다시 한번 되풀이했다는 데 있는 것이 아니라 이러한 장면이 이 시인
의 무의식 속에서 차지하고 있는 비중에 있다. 기형도의 시적 출발점이
어머니와의 신비적 합일의 결렬에 기초해 있으며 그의 시적 탐침이 어
머니의 방으로 되돌아가고자 하는 무의식적 충동에 이끌리고 있다는
우리의 가설이 수긍될 수 있는 것이라면 위 시에 그려진 풍경이야말로
그러한 시적 궤적의 한 단락을 선명히 드러내주는 실례라고 할 수 있
다. 즉 기형도의 몇몇 시편에 나타난 젊은 날의 실연 모티프를 시인의
실제 체험의 일부로 환원시켜 해석하는 김현과 달리 우리는 이들 시에
나타난 여성이 시인의 어머니-누이의 변형이라고 보는 입장에 서 있

다. 시인이 생전에 그런 체험을 실제로 겪었는지 아닌지에 상관없이, 우리의 논의에서 보다 중시되어야 할 것은, 시인의 내면에 자리잡은 원초적 여성성에 대한 그리움이며, 그 여성을 향해 나아가고자 했던 지난한 노력에 있는 것이다.[8] 하지만 위 시에서 암시돼 있는 바와 같이 그는 그 여인에게 다가갈 수 없었으며 그 여인의 방에 영원히 입장할 수 없었다. 이러한 시인의 내적 괴로움은 다음과 같은 가상의 실연 장면을 통해 거세게 분출된다.

> 그날 마구 비틀거리는 겨울이었네
> 그때 우리는 섞여 있었네
> 모든 것이 나의 잘못이었지만
> 너무도 가까운 거리가 나를 안심시켰네
> 나 그 술집 잊으려네
> 기억이 오면 도망치려네
> (……)

---

8) 「바람은 그대 쪽으로」와 실연을 주제로 한 몇 편의 시에 나오는 여성이 시인의 내면 속에 깃들인 여성적 성향의 투영이며 유년 시절 그의 어머니의 화신이라는 우리의 주장은 다음 두 구절을 비교해봄으로써 증명될 수 있다.

처마 밑 시래기 한줌 부스러짐으로 천천히 등을 돌리던 바람의 한숨. 사위어가는 호롱불 주위로 방 안 가득 풀풀 수십 장 입김이 날리던 밤,

—「바람의 집」 중에서

불빛은 너무 약해 법판을 잡을 수 없고, 갸우뚱 고개 젓는 그대 한숨 속으로 언제든 나는 들어가고 싶었다. 아아, 그대는 곧 입김을 불어 한 잎의 불을 끄리라. (……) 흐려지는 어둠 속에서 몇 개의 움직임이 그치고 지친 바람이 짧은 휴식을 끝마칠 때까지.

—「바람은 그대 쪽으로」 중에서

「바람의 집」의 어머니와 「바람은 그대 쪽으로」에서 화자가 사모하는 여성은 램프-호롱불, 바람-한숨-입김이란 동일 이미지의 섬세한 수식을 받고 있다. 어두운 밤 여인이 켜든 불빛 속으로 화자는 날아들어가고 싶어하지만 그 소망은 좌절되고 이어서 깊은 고요와 적막이 자리잡는다. 꺼질 듯 가녀리게 타오르는 불과 그 불을 휩싸고 도는 바람의 대비. 그리고 램프가 꺼진 뒤 찾아오는 긴 침묵. 그 과정에 덧없이 소모되는 생의 애처로움.

이 세상에 같은 사람은 없네
그토록 좁은 곳에서 나 내 사랑 잃었네

—「그 집 앞」 중에서

　감상적 성향이 농후한 위 시에서 화자는 사람들이 모인 술자리에서
조그만 실수를 저지름에 따라 사랑하는 이를 잃고 만 것으로 설정돼
있다. 실연당한 청년의 가면persona을 쓴 화자의 비탄에 따르면 "이 세
상에 같은 사람은 없"으며 "모든 추억은 쉴 곳을 잃"었다. 그 어떤 것도
원초적 상실을 대신해줄 수는 없는 것이다. 그래서 그는 필사적으로 사
랑을 잃은 순간의 기억으로부터 달아나려 한다. 그러나 잊고 싶고 도망
치고 싶은 의지와 달리 그의 마음은 항상 그 자리 그 공간 주위를 떠나
지 못한다. 그 고통스러움을 다스리기 위해 시인은 자신이 사랑하는 이
로부터 버림받은 것이 아니라 자신이 그 여자를 가두고 떠나왔노라고,
행위의 주객관계를 전도시켜 생각한다.

　사랑을 잃고 나는 쓰네

　잘 있거라, 짧았던 밤들아
　창 밖을 떠돌던 겨울 안개들아
　아무것도 모르던 촛불들아, 잘 있거라
　공포를 기다리던 흰 종이들아
　망설임을 대신하던 눈물들아
　잘 있거라, 더이상 내 것이 아닌 열망들아

　장님처럼 나 이제 더듬거리며 문을 잠그네
　가엾은 내 사랑 빈집에 갇혔네

—「빈집」 전문

사랑하는 이로부터 버림받은, 또는 버림받았다고 상상하는 화자는 자신이 능동적으로 문을 잠금으로써 자신의 사랑을 빈집에 가뒀다고 주장하고 있지만 실제로 갇힌 것은 그 자신일 것이다. 그는 평생을 빈집에 갇혀 사랑하는 이를 그리워하는, 혹은 역으로 사랑하는 이의 문 밖에 서서 그에게 다가가고자 하는 "외로운 천형"(「이 겨울의 어두운 창문」)을 견뎌내야 하는 것이다. 그의 시적 여정은 이처럼 빈방(「엄마 걱정」)에서 시작해서 빈방(「빈집」)에서 끝났다. 빈방은 모성의 부재, 사랑의 부재를 의미하며 그 부재의 다른 얼굴이 세계의 폭력성과 허위성＝인간을 둘러싼 삼라만상의 텅 빔이다. 그 모성·사랑을 되찾기 위한 시인의 시도는 자기 스스로를 그 빈방에 영원히 유폐시키거나 거리를 헤매다 지쳐 쓰러지고 마는 결과를 가져오고 말았을 따름이다. 사랑을 찾아 사랑이 부재한 세계를 통과하며 흘린 눈물과 쏟아낸 탄식이 곳곳에 혈흔처럼 묻어 있는 그의 시는, 그래서 우리 시대의 마지막 낭만주의자의 내면의 기록으로 읽혀진다.

6. 사원을 통과하는 구름

기형도의 시는 우리 세계에서 모습을 감춰버린 아름답고 신비로운 성(城)을 찾아가는 언어의 순례이자 그 성을 은폐하고 그 성을 향해 가고자 하는 모든 노력을 좌절시키는 현실에 대한 강력한 비판이라고 할 수 있다. 그는 끊임없이 모든 장벽이 사라지고 모든 거리가 지워 없어진 그런 상태를 꿈꾸었다. 물론 그는 자신이 그 성에 영원히 도달할 수 없으며, 또한 도달할 수 없음으로 해서 그 성이 아름답고 신비로울 수 있다는 사실을 모르지는 않았다. 하지만 이 시인이 항상 이처럼 비극적 인식에 투철했던 것은 아니다. 매우 희귀하긴 해도 우리는 그의 시에서 그 성에 거의 다다르기 직전까지 나아간 시인의 모습을 발견할 때도 있다. 놀랍게도 그것은 그의 시에서 세계의 부정성을 의미하는 텅 빔이 존재들간의 자유로운 소통을 가능케 하는 투명성 – 투과성으로 변환함으로써 이루어진다. 우리를 에워싸고 있는 텅 빔의 지옥이 일순간의 반전에 의해 무한히 자유롭고 충만한 공간으로 향하는 문이나 통로로 변할 수도 있는 것이다.[9]

> 공기는 푸른 유리병, 그러나
> 어둠이 내리면 곧 투명해질 것이다, 대기는
> 그 속에 둥글고 빈 통로를 얼마나 무수히 감추고 있는가!
>
> —「어느 푸른 저녁」 중에서

> 성벽은 울창한 숲으로 된 것이어서
> 누구나 사원을 통과하는 구름 혹은
> 조용한 공기들이 되지 않으면
> 한걸음도 들어갈 수 없는 아름답고
> 신비로운 그 성
>
> —「숲으로 된 성벽」 중에서

그러나 이러한 비일상적이고 탈역사적인 지복의 순간의 현현은 극히 짧은 시간에 그칠 뿐 지속적으로 유지 확산될 수 없는 것이라는 근원적인 한계를 갖고 있다. 오늘날의 우리가 그 성의 외벽을 이루고 있는 숲의 나무를 자르고 들어가보았자 마주치게 되는 것은 '쓰러진 나무'와 '공터'에 지나지 않는 것이다. 기형도의 비극은 이러한 점을 선험적으로 깨닫고 있었으면서도 그것에 대한 추구를 단념하지 못했다는 데 있다. 그는 그 성을 향해 나아갔고 —혹은 자신이 떠나왔다고 믿었던 그 성을 향해 돌아가고자 했고— 그 소망을 달성하지 못한 채 생을 끝마쳤다. 이를 두고 우리는 그의 시 속의 한 인물이 말하듯 "내버려두세요. 뭐든지

---

9) 기형도 시의 이러한 측면에 대해선 졸고 「신성한 숲」(『신성한 숲』, 민음사)을 참조할 것.

시작하고 있다는 것은 아름답지 않습니까"(「소리 1」)라고 담담하게 말하면 그만일까. 그러기엔 이 시인이 보여준 가능성에 거는 기대가 너무 컸다고 할 수 있지 않을까. 하여튼 한 가지 확실한 것은 이 시인의 시가 지금에 이르러선 또하나의 아름답고 신비스러운 성이 돼버렸다는 사실이다. 그 성은 시인의 갑작스러운 죽음에 의해 더욱 짙은 안개 속으로 자신의 모습을 감춰버렸다. 그러나 그 성이 환상적으로 여겨지면 질수록 그 성에 대한 관심과 탐구욕 역시 더 증가할 수밖에 없을 것이다. 바라건대 앞으로 보다 많은 측량기사들이 보다 자주 기형도의 시라는 아름답고 신비스러운 성을 방문하여 그곳의 내부 구조에 대한 보다 정밀한 조감도를 작성해주기를.

이와 더불어 끝으로 지적하고 싶은 것은 기형도의 시가 이처럼 우리를 매혹시키는 요인 중의 하나는 그것이 미완이라는 점에 있을지 모른다는 사실이다. 등단 이전의 습작 시절 작품부터 등단 후 서서히 자기만의 독자적인 시세계를 구축해가는 과정에 씌어진 작품까지를 한데 모은 유고시집 『입 속의 검은 잎』은 그만큼 다양한 가능성의 문들을 타진하고 있으며 조심스러운 모색의 편린을 담고 있다. 이 시인의 시엔 현실의 참혹함에 대한 엄정한 관찰과 인식이 있는가 하면 동화적이고 환상적인 인공낙원으로의 도피적 몰입이 있기도 하고 신성에 대한 갈망과 금욕적인 자기 단련이 있는가 하면 감상적인 나르시시즘의 흔적이 엿보이기도 한다. 지금 이곳의 존재-현실의 나신(裸身)을 직시하고자 한 이 시인의 노력이 소중한 것처럼 유년의 순진무구함에 대한 깊은 향수 또한 이 시인에게 중요한 몫이었다. 따라서 이 시인이 죽기 직전 집중적으로 탐색한 세계가 죽음을 향한 실존의 비극성이라고 해서 이 시인을 오로지 이 분야만을 선택적으로 천착해온 시인으로 여기거나 "스스로의 일생을 예언한"(「오래된 서적」) 시인이라고 신비화하는 것은 그리 바람직한 태도라고 할 수 없을 것이다. 그런 점에서 기형도에 대한 앞으로의 연구는 이 글에서 우리가 한 것처럼 빈방에서 시작해서 빈방에서 끝나는 단선적 노선을 답습하지 말고 그 노선에 겹쳐 있거나 옆으로 새나간, 혹은 순환하는 무수한 다른 교차로와 사잇길들을 발굴해내고 조명해주는 쪽이 되어야 할 것이다.

비록 기형도의 생애는 짧았지만 그의 시가 남긴 여운은 아마도 오랜 기간 지속될 것이고 많은 사람들에게 감동과 영향을 미칠 것으로 판단된다. 그리고 그 감동과 영향이 지속되는 한 기형도는 영원히 살아 있는 현재형의 시인일 수 있다. 기억해야 할 것은 어떤 한계지점으로의 끝없는 접근, 이것이 기형도의 시의 미덕이자 기형도라는 인간의 진정성의 표지였다는 사실이다. 그는 그의 내적 명령에 충실했고 그럼으로써 1990년대 시의 첫관문을 열고 나간 시인이 되었다. 기형도와 함께 이십대의 마지막을 보낼 수 있었다는 것을 다시 없는 행운이자 소중한 추억으로 간직하고 있는 필자는 변함없는 우정과 사랑을 지금도 저 세상에서 그윽한 눈으로 이승의 우리를 지켜보고 있을 그에게 보내며 이 글을 마친다. 편히 잠들라, 너 아름다운 영혼이여. 너의 죽음과 함께 오욕으로 가득 찼던 우리의 1980년대 그리고 이십대의 청춘은 끝났다.

(1994)

Ⅲ. 세기말의 소설

달의 어두운 저편
─윤대녕, 후기자본주의시대의 목가

1. 다시, 은어낚시를 떠나며

　한 비평가가 한 작가의 작품세계에 대해 어떤 친밀감과 혈연성을 느
끼고 그것에 탐닉하는 것은 자칫 소망스럽지 못한 결과를 낳을 수가
있다. 비평은 결코 문학적 근친상간이 되어서는 안 되기 때문이다. 그러
나 때로 비평가도 특정 작가와 자신 사이에 내밀한 연루가 존재하며
그것이 그를 향한 자신의 글쓰기를 추동한다는 사실을 고백하고 싶을
때가 있다. 윤대녕의 작품을 더듬어보는 글을 쓰고 있는 지금의 내 심
정이 바로 그렇다. 우연히, 당시까지만 해도 아직 무명이었던 이 작가의
첫 창작집 『은어낚시통신』의 해설을 맡아 처녀림에 발을 들여놓는 행
운/불운을 누릴 수 있었던 나로서는 그가 단지 우리 시대를 대표하는
여러 젊은 작가 중의 한 사람이 아니라 나와 문학적 지향점을 같이하
는 일종의 동반자이자 나보다 한 걸음 앞서 존재의 비의에 접근해가고

있는 안내자로 여겨짐을 어쩔 수 없다. 이는 첫 창작집의 해설이 향후 그 작가의 문학적 진로에 큰 영향을 미칠 수밖에 없다는 현실적 통념 때문에 그런 것만은 아니다. 당시 해설을 쓰기 위해 그의 소설을 펼쳐 든 순간 나는 단순히 한 작가의 탄생이 아니라 그때까지 우리 문학에선 찾아보기 힘들었던 한 새로운 개성의 출현을 예감할 수 있었다. 그의 소설을 통해 그 동안 가능성의 영역만을 맴돌았을 뿐 몇몇 예외적 작가들의 노력을 제외하면 제대로 우리 문학 속에 구현되지 못한 신화적 상상력의 창조적 형상화를 마주할 수 있었을 뿐 아니라 현대의 도시적 일상 속에 숨어 있는 광기와 환각의 전율스런 힘을 목격할 수 있게 되었다. 아울러 그가 시적인 아름다움이 담긴 문장에 실어 들려주는 이야기에는 존재론적 우수라고 할 만한 상실의 정조가 짙게 깔려 있는데 이러한 특징 역시 1990년을 전후해 급격한 시대적 단층을 겪으며 형질 변화를 강요당해온 동세대인에게는 특히 호소력 있게 다가왔다고 할 수 있을 것이다.

윤대녕은 첫 창작집의 출간 후 약간은 갑작스럽다고 할 수 있을 정도의 광범위한 관심을 불러모으며 곧 문단의 유망주로 떠올랐고 발표되는 작품 한 편 한 편이 문단과 언론의 주목을 받는 신세대 작단의 대표주자로 자리를 굳혔다. 그후에 출간된 첫 장편소설 『옛날 영화를 보러 갔다』나 두번째 창작집 『남쪽 계단을 보라』가 그에 대한 우리의 믿음을 더욱 견고하게 해주었음은 물론이다. 월평이나 서평을 제외하더라도 지난 2년이란 별로 길지 않은 시간대에 발표된 윤대녕론이 십여 편에 이른다는 것은 그의 소설이 문단 일각의 소수 애호가의 편식 대상이기를 넘어 1990년대 우리 사회와 문학의 중요한 일면을 암시해주고 있다고 여겨진다. 한 평자는 그의 소설에서 미적 신비주의(서영채)를 발견하기도 했으며 다른 평자는 이미지의 황홀경에 대한 편집, 현대적 – 탈현대적 삶에 대한 부정(황종연)을 찾아내기도 했다. 이색적으로 한 중진 평론가는 그의 소설에서 신세대 문학의 새로운 징후로 사이버스페이스적 분위기(김주연)를 감지해내기도 했다. 이처럼 윤대녕이란 텍스트가 관심의 초점으로 부상하면서 그의 문학세계에 대한 정밀한 해석적 접근이 다양한 층위에서 이루어진 것은 그 자체로 보면 무척 바람직한 일이 아닐 수 없다. 그러나 반대로 문단 시류에 따라 기존의 논의를 유행적으로 답습 반복하거나 '비판을 위한 비판'이라고밖에는 볼 수 없는 거친 지적들이 행해진 면도 없지는 않은 것 같다. 따라서 이 작가의 문학세계에 대한 보다 심층적인 이해를 위해서는 그의 작품을 둘러싸고 있는 비평적 포말을 걷어내고 그의 문학에서 중심적인 것과 주변적인 것 사이의 관계를 보다 선명히 재구성해서 드러내는 노력을 기울여야 할 것이다. 이 글은 그러한 노력에 동참하기 위한 작은 시도에 불과하다. 언어의 그물을 들고 시공을 넘나들며 눈부신 은어의 무리를 뒤쫓고 있는 이 작가의 여정을 천천히 되밟아가보기로 하자.

2. 매혹과 향수

윤대녕의 소설엔 '이질적인 것의 공존'이라 부를 수 있는 특성이 내재해 있다. 그의 소설엔 현대적인 것과 고대적인 것, 지금 이곳과 아득히 먼 그때가 사이좋게 이웃해 있으며 현실과 환상이 마주 놓인 두 개의 거울처럼 서로를 반사하면서 맞물려 회전하고 있다. 우리는 그의 소설에서 후기자본주의사회의 현란한 풍경에 대한 매혹을 어렵지 않게 발견하게 된다. 그러나 동시에 그의 소설에선 그러한 후기자본주의사회의 등장과 함께 역사의 지층 속으로 매몰된 과거의 사물과 삶의 방식에 대한 향수 또한 역력히 드러나 있다. 한편에 표층의 흘러넘침이 있다면 다른 한편에 고즈넉한 심층의 고요가 있다. 첨단 문명의 현란함과 시원에 대한 그리움은 흔히 생각하듯이 그렇게 대립적인 것만은 아니다. 적어도 이 작가에게 있어서 이 두 세계는 동시적으로 추구될 수 있고 또 서로 의지하고 있는 것이기도 하다. 물론 우리는 종종 그의 소설에서 현대사회의 부정적 측면에 대한 강한 비판의식을 엿보게 된다. 특히 「눈과 화살」이나 「그를 만나는 깊은 봄날 저녁」 같은 초기작에 인상적으로 드러나 있듯이 그는 자본과 권력이 발휘하는 무소불위의 힘에 대해 예민한 경계의식을 갖고 있으며 일상인의 실존적 공허감과 존재론적 불안감에 대해 복합적인 자의식을 보여주고 있다. 나아가 그의 소설의 상표처럼 되어버린 이른바 '시원으로의 회귀'가 고도 소비사회의 한 단자로 머물러 있는 자아에 대한 위기의식의 표출이자 문명의 전횡성에 대한 반발이며 이를 변형시키려는 욕망의 소산이라는 설명 역시 가능하다. 하지만 소설 속의 등장인물들이 현대사회에 대해 일말의 적의와 불만을 드러낸다고 해서 이것이 바로 현대사회의 일반적 양태에 대한 전면적인 거부로 귀결되는 것은 아니다. 오히려 그러한 적의와 불만을 넘어 우리는 현대 물질문명이 제공한 편의와 윤택에 대한 자연스럽고도 익숙한 수납을 보게 된다. 등장인물의 옷차림에서 음식이나 기호품 그리고 음악 미술 영화 따위의 문화상품의 소비에 이르기까지 등장인물들은 현대가 제공하는 감각적 쾌락에 매우 개방적 자세를 유지하고 있다. 마찬가지로 신화적 과거 속으로 잠입해 들어가고자 하는 주인공의 시도는—김동리나 박상륭 한승원 같은 농본적 감수성의 소유자와는 달리—동시대의 급변하는 삶의 질서와 비교적 밀접한 관련을 맺고 있다. 다음 장면은 윤대녕의 이러한 특성을 매우 선연하게 보여준다.

서른다섯 살인 지금의 나는 일 년에 단 몇 시간도 텔레비전을 시청하지 않지만, 어렸을 적엔 그 괴물상자에 완전히 홀려 있던 아이였다. 방문을 걸어잠그고 방구석에 우두커니 앉아 텔레비전을 보는 것은 참으로 멋진 일이었지. 겨우 들을 수 있을 만큼만 소리를 죽여놓고 말이야. 나는 국민학교 때 이미 도수 높은 안경을 끼고 있었어.

그때 내가 가장 좋아했던 프로그램은 〈동물의 왕국〉이었지. 물론 그때는 흑백 텔레비전이었지만 말이야. 하지만 실제로 브라운관에서 흘러나오는 빛은 하얗고 까만 빛이 아니었어. 파란 분필가루 같은 미묘한 색깔이었지. 오후 다섯시에 시작하는 〈동물의 왕국〉을 보고 있으면 어느 결

에 문틈으로 슬슬 어둠이 스며들어와 방 안이 온통 물 속처럼 변해버리
곤 했지. 그래서였을까. 이상하게도 나는 텔레비전을 보다가 곧잘 잠이
들곤 했어. 화면 속에서 왔다갔다하는 야생동물이나 물고기들을 보고 있
다가 스르르 잠이 들어서는 거기서 메마른 꿈을 꾸곤 했던 거야.

—「지나가는 자의 초상」 중에서

위 문단에서 우리는 바로 두 가지 주목할 만한 요소를 지적할 수 있
다. 하나는 텔레비전이라는 문명의 이기에 대한 매혹과 거기서 방영되
는 〈동물의 왕국〉이란 프로그램이 자아내는 원시성에 대한 향수, 이 상
반된 것의 혼숙이고 다른 하나는 텔레비전 화면 속에 펼쳐지는 가상
공간과 화자가 실제로 몸담고 있는 현실 공간 사이의 삼투 현상이다.
전자가 이질적인 것의 시간적 겹침이라면 후자는 이차원(異次元)의 공
간적 혼용이라 할 만하다.

우리는 이성 중심주의에 기초한 현대세계의 출범 이후 문명과 원시
사이에 매우 명료한 경계가 그어진 것으로 알고 있다. 이 양자는 전혀
다른 근거에서 파생한 이질적 흐름이고 그 사이엔 엄청난 단절이 있다
는 것, 따라서 양자 사이에 가로놓인 대립과 긴장은 쉽사리 무화시킬
수 없는 것으로 파악해왔다. 원시에서 현대에 이르는 인간의식의 진보
는 돌이킬 수 없는 일직선의 궤도를 달려왔고 그것을 역류하는 것은
가능하지 않다는 것이다. 그러나 윤대녕의 소설에서 우리는 자주 이러
한 관습적 사유에 대한 전복을 만나게 된다. 한때 지독한 텔레비전 중
독자였다는 화자의 말처럼 현대의 과학기술문명에 매혹된 영혼은 텔레
비전을 통해 오히려 아득한 과거의 세계로 진입해 들어간다. 그는 문명
의 창을 통해 야생의 자연과 만난다. 문명/자연, 도시/시골, 역사/신화
등의 완강한 이분법을 폐기하고 작가는 이 양자가 미묘하게 겹치는 순
간을 포착하고 있는 것이다. 기호 조작을 통한 자연 지배의 과정에 다
름아닌 현대는 당연히 자아의 분열과 정체성의 혼란을 초래했고 근원
으로부터의 소외를 유발했다. 그렇다면 위 인용은, 오늘날 인간이 추구

하는 상실된 자아의 회복조차도 텔레비전 같은 문명의 이기의 힘을 빌리지 않으면 안 되는 지경에 이르렀다는 사실을 말해주고 있는지도 모른다. 초월의 종언이 선고된 지금 이 시대에 초월의 향수를 불러일으키는 것이 다름아닌 현대기술문명이라는 이 역설!

그러나 좀더 깊이 생각해보면 이 역설엔 비극적 뉘앙스만 담겨 있는 것은 아니다. 문명화된 자아와 원시적 감성이 길항하지 않고 조화를 이루고 있다는 사실은 현실이 흔히 생각하듯 단순하지도 단일하지도 않다는 사실을 입증해준다. 『남쪽 계단을 보라』에서 작중인물들이 주고받는 대화를 빌리면 세계는 "우리가 아는 것처럼 단면이나 평면으로 이루어지지 않았"으며 우리는 "회전문처럼 빙글빙글 돌아가고 있는 어느 한쪽 면, 한쪽 칸에 속해" 있을 따름이다. 문제는 이 두 세계가 갑자기 마주치는 순간에 발생한다. 생산성과 합리성으로 무장된 현대 도시인의 눈앞에 불현듯 이 세계와 대응하는 반(反)세계가 펼쳐진다. 현실 저편의 또다른 현실은 대개 전산업적 풍경, 즉 인공물이 아닌 자연물의 모습을 하고 나타난다. 그것은 안개 속에 타오르는 불꽃나무(「말발굽 소리를 듣는다」)이기도 하고 강물을 거슬러오르는 은어떼(「은어(銀魚)」「은어낚시통신」)이기도 하고 푸른 심해(「남쪽 계단을 보라」)나 우주를 가로질러 날아가는 새떼(『옛날 영화를 보러 갔다』)이기도 하다. 물리적 세계의 법칙을 교란시키며 현현한 그 세계는 '설명할 수 없는 광휘inexplicable splendour'로 주인공을 사로잡고 그를 그 세계로 불러들인다. 이를 단순한 환각으로 보든 아니면 인간의 무의식에 남아 있는 주위 현실에 대한 정령적 반응animistic response의 일종으로 보든 그것은 당사자에게 강한 영향력을 행사한다. 그런데 이때 주인공으로 하여금 원초의 세계에 대한 향수를 불러일으키는 것은 흔히 현대문명의 산물인 경우가 많다. 「지나가는 자의 초상」에서 텔레비전이 원초적 낙원으로의 복귀를 가능케 하는 제의적 통로가 되기도 하는 것처럼 「은어낚시통신」에서 주인공은 사진을 통해 이제는 지상에서 사라져버린 호피인디언의 운명을 반추하게 되고 『옛날 영화를 보러 갔다』에선 거리에서 듣는 비틀즈의 음악이 우주를 가로질러 날아가는 새떼들에 대한 환상을 불러일으키는 것이다.(이 소설에서 주인공이 시원으로 회귀하도록 매개하는 인물이 항상 팩시밀리를 통해 소식을 전해오는 것도 유념할 만하다.) 또 「지나가는 자의 초상」에서 두 인물이 고래를 찾아 헤매는 곳은 바다가 아니라 도시 한복판에 있는 63빌딩의 광활한 내부이다. 내포는 조금 다르지만 「눈과 화살」에서 육십 층짜리 백화점 건물이 서해 동굴에서 발견된 원시시대의 수렵 벽화와 동일시되는 것도 같은 맥락이라고 할 수 있다. 이 점은 그의 소설에 등장하는 숱한 동물들을 떠올리면 더 확실해진다. 그의 소설은 대부분 대도시에 사는 젊은 남녀들을 주인공으로 삼고 있으면서도 그 어떤 전원소설 못지않게 많은 동물들이 출몰하고 있다. 「말발굽 소리를 듣는다」 「소는 여관으로 들어온다 가끔」 「배암에 물린 자국」의 말이나 소, 뱀처럼 아예 제목 자체가 특정 동물을 지시하고 있는 작품은 물론이고 『옛날 영화를 보러 갔다』의 되새떼나 원숭이, 「새무덤」의 다양한 새들도 윤대녕의 동물도감의 한켠을 차지하고 있는 원시성의 사자들이다. 또 『옛날 영화를 보러 갔다』나 「피아노와 백합의 사막」에선 누에나 거미 같은 곤충이 중요한 상징으로 등장하고 있기도 하다. 거기서 우리가 목도하게 되는 것은 인류 역사의 진행 방향을 거슬러올라가는 전도된 진화론이다. 그 물구나무선 진화론의 끝에 은어나 연어 같은 회유성 물고기가 자리잡고 있다. 즉 이 작가 특유의 '지금은 사라진 어떤 것에 대한 향수' 저 밑엔 태곳적 물의 평화가 자리하고 있는 것이다. 그 물은 자연히 푸르름이란 색채 이미지를 동반하게 된다.[1] 위 인용에서 텔레비전을 보다 잠든 소년을

---

1) 윤대녕의 소설엔 '푸른' '푸르스름한' '하늘색' '감람빛' '코발트빛' 같은 청색 계통의 색깔이 분위기 조성에 큰 비중을 차지하고 있다. 그렇게 보자면 청미 같은 인명이나 청라 같은 지명도 의미 있는 명명인 듯하다. 푸른색은 물─바다의 색이자 모든 것을 담을 수 있는 무한한 공간, 원초의 단순함을 나타내는 색이다. 류준필은 「부재로서만 빛나는 세계」(『문학동네』 1995년 겨울호)에서 푸른색 이미지가 "실재함을 감지할 수는 있지만, 그 실체를 알 수는 없는" 저쪽 세계를 환기하는 역할을 맡고 있다고 언급한다. 그러나 이 점에 대해선 약간의 부연 설명이 필요할 것 같다. 류준필은 윤대녕의 소설이 강조하는 저쪽 세계가 다

동물들과 노니는 꿈의 세계로 데려가주는 것은 바로 브라운관에서 흘러나오는 파란빛이다. 그 빛의 물살에 의해 방 안은 온통 물 속처럼 변해버린다. 물은 분리된 사물, 유리된 공간을 하나로 통합시킨다. 현대와 원시가 만나는 그 순간 텔레비전의 안과 밖이라는 상이한 공간도 하나로 어울린다. 방 안이 화면 속으로 들어가고 화면 속의 세계가 방 안으로 밀려나온다. 분별이 있기 전의 몽환적 혼돈 상태는 방 안을 어두운 동굴 같은 내밀함으로 가득 찬 공간으로 탈바꿈시킨다. 그 공간은, 앞으로 밝혀나가게 되겠지만, 죽음의 공간이자 신생의 공간이다.

3. 사막과 바다, 유목과 정주

윤대녕의 원시적 감성primitive sensibility의 시원에 자리잡고 있는 것이 '어두운 물'이라는 사실은 그의 편력이 미래보다는 유소년기의 추억을 향해 열려 있음을 말해준다. 그의 꿈은 그의 추억에 다름아니다. 원점을 향한 회귀의 궤적이라는 점에서 그의 몽상은 상승의 기쁨보다

만 환각이며 현실의 무의미성에 대한 반대 급부로서만 의미가 있다고 주장한다. 그리고 저쪽 세계를 추구하는 인물이 대개 남성이며 여성의 희생을 당연시하고 있다는 점을 비판한다. 하지만 윤대녕 소설에서의 부재는 말 그대로 부재하는 것, 단순한 환각이 아니라 지금 이 시대에 결핍된 그 무엇에 대한 생생한 감각에 기초하고 있다는 점에서 '부재하는 현존'이라고나 할 수 있는 어떤 것이다. 정신분석학의 용어를 빌린다면 그것은 '죽은 자의 귀환'이고 '억압받은 것의 복귀'이다. 아마도 현명한 독자들은 윤대녕의 소설에 나오는 환각을 두고 이것은 허깨비일 뿐이다라고 생각하지는 않을 것이다. 오히려 그의 소설을 읽으며 리얼리티를 주장하는 이 세상의 하고많은 형상들이야말로 허깨비가 아닌가 하는 깨달음에 도달할지 모른다. 그런 점에서 "부재로서만 빛나는 세계를 찾아 방황하는 사람들의 삶은, 어쩔 수 없는지는 몰라도, 그다지 훌륭한 삶은 아니다"라는 식의 극히 공리적이고 효율성만 중시하는 입장이야말로 윤대녕 소설의 환각이 지금 이 시대에 무슨 의미가 있는지를 역으로 추정케 해준다고 하겠다. 또 여성은 그 자체가 시원이기 때문에 별도로 회귀할 필요가 없다는 주장도 설득력이 없다. 아마도 시원은, 그런 게 있다면, 남성과 여성의 성별을 초월한 그 어떤 것일 것이다. 평론가가 윤대녕 소설에 나오는 여성을 대신해서 작가에게 손해배상을 청구하고 싶다면 보다 치밀한 분석이 동반되어야 한다는 점을 명기해두고 싶다.

하강의 편안함에 더 친숙하며 외부로의 확산보다는 내부로의 침잠에 더 경도된다. 작중인물들은 물과 함께 흐르고 물 깊숙이 가라앉았다가 물소리를 들으며 잠든다.

그것은 뒤란에 있는 우물 속에서 나는 소리였다. 그 속을 들여다보면 검은 구멍이 빨아들일 듯이 그 깊은 입을 벌리고 있었다. 얼마나 깊은지 알 수 없었다. 한참을 들여다보고 있으면 다시 철썩! 하고 무언가가 솟구쳐오르는 소리가 들렸다. (……) 허나 그 땅속 깊은 어둠으로 갈 수는 없는 노릇이었다.

—「은어」 중에서

밤은 파이프오르간 소리를 내며 깊어가고 있었다. 잠시 나는 조기떼 생각을 하고 있었던가. 내 품안에서 그녀는 죽은 듯 오래오래 소리가 없었다. 저 코발트빛 어둠 속에다 대나무를 꽂고 애타게, 무슨 소리를 들으려 하고 있는 사람처럼.

—「남쪽 계단을 보라」 중에서

나는 어두운 바다에 조그맣게 떠 있었다. 어디를 둘러봐도 보이는 것은 바다뿐이었다. 내 이마 위에선 수많은 별들이 초롱한 빛을 달고 반짝거리고 있었다. (……) 아, 가벼워, 라고 낯선 음성으로 두런거리며 나는 내 몸이 떠내려가는 대로 나를 맡겨두고 있었다. 나는 어딘가로 한없이 떠내려가고 있었다.

—『옛날 영화를 보러 갔다』 중에서

윤대녕의 소설에 어른거리는 물의 영상은 생명의 시원, 자궁 속의 양수의 흔적을 함유하고 있다. 그 물—물고기는 역사적 일상적 시간을 벗어나 신화적 비일상적 시간으로 잠행해 들어가는 모든 등장인물들의 인도자 역할을 하고 있다. 그 물은 부드러운 포용성과 유년 시절의 "컴컴한 다락방"(「불귀」「가족사진첩」) 같은 내밀함으로 주인공을 유혹한다. 물은 삭막한 도시의 밤을 "푸른 비단으로 둘러싸인 밤"(「지나가는 자의 초상」)으로 만든다. 우리는 그의 소설에서 주인공의 삶에 전환점을 가져온 여인들이 보통 눈·비·안개 같은 물 이미지를 동반하고 나타난다는 사실을 주목해야 한다. 「지나가는 자의 초상」에서 비가 쏟아지는 밤 공사장 주변 원통 하수구 속에 들어가 밤을 새우는 주인공과 서하숙의 모습은 그 대표적 예라 할 수 있다. 그 물은 결국 바다로 흘러간다. 그래서 후일 다시 주인공을 찾아온 서하숙은 말한다. "지금 땅에 묻힌 하수관 속으로 하얀 돌고래들이 지나가고 있어요. 아마 바다로 가는 중인 모양이에요."

그런데 윤대녕의 상상력의 스펙트럼을 살펴볼 경우 물-바다가 단독으로 존재하지 않는다는 점을 주시해볼 필요가 있다. 수평적으로 물-바다는 사막의 반대편에 자리잡고 있고 수직적으로는 천상의 달과 지하의 어둠과 계열체를 이루고 있다. 먼저 이 작가의 상상력의 수평축을 따라가보기로 하자. 그의 소설 속의 인물들은 사막에 살면서 물-바다를 그리워한다. 물로 가득 찬 추억의 세계와 달리 현실은 물 한 방울 없는 불모의 사막이기 때문이다. 사막은 이미 '모래의 발견'이란 부제가 붙은 초기작 「사막에서」란 작품에서 인간성의 상실, 척박한 주변 여건에 대한 비유로 집중적인 조명을 받은 바 있다. 모래에 빠져 질식해가는 악몽에 시달리는 주인공의 처지는 「그를 만나는 깊은 봄날 저녁」 후반부에서 "우리 곁에는 황량한 어둠만이 아득히 펼쳐져 있었다. 마치 사막처럼"이란 구절로 다시 재연된다. 세계와의 불화를 상징하는 그 모래-사막은 그의 소설 곳곳에서 등장인물의 삶을 옥죄는 가장 부정적인 요소로 지목되고 있다. 그 사막은 흔히 도시 한복판에서 갑자기 신기루처럼 솟아오르곤 한다. 「January 9, 1993 미아리통신」에서의 미아리나 「카메라 옵스큐라」에서의 황학동 벼룩시장, 그리고 보다 노골적으로 아예 제목에 사막과 바다라는 열쇠어를 등장시키고 있는 「사막의 거리, 바다의 거리」에서의 서교동 재개발 지구 등에서 사막은 하나의 풍경으로 제시된다. 그것은 현대화의 뒤안길에 버려진 사각 지대이자 번화함을 자랑하는 도시의 그늘로서 돌연 주인공의 시선을 잡아끌고 그의 내면 속에 잠복하고 있는 어두운 기억을 끄집어낸다. 그러나 윤대녕의 소설에서 사막이 보다 중요한 의미를 부여받는 것은 그것이 외부의 풍경이기를 넘어 그의 의식을 지배하는 정서적 침전물이라는 데서 찾아진다. 「은어낚시통신」에서 주인공은 자신이 있어야 할 장소가 아닌 낯선 곳 "삶의 사막에서, 존재의 외곽에서" 지내왔다고 고백한다. 그 사막은 시원으로부터의 단절, 낙원으로부터의 추방이란 의미를 함축하고 있다.

단절과 추방은 소설 속에서 일차적으로 등장인물간의 소통 불능으로 현상한다. 그의 첫 창작집 제목이 은어낚시 '통신'이라는 데서 알 수 있듯이 그의 소설은 타자와의 교신에 매우 큰 가치를 부여하고 있다. 역으로 그것은 현대사회에서 인간들끼리의 정상적인 소통과 교류가 얼마나 어려운 것인가를 암시해준다. 그의 작품은 연애소설적 성격이 농후함에도 불구하고 두 남녀의 축복된 결합은 거의 등장하지 않고 대신 시종 겉돌고 비껴가는 남녀 이야기가 주종을 이루고 있다. 「국화 옆에서」에서 사귀던 여자는 결국 그의 곁을 떠나고 「은어낚시통신」에서도 여자는 갑자기 모습을 감춰버린다. 「사막의 거리, 바다의 거리」에서 두 남녀는 한쪽이 다가가면 다른 한쪽은 물러서는 상반된 움직임의 궤적을 보여주며 「지나가는 자의 초상」에서 주인공이 만나는 두 여자 역시 불쑥 다가왔다가 멀어져간다. 애초부터 이 세상이 사막인 게 아니라 사람 사이의 거리가 이 세계를 사막으로 만든다. 사막은 그저 있는 것이 아니라 '발생'하는 것이다.

사막은 바다와의 거리 때문에 생기는 거야. 즉 바다와 가장 멀리 떨어진 지점에서 사막은 발생한다는 얘기지.

—「피아노와 백합의 사막」 중에서

위 발언은 표면적으로는 단순히 지리적 사실을 말하고 있는 것이겠지만 보다 심층적으로는 이 작가의 상상세계에서 바다와 사막이 차지하고 있는 위상topos을 말해준다는 점에서 중요하다. 사막은 나와 너 사이, 관계를 맺은 두 존재의 틈 사이에 개입해 들어오는 불가시적인 어떤 것이다. 「사막의 거리, 바다의 거리」에서 '거리'는 길, 도로(街)를 의미하는 동시에 간격을 의미하는 거리(距離)이기도 한 것이다. 이를 「피아노와 백합의 사막」에서 화자는 다음과 같이 언급하고 있다.

> 사막은 가령 이런 식으로 '발생'한다. 너와 나 사이에 팽팽하게 지속되고 있던 긴장의 끈이 한순간에 끊어지고 그리하여 아득한 거리로 우리가 밀려나면서 그 사이에 황량한 모래벌판이 가로놓이게 된다.

그의 소설의 주인공들은 사막을 횡단하며 바다를 꿈꾸고 사막에서 바다까지의 거리를 가늠하는 존재들이다. 그들은 이 세계에 정주하지 못한다. 왜냐하면 그들이 몸담고 있는 세계는 불모의 사막이기 때문이다. 끝없이 이 세계의 표면을 편력한다는 점에서 그들은 유목민이다. 그들의 일상은 막막한 모래와의 싸움이며 사막 저편에 있을지도 모르는 바다에의 환상을 간직한 채 이 지점에서 저 지점으로 이동할 뿐이다. 그들은 "정든 세계에서 추방돼 낯선 어둠 속에 버려"진 자들이며 "길에다 영혼을 두고 온" 사람들이다. 삶에 매듭이 지어질 때마다 이 무숙자들은 "길에 끝이 어디 있으랴. 혹은 가다 말고 아무 데서나 천막 하나 치면 되지"(「신라의 푸른 길」)라고 되뇌인다.

이처럼 결여·분리·불모의 표상인 사막에서의 삶은 그 속에 사는 구성원들로 하여금 그 세계 바깥으로의 탈출을 모반하게 한다. 그 탈주는 주체의 입장에서 보자면 잠적으로, 객체의 입장에서 보자면 실종으로 나타난다. 어느 날 홀연히 이 세계 바깥으로부터 어떤 호출이 전해온다. 처음엔 그 호출을 무시하고 잊어버리려 노력하지만 운명적으로 그 호출에 응답하지 않을 수 없는 자신을 발견하게 된다. 그래서 작중 인물들은 "어느 순간엔가 갑자기 다른 세계로부터 거부할 수 없는 명령 같은 것을 받았다는 생각이 드는 거야"라거나 "삶이란 아무리 낮게 엎드려 있어도 때로 조사관처럼 어떤 응답을 요구해오기 마련"(「지나가는 자의 초상」)이라고 말하기에 이른다. 완벽을 자랑하던 일상의 내부에 균열이 가고 그 균열의 선을 타고 '전혀 다른 세계' '미지의 저쪽'이 서서히 그 모습을 드러낸다. 그것은 갑작스러운 만큼 돌이킬 수 없는 힘을 가지고 등장인물에게 육박해온다. 비본질적인 일상에 얽매여 안락한 삶을 보장받을 것인가, 아니면 과감히 자신을 구속하고 있던 모든 사슬을 끊어버리고 불확실한 미지의 영역으로 나아갈 것인가. 문제는 일단 '먼 곳의 부름'을 들은 사람은 예전처럼 평범한 삶을 살 수 없게 된다는 점이다. 「말발굽 소리를 듣는다」의 주인공은 선대부터 전해내려오는 집안의 역마살에 의해 그 또한 어디론가 떠나고 「불귀」에서 실종한 여동생을 찾아 헤매던 주인공은 어느 순간 자신이 또다른 탈주의 곡선을 그리고 있음을 깨닫게 된다. 즉 타자의 탈주에 자극받은 사람은 그 자신 새로운 탈주를 기도하게 되며 탈주의 전염이 일으킨 연쇄반응은 폐쇄적인 현실에 교란을 가져오는 것이다. 현실보다 빠르게 나아가기, 혹은 현실을 거슬러올라가기라는 탈주의 시도는 궁극적으로 언젠가 떠나왔던(혹은 떠나왔다고 믿어지는) 시원에 대한 그리움과 결합해서 원점으로의 회귀의 모습을 취하게 된다. 그 원점은 한 인간의 생애에서 보면 유소년기로, 인류의 역사라는 차원에서 보면 인간과 자연이 분리되기 이전의 낙원에 대한 향수로 나타나고 사원소의 입장에서 보면 물의 깊이 속으로의 하강으로 나타난다. 앞에서 지적했듯이 이 세계 바깥으로의 사라짐은 바다-물에 대한 향수와 맞물려 있다. 그 물-바다는 위로는 천상의 달과 아래로는 지하의 어둠과 깊은 유대관계를 맺고 있다. 우리는 이제 달-바다(물)-어둠으로 이어지는 이 작가의 상상력의 수직축을 탐사해보아야 한다.

4. 천상의 달, 지하의 어둠

사막이라는 메마른 현실 바깥에 자리하고 있는 다른 세계의 부름에 직면한 사람들은 대개 심한 갈등과 번민에 빠지게 된다. 다른 세계의 부름은 지금 이 세계에서 그가 누리고 있는 모든 기득권의 포기를 요구하기 때문에 사람들은 부득이 내면적 곤경에 처하지 않을 수 없다. 그래서 그것은 종종 이성의 빛이 미치지 않는 '음습한 기억'에 대한 거부로 표출된다. 그런데도 그들은 부지불식간에 그 음습한 기억을 되살리는 공간으로 되돌아오고 만다. 다음에 나오는 지하의 어두운 실내를 보라.

1) 그녀와 내가 앉아 있는 장소는 의자가 세 개뿐인 작은 카페 모양의 음습한 곳이었다. 촛불 하나가 중간 탁자 위에 덩그러니 놓여 흐린 빛을 발하고 있었으나 안은 어둡기 짝이 없었고 기이한 냉기마저 감돌았다. 방금 내가 앉아 있던 지하창고와 맞닿아 있는, 내가 수년 만에 그녀를 만난 장소는 그렇게 술집 같은 모양을 하고 있었다.

—「은어낚시통신」 중에서

2) 나는 코카콜라를 마시며 혼자 어두운 영화관에 앉아 있다. 산간 지방에서는 쉼없이 눈이 내리고 있는 겨울. 영화가 시작되기 전의 극장 안에 홀로 앉아 있으면 어쩐지 몸비늘이 다 털려나간 물고기처럼 느껴진다. 아니, 동물원에서 도망나온 한 마리 원숭이처럼 생각된다.

—『옛날 영화를 보러 갔다』 중에서

3) 나는 춥고 캄캄한 곳에서 먼지를 뒤집어쓰고 앉아 있었다. 누가 나를 거기로 불러들였는지 알지 못한 채. 사위는 바다 밑바닥인 듯 온통 코발트빛 어둠에 감싸여 있었다. (……) 그곳엔 이제 곧 사라져야 할 것들, 아니 이미 사라진 것들이 차곡차곡 잠들어 있었다.

—「지나가는 자의 초상」 중에서

1)의 지하 카페나 2)의 옛날 영화가 상영되는 극장, 3)의 도서관 지하창고는 모두 현실의 역동적 움직임이 사상된 퇴락한 장소라는 공통점을 갖고 있다. 냉기와 어둠이 감도는 그곳은 「은어」에 나오는 우물 밑이나 목조 교실 밑바닥과 유사한 공간이다. 이들 공간에서 등장인물들은 불온하긴 하지만 실질적인 파괴력은 거의 없는 집회를 갖거나 한물 간 영화를 관람하거나 철지난 잡지를 뒤적일 따름이다. 위에 예시한 공간엔 아직 물은 나타나지 않지만 이미 액성의 조짐이 보이고 있다. 이처럼 어슴푸레한 지하의 공간에 물이 스며들면 다음과 같은 푸른 카펫이 깔린 심해가 된다.

얼마 전에 사고로 죽은 그 사람들은 다 어디로 간 걸까. 조기떼를 따라간 걸까? 바다는 푸른 카펫이 깔린 납골당이야…… 밤이면 어디선가 아득히 조포 소리가 들려.

—「남쪽 계단을 보라」 중에서

이 세계로부터의 탈주는 현실원칙의 거부라는 점에서 기존 질서 쪽에서 보면 일종의 죽음이라 할 수 있다. 지금 자신은 미끄럼틀 위에 서 있으며 그것을 타고 내려가면 푸른 카펫이 깔려 있는 바닥에 떨어지고 만다는 한 작중인물의 독백은 자칫하면 사회적으로 낙오자가 될지 모른다는 불안감을 안고 사는 현대인의 전락에 대한 공포를 여실히 드러내준다. 그러나 주인공의 발 밑에 입을 벌리고 있는 '어두운 물'이 반드시 죽음의 심연을 가리키는 것으로 그치지는 않는다. 『리비도의 변형과 상징』에서 칼 융이 지적하고 있듯이 인간은 "죽음의 어두운 물이 삶의 물이 되고, 죽음의 차디찬 포옹이 어머니의 포옹이 되는" 변환의 기적을 희구하기 때문이다. 작중인물을 사로잡은 "푸른 카펫이 깔린 바닷속을 유영하는 꿈"은 죽음으로의 항해를 의미하는 동시에 태아적·물고기적 상태로의 퇴행, 죽음-신생의 연속된 과정의 한 단락을 의미하기도 한다. 옛날의 자아를 폐기하고 새로운 자아로 태어남을 의미하는 종교적 세례가 말해주듯이 물에 잠겨 죽은 존재는 다시 물에 의해 생명을 공급받고 다른 존재로 태어난다. 이처럼 죽어서 거듭 다시 태어나는 존재, 그것의 천체적 대변자는 밤하늘에 떠 있는 달이다. 초승달·보름달·그믐달로 변신을 계속하는 달은 사흘간 완전히 지상에서 보이지 않다가 다시 나타남으로써 재생의 상징이 되어왔다. 달은 물과 함께 태양과 불의 반대원리, 여성적인 음(陰)의 원칙의 화신인 것이다. 그의 주기적 나타남과 사라짐은 신화적으로 겨울에 시들어 자취를 감췄다가 봄의 도래와 함께 다시 대지를 푸르게 물들이는 식물적 생장 모형을 함축하고 있다. 또한 달거리라는 여성의 생리적 특성과 결부되어 달은 여성적 창조성(잉태와 출산)의 수호자로 대접받기도 한다. 남성성과 로고스를 대표하는 태양과 달리 '하늘의 여왕' '불사의 노파'인 달은 여성성과 에로스를 대표한다.[2] 하여 현실원칙을 거부하고 다른 세계, 다른 삶을 지향하는 것은 자연히 달의 신비에 대한 동참을 의미하게 된다. 일상적 삶을 거부하고 다른 세계를 향해 접근해가는 그의 소설의 주인공들은, 그런 의미에서 달의 아이들이다. 그들의 운명은 달의 운행이나 바다의 조류 같은 우주적 주기성과 맞물려 있다. 이 점을 가장 명료하

---

2) 달 신화와 여성성의 상호 관계에 대해서는 에스터 하딩의 『사랑의 이해』(김정란 옮김, 문학동네)가 총괄적이면서도 깊이 있는 설명을 해주고 있다. 사실 달과 여성성이란 주제는 상식적인 차원에서부터 학문적인 차원에 이르기까지 다양한 언급이 있어왔기 때문에 굳이 별다른 설명이 필요없을 정도이다. 그러나 사려 깊은 좌파 지식인이었던 발터 벤야민의 글에서 다음과 같은 구절을 발견하게 될 때는 경이를 느끼지 않을 수 없다. "달에서 흘러내리는 빛은 우리의 낮이라는 존재가 머물던 곳에서 효력을 발하지 않는 것 같다. (……) 달빛이 비치는 영역은 시간에 의해 숨을 쉬고 있으며, 그 구역의 넓은 젖가슴은 더이상 아무도 건드리지 않고 있다. 삼라만상은 마침내 제 모습으로 되돌아오고, 낮이 마구 찢어버린 과부의 베일을 다시 걸치도록 해주고 있다." 그리고 너무나 아름다운 다음 구절. "달빛에 의해 잠이 깨면, 나는 다른 방으로 숙소를 옮겨야 했다. 왜냐하면 그 방은 언제나 달빛 외에는 누구와도 함께 자리고 싶지 않은 것처럼 보였기 때문이다."(『베를린의 유년 시절』, 솔, 129~130쪽)

게 드러낸 작품으로『옛날 영화를 보러 갔다』를 들 수 있다.

이 작품의 화자이자 주인공인 남형섭은 조용히 평범한 생을 영위해 온 인물로서 어느 해 겨울 초입에서 이듬해 봄이 오기 직전까지 몇 가지 이상한 체험을 연달아 겪는다. 아내와 별거 상태에 있는 그는『시간의 화살』이라는 책의 번역을 의뢰받는데 그 의뢰의 배후에 정체불명의 이상한 인물이 버티고 있다는 사실을 알게 된다. E라는 그 인물은 팩시밀리를 통해 부단히 그에게 그가 잊고 있는 과거의 한 시절을 환기시키려고 한다. 소설은 주인공이 아내와 완전히 이혼에 이르고 그 겨울 동안 이상한 체험을 겪는 와중에 알게 된 최선주라는 여자와 결합하기까지의 과정을, 그가 망각 속에 묻어두고 있던 과거의 기억을 회복하는 과정과 병행해서 그리고 있다. 그 기억을 요약하면 다음과 같다. 남형섭은 고등학생 시절 같은 도시에 살던 희배, 유진이라는 동급생들과 어울린다. 그들 셋은 우주와 시간, 영원회귀 등 그 나이 또래의 일반적 청소년들과는 다른 관심사를 공유하고 있다. 하지만 희배의 아버지와 치과의사인 유진의 어머니가 불륜관계라는 사실을 알게 되면서 그들만의 순결하고 조화로운 시절은 종말을 고하게 된다. 희배는 근교의 농장으로 유배되고 형섭과 유진은 몰래 그곳으로 찾아가는 일이 지속된다. 그러다 어느 날 죽음을 통해 영원회귀를 꿈꾸던 소녀 유진이 농장의 잠사에서 고치처럼 온몸에 누에 실을 휘감은 채 자살한 모습으로 발견된다. 그 충격으로 형섭은 한동안 정신병원에 수감되고 퇴원해서도 그 시절의 기억을 완전히 잃어버린 채 사회생활을 해나간다. 오랜 세월이 흐른 후 E의 모습으로 나타난 희배는 과거 그들이 꿈꾸던 영원회귀를 성인이 된 지금 다시 시도하자고 제안하지만 기억을 회복한 주인공은 이를 거절하고 최선주와의 새로운 삶을 기획한다.

이 작가의 대부분의 작품이 그렇듯이 이러한 간략한 줄거리 소개로는 이 작품의 진정한 묘미를 제대로 전달하기 어렵다. 왜냐하면 이 소설은 서사적 골격이 상당히 취약한 대신 이미지의 교직이 두드러진 작품이기 때문이다.(추리소설적 요소를 갖추고 있음에도 불구하고 이 소설은 주인공이 기억을 회복하는 과정이 지나치게 단선적이고 평면적으로 처리돼 있어 의도한 만큼의 긴박감을 주지 못하고 있으며 유진-최선주-누에 여인의 상관관계도 작위성이 두드러진다. 작가가 처음 쓴 장편소설이기 때문이기도 하겠지만 나름대로의 치밀한 포석과 복선에도 불구하고 이 작품은 미숙성이 두드러진다.) 이 작품을 읽는 진정한 맛은 오히려 작가가 뿌려놓은 풍성한 이미지의 은하수를 판독하는 데 있다. 먼저 이 작품에서 현재시점의 이야기가 되새떼가 날아왔다가 날아가는 동안 즉 겨울 초입에서 이듬해 봄 사이에 일어난다면 과거시점의 이야기는 여름에서 가을 사이에 일어난다는 점을 지적할 수 있을 것이다. 즉 이 작품에서 주요 인물들의 삶과 죽음, 만남과 헤어짐은 사계절의 순환과 그에 따른 식물의 탄생-죽음과 밀접한 관련을 맺고 있다. 이 소설은 이러한 계절적 상징성을 배경에 깔고 전개되는 존재 전환의 드라마라 할 수 있다. 이때 존재 전환이란 성인이 된 남형섭이 돌이키기 쉽지 않은 과거를 다시 상기함으로써 "나에 대해서 타인처럼 살고 있는" 비자각적 몰주체적 상태, 다시 말해 "시간의 무덤에서 줄곧 잠들어 있는 상태"에서 벗어나 자아 갱신을 이루는 것을 가리킨다. 과거의 기억에 고착된 희배-E와 달리 주인공은 유진과 선주 사이의 동일성과 차이에 대한 섬세한 인식에 눈뜸으로써 보다 발전적인 삶을 영위할 수 있게 된다. 주인공은 한편으로 망각하고 있던 기억을 상기함으로써 과거로 회귀하지만 다른 한편 과거의 망령에 사로잡히지 않고 최선주와의 새로운 삶을 기획함으로써 무한 회귀의 악순환에서 벗어난다. 주인공의 과거로의 회귀라는 소순환은 존재의 시원으로의 회귀라는 대순환의 한 부분이면서 그것으로부터의 긍정적 이탈의 계기를 마련해준 셈이다. 그러나 이 작품에서 이런 의식적 국면보다 더 중시해야 할 대목은 유진을 둘러싼 과거의 추억이 궁극적으로 의미하는 바가 무엇인가 하는 점에 있다. 그 답은 과거의 추억을 물들이고 있는 몽롱한 달빛과 물결 소리에서 찾아진다.

그 시절 그들 셋이 모임을 갖던 희배의 방은 하늘색 건물의 꼭대기층에 있다. 그 건물은 6층이란 숫자가 상징하듯이 축소된 우주이다.(성경에 의하면 세계는 6일간에 창조됐으며 공간 또한 동서남북에다 위아래를 더해 모두 여섯 방향으로 이루어져 있다. 과연 그 건물엔 극장 레스토랑 병원에서 여행사 전당포에 이르기까지 다양한 구성을 보이고 있다.) 꼭대기층 맨 끝에 위치한 희배의 방은 "하늘에 떠 있는 방"이란 표현이 말해주듯 세속성과 단절된 성스러운 공간이다. 그곳에서 그들은 성년식을 방불케 하는 그들만의 제의를 치른다. 그런데 흥미로운 사실은 그 방이 달의 색깔인 오렌지빛으로 물들어 있다는 점이다. 하늘색 건물에 떠 있는 오렌지빛 방. 그곳은 "그녀와 내가 안으로 들어서자 공기의 흐름이 급격히 달라"졌다는 표현처럼 신비스러운 분위기magical aura로 감싸여 있다. 사람들이 따르는 상대적인 시간과는 다른 자연계의 절대적인 시간을 신봉하는 유진은 벌레구멍을 통해 일상생활을 초월한 다른 세계로 가기를 갈망한다. 저녁 바다를 앞에 두고 그녀는 "나는 지금 이상한 힘을 받고 있어. 누가 달 위에 올라앉아 나를 부르고 있어. (……) 저 달을 향해 기럭기럭 날아갈까 봐"라고 외친다. 그들은 달의 인력에 끌려 낮의 원칙의 화신인 아버지의 명령을 거부하고 제도권 교육의 장 바깥에서 그들만의 위험한 유희와 토론에 몰입한다.[3] 그들 모임의 실질적인 주관자인 유진에게 희배는 "너는 금방 낳은 알이었어. (……) 실고추 같은 혈관이 보이고 송사리처럼 생긴 작은 별들이 돌아다니고 있는 네 몸 속을…… 유진, 다음 세상에선 우리 노른자가 두 개인 알로

[3] 『옛날 영화를 보러 갔다』에서 주인공의 아버지는 수학 선생이며 「가족사진첩」에선 한문 선생으로 되어 있다. 아버지—교사의 결합은 무성의 억압성을 강화한다. 여기다 한학에 소양이 있는 가풍이 가미된다. 「말발굽 소리를 듣는다」나 「새 무덤」에 나오는 아버지는 고등 교육을 받지 못했음에도 불구하고 집안에 전해내려오는 한적을 뒤적인다. 대부분의 그의 소설에서 아버지와 아들은 서로 소원한 관계로 그려진다. 가부장제적 전통에 충실한 고풍스러운 분위기는 이 작가의 문체에도 어느 정도 침투해 있다. 「가족사진첩」「새 무덤」 같은 근작에서 작가는 아버지와 아들간의 화해를 조심스럽게 추구하고 있는 것으로 보이는데, 나는 그것이 여성성 추구라는 이 작가의 이전 주제와 과연 적절히 융화될 수 있을지에 대해선 약간 회의적이다. 나는 이 작가가 가족의 품에 안기기 전에 보다 오래 보다 먼 길을 방황하기를 바란다.

태어나"라고 이야기한다. 여기서 알이나 물고기가 무엇을 의미하느냐 하는 것은 명약관화하다. 달은 무한한 감응력으로 세계에 비옥함과 생장을 가져다 준다. 어른들의 불륜이 공개됨에 따라 방에서 내쫓긴 뒤 그들이 새롭게 거점으로 삼은 농장 역시 마찬가지이다. 주인공이 "천국으로의 유배"라고 부른 그 농장에서의 나날은 뽕나무 – 누에 – 달빛의 이미지로 넘실대고 있다.

　　천지에 달빛이 가득했다. 우리는 달의 표면을 걸어가고 있는 것만 같았다. 유진과 나는 땅에서 발이 떨어지지 않도록 조심조심하며 뽕나무밭을 따라 무연히 걸어갔다. 달나라는 백야가 아니라 푸른 밤, 청야(靑夜)였다.

푸른 달빛으로 가득 찬 그 농장에서 각별히 유진의 주목을 끈 것은 잠사의 누에다. "우리 할머니집에 가면 지금도 누에를 쳐"라는 유진의 말은 그녀가 가진 달의 자질을 다시금 확인케 해준다. 누에는 달빛 – 실의 시각적 이미지의 유추 외에도 운명의 실을 잣는 존재라는 속성, 그리고 고치에서 나방으로의 변신이 죽음과 재생의 이미지를 간직하고 있다는 점 때문에 달과 맺어진다. 아울러 누에들이 뽕잎 갉아먹는 소리가 빗소리처럼 들린다거나 뽕나무에 하얗게 달라붙은 누에를 갓난애에 비유하는 것 등은 물 – 달, 죽음 – 재생으로 이어지는 상상력의 연상 작용에 참여한다. 심지어 잠사에서 유진은 "지금 내 몸은 만조야"라면서 형섭에게 자기 목을 졸라주기를 요청하기도 한다. 이처럼 영원회귀를 꿈꾸며 누에고치의 "고요한 흰 방" 속에 들어가 잠들고 싶어한 유진은 끝내 온몸에 하얗게 명주실을 감고 "장독만한 고치가 되어" 죽는다. 그녀는 과연 고치의 흰 방에서 나와 나방 – 백조로 환생한 것일까. 결론적으로 유진의 자살은 달의 여신의 죽음이며 그녀를 망각에서 불러내는 주인공의 작업은 그녀의 죽음의 의미를 적극적으로 자기화해가는 과정이라고 볼 수 있다. 도난당한 과거를 되찾은 그는 "삶이란 모르긴 몰라도 그 자리에서 무한히 거듭나는 일일 거야"라면서 지금까지와는 다른 방식으로 삶을 살아갈 것을 다짐한다. E-희배가 병약하고 여윈 외모에서 유추할 수 있듯이 육체성을 거부하고 과거의 잔영에 집착하는 단선적 삶의 방식을 고수하는 반면 주인공은 타나토스적 욕망에 매몰되지 않고 시원으로의 회귀-자아 갱신에 성공한다. 자신의 과거와 해후한 주인공은 새로 자신의 반려자가 된 여인과 나란히 누워 달에 드리워진 자신의 그림자를 몽상한다.

나는 눈 쌓인 벌판에 떠 있는 달을 생각하고 있었다. 달걀 노른자처럼 생긴 달을. 그리고 나는 달 위에 던져지고 있는 내 그림자를 생각하고 있었다. 태양의 빛을 받아 길게 늘어난 내 그림자가 달에 드리워져 있는 것을.

당연한 이야기지만 죽음만이 영원회귀에 대한 욕망을 완전히 종식시킬 수 있다. 아니 어쩌면 죽음이야말로 완벽한 영원회귀인지도 모른다. 그러나 죽음을 택하지 않은/못한 사람들은 삶을 살아갈 수밖에 없다. 작가는 죽음=자아의 소멸을 통해 영원회귀에 합류하는 대신 이 삶 속에서 살고 사랑하고 부대끼며 영원회귀에 참여할 수 있는 방법을 모색하고 있으며 그것이 이 장편소설의 결말을 이 작가로서는 약간 이례적으로 낙관적인 분위기로 채색하게 한 듯하다. 이처럼 『옛날 영화를 보러 갔다』에서 보여준 상상적 해결책보다 한 걸음 진전된 인식을 보여준다는 점에서 「피아노와 백합의 사막」은 주의깊은 독서가 요구되는 작품이다. 이 소설에서 가장 시선을 끄는 점은 지금까지의 분석에서 드러났듯이 지상의 물의 원천이자 영원한 모성의 상징인 달이 오히려 광막한 사막으로 나타나고 있다는 점이다. 주인공은 자신이 사막에 관심을 갖게 된 것은 유년 시절 본 아폴로 11호의 달 착륙 때문이라고 언급한다. 인간의 달 착륙에 의해 달은 월계수나 토끼 따위가 있는 동화적 공간이 아니라 차디찬 죽음의 침묵이 지배하고 있는 사막이란 사실이 백일하에 드러난다. 어린 시절의 이 삽화는 현대 과학기술문명에 의한 신화세계의 종말과 세계의 황폐화를 우화적으로 드러내고 있다. 하지만 더욱 중요한 것은 이후 주인공을 사로잡은 사막의 꿈 이면에 달의 꿈이 자리잡고 있다는 사실이다. 인간의 삶이란 풍요(달)와 불모(사막)의 경계선을 가로지르는 것이라는 점에서 달/사막, 달=사막의 이항대립은 충분히 수긍할 수 있는 것이다. 이처럼 초등학교 시절 언젠가는 사막에 가보고 싶다는 주인공의 꿈에 한 친구가 동참한다. 그들은 커서 함께 사막에 가기로 약속한다. 그러나 그 친구는 부친의 파산-실종으로 어려운 형편에 처해진다. 고등학교 시절 시를 습작하던 주인공이 백일장 참석차 서울에 올라왔을 때 잠시 만난 것을 제외하곤 그들은 줄곧 다른 운명을 살게 된다. 성장해서 기업체의 사원으로 취직해서 안정된 소시민적 생활을 영위하고 있던 주인공은 우연한 계기에 의해 실크로드를 따라 사막으로 가는 관광여행에 참가하게 된다. 그래서 옛 친구의 근황을 알아본즉 그는 시인으로 데뷔했으나 간경화로 위독한 상태에 있으며 사막으로의 여행도 불가능하다는 사실을 알게 된다. 이러한 설정은 친구 사이인 이 두 사람을 서로의 분신으로 보게 만든다. 고등학교 시절 주인공이 쓰다가 그만둔 시를 성인이 된 뒤 그의 친구가 쓴다는 것은 그 친구가 주인공이 일상적 삶을 담보받기 위해 포기했던 자아의 또다른 일면을 상징한다는 점을 말해준다. 과연 홀로 사막으로 여행을 떠나게 된 그의 곁에는 항상 그 친구의 환영이 어른거린다. 그 사막으로의 여행에 다시 한 여인이 끼어든다. 윤대녕의 다른 소설과 마찬가지로 약간은 종잡을 수 없는 신비스러운 느낌을 주는 그 여인은 점차 주인공의 삶에 개입해 들어오기 시작한다. 내륙 깊숙이 들어올수록 여성 생리 냄새가 고약하게 난다는 그녀의 발언은 달의 리듬과 여성의 생리주기와의 관련성을 직접적으로 드러내는 한편 이 여행이 의식적 자아에 의해 활성화되지 못한 자아의 여성적 측면과 조우하는 것임을 암시해준다.(여성의 월경은 그 자체가 임신의 좌절을 의미할 뿐 아니라 흔히 성적 금기 기간으로 간주되므로 사막의 불모성과 적절히 대응한다.) 호텔방에서 그녀와 건조한 육체적 결합을 가진 후 그들 일행은 마침내 사막에 도착한다. 그토록 희구하던 사막에서 텅빈 무(無)만을 대면했을 뿐인 그는 고국으로 돌아온 뒤 친구의 죽음을 확인하고 아내와 별거하는 등 과도기적 혼란을 겪는다. 이 작품은 일정한 해답을 제공해주지 않는 대신 시적인 이미지를 통해 작중인물의 미묘한 심리 변화를 전달하며 비결정의 열린 종결 형식을 취하고 있기 때문에 쉽사리 작가의 의도가 전달되지 않는다. 그러나 여행중에 주인공이 사막에 포옹하듯 엎드린 장면과, 이 소설의 맨 마지막을 장식하는, 달과의 육체적 결합에 대한 환상을 겹쳐 읽음으로써 어느 정도 파악이 가능하다.

　1) 그녀가 돌아간 사막 앞에 서 있다가 나는 달빛을 받고 곧장 앞으로 걸어가보았다. 그리고 더이상 갈 수 없다, 라고 느껴졌을 때 나는 모래 위에 가만히 엎드려, 두 팔을 벌리고 아주 먼 곳에서부터 불어오는 사막의 바람 소리를 듣고 있었다. 아주 먼 곳으로 불어가는.

　2) 누가 나를 메아리쳐 불러, 비스듬히 고개를 돌려 창 밖을 보니, 내가 거미처럼 사지를 벌리고 달을 끌어안고 있다.

　1)에서 사막에 엎드린 주인공의 모습은 불모의 대지와의 성애를 표상하는 에로스적 행위인 동시에 무거운 대지를 어깨에 받드는 아틀라스적 노역이기도 하다. 전자라면 그것은 불모의 땅에 풍요를 가져다 주는 노력이 될 것이고 후자라면 "비로소 내가 사막과 같아져 피아노와 백합을 등에 지고 있"다는 표현처럼 버림받은 운명에 대한 인고의 상징이 될 것이다. 그런 점에서 2)에서 사막/달을 끌어안고 있는 주인공을 거미에 비유한 것은 매우 암시적이다.(소설 도입부에서 화자는 아폴로 11호가 달에 착륙하는 것을 "거미처럼 내려앉는"다고 비유하고 있다. 아폴로 11호라는 거미가 달을 사막화했다면 주인공은 그 사막에 다시 풍요와 다산을 가져다 주는 임무를 띤 거미일 것이다. 사소한 비유 하나까지

면밀하게 계산하는 이 작가의 성실성을 알 수 있는 대목이다.) 거미는 『옛날 영화를 보러 갔다』의 누에와 마찬가지로 체내에서 실을 분비해 존재의 망을 엮는 곤충이다. 누에와 거미는 우주적 직공이라는 점에서 서로 동류이다. 운명의 실을 잣는, 혹은 환영으로서의 세계(마야)를 짜는 이 곤충은 그런 점에서 달과 밀접한 관련성을 갖고 있다. 그렇다면 주인공의 이러한 육체적 공희에 의해 사막에 피아노 소리가 물주름처럼 번져나가고 사방에서 백합꽃이 피어나는 기적이 실제로 일어날 수 있을 것인가. 자신의 진정한 정체성을 찾아 헤매는 내면의 여로는 이제 목적지에 도달한 것인가. 이 작가의 근작 두 편을 검토해봄으로써 그 가능성을 타진해보기로 하자.

5. 경계의 중심화

「피아노와 백합의 사막」에서 달을 껴안은 우주거미cosmic spider의 이미지로 표상된 주인공의 모습은 '탈주'와는 다른 현실 대응 방식을 우리에게 시사한다. 완강한 일상에 균열을 냄으로써 '바깥을 향한 욕망'을 불러일으키는 탈주의 시도는 그것이 여타의 정치 사회적 문맥과 접속하지 못하고 개인적 차원에 갇혀 있는 한 허무주의의 벽에 부닥칠 수밖에 없기 때문이다. 일상→비일상→일상 혹은 현재→과거→현재로 되풀이되는 탈주의 도식은 반복될수록 그 힘을 반감당하며 나중엔 관성적 차원으로 떨어지게 된다. 그 경우 기의signifié와 만나지 못한 채 기호의 선로를 계속 헤매고 다니는 기표signifiant처럼 끝없는 환유적 대체만이 있게 된다. 이처럼 무용한 존재의 소모를 방지하기 위해선 자기 내부의 것을 외부에 투사하지 않고 자기 인격 속에 통합시켜야 한다. 이런 점에서 한 단계 진전된 인식을 보여주는 작품이 「뱀에 물린 자국」과 「신라의 푸른 길」이다.

이 두 작품에서 작가가 시도하고 있는 것은, 조금 서둘러 이야기하자면, '경계의 중심화'라고 표현할 수 있을 듯하다. 앞에서 지적했듯이 그의 주인공은 상극적인 두 세계의 중간에 자리잡고 있다. 그는 운명적인 대칭 속에 놓여 있으며 양쪽으로부터 소환당하고 있는 처지이다. 일상과 비일상, 현실과 초현실 사이에서 고뇌하는 그는 한 세계에서 다른 세계로 이행하는 운명의 모험을 겪게 된다. 그러나 그가 위치한 경계는 공교롭게도 두 세계의 중간이기도 하다. 그 중간이 중심으로서의 구심력을 발휘한다면 그는 두 세계를 융합시키는 대립의 일치를 낳을 수도 있다. 그때 세계는 양극의 방향을 통합하는 원형(圓形)을 지향하게 된다. 「배암에 물린 자국」에서 주인공은 산책하다 이유 없이 독사에게 물리는 환난을 겪는다. 통증이라는 육체적 증상은 살의라는 심리적 증상을 유발하는데 작가는 이를 '독'이라고 언급하고 있다. 소설은 그가 복수심에 불타 자신을 문 뱀을 잡으려고 산길을 헤매다가 산 속에서 작물을 재배하며 사는 온유한 농부 부부의 말없는 감화를 받아 그것을 포기하기까지의 과정을 그리고 있다. 여기서 주인공을 가장 고통스럽게 한 부분은 자신이 왜 이유 없는 수난을 당해야 하느냐에 모아져 있다. 뱀에게 물림은 단순히 육체적 고통(거세 공포)을 야기하는 데 그치지 않고 그의 존재 근거 자체를 위협한다. 악의 기원을 이야기하는 창세기의 신화처럼 이 소설 또한 한 인간에게 주어진 시험과 시련의 이야기이다. 그를 시험과 시련에 빠트린 것은 혼돈의 화신인 뱀이다. 뱀에게 물린 뒤 그를 사로잡은 분노와 증오는 그의 영혼의 오염과 타락을 증거한다. 뱀을 정죄하고자 하는 그의 노력 뒤엔 자기 존재의 정당화에 대한 욕구가 깔려 있다. 결국 소설은 그가 자기에게 주어진 시련의 과업을 받아들이고, 자신의 열등하고 어두운 부분을 무책임하게 타자에게 전가하는 투사적 감정이입empathic projective의 단계에서 벗어나 열린 마음으로 세상과, 나아가 자신과 화해하는 것으로 끝을 맺고 있다. 소설 말미의 흰 눈과 더불어 찾아온 여인은 그의 영혼의 정화를 암시해주고 있다. 이제 지하의 신인 뱀은 그의 내부에서 새로운 의미 부여를 기다리고 있는 그의 여성적 측면을 가리키게 된다.

새벽이었다. 혼곤히 잠들어 있다 누가 창 밖에서 사각사각 눈 밟는 소리를 듣고서 나는 눈을 떴다. 슬며시 창문을 열어보니 웬 젊은 여자가 새벽 하늘을 올려다보며 마당가를 하염없이 서성이고 있었다.

이렇게 본다면 뱀에게 물리는 순간은 자연의 마법적인 힘과 접촉하는 순간이며 다른 세계의 전령으로부터 계시를 받는 순간이다. 이제 그는 어렵고 고통스러운 입문식을 거치며 뱀에 물리는 순간의 격렬한 영적 체험을 자기화하는 임무를 치러야 한다. 그것은 소설에 출몰하는 뱀 이미지가 점차 달라져가는 과정을 통해 드러난다.(이 작품에서 뱀 이미지가 섬세하게 변화해가는 양상을 따라가지 않고 표피적인 주제만 검출해내는 독서는 자칫 이 작품을 따분한 도덕적 설교를 담고 있는 소설로 만들 위험이 있다.) 그 뱀은 세 가지 다른 모습을 하고 나타난다. 제일 먼저 주인공이 물리는 순간의 뱀은 혐오스럽고 사악한 침입자의 형상을 하고 나타난다. 뱀에게 물리는 순간을 묘사하기 위해 동원된 표현들은 "가시나무 가지" "긁혔다" "찔렸다" "회초리" 등으로서 뱀의 위협적이고 적대적인 성격을 부각시키고 있다. 독사의 머리가 세모꼴이고 물린 자리가 산등성이의 삼각주처럼 생긴 지대이고 그 뱀을 죽이기 위해 주인공이 들고 다니는 막대기가 Y자형이라는 사실은 뱀의 공격적 속성을 형태적으로 드러내고 있다. 또 그를 문 뱀이 풀숲을 지나는 모습을 "꾸물꾸물 사라지고 있는 시커먼 그림자"라고 한 부분은 미분화된 떼거리의 형상에 대한 인류의 오랜 혐오감을 상기시킨다.

두번째는 자기를 문 뱀을 잡으려고 산을 헤매던 주인공에게 우연히 걸린 꽃뱀으로 나타난다. 그런데 재미있는 사실은 "배암, (……) 네 머리를 갈아 내 상처에다 몇 겹으로 처바를 테야!"라거나 "네 놈의 모가지를 이빨로 끊어버릴 테다!"라던 주인공이 정작 Y자 막대기로 내리꽂은 것은 뱀의 머리 부분이 아니라 꼬리 부분이라는 점이다. 물론 모든 행위가 의도한 대로의 결과를 낳는 것은 아니다. 그러나 평소 이미지의 배치에 각고의 노력을 기울이는 이 작가의 소설작법을 염두에 둘 때 다음 구절은 행위자의 실수 이상의 무엇을 말한다고 봐야 할 것이다.

꼬리를 물린 뱀은 제 몸의 위험을 이내 감지하고선 순식간에 막대기를 휘감고 올라왔다. 그러나 이미 소용없는 짓이었다. 아무리 몸부림을 쳐도 그놈은 이미 내 손아귀를 빠져나갈 수가 없었다. 다이아몬드 모양의 몸비늘을 번득이며 그놈은 사납게 고개를 치켜들고 아가리를 쩍 벌린 채 나를 향해 혀를 날름거리고 있었다.

비늘을 번득이며 지팡이를 휘감아오르는 뱀의 모습에서 드러나는 것은 남성원리와 여성원리의 결합이다. 세계의 축axis mundi을 상징하는 지팡이를 혼돈의 상징인 뱀이 휘감고 있는 이 형상은 카두케우스Caduceus라고 일컬어지고 있는데 이 뱀지팡이는 그리스 신화에선 천상과 지하를 오가는 신의 전령 헤르메스가 들고 다닌 데서 알 수 있듯이 양극적인 것의 통합을 상징한다.[4] 아래에서 위로 기어오르는 이 뱀은 하계와 천상을 연결하는 중계자, 선악 양쪽의 잠재력을 환기시킨다. 이제 뱀은 죽음과 재앙의 상징에서 생명력과 각성의 상징으로 넘어가는 중간 단계의 존재로 나타난다. 그는 파괴자인 동시에 치료사이다. 과연 주인공은 맹목적인 살의에서 벗어나 그 뱀을 죽이지 않고 놓아준다. 자신을 바라보는 농부 아낙의 시선은 완고하게 닫혀 있던 그의 마음의 빗장을 열고 뱀—자신의 관계를 다른 각도에서 바라볼 수 있는 계기를 가져다 준다. 그는 어린 시절 아버지가 자신에게 해준 이야기, 즉 상주와 뱀에 얽힌 이야기를 떠올린다. 선의의 피해자로만 여겨왔던 자신이

---

4) 이 작가의 소설을 주의깊게 읽어온 독자라면 이 장면에서 바로 「말발굽 소리를 듣는다」에 나오는 다음 대목을 연상했을 것이다. "그는 한 그루의 거대한 불꽃나무를 보았다. 그것은 좋이 몇백 년은 묵었을 법한 고목이었다. 나무의 밑동에서부터 비늘처럼 생긴 붉은 잎이 잔가지 끝까지 달라붙어 확확 불을 질러놓고 있었다." 여기서 비늘처럼 생긴 붉은 잎은 식물적이기보다는 파충류적 질감을 자아낸다.

실은 의도하지 않게 남에게 위해를 가한 가해자였던 적은 없었던가, 라고. 이 고사 속에 나오는 땅속에서 겨울잠을 자고 있는 뱀의 무리는 소설 속의 세번째 뱀으로 현신한다. 주인공이 마지막으로 발견한 뱀은 뱀의 실체가 아니라 "무덤 속으로 머리 부분이 십 센티미터쯤 파고들어 간 상태에서 비죽이 나와 있"는 뱀껍질에 불과하기 때문이다. 이 실체가 아닌 흔적으로서의 뱀은 땅속에서 자기 꼬리를 물고 동면하는 뱀에 대한 몽상으로 이어진다.

저 가을에 나를 물었던 그 배암, 그놈은 눈 내리고 있는 지금 어느 유수의 깊은 땅속에서 온몸의 힘을 풀고 태연히 잠들어 있겠지. 그때 나처럼 제 꼬리를 입에 물고서 말이다. 한데 내 몸에 그토록 독한 향기를 부어놓고 사라진 그놈은 이 새벽 내가 저를 생각하듯이 나를 생각하고 있기는 한 것일까⋯⋯.

뱀은 주기적으로 허물을 벗고 재생하는 짐승이라는 점에서 전형적인 달짐승이다. 아울러 뱀은 남성적 측면과 여성적 측면을 공유하고 있다는 점에서 남녀 양성적 동물이기도 하다.[5] 특히 둥글게 자기 꼬리를 물고 있는 뱀 우로보로스는 순환과 재생의 상징이자 전체성의 상징으로 세계를 둥글게 감싸고 자연의 섭리를 주관하는 존재로 상상돼왔다. 둥글게 제 꼬리를 물고 겨울잠에 든 뱀은, 뱀에게 물리는 순간, 응급조치로 물린 곳(발목)을 물어뜯어 피를 빨아대던 주인공의 모습과 정확히 겹친다. 그렇다면 그가 꽃뱀의 꼬리를 막대기로 문 것은 전에 독사가 자신의 발목=꼬리를 문 것의 반복이라 할 수 있다. 삼라만상은 이렇듯

---

5) 뱀이 갖는 상상적 의미망과 우리 문학에서의 수용 양상에 대해선 졸고 「남녀 양성의 신화」(『바벨탑의 언어』, 문학과지성사), 「뱀, 미지의 부름」(『신성한 숲』, 민음사)을 참조할 것. 「배암에 물린 자국」에서 주인공의 의식과 행동을 영적 추구 과정으로 본다면 뱀에게 물린 뒤 몸이 부어오르고 잇몸까지 거무스레하게 변한 것은 연금술에서 말하는 니그레도의 단계라고 볼 수 있다. 이 단계는 새로운 존재로 다시 태어나기 위해 겪는 고통을 육체적 부식(회저)을 통해 나타낸다.

긴밀한 작용 – 반작용의 메아리로 이루어져 있다. 문제는 그것이 때로는 치명적인 독으로 나타나기도 하고 때로는 영혼을 적시는 '독한 향기'로 현시되기도 한다는 점이다. 독이 독을 물고 독이 독을 낳는 살의의 재생산 구조는 주인공의 인식의 성숙과 함께 자기 내면에 깃들인 독에 대한 깨달음 및 삶의 양면성에 대한 너그러운 수용으로 전환된다.

　이처럼 우로보로스의 모습으로 나타난 원 이미지는 「신라의 푸른 길」에선 율무 – 염주로 되풀이된다. 진부한 일상에서 벗어나 정신적 생기를 되찾기 위해 경주를 거쳐 동해로 가는 여행길에 오른 주인공은 우연히 옆좌석에 앉은 여인과 이야기를 나누다 연정을 느끼게 된다. 그들을 태운 버스는 주인공이 처한 상극적인 두 세계의 경계를 상징이라도 하듯 바다와 육지 사이를 달린다. 그 길은 현재와 옛 신라가 만나는 길이자 땅과 바다가 만나는 영원의 길이다. 한편에 초월적 신화의 공간이 펼쳐져 있다면 다른 한편에 진부한 일상이 있다. 그는 접경liminality의 칼날 같은 선 위를 달리고 있다. 그러나 그는 "삶의 거적때기를 벗고 (……) 불현듯, 실종되고자 하는 울울한 마음"에 함몰되지 않고 다시 그녀와 자신 사이의 거리를 확인하기에 이른다. "우리는 모두가 타인이면서 또한 이렇게 모두가 타인이 아니다." 이러한 주인공의 선택은 이번 여행이 탈일상의 모험이면서 일상으로의 재편입이기도 하다는 점을 말해준다. 이것은 그가 만나러 가는 동해에 사는 그의 삼촌의 꿈과도 조응한다. 탈속한 삶을 사는 그 삼촌은 바다 앞에 율무를 심어 그 열매로 염주를 만들겠다는 꿈을 갖고 있다. 그래서 죽을 때 바다 앞에 앉아 염주를 목에 걸고 있겠다는 것이다. "육십 년 내지 칠십 년을 목에 걸고 다니다가 땅에 떨어져도 싹이 튼다"는 율무는 영원회귀에 순응하면서 그것으로부터 자유로운 삶의 이상적 상태를 암시해준다. 타자에게 구속되지 않는 마음의 자유로움, 그것은 일순간의 내면적 동요를 다스릴 수 있는 평정을 그에게 가져다 준다. 그 평정이 율무 – 염주 – 땅에 묻힘 – 싹이 틈의 순환적 인식과 맞물려 있음은 지극히 당연하다. 여행을 통한 자아의 신생은 바다/사막의 양극단을 중화시킬 수 있는 여유와 슬기를 그에게 가져다 준 것이다.

6. 달의 몰락

문명화된 자아와 원시적 감성의 조화를 추구한다는 점에서 윤대녕의 소설은 아마도 후기자본주의시대의 목가라고 부를 수 있을 듯하다. 그 목가는 초원이나 해변을 배경으로 하지 않고 마천루의 숲을 무대로 하고 있다는 점에서 전산업사회의 목가와 다를 수밖에 없다. 그 목가는 목가의 부재를 증언하는 목가, 낙원의 불가능성을 체득하고 있는 자의 목가이다. 그는 현대 이후 이성의 지배 아래 놓인 삶-세계의 단세포성과 실존의 무의미성을 비판하기 위해 그것에 대비되는 다른 삶-세계의 가능성을 염탐하고 있다. 그런 그의 지향이 신화적 과거, 원시적 문물에 대한 향수로 표출된 것은 어쩌면 필연적인 것일 수밖에 없을 것이다. 윤대녕의 신화적 상상력 내지 신비주의 취향에 대해선 물론 여러 가지 비판이 제기될 수 있다. 우선 그의 현실 진단이 지나치게 소박하며 자본주의 체제에 대한 이해가 추상적 개괄적 수준에 머물고 있다는 지적이 나올 수 있다. 이러한 논리의 연장선상에서 그의 신화적 상상력 및 신비주의가 또다른 현실도피가 아니냐는 의문이 던져지기도 했다. 그의 신화적 상상력 및 신비주의에서 일종의 탈역사적 징후를 읽어내고 이를 현실에 대한 환멸의 상상적 해소로 몰아붙일 수 있는 소지도 있다. 어쩌면 핵심은 '세계를 달리 보는 것'이 아니라 '달라진 세계를 보는 것'에 있는지도 모른다. 그리고 그것은 설명이나 묘사의 차원이 아니라 체험의 차원이며 개인적 각성의 문제가 아니라 사회적 변혁의 문제일 것이다. 그러나 세계를 달리 보는 눈 없이 어떻게 세계를 달라지게 할 수 있으며 개인적 각성 없이 어떻게 사회적 변혁을 추구할 수 있는가라는 반문도 나름대로 타당성을 가진다. 한 걸음 더 나아가 신화적 상상력이나 신비주의는 항상 탈역사성의 난점을 갖는 것으로 치부하는 고정관념에 대해서도 반성이 필요하다. 왜냐하면 우리는 헤겔이나 테야르 드 샤르댕처럼 역사 속에서 신화-신비적 비전을 발견할 수도 있기 때문이다. 운명적인 대극 속에 놓인 자신의 존재론적 근거를 경계의 중심화를 통해 지양하고자 하는 이 작가의 최근 문학적 노력은 현실 속에서 현실을 넘어 나아가는 한 방법일 수 있다는 점에서 기대를 갖게 한다. 아울러 원시성에 대한 그의 경도는 호피인디언의 사진이나 철 지난 『내셔널 지오그래픽』에 실린 북극의 돌고래 혹은 아메리카 대륙의 들소 사진이 말해주듯 목가시대의 종말과 고결한 야만인noble savage의 멸종이란 현실 조건 위에 서 있다. 그의 원시 지향은 그 자체로 이성 만능의 현실과 자기 성찰이 결여된 현대성에 대한 강력한 비판이기도 한 것이다. 이점은 이전 작품에서도 간간이 선보였지만 그의 소설이 향후 생태학적 상상력이나 동양사상 등과 만날 때 작가적 반경이 훨씬 넓어질 수 있음을 시사한다.

문제는 오히려 '깊이' 쪽에 있다. 그의 신화적 상상력과 신비주의가 더욱 폭넓은 현실 탐험과 정련된 사유로 다듬어지지 않고 동일한 모티프의 변주에 그칠 때 그의 소설은 매너리즘에 빠지고 말 위험이 있다. 이 점과 관련하여 필자는 다음 두 가지 사항을 지적하고 싶다. 하나는 소설 문면에 노출된 문화적 정보의 대량 유입에 관한 것이다. 요즘 상당수 젊은 작가들이 그렇듯이 그의 소설엔 음악 미술 영화 패션 등 문화적 정보가 의미심장한 역할을 담당하고 있다. 또 그것은 정치적 이념과 체제에 대한 관심이 현저히 퇴조한 반면 삶의 다양한 영역이 문화에 잠식된 우리 시대의 한 표정을 반영하고 있기도 하다. 그러나 작중 인물을 포위하고 있는 이러한 문화적 기호들이 소설 내용에 적절히 육화되지 않고 장식적으로 남용될 때 그것은 대중의 문화적 속물근성을 부추기는 데 그칠 우려가 있다. 소비문화의 상투형과의 결별은 아직도 그의 소설의 저변에 깔려 있는 감상성의 제거에도 도움을 줄 것이다.

다른 하나는 앞서의 지적과도 연관된 것인데 현란한 이미지의 직조에 의해 짜여지는 그의 소설이 이미지 과잉의 지금 이 시대에 어떤 의미를 지니는가 하는 점에 대한 보다 근원적인 성찰의 필요성이다. 환영(원본 없는 복제)이 지배하는 사회에서 이미지의 최면술적 효과에 지나치게 탐닉하는 것은 경계할 필요가 있지 않을까. 이미지로 포화된 현실 속에서 이미지는 때로 세계를 향한 창이 아니라 세계를 덮어 가리는 장막으로 구실할 수도 있지 않을까. 윤대녕 소설에서 이미지는 대부분 세계의 어둡고 추한 부분을 애써 외면하고 세계를 심미화하는 데 바쳐지고 있다. 그의 소설엔 피와 고름, 땀과 오줌과는 완전히 담을 쌓은 단정하고 세련된 청춘남녀들만 드나들고 있다. 나는 그의 문학적 선택과 기법을 존중하고 그가 거둔 소기의 성과에 찬사를 보내지만 그가 등을 돌리고 있는 영역의 광대함에 대한 주의 환기까지도 포기하고 싶지는 않다.

　생산성과 합리성이 위세를 떨치고 있는 지금 이 시대는 '달의 몰락'이라고 부름직한 현상이 광범위하게 퍼져 있다. 지금은 달이 어둠(혹은 지나친 밝음)에 먹힌 사회, 원시인의 어법을 빌린다면 검은 달이 뜬 시대다. 그악스런 생존경쟁이 일상이 되어버린 사회, 만인이 만인에 대해 이리인 사회에서 개개인의 내면성은 증발해버리고 이성의 탈을 쓴 폭력이 제철을 만난 듯 횡행하게 된다. 인간에 의해 인간을 위하여 만들어진 문명이 인간을 노예로 만들고 세계를 황폐화시키는 역설적 사실 앞에서 현대인은 방황하고 있다. 그런 점에서 다수 대중의 행진에 가담하지 않고 홀로 달의 어두운 저편을 가로지르는 탐색의 대장정에 나선 윤대녕의 노력은 희귀하고 소중하다. 그의 한계까지 포함해서 그는 여전히 우리 문학의 중요한 자산이자 가능성이다. 나는 그 자산이 보다 풍요로워지고 그 가능성이 더욱 활기를 얻을 수 있기를 바란다. 은어낚시는 아직도 끝나지 않았으며 나는 오늘도 미지의 저쪽에서 올지도 모를 통신을 기다리고 있다.

(1996)

우물의 어둠에서 백로의 숲까지
─신경숙의 『외딴 방』에 대한 몇 개의 단상

1. 소멸하는 것의 아름다움

신경숙의 소설은 항상 읽는 사람의 내면에 아스라한 향수를 불러일으킨다. 지나온 한 시절의 깊고도 내밀한 어둠 속에서 스쳐 지나갔던 풍경이 그녀의 소설을 읽는 동안 홀연히 재생되어 섬광처럼 눈앞에 떠오른다. 그녀가 제시한 하나의 단어, 하나의 인물, 하나의 사건이 갑자기 선적인 진행을 멈추고 아득한 기억의 저편에 자리잡고 있는 풍경 앞으로 우리를 인도한다. 그 풍경은 당연히 명료하거나 견고하지 않고 금방이라도 지워질 듯 희미하게 흔들리고 있다. 결코 다가설 수 없는, 그러나 바로 저 앞에서 우리를 손짓하는 그리운 풍경이 자아내는 '처연한 아름다움' 혹은 소멸할 수밖에 없는 운명에 처한 존재들이 자아내는 '눈부신 연민'─아마도 이것이 신경숙의 여러 소설을 감싸고 있는 공통된 분위기일 것이다. 마찬가지로 우리를 신경숙 소설에 다가서게 만들고 깊은 인상을 받게 만드는 가장 큰 요인 또한 바로 이러한 분위기일 것이다. 이 작가의 새 장편소설 『외딴 방』 역시 이러한 분위기, 즉 '처연한 아름다움'과 '눈부신 연민'으로 가득 차 있다. 회상의 형식과 고백체의 어법으로 서술된 이 작품에서 우리는 글쓰기를 통해 진실의 심층에 접근하고자 하는, 그래서 회한으로 채색된 과거의 한 단락을 다시금 새롭게 의미화하고자 하는 작가의 지난한 노력과 마주하게 된다.

2. 신경숙 문학의 또다른 시원

『외딴 방』의 문학적 의미와 가치는 다양한 각도에서 성찰될 수 있겠지만 우선 작가 개인의 이력과 관련하여 이 작품이 '신경숙 문학의 또다른 시원'을 밝혀주는 중요한 이정표 구실을 한다는 점에서 시선을 모은다. 『외딴 방』 이전 작품에서 찾을 수 있는 신경숙 문학의 밑자리는 비록 거센 도시화와 산업화의 물결에 밀려 점차 쇠락과 소멸의 길을 걷고 있긴 하지만 아직도 우리 모두의 귀소의지를 자극하는 농촌 공동체의 다사롭고 넉넉한 품이었다.(그것의 가장 극명한 표현이 첫 장편 『깊은 슬픔』에 나오는 이슬어지라는 환상적 아름다움의 공간이라 할 수 있다.) 각박한 현대사회의 원자화된 인간관계 저 너머에 유순하면서도 한 결같은 자연의 목가적 풍광이 다소곳이 자리잡고 있는 것이다. 작가의 유년 시절의 체험과 긴밀하게 맞물린 그 공간은 대도시의 번잡하고 이기적인 삶의 방식과 대비되어 한편으로 아련한 향수와 동경을, 다른 한편으로 애절한 정서적 울림을 불러일으켰다. 하지만 사람들은 정작 이 작가 특유의 섬세하기 이를 데 없는 언어의 연금술에 도취된 나머지 그녀의 유년의 농촌 체험과 성년의 도시 체험 사이에 어떤 단절 혹은 공백이 가로놓여 있다는 점을, 다른 어떤 것으로도 환원되지 않는 고유의 체험이 은밀히 숨겨져 있다는 점을 알아차리지 못했다. 『외딴 방』이 우리 앞에 선을 보이고서야 우리는 비로소 신경숙이 그토록 드러내놓

길 꺼려왔던, 그러나 언젠가는 기필코 말해야만 했던 유년과 성년 사이의 공백 기간, 열여섯에서 스무 살까지의 그 시간의 빈터 속으로 입장할 수 있게 되었다. 『외딴 방』을 통해서야 우리는 신경숙 문학의 또다른 시원, 그 아프고 잔인했던 시절, 열악한 환경 속에서 문학에의 꿈을 키워나가던 소녀 신경숙을 만날 수 있게 되었다. 이 작가의 자폐적 기질, 아름다움에 대한 끝없는 동경, 삶의 속절없음과 그럼에도 불구하고 그것을 고요히 수납하는 태도 등이 어디서 발원했는지를 알고 싶다면 우리는 이 작품을 펼쳐들어야 한다. 『외딴 방』이 이 모든 물음에 대해 의미 있는 해답을 던져줄 것이다.

3. 무(無)에 이르고자 하는 언어

그런 의미에서 이 작품은 '내성의 문학'이라 부를 수 있는 신경숙 문학의 정점이자 제목 그대로 외딴 방에서 외롭게 죽어간 한 가여운 넋에 대한 진혼가라 할 수 있다. 신경숙은 잊고 싶었던 그러나 잊을 수 없는 그때 그 시절 그 장소로 되돌아가서 그 쓰라린 현장을 다시금 언어로써 복원해낸다. 그 복원의 대상은 주인공이 십대 후반, 낮에는 전기제품업체에서 공원으로 일하고 저녁에는 산업체 특별학급에서 공부하던 시절을 가리킨다. 고향에서 부유한 형편은 아니었지만 큰 어려움을 모르고 귀하게 자라온 그녀는 서울에서 감내하기 힘든 안팎의 시련에 부딪히게 된다. 비좁은 방, 경제적 궁핍, 강도 높은 노동에다 노조와 사용자 간의 대립, 큰오빠와 셋째오빠 사이의 갈등이 그녀를 더욱 거대한 중압감으로 내리누른다. 그러나 그 시절 그녀가 겪은 여러 체험 가운데 그녀를 가장 큰 경악과 비탄 속에 빠뜨린 것은 그녀와 이웃해 살았던 동료이자 선배인 희재 언니의 죽음이었다. 작가는 본능적으로 그 시절의 불행과 과실로부터 멀리 떨어져 있고자 하는 내면의 욕구를 거슬러 어떻게 해서든 희재 언니의 죽음을 둘러싼 당시 정황을 자신의 글쓰기의 영역 속에 끌어들이고자 한다. 그래서 소설 속에서 그녀의 문장은 한 문장에서 다음 문장으로 일직선으로 나아가는 것이 아니라 끊임없이 의식을 갉아들어오는 주저와 망설임 곤혹감에 의해 끊겼다가 간신히 이어지고 같은 자리를 맴돌다가 다시 한 걸음 내딛는 식으로 힘겨운 행보를 거듭한다. 작가의 정신적 고뇌가 글쓰기의 고투로 그대로 이행된 흔적을 다음 예문은 보여준다.

……시여 제발 여기로 와다오. 저것들…… 드릴…… 해머…… 소리들을 가볍게 넘어서…… 서사의 안팎을 잃어버리고 짓이겨지는 내게로.(2권, 121쪽)

처음부터 다시…… 처음부터…… 처음부터…… 다시…… 처음부터…… 다시…… 처음부터 다시…… 라고.(2권, 233쪽)

인용에서처럼 작가는 제대로 진척되지 않는 글쓰기에 대한 쓰라림을 토로하기도 하고 말해진 모든 것을 삭제하고 처음부터 다시 시작하고 싶어하기도 한다. 글쓰기는 매순간 현실의 암초에 부딪혀 난파하고 작가에겐 부스러진 말의 파편만이 남겨질 뿐이다. 이처럼 『외딴 방』에서의 작가의 고백성사는 자신의 체험을 질료로 한 글쓰기에 대한 본능적 두려움과 그럼에도 그것을 넘어서야 한다는 의지 사이의 위태로운 줄타기를 보여준다. 거기서 우리가 보게 되는 것은 언표될 수 없는 것을 탐지해내는 고감도의 언어, 아니 끝없이 침묵을 향해 접근해가고자 하는 언어, 그래서 끝내 무(無)에 이르고자 하는 언어이다. 그녀의 문장 여기저기서 빈번히 등장하는 말없음표는 그런 의미에서 말로 채 다 표현할 수 없는 어떤 것을 나타내고자 하는 감정의 과잉을 지시하기보다는 말할 수 없음에도 불구하고 어떻게든 말해야 한다는 강박이 자아낸 안타까움의 소산으로 받아들여져야 할 것이다.

238

4. 현재진행형의 글쓰기

이 작품의 메타픽션적인 구성 방식에 대해서도 마찬가지의 말을 할 수 있다. "이 글은 사실도 픽션도 아닌 그 중간쯤의 글이 될 것 같은 예감이다"라는 문장으로 시작하여 "이 글은 사실도 픽션도 아닌 그 중간쯤의 글이 된 것 같다"라는 문장으로 끝나는 이 작품은 실제 사건이 벌어지는 지난 시절과 작품을 쓰는 시점이 주기적으로 교체되면서 연대기적 순서와 권위를 지닌 전지적 작가의 서술로 이루어진 일반 소설이 주지 못하는 감동을 전해준다. 이처럼 소설을 쓰는 작가가 작품의 전면에 등장하여 이야기를 풀어나가는 방식은 이 작가가 포스트모더니즘의 새로운 기법에 매력을 느껴서가 아니라 그렇게 하지 않으면 안 될 내적 필연성 때문으로 봐야 할 것이다. 작가는 작품과 일정한 거리를 취한 채 객관적으로 이야기를 전달하는 자가 아니라 끊임없이 이야기에 개입해 들어가서 그 의미를 반추하고 그것의 필연성과 정당성에 질문을 던진다. 소설 속의 이야기는 작가의 머릿속에서 완료된 상태로 있다가 지면 위로 이동하는 것이 아니라 작가의 글쓰기에 의해 계속 다른 의미를 형성하기에 이른다. 즉 그녀의 이번 소설은 생성중인 소설, 현재진행형의 글쓰기의 한 전범을 보여준다. 그리고 이런 글쓰기는 이 작품에 강한 밀도와 구체성을 부여해주는 성과를 거두기도 한다. 하여 우리는 이 작품에서 한 작가의 불우했던 지난 시절에 대한 평면적인 고백이나 미화된 과거 한 시절의 추억담이 아니라 운명의 호출 앞에서 존재 증명을 위해 어쩔 수 없이 자신에게 허여된 유일한 방식인 글쓰기를 통해 온 힘을 다해 싸우는 한 영혼의 초상을 보게 되는 것이다. 이것을 작가는 "떠나온 길이 폭포라도 다시 지느러미를 찢기며 그 폭포를 거슬러 돌아오는 연어"에 비유하고 있다. 그러나 그 연어의 시도는 이미 숙명적으로 실패할 수밖에 없는 천형을 선고받고 있다. 왜냐하면 "소설을 이루는 문장으로는 아무리 해도 삶에서 발생했다 사라지는 섬광들을, 앞설 수가 없"으며 "끊임없이 어떤 순간들을 언어로 채집해서 한 장의 사진처럼 가둬놓으려고 하지만, 그럴수록 문학으로선 도저히 가까이 가볼 수 없는 삶이 언어 바깥에서 흐르고 있"기 때문이다. 이러한 통찰은 삶의 강력함, 거대함과 언어의 무력함, 왜소함을 단순 대비하는 차원을 넘어서 독자로 하여금 작가와 더불어 글쓰기의 진정성에 대한 근본적 반성을 하게 만든다.

5. 상처의 진정한 치유와 극복

『외딴 방』은 이처럼 비극적인 현실을 다루고 있지만 비극적인 묘사로 시종하진 않는다. 이 작품에서 작가는 사위어가는 노을처럼 소멸을 향해 나아가는 존재들의 슬프고도 적요한 운명을 단정하게 형상화하고 있다. 그것은 시간의 심연 속으로의 여행인 동시에 들끓는 감정을 냉각된 문체로 옮겨놓는 작업이기도 하다. 그녀는 기억의 퇴적층 속에 파묻힌 과거의 편린들을 하나하나 재발굴하고 거기에 아름다운 시적 후광을 부여한다. 그럼으로써 외면하고만 싶었던 과거의 고통과 비애는 한 단계 높은 차원으로 수렴되고, 잊고자 했던 과거의 한순간은 기억의 응달에 박혀 있는 돌부리가 아니라 다시금 살려내야 할 값진 재보가 된다. 그것은 상처의 진정한 치유와 극복을 의미한다는 점에서 신경숙 문학의 '성숙'을 나타내는 가장 명료한 징표가 아닐 수 없다.

6. 한 시대의 풍속화

떠나온 시간 속을 거슬러올라가는 글쓰기의 모험은 그러나 특정인의 체험에 갇힌 폐쇄회로에 머물지는 않는다. 오히려 우리가 이 작품에서 보게 되는 것은 몇몇 인물의 운명의 부침에 그치는 것이 아니라 지난

한 시대의 거대한 풍속화이다. 우리는 이 작품을 통해 개발독재의 뒷받침을 받고 진행된 천민자본주의의 추악한 뒷모습을, 그리고 1980년 광주의 비극과 삼청교육대의 인권 유린을 그 어떤 폭로 수기보다도 더 생생히 접하게 된다. 그런 의미에서 이 작품은 가까운 한 시대를 총체적으로 형상화한 증언록이자, 『난장이가 쏘아올린 작은 공』 이후 우리가 만날 수 있는 가장 감동적인 노동소설이라 할 수 있을 것이다. 또한 어둡고 답답한 현실 속에서 내밀하게 작가의 꿈을 간직한 한 소녀의 진솔한 내면기록이라는 점에서 이 작품은 한 편의 뛰어난 성장소설로도 읽힌다. 거기엔 직업 훈련원과 공장과 야간 고등학교로 이어지는 고단한 노동 현장의 풍경이 있고 사진작가가 되기를 꿈꾸는 혹은 소설가가 되기를 소망하는 근로 여학생들의 힘겨운 나날이 있다. 또 노조 결성을 둘러싼 사용자와 노동자 간의 숨막히는 대결이 있고 폭압적인 군사정권의 야만적인 행태가 노출되기도 한다. 신경숙 소설의 서정적 음조 이면에는 이처럼 세상의 폭력성과 악마성에 대한 첨예한 인식이 자리잡고 있다는 사실을 이 작품은 우회적으로 드러내고 있다.

7. 몸의 기억과 감각의 깊이

그런데 더욱 중요한 것은 그녀가 시대적 아픔을 그리든 가난한 계층의 상대적 박탈감을 그리든 그것을 고도로 육화된, 살아 있는 언어로 재현해놓는 데 성공하고 있다는 사실이다. 이는 무엇보다 그녀가 '몸의 기억'에 충실하다는 데서 연유한다. 그녀는 역사적이고 사회적인 주제들을 가장 일상적이고 육체적인 경험으로 응집시켜 표현하는 데 능란하다. 가령 그녀의 잠버릇과 관련된 다음 삽화는 몸에 새겨진 억압의 흔적이 얼마나 끈질긴 것인지를 강렬하게 환기시킨다.

　　잠버릇. 시골의 넓은 방에서 내 마음대로 활개치며 자던 나는 셋째오빠가 온 이후론 자다가 큰오빠의 얼굴을 때리기도 하고 큰오빠의 다리를 발로 차기도 한다. 어느 날 밤 큰오빠가 벌떡 일어난다. (……)

"무슨 놈의 가시내가 잠버릇이 그 모양이냐?"

한번 혼이 난 나는 한 팔은 이마에 얹고 한 팔은 배 위에 얹은 채 긴장을 한다. 잠자면서 너무 뒤채지 않으려고 너무 애를 쓰는 통에 이젠 아침에 일어날 때도 잠들 때와 자세가 똑같다. 어느 날 새벽에 일어나 보니 복숭아뼈에 물집이 잡혀 있다.

(……)

몸의 기억력. 이제는 그러지 않아도 되는데 그로부터 십육 년이 흐른 지금도 가끔 그 자세로 잠들고 그 자세로 잠든 날이면 아침에 똑같은 자세로 일어난다.(1권, 158~159쪽)

몸이야말로 한 사회 한 집단 내에서의 여러 상이한 힘들이 가로지르며 싸움을 벌이는 전장이란 사실을 이처럼 예각적으로 드러내기란 쉬운 일이 아니다. 이 밖에도 큰오빠가 주인공과 외사촌에게 먹을 것을 사주는 장면이나 괴로울 때 몰래 마신 쓰디쓴 소주맛에 대한 서술, 또 미싱을 돌리다 손등을 박아 부어오른 희재 언니의 손에 대한 묘사는 몸이라는 영토를 둘러싸고 벌어지는 사회적 힘의 갈등을 역력히 드러내 보여준다. 그래서 작가는 "희재 언니는 내게 육체로 남아 있다"고 언급하기까지 한다. 물론 생체기억이라 할 수 있는 이러한 측면이 꼭 부정적인 색조로 일관돼 있는 것은 아니다. 고향의 아버지 어머니가 음식을 만들어주는 모습이나 창과의 순결한 사랑에 대한 묘사는 도시적 삶의 비정함과는 다른 정다움과 애틋함으로 충만해 있다. 지나쳐선 안 될 것은 그녀의 문장의 아름다움이 단순히 장식적 세련됨의 소산이 아니라 '감각의 깊이'에 충실한 사람만이 도달할 수 있는 사실성을 보유하고 있다는 점이다. 따라서 소설 속에서 은사가 그녀에게 하는 "니 글쓰기는 니 살 파먹기야. 한꺼번에 너무 많이 파내면 네가 아프다"는 말은 정곡을 찌르고 있다 할 것이다.

8. 우물-몸/별-언어

신경숙의 모든 작품이 그러하듯이 이 작품 역시 다채로운 상징과 은유가 긴밀하게 요소요소에 박혀 빛을 발하고 있지만 아마도 여러 번 반복되어 가장 선명한 인상을 남기는 이미지로 쇠스랑을 빠뜨린 우물과 저녁숲에서 백로들이 고요히 날개를 접고 자는 풍경을 들 수 있을 것이다. 사실 신경숙의 '외딴 방'은 바로 이 두 이미지 사이에 자리잡고 있다고 할 수 있다.

쇠스랑을 끌고서 마당을 가로질러 우물가로 간다. 나, 망설이지도 않고 깊은 우물 속에 쇠스랑을 빠뜨린다. 물이 첨벙, 소리를 낸다. 한참 후에 우물 속을 들여다본다. 깊고 어두운 우물은 쇠스랑을 삼킨 채 곧 조용해지며 아무 일도 없었던 듯 하늘을 받아들이고 있다.(1권, 15~16쪽)

자세히 보니 밤이 찾아온 숲속의 나무 위에 앉아 반짝이고 있는 건 별이 아니라 백로였다. 백로들은 어둠에 잠긴 숲속, 높은 나뭇가지를 여기저기에서 조금씩 차지하고 앉아 하얗게 빛나고 있다.

(……)

아득한 밤하늘 아래, 숲을 아름다이 뒤덮으며 온화하게 자고 있는 백로들을 향해 마음의 기약을 하고 있다.(1권, 32~33쪽)

깊은 우물의 폐쇄성과 자기 충족성이 이미 돌이킬 수 없는 산업화의 대세에 밀려 쇠락해가는 농촌 공동체와 생의 구심점 역할을 하는 유년기를 상징한다면 백로들이 자는 저녁숲은 작가가 동경해 마지않는 미래의 아름다운 삶, 도달하고픈 미적 실존의 평화로움을 표상한다. 그러나 우물의 어둠에서부터 빠져나와 백로의 숲에 이르기 위해선 '외딴 방'이란 통과제의적 시련의 지대를 거쳐야만 하는 것이다. 그 외딴 방의 고립과 고독 속에서 누에고치와도 같이 힘든 시간대를 무사히 통과하고서만 작가가 될 수 있는 운명의 열쇠는 주어지는 것이다. 그것은 그녀의 글쓰기가 우물 속의 쇠스랑을 건져올리는 작업이라는 사실과 결부된다. 둔탁한 쇠스랑의 광물성은 주인공의 정신적 성숙—글쓰기로의 입문과 더불어 우물에 비친 밤하늘의 별빛으로 변주된다.

우물 속의 어둠이 눈에 익자 검은 물이 보였다. 검은 물이 눈에 익자 물 위에 어른거리는 무수한 별들이 보였다. 별들은 무슨 말씀같이 우물 속에 떠 있다. 어느 순간 하늘에 바람이 부는 것처럼 우물 속의 별들이 출렁거렸다. (2권, 251쪽)

보다 확대해서 해석하면 작가 자신의 몸이 곧 하나의 우물이라고 할 수 있다. "내 몸에 감출 수 없는 것들을 나는 우물에 감추었다"는 표현이나 "우물을 들여다보고 있자니 이 생각 저 생각들이 조약돌처럼 툭툭 튀어나왔다" 같은 구절은 우물-몸/별-언어(생각)의 상관성을 여실히 드러내준다. 작가는 자신의 몸의 우물 속에 감추어진 상처(쇠스랑 혹은 희재 언니에 대한 아픈 기억)를 아름다운 언어로 승화시켜 표현하는 자이다. 글쓰기의 날개를 통해서 작가는 우물의 어둠에서 빠져나와 천상의 별을 향해 날아갈 수 있는 것이다. 과연 작중의 소녀는 고생 끝에 그 외딴 방으로부터 떠날 수 있게 된다. 그러나 거기엔 보상이 필요하다. 바로 소녀 신경숙의 분신이라 할 수 있는 희재 언니의 죽음이 희생제물로 요구되는 것이다. 희재 언니의 죽음은 단순히 나 아닌 타인의 죽음에 그치는 것이 아니라 그녀 자신의 일정 부분을 담보한 존재의 죽음을 의미하며 따라서 그녀와 무관한 죽음이 아니라 그녀의 개입이 불가피한 죽음이다. 자살한 희재 언니의 방문을 밖에서 걸어잠근 게 바로 그녀라는 점은—그 무의도성에도 불구하고—두 존재의 운명적 얽힘을 강력하게 환기시킨다. "왜 하필 나였느냐"는 소녀 신경숙의 울음

섞인 항변은 어차피 그녀일 수밖에 없었다는 운명의 가혹한 본질에 대한 인식을 이미 그 안에 담고 있다. 소설 『외딴 방』의 탁월성은 바로 이러한 과정을 짐짓 담담하게, 그러나 사실은 치열하게, 지극한 자세로 그 극한까지 파고들었다는 점에 있다.

9. 집에 이르는 먼길

집을 떠나 외딴 방을 지나온 그녀는 그러나 언어의 집만을 이루었을 뿐 아직 현실 속에선 자신의 집을 마련하지 못한 모양이다. 집을 구성하지 못한 방은 그런 의미에서 언제나 외딴 방일 수밖에 없다. 작가는 소설의 결말 부분에서 고향의 집을 수리하는 문제를 놓고 어머니와 아버지 사이에서 벌어지는 가벼운 말다툼을 소개하고 있다. 그러면서 묵시적으로 집을 새로 짓자는 아버지의 견해에 동의하게 됐다고 밝히고 있다. "우리가 그 집에 살았을 때라든지, 혹은 옛날에 우리가 닭을 길렀을 때, 라고 이야기하는 사람들은 행복해 보인다. 이 글 속에 그런 행복이 잠겨 있었으면, 하는 희망이 생긴다"는 작가의 말에는 글쓰기가 집에 이르기 위한 머나먼 도정이라는 암시가 담겨 있다. 그녀가 그 집에 도달하는 날은 언제일 것인지.

10. 드러냄과 감춤

마지막으로 한마디. 언어의 명주실로 정확하고 치밀하게 짠 이 한 시대의 풍속화 앞에서 우린 무슨 소리를 할 수 있을까. 이미 정평이 난 그녀의 풍부한 울림을 담은 문체나 감성을 상찬하는 것을 넘어서 우린 어떤 태도를 취해야 하는 걸까. 많은 사람들은 이 작품의 자전적 성격에 주목할 것이다. 그러나 과감하게 이야기해서 작가 신경숙은 드러내기 위해서 글을 쓴 게 아니라 감추기 위해 썼으며 그녀의 자기 노출은 궁극적으로 또다른 자기 은폐임을 우리는 인식해야 하지 않을까. 그녀는 모든 것을 말했으되 실은 아무것도 있는 그대로는 말하지 않았다고 보아야 하지 않을까. 이 소설을 읽고 난 뒤의 그 막막한 여운 속에서 독자들이 떠올리게 되는 것은 한 작가의 어려웠던 지난 시절이 아니라 바로 자신이 어느샌가 통과해왔던 생의 한 지점, 그 부재의 순간이 아닐까. 글쓰기에 대한 글쓰기, 그 무한 중첩을 사유하다 보면 글쓰기의 대상은 점차 지워지고 마지막엔 자신의 존재의 뿌리를 향해 다가가고자 하는 어떤 열망만이 남게 된다. 그래서일까. 작가가 작품 속에서 희재 언니를 항상 희미한, 그러면서도 투명한, 그래서 금방이라도 지워질 것 같은 존재로 표현한 것은. 작가는 희재 언니를 한편으로 망각의 심연에서 불러내면서 다른 한편 한사코 지워 없애는 이중작업을 한 것인지도 모른다. 대상을 나타나게 하면서 사라지게 하는 글쓰기의 비의. 이 비밀스러운 힘을 포착할 때 우리는 신경숙 문학의 또다른 매력 앞에 서게 된다.

(1995)

작은 존재들의 사랑과 모험
─채영주의 소설세계

1. '진지함'과 '희극' 사이에서

신세대 문학에 대한 풍문이 문단과 독서시장 일각을 휩쓴 적이 있었다. 풍향도 풍속도 가늠하기 어려웠던 그 바람이 어지럽게 춤을 추고 지나간 지금 남은 것은 앙상한 언어의 잿더미뿐이다. 아니 어쩌면 이러한 판정은 지나치게 성급한 것이거나 과장된 것일 수 있다. 유심히 들여다보면 그 잿더미 속에서 끈질기게 조용히 타오르고 있는 몇 개의 아름다운 불꽃을 만나볼 수 있기 때문이다. 그 불꽃 가운데 하나로 채영주의 소설을 빠뜨릴 수는 없을 것이다. 1980년대가 저물어갈 무렵 문단에 모습을 드러낸 후 지금까지 채영주는 빠르지도 느리지도 않게 또 정도 이상의 찬사나 외면을 받지도 않으면서 문제적인 작품을 꾸준히 발표해왔다. 첫 창작집 『가면 지우기』 및 후속 중단편소설들, 그리고 다섯 권에 달하는 장편소설은 1990년대 문학의 천공에 뚜렷한 별자리를 이루고 있으며 이제 보는 사람을 향해 단순한 감상을 넘어 엄정한 분석과 평가를 요구하고 있다. 하지만 '성찰적 회의주의'(박철화)라는 명명의 대상이 되기도 했으며 '견고한 문체와 다층적인 진술 방식'(이광호)을 가졌다고 상찬을 받기도 한 채영주 소설의 전체적 조감도를 작성하는 일은 결코 만만한 작업이 아니다.[1] 특히 채영주는 오랜 기간 한곳에 머물면서 같은 지점을 파내려가는 유형의 작가라기보다는 끊임없이 탈주의 곡선을 그리며 변신을 시도하는 작가이기 때문에 그를 고정된 틀에 가둬 설명하는 것은 자칫 작가에 대한 오해의 성벽만을 높일 우려가 있다. 그래서 채영주의 문학에 접근하기 위한 지름길로 근작 장편소설 『웃음』에 나오는 한 대목을 먼저 인용하기로 하겠다. 이 부분에서 작가는 작중인물의 입을 빌려 자신의 세계관-문학관의 일단을 피력하고 있는 것으로 보인다.

삶에는 진지함과 희극이 적절한 비율로 배합되어 있는 게 아닐까 싶어요. 우리 임무는 그걸 밝히고, 또 적절한 비율이 무엇인지를 찾아내는 일일 테구요. 그런데 더 재밌는 건 진지함이나 희극적임이 객관적인 실체가 아니라 우리의 태도 속에 존재한다는 사실이에요.

삶의 구성요소로 '진지함'과 '희극'을 드는 것 자체는 그리 새롭다거나 탁월하다고 할 수 없을지 모른다. 저울 한편에 이 세상의 고통과 혼돈, 어둠에 대한 치열한 성찰이 있다면 다른 한편엔 그럼에도 불구하고

---

1) 박철화 「성찰적 회의주의의 길」(『감각의 실존』, 문학과지성사)과 이광호 「미친 풍경의 소설화」(『위반의 시학』, 문학과지성사) 참조. 이 밖에 채영주 소설에 대한 주목할 만한 언급을 담고 있는 평문으로는 다음 글들이 있다. 김병익 「위선의 현실과 그 변화의 가능성」(『가면 지우기』 해설, 문학과지성사), 구모룡 「욕망과 삶의 진정성」(『한국문학과 열린 체계의 비평 담론』, 열음사), 김치수 「위대한 패배의 의미」(『공감의 비평을 위하여』, 문학과지성사), 권성우 「대중문화의 바다 속으로」(『크레파스』 해설, 미학사), 이성욱 「통일을 끌고 가는 난쟁이들의 여정」(『문예중앙』 1993년 가을호), 서영채 「소설의 운명, 1993」(『소설의 운명』, 문학동네)

포기할 수 없는 밝은 웃음과 눈부신 빛에 대한 동경이 있다. 삶의 비극적인 조건은 고뇌 못지않게 아이러니나 유머에 바탕을 둔 웃음을 자아내기도 한다. 문제는 역시 이 양자간의 적절한 비율이다. 상승의 동력과 하강의 무게 사이에서 균형을 취하는 것, 생기 잃은 비관주의나 어설픈 낙관주의와 손잡지 않고 이 양자가 혼합돼 있는 삶의 진면목을 정교한 언어적 형상물을 통해 밝혀내는 것, 이것이 핵심이 아닐 수 없다. 채영주의 문학세계는 바로 이처럼 진지성과 희극성이란 두 극점을 오가며 벌이는 사색과 모험의 도정으로 이루어져 있다. 그는 미래에 대한 희망으로 가득 차 있어야 할 이십대에 1980년대라는 정치적 암흑기를 통과해야 했던 세대의 일원답게 불의와 모순으로 가득 찬 현실 상황에 대한 예리한 인식을 소유하고 있지만 그러한 소재가 지닌 무게에 짓눌려 소설이 보여줄 수 있는 이야기의 재미와 구성의 묘미를 상실하는 우를 범하지는 않는다. 마찬가지로 그의 소설은 동시대의 어느 작가 못지않게 발랄하고 경쾌한 상상력과 탄력적인 문장을 선보이고 있지만 그렇다고 일부 신세대 문학이라 일컬어지고 있는 작품들이 노정하고 있는 부정적 경향, 즉 무국적적인 경박성이나 상업주의의 물결에 휩쓸려 들어가지는 않고 있다. 그는 기민하면서도 유연하게 변화하는 현실에 대응하는 한편 자신의 문학적 영토를 조심스럽게 확장해가는 매우 침착한 작가적 행보를 보여주고 있다. 그런 의미에서 그의 소설은 진지하면서도 무겁지 않고 흥미로우면서도 통속적이지 않은, 우리 시대에 흔치 않은 문학적 성과물로 받아들여진다. 그의 소설은 현실에 대한 심도 있는 분석과 통찰을 담고 있으면서도 전시대의 순수문학의 자폐성과는 일정한 거리를 유지하는 데 성공함으로써 자기 세대에 짐지워진 문학사적 소명에 성실하게 응답하고 있다.

그러나 삶이 그러하듯 한 작품 안에서 '진지함'과 '희극'을 적절한 비율로 배합하는 것은 결코 쉬운 일이 아니다. 하나가 다른 하나를 압도할 때 그 작품은 지나치게 무거워지거나 가벼워져 의도한 만큼의 결실을 거두지 못하게 된다. 또 작가의식의 성숙과 함께 작품 속에 드러난 진지함과 희극의 비율에도 어느 정도 변화가 수반되지 않을 수 없다. 진지함과 희극은 일정한 비율로 고정돼 있는 것이 아니라 세계를 바라보는 시선의 원근에 따라 유동한다. 이런 각도에서 보자면 채영주의 작품세계는 진지함에서 희극으로, 무거움에서 가벼움으로 무게중심을 옮기는 여정이었다고 할 수 있을 것이다. 그의 소설은 초기작에서 보여지듯 사회 역사적 부하(負荷) 때문에 고통받는 존재들에 대한 진지한 성찰로부터 근작에서 볼 수 있는 실존의 가벼운 유희와 삶의 불합리성에 대한 유쾌한 긍정으로 작가적 관심을 이동해왔다. 그에 따라 초기작을 감싸고 있던 암울한 어둠은 근작으로 올수록 조금씩 씻겨나가고 대신 낙관적인 웃음이 행간에서 햇살처럼 스며나오고 있음을 감지할 수 있다. 그렇다고 삶의 비극성에 대한 이 작가 특유의 인식이 둔화되거나 유보된 것은 아니다. 다만 작가는 비극과 희극 가운데 어느 한편에 편중되지 않고 이 양자를 종합적으로 고려함으로써 삶의 진실에 한 걸음 더 가까이 다가가고자 하는 노력을 기울이고 있는 것으로 여겨진다.

이처럼 채영주의 작품세계는, 약간의 단순화의 위험을 무릅쓰고 말한다면, 크게 다음 두 단계를 거쳐왔다고 할 수 있을 것이다. 첫째가 현실의 비극적 측면, 즉 지금 이곳에 상존하고 있는 불의와 억압, 희생의 원인을 파들어감으로써 현실의 지층 밑에 자리잡은 토대, 우리 시대의 하부구조를 밝혀내는 고고학적 단계라면, 둘째는 삶의 비극성과 희극성을 한마당의 거대한 축제를 통해 용해시킴으로써 새로운 삶의 활력을 찾는 연극적 단계이다. 창작집 『가면 지우기』에 실린 작품들과 「겨울소묘」 「백치세습」 「상자 속으로 사라진 사나이」 등의 단편 및 첫 장편 『담장과 포도넝쿨』이 첫째 단계에 해당하는 작품들이라면 1993년 이후 발표된 「춤추는 멍텅구리배」 「당신을 찾아드립니다」 「도시의 향기」 등의 단편과 『시간 속의 도적』 『크레파스』 『웃음』 등의 장편은 두번째 단계에서 길어낸 성과물로 정리가 가능하다. 그리고 모두 11편의 단편소설들이 연작 형태로 묶여 있는 구성을 취하고 있는 『목마들의 언덕』은 발표 시차가 말해주듯 이 두 단계가 연쇄적으로 겹쳐져 있다. 첫째 단계에서 작가의 주요 관심사가 여하히 집단적 기억상실증이란 망각의 유혹에 저항하여 자신의 개별성을 유지하고 타인과 올바른 소통을 할 수 있는가 성찰하는 데 모아져 있다면, 둘째 단계에선 타성적인 현실의 갈등과 부조리를 넘어 화해와 공감의 영역에 도달하기 위한 보다 적극적이고 이타적인 노력이 부각되고 있다. 그에 따라 소설 속의 주인공 또한 주위세계를 성실하게 관찰하는 사색적 내성적 인간형에서 가변적인 운명의 소용돌이에 몸을 던지는 연극적 행동적 인간형으로 바뀌어가고 있다. 그 변화를 읽어내기 위해서는 우선 이 작가의 독특한 서술 방식과 화자의 위치를 점검해보아야 한다.

2. 고고학적 탐색과 가면 지우기

채영주의 대부분의 단편에서 드러나는 특징 가운데 하나는 이야기를 끌어나가는 화자와 이야기의 초점이 되고 있는 대상과의 분리이다. 이야기의 전달자인 화자는 대개 이야기의 진행에서 한 발자국 물러선 채 사건의 추이를 객관적으로 전달하는 데 주력한다. 데뷔작 「노점 사내」에서 화자는 출판사 직원으로 설정돼 있지만 이야기는 그 화자가 관심을 두고 있는 직장 주변의 노점 사내를 중심으로 이루어진다. 「순장(殉葬), 순장(順葬)」에서도 화자는 유적 발굴 단원이지만 이야기의 중심엔 발굴 작업이 행해지는 현지 마을 주민들의 반응이 놓여 있다. 「새벽 두시 파라다이스 카페」 역시 화자인 술집마담이 자신의 가게에 자주 찾아오는 특이한 손님인 대학교수에 관해 들려주는 이야기로 이루어져 있으며 「가면 지우기」는 여기자인 화자가 정신병원의 사이코드라마를 참관하다 우연히 옛 애인을 목격하고서 그에 대해 회상하는 형식으로 되어 있다. 또 빈민가 연속 방화라는 시사성 있는 소재를 다루고 있는 「지난 겨울의 불」에선 담당 검사가 방화 용의범으로 체포된 사내에게 관심을 갖고 그의 지난날과 현재의 심경을 추적하는 내용으로 이루어져 있다. 「겨울소묘」에서 술에 취한 화자가 자신의 죽은 친구와 관련된 이야기를 하는 것이나 「상자 속으로 사라진 사나이」에서 정신병원에 있는 환자가 또다른 환자인 백성인에 대해 진술하는 것도 마찬가지이다.

이런 간략한 고찰만으로도 우리는 채영주의 상당수 소설이 관찰자/행위자의 이항대립 위에 축조됐음을 짐작해볼 수 있다. 물론 관찰자와 행위자 사이의 거리가 항상 일정한 것은 아니다. 예컨대 이 둘 사이의 거리가 가장 먼 경우로 「새벽 두시 파라다이스 카페」를 들 수 있는데 이 작품에서 술집마담은 전교조 문제로 곤혹스런 처지에 놓인 대학교수의 고뇌와 방황을 미지의 청자(실은 독자)에게 전달해주는 중개자의 역할에 머물고 있다. 이와 반대로 「노점 사내」에선 '나'와 노점 사내의 거리가 점점 좁혀져 나중엔 화자가 환상 속에서 노점 사내를 죽이는 단계에까지 나아간다. 이처럼 화자—관찰자가 사건에 직접 개입하는 정도에 있어선 조금씩 차이가 있지만 채영주의 소설이 행위자의 침묵과 그 침묵의 원인을 밝히고자 하는 화자—관찰자의 진술이라는 두 축 위에 서 있음은 공통적이다.

여기서 제기되는 의문은 그렇다면 그 행위자들이 자신을 자기 고유의 목소리를 통해 나타내지 못하고 왜 타인의 입(「새벽 두시 파라다이스 카페」에서 마담의 수다)이나 글(「노점 사내」에서 화자의 편지쓰기)을 빌려야만 하는 것인가, 라는 점이다. 그 대답은 비교적 쉽게 주어진다. 그것은 그들이 현실 속에서 자신을 드러낼 기회를 갖지 못한 존재들이기 때문이다. 그들은 일상의 무게, 역사의 무게에 짓눌려 다른 사람들에게 자신의 개별성이나 존재가치를 주장할 수 있는 기회를 원천적으로 봉쇄당한 처지에 있다.

땀 한 방울도 흐르지 않는 보통이 작업 대신 사내는 나무판자로 바람막이를 해둔 좁은 틈에 웅크리는 쪽을 택했다. 십오분의 일 평이나 될까.

무릎을 절반쯤 세운 사내의 몸은 그 좁은 공간에 맞춤처럼 들어앉는다. 어깨도 고개도 구부정히 수그린 채 사내는 미동도 없이 앉아 있다. 사내의 시선은 삼 미터 앞 인도가 턱을 이루며 차도로 이어지는 지점에 고정되어 있지만 나는 차츰 그의 눈길이 앞으로앞으로 끌어당겨치는 것을 본다. 인도를 덮은 블록 한 조각만큼씩 끌어당겨진 시선은 마침내 자신의 발과 무릎을 거슬러 자기 내부로 투사되어 들어간다. 사내는 이제 온전히 자신만을 바라보며 쭈그리고 앉아 있다. 구태여 내가 그의 모습을 찾아 눈길을 주지 않는다면 나는 그의 존재를 느낄 필요조차 없다.

―「노점 사내」 중에서

위 문단에서 반복되는 웅크리고 구부리고 수그리고 쭈그리는 노점 사내의 외양에 대한 묘사는 그의 사회적 위상을 단적으로 말해준다. 그의 육체는 마치 이 세상에서 자신이 차지해야 될 공간에 대한 권리를 주장하지 않겠다는 듯이 점차 움츠러들고 왜소화한다. 하여 끝내 있으면서도 없는 존재, 비존재로서의 존재가 되어버린다. 그의 시선 또한 밖을 향하지 않고 "자기 내부"를 향하고 있다. 그는 텅 빈, 부재하는, 보이지 않는 존재이다. 그 사내는 "그저 우연히 내 삶의 가장자리에 발자국을 남기며 지나간, 툴툴 털어내면 까맣게 잊을 수 있는 흔적일 뿐"이다. 그런데 이처럼 '흔적'에 불과한 노점 사내의 현존이 화자에겐 정신적 평온을 깨뜨리는 강력한 위협이 된다. 그가 노점 사내의 일거수일투족에 집요한 관심을 기울이고 환상 속에서일망정 노점 사내의 리어카를 뒤엎고 노점 사내를 죽이기까지 하는 것은 그 때문이다. "워충적이고 기계 부속품 같기만 한" 노점 사내의 삶은 화자로 하여금 "스스로를 학대하고 소모시키고 조울스레 만드"는 속앓이를 앓게 한다. 그는 노점 사내의 모습에서 무기력한 일상의 노예로 연명하고 있는 자신의 일부분을 보고 있는 것이다. 사내에 대한 연민과 혐오, 관심과 증오는 실은 같은 동전의 양면이라 할 수 있다. 그리하여 존재 근거를 상실해가고 있는 그 사내가 화자의 글쓰기를 유도하는 역설적 현상이 벌어지게 된다.

하지만 분명한 것은 네게 편지를 내어야겠다는 생각은 사내에 대한 혐오와 함께 조금씩 구체화되었다는 점이다. 과거도 미래도 현재도 아무런 시점도 없이 아무런 희망이나 계획도 없이 마치 송충이처럼 노점이라는 솔잎을 갉아먹고 사는 사내의 모습을 보며 나는 왠지 네게 편지를 내어야 하리라는 생각을 가졌던 것이다.

화자의 편지쓰기는 사회적으로 낙오자이자 패배자에 불과한 존재에 대한 남다른 관심에서 비롯된다. "나는 누군가를, 그러나 결코 나와 다르지 않은 누군가를 필요로 하고 있었다"는 고백처럼 화자와 노점 사내는 다르면서 다르지 않다. 화자가 환상 속에서 노점 사내를 죽이는 것은 결국 자기 자신을 죽이는 것이다. 그리고 이러한 환상 살인을 통해 화자는 "나태와 무감각의 일상"에서 벗어나 "새로운 생명의 탄생을 기약"할 수 있게 된다. 이상에서 볼 수 있듯이 망각의 수면 아래 가라앉아 있는 '작은 존재들'에 대한 관심, 이것이 작가 채영주를 글쓰기로 유도하는 일차적 요인이다.[2] 그리고 이러한 관심은 특정의 계급적 인식이나 이데올로기에 의해 추동되는 것이라기보다는 모든 인간이 공유하고 있는 양심의 자연스런 발로라는 성격을 띠고 있다는 점에서 1980년대를 풍미한 민중문학의 대의와는 그 성격이나 지향을 달리한다고 할 수 있다. 물론 타락한 현실은 그런 내부의 균열을 적당한 선에서 봉합해버리고 무사함을 가장하려 한다. 대부분의 사람들은 "표면의 안정을 위해 내면의 부패를 도외시"한다. 그러나 "표피적인 질서에 연연해하는" 대다수 사람들의 수평적 세상읽기를 거부한 화자—관찰자는 "굳게 잠긴 뚜껑을 열고 파리와 구더기가 득실거리는 내장기관을 들여다보"

---

2) 이 점에 대해선 작가의 다음과 같은 직접적인 발언이 시사적이다. "이제 우리에게 소중한 일은 무엇일까. 혹시 작은 것을 사랑하는 일은 아닐까. 구석구석의 작은 존재들을 끌어내어 햇빛에 말리는 일. 작은 것을 팽개치고는 어떤 커다란 전망도 기약할 수 없는 세상이 온 게 아닐까."(『목마들의 언덕』 작가의 말)

는 수직적 탐색의 시선을 포기하지 않는다. 환상 속에서의 노점 사내의 살인은 그런 탐색이 초래한 사도마조히즘적 일탈로서 현실의 균열을 최대한 확장시키고자 하는 화자-관찰자의 은밀한 욕망을 담고 있다.

이처럼 밖(외부)에서 안(내부)으로, 위(표층)에서 밑(심층)으로 향하는 화자-관찰자의 시선은 현실의 숨겨지고 가려진 측면을 드러낸다는 점에서 고고학적이라고 할 수 있다. 그 시선은 당연히 불투명한 현실의 위장과 은폐를 뚫고 그 심층의 진실에 도달하고자 애쓴다. 그런 점에서 고고학적 시선은 그의 소설 제목 그대로 '가면 지우기'이다. 또한 그 시선은 해독 불가능한 대상을 가시권 안으로 끌어들이고 닫혀 있는 현실의 내밀한 의미를 폭로한다는 점에서 전복적이다. 「순장, 순장」에서 그것은 부당한 권력의 폭압에 희생당한 존재들을 향한 비가의 형식을 취하고 있다. 수몰 지역의 유적을 발굴하던 단원들은 고대의 왕이 많은 순장자들과 함께 파묻힌 고분을 발견한다. 왕의 절대적 권력이 무고한 백성들을 죽음에 몰아넣은 그 광경을 보며 화자는 분노를 느낀다. 그러나 화자의 그런 감정을 더욱 부채질한 것은 왕의 절대적 권력 못지않게, 그러한 부당한 권력에 제대로 항거 한 번 해보지 못하고 의미 없이 죽어간 백성들의 순종에 있다.

유골들이 쌓인 모습은 마치 누군가가 뒷정리를 한 것처럼 질서정연했다. 그것이 그들의 절망을 더하게 했다. 왜 아무도 탈출을 시도하지 않았는지 이해할 수 없는 일이었다.

고대인들의 이런 무의미한 희생은 다시 마을의 수몰과 함께 삶의 터전을 일시에 잃을 수밖에 없는 처지에 놓여 있으면서도 아무런 방책도 없이 도로에 가까운 노동을 하며 묵묵히 무의미한 나날을 영위하고 있는 주민들의 현재 모습과 겹쳐 큰 울림을 자아낸다.(그런 점에서 민구라는 청년이 귀머거리에 말이 없는 사람으로 설정된 것은 자기 표현의 기회가 원천적으로 차단된 피지배층의 속성을 우의적으로 드러내고 있다. 그들의 침묵은 사회적 의사소통 체계의 일방성과 불구성을 암시한다.) 부와 권력으로부터 소외받고 있으면서도 부당한 현실에 저항할 줄 모르는 피지배층의 체념적이고 순종적인 삶의 방식이 화자를 더욱 분노와 절망에 몰아넣는 것이다. 그래서 때로 이러한 분노와 절망이 소외받은 계층을 향한 비정상적인 공격욕으로 표출되기도 한다. 앞에서 언급한 바 있는 「노점 사내」의 환상 살인도 그렇지만 「가면 지우기」에서 오징어 행상에 대한 이유 없는 폭행이나 「지난 겨울의 불」에서의 빈민촌에 대한 방화 역시 비적대적 계층을 향해 표출된 이러한 왜곡된 공격욕을 암시해주고 있다.

　이미 짐작하신 분도 계시겠지만 제 첫번째 살인의 제물은 바로 그 아낙이었습니다. 왜 그런 가엾은 여자를 죽였느냐구요? 이유는 간단합니다. 그녀의 눈에는 분노가 없었기 때문입니다. (……) 적의를 품기는커녕 오히려 그녀는 그들의 자비를 기다리고 있었습니다.
　　　　　　　　　　　　　　　　　　　　—「가면 지우기」 중에서

　불이 붙고 있다. 달동네 빈민들의 도피처 구석구석에서. 불길은 그들의 실낱 같은 연명을 비웃으며 그들의 희망을 잿더미로 만들고 있다. 그 불이 누구에 의해서 질러지는가를 나는 알고 있다. 그것은 다름아닌 나 자신이다.
　　　　　　　　　　　　　　　　　　　—「지난 겨울의 불」 중에서

「가면 지우기」에서 젊은 날 유토피아적 사회공학에 깊은 관심을 가졌던 강상일은 애인이 사는 아파트 단지 입구에 있는 오징어 행상을 단지 "그녀의 눈에는 분노가 없다"는 이유로 죽였다고 주장하며, 「지난 겨울의 불」에서 경제적으로 어려운 어린 시절을 지내왔으나 이제 대기업의 사원으로 안정된 생활을 누리고 있는 윤형석은 자본주의의 주구가 된 스스로에 대한 자괴심 때문에 연쇄 방화의 범인을 자처하고 나선다. 환상 속의 살인과 방화가 공통적으로 암시하고 있는 것은 이들 인물의 정신 상태가 매우 심각한 지경에 이르렀으며 심리적 평형을 잃고 있다는 사실이다. 정당한 욕구의 좌절이 일탈된 행동에 대한 욕구로 전이될 때 범죄가 발생한다. 여기서 이 작가 특유의 고고학적 탐색은 정신분석의 테마와 맞물린다. 역사의 지층을 파고들어 그 하부구조를 드러내는 고고학적 작업은 한 인간의 정신세계를 파고들어 무의식의 심층구조를 드러내는 정신분석학과 친연성을 맺고 있다. 그것은 "기억이라는 지층의 고생대 화석으로 단단히도 감추어져 있"(「가면 지우기」)는 것을 발굴해내는 일이다. 고고학–정신분석학은 모두 현재의 원인인 과거를 파헤침으로써 현재의 구성 요건을 밝혀내는 작업이다. 왜냐하면 과거는 현재의 순조로운 흐름을 차단하고 끊임없이 미래의 가능성을 박탈하는 장애물이기 때문이다. 그런데 유의할 점은 이 작가의 소설에서 작중인물을 구속하는 과거의 덫은 단순히 유년기의 정신적 외상에 그치는 것이 아니라 여러 세대에 걸쳐 지속돼오고 있는 삶의 불변하는 구조라는 사실이다. 우리는 여기서 잠시 우회해서 이 작가의 비극적 세계관의 뿌리를 이루고 있는 억압과 희생의 항구성에 대해 살펴볼 필요성을 느낀다.

3. 역사적 질곡의 세습과 탈출에의 욕망

채영주의 소설에서 권력자의 억압과 피지배층의 희생은 맞물려 작동하고 있으며 변경이 불가능한 것으로 인식되고 있다. 피지배자에게 있어 운명이란 불행만을 끊임없이 재생산하는 악순환의 연속이며 역사란 그러한 불평등의 영속화에 불과하다. 연작소설 『목마들의 언덕』이 생생하게 말해주듯 사람들은 모두 다른 존재가 되고 싶어하지만 "등짝 깊숙이 단단한 쇠파이프 한 가닥씩을 꽂고서 제자리를 맴도"는 회전목마처럼 어디로도 달아날 수 없는 숙명의 굴레에 묶여 있다. 그들에게 존재 이전은 꿈에 불과한 것이다. 남도의 작은 마을에 자리한 '천사의 집'이라는 고아원을 무대로 하고 있는 이 작품집의 화자는 동우라는 소년이다. 동우는 연령적으로 고아원을 경영관리하는 성인들과 나이 어린 철부지 원생들 사이에 위치하고 있는데 그 결과 이 양자의 세계를 오가면서 고아원 안팎에서 일어나는 여러 사건들을 객관적으로 관찰할 수 있는 시야를 확보하게 된다. 즉 작가는 조숙하면서도 어린이다운 순진성을 완전히 탈피하진 못한 화자의 시선을 빌려 고아원이란 축소된 공간에 반영된 우리 시대의 삶의 단면들을 수집해 보여주고 있는 것이다. 그런데 연작 형식으로 묶여 있는 이들 열한 편의 이야기들은 모두 아기자기한 소극 형식을 취하고 있음에도 불구하고 그 바탕에는 대단히 비관적인 그림자가 드리워져 있다. 고아원을 탈출하고자 한 소년은 붙잡혀서 돌아오고(「천사 가출」), 상두라는 선배 원생은 거짓말과 도벽으로 점철된 잘못된 삶의 방식을 끝내 버리지 못하며(「명수」), 고아원을 떠난 뒤 한때 희망찬 삶을 꾸려나가는 듯 보였던 원희 또한 자기 아이를 다시 고아원에 맡겨야 하는 지경에 내몰린다.(「아름다운 나라」) 비록 소설은 동우가 고아원을 나가 희망에 찬 삶을 꾸려나가는 것으로 마무리함으로써 비교적 낙관적인 여운을 남기지만 이 소설의 기본 저음을 이루고 있는 것은 삶의 비극적 조건에 대한 체념적인 수납에 가깝다.

이처럼 동일한 궤도를 순환하는 회전목마의 이미지는 공간적 탈출 불가능성만을 의미하는 데 그치지 않는다. 그것은 시간적 거리에도 불구하고 양상을 달리해서 되풀이되는 비극적 운명을 의미하기도 한다. 현실 속에서 이긴 자는 항상 이기고 진 자는 항상 지게끔 되어 있다. 그리고 그 운명은 시대와 세대의 변천에도 불구하고 달라지지 않는다. 「순장, 순장」에서 절대권력자와 함께 순장된 평민들의 비극은 수천 년의 세월의 간극을 뛰어넘어 오늘날 수몰 지구 주민들의 딱한 처지에 고스란히 재생된다. 작가의 첫 장편 『담장과 포도넝쿨』은 바로 이러한 운명의 동일성을 깨뜨리려고 분투하다 덧없이 죽어간 한 젊은이의 비극을 그리고 있다. 소설의 주인공 민수는 출생부터 비극적 운명을 타고

난 인물이다. 그는 일제 때 악랄한 이장 때문에 일곱 명의 형을 잃은 뒤 태어났는데 더욱이 그의 탄생은 어머니의 목숨을 담보로 한 것이었다. 항상 일곱 형제의 한을 의식하며 자라난 그는 매사에 조심스럽고 절도 있는 삶의 방식을 택하게 된다. 그런 그에게 일성그룹 회장의 딸 상임이 접근해온다. 일제시대에 관료를 지낸 일성그룹 회장을 자기 가족을 굶어 죽게 만든 이장과 다를 바 없는 사람으로 여긴 민수는 처음엔 상임의 구애를 거절하지만 그녀의 진실한 사랑에 마음이 움직이기에 이른다. 그러나 두 사람의 결합은 상임의 아버지에 의해 저지당하고 민수는 미국으로 떠나게 된다. 우여곡절을 거쳐 귀국하게 된 그는 신문사에 취직해서 진실 보도를 위해 나름대로 최선을 다하지만 번번이 좌절되고 만다. 기관원에게 붙들려가 회유와 협박까지 당하게 된 그는 기자생활을 청산하고 농촌운동에 뛰어들었다가 농민대회장에서 갑작스런 테러를 당해 짧은 생에 종말을 고하게 된다. 이러한 줄거리 요약만으로도 짐작이 가듯이 이 소설은 우리 현대사의 비극을 주인공 집안의 이대에 걸친 수난을 통해 보여주고 있다.

일제시대에서 6·25 동족상잔을 거쳐 1980년대의 폭압적인 정치현실로 세월은 계속 흘러왔지만 시대의 희생양으로 점지받은 사람들의 운명은 불변항으로 남아 있다. 작가는 한 가계의 비극의 대물림을 통해 우리 역사의 환부를 환기시키고 있다. 부와 권력이 세습되듯 희생자의 운명 또한 세습되는 것이다. 그것은 역사적 억압의 세습이자 운명적 질곡의 세습이다. 「백치세습」에서 화자는 자신의 아이를 살해하려다가 붙잡힌 정신병자이다. 그의 해명에 따르면 그의 집안은 땡중으로부터 삼대에 걸친 재앙을 선고받았다. 화자가 아버지라고 여기는 '반푼이 수장이'는 6·25 당시 좌우 양쪽의 폭력의 희생물이 되어 백치가 된 인물이다. 운명의 장난으로 태어난 화자 역시 대학에 다니다 반정부운동과 관련해 기관원으로부터 끔찍한 고문을 당한다. "삼십 년 전에…… 내 아버지를" 괴롭힌 그들이 이젠 그에게 "똑같은 짓을" 한 것이다. 그래서 그는 저주받은 운명을 아들에게까지 물려주고 싶지는 않아서 자신의 아이를 죽이려 했다고 고백한다.

이처럼 현실의 변경 불가능성은 어느 한 시대의 문제가 아니라 우리 현대사 전체를 가로지르는 핵심적인 문제이다. 체제의 폭력 앞에서 연약한 개인은 언제나 피해를 입고 고통을 받을 수밖에 없다. 그 현실은 자신의 불합리성을 숨기기 위해 교묘히 언어적 분식을 일삼으며 그 체제를 관리하는 자들은 위선의 가면을 쓴다. 그러나 체제는 비록 소수이긴 하지만 현실에 적응하지 못하는 일탈자를 생산하기도 한다. 이 소수의 아웃사이더에 의해 현실 질서가 표방하는 구호들은 그 정당성을 의심받게 되고 체제의 자동조절 기능은 한순간 작동을 정지당한다. 이때 현실에 적응하지 못한 일탈자들을 제일 먼저 사로잡는 것은 현실 바깥으로 사라지고 싶다는 욕망이다. 불만족스러운 현실은 사람들로 하여금 현실 바깥으로의 실종을 꿈꾸게 한다. 「새벽 두시 파라다이스 카페」에서 전교조 문제에 휘말려 제도권과 비제도권 양쪽으로부터 비판을 당하는 처지에 놓인 대학교수는 "홀연히 어느 곳인가로 사라져버리고" 싶다고 토로한다. 그의 계속되는 음주는 일탈의 욕망이 표출되는 가장 초보적인 단계이다.

그 욕망이 한 단계 더 진전될 때 사회적 금기를 깨뜨리는 범죄나 정신착란에 이르게 된다. 범죄나 광기는 스스로를 체제 밖에 위치하게끔 한다는 점에서 보다 적극적인 탈출의 전략일 수 있다. 「가면 지우기」의 강상일, 「백치세습」의 수장과 화자, 「상자 속으로 사라진 사나이」의 백성인 등은 바로 이처럼 제도 관리의 그물망 밖으로 빠져나온 문제적 개인들이다. 또 정신병이라고까지 할 수는 없지만 「노점 사내」에서 노점 사내를 향한 주인공의 뚜렷한 이유 없는 살의나 「순장, 순장」에서 고분을 폭파시키고 자살한 것으로 추정되는 민구, 또 연쇄 방화의 혐의를 받고 있는 「지난 겨울의 불」의 윤형석 등은 현실 부적응자의 일탈적 행동이 일종의 정신착란과 연관돼 있음을 암시해주고 있다. 그들은 그들을 둘러싸고 있는 현실을 파괴하지 못하게 됨에 따라 자기 자신을 파괴하기에 이른 것이다. 그런 의미에서 그들의 광기는 현실에 대한 능동적이고도 공세적인 의미를 담고 있는 대응 방식이라기보다는 소극적이고 수세적인 대응 방식이라고 해야 할 것이다. 이러한 점은 이들이 자궁 퇴행을 의미하는 밀실애호증을 보인다는 점에서 그 단서를 찾을 수 있다. 외부와의 관계 절연, 내면으로의 퇴각은 '아래로' '안으로' 파고드는 상상력의 움직임을 낳는다. 웅크림, 작아짐의 주제는 좁은 공간으로 들어가고 싶은 욕망과 합류한다. 그것은 모두 권력의 그물망 밖으로 빠져나가기라는 지향성을 갖고 있다. 「가면 지우기」에서 정신병원에 갇힌 강성일이 그린 그림 가운데 하나인 "커다란 종 속에 쪼그리고 앉은 남자의 모습"은 그것의 가장 극명한 표현이다.

차가운 겨울 거리 너머로 백색 건물이 을씨년스럽게 서 있었다. 그러자 문득 그 건물 위로 한 장의 그림이 겹쳐지는 듯했다. 여덟 장 그림들 중 한 장이었던 커다란 종 속에 갇힌 사내의 모습이었다. 그림 속의 사내는 상일이었고 그를 둘러 막은 종은 바로 저 창백한 건물이었다. 그리고 그것은, 상일이 집요하게도 그리려 했던 설계도면을 닮아 보였다.

강상일은 정신병원 '안'으로 들어감으로써 현실 질서 '바깥'으로 탈출한다. 그는 안으로 들어감으로써 바깥으로 나가게 된 것이다. 좁은 공간에 갇힌다는 것은 「노점 사내」의 그 인물처럼 몸을 웅크려 현실세계에서 자신이 점유하는 공간을 극소화하는 것을 기도하게 된다. 그들은 작아짐으로써, 사라짐으로써 자신들이 감수해야 할 운명의 구속에서 벗어나고자 하는 것이다. 「순장, 순장」에서 민구라는 청년이 발굴 지전의 고분을 무너뜨리고 스스로를 생매장했을 것이라는 설정에 대해서도 동일한 설명을 할 수 있다. 민구의 행위는 아래로(땅속으로) 내려감으로써 수백 년이 넘도록 대대로 살아온 땅을 떠나야 하는 운명에 대한 최소한의 반항인 것이다. 또 「상자 속으로 들어간 사나이」는 제목이 말해주듯 집요하게 밀실만을 찾는 정신병자의 이야기다. 회사 동료를 자신이 만든 가구 안에 가둔 행위로 정신병원에 들어온 그는 한사코 옷장 장롱 빨래통 침대 밑 같은 어두컴컴하고 외부와 차단된 공간을 선호한다. 화자가 그 이유를 묻자 다음과 같이 답변한다.

아주 어렸을 때였어요. 여섯 살이나 일곱 살쯤 되었을 거예요. 난 아버지께 물어보았죠. 내가 도대체 어디서 나온 거냐구요. 아버지는 껄껄 웃으시더니 바로 그 쌀뒤주를 가리키더군요. 이건 네가 좀더 크면 가르쳐주려 했다만 할 수 없구나. 넌 저기서 나왔단다. 하지만 다른 사람들에겐 아직 얘기하지 않도록 하려무나.

뒤주는 "고향 같은 존재"이며 "정말이지 평화로운 동네"이다. 폐쇄된 그 작은 공간은 "조직의 이름 밑에 가려진 익명의 폭력"으로부터의 도피처이자 은닉처이다. 그는 그래서 정신병원에서 자신의 분신이나 다름없는 바퀴벌레를 잡아 자신이 만든 작은 나무상자에 넣은 뒤 뒤뜰에 묻는다. 소설은 화자에게 "제발 잠깐만 나갔다 올 수 있도록 도와"달라던 그가 폐품을 쌓아둔 대형 냉장고 속에서 평화롭게 죽은 모습으로 발견된 것으로 끝난다. 안으로 들어감으로써 밖으로 나가는 이 상상력은 「겨울소묘」에서 화단의 경직된 도제식 권력구조에 염증을 느끼고 모반을 꾀한 두 청년 가운데 끝내 현실과 타협하기를 거부한 친구가 지하실의 아틀리에에서 최후를 마치는 장면과도 통한다. 몰이해 속에서 죽어간 그가 마지막으로 남긴 그림은 지하로의 잠적이 갖는 상징성—지상의 권력구조에 대한 비판—을 함축적으로 드러내고 있다.

그림 속에는 깊고 어두운 구덩이가 있었습니다. 그 위의 지상에서는 사람들이 벌거벗은 채 춤을 추고 있었습니다. 술을 뿌리고 서로의 허벅지를 더듬으면서. 그리고 구덩이의 깊은 바닥에서는 한 남자가 몸부림을 치고 있었습니다. 그는 지상을 향해 두 팔을 뻗고 올라가려고 발버둥쳤지만 땅이 그를 단단히 그러쥐고 있더군요. 땅은 그를 비웃으면서 더욱 깊은 심연으로 끌어내리고 있었습니다. 그의 얼굴에는 절망과 공포의 그림자가 엇갈리고 있었습니다.

소수 일탈자들의 광기와 범죄는 현실의 균열을 극적으로 드러내 보인다. 아울러 그들의 광기나 범죄를 지켜보는 화자 – 관찰자의 진술은 승리자에 의해 서술된 공식 역사의 타당성에 회의를 제기하고 그것을 추문으로 만들며 현실을 다른 각도에서 보게 만든다. 그러한 고고학적 작업을 통해 현실의 숨은 질서가 드러나고 부정적인 현실을 넘어설 수 있는 다른 현실의 지평이 열리게 된다.

이처럼 고고학적 작업은 역사의 수레바퀴에 깔려 기각된 소수의 '침묵의 소리'들을 발굴하여 복원하는 데 일정한 역할을 수행한다. 그러나 그것은 비극을 확인하고 상기시키는 데 그칠 뿐 그것의 창조적 극복에 이르지는 못한다. 불우한 자들의 침묵은 소수의 깨어 있는 사람들을 각성시키고 그들로 하여금 새로운 삶을 기획하게 하지만 그것이 현실의 전면적 재편에 이르게 하지는 못한다.[3] 그런 점에서 채영주의 초기 단편은 '진지함'과 '희극' 가운데 상대적으로 너무 진지함 편에 기울어져 있다는 비판으로부터 자유롭지 못하다. 시대가 바뀜에도 불구하고 비극은 동일하게 되풀이된다는 작가의 현실시각은 적어도 우리 현대사를 염두에 두고 이야기할 경우 타당하다고 할 수 있다. 그러나 이것이 시대의 변화 속에서 같은 구조의 반복이라는 동일성을 찾아내는 데 그친다면 아쉬움이 남는다. 중요한 것은 동일성 속에서 차이를 발견해내는 것, 아니 적극적으로 차이를 생산해내는 행위가 아닐 수 없다. 『목마들

---

3) 이 점은 '안'으로 들어감으로써 '밖'으로 나가는 상상력의 움직임이 과연 진정한 탈출일 수 있는가라는 의문으로 표출되기도 한다. 거꾸로 생각하면 그 '밖'은 또다른 '안'일 수도 있기 때문이다. 이제는 고전이 되어버린, 감옥이나 병원에 대한 미셸 푸코의 설명을 빌릴 필요도 없이 이들 공간은 권력의 치외법권 지대이기는커녕 권력의 지배와 작동이 가장 면밀하게 관철되는 곳이다. 「가면 지우기」의 결말에 나오는 그림에서 사내를 둘러싸고 있는 종이 정신병동과 겹쳐지고 이것이 다시 강상일이 희구한 설계도와 동일시되는 것이라든가 「겨울소묘」에서 그림에 그려진 어두운 구덩이 속에 갇힌 남자의 얼굴에 나타난 절망과 공포는 현실로부터의 자발적 추방이 갖는 한계를 여실히 보여준다.

의 언덕』에서 고아원을 탈출했다가 붙잡혀 돌아온 소년은 "난 다른 아이가 되고 싶었어"라고 중얼거린다. 자기 변신을 통한 세계 개조의 꿈은 현실의 변화 불가능성에도 불구하고 결코 포기될 수 없다. 우리는 이 '다름' 즉 차이에 대한 구체적 모색을 고고학적 단계에서 벗어나 작가가 새롭게 개척하고 있는 것으로 보이는 연극적 단계에 대한 분석을 통해 엿볼 수 있을 것으로 생각한다.

4. 연극 혹은 작은 존재들의 축제

고고학적 작업이 현재의 원인인 과거를 파헤침으로써 현재의 구성 요건을 밝혀내는 것이었다면 극적 작업은 불확실한 순간순간에 직면해서 실존적 기투를 통해 삶을 변화시켜나가는 것을 의미한다. 채영주의 초기 작품에 등장하는 인물들이 과거의 망령에 사로잡힌, 저주받은 존재들이었다면 이 작가의 근작에 나오는 인물들은 삶의 가변성을 인정하고 그 위에서 자기 세계를 건설하고자 하는 보다 낙관적이고 진취적인 몸짓을 보여주고 있다. 이제 삶은 고고학적 탐색이 아니라 극적인 모험으로 나타나며 주인공 또한 성찰적인 회의주의자라기보다는 온몸을 던져 연기하는 배우에 가까워진다.(1993년을 경계선으로 이루어진 작가의 이러한 관심과 작법의 변화가 어디에서 연유하는지 현재로선 짐작하기가 쉽지 않다. 아마도 1990년대 들어 우리 사회에 진행된 정치 사회적 지형 변화와 함께 여러 차례에 걸친 장기간의 해외여행 및 체류가 암암리에 세계를 바라보는 작가의 시각에 중대한 영향을 미쳤을 것이라는 추정을 해볼 수 있을 따름이다.)

젊은 날 겪은 체험적 삽화를 통해 타인에 대한 진정한 이해와 올바른 관계 맺기가 얼마나 어려운지를 보여주고 있는 단편 「당신을 찾아드립니다」의 서두에 나오는 다음 문단은 속죄양의 희생이 있어야만 사회 유지가 가능한 비정한 현실에 대한 작가적 관점에 상당한 변화가 있었음을 시사한다.

  사람들이 서로 사랑하지 않는다는 것은 너무 당연한 일이다. 아주 오랜 옛날부터 사람들은 다른 누군가의 목숨을 담보로 신에게 타협을 요청해왔던 것이다. 어부들은 인당수에 심청이를 밀어넣었으며 에밀레종을 만들었던 예술가는 쇳물이 끓는 도가니 속에 아기를 집어넣어 함께 녹였다. 페르시아 만 전쟁이 시작되고 매일처럼 미군이 몇천 명의 이라크군을 죽였다는 소식을 들을 때마다 나는 박수를 치며 기뻐했다. 사람들은 오랫동안 인신공양이라는 신에 대한 예의를 잊고 있었는데 이제는 그로 인한 신의 노여움도 다소 해갈이 되지 않을까 하는 기대에서였다.

어조의 아이러니를 활용한 위 문단에서 우리가 확인할 수 있는 것은 사람과 사람 사이에 진정한 사랑이 불가능하다는 사실 자체가 아니라 그럼에도 불구하고 그것을 비극적으로 받아들이지 않는 작가의 달라진 시선에 있다. 이 소설에서 아직 순진성의 영역에 머물러 있는 화자가 마음에 드는 여자와 잠자리에 드는 것을 앞두고 평소 그의 자문역을 해오던 이모에게 어떻게 하면 좋겠는가를 묻자 그와 대립되는 세계관을 보여주는 이모가 "잘 들어라 애야, 사명감 따위는 애당초 없어" 하며 아무런 부담을 느끼지 말고 그녀와 자라고 충고하는 것은 진정성, 성실성만 가지고는 되지 않는 생의 다른 측면을 환기시킨다. 이처럼 사람과 사람 사이에 진정한 사랑과 믿음이 불가능하다면 중요한 것은 불확실성을 확실성으로 위장하는 것이 아니라 불확실성 속으로 적극적으로 뛰어들어 거기서 다른 활로를 찾는 데 있을 것이다. 알레고리적 성격이 강한 「춤추는 멍텅구리배」라는 작품에서도 작가는 폭풍우 속에서 자기들 대신 이천 명의 목숨을 바칠 것을 맹세하고 살아난 두 남자가 벌이는 활극을 통해 삶의 단일한 중심, 가치에 대한 순교에 회의를 표시하고 있다. 인간성에 대해 극히 냉소적인 견해를 갖고 있는 두 남자는 한사코 인간에 대한 신뢰를 저버리지 않는 여자를 어떻게 해서든

교화시키고자 하지만 모두 실패로 끝나고 만다. 그러나 정작 그 여자 덕분에 인간에 대한 신뢰를 회복한 그들이 새로운 삶의 방식을 찾기로 한 순간 태풍이란 자연의 재해는 그들을 모두 물고기밥으로 만들고 만다. 운명의 장난 앞에서 인간의 신념이나 계획은 무용지물에 불과한 것이다. 이때 엄숙함이나 비장함은 그들 운명의 희극성을 오히려 강화하는 데 기여한다.

이처럼 작가는 지난날의 내면 지향적 인간형에 대해 점차 분석적 거리를 유지하는 방향으로 나아가고 있는데 이러한 변모를 담고 있는 전형적인 작품으로 「도시의 향기」를 들 수 있을 것이다. 이 작품의 화자는 혼자 사는 화가이다. 외부의 간섭을 싫어하고 사람들끼리의 교류에 냉담한 그가 오피스텔을 얻어 이사하면서 이야기는 시작한다. 그러나 이사 첫날부터 옆방의 시끄러운 전화벨 소리 때문에 그의 작업은 난관에 부딪친다. 그는 옆방 세입자가 몇 달째 집세를 내지 않고 몰래 숨어 지내고 있음을 알고 이를 주인에게 알린다. 졸지에 거처를 잃은 옆방 남자는 사흘 동안만 그의 숙소에 머물게 해달라고 부탁한다. 동정심 때문에서가 아니라 승리자로서의 우월감을 만끽하기 위해 그는 이를 수락한다. 하지만 약속한 날이 지나도 남자가 순순히 나가지 않자 싸움이 시작되고 완력에서 밀린 그는 처참하면서도 우스꽝스러운 몰골로 전락한다. 그는 남자가 다시 찾아오면 칼로 찔러 죽일 계획을 세우지만 얼마 후 전화를 걸어온 남자는 화자의 애인까지 가로채 미국으로 떠나겠다는 소식을 전한다. 이러한 내용으로 짜여진 이 작품에서 무엇보다 흥미로운 점은 대개 일인칭 소설의 경우 독자가 화자와 감정적 동일시를 하게끔 돼 있는 장치를 교묘히 역이용, 오히려 화자의 자기 기만을 선명하게 부각시킨 데 있다. 그래서 처음엔 화자의 시선을 따라 옆방 세입자를 내려다보던 독자들은 후반부의 반전에 의해 이 소설의 참주제가 화자의 이기적인 삶의 방식과 허위성을 비판하는 데 있음을 알아차리게 된다.

여기서 비판의 대상이 되고 있는 화자의 삶의 방식을 집약하고 있는 것이 그가 그리려 한 장어의 모습에서 구체적으로 드러난다. "칠십 센티 남짓의 몸통을 바위틈으로 내밀고" 있는 그 장어는 "몸통의 절반 이상을 죽음 같은 바위 속에 묻고 사는 이의 외로움"을 표상하고 있다. 이러한 장어의 모습엔 외부와 단절된 채 고립과 고독 속에서 "태고의 정적"과 "원시의 평화"를 향유하고자 하는 화자의 심리가 반영돼 있다. 초기의 고고학적 단계에선 대개 긍정적 조명을 받고 있는 이 심연에서의 고적한 삶은, 그러나, 이 작품에선 조롱과 야유의 대상으로 추락한다. "난 자네하고는 달라. 사람들 사이에서 사람들이랑 부대끼며 살아야 하는 게 내 체질이란 말이야" 하고 말하는 옆방 남자는 "너, 오직 너, 그리고는 그 잘난 물고기들"에만 집착하는 화자의 자기 중심적 태도를 비난하며 그에게 육체적 모욕을 가한다. 옆방 남자가 벌거벗은 우스꽝스러운 모습의 화자를 거울 앞에 세우고 이제부터 장어 대신 그 모습을 그리라고 명령하는 대목은 화자가 동경하던 관념의 세계가 실은 삶의 전체성을 도외시한 자기애의 일종에 지나지 않음을 폭로하고 있다. 이처럼 속중에 대한 경멸과 타인에 대한 무관심으로 무장한 채 자기에 대한 배려에만 몰두하고 있는 화자의 기만적 삶은 희화화되고 그가 칩거하고 있던 밀실은 성역으로서의 기능을 상실당한다. 소설은 옆방 남자의 미국행을 전해들은 화자가 커다랗게 웃음을 터뜨리는 장면으로 끝을 맺음으로써 한순간 찾아온 자기 에고에 대한 집착으로부터의 해방감을 암시하고 있다.

이상에서 알 수 있듯이 두번째 단계에서부터 채영주의 소설엔 삶의 희극성과 웃음에 대한 관심이 큰 비중을 차지하며 전경화되고 있다. 그에 따라 첫째 단계의 작품에 자주 출연하던 내성적이고 금욕적이고 성찰적인 인간들은 둘째 단계에선 직접 몸을 움직여 현실과 대결하고 현실의 변화를 위해 노력하는 인물로 대체되어가고 있으며, 좁은 밀실로 움츠러드는 유폐적 움직임은 넓은 무대 위로 뛰어올라 축제의 열기 속에 몸을 던지는 해방적 움직임으로 달라지는 양상을 보인다. 작가의 야심작 『시간 속의 도적』은 둘째 단계의 이런 특성을 속도감 있는 이야기 전개 속에 담고 있다.

이 작품은 SF라는 변두리 형식을 본격문학에 수용한 점이라든가 광주 문제, 통일 문제 같은 묵직한 주제를 지난 연대의 민중문학과는 다른 형상화 방식을 통해 보여주었다든가 하는 점 때문에 상당한 관심을 모은 바 있으며 거기에 관련한 언급들도 비교적 많이 나와 있는 상태이다. 그러나 보다 중요한 것은 이 작품 속의 인물들이 작가의 이전 작품에선 찾기 힘들었던 활기와 낙천적 심성을 보여준다는 점일 것이다. 소설의 등장인물들은 우유 배달원인 화자나 다방 주방장인 노장윤, 공사판 인부, 레스토랑 웨이터, 목욕탕 구두닦이 등 이른바 밑바닥 인생들이다. 광주의 허름한 집에서 합숙하는 이들이 한반도와 인류의 미래를 구원하는 전사로 등극하는 것이 소설의 기본 줄거리이다. 한때 광주의 이름난 주먹이었고 선불교에 심취하기도 한 기이한 전력의 소유자인 노장윤은 2047년에서 온 인물을 만나 미래의 소식을 듣게 된다. 그의 전언에 따르면 한반도는 연방제로 외형적 통일을 이루지만 미래의 북한은 현재의 광주와 같이 "억압과 소외의 땅"으로 묶여 있으며 1980년 5월의 광주 사태의 후유증으로 태어난 김재익이란 인물이 컴퓨터 조작으로 온 세계를 초토화시키는 음모를 꾸미게 된다는 것이다. 이를 막기 위해서 노장윤 등은 1단계로 서해연이란 여자가 김재익을 낳지 못하도록 하는 공작에 나서지만 이는 수포로 돌아가고, 다시 2단계로 남한 안보국의 쿠데타 기획서를 공개하는 모험에 뛰어든다. 이처럼 이 작품은 지극히 평범한 인물들이 일상의 틀에서 벗어나 역사의 물줄기를 바꾸는 거대한 일을 성공시킨다는, 약간은 황당한 내용으로 이루어져 있다. 이를 화자는 관객들이 "시시하고 짜임새 없는 연극"을 보다가 "무대 위로 뛰어올라가 광대들의 탈을 빼앗아 뒤집어쓰고 그들 대신 춤을 추기 시작"한 것이라고 비유한다. 이제 작은 존재들, 현실 속에서 천대와 소외를 받아온 난쟁이들이 공적인 광장에서 역사의 주인공으로서의 임무를 수행하기에 이른 것이다.

한반도와 인류를 종말론적 숙명으로부터 구해내야 한다는 이들의 각오와 행위는 미래에 내기를 거는 일이며, 자의적 선택을 통해 운명의 판결을 뒤바꾸는 일이며, 필연의 필연성을 무화시키는 일이다. 그런 의미에서 그들의 행위는 기존 질서의 입장에서 보면 방종이요 위법이지만 다른 각도에서 보면 공동체의 갱신을 위한 의례이기도 하다. 노장윤과 달리 처음엔 그 일에 참여하기를 꺼린 화자가 "이왕지사 이런 상황이라면 한판 멋있게 부딪쳐보자"며 사건의 주동적 역할을 맡는 것은 이 소설의 강조점이 어디에 놓여 있는지를 함축적으로 보여준다. 역사의 무대 위로 뛰어오름으로써 그는 자아의 경계선 바깥으로 뛰쳐나오게 된다. 이처럼 자신을 다르게 하는 순간 그는 세계를 다르게 만들 수 있게 된다. 관객/배우의 이분법은 해체되고 무대 위/아래라는 엄격하게 분리되고 폐쇄된 공간은 통합 개방된 공간으로 탈바꿈된다. 이제 문제는 가면을 벗는(지우는) 일이 아니라 그때 그 상황에 맞는 가면을 적절히 골라 쓰는 일이 중요시된다. 원초적 투명성의 상태에 대한 그리움이 초래한 가면 지우기는 가면 뒤의 얼굴 또한 가면이라는, 인간과 세계의 모순의 중첩성에 대한 인식에 이르고 말 뿐이다. 그러나 투명성에 대한 헛된 기대에서 벗어나 삶을 있는 그대로 바라본다면 삶은 가면들끼리 벌이는 한마당의 신명난 축제일 수 있다.[4]

이처럼 『시간 속의 도적』에서 평범한 역사적 객체에 불과했던 인물들이 무대 위로 뛰어올라 새로운 역사 창조를 위한 주연 역할을 해냈다면 역으로 『웃음』에선 연극배우들이 무대에서 내려와 실제 삶을 극으로 만드는 연기를 펼친다. 연극 연출가인 성민재가 주인공인 이 작품에서 연극은 두 개의 평면 위에서 진행된다. 그 하나가 이런저런 일로 무기력에 빠져 있던 주인공이 먼 친척인 에비여 장군으로부터 동남아를 방황하고 있는 자신의 아들 재원을 한국으로 데려와 정착시켜달라는 부탁을 받고 여배우 영인과 상은을 데리고 발리 섬으로 가서 그를 유인해오기 위해 하는 연극이라면 다른 하나는 재원을 회유하기 위해

---

4) 고고학적 단계에서 가면-탈이 '은폐와 위장'을 의미했다면 연극적 단계에선 '변신'의 기능을 맡고 있다. 가면을 씀으로써 그들은 자신 속에 잠재된 힘을 최대한 발휘할 수 있게 된다. 이때 가면은 일상에서 벗어나 축제의 세계로 들어가는 도구가 된다.

연기를 해나가는 도중 동료들이 주인공과 영인을 결합시키기 위해 벌이는 연극이다. 즉 연극 연출가로서 상황을 주관하고 있다고 믿는 주인공은 자신도 모르는 사이에 동료들의 음모에 말려들어 그 자신 연기를 한 배우였음이 드러나는 것이다. 이 두 개의 연극이 겹치고 엇갈리는 지점에 주인공과 영인의 결합이 놓여 있다. 그에 따라 인물들간의 대립 역시 두 개의 축으로 나누어지는데 첫째가 젊고 활기찬 주인공 세대와 장군으로 상징되는 노회하고 타락한 기성 세대의 대립이라면 둘째는 연출자로서 가능한 한 상황을 통제하고 관장함으로써 삶의 우연성과 가변성을 방지하려는 주인공의 세계관과 여배우로서 새로운 배역을 맡을 때마다 미지의 땅으로 여행을 떠나듯 변신을 추구하는 영인의 세계관과의 대립이다.

이처럼 표면적으로 주인공과 장군은 대립적인 듯하지만 내면적으로는 권위주의적 사고 방식과 삶의 태도를 보유하고 있다는 점에선 동일하다. 소설은 전자에 대한 후자의 승리로, 남성성에 대한 여성성의 우위로 끝난다. 항상 심각하고 고지식하며 구분짓기를 좋아하고 가급적 일탈이나 모험을 삼가고자 하는, 다시 말해 "지시형의 삶"을 사는 주인공은 삶의 즐거움으로부터 등을 돌린 비쾌락unpleasure의 대변자라 할 수 있다. 반면 영인은 그녀가 골똘히 들여다보는 레오노라 캐링턴의 그림처럼 여성 고유의 신비스러운 힘으로 충만한 존재이다. 소설은 연출자/배우 간의 지배/복종 관계의 전도를 통해 외적 구속과 제약으로부터 해방된 인간의 내밀한 욕망의 승리를 그리고 있다. 그것은 동시에 장군으로 상징되는 억압적이고 형식적인 남성원리와 가부장 질서가 영인과 그녀의 어머니로 대표되는 여성원리와 모가장제에 무릎을 꿇는 것이기도 하다.[5] 소설 결말 부분에서 영인을 찾아 헤매던 주인공이 드

---

5) 여러 평자들이 지적했듯이 채영주의 초기 소설에서 억압적인 현실의 정점엔 아버지가 위치하고 있다. 「가면 지우기」의 강상일의 아버지, 『담장과 포도넝쿨』의 상임의 아버지 등은 권위주의와 위선의 화신들이다. 따라서 아들의 살부(殺父) 욕망은 억압적인 현실에 대한 저항의지에 다름아니었다. 또 아버지에 대한 증오는 아버지 되기의 두려움을 낳아 「가

디어 그녀를 만나는 순간 홍두 상은 유미 등 동료들이 광대 차림으로 나타나 두 사람의 결합을 축복하며 악기를 연주하고 춤을 추는 장면은 지위 신분의 전복 및 육체성의 긍정을 상징하는 축제라 할 수 있다. 물론 끝내 그 축제에 초대받지 못하는 사람이 있다. 간교한 수완가인 장군은 물론이고 그의 선량한 아들조차 이 축제엔 배제되어 있다. 이는 영인에 대한 자신의 사랑을 의식하기 전의 주인공이 그랬듯이 그들이 유머를 모르는, 자기 원칙에만 집착하는, 희극정신에 위배되는 사람들이기 때문이다. 세계와 역사를 움직이는 가장 큰 힘은 어떤 거창한 명분이나 희생이 아니라 이런 작은 존재들간의 사랑이요 웃음이라고 말하는 작가의 목소리는 이 작품이 지닌 몇 가지 미비점에도 불구하고 대단히 선명하게 읽는 사람의 내면에 공명을 일으킨다.

5. 진지함과 웃음 사이로 난 길

우리 시대의 한 대표적 작가는 소설을 "인간이란 어떤 존재인가라는 기본적인 문제를 탐구하는 인류학적 실험실"이라고 정의한 적이 있다. 채영주의 경우 그가 자신의 실험실에서 일관되게 관심을 기울인 것은

면 지우기」나 「백치세습」에서 볼 수 있듯이 혈통을 잇는 것에 대한 병적 혐오를 낳기도 했다. 그런데 『웃음』에 오면 바로 이러한 아버지 세대와 아들 세대 간의 대립이 흥미로운 방식으로 해소되고 있다. 즉 지금까지 이 작가의 소설에서 지배적이었던 아버지에 관한 부정적인 이미지는 주인공의 어머니의 사촌오빠인 장군에게 투사되고(장군과 그의 아들 재원 사이의 갈등을 상기할 것) 대신 주인공의 실제 아버지는 연애와 예술을 애호하는 딜레탕트적인 삶을 살다 간 인물로 그려지고 있다. 오이디푸스 콤플렉스를 기묘하게 해결하고 있는 셈인데, 이는 작가가 의식했든 안 했든 기능주의 인류학자 말리노프스키의 이론과 상통하는 면이 있다. 말리노프스키는 남태평양 트로브리안드 제도의 현지조사 결과를 토대로 프로이트가 주장한 오이디푸스 콤플렉스의 보편성을 부정하는 논리를 폈다. 그에 따르면 오이디푸스 콤플렉스는 가부장제 사회의 소산일 뿐이며 모가장제 사회에선 해당이 되지 않는다고 한다. 모가장제에선 아버지는 아들의 친절한 양육자, 보호자로서만 구실하며 초자아의 표상인 엄격한 통치자의 역할은 어머니의 오빠가 담당하기 때문에 아버지/아들 간의 상극은 일어나지 않는다는 것이다.

거대한 제도와 질서의 그늘 속에 몸을 웅크리고 있는 작은 존재들이었다고 할 수 있다. 그 관심이 초기작에선 작은 존재들의 어려운 삶과 내면에 대한 고고학적 탐구로 나타났다면 최근에는 작은 존재들간의 유대와 사랑, 그리고 그들이 기존 질서에 대항해서 벌이는 유머러스한 투쟁에 모아지고 있다. 초기작이 중간층 지식인의 죄의식과 고뇌, 혹은 광기라는 '제2의 삶'을 선택한 인물들이 중점적으로 다뤄지고 있는 반면 최근으로 올수록 그의 작품에 피카레스크적 모험의 경쾌함과 희극성이 두드러지는 것은 그 때문이다. 이는 아마도 현실은 언제나 갈등과 부조리의 영역이며 그것이 제거된 증류수 같은 삶은 이 세상에선 가능하지 않다는 작가의 인식이 낳은 결과일 것이다. 삶의 비극성에 더욱 강력한 비극을 맞세우기보다는 가벼운 유희와 웃음으로 현실을 그 내부에서 균열이 가게 하는 방법이 더 효율적이라는 판단은 동의할 만하다. 아울러 그의 소설이 엘리티즘에 경도되지 않고 범속성에 대해 보다 열린 태도를 갖게 된 것도 긍정적으로 평가된다. 그러나 다시 생각해보건대, 진지함과 희극 사이에 우열이나 선후는 없다. 문제는 이 둘 사이에서의 선택이 아니라 양자의 적절한 배합이다. 진지함이 제거된 희극이나 웃음이 배제된 진지함은 피상성이나 경직성으로 일방통행하기 쉽다. 이 양자의 적절한 비율에 대한 긴장된 의식을 포기할 때 소설은 상업주의와 악수하거나 관념의 체조장이 되어버린다.(그런 점에서 이 글에서 그의 또다른 장편 『크레파스』를 다루지 않은 것을 작가는 이해해주리라 믿는다.)

채영주는 아직 젊고 여전히 출발선상에 서 있는 작가이다. 따라서 그의 어깨 위에 더 많은 기대의 짐을 얹어놓는 것은 독자의 권리이자 임무가 될 것이다. 삶의 희극적 진실에 대한 그의 통찰이 더욱 깊어지고 진지함에 대한 추구가 보다 풍부한 이야기성을 획득하게 되기를 바라며 채영주가 만든 '인류학적 실험실'에서 이만 퇴장하기로 한다.

(1996)

272

나르시시즘/죽음/급진적 허무주의
—김영하의 소설에 대해 말하고 싶은 두세 가지 것들

> 점멸하는 초라한 불빛 사이로 나, 죽음을 본다.
> 쾌락의 절정에는 죽음이 있었다.
> 일체의 욕망이 자진하는 지점, 일체의 사고가
> 정지하는 지점, 일체의 행위가 그 의미를 잃는 지점,
> 그곳에 죽음이 살아 있었다.
> —「나는 아름답다」 중에서

1. 세기말의 글쓰기

한 세기가 저물어가고 있다. 세기말의 우울과 권태와 환멸이 미량의 독처럼 우리가 호흡하는 대기 속에 섞여 떠돌고 있다. 한 시대의 종말을 알리는 여러 징후들이 또다른 천 년을 앞둔 우리의 눈과 귀를 어지럽히고 일상 속에 매몰된 우리의 정신을 피로케 한다. 그러나 그럼에도 불구하고 우리를 둘러싼 세상은 내부의 균열을 숨긴 채 여전히 견고함과 무사함을 가장하고 있다. 비록 시끄럽고 혼란스럽고 위태롭기 이를 데 없는 일들이 연이어 벌어지고 있지만 세상은 그런 대로 일정한 궤도를 따라 굴러가고 있는 듯이 보인다.

이 점은 지식사회로 시선을 돌려보아도 마찬가지이다. 한동안 '문학의 죽음'이니 '인문주의의 위기'니 하는 말들이 유행의 물살을 타고 빠른 전파 속도를 자랑한 적이 있었다. 하지만, 얼마간의 세월이 흐른 지

금 와서 보면, 정작 위기와 죽음에 내몰린 것은 그런 풍문에 무분별하게 휩쓸린 단세포적 사고 방식 그 자체였다고 할 수 있을 것 같다. 위기와 죽음은 어느덧 이 시대를 살고 있는 사람들에겐 임박한 재난에 대한 경고라기보다는 오래 전부터 변함없이 잔류되어온 사회적 분위기로 여겨지고 있으며 그래서 일말의 친근감마저 주고 있는 실정이다. 불길하긴 하지만 결정적인 파국으로 연결되지는 않는다는 점에서 묘하게 안도감을 주기도 하는 착잡한 분위기.

그 분위기의 한편에 막연한 기대와 감상적인 허위의식이 자리잡고 있다면 다른 한편엔 극단적인 냉소와 자포자기가 자리잡고 있다. 여기서 새삼 1980년대와 1990년대의 시대적 단층에 관한, 이제는 진부해질 대로 진부해진 설명을 덧붙일 필요는 없을 것이다. 생은 지리멸렬해졌고 세상은 더욱 혼탁해졌다. 문제는 세기말의 우리 문학이 이런 진흙탕 속에서 꽃을 피워내야 하는 임무를 부여받고 있다는 사실의 확인이다. 그 꽃은 리얼리즘·총체성·전형 등 엄숙한 이념의 지침 아래 진행된 1980년대 문학이 광야에서 힘들게 길러낸 묘목과 다른 것은 물론이고, 내면성·여성성·신비주의 등 새로운 문학적 방향(芳香)을 퍼뜨리며 1990년대 문학의 정원을 수놓은 화초들과도 다를 수밖에 없을 것이다. 최근 문단과 독서계의 관심을 끌고 있는 젊은 작가 김영하는 바로 이러한 시대적 단절점을 명백히 구현하고 있는 존재라는 점에서 주목에 값한다. 그가 지금까지 발표한 한 편의 장편소설 『나는 나를 파괴할 권리가 있다』와 몇 편의 단편소설은 새로운 세대의 새로운 감수성과 세상읽기를 선명하게 보여주고 있다. 신인답게 그의 문학세계는 아직 미결정 상태에 있고 작품 수준 또한 고르지 않지만 그의 소설은 현재 우리 문학의 구도를 뒤흔들기에 충분한 폭발력을 내장하고 있다.

2. 텅 빈 거울 앞의 나르시스

김영하의 작품을 일별해볼 경우 눈에 들어오는 가장 큰 특징은 흔히 고도 소비사회 혹은 후기산업사회라고 불리는 현단계의 우리 사회에서 외딴섬처럼 개체로 살아가는 사람들의 변모된 삶의 원리와 의식에 대한 순발력 있는 접근과 날카로운 포착이다. 그의 작중인물들은 이십대나 삼십대라는 연령상의 편차와 상관없이, 지난 연대의 우리 사회의 구성원들과는 매우 다른 지향성을 보여준다. 「거울에 대한 명상」에선 동성애 관계에 있는 두 여성과 한 남자의 삼각관계가 펼쳐지며 『나는 나를 파괴할 권리가 있다』에선 어머니의 장례식 날 여자와 정사를 나누는 뫼르소의 후예 같은 남자가 나오는가 하면 형제지간인 두 남자와 한 여자 사이의 육체관계가 제시되기도 한다. 일반적이고 상식적인 범주 밖의 행위를 아무런 도덕적 부채감 없이 태연히 행하는 이들 등장인물은, 그러나 어떤 뚜렷한 신념하에 그런 위악적인 삶의 방식을 취하고 있는 것은 아니다.

오히려 그들을 압도적으로 사로잡고 있는 것은 삶의 무의미라 할 수 있다. 그 어떤 고상한 이념이나 정열도 무용할 뿐이며 사랑이나 우정, 가족애 같은 타인과의 유대도 가능하지 않다는 선험적 믿음이 그들을 고립과 단절 속에 밀어넣는다. 이처럼 그들을 구속하고 있는 메마른 공허감의 근저엔 의미의 상실, 가치의 몰락이라는 현대사회의 일반적 경향이 도사리고 있다. 중심·기원·진리와 같은 지난 연대의 진지했던 추구 대상은 더이상 구심점으로서의 역할을 하지 못하며 이들이 사라진 자리엔 텅 빈 공백과 부재가 입을 벌리고 있다. 그런 의미에서 그들은 '이미 끝나버린 삶'을 살고 있는 사람들이다. 무감동·무감각·무관심이야말로 그들의 타고난 자질이자 다시 없는 보호막이다. 그들은 삶을 동결시켜버리고 자기 속에 칩거한다. 그래서 그들은 타인과의 교제나 교신도 신뢰하지 않으며 외부로 향해 있는 문을 닫아건 채 거울 속에 비친 자신의 모습만을 탐닉하고 있다.

김영하 작품의 이런 특성은 자연스럽게 우리 사회의 나르시시즘적 증후군을 떠올리게 만든다. 미국의 역사학자 크리스토퍼 라쉬는 현대사회의 위기가 초기 부르주아의 자유주의가 파산을 선고당하고 '나르시시즘적 인간형'이라 부를 수 있는 새로운 유형의 대중이 등장한 데서 기인한다고 설명한 바 있다. 한때 현대사회의 성립을 가능케 한 원동력으로 작용하기도 했던 개인주의가 시대의 변화에 따라 변질을 거듭, 작금에 이르러선 공허와 불안, 소외와 고독에 사로잡힌 무력한 나르시시즘적 인간형을 양산하고 있다는 것이다. 김영하는 이러한 자기 중심적인 인간형이 현재 우리 사회에서 어떤 양태로 존재하고 있는지 탐구해 보여주고 있다. 그런데 여기서 유의해야 할 점은, 우리 시대에 이런 나르시시즘적 인간형이 특수형으로 존재하는 것이 아니라 보편화되어버렸다는 데 있다. 스펙터클 사회라는 명칭이 드러내주듯이 현대사회는 시선의 마법에 의해 모든 일이 진행되는 사회이다. 우리 시대와 같은 이미지의 제국에선 "나를 본다"라는 표현이 "나는 이해한다"는 표현을 대신한다. 이미지는 아우라를 형성하여 보는 사람을 현혹시키는 데 그치지 않고 아예 현실과 허구의 경계를 해체시키기도 한다. 이미지는 단순한 매개의 기능을 넘어 적극적으로 존재를 창출하기까지 하는 것이다. 유사 현실이 현실을 침범함에 따라 현대인은 실체는 말소되고 이미지만이 암적 증식을 거듭하는 사태에 직면해 있다.

우리는 김영하의 소설에서 자주 강박적인 응시, 도착적인 시선을 발견하게 된다. 「거울에 대한 명상」은 제목이 암시하듯 나르시스 신화에 대한 현대적 재해석을 담고 있으며, 역시 제목 자체가 노골적으로 나르시시즘을 표방하고 있는 「나는 아름답다」는 여자가 자살하는 과정을 카메라에 담는 사진작가의 이야기라는 데서 짐작이 가듯이 시선―나체―죽음의 드라마를 다루고 있다. 『나는 나를 파괴할 권리가 있다』는 아예 "1793년에 제작된 다비드의 유화, 〈마라의 죽음〉을 본다"라는 문장으로 시작하고 있다. 또다른 단편 「호출」 역시 다음 대목이 말해주듯이 자기 이미지에 대한 관심이 소설의 중심적 역할을 차지하고 있다.

그러나 그 무엇보다 나를 매료시킨 것은, 바로 그녀의 자세였다. 그녀는 벽에 등을 대고 두 다리 중 한 다리는 곧게 펴고 나머지 다리는 약간 구부린 채 두 손은 청바지 주머니에 꽂고 있었다. 이것만으로 그녀의 모습을 모두 표현할 수는 없다. 그 순간의 그녀는 자신이 어떻게 서 있어야 가장 아름다울 수 있는지 명확히 아는 사람의 자세를 취하고 있었다. 아마도 그녀의 방에는 전신 거울이 놓여 있을 것이었다. 수없이 자신의 모습을 비춰본 사람만이 저런 자세를 구현할 수 있으리라고 나는 생각하기 때문이다.

인용문에 나오는 여자는 "누군가 자신을 지켜보고 있다는 사실을 즐길 수 있어야 한다"고 믿고 있는 인물이다. 그녀는 자신의 육체가 보여짐을 통해 타자의 시각적 쾌락을 유발하는 데서 쾌락을 얻는다. 인간은, 특히 현대인은 주체로 서기 위해서 자신을 보는 타인의 시선을 필요로 한다. 존재는 타인의 시선 앞에 전시됨으로써 그 가치를 획득한다. 그들은 타인의 시선을 요청하며, 타인의 시선에 따라 자신을 구성한다. 내적 자기 몰입과 외적 자기 현시는 전혀 다른 방향의 심리적 흐름인 것 같지만 실은 같은 동전의 양면을 이룬다. 특히 대중매체의 범람으로 현기증 나는 이미지의 인플레이션 속에서 살고 있는 현대인에게 자아란 자기를 구성한다고 믿어지는 이미지의 다발과 동일시된다. 이 바라봄의 반대편에 당연히 보여지는 대상이 있다. 관음증과 노출증은 평행선을 그리며 함께 갈 수밖에 없는 것이다.

작가의 데뷔작 「거울에 대한 명상」은 이 점을 명확히 드러내고 있다. 어두운 저녁 두 남녀가 쌀쌀한 바람을 맞으며 도시의 강변을 산책하고 있다. 그들의 눈에 버려진 고물 승용차가 들어온다. 잠시 장난기가 발동한 그들은 그 승용차의 트렁크에 들어가 누워보지만 여자의 의도된 실수에 의해 그 속에 갇히게 된다. 소설은 '나'와 '가희'라는 여자가 트렁크라는 어두운 공간 속에서 벌이는 가학과 피학이 어우러진 기묘한 성희와 대화를 따라간다. 그런데 이야기가 전개될수록 그 동안 여자를 충분히 파악하고 있으며 적절히 통제해왔다고, 또 그녀를 오직 육체적 쾌락의 대상으로 이용해왔다고 믿고 있는 남자의 자만심에 점점 금이 가고 끝내는 그의 자기 기만이 완전히 노출되기에 이른다. 그들은 함께 있으되 서로가 서로를 배반하고 등 돌리고 있는 형국이다. 그들은 육체적으로는 밀착되어 있지만 정신적으로는 가장 멀리 떨어져 있다. "우리 둘은 희극적이면서 비극적이었으며, 가장 가까워졌고 가장 멀어졌으며, 구멍을 채웠으되 구멍 밖으로 나갈 수 없게 되었다." 그 구멍은 성적 함축성과 함께 함정·무덤(묘혈) 같은 상징성을 갖고 있다. 그는 여자가 교묘히 쳐놓은 덫에 걸렸으며 그녀의 의도에 따라 그가 지니고 있던 판단이나 믿음이 전부 이기적 맹목에 의한 허위에 지나지 않았음을 깨닫게 된다. 즉 그는 승용차 트렁크라는 구멍 속에서 예전의 자아가 산산이 해체되는 상징적 죽음을 겪는 것이다. 그의 가장 큰 과오는 자신의 이미지에 대한 과도한 집착이 낳은 무분별한 자기애로 요약될 수 있다.

　　우습잖아요. 형 하는 행동이…… (……) 이런 순간에도 신영복 선생의 『감옥으로부터의 사색』을 이야기하고, 그러다 문득 자신의 이미지를 생각하고. 형은 형 주위의 모든 것, 모든 텍스트로 자신을 포장하는 절묘한 재주를 가지고 있거든요.
　　이미지는 중요한 거야. 실체보다 이미지가 더 실제적이라는 말도 못들어봤어?

　　자기 이미지에 대한 '나'의 집착은 가희의 고등학교 동창이기도 한 자신의 아내 성현에 대한 오해를 낳는다. 그에게 성현이는 "꿈꾸는 자화상"이며 "정갈하고 상처입지 않은 백색의 대지"이다. 그러나 아내의 순수성에 대한 '나'의 믿음은 가희의 증언에 의해 산산조각나고 만다. 그 두 여자는 고등학교 시절 괴한들에게 끌려가 강간을 당한 적이 있

278

으며 그후 줄곧 서로 동성애적 관계를 유지해왔다는 것이다. "네 거울은 깨졌어. 병신 같은 나르시스트. 수선화로 피어나려무나"라는 '나'를 향한 가희의 조롱에 찬 외침은 나르시스트의 비참한 말로를 단적으로 보여준다. 아내의 얼굴=거울에 비친 자신의 아름다운 환영에 취해 있던 '나'는 그 거울이 부서짐에 따라 거울 저편 어두운 심연=구멍 속으로 처박히게 된 것이다. 척도를 상실한 채 쾌락주의적인 부박한 삶을 영악하게 살아오던 주인공은 그 자신 우리 시대의 비진정성의 희생자 가운데 하나라는 참담한 사실을 발견하게 된다.

이 소설은 이미지의 포로가 된 현대인의 자기 도취/자기 기만을 섬뜩하게 발가벗기고 있다. 나르시스트의 자기 도취는 순식간에 자기 증오로 뒤바뀔 수 있으며 현대인의 자기에 대한 배려 밑에는 자기에 대한 경멸이 숨어 있음을 이 작품은 말해준다. 나르시스 신화가 말해주듯 거울의 유혹은 죽음에의 초대이다. 타자를 자기 이미지를 투영하는 반사경으로만 여기는 현대인이 궁극적으로 도달하는 자리는 자멸일 뿐이라는 점을 이 작품은 우회적으로 경고하고 있다.

3. 상호소통의 갈구와 존재의 불연속성

나르시시즘적 인간형에게 삶은 의지와 결단 그리고 행동으로 이루어지는 것이 아니라 바라봄/보여짐으로 이루어진다. 그러나 이때의 바라봄/보여짐은 대상의 본질을 직시하는 것이 아니라 거기에 덧붙여진 이미지를 소비하는 것에 지나지 않는다. 그는 보고 싶은 것만을 보고 싶은 대로 본다. 여기서 대상의 주관적 왜곡과 판단 착오가 일어난다. 김영하의 또다른 단편 「호출」은 바로 타자를 바라볼 수는 있어도 타자에게 진정으로 다가가는 것이 불가능해진 나르시스트의 비극을 형상화하고 있다.

이 작품의 주인공이자 화자인 '나'는 사귀고 있던 여자가 결혼해서

외국으로 유학가겠다고 하자 기껏 "공부 열심히 해"라고, 스스로 생각
해봐도 한심한 말밖에 던지지 못할 정도로 타자와의 교류에 서툰 젊은
이다. 그러던 그가 어느 날 지하철역에서 매혹적인 자세를 취하고 있는
한 여자를 만난다. 그는 지하철에서 내리면서 그녀의 손에 자신의 삐삐
를 떠맡긴다.(보다 정확히는, 떠맡겼다고 상상한다.) 삐삐의 번호를 모르
는 그녀는 그 삐삐를 자신의 것으로 할 수도 없으며 그렇다고 버릴 수
도 없고 오직 그에게서 오는 신호만을 기다리게 될 것이라는 예상과
함께.

　　오로지 저 삐삐는 나로부터 오는 신호만을 기다리게 되는 것이다. 내
　성기가 발기한 것도 아마 그때쯤일 것이다. 흥분을 느꼈다. 내 일생 동안
　한 번도 그런 존재를 소유해본 적이 없기 때문이다. 나로부터 발신되는
　신호만을 수신하도록 운명지어진 존재를 말이다.

이처럼 서로 무관한 타인에 불과했던 두 사람은 삐삐에 의해 교류의
통로를 확보하게 된다. 삐삐를 건네주고 떠맡게 된 그 순간부터 두 사
람은 그것의 지배를 받게 되며 그것의 호출 신호로부터 자유롭지 못하
게 된다. 준 사람은 준 사람대로 호출을 보내야 한다는 강박에 시달리
고 받은 사람은 받은 사람대로 이것이 자신에게 가져다 줄지도 모를
새로운 운명의 가능성에 매달리게 된다. 삐삐는 두 사람 사이에 폐쇄된
우주를 형성한다. 여기서 우리는 이 작품에서 삐삐에게 부여된 두 가지
상반된 의미를 생각해볼 수 있다. 그 하나가 삐삐라는 기기가 지닌 상
호소통에 대한 갈구라면 다른 하나는 신호의 일방향성이다. 삐삐의 이
런 이율배반적인 성능은 서로를 제약하고 배반한다. 타인을 호출한다는
것은 지금 이 순간 나에게 필요한 것이 부재하다는 것을, 결정적인 그
무엇인가가 결여돼 있다는 것을 표상한다. 그러나 삐삐는 그 기능상 발
신자가 수신자를 향해 일방적으로 신호를 보낼 수 있을 뿐 그 역은 가
능하지 않다. 발신자와 수신자 간의 이러한 불평등은 참다운 의사소통

의 가능성에 대한 호출기의 불구성을 드러내며 이는 조금 비약해서 생각하면 진정한 사랑에 대한 현대인의 무능을 나타낸다. 그런 의미에서 이 작품엔 호출기만 있을 뿐 호출하는 자도 호출되는 자도 실제로는 없다고 할 수 있다. 서로는 서로에 대해 부재하며 그들은 구체적인 현존감을 상실한 채 추상적인 신호음으로서만 존재할 뿐이다.

이처럼 삐삐는 연속성의 희구이면서 동시에 불연속성의 확인이다. 상호적이어야 할 두 사람 사이의 관계는 주인공의 독백과 상상으로 시종되며 호출은 한없이 지연되다 결국 폐기되고 만다. 주인공이 처음이자 마지막으로 신호를 보내자 자신의 점퍼 속주머니에서 요란한 수신음이 들려온다. 그는 결국 지하철에서 그녀에게 삐삐를 건네주지 못한 채 상상 속에서만 이를 감행한 것이다. 타자를 향해 보냈다고 믿었던 신호는 다시 돌아와 그의 귓전에서 메아리칠 뿐이다. 그의 씁쓸한 확인에 따르면 "삐삐를 통해 호출하는 것은 다른 누구도 아닌 결국 나 자신일 뿐이다". 나르시시스트가 시도하는 경쾌한 탈일상의 모험은, 화자 자신의 발언에 따르면, "상상의 세계를 제한된 시간 동안 탐험"하는 해프닝으로 그치고 만다. 나와 타자 사이에 차가운 심연이 가로놓여 있듯이 현실과 상상 또한 끝내 접속되지 않는다.

4. 죽음의 유혹

「호출」에서 등장인물들은 상호소통에 대한 강한 열망에도 불구하고 교차점을 발견하지 못한 채 끝내 어긋나고 만다. 이 작품에서 호출의 부재는 일종의 '작은 죽음'이라 할 수 있다. 사람들은 일정한 궤도를 따라 자전(自轉)할 뿐이며 고립 속에서 죽어간다. 그가 보는 것은 거울 속에 비친 자기 모습일 뿐이며 그가 듣는 것은 환청처럼 울려퍼지는 자기 목소리일 뿐이다. 김영하의 소설을 관류하고 있는 사람과 사람 사이의 이러한 차가운 단절감은 「나는 아름답다」에 오면 본격적으로 음산한 죽음의 냄새를 한껏 피워내고 있다. 그것은 "죽인 자, 죽은 자, 죽은 듯이 사는 자, 그 일체의 죽음들이 풍겨대는 냄새"이다. 죽음은 일상 바깥으로 추방됐지만 아직도 일상 곳곳에 숨어 있기도 하다. 소설의 주인공은 무료한 일상 속에 잠복해 있는 죽음을 찾아나서고자 떠난다.

한 사진작가가 있다. 그가 찍고자 하는 것은 보통의 평범한 사진이 아니라 한 인간이 죽어가는 순간이다. 이를 위해 그는 아내에게 죽는 순간을 연기하게 하고 그 장면을 사진에 담기도 하지만 그마저 시들해지고 만다. 아내 역시 주로 "채 태어나지 않은 생명을 삭제"하는 일을 하여 돈을 버는 산부인과 의사이다. 두 사람 사이의 부부관계 역시 냉담하기는 마찬가지이다.

돌아보면 그녀의 모든 행위가 그랬다. 우리는 가끔 잠자리를 함께하곤 하였지만 단 한 번도 그녀의 제안에 의해 이루어진 적은 없었다. 내가 원하면 그녀는 아무 말 없이 옷을 벗었고, 별다른 반응 없이 섹스를 치렀고, 치르고 나면 나보다 먼저 잠이 들었다.

우리는 서로를 서서히 죽여가고 있었다. 나는 사진 속에서 그녀를 살해하고, 그녀는 그녀의 방식으로 나를 살해했다.

이처럼 이 소설에 나오는 인물들은 하나같이 삶의 의욕을 잃어버렸으며 기이할 만큼 죽음에 사로잡혀 있다. 아니 그들을 둘러싼 세계 자체가 죽음에 에워싸여 있다. 산부인과 의사의 의료 행위 속에, 사진작가의 광고 사진 찍기에 가득 배어 있는 죽음의 냄새. 주인공은 죽음의 편재성 속에서 더욱 강렬한 죽음, 자발적이고 의도적인 죽음을 찾아 헤맨다. 그래서 주인공은 스스로를, 살아 숨쉬는 인간보다 자신의 조각품을 사랑했던, 그리스 신화 속의 피그말리온에 비유한다. 살아 있는 여자에게서 아무런 성적 충동을 느끼지 못한 그는 엉뚱하게 로댕의 대리석 조각 앞을 서성거리며 "대리석과 성교하고 싶"은 충동을 느낀다. 죽은 자와의 성행위를 욕망하는 네크로필리아는 주인공이 들춰보는 로댕 화집에 나오는 〈나는 아름답다〉나 〈다나이드〉 같은 조각 사진처럼 에로티시즘과 죽음의 결합과 일치를 표상한다. 나르시스가 응시하는 에로스의 거울은 어느덧 타나토스의 거울로 변해 응시하는 주체를 빨아들인다. 죽음과 에로스는 동일한 원 안에서 회전하며 교환된다.

그렇다. 나르시스는 종종 예술로 비유되곤 한다. 거울에 비친 자신의 반영물. 그것은 곧 자아의 분신. 예술작품에 다름아닌 것. 자신의 이상과 반영물을 일치시키고자 한없이 다가가면 거기 죽음이 있다는, 섬뜩한 진실.

아내와 이혼한 뒤 혼자 살던 주인공은 어느 해 여름 이상한 예감에 사로잡혀 이곳저곳을 유랑하다 버스에서 우연히 한 여자를 만나게 된다. 버스 옆자리에 앉은 그 여자는 주인공이 갖고 있던, 죽은 자로 분장한 아내의 사진과 로댕 화집에 집요한 관심을 표시한다. 부두에 도착한 그들은 다시 배를 타고 섬으로 가 일박을 하며 섹스를 하고 서로의 비밀을 공유하는 의식을 치른다. 거기서 여자는 채찍질을 즐기는 사디스트 남편을 살해하고 도피중이라는 사실을 고백한다. 그리고 자신이 목을 매달아 자살하는 장면을 카메라에 담아달라고 부탁한다. 주인공은 처음엔 거절하지만 결국 그녀의 제의를 수락하게 된다. 그리하여 로댕이 그러했듯이 죽음을 예술로 승화시킴으로써 죽음의 아름다움을 영속화하는 작업을 수행하게 된다.

이처럼 김영하의 소설에서 죽음은 단순히 육체의 소멸이 아니라 동경의 대상으로 나타나고 있다. 섹스는 하나의 제의이며 여인은 예술이란 제단에 바쳐진 희생제물처럼 묘사된다. 하나의 조각, 하나의 사진 속에 봉인된 죽음. 삶을 단축시키고 죽음을 현전시킴으로써 일상적 삶의 틈바구니 바깥으로 탈출하기. 이러한 김영하의 주제는 탐미주의의 범주를 넘어 현대사회와 현대문명 전반에 대한 강력한 공세의 의미를 함축하고 있다. 현대사회는 이성－권력에 토대를 둔 배제의 원리에 기초하고 있다. 광인과 원시인이 배척당했듯이 현대사회는 죽음 및 사자(死者)를 집단의 상징적 순환으로부터 배제함으로써 성립되었다. 그러나 많은 학자들이 지적한 바대로 '죽음의 죽음'에 의해 성립된 우리 사회 야말로 실은 죽음의 문화의 지배를 받고 있다고 해도 과언이 아닐 정도로 죽음에 깊숙이 침윤돼 있다. 김영하의 죽음의 미학은 이처럼 살균된 세계에 대한 저항의 의미를 담고 있다. 그는 현대사회가 영토 바깥으로 내쫓은 죽음을 몰래 들여와 공급함으로써 일상성에 균열을 내는 급진적 상상력을 발동시키고 있다. 죽음으로 역류해 들어가는 그의 예리한 언어는 수동적으로 죽음 같은 삶을 무의미하게 살아가고 있는 현대인의 둔감한 의식에 날카로운 생채기를 남긴다. 이제 이 작가가 도달한 죽음에 대한 사유의 전모를 파악하기 위해서 장편『나는 나를 파괴할 권리가 있다』를 살펴보기로 하자.

5. 시선과 권력

하드보일드 소설을 방불케 하는 간결미와 비정한 분위기, 그리고 격자 형식이란 고전적인 구성 기법이 긴장된 조화를 이루고 있는『나는 나를 파괴할 권리가 있다』의 주제는 이 세상으로부터의 탈출 불가능성이다. 이 작품에 나오는 모든 인물들은 한결같이 "왜 멀리 떠나도 변하는 게 없을까, 인생이란" 하고 되뇐다.

　─후, 멀리 다녀왔는데도 바뀐 게 없어. 아직도 눈은 그치질 않았고.
그녀가 옷매무시를 고쳐 입으며 탄식처럼 내뱉는다.
　─어딜 다녀왔는데?
　─멀리, 아주 멀리.

위 대목에서 여자는 생일이라며 사귀던 남자에게 고향으로 같이 가줄 것을 요구한다. 그러나 '출생'을 향해 떠나는 여정은, 폭설에 가로막혀 어느덧 죽음으로의 입문의식으로 뒤바뀐다. 자신을 옥죄고 구속하는 삶이란 형틀 속에서 사람들은 탈출을 꿈꾸지만 그것은 언제나 실패와 좌절로 끝나고 만다. 변경 불가능한 삶으로부터 벗어날 수 있는 유일한 길이 있다면 그것은 죽음이다. 그러나 생산성과 합리성을 최우선시하는 우리 사회가 그런 반생산적이고 비합리적인 일탈을 허용할 리 없다. 자살 안내원이라는 기묘한 직업을 지닌 이 소설의 화자는 바로 현대에 이르러 막혀버린 삶과 죽음 사이의 순환을 다시 회복시키려고 시도하는 인물이다. 포스트모던 시대의 샤먼이라 할 수 있는 이 인물은 죽음을 기획·관장·주재함으로써 삶을 초극하려고 하고 있다.

이 시대에 신이 되고자 하는 인간에게는 단 두 가지의 길이 있을 뿐이다. 창작을 하거나 아니면 살인을 하는 길.

여기서 화자는 창작과 살인을 선택사항인 듯이 말하고 있지만 실제로는 이 두 가지 작업을 병행해서 하고 있음을 볼 수 있다. 한 인간을 죽음으로 안내한 뒤 그 인물에 얽힌 이야기를 소설화한다는 그의 작업은 실재의 제거 위에 구축된 허구의 존재 방식을 생생히 보여준다. 죽음과 소설은 삶의 압축이라는 점에서 서로 통한다. 나아가 죽은 자가 이야기를 통해 다시 생명을 부여받게 된다는 점에서 화자는 죽음과 탄생을 동시적으로 주관하는 존재인 셈이다. 이 작품은 화자가 자신의 사색과 경험을 직접적으로 이야기하는, '마라의 죽음'에서 '에비앙' '사르다나팔의 죽음'으로 이어지는 스토리 라인과 그가 죽은 이들을 소재로 쓴 두 편의 소설, '유디트'와 '미미'로 이루어진 스토리 라인이 교차되는 구성을 취하고 있다.
소설 속의 소설이라 할 수 있는 '유디트'와 '미미'엔 각기 비디오 아티스트와 총알택시 기사라는 직업을 지닌 형제와 그들 곁을 스쳐 지나가는 유디트라는 별명의 세연, 그리고 행위예술가 유미미가 주요 축을 형성하고 있다. 택시기사인 동생 K가 직업상 끊임없이 움직여야 한다면 비디오 아티스트인 형 C는 반대로 가만히 카메라로 피사체를 응시할 뿐 능동적인 행위를 극도로 자제하는 인물이다.

1) 다른 차를 찾아보기 힘든 심야의 고속도로를 달려가다 보면 K는 이 차가 어디를 향하고 있는지를 잊곤 한다. 차의 속도가 증가할수록 시야는 점차 좁아진다. 도로 옆의 나무들과 가로등들의 모습은 속도가 빨라질수록 그 형체가 흐물흐물해져버리는 것 같다. 끈적끈적한 점액질처럼 그들은 엉겨붙은 채 뒤로 사라져간다. 여기가 어디인가? K는 머리를 설레질친다.

2) 그 모습을 푸른색 뷰파인더를 통해 좇고 있는 C. 어느새인가 이 비디오의 렌즈를 통해 세상을 보는 방식에 익숙해져버린 자신을 발견한다. 길을 걸어도 프레임으로 시야를 구획하고, 비디오에 담겨진 것들, 자신이 편집한 것들을 그의 두 눈으로 본 것보다 더 신뢰한다. 아니 애착한다. 그리하여 비디오는 다시 그의 무기가 되고, 작지만 안전한 도피처가 된다.

1)의 동생 K가 광적으로 스피드에 몰입하는 성향의 사람이라면 2)의 형 C는 언제나 세상과 자신 사이에 카메라 렌즈를 가져다 놓고 그 거리를 유지하려고 한다. K에게 삶이 유희 혹은 도박과 유사하다면 C에게 세계는 렌즈 저편에 놓인 오브제에 불과하다. "어디론가 계속 도망치고 있는 기분으로 평생을 살아왔던 느낌"이라는 K는 도시라는 황야를 고속으로 질주하는 스피드광이다. 그는 총알택시를 몰다가도 틈만 나면 동료들과 화투판을 벌이며 유디트가 떠난 뒤 홀로 고속도로를 질주해 죽음 직전에까지 이른다. 이와 대조적으로 항상 안전한 도피처에 남아 세상을 응시하고자 하는 C는 타인의 삶에 개입하기를 극단적으로 꺼리며(그래서 그는 자신이 바라보는 누군가가 자신을 정면에서 바라보면

심한 불쾌감과 수치심을 느낀다), 유디트나 미미가 자신을 떠나 죽음을 향해 갈 때도 막지 않고 지켜보기만 한다.

이처럼 두 사람은 기질적으로 서로 다르지만 주어진 삶을 못 견뎌하고 세상에 대해 극단적인 부적응증을 보인다는 점에선 다르지 않다. 속도에 탐닉하는 동생은 한 곳에 머물면서 렌즈를 응시하고 있는 형과 대극적이면서도 동일한 존재이다.(육체적으로 두 사람을 횡단해 간 세연은 그래서 "너희 둘은 달라 보이지만 사실은 같은 종자야" 하고 단언한다.) K가 아무리 광적으로 자동차를 몬다 해도 그는 끝내 제한된 공간 밖으로 나가지 못한다. 그는 갇혀 있는 것이다. 운동의 극한에 부동의 관조가 있다. 여기서 C의 삶의 방식인 '차갑게 거리를 두고 바라보기'가 대두된다. 끊임없이 움직이고 도전하는 K와 가만히 한 곳에 머물러 있는 C가 결국 도달하는 지점은 죽음의 싸늘한 침묵이다. 인간은 어디로도 갈 수 없고 어디에도 머물 수 없다. 오직 죽음만이 종국적인 승리자이다.

그 죽음의 세계를 세연이라는 여자는 북극이라고 명명한다. "난 북극에 가고 싶어. 한없이 지루해졌음 좋겠어. 북극점은 돌지도 않을 거 아냐." 죽음이라는 일회적이고 치명적인 사건은 이제 회구의 대상이 되어 등장인물을 유혹한다. 이 소설의 화자는 바로 이처럼 삶에 더 이상 기대할 게 없는 사람을 죽음으로 인도하는 매개자의 역할을 자임하고 있다. 그는 사람들이 무의식 깊은 곳에 감금해두었던 죽음의 욕망을 은밀히 끄집어내고 이 욕망이 순조롭게 목표 지점에 도달할 수 있도록 돕는다. 그는 자신이 쓴 소설인 '미미'의 결말 부분에서 미미가 죽음을 결심하고 떠나는 순간 잠시, 아주 잠시 그 모습을 드러낸다.

그렇게 한참을 아무 말 없이 바라보다가 미미는 그를 지나쳐 걸어갔다. 그는 돌아보지 않았다. 그는 다시 전시회장으로 돌아갔다. 전시회장 입구에서 매우 낯익은, 그렇지만 구체적인 신상을 기억할 수 없는 남자를 보았다. 그 남자는 가볍게 고개를 숙여 그에게 목례를 했고 그도 답례를 했다. 그러나 그를 기억해낼 수는 없었다. 그는 기억해낼 수 없는 남자를 지나쳐 자신의 작품 앞으로 걸어갔다.

소설 속의 등장인물이 소설 바깥에 위치한 자신의 창조주를 만나는, 글 쓰는 이가 작품 속에서 등장인물로 모습을 드러내는 이 흥미로운 대목은 삶 속에 불길한 손님처럼 아니면 유령처럼 내재해 있는 죽음의 그림자를 암시하고 있다. 산 자에게 죽음은 낯익으면서도 기억해낼 수는 없는 그 무엇이다. 역으로 기억해낼 수는 없지만 그것은 언제나 산 자들의 주변을 배회하고 있다. 그렇다면 산 자들을 죽음으로 초대하는 이 비현실적 인물을 어떻게 이해해야 할 것인가. 그는 피와 살을 가진 구체적 인물이라기보다는 하나의 시선으로 존재한다. 과연 이 작품은 "1793년에 제작된 다비드의 유화, 〈마라의 죽음〉을 본다"라는 문장으로 시작한다. 그는 다비드의 〈마라의 죽음〉을 보고, 클림트의 〈유디트〉를 보고, 들라크루아의 〈사르다나팔의 죽음〉을 본다. 아니 그가 응시하는 것은 그림이라기보다는 그림 속의 죽음이라고 해야 정확할 것이다. 세 폭의 그림은 잘 알려진 대로 모두 죽음을 소재로 하고 있다. 그러나 똑같은 죽음이라 해도 그 초점은 조금씩 다르다. 〈마라의 죽음〉이 살해당한 사람을 그리고 있다면 〈유디트〉는 남을 살해하고 난 뒤, 황홀감에 잠겨 있는 사람의 초상을 보여준다. 이렇게 살해하고 살해당하는 이 모두를 구현하고 있는 인물이 사르다나팔이다. 성도의 함락을 눈앞에 둔 바빌로니아의 왕인 그는 부하들을 시켜 자신의 왕비와 애첩을 살해하게 했다. 들라크루아의 그림 속에서 그는 광란의 살육 잔치를 지켜보며 냉혹하게 관조하는 모습으로 나타난다.

이 그림을 보는 사람들은 제일 마지막에야 왕을 발견하게 된다. 그는 눈에 잘 띄지 않는 화면의 구석에 어두운 색조로 그려져 있기 때문이다. 반면에 살육 장면들은 환하고 밝게 묘사되어 있고 게다가 살해되는 여자들은 나체이기 때문이다. 마지막에 사르다나팔 왕을 발견하게 되는 관람자들은 숨을 죽이게 마련이다. 냉정하게 자신의 패배를 지켜보는 왕과 몸을 뒤틀며 죽어가는 여인들의 대조가 이 그림의 백미이다.

사르트르는 『존재와 무』에서 "보여진 것은 그것을 본 사람에 의해 소유되는 것이다"라고 말한다. 거꾸로 이야기해서 보고자 하는 것은 그것을 소유하고자 하는 것이다. 시선에 의해 대상의 순결성whiteness은 파괴된다. 죽어가는 여인들을 다만 지켜볼 뿐인 사르다나팔 왕은 그림의 화가인 들라크루아 자신이자 세상만사를 주관하는 신이다. 권력자의 눈이 예술가의 눈과 동일시되고 그것은 다시 창조주의 눈과 겹쳐진다. 몰락과 붕괴 앞에서 이를 다만 초연하게 지켜보는 시선. 이 작품이 문제 삼고 있는 세 폭의 그림 가운데 마라는 살해당해 눈이 감겨져 있고 유디트는 눈을 뜨고 있긴 하지만 쾌감에 취해 그 시선이 외부를 향해 열려 있지 않았다. 오직 사르다나팔의 시선만이 자기 몰입을 넘어 세계를 관통해 지나간다. 이 시선의 권력에 의해 그는 삶의 혼돈과 애증으로부터 벗어나게 된다. 죽음을 주재한다는 것은 이처럼 모든 것을 보고 또 아는 것을 의미한다. 죽음의 어두운 힘은 바로 이 응시에서 나온다. 그는 모든 것을 알기 때문에 이와 관련된 일을 소설로 쓸 수 있다. 그렇게 본다면 창작이란 소멸된 존재를 허구라는 미라로 만들어 영구화하는 작업이라고 할 수 있을 것이다. 허구는, 나아가 예술은 죽음과 소멸의 잿더미 속에서 불사조처럼 그 날개를 편다. 우리는 이제 이 작가의 허구—예술에 대한 관점을 살펴볼 차례가 되었다.

6. 허구의 안과 밖

삶은 죽음으로 완결되지만 죽음은 다시 허구의 탄생으로 이어진다. 죽음의 해체 뒤에 미학적 재구성이 따른다. 「나는 아름답다」에서 여자가 자살하는 과정을 카메라에 담는 사진기자의 행동은 이 점을 분명하게 말해주고 있다. 예술이란 부재를 영원한 현존으로 남기려는 노력 속에서 태어난다. 「호출」에서 화자의 글쓰기 또한 여자의 부재라는 실존적 결핍을 메우려는 정신적 보상작용으로 볼 수 있다.

「호출」은 전부 세 개의 장으로 나누어져 있는데 1장 '호출하는 자'와 3장 '호출은 없다'는 화자인 남자 주인공 1인칭 시점으로 이야기가 전개되며 2장 '호출되는 자'는 삐삐를 건네받은 여자를 3인칭 시점에서 묘사하고 있다. 소설 말미에서 삐삐가 건네지지 않았다는 사실을 깨달은 화자는 그녀에 대한 자신의 몽상을 "생리가 시작될 조짐이었다"는 문장으로 시작되는 소설로 써야겠다고 마음먹는다. 그런데 이 문장은 정확히 작품의 제2장 '호출되는 자'의 첫 문장이다. 즉 이 소설은 화자의 독백을 처음과 끝에 놓고 그의 상상을 중간에 배치한 구성을 취하고 있다. 소설 속에 소설을, 허구 속에 허구를 놓는 수법은 이제 우리 소설에서도 그리 낯설지 않다. 허구의 안과 밖을 맞물려놓음으로써 작가는 오히려 인간과 인간 사이의 단절을 선명히 부각시키고 있다. 인간은 타자를 욕망하지만 그 기획은 매번 어긋나며 이 어긋난 지점에서 허구가 태어난다. 타인과 교신하고 싶은 욕망이 건네지도 않은 삐삐를 건네주었다는 착각을 낳고, 이 착각 위에서 대역배우의 삶을 살고 있는 한 여성의 일상에 관한 허구가 탄생한다. 삐삐를 에워싼 상상의 유희는 지금 이 순간의 결핍을 메우기 위한 정신적 보상작용의 일종이지만 그 끝엔 허망함과 안타까운 미련이 남을 뿐이다. 흥미로운 것은 화자가 소설을 끝내며 2장만이 아니라 1장에서 3장까지의 이야기 전체가 허구의 소산일 수도 있다는 점을 강하게 암시하고 있다는 것이다.

그렇게 결심하는 내 시야 속으로 달력이 들어온다. 오늘은 10월 1일, 그러나 내 방에는 9월달의 달력이 걸려 있다. 의자에서 일어나 9월달치 달력을 뜯으며 바닷가 바위 위에 누워 있는 반라의 여자를 유심히 살펴본다. 그래 저 여자, 어딘가 낯이 익다. 어디서 봤더라.

호텔방 벽에 걸린, 해변에 앉아 있는 여인의 사진과 실제 해변에서 만난 여인이 완벽하게 겹쳐지는 장면을 통해 현실과 허구의 경계를 해체한 영화 〈바톤핑크〉처럼 위 대목은 이 작품 전체가 달력 속의 여자를 바라보며 떠오른 상상의 산물일 수도 있다는 점을 시사하고 있다. 즉 화자는 허구의 허구성을 감추지 않고 드러냄으로써 삶과 허구가 어떻게 연계되는지를 보여주고 있다. 그렇다면 허구라는 것은 지금 이 순간의 결핍(상징적 죽음)을 견디기 위한 일종의 유희라고 할 수 있다. 따라서 「호출」에서 여자가 하는 일이 대역배우라는 점은 매우 의미심장하다. 그녀는 진정한 자신의 삶을 살지 못하고 타인의 대체물로 연명해간다. 그녀에게 삶은 끊임없이 자기 존재를 연출해가는 미혹의 과정에 다름아니다.

　지금까지 전개해온 내용을 정리하면 다음과 같다. 시초에 원초적 상실이 있었다. 삶이란 이 상실을 보상해줄 수 있는 대체물을 획득해나가는 과정에 다름아니다. 그는 시간의 선로를 미끄러지며 계속 이것에서 저것으로 옮아가지만 매번 손에 붙잡히는 것은 막막한 허무일 뿐이다. 『나는 나를 파괴할 권리가 있다』에서 그것은 예컨대 어린 시절의 경우 나비 표본이나 희귀한 우표가 그런 획득의 대상일 수 있었다. 성장해서는 자동차나 카메라가 그것을 대신한다. 그러나 삶 전체의 무게와 맞먹는 대체물, 원초적 상실을 완전하게 보상해줄 수 있는 초월적 지시대상은 찾아지지 않는다. 만일 존재한다면 사진·그림·소설 같은 허구=예술작품이 아마도 그런 힘을 발휘할 수 있을 것이다. 하지만 허구의 힘 역시 완벽한 것은 아니다. '신의 눈'을 갖고서 등장인물의 운명의 부침을 따라가던 『나는 나를 파괴할 권리가 있다』의 화자는 소설 말미에서 "이제는 내가 쉬고 싶어진다"면서 "내 인생은 언제나 변함없고 한없이 무료하다"라고, 또 "왜 멀리 떠나도 변하는 게 없을까, 인생이란" 하고 토로한다. 생의 변경 불가능성, 탈출 불가능성에 대한 이러한 탄식은 그가 쓴 소설 속의 등장인물들이 공통적으로 내뱉는 말이자, 그 등장인물이 보았다는 영화 〈천국보다 낯선〉에 나오는 인물들이 내뱉는 말이기도 하다. 상황 속에 매몰된 작중인물과 달리 화자는 초연하게 사태의 본말을 꿰뚫어보고 있는 듯하지만 그 역시 삶의 일반법칙—허무와 권태 그리고 몰락으로부터 자유롭지 못한 것이다. 화자=신으로서의 초월성과 전능성은 그 내부로부터 해체되며 허구=예술 역시 그 예외성을 박탈당한다. 현실 속에서의 여행이 그렇듯 허구 속으로의 떠남도 마지막엔 허무에 이를 뿐이다.

7. 구멍/거세

우리는 여기서 김영하의 작중인물을 사로잡고 있는 허무주의의 근거를 고찰해보는 작업의 필요성을 느낀다. 아마도 그것은 정치사회적 차원에서 문화적 차원 그리고 심리적 차원에 이르기까지 다양한 각도에서 분석될 수 있을 것이다. 여기서는 이 작가가 젊고 축적된 작품의 양이 아직 많지 않다는 점을 감안해 작품의 행간에 숨어 있는 흥미로운 정신분석학적 모티프를 한 가지 점검해보는 것으로 만족하고자 한다.

앞에서도 언급한 바 있듯이 김영하의 작품 속엔 '구멍' 이미지가 자주 등장한다. 다리 교각의 절묘한 틈새, 버려진 승용차의 열린 트렁크(「거울에 대한 명상」), 다나이드의 밑빠진 독(「나는 아름답다」), 폭설로 가로막혀 오도가도 못하게 된 차, 추파춥스를 문 입, 벌려진 여자의 성기, 그림이 그려지기 전의 백색 캔버스.(『나는 나를 파괴할 권리가 있다』) 구멍은 존재의 블랙홀이며, 관계의 간극이며, 욕망의 하수구이다. 그 구멍은 한편으로 보는 사람을 유혹하면서 다른 한편으로 그를 공포에 사로잡히게 한다. 김영하의 소설에서 구멍은 대개 풍요로운 자궁으로 이어지지 않고 남자를 거세시키는 '이빨 달린 질(膣)'로 돌변한다.

『나는 나를 파괴할 권리가 있다』가 제1회 문학동네 신인작가상 수상작으로 선정됐을 때 심사평에도 언급됐지만 이 작품에서 자살 안내원이 죽음으로 인도하는 것은 우연히도 전부 여자이다. 이것은 무엇을 의미하는가? 심사위원 가운데 한 사람인 도정일은 이러한 설정이 "우리가 이 너절하고 지루한 세계에 여자들을 넘겨주기 전에 그 옛날의 사르다나팔처럼 그녀들을 너절하지 않은 세계로 보내야 하지 않는가"라는 메시지를 포함하고 있다고 지적한다. 타락한(너절하고 지루한) 세계에서 훼손되지 않은 여성성을 수호하기 위한 유일한 방법은 그 여성을 죽이는 수밖에 없다는 역설! 필자는 이러한 설명이 지닌 타당성을 인정하지만 여기에 다른 해석을 하나 더 덧붙이고 싶다. 그것은 이 작가의 소설에 높은 빈도로 등장하는 거세 모티프이다.

그의 소설에서 여성은 한결같이 남자를 유혹해서 거세하는 무서운 여인la femme fatale의 형상을 하고 있다. 「거울에 대한 명상」에서 여자는 남자를 승용차 트렁크 속으로 유인한 뒤 그의 나르시시즘적 환상을 박살낸다. 그들 사이의 섹스는 서로 목을 조르는 등 죽음의 본능의 지배를 받고 있다. "내 성기는 그녀의 질 속에 잠겨 있었다. 트렁크에 갇힌 우리처럼 내 성기도 갇혀버렸다. 자신이 발생한 곳에서"라는 문장은 남자 주인공의 거세 콤플렉스를 여실히 드러내고 있다. 「나는 아름답다」에 나오는 주인공은 왜 이혼했느냐는 물음에 산부인과 의사인 아내가 "모르핀 주사를 내 팔뚝 깊숙이 꽂고 가위로 나를 잘게 잘라버릴 것 같"은 공포심을 느꼈다고 답변한다. 또 그가 여행중 만난 여성은 신화 속의 다나이드처럼 남편을 살해했다. 『나는 나를 파괴할 권리가 있다』의 서두에 나오는 그림 〈마라의 죽음〉에서 마라는 여자 암살자에게 칼로 살해당했으며 〈유디트〉에서 유디트 역시 적장 홀로페르네스의 목을 베어 들고 있다. 또 소설 속에 등장하는 세연과 미미도 거세적 여성이긴 마찬가지이다. 세연은 섹스중에도 추파춤스를 물고 있어서 상대 남자에게 눈이 찔릴지 모른다는 공포심을 안겨주는가 하면(오이디푸스 신화가 말해주듯 눈은 남성 상징의 전이물이다) 꿈에서 긴 칼로 남자의 눈을 찌른다.

하얀 설원에 북극이라는 네온사인이 빛나고 있다. (……) 그곳으로 다가가자 유디트와 북극곰이 섹스중이다. C는 북극곰을 향해 총을 당긴다. 탕 소리와 함께 곰이 쓰러지고 유디트는 원망스런 눈초리로 그를 노려본다. 다가가서 곰의 시체를 뒤집자 곰은 어느새 K로 변해 있다. K는 피투성이가 된 채 눈을 부릅뜨고 있다. 발가벗은 유디트는 긴 칼로 C의 눈을 찌르려 한다. 어느새 그녀의 칼이 그의 눈을 뚫고 뒤통수로 나오는 게 보인다.

상식적인 이야기이지만 거세 콤플렉스는 오이디푸스 콤플렉스와 맞물려 진행되는 무의식의 작용이다. 따라서 이 작품에서 형-동생-유디트(세연)의 삼각관계는 아버지-아들-어머니의 변형일 수 있다. C가 세연을 처음 본 것은 어머니의 장례식 날이다. 즉 세연은 시간적으로 어머니의 환유로 존재한다. 또 K는 형에게서 부성을 느끼며 세연이 그에게 생일이라고 말할 때마다 성욕이 생긴다. 즉 세연에겐 모태-출생에 관련된 무의식을 환기시키는 힘이 있다. 위 인용에서 추파춥스 막대기의 변형인 긴 칼에 눈이 찔리는 것은 근친상간의 금지를 어긴 것에 대한 남자의 무의식적 불안을 나타낸다.

또다른 여주인공인 미미 역시 전시회 개막일 날 은빛 칼날로 캔버스를 갈기갈기 찢고 자신의 탐스러운 머리카락을 잘라낸다. 메두사의 뱀 머리카락을 떠올리면 이 장면이 여성의 힘의 파괴적인 분출을 상징하고 있다는 점이 뚜렷해질 것이다. 이처럼 김영하의 소설에서 여자는 남자를 거세하고, 남자는 그 여자를 다시 죽음으로 인도하는 역할을 떠맡고 있다. 그들은 상호살해라는 관계의 그물 속에 얽혀 있다.

지금까지 필자가 제시한 가설이 수긍될 수 있는 것이라면 이제부터 김영하의 소설을 가로지르는 탐조등의 불빛을 한 단계 더 진전시켜보기로 하자. 욕조에서 여자에게 살해당한 마라의 죽음을 그린 그림에 대한 화자의 명상에서부터 시작한 이 작품은 화자의 기획에 의해 욕조에서 죽어가는 여자(미미)에 대한 묘사로 끝을 맺는다. 욕조(구멍)와 물이 갖는 자궁으로서의 상징성은 이 죽음이 모태로의 귀환이라는 의미를 함축하고 있음을 일러준다. 살인/자살의 차이는 있지만 마라와 미미의 죽음은 거울처럼 서로를 반사하고 있다.

붉은 피가 욕조 깊숙한 곳에서 빠르게 퍼져나가고 있었다. 그녀는 희미해져가는 정신으로 욕실 입구에 서 있는 나를 바라보려 애쓰고 있었다. 그녀의 눈이 점점 가늘어져갔다. 나는 떠날 때가 되었다고 판단했다.

양수 속의 태아처럼 욕조에 잠겨 죽어가는 존재의 시선에 마지막으로 비친 것은 무엇일까. 그녀의 눈은 점점 가늘어졌다가 이윽고 완전히 감길 것이다. 다비드의 〈마라의 죽음〉에 나오는 마라의 눈처럼. 마라든 미미든 이들은 모두 삶과의 힘겨운 투쟁에 지친 오이디푸스들이다. 그렇다면 모든 오이디푸스가 알고 싶어하는 출생의 비밀은 죽음의 순간에서야 비로소 그 모습을 드러내는 게 아닐까. 이 앎이 죽은 자의 표정을 "편안하면서 고통스럽고 증오하면서 이해하"는, 대립되는 모든 감정들을 구현하게 해주는 것이 아닐까.

작가가 소설 제목에서 말하는 '파괴할 권리'는 '휴식할 권리'이기도 하다. 그러나 모태 속에서 편히 쉬고 싶은 현대인에게 세계는 불모의 사막과 폐허를 안겨줄 뿐이다. 따라서 이 작가의 작중인물의 의식세계를 관류하고 있는 허무주의는 아버지를 살해했지만 돌아가 안길 어머니마저 없는 현대의 오이디푸스의 비극과 밀접한 관련을 맺고 있는 것으로 보인다.

8. 급진적 허무주의

김영하는 시각적 이미지가 절대적 우위를 차지하고 있는 시대에 자신이 글쓰기를 시작했음을 잘 알고 있는 작가이다. 그는 소설이 영상 이미지의 즉각성과 경쟁할 수 있는 속도감과 활력을 가져야 한다는 요구에 적절히 부응하는 한편 영상 이미지가 담아낼 수 없는 것을 세련되게 형상화하고 있다. 그것은 일차적으로 이 작가가 우리 사회 구성원들의 성격 구조를 이루고 있는 나르시시즘의 병리학적 측면에 유난히 예민하다는 데서 명확히 드러난다. 오늘날 우리 사회에서 나르시시즘적 퍼스낼리티는 영상 이미지의 도움을 받아 확산을 거듭하고 있으며 여러 문제들을 양산하고 있다. 그는 현대인의 고독과 단절, 타인과의 연대에 대한 무능, 죽음에 대한 욕망 등을 극히 명쾌하게 포착해낸다. 두께가 없는 인간들이 삶의 표층을 가로지르며 벌이는 모험을 추적하는 그의 언어는 신파와 컬트, 조형예술과 포르노그라피, 리얼리즘과 판타지를 자유롭게 넘나들며 전시대의 우리 소설이 개척하지 못한, 어둠에 싸인 영역을 편력하고 있다.

철저히 물화된 후기산업사회를 살아가고 있는 인물들을 그리고 있는 이 작가의 전망과 세계관은 매우 비관적이다. 그의 모든 작품엔 허무주의의 짙은 안개가 끼어 있다. 그러나 그의 허무주의는, 강한 현실비판 의식을 동반하고 있다는 점에서 급진적 허무주의라고 할 수 있다. 그는 권태와 체념, 그리고 만성적인 환멸에 젖어 있는 소극적 허무주의의 단계에서 벗어나 현실의 음험한 허위성과 맞서 싸우는 치열한 부정정신을 보여주고 있다. 그의 전복적 사유와 상상력은 자본주의의 전 지구적 승리라는 집단최면을 비웃고, 삶의 한계 지점을 냉담하게 대면할 것을 요구한다. 그런 의미에서 그의 소설은 삶의 무의미에 너무 일찍 눈뜬 세대의 조숙함과 절망한 자의 초연함이 깃들여 있다.

한 세기의 황혼과 다음 세기의 여명 사이에 위치한 이 작가에게 거는 기대는 클 수밖에 없다. 물론 그의 소설의 무국적성이나 신세대적 가벼움을 비판하고 싶은 사람도 있을 것이다. 하지만 첨단의 도시적 감수성으로 현대사회의 가장자리를 표류하는 인간의 내면을 투시해내는 그의 작가적 능력은 출중하다고 아니할 수 없다. 또 이 작가의 주요 테마인 죽음의 미학화란 측면에 대해서도 이의가 제기될 수 있을 것이다. 그 말 속엔 인류가 지금까지 이룩해온 모든 진보적 성과를 무화시키는 파시즘과 퇴폐주의의 망령이 어른거리고 있기 때문이다. 그러나 발터 벤야민의 말을 원래의 문맥과 상관없이, 약간 변형시켜 인용하자면 한 국소설은 김영하에 이르러 "자기 자신의 파괴를 최우선적인 미학적 쾌락인 것처럼 경험할 수 있을 정도에까지 이르렀다"고 할 수 있을 것이다. 그는 현대가 강요하는 생산적 삶의 대척점에 죽음의 낭비를 맞세움으로써 자본주의의 일직선적인 발전 신화를 교란시키고 일상의 협소한 지평을 넘어설 수 있는 가능성을 제시하고 있다.

삶을 거부한 후에도 삶은 지속될 수밖에 없는 것이다. 김영하의 소설은 나르시시즘적 인간형에 대한 정치한 재현이면서 그것에 대한 비판이고, 죽음의 미학에 대한 진지한 접근이면서 그것의 한계에 대한 선명한 기술이기도 하다. 아울러 허무주의의 깊숙한 세례를 받았으면서도 감상적인 상실감이나 냉소주의로 치닫지는 않는다. 신세대적 감수성의 발현이면서도 그들은 세대의 특징인 '참을 수 없는 존재의 가벼움'에 매몰되지 않고 현상에 대한 반성적 사유를 꾸준히 시도하고 있기도 하다. 한국문학의 새로운 돌파구를 열어가고 있는 그의 작가적 여정을 계속 지켜보기로 하자.

(1996)

Ⅳ. 리얼리스트의 성채

꿈꾸는 리얼리스트
—신상웅 소설의 상징 구조

1. 리얼리즘을 향하여 리얼리즘을 넘어서

신상웅의 소설에 접근해 들어갈 때 받게 되는 일반적인 인상은 아마도 둔중함과 완강함 그리고 집요함일 것이다. 그의 소설은 편안한 안주나 소요를 허락지 않는다. 오히려 그의 소설은 계속해서 읽는 사람을 심문한다. 그리하여 잊고 싶고 외면하고 싶은 사건과 인물 앞으로 소환해들이는 힘을 발휘한다. 역사적인 기억의 망각 위에 축주된 각종 서사와 담론들이 유행하고 있는 지금 이곳에서 그의 소설을 읽는 것은, 그래서 한층 각별한 바 있다.

1968년 『세대』지 신인문학상에 중편 「히포크라테스 흉상」이 당선돼 문단에 모습을 드러낸 후 그는 왕성한 작품 생산력을 과시하며 시대의 한복판을 질주해왔다. 비록 1980년대 이후 그가 창작 일선에서 철수함에 따라 그의 문학에 대한 현장적 접근은 쇠퇴할 수밖에 없었지만 그의 문학이 지닌 의미와 가치에 대한 평가는 큰 부침 없이 일관된 높이를 유지해왔다고 할 수 있다. 기왕에 발표된 그의 작품들은 그 질과 양 모두에 걸쳐 그를 전후 한국문학을 대표하는 문제적 작가 가운데 한 사람으로 지목하는 데 부족함이 없음을 증명해주고 있다. 그의 소설은 지식인으로서의 투철한 사명감과 작가적 장인의식이 긴밀하게 맞물려 이룩된 좋은 본보기라는 점에서 시간의 벽을 뛰어넘어 오늘날에도 여전히 강한 흡인력을 행사하고 있다. 그의 소설은 우리 문학이 나아가기 위해선 끊임없이 되돌아가 확인하고 분석하고 참조해야 하는 중요한 전범 중의 하나인 것이다.

그런데 한 가지 아쉬운 것은 신상웅 문학을 형성하고 있는 몇 가지 특질에 지나치게 경도된 나머지 그의 문학세계에 대한 비평적 조명 역시 일정한 편향성을 노출하고 있다는 점이다. 그의 문학은 주제와 기법에 있어서 리얼리즘적 유산의 충실한 상속자로서의 면모를 보여왔다. 또한 그의 소설에 뚜렷하게 각인된 시대적 균열과 요철의 흔적은 그의 소설을 수용하는 사람들의 의식 속에 암암리에 테두리를 그어주는 역할을 수행한 면이 없지 않았을 것이다. 그러나 그럼에도 불구하고 그의 소설을 대상으로 한 기존의 평문들이 지나치게 주제적 측면에만 초점을 맞춘 것은 너무 협소한 관점의 산물이라고 아니할 수 없다. 비평이 작품 표면에 노출돼 있는 메시지를 재언급하는 것으로 자족해서는 안되기 때문이다.

어쩌면 사실 이 작가는 자신의 문학적 주제를 찾아나설 필요가 없었는지 모른다. 그가 몸담고 살던 시대가 끊임없이 그를 호출했으며, 그는 또한 거기에 성실히 응했기 때문이다. 그러나 한 가지 확실히 해둘 것은 그의 문학적 승리는 당시 그가 살던 시대의 객관적 조건에서 연유한 것이 아니라 그러한 시대 상황에 내재된 모순과 갈등을 그만의 시각과 방식을 통해 육화해낸 데 있다는 점이다. 그런 의미에서 우리는 주제와 소재를 가공해나가는 이 작가의 소설적 공정의 주밀함을 좀더 주의깊게 살펴볼 필요가 있다.

아마도 이러한 목표가 달성되기 위해서는 신상웅 소설의 구성과 문체, 상징 체계 전반에 걸친 다각적 규명이 동시적으로 이루어져야 할 것이다. 이 글은 이러한 전제하에, 신상웅 소설에 되풀이해서 등장하는 주요 모티프 몇 개를, 주로 그의 중단편소설을 대상으로 하여 분석해보고자 한다. 물론 이러한 분석이 신상웅 문학이 내장하고 있는 미학적 요소의 전모를 드러내는 데는 현저히 미치지 못하지만 그 첫걸음이 될 수는 있을 것이라고 기대한다.

2. 장벽 – 닫힌 문과 미로화한 길

신상웅 소설의 특성 중의 하나는 서사의 응집성이라 할 수 있다. 그의 소설에서 두드러지는 것은 초점이 되는 작중인물과 그를 둘러싼 세계와의 불화인데, 작가는 이 불화를 극한까지 파고 들어감으로써 매우 높은 밀도를 획득하고 있다. 세계의 폭력성과 비인간성 앞에 무방비로 노출된 주인공은 거기서 벗어나기 위해 필사적으로 분투하지만 결국 불리한 여건을 타개하지 못하고 좌절하고 만다. 개체가 자신을 에워싼 우호적이지 않은 세계와 힘겹게 싸워나가는 과정이 그의 소설의 주선율을 이루고 있는 것이다. 그의 첫 장편소설의 제목에도 나오는 '심야'라는 시간대는 바로 작중인물이 직면한 제반 여건의 암울함과 심각함에 대한 은유이다. 여기서 심야의 짙은 어둠이 당시 상황과 체제의 경직성을 상징하는 시대의 기호라는 설명은 새삼스러울 것이다. 이 심야의 공간적 치환물이 바로 장벽 – 닫힌 문과 한없이 순환하는 길이다. 피상적으로 생각한다면 계속 이어지는 길과 한 곳에 가로놓여 있는 벽은 전혀 상반된 이미지로 받아들이기 쉽다. 일반적으로 길이 유동과 변화와 속도에 관련된다면 벽은 고정 금지 정체 등을 떠올리게 만든다. 길의 개방성과 벽의 폐쇄성은 서로 대립항을 이루고 있다. 그러나 신상웅의 소설에서 길은 앞으로 나아가기보다는 무의미하게 순환하거나 미로처럼 복잡하게 얽혀 있다는 점에서 소통보다는 차단이라는 정반대의 의미를 내포하고 있다. 길은 달리는 장벽이고 장벽은 응고된 길이다. 주인공은 끝없이 움직이도록 강요받지만 그 움직임은 한자리에 고정된 부동 상태나 다름없다. 그런 의미에서 그의 이동은 실제로는 감금과 동의어이다. 그는 상황에 포박된 자, 저주받은 운명의 수인인 것이다. 먼저 이 작가의 치밀한 묘사력이 돋보이는 문단 하나를 읽어봄으로써 길/벽, 닫힘/열림의 상관관계에 접근해보기로 하자.

하늘은 잿빛이었다.
도저히 풀 길조차 없이 헝클어져 방치되고 있는 듯한 전선(電線)들이 겨우 그 무겁게 내려앉는 하늘을 어설프게 동여매어 떠받치고 있었다.

「세번째 겨울」이란 단편의 서두에 자리잡고 있는 위 구절은 평이한 듯하면서도 장식을 배제한 경제적인 언어의 구사로 긴장된 극적 분위기를 조성하는 데 성공하고 있다. 여기서 특히 눈길을 끄는 것은 언어의 힘줄이 불거져나올 정도로 강하게 등장인물을 옥죄고 있는 부정적 상황에 대한 묘사의 핍진성이다. 이제 막 출옥해서 사회로 떠밀려나온 주인공의 암담하고 스산한 심정이 비 오기 직전의 칙칙한 겨울 하늘이란 외부 정경에 적절히 의탁돼 효과를 거두고 있다. 그는 이제 어디로든 갈 수 있는 자유로운 존재로 보이지만 실제로는 아무런 가능성도 주어지지 않았다는 점에서 감옥에 갇혀 있을 당시와 하등 차이가 없는 존재이기도 하다. 감옥/사회가 내포하고 있는 닫힘/열림의 이중성이 무너지는 순간 통상적인 선과 악의 경계도 해체된다. 주인공의 회상에서 감방장이란 인물이 죄수들에게 "모두들 의기를 꺾지 마라. 체념하지 말란 말이다. 분명히 말하지만 우리의 진범은 모두 밖에 있다. 밖에서 활개치고 다닌다"라고 외칠 때 이 말은 강한 자에게 약하고 약한 자에게 강한 법질서의 모순을 질타한 말이기도 하지만 동시에 안과 밖, 자유와 감금이 무의미해져버린 현실에 대한 첨예한 인식의 표출이기도 하다. 따라서 이 작품에서 주인공이 출소 첫날 어두운 밤거리를 방황하다 마지막에 사회에 남기를 포기하고 다시 감옥행을 택하는 것은 예정된 수순이라 할 수 있다.

위 인용에서 장벽과 미로는 각기 "무겁게 내려앉는" 하늘과 "풀 길조차 없이 헝클어져 방치되고 있는" 전선으로 변주되고 있다. 내려앉는 하늘과 그 하늘을 동여매어 떠받치고 있는 듯한 전선은 외적으로 서로 대치한 채 하강과 상승이란 정반대되는 운동을 보여주고 있는 듯하지만 내적으론 동일한 의미를 함축하고 있다. 잿빛 하늘과 헝클어진 전선은 작중인물이 처한 출구 없음과 갈곳 없음(길잃음)을 상이한 방식으로 드러내고 있는 것이다. 헝클어진 전선은 잿빛 하늘이 주는 막막한 절망감을 완화시켜주기는커녕 오히려 강화하는 데 기여하고 있다. 주인공의 눈에 포착된 이러한 풍경은 거대한 장벽＝풀 길 없이 헝클어진 문제에 시달리고 있는 그의 내면을 집약적으로 나타내고 있다. 결국 정처없이 미로화한 밤의 도시를 배회하던 그는 자진해서 경찰서를 찾아가 자신이 죄를 뒤집어쓴 내역을 털어놓음으로써 다시 유폐의 운명을 택한다.

이 작가의 데뷔작이자 출세작이기도 한 「히포크라테스 흉상」 역시 길/벽이라는 두 이미지가 극명하게 교직돼 있는 작품이다. 주인공 송문집 일병은 겨울밤 보초 근무를 마치고 내무반으로 귀환해 잠자리에 들었다가 급성 복막염이 발병, 위급한 상황에 처하게 된다. 소설은 응급환자인 그가 독립중대 의무실, 연대 의무대, 포대 의무대, 이동 외과병원, 야전병원을 거쳐 132육군병원에서 죽음을 맞이하기까지의 경과를 추적하고 있다. 삶에 대한 강한 애착과 냉철한 사리판단에도 불구하고 그는 거듭되는 수송과 여러 차례의 수술 끝에 탈진한 상태에서 죽는다. 결함투성이의 조직 메커니즘에 내맡겨진 주체가 납득할 수 없는 이유로 죽어가는 부조리한 과정을 작가는 냉혹하리만큼 침착하게 뒤따라간다.

이 소설에서 끝없이 지연되는 것은 주인공의 치유가 아니라 차라리 주인공의 죽음이라 할 만하다. 최악으로 여겼던 상황 너머에 더욱 악화된 조건이 기다리고 있다. 그래서 서사는 종말을 향해 치닫지만 그 종말은 매번 유예되면서 주인공과 독자를 더 짙은 어둠 속으로 더 깊은 심연 속으로 밀어넣는다. 삶을 향한 주인공의 투쟁은 헛수고에 불과하다. 미로를 더듬어나아가는 과정은 미로 속으로 더 깊이 빠져드는 과정이다. 성을 향해 아무리 접근하려 해도 끝내 거기 도달하는 데 실패하고 마는 카프카의 소설의 측량기사처럼 이 작품의 주인공은 한 지점에서 다른 지점으로의 계속되는 이동에도 불구하고 끝내 목표로 했던 곳에 도달하는 데 실패한다.[1] 그의 죽음 위에 드리워진 비극적 음영은 바로 그것 때문이다. 그런 점에서 주인공이 겪는 '밤으로의 긴 여로'는 일종의 깨어서 꾸는 꿈, 한 편의 기나긴 악몽처럼 여겨진다. 사실 이 작품엔 다음 인용처럼 주인공이 실제 겪는 사건과 꿈이 서로 뒤섞여 기묘한 분위기를 창출하는 장면이 여러 번 나오고 있다.

　　문집은 화면을 쳐다보다가 섬뜩 놀랐다. 리어 왕은 배가 쩍 갈라진 채 침대 위에 나자빠져 있었다. 그리고 흉측한 차림을 한 고너릴과 리건이 피묻은 칼을 칼집에 꽂으며 층계를 내려오고 있었다. 영구의 얘기와 영화는 달랐다. 그는 괴한이 리어 왕의 목을 찔렀다고 했다.
　　"바로 저 문, 쇠빗장이 아홉시 방향에서 세시 방향으로 반원을 그리며 넘어가잖여. 그리군 저렇게 고리에 걸린단 말여. 저 문을 다치지 않고 밖에서 으떻게 열었을 거여. 참 묘하여이, 잉."

---

1) 프라하의 음울한 모더니스트 카프카와 이 땅의 강인한 리얼리스트 신상웅을 동일한 평면에 놓고 비교하는 것에 대해 과잉 해석이 아닌가 하는 의심의 눈초리를 던지는 사람이 없지 않을 것이다. 그러나 카프카 소설의 핵심에 자리잡고 있는 '사회 전 영역의 관료화' '제도의 미로화' '개인의 비인격화' 등의 요소는 신상웅 소설에도 뚜렷하게 부조돼 있는 특성이다. 이러한 소재의 일치 외에도 이 두 작가를 이어주는 또하나의 요소는 '웃음'이다. 카프카의 소설이 그렇듯이 신상웅의 소설에서도 주인공의 행동은 한없이 성실하고 진지하지만 그 결과는 자못 희극적이다. 아니 진지하고 성실할수록 그 결과는 더욱 희극적이 되어간다. 이 어이없으면서도 참담한 괴리 속에 시대의 진실이 자리잡고 있다.(아마도 신상웅 소설에 나오는 풍자·역설·해학의 효과에 대해 논의하기 위해서는 별도의 지면이 필요할 것이다.) 그러나 두 작가의 공통점은 여기서 그친다. 이데올로기적 중립 지대에 은신한 채 신비와 환상의 벽돌을 높이 쌓아올린 카프카와 달리 신상웅은 시대 현실에 대한 구체적 접근과 사실적 형상화를 절대 포기하려고 하지 않았기 때문이다.

영구는 의기양양해서 큰 소리로 떠들어댔다. 육중한 문은 밖에서 열 수 있는 아무것도 없었다. 문집은 그까짓 문이 아무러면 어떠랴 싶었다. 툭 타놓은 리어 왕의 배만 자꾸 머리에 떠올랐다. 무척도 시원하겠다 싶었다. 그러다가 문득 갑자기 배를 안고 극장 의자 밑으로 고꾸라졌다.

언뜻 보아서 난삽하고 초현실적으로 여겨지는 위 대목은 주인공이 발병 직전 복통에 시달리며 꾼 꿈의 한 부분이다. 꿈속에서 그는 셰익스피어의 「리어 왕」을 멋대로 변형한 영화의 한 장면을 보고 있다. 그가 그런 꿈을 꾸게 된 것은 잠들기 전 같이 보초를 선 동료 사병으로부터 하나의 수수께끼를 부여받았기 때문이다. 그 수수께끼는 "안으로 잠기고 밖엔 열 수 있는 아무것도 없는" 육중한 문을 부수지 않고 어떻게 열었겠느냐 하는 것이다. "그렇게 쉬운 걸 못 알아내면, 넌 늘 움켜잡고 돌아가는 그 배앓이로 칵 뒈질 것"이라는 출제자의 악담에 가까운 불길한 예언은 이 문제가 단순한 심심풀이의 소산이 아니라 주인공의 목숨을 좌우하는 중대한 의미를 담보하고 있는 수수께끼, 민속학자들이 '목이 걸린 수수께끼halsöserätsel'라고 부르는 유형의 일종임을 암시하고 있다. 실제로 송문집은 사선을 넘나들며 의무대와 병원을 전전하는 동안에도 이 물음에 강박적으로 집착하는 면모를 보여준다. 그리고 처음 수술을 받는 순간, 즉 그의 복부의 문이 열리는 순간 그 수수께끼의 해답이 자석이라는 점을 깨닫는다. 여기서 자석이 과연 그 해답이 될 수 있는가 하는 것은 별로 중요하지 않다.[2] 다만 주인공의 배앓이와 배 수술이 문의 닫힘−열림과 상동관계를 맺고 있다는 사실을 확인히는 것으로 족하다.(그런 의미에서 송문집의 죽음은 의사들이 수수께끼가 제

---

2) 자석이 수수께끼의 해답이 된 것은 쇠붙이를 끌어당긴다는 점에서 나온 것이지만 조금 넓혀서 생각해볼 때 나침반으로서의 의미도 간과할 수 없을 것이다. 작중인물이 처한 방향감각의 상실과 혼돈 속으로의 입문이란 조건에 입각해서 보면 그런 해석의 타당성은 한층 증대된다. 자석−나침반은 장벽−닫힌 문을 열 수 있는 열쇠인 동시에 미로를 헤매는 자에게 방향을 인도해주는 길잡이 기능을 하는 도구이기도 하다.

기하는 과제와 달리 문을 '부수지 않고' 여는 데 실패했음을 말해준다.)

주인공은 자신이 받는 수술이 "예행연습이 없는 본의식"이기를 바랐지만 실제로는 "언제고 있을 것 같지 않은 그 본의식을 위한 영원한 예행연습의 하나"일 따름이었다. 더욱이 그것은 "생명의 예행연습"이 아니라 죽음의 예행연습이었다. 소설의 결말 부분에서 크리스마스 이브에 병동에 시찰 나온 미국 여군 중령의 이름이 카펜터, 즉 '목수'라는 점은 의미심장하다. 주인공이 그 명찰을 보며 상상하는 대로 나자렛 예수는 목수의 아들이기 때문이다. 결국 이 작품은 구원자의 재래와 새로운 신년 대신 주인공의 죽음이란 묵시록적 상황이 연출되며 끝을 맺는다.[3] 이 작품에서 주목할 점은 상황 속의 개인이란 고전적 주제가 무대가 되고 있는 군대와 병원의 현장감 있는 재현에 의해 생생한 리얼리티를 획득하고 있다는 점이다. 파월 유족사업이나 의약품 비리에 관련된 추문으로부터 주인공의 죽음을 자살로 처리하는 결말에 이르기까지 이 소설 속에 등장하는 다양한 삽화들은 당대 현실의 모순의 축도로서의 군대와 병원의 실체를 예각적으로 드러내는 한편 향후 우리 사회의 추세가 인간의 존엄성을 도외시한 채 점차 기능적이며 사물화된 방향으로 치달을 것임을 예고해주고 있다. 따라서 송문집은 판에 박힌 관료화된 사회, 익명의 가면 뒤에 진실을 은폐시켜버리는 조직 메커니즘의 희생양인 셈이다. 공간적으로 그토록 다양한 지점을 통과했음에도 불구하고 그는 매번 유사한 정황, 동일한 위기에 봉착한다. 그의 끝없는 이동은 실은 부동의 유폐에 지나지 않은 것이다. 그의 부조리한 죽음은 그가 속한 세계 자체의 궁핍성poverty을 극명하게 드러내 보인다.

「히포크라테스 흉상」이후 작가가 발표한 소설 가운데 군인 – 군대를 제재로 삼고 있는 작품인 「병사의 휴가」와 「분노의 일기」에서도 미로와

---

3) 그렇게 본다면 주인공의 복막염 발병과 수술 과정은 성서의 처녀수태에 대한 기괴한 패러디라 할 수 있다. 아울러 '배가 쩍 갈라진 채' 죽는 것에 대한 환상에서 주인공의 거세 불안과 여성성에 대한 혐오를 읽어낼 수도 있다. 그의 소설에 자주 등장하는 아내와의 불화, 여성의 불모성 등의 모티프는 이런 점에서 흥미롭게 여겨진다.(이 글의 주 4를 참조할 것)

장벽 이미지는 쉽게 찾아볼 수 있다. 다만 앞의 작품이 미로 속의 방황에 초점을 맞추고 있다면 뒤의 작품은 장벽과 싸우는 영웅주의적 고투에 강세가 주어지는 차이가 있을 뿐이다. 「병사의 휴가」는 제목 그대로 휴가 나온 군인을 화자로 설정한 작품이다. 오랜만에 휴가를 나와 사회로 귀환한 그는 자신을 둘러싼 도시의 풍경에 이질감과 소외감을 느낄 뿐이다. 휴가병의 눈에 비친 수도의 거리는 "식민 섬도시"에 다름아니다. 또 가족과 친구와 연인의 변한 처지에서도 주인공은 낯섦과 적의 그리고 절망만을 읽어낸다. 자신의 복잡다단한 사념처럼 헝클어진 거리를 따라 방황하던 그는 끝내 길을 잃고 헤매기까지 한다. 이 소설에서 주인공이 마주한 서울의 모습은 보들레르 이후 서구의 많은 작가 시인들이 형상화한 '비현실적인 도시unreal city'의 외양을 하고 있다. 도시가 외형적으로 비대해지고 화려해지면 질수록 거기 사는 구성원들의 무기력 또한 깊어져간다. 주인공의 계속된 술 마시기는 바로 이러한 외적 충격에 대한 가역반응이라 할 수 있다. 그러나 이러한 일탈적 행동이 그의 내면적 공허를 채워줄 수는 없는 일이다.

　「병사의 휴식」이 직무의 중압에서 벗어난 휴가병의 약간 느슨한 시선으로 1960년대 후반의 우리 현실을 조감했다면 「분노의 일기」는 주한 미군부대라는 한정된 공간을 무대로 정의감에 불타는 한 젊은 장교의 좌절을 그리고 있다. 전방에서 근무하다 새로 미군부대에 배속된 김 대위는 투철한 군인정신과 민족적 자부심으로 무장한, 바람직한 군인상의 표본 같은 인물이다. 그는 맡은 바 임무에 충실하고자 하지만 곧 다음 두 개의 벽에 부딪치게 된다. 점령군이나 다름없는 태도로 한국인을 대하는 오만한 미군의 우월의식과 그에 기인한 고압적인 자세가 그 하나라면 주체성을 상실하고 매사에 피동적으로 반응하며 순간의 안일과 이익만 탐하는 한국 병사들의 행태가 다른 하나이다. 그는 열등의식과 요행의식에 젖어 있는 한국 병사를 상대로 고달픈 싸움을 벌여나가지만 겹겹의 장벽에 둘러싸여 끝내 좌초하고 만다. 이처럼 이 소설은 미군부대라는 한정된 공간을 배경으로 군대 내에 만연된 위선과 타락과 야합의 실상을 정면에서 묘파하고 있다. 원칙에 충실하고자 한 김 대위는 끈질긴 노력에도 불구하고 비정상이 정상을 압도하고 있는 조직의 벽과 구성원의 타성을 넘어서지 못한다. 이렇게 직장인 군대에서 단신으로 안팎의 장벽과 싸우다 귀가한 그에게 어느 날 그의 아내는 "질식할 것만 같아요"라고 말한다. 그만이 아니라 그의 아내 또한 사방이 벽으로 막힌 공간에 갇힌 채 '질식할 고독'을, 즉 폐소공포증을 앓고 있는 것이다. 그런데 흥미로운 사실은 장벽에 둘러싸인 채 일정한 공간에 붙잡힌 것처럼 보이는 그가, 다음 묘사가 증명해주고 있듯이 실은 유목민처럼 끝없는 길을 정처없이 떠도는 운명에 놓여 있는 존재이기도 하다는 점이다. "김 대위는 대꾸를 않고 방에 놓인 가재도구들을 물끄러미 내려다봤다. 지칠 대로 지친 그의 눈에, 그것들은 서글픔마저 안겨주는 모습이었다. 언제라도 짊어지고 나설 수 있도록 철제 대형 트렁크 하나와 볼 박스 두 개는 묶여진 그대로 임전태세하에 있었다. 사용할 수 있도록 결박이 풀려져 있는 거라곤 옷가지 몇 벌과 이불뿐이었다." 이 인용에 역력히 드러나 있듯이 그는 갇혀 있는 자인 동시에 떠도는 자이다. 소설 결말이 보여주듯 미군부대에서도 추방될 처지에 이른 그는 다시 가재도구를 챙겨 유랑의 길을 떠나야 할 것이고 또다른 임시적인 장소에서 또다른 유형의 부조리 및 악조건과 맞서 싸워야 할 것이다. 그에게 허락된 것은 미로 속을 헤매며 방황하거나 아니면 견고한 장벽과 씨름하다 자진하는 것뿐이다. 이러한 시지푸스의 도로는 "군영에 남아 그 영향력이 올바로 행사되도록 지켜보"고자 했던 그만의 운명이 아니라 부침이 극심했던 현대 이후 한반도에서 각성한 의식을 지니고 살고자 했던 모든 사람에게 주어진 숙명이라 할 수 있다.

3. 역사적 상흔의 뿌리를 찾아

이들 작품이 공시적인 차원에서 당대 현실을 지배하고 있던 미로/장벽의 발현태를 그리고 있다면 「추적」 「이런 전쟁」 「타자의 마을」 등은 통시적으로 그것의 뿌리를 캐들어가는 작품이라 할 수 있다. 해방에서 6·25에 이르는 기간 동안 발생한 역사적 사실을 소재로 하고 있는 이들 작품은 동족상잔이라는 민족적 비극이 그후 어떻게 확대재생산되며 오늘날에도 여전히 삶의 질곡으로 작용하고 있는지를 날카롭게 드러내고 있다. 특히 「이런 전쟁」과 「타자의 마을」에 나오는 소년 시절의 삽화는 이데올로기적 갈등 이전에 인간 속에 숨어 있는 원초적 폭력성이 당시 사태의 악화를 가져온 일차적 요인임을 증언하고 있다. 「이런 전쟁」에서 화자인 소년이 본 전쟁의 참상은 긴 국수가닥과 길섶에 처박힌 시체로 요약된다. 전자가, 행군 대열에서 이탈하여 허기진 짐승처럼 먹어대는 방위군들의 모습이 일러주듯 극한상황에서도 계속되는 삶을 향한 욕망과 집착을 의미한다면, 후자는 그러한 개인에게 가해지는 무차별적 폭력의 전율스러움을 드러낸다. 밤이 깊도록 삶아내야 했던 기다란 국수에 비한다면 순간의 폭력에 의해 무참하게 죽어가는 인간의 생명이란 얼마나 짧고 허망한 것인가. 전쟁은 인간 속에 숨어 있는 그런 폭력성이 아무런 제동장치 없이 발산되는 현장이기도 하다. 단지 시루떡 한 덩이를 훔쳤다는 이유로 방위군 남자를 총대로 쳐죽이고 나중에 그 억울한 죽음을 규명하기 위해 찾아온 남자의 동생까지 죽이는 팔바우라는 인물은 단순한 악한에 그치는 것이 아니라 인간이 지닌 절대적이며 원초적인 악의 구현체라는 각도에서 이해될 수 있다. 성장소설이 대개 그렇듯이 이 작품은 순진한 무지의 상태에서 삶의 어두운 측면을 보아버린 성숙한 상태로 옮겨가는 과정을 그리고 있다. 악의 파괴성과 잔인성에 대한 체험은 유소년기의 자기 완결적 평화를 깨뜨리고 인간에 대한 신뢰의 기초를 무너뜨린다. 이제 소년은 삶이라는 전장으로 어쩔 수 없이 편입하지 않을 수 없는 시기에 이른 것이다. "아버지에겐 몰라도 내겐 끝난 줄 알았던 전쟁은 역시 내게도 그토록 참혹하게 여전히 계속되고 있었다"는 마지막 구절은 전쟁이 과거에 완료된 것이 아니라 우리의 일상생활 곳곳에서 현재진행형으로 지속되고 있음을 짐작하게 해주고 있다.

해방공간에 일어난 대구 10월 항쟁을 배음으로 깔고 이야기가 전개되는 「타자의 마을」에서도 인간의 폭력성에 대한 비판적 시각은 여전히 유지되고 있다. 화자는, 당시 항쟁 주동자의 아들로서 고향을 떠나 서울에서 회한에 찬 일생을 살다 간 한 인물의 죽음을 계기로 20년 만에 귀향길에 오른다. 이 작품에서 주인공의 회상을 통해 단편적으로 제시되는 10월 항쟁에 대한 묘사는 이데올로기적 갈등의 양상은 되도록 배제된 채 당시 좌익으로 몰린 사람과 그의 가족들이 겪어야 했던 수난에 주로 모아지고 있다. 그 시절 주인공과 그의 어머니가 항쟁 주동자의 인척이라는 이유로 다수의 물리적 박해에 직면하는 장면은 강한 전염력으로 읽는 사람의 내면에 전이된다.

나는 그때 어머니의 등에 업혀 있었다. 잠이 덜 깬 나를 업고 어머닌 뛰었다. 그러다가 헉 하고 멎어 섰다. 장승 같은 누군가가 우리의 눈앞을 가로막고 서 있었던 것이다. 흰 두루마기였다. 어머닌 곧 돌아서서 다시 내달렸다. 알고 보니 거긴 뒤란이 아니던가.
그러나 아무 데도 길은 없었다. 마당이 내다보이는 담벽에 붙어서서 보자 하얀 옷들이 담 밖을 온통 빈틈없이 에워싸고 있는 게 아닌가. 모두가 흰 두루마기였다. 그리고 그들의 손엔 하나같이 긴 장대 같은 것이 들려 있었다. 어머니는 나를 버리고 그 자리에 자지러지고 말았다. 나는 울음도 나오지 않았다. 어머니가 죽었다고 생각 든 것일까. 나는 쓰러진 어머니를 끌어안고 엎어졌다. 몸이 와들와들 떨리고 있었다.

한정된 공간 밖으로 빠져나가기 위해 이리저리 헤매다니는 어머니의 모습에서 우리는 쉽게 미로/장벽의 이미지가 겹쳐져 있음을 볼 수 있다. "나는 지금도 흰 두루마기만 보면 몸에 소름이 훑어가곤" 한다는 화자의 언급이 말해주듯 당시의 체험은 가해자 피해자를 떠나 관련된 사람들의 의식과 무의식 속에 엄청난 파장을 미쳤을 것임에 틀림없다.[4] 또한 이 파장은 그 시절 종료된 게 아니라 상당한 세월이 흐른 지금까지도 계속되고 있어서 마을사람들 사이에 반목과 갈등이라는 보이지 않는 구획선을 만드는 요인으로 작용하고 있다. 그렇게 본다면 소설 시작 부분에서 일부 마을사람들이 기설씨의 시신을 집 안으로 운구해 들이는 것을 반대하는 것은 단순히 장례 방식에 대한 형식적 집착의 문제에 그치는 것이 아니라 과거부터 지금까지 누적되어온 역사적 부채를 수용하는 자세의 상이성에서 초래된 문제임을 감지하게 된다. 기설씨의 장례식은 역사적 상흔을 치유하는 공동체의 제의로 승화되지 못하고 마을사람들간의 불화와 반목을 다시금 확인하는 자리로 시종하고 만다. 그리하여 화자는 자신이 태어나 스무 살이 되도록 살았던 동

---

4) 위에 인용된 문단을 좌우익 간의 갈등이라는 현상적 차원에서 벗어나 정신분석학의 시각을 빌려 들여다본다면 어머니와 아들 간의 결합과 분리를 극적으로 나타내주는 장면으로 해석할 수도 있다. 어머니와의 유아적 일체감에 잠겨 있는 화자 앞에 "긴 장대" 즉 남근으로 상징되는 '아버지의 법'이 출현하여 물리적 위협을 가하는 순간으로 볼 수 있다. 이때의 충격으로 화자의 머리에 생겼다는 "밤알만한 크기의 머리 나지 않는 흉터"는 전형적인 거세 상징이다. 이러한 해석이 전혀 터무니없지만은 않는 것은, 그래야만 소설 속의 화자와 아내와의 불화가 어느 정도 설명되기 때문이다. 어머니와의 분리 이후 아이는 무의식적으로 어머니를 대신해줄 수 있는 대상을 찾아 세상을 편력하게 된다. 그러나 그의 아내의 경우 "어금니를 씌운 백금의 윤기만이 빛나는 여자"이며 "태를 받치고 버틸 만한 힘이 없어 석 달이면 지쳐서 놓아버리는" 불모의 여성으로서 화자가 희구하는 '모성'과는 거리가 먼 여성이다. 화자의 꿈속에서 아내가 정신병원에 갇혔다가 하얀 옷(죽음을 나타내는 수의? 아니면 유년 시절 그와 그의 어머니를 폭행했던 사람들의 흰 두루마기?)을 입고 정원에 서 있다가 구름을 딛고 허공에 서 있는 식으로 출현하는 것은 그 때문이다. 아내 어금니의 백금이 그렇듯 그의 인생에서 아내는 "이물질"에 지나지 않는 것이며 그래서 그는 무의식적으로 아내의 죽음을 소망하고 있는 것이다.

어머니에 대한 작중인물의 남다른 애착은 그의 다른 작품에서도 찾아볼 수 있다. 「이런 전쟁」에서 어린 시절의 화자가 잠자리에 들 때 굳이 자기 자리를 두고 어머니 자리를 파고드는 장면이나 「귀로」에서 주인공이 어머니의 유골이 담긴 상자를 안고 낯선 도시를 방황하는 모습은 대표적인 사례이다. 이런 측면이 가장 노골적으로 드러난 작품으로 정신분열적 징후가 있는 인물을 주인공으로 삼은 「정토(淨土)」를 들 수 있다. 이 작품에서 주인공에게 아버지란 존재는 어린 시절 밤늦게 돌아와 자신의 아랫도리를 더듬던 "섬뜩한 느낌 하나뿐"(다시 반복되는 거세 콤플렉스!)이며 그 아버지가 죽은 후 청소년기에 이른 주인공과 어머니 사이엔 기묘한 성적 긴장이 조성되고 있다.

네가 "남의 마을로 느껴"진다고 고백하고 있다. 또 "마을이 완강하게 버티고 서서 나를 기어오르지 못하게 밀어내고 있었"다고도 표현한다. 유년 시절 흰 두루마기를 입은 사람들이 화자와 그의 어머니를 에워싸 형성한 장벽이 성인이 된 지금 마을 전체로 화해 그 앞에 현현해 있는 것이다.

이렇게 볼 때 세계를 미로/장벽으로 파악하는 이 작가의 상상력의 수원은 해방과 분단과 전쟁으로 치달은 역사적 격변으로까지 거슬러올라간다는 점을 알 수 있다. 남북의 분단과 식민 잔재의 미청산 등 이 시기의 문제점은 이후 우리 역사의 지층 깊숙이 잠복해 온갖 부정적 결과를 양산해왔다. 대미종속이나 개발독재 같은 정치적 경제적 기형발육 현상도 그 씨앗은 이미 이 시기에 거진 다 뿌려진 것이다. 이러한 인식은 해방 이후 지금까지 우리 근현대사는 문제의 근본적 해결과는 거리가 먼 미봉 상태의 연속이라는 점에서 지불유예 혹은 활동의 일시적 정지를 의미하는 모라토리엄moratorium의 기간에 다름아니라는 통찰과 맞닿아 있다. 그 모라토리엄은 현실의 모든 부분을 미로와 장벽으로 이루어진 금기의 대상으로 만들어버린다. 정치 경제 사회 등 모든 부면에 걸쳐 억압과 혼란이 맹위를 떨치며 그 속에서 개개인은 허망하기 이를 데 없는 삶을 살다 갈 뿐이다. 「추적」이란 유니크한 작품이 말하고자 하는 것은 바로 이것이다. 한국전쟁이 막바지로 치달을 무렵 국군의 한 병사가 정전 협정이 발효된 줄도 모르고 귀순하려고 백기를 들고 오는 인민군 한 명을 사살한다. 그 병사는 살인을 했다는 자책감 때문에 그 인민군이 숨을 거두기 직전 남긴 몇 마디 말을 바탕으로 그 인민군의 아들의 행방을 추적하는 데 온 힘을 쏟기 시작한다. 인쇄업을 비롯, 그가 현실에서 생활을 위해 영위하는 모든 일들은 다만 가상에 불과하고 오직 아이를 찾는 일만이 유일한 삶의 목적이 되어버린다. 그는 유예된 시간 속에서 연명하고 있을 뿐인 것이다. 오랜 추적 끝에 드디어 인민군의 아들임에 틀림없는 인물을 발견하지만 그 청년은 자신의 진정한 모습을 드러내기를 거부한다. 왜냐하면 그 청년은 마침 미국

유학을 떠나려고 하는 찰나인데 좌익인사의 아들이란 신분이 밝혀지는 게 달갑지 않았기 때문이다. 즉 이 작품에선 비행기가 떠나기 직전에 그 청년의 실체를 드러내야 한다는 개인적 차원의 모라토리엄에, 식민 지시대에서 6·25전쟁을 거쳐 지금까지 지속되어온 잘못된 관행을 청산해야 한다는 역사적 차원의 모라토리엄이 중첩돼 있다. 그토록 찾아 헤매던 대상을 확인하고 난 후 주인공이 스스로 죽음을 택하는 것은 그런 점에서 필연적이라고 할 수 있다. 모라토리엄 동안 그에게 주어진 과제를 해낸 이상 더이상의 생은 무의미하다고 판단한 것일까.

이러한 분석을 통해 확인할 수 있는 사실은 우리 사회의 모순과 갈등의 근원에 식민지 체험과 분단이란 역사적 상흔이 자리잡고 있다는 인식이다. 지금 이곳의 우리 현실을 규정짓는 다양한 억압과 부조리도 궁극적으로 제국주의와 냉전 체제란 장벽에 귀착된다. 우리의 일상생활은 바로 이 한계를 내면화한 상태에서만 이루어질 수 있으며 따라서 그것은 혼돈(미로)과 억압(장벽)을 동반할 수밖에 없는 것이다. 신상웅의 소설은 바로 이러한 현실에 대한 강력한 탄핵이요 고발이다.

4. 미아와 허깨비

세계가 이처럼 헝클어진 길(미로)/닫힌 문(장벽)의 이미지로 부각된다면 그러한 세계 속의 주민은 어떤 이미지로 표상되는가. 우리는 여기서 이 작가의 작품 속에 종종 나오는 미아(迷兒)의 이미지를 살펴볼 필요가 있다. 세계는 이해할 수 없고 접근할 수도 없는 힘의 지배 아래 놓여 있으며 인간들은 각기 고립된 채 우발적인 사건의 연쇄 속에 휘말려들어가곤 한다. 사회의 작동원리를 꿰뚫어볼 수 있는 전체적 시각을 갖추지 못한 보통사람들에게 세계는 낯설고 불가해한 미지의 대상일 따름이다. 미아의 속성은 일차적으로 '떠돎'에 있다. 그는 자신의 노력으로는 제어할 수 없는 외부의 힘에 내몰려 세상을 부유한다. 그는 미로 같은 세상을 떠돌다 거기 어느 한켠에 자리한 장벽에 부딪쳐 죽거나 상처를 입고 좌절에 빠지는 수난을 겪는다.

물론 학력이 높고 생각이 깊은 사람일수록 상황에 대한 판단력과 장악력은 훨씬 증대될 것이다. 예컨대 그의 소설에서 중요한 위치를 차지하고 있는 비판적 지식인의 경우 외부에서 압도해오는 힘에 저항하고 그것의 공과를 냉철히 분석하고자 하는 식별력을 보여준다. 그러나 그들 또한 대개는 부정적 상황을 타개할 수 있는 방안을 찾지 못한 채 함몰되고 마는 것이 보통이다. 우리가 앞에서 살펴본 바 있는 「히포크라테스 흉상」의 송문집이나 「분노의 일기」의 김 대위는 그 전형적인 경우라 할 만하다. 그들의 죽음과 좌절이 비극적으로 여겨지면 질수록 그들을 그런 결말로 내몬 상황의 부조리성은 더욱 강렬한 실감을 획득한다.[5]

지식이나 권력 혹은 부와 전혀 상관없는 계층의 사람들의 경우 뿌리 뽑힌 존재uprooted로서의 박탈감과 소외감은 더욱 강화된다. 도시 서민들의 곤궁한 삶에 대한 따스한 천착이 돋보이는 「어두운 날의 미아」는 그런 측면을 여실히 드러내주고 있다. 영오 덕칠이 일순이 등 이 소설의 주요 인물들은 어려운 가정형편에도 불구하고 성실하게 살려고 노력하지만 매번 어려움에 부닥친다. 식당 종업원에서 공장 노동자로, 다시 일본 관광객을 상대하는 여자로 상승과 전락의 궤적을 그리는 일순이의 처지는 이 점을 단적으로 말해주고 있다. 그들은 정당성을 상실한 정권이 강압적인 방식으로 추진한 돌진적 현대화에 의해 급변해가고 있던 당시 사회구조 속에서 어느 한 곳에 뿌리내리지 못하고 떠도는 미아들이다. 그 미아들에게 세계는 불가해한 거대한 괴물의 내장에

---

5) 이 글의 분석 범위를 넘어서지만 이 작가의 대표적 장편소설 『심야의 정담』도 역사의 격류에 휘말린 세 명의 '미아'의 행방을 추적한 작품이다. 1950년대 말 학적보유병으로 입대해 최전방 수색중대에 배치된 박민욱 서준학 윤경 세 청년은 타율적인 힘에 떠밀려 남과 북 그리고 월남이란 전혀 다른 공간으로 흩어져 각기 다른 삶을 살게 된다. 이 미아들에게 정치적 야만 상태가 지배하던 당시 현실은 '창살 없는 수용소'에 지나지 않았다. 작가는 온몸에 불을 켜고 시대의 어둠을 가로질러 간 이 청년들의 굴곡 많은 궤적을 통해 '현재를 차압당하고 미래를 분실한 세대'의 비극을 형상화하고 있다.

지나지 않는다.

때문에 미아들은 곳곳에서 강고한 기성 질서와 부딪쳐 파열음을 내게 된다. 「왜 웃지 않어」에서 국회의원이 열변을 토하는 동안 얼굴을 찡그리고 있었다는 죄목으로 지서에 불려가 곤욕을 치르는 길씨나, '이수일과 심순애'를 영화화하기 위해 분투하다 현실과 허구의 경계에 착오를 일으켜 출연중인 여배우를 죽음에 이르게 만드는 「이수일전」의 대학생들, 주위의 눈총과 몰이해에도 불구하고 천막촌 아이들을 학교에 나오게 하기 위해 애쓰는 「현장실습」의 여선생 조윤희, 철거를 앞두고 움막집에서 가난과 병마로 속수무책 죽어가는 「만가(輓歌)일 뿐이외다」의 정임이 식구, 이들은 모두 남다른 성실성과 근면성에도 불구하고 외부의 방해로 소기의 성과를 거두지 못하거나 위급한 상황에 빠져 생사의 기로에 서게 된다. 그런 점에서 이 작가의 소설에서 가장 높은 빈도로 등장하는 것 중의 하나가 공권력의 횡포라는 점은 시사하는 바가 크다. 「모월모일(某月某日)」에서 인쇄공장에 근무하는 변 노인은 사소한 일 때문에 간첩으로 몰려 심문을 당하며, 「장의사지(壯義寺址)」에서 왕년에 전투에서 혁혁한 전과를 올렸으나 이제 복덕방을 운영하며 소일 삼아 역사적 소재를 가지고 작품을 쓰던 인물도 누군가의 밀고에 의해 어디론가 끌려가고 만다. 그런 점에서 현대화의 응달에 위치한 채 시들어가는 존재들을 다룬 작품일수록 작중인물에 대한 작가의 연민의 농도가 강해지는 것은 어쩔 수 없는 일일 것이다. 작가가 남다른 애정을 가지고 연작 형식으로 형상화한 '포장마차'란 공간은 이런 도시의 밤거리를 배회하던 미아들이 하나 둘씩 숨어들어 잠시 서로의 어깨를 기대고 모반의 언어를 꿈꾸는 곳이다. 그러나 그런 곳까지 형사로 상징되는 전체주의적 권력은 대기하고 있다가 시민들의 일상적인 발언에 족쇄를 채운다. 「씌어지지 않은 이야기」에서 포장마차에 모여 함께 노래를 부르던 소설가와 실직자 해직교수 운동권 학생들은 잠복중인 형사에 의해 "대로상에서 고성방가"를 한 죄로 즉결에 넘겨지며, 「돌아온 우리의 친구」에서 사용자의 간교한 술책에 의해 응분의 몫을 탈취당한 청년들 역시 포장마차에서 술을 마시다 형사들과 시비가 붙어 철창 신세를 진다. 이처럼 체제는 구성원들에게 잠시의 일탈도 허용하지 않는다. 포장마차 같은 권력의 사각 지대에서도 기껏 주고받을 수 있는 이야기란 「세번째 겨울」이나 「아침부터 축배를」에 잘 드러나 있듯 직장상사에 대한 험담이나 상대방의 성적 능력에 대한 희떠운 농담일 뿐이다. 「아침부터 축배를」의 한 등장인물의 발언에 따르면 "도시는 사람을 밥 즉, 먹는 것의 노예로 만들거나 아니면 사악하게 만드는 두 가지 나쁜 기능밖에" 하지 못한다. 타락한 세상은 자동적으로 타락한 인간을 양산한다. 세상은 거대한 속임수로 이루어져 있으며 이처럼 부정과 협잡이 판치는 요지경 세상은 차츰 쓰레기장이 되어가고 있다. 그래서 「당신은 속고 있습니다」라는 단편에서 한 등장인물은 "우리 모두가 거대한 음모에 걸려 있"다고 주장하기에 이른다.

> "모든 것은 속임수예요. 저는 부비 트랩이라고 어머니를 속이고 양친은 저를 자기들 아들이라 속이고 말예요. 텔레비전은 우리의 망막을 속이고, 여자들은 나이를 속이고, 학자는 자기 이력을 속이고, 정상배들은 백성을 속이고, 경제인들은 가치를 속이고, 희떠운 독재자는 오늘을 속이고, 알량한 예술가는 미래를 속이고, 역사가들은 통계 숫자로 월남전을 속이구요. (……) 우린 모두가 거대한 음모에 걸려 있는 거예요."

그렇다면 이러한 거대한 음모의 최종적 주관자는 누구인가. 부초처럼 세파에 휩쓸리고 있는 이들 미아의 운명을 무대 밖에서 조종하는 보이지 않는 손의 임자는 누구인가. 작가의 답변은 '허깨비'이다. 작가답게 그는 사회과학적 개념을 동원해 설명하는 방식을 통해서가 아니라 직관적으로 포착한 '허깨비'라는 은유를 통해 현대사회를 주름잡고 있는 힘의 정체를 폭로하고 있다.

자기 집을 마련하기 위한 도시 서민들의 집념과 노력이 얼마나 허망한 것인가를 우화적으로 보여주는 작품인 「도시의 자전」은 바로 이런 측면을 여실히 보여주고 있다. 이 작품에서 한 등장인물은 자신이 세를 들려고 하는 집 주인의 은행 대출이 하루 늦어짐에 따라 이사에 차질이 생긴다. 두 사람은 이사를 하루 늦추기 위해 이사 갈 사람과 이사 올 사람들을 두루 찾아다니며 사정을 해보지만 허사로 그치고 만다. 이사를 오고 가는 것은 단순히 한두 사람간의 관용과 약속에 그치는 문제가 아니라 수십 개의 가구가 보이지 않는 손의 지시에 따라 자전운동을 하는 거역할 수 없는 흐름이기 때문이다. 그 허깨비─유령이 투기 자본의 형태를 띠고 서민경제를 좌지우지하고 있음을 안 두 사람은 허탈감에 잠기게 된다.

　"그렇다니까. 일수놀이 고리대금업을 하는 여편네라기도 하고 서방이 대단한 자리에 있다기도 하고, 알 수가 없어. 과분지 서방이 있는지도 몰라. 분명한 건 구름 속에 가려 있는 그 여편네를 아무도 본 사람이 없다는 사실 하나뿐야. 그런데도 서울 시내 어디에 어떤 쓸 만한 물건이 나왔다는 건 귀신같이 알고 있어서 제때에 비서라는 새파란 놈을 보내 계약을 딱 맺어버린다는구먼……"

　'전설 같은 여자' '얼굴 없는 여자'로 지칭되는 이 허깨비─유령은 자본주의 사회의 간교하면서도 비정한 운행 원리를 함축적으로 나타내고 있다. 현대가 막스 베버의 표현대로 '세계의 탈마법화'의 과정이었다면, 세계는 이들 허깨비─유령의 등장에 의해 다시 재마법화된다. 이 허깨비─유령은 「상(像)」에선 관료행정의 형태를 하고 나타난다. 산동네 주민들을 대표해 한 사람이 수도를 놓아달라는 부탁을 하기 위해 동회와 구청과 수도사업소와 시 수도국을 뱅글뱅글 돌았지만 그곳에 수도를 놓아줄 수 있는 사람은 어디서도 찾아낼 길이 없다. "내가 사는 마을에 수도를 놓아줄 수 있는 사람은 그 네 관청 중간쯤의 어느 공중에 투명체로 떠 있는 허깨비"였던 것이다.
　음험하게 이 시대 배후에서 암약하고 있는 자본주의─관료주의의 정체를 허깨비에 빗댄 이 작가의 비유는 수긍가는 면이 있다. 좌파 사회과학의 세례를 듬뿍 받은 1980년대를 거치고 덤으로 현실사회주의 정권의 붕괴까지 지켜볼 수 있었던 지금, 이처럼 '허깨비'라는 은유를 통해 당대의 모순의 핵심을 포착하고자 한 이 작가의 노력은 자칫 '인식의 미성숙'이나 '용기의 부족'으로 치부될 우려가 없지 않다. 그러나 우리는 이 작가가 글을 쓰던 무렵 우리 사회를 뒤덮고 있던 반공 냉전 논리라는 시대적 제약을 십분 감안해야 할 것이다. 아울러 소설에서 진정 중요한 것은 그러한 인식의 유무가 아니라 그것을 인물과 사건을 통해 구상화해내는 방식에 있다는 점을 잊지 말아야 할 것이다. 그런 점에서 신상웅의 소설은 그 시대에 우리 소설이 다다를 수 있는 인식과 표현의 최대치를 구현하고 있다고 봐도 좋을 것이다.

해방공간의 좌우익 갈등이나 군대를 배경으로 한 작품에 나오는 벌거벗은 폭력과 도시 서민이나 빈민들의 남루한 삶을 그릴 때 등장하는 허깨비-유령 사이에는 상당한 간격이 존재한다. 그러나 이들 작품은 모두 인간다운 삶을 차단하고 바람직한 미래를 위한 노력을 분해시키는 원흉이란 점에서는 동일하다고 할 수 있다. 문제는 우리 사회가 현대화의 궤도에 본격적으로 진입하면서 사회구성원을 통제하는 방식이 물리적인 강제력에서 보이지 않는 자동조절 메커니즘 쪽으로 점차 이동해갔다는 점이다. 그런 의미에서 이 작가는 1960년대에서 1970년대 말까지 우리 사회에 드리워져 있던 각종 시대적 금기를 시의적절하게 문학이란 틀 속에 끌어들여 가공 처리하는 데 성공한 작가라고 할 수 있다. 이는 척박한 시대에 한 작가의 양심과 개성이 빚어낸 뜻깊은 성과일 뿐만 아니라 1980년대 진보적 민족문학의 전면적 개화를 예비하는 뜻깊은 선행 작업이라는 점에서도 오래 기억되지 않으면 안 될 것이다.

5. 심야의 파수꾼

우리는 지금까지 '미로' '장벽' '미아' '허깨비' 등 신상웅 소설에서 중요한 위치를 차지하고 있는 몇몇 모티프를 살펴봄으로써 이 작가의 현실인식과 상상력이 만나는 접점을 고찰해보았다. 그의 문학세계에 대한 이러한 순례를 통해 새삼 명확해지는 것은 이 작가가 단순한 리얼리스트가 아니라 명민한 스타일리스트이기도 하다는 점이다. 물론 그의 작품 목록에 올라 있는 소설 가운데 태작이라는 혐의를 걸 만한 작품이 전혀 부재한 것은 아니다. 작가가 말하고자 하는 바가 지나치게 생경하게 문면에 노출되거나(「방관자」「제2선상」) 반대로 지나치게 초점이 흐려져 모호한 느낌만 주는 경우(「귀로」「정토」) 그 작품이 줄 수 있는 감동의 진폭은 당연히 제한적일 수밖에 없다. 그러나 이런 몇몇 예외적 작품을 제외한다면 그의 작품은 비교적 일관된 수준을 유지하며 1960년대 이후 우리 소설문학을 한 단계 끌어올리는 데 이바지하고 있다. 그와 동세대 작가 중 상당수가 유명세를 타고 "어거지 치정이나 그려" "돈도 잘 벌며"(「장의사지」) 작가로서의 이름을 유지하는 방향으로 나아간 데 비해 이 작가가 독자의 관음증을 만족시켜주는 식의 소설쓰기와 단호히 결별하고 의연히 본격문학의 영토를 고수해온 점은 높이 평가해도 지나치지 않을 것이다.

지금까지 살펴본 이 작가의 문학세계에 대한 조감도를 바탕으로 그의 소설이 근거하고 있는 토대를 요약해본다면 다음과 같다.

첫째, 지금 이곳에서 진행되는 삶의 모든 과정들이 진정성과 정당성을 상실한 채 이루어지고 있다는 준열한 인식. 이는 작가의 부정적 상상력이 근본적인 데서부터 출발하고 있으며 그만큼 현실의 질서와 타협하기 힘든 속성을 지녔다는 점을 말해준다. 우리는 그의 모든 소설에서, 작가는 단순한 서기가 아니라 판관이 되어야 하며 작품 또한 실제 현실과 무관한 허구가 아니라 시대의 심장부를 향해 타들어가는 계몽의 도화선이 되어야 한다는 사고를 어렵지 않게 찾아볼 수 있게 된다.

둘째, 그럼에도 불구하고 현대의 달성이라는 '미완의 기획'은 지속적으로 추진되어야 하며 정당성 있는 권력과 체제의 성립을 위한 노력은 필수불가결하다고 보는 합리주의자로서의 면모. 이는 그가 전형적인 4·19세대의 작가라는 점을 말해주는바, 우리 사회의 핵심적 화두는 전현대에서 현대로의 이행이며, 이 점을 무시한 탈현대로의 월경은 가능하지도 않거니와 바람직하지도 않다는 인식으로 연결된다.[6] 그는 우리 사회에 미만해 있는 식민지반봉건주의의 잔재와 현대주의의 악성적 측면과 동시에 싸워야 했다. 이를 위해 그는 우리 소설의 한 경향처럼 되어버린 미문 취향이나 서정적 나르시시즘과 결별하고 메마르면서도 명료한 남성적 문체로 삶의 실체에 다가서고자 하는 노력을 줄기차게 보여주었다.

신상웅의 텍스트가 시간의 풍화를 견뎌내고 지금 이곳으로 끊임없이 회귀하며 오늘 우리에게 충격과 감동을 주는 것은 아직도 우리 현실이 '심야'의 어둠에서 벗어나지 못한 탓도 없지 않지만 그의 문학이 시효가 만료된 과거의 유물이 아니라 지금 이 순간에도 살아 숨쉬는 생명체이기 때문이다. 그의 문학세계는 아직도 탐사되지 않은 많은 부분이 그늘에 묻힌 채 해석의 조명을 기다리고 있다. 4·19세대의 대표적 작가이자 비판적 리얼리즘의 기수로서 신상웅 문학의 현재성은 여전히 유효하다.

(1998)

---

6) 군대나 병원을 배경으로 한 이 작가의 소설을 읽을 때 받게 되는 유혹 중의 하나는 이를 미셸 푸코의 현대적 규율 권력에 결부시켜 논의하고자 하는 것이다. 물론 이 작가의 소설에 나오는 군대나 병원이 '제도로서의 현대'를 표상하는 중요한 기제로 등장기도 하지만 이론을 실제작품에 너무 기계적으로 단순 대입하는 경우 발생할 수 있는 오류도 염두에 두어야 할 것이다. 「히포크라테스 흉상」이나 『심야의 정담』에 그려진 낙후된 군대―병원의 풍경은 현대 못지않게 현대에 미치지 못한 식민지반봉건 사회의 징후를 표상하고 있기도 하기 때문이다. 현대성에 대한 이 작가의 반응은 거부와 지향의 이중적 측면을 지니고 있는 것으로 보인다.

한 예술가 – 탕아의 초상

─ 송기원의 『여자에 관한 명상』의 한 읽기

> 아름다움이 일종의 '신의 현현'임에도 불구하고, 혹은 좀더 정확하게 말하면 바로 그 이유 때문에, 여성의 아름다움은 그것을 바라보는 사람에게 강한 '불경스러운' 충동을 불러일으킬 수 있다. 아름다움의 완성은 동물성을 거부한다. 그런데 아름다움이 열정적으로 욕망된다면, 아름다움을 소유하고자 하는 욕망이 미(美) 속에 동물적인 더러움을 가져오게 된다. (……) 아름다움이 클수록 추함도 깊은 법이다.
>
> ─조르주 바타이유

1. 고백록, 혹은 허구의 자서전

모든 작가들은 자신만이 쓸 수 있는, 그리고 써야만 하는 어떤 이야기를 하나씩 갖고 있는 법이다. 바로 이 이야기를 쓰기 위해 자신은 작가가 됐노라고 공언하고 싶은 그런 소재가 작가의 가슴엔 저마다 은밀히 빛나고 있는 것이다. 그래서인지 모든 작가들은 하나의 작품을 완성할 때마다 바로 그 작품이야말로 기필코 자신이 작가로서 언젠가 써야만 했던 바로 그 이야기라고 말하고 싶은 충동을 느낀다. 그 작품을 쓰기 위해 쏟은 노력과 정성이 크면 클수록 그러한 충동 역시 커질 수밖에 없다. 송기원의 『여자에 관한 명상』을 앞에 놓고 있는 필자로서는 바로 이 소설이야말로 작가 송기원의 문학세계의 핵심에 존재하는 원석을 제련해낸 것이라고 주장하고 싶은 유혹을 느낀다. 물론 이러한 유혹이 사실로 인준받을 수 있는 가능성은 희박한 편이다. 작가가 지금까지 써온, 그리고 앞으로 줄기차게 써나갈 여타의 작품이 바로 이러한 주장에 대한 강력한 반증이 되어줄 것이기 때문이다. 한 작가가 어느 한 작품에 자신이 지닌 고유한 그 무엇을 결정적으로 집약시켜 담는다는 것은 낭만적인 신화에 불과하다. 그러나 그럼에도 불구하고 『여자에 관한 명상』은 창작이라는 장거리 여정에서 이 작가가 수확한 여러 성과물 가운데 하나에 그치는 것이 아니라 다른 모든 성과물이 있게 한 원천적 조건을 날것으로 드러낸 특별한 작품이라는 인상을 주고 있다. 아마도 이는 이 작품이 그만큼 작가의 원체험에 밀착해 있으며 자기 고백적 성격이 강하다는 데서 연유할 것이다. 하지만 단순히 그 정도에 머문다면 이 작가의 생산물 중에 유독 이 작품에 관심을 집중시켜야 할 필요는 없을 것이다. 왜냐하면 초기의 「월문리」 연작을 비롯해서 근래의 「아름다운 얼굴」에 이르기까지 이 작가의 문학적 성가를 높여준 중단편소설은 물론이려니와 『여자에 관한 명상』의 전사(前事)에 해당하는 이야기를 담고 있는 장편소설 『너에게 가마 나에게 오라』(이후엔 『너에게 가마』로 표기) 같은 작품 역시, 일인칭 고백의 형식을 취하고 있건 삼인칭 서술의 형식을 취하고 있건, 주인공과 실제의 작가를 동일시해도 될 만큼 자전적 성격이 농후한 작품들이기 때문이다.

잘 알려진 대로 송기원의 소설엔 극단적으로 방향을 달리하는 두가지 개성 – 자질이 날줄과 씨줄처럼 교차하고 있는데 그 하나가 정치적으로 암울했던 지난 시절에 우리 문학의 큰 물줄기 역할을 한 민중성 내지 리얼리즘에 대한 적극적 천착이라면 다른 하나는 일인칭 고백적 시점이 빚어내는 내밀한 서정성과 주관성이라 할 수 있다. 상식적으로 생각해서 서로 상충하는 듯이 보이는 이 두 측면이 이 작가의 작품 속에서는 위험스럽게 공존해오고 있었다. 객관 지향성과 주관 지향성이라고 단순화시켜 이야기할 수 있는 이 두 측면은, 지난 연대의 정치사회적 상황 변화에 따라 이 작가의 작품 속에서 서로 다른 양상으로 표출되곤 했다. 그래서 그의 소설은 한편으로는 상당수 작품의 무대가 되고 있는 장터라는 공간이나 창녀 같은 등장인물이 단적으로 말해주듯 가진 것 없는 사람들의 거칠고 굴곡 많은 삶을 풍부한 입담과 활력 있는 목소리로 재현해놓고 있는가 하면 다른 한편으로는 탐미주의나 퇴폐주의라 부를 수 있는, 비현실적이고 몽환적인 세계에 대한 도저한 탐닉을 보여주기도 했다. 이처럼 적어도 『여자에 관한 명상』이 출현하기 이전까진 작가의 이 두 가지 개성―자질은 분리되어 표출되거나 그럴 수밖에 없는 필연성이 명시되지 않은 채 제시되는 바람에 그 전모가 종합적으로 드러나지 않았다. 비교적 규모가 큰 작품인 『너에게 가마』만 하더라도 작품 소재가 되고 있는 이야기의 선행성에도 불구하고 소설의 전체 국면이 장터라는 좁은 공간에 한정됨으로써 이 작가의 또다른 측면은 아직 응분의 조명을 받지 못하고 있다.

그 결과 이 작가의 문학세계에 확대경을 들이댄 평자들도 대부분 각자의 취향이나 이념에 따라 이 작가의 두 측면 가운데 어느 하나를 부각시키고 다른 하나를 도외시하거나 극복해야 할 대상으로 치부하는 태도를 취해왔다. 그 대표적 예로 이 작가의 탐미주의나 퇴폐주의를 단순히 청년기의 일시적 방황의 소산으로 규정짓고 이 작가의 작품세계가 개인의 실존에 매몰된 차원에서 역사사회적 차원으로 주제가 확장되는 발전을 이루었다는 식으로 평가하는 시각을 들 수 있다. 이러한 시각에 전혀 일리가 없는 것은 아니지만 이 작가 특유의 문제성이나 희소성을 다분히 희석시키는 방향으로 논의가 전개될 우려가 있다는 점에서 보다 주의깊은 성찰이 요구된다. 그런 의미에서 우리는 이 작가의 객관 지향성―민중성/주관 지향성―탐미주의 사이의 접점을 탐구해볼 필요가 있는데 『여자에 관한 명상』은 거기에 좋은 답변이 되어주고 있다. 그 접점은 바로 이 소설의 주인공이 전신으로 실연(實演)해서 보여주고 있는 '예술가―탕아'의 모습이다.

2. 제3의 길, 예술가 - 탕아의 행로

　그렇다면 '예술가 - 탕아'란 무엇인가. 여기에 대한 설명을 위해서는 약간 에둘러갈 필요가 있다. 앞에서도 암시한 바 있지만 이 작가의 작품엔 상호텍스트성이라고 불러도 좋을 만한 특성이 내재해 있다. 그의 여러 작품들은 주제나 소재 등장인물들이 서로 수평적으로 중첩되면서 수직적인 의미의 심화와 관점의 다각화를 이룩한다. 『여자에 관한 명상』의 각장 첫머리에 붙어 있는 에피그램이 단적으로 말해주듯 그의 소설은 다른 작가의 글들을 향해 열려 있으며 동시에 자신의 다른 작품들을 손짓해 보이고 있다. 이 작품 속에 직접 인용된 습작 시절의 시와 산문 소설들은 물론이고 『월행』이나 『다시 월문리에서』 『인도로 간 예수』 등의 창작집에 실려 있는 단편소설의 어떤 장면들이 부단히 『여자에 관한 명상』에 출몰하며 소설적 되새김질을 가능케 해주고 있다. 특히 앞서 펴낸 장편소설 『너에게 가마』와는 등장인물의 이름 및 상황 설정까지 똑같아 두 작품의 혈연성을 명확히 해두고 있다. 즉 『여자에 관한 명상』은 그 자체로 독립된 한 편의 소설이면서 『너에게 가마』의 후속편이기도 한 것이다. 『너에게 가마』가 주인공 김윤호의 십대 후반의 이야기를 다룬 작품으로서 그가 고등학교를 그만두고 잠시 고향인 장터로 내려와 건달친구의 똘마니 노릇을 하며 살아가던 시절을 그린 작품이라면, 『여자에 관한 명상』은 그가 "서서히 자신을 죽여가는 일종의 죽음과도 같은 폐쇄공간"인 고향의 장터를 떠나 고등학교에 복학하고, 문학에 눈뜨고, 서울의 대학에 진학하여 다양한 체험을 쌓아가는 과정을 추적하고 있다. 따라서 이 두 작품은 공히 성장소설의 외피를 두르고 있는데 그러면서도 양자는 흥미로운 차이를 내보이고 있다. 아마도 그 차이는 십대 후반과 이십대 전후라는 주인공의 연령상의 격차와 함께 전작의 배경이 고향 장터에 국한되어 있는데 반해 후자는 서울 같은 대도시를 무대로 삼고 있다는 데서 발생한 시간적 공간적 외연의 확대가 초래한 결과일 수 있을 것이다. 그러나 보다 중요한 차이는, 전작의 경우 작중인물의 의식의 반경이 아무래도 생존이라든가 욕망의 충족과 좌절이란 일차원적 회로에 갇혀 있는 단계인 반면 후자의 작품에선 자아와 세계와의 싸움이 훨씬 복잡다기한 매개를 거쳐 수행된다는 점이다. 그리고 이때 자아와 세계의 싸움을 중개하는 가장 중요한 매체가 바로 문학이라는 점에서 『여자에 관한 명상』은 작가가 되기를 꿈꾼 한 청년의 고뇌와 자아 인식의 역정을 그린 성장소설 Bildungsroman이자 예술가소설 Künstlerroman이라는, 우리 문학에선 흔치 않은 자리를 확보하고 있다.

『너에게 가마』와 『여자에 관한 명상』을 주도하고 있는 인물 김윤호는 남도의 장터 아낙이 낳은 사생아이다. 별다른 갈등 없이 주변세계와 어울리며 성장해가던 그는 도시의 고등학교로 진학하면서부터 자신의 사회적 실존적 근거에 대해 뼈저린 회의와 혐오에 빠져들게 된다. 그 이유는 장돌뱅이의 사생아라는 자신의 비천한 신분에 대한 자의식과 더불어 도시의 화려한 문물과 자신이 몸담고 살았던 장터라는 공간 사이의 현격한 차이에 대한 인식 때문이었다. 『너에게 가마』와 그에 이어지는 『여자에 관한 명상』에서 김윤호의 여정은 바로 이 차이를 어떤 식으로든 극복하려고 하는 투쟁의 연속에 다름아니다. 이러한 김윤호의 행보는, 당연히 그 개인에게만 해당되는 것은 아니다. 다른 말 필요없이 1960년대 중반 이후 경제개발의 여파를 타고 우리 사회에 밀어닥친 거대한 지리적 계층적 이동을 상기해보는 것으로 족하다. 그러나 김윤호는, '잘살아보세'라는 정치적 구호를 배음으로 깔고서 진행된 사회 변동에 동참하는 길, 즉 고향을 버리고 서울을 택함으로써 개인의 수직적 신분 상승을 꾀하는 방식을 택하지 않음은 물론이고 그것에 대한 가역 반응으로서 우리 사회의 일각에서 추진된 전복적 움직임, 즉 민중적 각성과 체제 변혁의 길도 택하지 않는다. 그가 택한 제3의 길은 병든 영혼이 스스로의 병을 심화시킴으로써 그가 속해 있는 사회의 불구성을 예각적으로 드러내는 작가-예술가의 길이었다.(물론 작가의 이력과 관련하여 좀더 넓은 시각에서 보면 제3의 길도 결국엔 민중적 각성과 체제

변혁이란 두번째 노선과 합류했다고 볼 수 있다. 그러나 제3의 길을 거치지 않고 바로 정치사회적 투쟁으로 직행한 작가와 이런 우회를 거친 작가의 문학은 많은 차이를 가질 수밖에 없다. 이는 모더니즘의 자장을 통과해보지 않은 채 리얼리즘 지상주의로 달려간 1970~80년대 많은 작가 시인들의 작품이 가진 한계를 고려해보면 한결 뜻깊다고 하겠다.) 그런데 여기서 유념해야 할 것은 그에게 있어 문학은 사회로부터 배제당한 자가 취하는 반항의 한 형태라는 점이다. 즉 그에게 예술이란 것은 계몽적 이성의 담지자가 구현하는 현실 비판의 장(場)도 아니고 밀실에 칩거한 장인의 순수하고도 정교한 자의식의 결정체도 아니다. 그에게 예술가란 현실 비판적 지식인이나 교양인의 면모보다는 '탕아'의 모습을 취하고 나타난다. 그는 자신의 저주받은 신원이 초래한 내면적 갈등을 예술을 통해 대리 배설함으로써 역으로 그 사회의 중심에 입장할 수 있는 권리를 부여받는다. 그는 자청해서 자신에게 주어진 운명의 불행을 극대화하고 거기에 예술적 후광을 부여한다. 이제는 상투어가 되어버린 고전적 명제를 원용하자면 그는 자기를 발견하기 위해 길을 떠나는 영웅–주인공이며, 타락한 사회에서 타락한 방법으로 진정한 가치를 추구하는 예외적 개인, 문제아이다. 그러나 자기 발견을 위한 그의 여정은 자기로부터 필사적으로 벗어나고자 하는 도주의 여정이며 그 도주는 작품 속에 나오는 그대로 '위악'과 '파멸'을 지향하고 있다. 그는 마성(魔性)에 사로잡힌 자이며 그가 체험하는 세계는 패륜과 혼돈으로 가득차 있다. 그에게 추락은 뒤집혀진 상승이다. 이 소설에 나오는 그의 숱한 여성 편력은 바로 밑으로의 적극적인 투신을 통한 구원의 모색을 의미한다. 그런 의미에서 그에게 방탕은 향락이 아니라 실존적 고행에 가깝다. '여자'는 이처럼 저주받은 운명을 타고난 그가 지하의 어둡고 은밀한 힘을 획득하기 위해 거쳐야 하는 세상의 유혹과 시련, 어둡고 끈적거리는 물질성을 상징한다. 이제 이 작품의 내부로 좀더 깊숙이 들어가야 할 차례가 되었다.

3. 여자, 빛과 어둠의 양가성

『여자에 관한 명상』은 제목 그대로 주인공 남성의 여성 편력―학습과 그를 통한 정신의 성장을 그리고 있다. 그러나 이때 '여자'는 단순히 주인공과 반대되는 성을 가진 생물학적 존재라는 의미를 띠고 있는 것에 머물지는 않는다. 이 소설에 나오는 '여자'의 다채로운 의미를 파악하기 위해서는 이 단어가 거느리고 있는 폭넓은 은유적·환유적 연상망을 살펴볼 필요가 있을 듯하다.

이 작품은 어린 시절 화자가 여자 성기를 목격하고 받은 인상을 서술하는 것으로부터 시작하고 있다. 화자는 일곱 살 때 동네아이들과 어두운 골방에서 어른들의 성행위를 모방하는 놀이를 하다가 동갑내기 영순이의 성기를 보게 된다. 그녀의 성기는 "자운영꽃 중에서도 보랏빛으로 불그스름하게 빛나 보였는데 (……) 그곳은 꽃잎처럼 보드라웠지만 한편으로는 여간만 건조하지 않아서 자칫 성기가 금방이라도 파삭거리는 소리를 내며 부서져버릴 것 같은" 인상을 준 것으로 되어 있다. 그리고 그가 다시 여자의 성기를 보게 된 것은 초등학교 사학년 때 여름의 불볕과 정적 속에서 쓰러져 자던 "미친년의 벌어진 허벅지"를 통해서였다. 그러나 거기서 목격한 것은 영순이의 성기와는 달리 "밤짐승의 거대한 입" 같은 "털투성이의 성기"로서 금방이라도 자신에게 달려들 것만 같은 공포심을 불러일으킨다.

유년기에 내가 겪은 여자의 성기에 대한 이 두 개의 삽화는 나에게 어쩔 수 없이 상징적이다.

불그스름하게 빛나는 보랏빛 자운영꽃과 털투성이 밤짐승의 거대한 입.

이 두 개의 삽화는 훗날 어쩌면 그대로 여자에 대한 내 행동의 이중성이 되어버린 것인지도 몰랐다. 내가 처음으로 여자와 성교를 하게 되었을 때 나의 이중성은 너무 극명하게 드러났다.

　화자가 선언적으로 말하고 있듯이 이 두 개의 의미심장한 삽화는 이후 주인공의 정신세계 속에서 지속적인 연상 작용을 불러일으키며 특히 그의 여자관계에 지대한 영향을 미친다. 영순이의 성기와 미친 여자의 성기는 여러모로 대조적이다. 미성숙한 영순이의 성기는 어두운 골방에서 보랏빛으로 빛나고 있는 데 반해 밝은 대낮의 햇빛에 노출된 미친 여자의 성기는 골짜기 속에 음험하게 숨어 있는 밤짐승처럼 여겨진다. 밀폐된 어두운 공간/개방된 밝은 공간의 대비는 성기의 빛남/어두움으로 전도되며 이는 다시 식물성/동물성으로 연장된다. 하나가 만져보고 싶은 접촉 욕구를 불러일으킨다면 다른 하나는 공포와 공격욕을 불러일으킨다. 화자는 여자 성기에 대해 느낀 이런 양가적(兩價的) 감정이 여자를 대하는 태도의 이중성을 초래했다고 언급하고 있다. 이러한 화자의 발언에서 우리는 작가가 '여자'를 바라보는 혹은 '여자'를 통해 말하고자 하는 것이 무엇인지 추측할 수 있다. 먼저 여자를 둘러싸고 있는 환유의 축을 살펴보자면, 이 작가의 무의식 속에서 여자 성기가 여자를, 나아가 여자가 세상을 대치하고 있다는 사실을 지적할 수 있다. 작은 것이 큰 것을, 부분이 전체를 대치하는 환유의 가장 기초적인 공정이 이 대목에서 작동하고 있는 것이다. 세상은 여자로 축소되고 여자는 다시 그녀의 성기로 축소된다. 그렇게 되면 여자와 맺는 모든 관계는 그녀와의 성교에 집중될 수밖에 없다. 과연 이 작품에 나오는 주인공과 여러 여자들과의 관계는 한결같이 섹스를 중심으로 회전하고 있다. 주인공을 비롯한 남자에겐 자느냐 못 자느냐 그것이 문제인 것이며(예컨대 주인공과 하민, 주인공과 박현규는 여자와 자는 것을 놓고 내기를 벌이며 하민은 사랑하는 나현희를 차지하기 위해 강간까지 무릅쓴다), 역으로 여자에겐 처녀를 버리느냐 마느냐가 문제인 것이다.(예컨대 첫사랑 장경희는 처녀성에 대한 신중하지 못한 발언 때문에 주인공과 결별하게 되며 손영아 차지숙 등은 주인공에게 자신의 처녀성을 가져가달라고 요청한다.) 이는 명백히 남녀관계 나아가 대인관계의 왜곡을 수반한 사고이지만, 문제는 이러한 무의식적 편향의 옳고 그름이 아니라 그것이 어떻게 해서 화자를 비롯한 등장인물의 삶을 추동시켜나가는 중요한 힘으로 작용하게 되었는가 하는 점에 있다.

아울러 그가 여자들과 치르는 성행위는 단순히 남녀간의 육체관계가 아니라 세상 속에서 그가 자신의 남성성을 고수하고 개별적 존재로서 자기 공간을 구축하는 것과 밀접한 관련을 맺고 있다. 『너에게 가마』나 「아름다운 얼굴」에 나오는 유년의 장터가, 늪에 비유되는 것에서도 알 수 있듯이, 어둡고 끈적거리는 여성성의 환유라면 『여자에 관한 명상』에 나오는 좁은 장터를 벗어난 서울이나 월남 같은 보다 확장된 공간 역시 여성의 성격을 부여받고 있다. 주인공은 여성=세계를 편력하는 고독하고 소외된 남근적 존재인 것이다. 그런 각도에서 보자면 소설 제목 '여자에 관한 명상'은 곧 '세상에 관한 명상'이자 '삶에 관한 명상'이란 의미를 함축하고 있다.

다음 이 소설에서 '여자'라는 기호가 거느리는 은유의 축을 살펴보면 우선 그것이 내포하고 있는 양가성에 주목하지 않을 수 없다. 여성은 유년기의 삽화가 증명하듯 '식물적 평온'과 '어둠 속의 빛'을 향한 동경을 나타내기도 하고 탐욕과 수성으로 얼룩진 폭력과 어둠의 영역을 의미하기도 한다. 여자—여자 성기의 양가성은 세상의 양가성으로 그대로 전이된다. 화자에게 세상은 어서 탈출해야만 할 수치와 암흑의 밑바닥이기도 하고 신비스럽고 아름다운 동경의 대상이기도 하다. 한편에 "죽음처럼 캄캄한 암흑으로 인생을 뒤덮고 그 암흑세계에서 더이상 흔들리지 않은 채 안주하고 싶은 갈망"이 있다면 다른 한편엔 "미래, 희망, 행복, 청춘, 사랑, 우정…… 여자" 같은 밝은 세계의 관념들이 있다. 그의 소망은 전자의 세계에서 벗어나 후자의 세계에 진입하는 것이지만 이는 불가능하다. 역설적이게도 화자에게 보랏빛 자운영꽃의 환각을 불러일으킨 영순이의 성기는 "껍질이 굳게 닫힌 조개"처럼 침투가 불가능한 반면 미친 여자의 거대한 털투성이 입 같은 성기는 그를 삼키려는 듯 덤벼드는 것이다. 전자가 동경하는 세계의 도달 불가능성을 나타낸다면 후자는 자아-세계의 총체적 와해 내지 몰락을 의미한다. 그는 좌절하든가 아니면 무화되어 사라질 운명에 처해 있다. 이 점을 보다 명확히 파악하기 위해선 주인공이 경험한 최초의 성교 장면을 읽어볼 필요가 있다.

그렇게 처녀의 눈 언저리로 경련이 지나가는 바로 그 순간이었다. 나는 처녀의 얼굴에 겹쳐 언젠가의 자운영꽃이 빛나는 것을 보았다. 그랬다. 나의 시야에는 난데없는 자운영꽃이, 바로 영순이의 성기의 불그스름한 보랏빛 자운영꽃이 처녀의 경련하는 얼굴에 겹쳐 함께 빛나는 것이었다.

(……)

지금도 그렇지만 아름다움이란 언제 어디서고 나를 비추어주는 하나의 거울이었다. 사물이 아름다우면 아름다울수록 그 거울에 비치는 내 모습은 추악해진다.

처녀의 얼굴에 겹친 자운영꽃은 어느새 자신의 추악한 모습을 비추는 거울이 되어 있었다.

(……)

나의 성기가 이제 막 처녀의 성기에 닿으려는 순간이었다. 그리고 나는 부릅뜬 눈으로 분명히 보았다. 나의 시야에는 난데없는 밤짐승의 입이, 저 어린 시절 미친년에게서 보았던 털투성이의 거대한 입이 나를 향해 덮쳐오는 것이었다. 나는 또다시 어떤 공포감에 사로잡혀 헉, 하고 숨이 막히면서 까무룩히 정신을 잃는 기분이었다.

(……)

눈물로 어룽어룽한 나의 시야 가득히 이번에는 무슨 수렁 같은 것이 끝간 데 없이 펼쳐져왔다. 그러자 나는 방금 자신이 흘린 눈물마저도 수렁 속의 끈끈한 뻘흙처럼 여겨지는 것이었다. 이제 저 수렁이며 뻘흙은 비단 나의 시야뿐만이 아니라 몸 전체에 번져 있을 터이었다. 그렇게 온몸으로 수렁을 느끼자 나는 마침내 자신이 인생의 가장 밑바닥까지 내려온 것이라고 생각했다.

장황함을 감수하면서까지 주인공의 첫 성교 체험을 다룬 부분을 이처럼 길게 인용한 것은 위 장면이 일회적 체험에 그치는 것이 아니라 이 인물의 앞으로의 모든 성체험의 원형을 이룬다는 점에서 주의깊게 판독해볼 가치가 있기 때문이다. 위 장면은 주인공의 대 여성관계의 특성을 집약해서 보여주고 있다. 무엇보다 먼저 그의 경우 성행위는 쾌락의 생산이나 이타성의 실현과는 무관한 육체적 반응이라는 점을 들 수 있다. 그에게 여자와의 섹스는 육체적 쾌락의 추구도 아니요, 두 영혼의 완전한 합일에 대한 갈망도 아니다. 그런 면에서 이 소설은 잦은 빈도의 섹스 장면에도 불구하고 에로티시즘으로부터 멀리 떨어져 있다. 그에게 성행위는 일종의 육체적 '경련'과 유사한 그 무엇이다. 그렇다면 쾌락과도 사랑과도 절연된 성행위가 한 인간의 내면에서 차지하는 의미는 무엇인가. 그것은 여성 및 여성과의 성행위가 자신의 존재 전이를 위한 도구적 수단으로 구실한다는 데서 그 답을 찾을 수 있다. 그에게 여성은 인격을 지닌 개별적 주체, 침범할 수 없는 타자가 아니라 자신의 존재 증명을 위해 동원될 수밖에 없는 '대용품'에 가깝다. 인용된 장면에서 주인공이 강간당하는 처녀를 가리켜 "내가 무사히 암흑세계의 밑바닥으로 잠적하기 위"한 "불가피한 희생물"이라고 한 것은 바로 이러한 측면을 여실히 드러내주고 있다. 마찬가지로 그가 서울의 대학에 진학해 만난 여러 여성들 역시 어떤 식으로든 주인공이 자신의 권력의지를 확인하거나 자신의 행로를 변경시켜야 할 필요성과 조우했을 때 대면하는 소도구의 역할을 떠맡고 있다.[1] 이는 남성이 아닌 여성의

---

1) 이 소설에서 한 가지 특이한 점은 작중인물들이 감응적 주술contagious magic의 원리에 심취해 있다는 점이다. 어떤 대상과의 접촉을 통해 그 대상이 지닌 힘을 전수받을 수 있다고 믿는 것은 분명 전근대적이고 원시적인 심성의 소산이라 하지 않을 수 없다. 주인공은 여대생이나 여공, 시내버스 여차장 등과 관계를 가질 때마다 그녀가 지닌 어떤 내적 본질

입장에서도 마찬가지로써 때로 주인공 자신이 여성의 존재 전이를 위한 도구로 활용되기도 한다. 예컨대 손영아란 방직공장 여공은 자신을 포박하고 있는 주변 여건으로부터 벗어나기 위해 그를 유혹하고 관계를 가진 후 미련 없이 잠적해버리는 것이다. 그리고 그녀 때문에 정신적으로 무장해제를 당한 주인공은 "새로운 현실 속으로 도약해가는 뜀틀대 역할"을 해줄 여자를 찾아 헤매다가 시내버스 여차장 주정님을 만난다. 주인공과 하룻밤을 보내고 사라져버린 엄명화나 다른 존재로 태어나기 위해 주인공에게 자신의 처녀를 가져가줄 것을 요청하는 차지숙의 경우 또한 동일하다. 그들에게 사랑은 '타자에 대한 헌신'이 아니라 '타자의 포획'으로 나타난다.

포획으로서의 사랑은 당연히 약탈적이고 이기적이다. 이러한 측면은 주인공의 대 여성관계의 두번째 성격을 드러내고 있다. 그것은 바로 나르시시즘적 측면이다. 그에게 성행위는 상호교섭적인 것이라기보다는 자기 회귀적인 것이다. 우리는 주인공이 경험한 최초의 성교=강간 장면에서 처녀의 얼굴이 자신을 비추는 거울로 변하는 대목을 읽을 수 있었다. 성행위마다 되풀이해서 등장하는 이 거울은 주인공의 성격구조가 지닌 나르시시즘적 측면을 여실히 드러내고 있다. 그의 무의식은 아름답게 미화된 자신의 영상에 집착하지만 현실에서 매번 확인하게 되는 것은 자신의 추악한 모습에 불과하다. 추악한 자신의 영상은 그의 공격욕을 자극하고 그 공격욕은 당연히 대상이 되는 여자를 향하게 된다. 타자를 도구화하고 자기 이미지에 집착하는 그의 대 여성관계―대 사회관계는 항상 그를 털투성이 입에 삼켜져 수렁 뻘밭에 내던져짐을 당하게 만든다. 이를 간단히 정리하면 다음과 같은 도식이 얻어진다.

빛←발광체←자운영꽃← 거울 →털투성이 입→뻘밭 수렁→암흑

을 자기 것으로 할 수 있으리라는 환상에 사로잡혀 있다. '똥물'에 잠김으로써 현실에 대한 모든 두려움을 극복한다는 군대 시절의 삽화 역시 마찬가지다.

거울을 중심으로 해서 좌측으로 이루어지는 과정이 천상의 빛에 이르는 존재 상승의 드라마라면 우측으로 진행되는 것은 무기물로 퇴행해가는 하강의 드라마라고 할 수 있다. 한편에 먹고 먹히는 먹이사슬의 구조와 수렁과도 같은 반액체 상태에서의 고통스러운 허우적거림이 있다면 다른 한편엔 아름다운 꽃과 눈부신 빛의 현현이 있다. 소설 속에 주인공의 습작 시절 작품이라며 인용돼 있는 다음 두 편의 시는 각각 이러한 양극의 세계를 지시하고 있다.

1) 무슨 축복처럼 그날따라 유난히 이슬이 많이 내린 여름 아침이었을 것이다.

아직은 부지런한 벌이며 나비들도 그들의 잠자리에서 눈뜨기 전의 그 온전한 고요의 순간, 어디선가 그 고요를 뚫고 하나의 소리가 들려오는 꽃밭이었을 것이다.

처음에 있는 듯 없는 듯 실낱같이 미약하게 비롯된 하나의 소리는 점점 뚜렷해지다가 이제 막 동녘 하늘을 가로질러 첫 햇살이 건너올 때, 바로 그 순간을 맞추어 더없는 굉음으로 폭발했을 것이다.

그렇게 폭발하며 하나의 소리는 드디어 세상을 향해 처음으로 자신의 존재를 열어 보였을 것이다.

개화(開花). 그리고 현란한 색깔의 비상.

아아, 그것이 비록 악의 꽃일지라도.

2) 갯벌이 나를 삼킨다고 나는 말하지 않습니다. 굶주린 눈도 밤의 야수도 쓰러진 다음에 정액처럼 갯벌만을 게워내는 스스로에 대해서 나는 말하지 않습니다. 어떠한 능욕으로 그대가 나를 짓밟은들, 보세요, 상처를 지우며 꾸역꾸역 게워나오는 갯벌을. 갯벌은 이제 쾌감만을 갖고 있는 것일까요. 더이상 울지 않는 정신들을 달빛이 적시고, 터진 살갗이 피에 물들 때, 갯벌은 나에게 오직 한 번 남아 있는 행동이며 모색이라고

나는 말하지 않습니다. 갯벌은 자라고 자라서 그대를 삼키고, 끝내는 내륙의 모든 불빛을 삼키리라고 나는 말하지 않습니다.

각각 고등학교와 대학교 재학 시절 씌어진 이 두 작품은 선명하게 그의 정신이 지향하는 양극단의 세계를 인각시켜주고 있다. 눈부신 아침 햇살 아래 꽃봉오리가 열리는 순간의 더없는 환희와 충만의 세계가 한편에 있다면 지상의 모든 불빛을 삼키며 커져가는 갯벌의 암울한 세계가 다른 한편에 있다. 송기원의 상상세계는 후자에서 전자로 이행하는 과정의 지난한 진통으로 가득 차 있다. 그렇다면 그 이행은 어떻게 해야 이루어질 수 있는가. 후자의 세계를 무시하고 전자의 세계로 월경해버리는 일은 가능한가. 이러한 질문에 대해 작가는 놀라운 답변을 마련해놓고 있다. 그는 오히려 적극적으로 수렁―암흑 속으로 잠입해 들어감으로써 거꾸로 눈부신 빛에 도달할 수 있다는 역설의 원리를 제시한다. 그는 내려감으로써, 몸을 던짐으로써 오히려 상승한다. 자기를 비춘 거울에서 각기 캄캄한 암흑을 향해, 그리고 눈부신 빛을 향해 뻗어나간 두 갈래 길은 존재의 심연 속에서 서로 만난다. 지금부터 그 과정을 따라가보기로 하자.

4. 문학―섹스―죽음의 삼각형

암흑 속으로의 하강은 세상을 향해 자신의 치부를 남김없이 드러내 보이는 일로부터 시작한다. 작가는 이를 '위악으로서의 문학'과 연결시킨다. 위선이 내면의 악을 숨겨 가리는 행위라면 위악은 오히려 그 악을 공격적으로 드러냄으로써 달성되는 것이다. 주인공은 고등학교 시절 처음 명작소설이란 것을 읽었을 때의 충격에 대해 다음과 같이 말하고 있다. "내가 보기에는, 소설의 주인공들은 한결같이 자신의 치부에 대하여 부끄러운 줄도 모른 채 잘도 떠들고 있었다. 대개의 주인공들은 상상조차 할 수 없을 만큼 추악하고 역겨운 치부를 그것도 무슨 자랑이라고 어중이떠중이로 길게 늘어놓는데, 그게 바로 명작소설이었다." 오해에 기초한 소박한 판단이긴 하지만 주인공의 이러한 발언은, 문학이란 치부의 적극적인 내보임에 의해 달성된다는 생각을 반영하고 있다. 소설쓰기란 자신의 치부를 낱낱이 세상에 까 보이는 것이며 유죄의 공표를 통해 면죄부를 획득하는 비결이다. 그렇다면 섹스는 어떠한가. 그것 또한 자신 속에 숨어 있는 불순한 그 무엇을 외부로 방출하는 행위가 아닐까. '위악의 현현' '오염의 전파'라는 점에서 문학과 섹스는 서로 통한다고 볼 수 있지 않을까.

　　나의 끝이 하나의 발광체처럼 눈부시게 빛나고 있었다. 그렇게 눈부신 발광체가 가 닿은 곳은 하얀 설원이었다. 발광체가 어떤 절정에서 더없이 눈부시게 빛나는 것을 바라보며 나는 드디어 사정을 했다. 그리고 나는 하얀 설원에 먹물처럼 번져가는 정액을 보았다. 아니 먹물 같은 그것은 정액이 아니라 자신의 치부였다. 치부는 설원을 온통 검게 물들여버렸으리라. 이 새로운 풍경은 육체적인 것보다 더욱 진한 밀도로 나를 쾌감에 잠기게 했다. 하얀 설원에서 치부는 얼마나 눈부실 것이랴!

첫사랑의 대상이었던 여성과 최초로 관계를 맺는 순간을 그린 위 장면은 '위악의 현현'으로서의 섹스와 문학의 친연성을 생생히 보여주고 있다. 절정의 순간 그는 내부의 불순물(치부)을 밖으로 뿜어낸다. 화자의 무의식 속에서 글쓰기와 섹스가 교묘히 겹쳐져 있음을 알게 해주는 위 대목에서 여성의 육체가 하얀 설원=백지라면 남성의 내면에 잠재된 치부는 정액=먹물이다. 섹스는 그리고 문학은 이처럼 순백의 대상을 검게 물들이는 것이다. 대상이 순결하면 할수록 악의 현현은 더욱 눈부시다.

이렇게 해서 화자는 문학에서 저주받은 자가 자유로이 거닐 수 있는 영토를 발견한다. 이러한 '위악의 현현'으로서의 문학은 주인공이 대학에 진학해 다양한 사상적 변모를 겪는 와중에서도 변치 않고 계속된다. 탐미주의나 초현실주의 아웃사이더 퇴폐주의 등 주인공이 대학 시절 거치는 여러 사상적 변화의 단계들은 바로 이러한 '존재의 의도적 자 발적 추락'의 제국면을 가리킨다. 이들은 물론 약간씩의 차이는 있지만 실제로 내포하고 있는 의미상의 큰 변별성은 없는 것들이며 또 굳이 이들 사조나 개념이 서구에서 출현할 당시의 여건이나 맥락을 고려할 필요도 없는 것들이다. 즉 여기서 중요한 것은 탐미주의나 초현실주의 아웃사이더 퇴폐주의 등에 대한 문예사전적 이해가 아니라 이들 여러 개념들이 공통적으로 지시하고 있는 본질에 있다. 그 본질은 단적으로 말해서 일상적이고 평균적인 삶에 대한 거절, 자기 파괴를 통한 자기 갱신의 추구 등으로 요약이 가능하다. 이들 개념은 모두 현실로부터의 소외의 소산이며 따라서 퇴폐적 낭만주의라는 틀 속에 가둘 수 있는 성질의 것들이다. 이러한 퇴폐적 낭만주의는 당연히 죽음의 음산한 분 위기를 거느리게 된다. 우리는 여성과의 교합의 순간 주인공이 종종 "까무룩히 정신을 잃는 체험"을 하는 것을 목도하곤 했다. 섹스를 죽음 까지 파고드는 삶이라고 정의한 프랑스의 이단적 사상가 조르주 바타 이유의 말을 빌릴 필요도 없이 섹스와 죽음은 서로 이웃해 있는 실존 의 양상이라 할 수 있다. 현실원리의 거절 저편에 죽음에 대한 매혹이 있다. 주인공이 이란성 쌍둥이라고 부른, 다시 말해 주인공의 분신이나 다름없는 친구 형진이 군대에서 보내온 습작소설 속의 다음 장면은 존 재의 거센 유출로서의 죽음과 섹스의 동질성을 짐작하게 해주고 있다.

나에게 김 중위의 주검은 주검 그 자체로 하나의 완성이었다. 또한 주 검이 주검 자체로서 이렇게 아름다운 것을 나는 결코 본 적이 없었다. 시체의 옆구리에서 흘러나온 피는 새하얀 적설을 물들이며 눈 위에 한 송이 빨간 꽃처럼 죽음을 꽃피우고 있었다. 옆구리에서 흘러나온 피가 눈 위에 한 송이 죽음을 꽃피우고 있을 순간 김 중위의 삶은 그의 영혼 과 함께 서서히 그의 육체에서 빠져나갔을 것이다. 눈 위에 꽃피어 있는 김 중위의 주검을 보면서 나는 까닭 모르게 김 중위를 선망했다.

인용한 죽음의 장면은 첫사랑의 여자와의 성교 장면과 놀라울 정도로 유사한 이미지의 배치를 보여주고 있다. 여자의 육체=설원/정액의 대비는 새하얀 적설/피로 변주되고 있으며 존재의 완성은 '꽃'에 비유되고 있다. 죽음이란 섹스나 글쓰기와 마찬가지로 한 존재 안에 내장된 그 무엇이 밖으로 유출되는 것이며 그것은 일반의 통념과 반대되면 될수록 더욱 아름답고 눈부시다. 존재는 파열하면서 현실의 구속을 일거에 뛰어넘는 황홀경을 연출한다. 그것이 곧 파멸의 미학이자 배덕자의 윤리학이다. 에로스와 타나토스의 이러한 조우는 그의 문학이 지향하는 세계의 극점에 무엇이 자리잡고 있는지 짐작하게 해준다.

암흑의 밑바닥을 향해 내려가는—아니 차라리 뛰어드는—주인공의 행로는 이처럼 계시와도 같은 어떤 절정의 순간에 대한 갈망과 이어져 있다. 그래서 주인공은 어느 한 곳에 정착하지 못하고 이 여자에게서 저 여자로 다시 또다른 여자로 전전하는 것이며 때로는 넝마주이 같은 전혀 다른 삶의 방식에 몸을 던지기도 하는 것이다. 그러나 세상=여자는 주인공의 이러한 기도를 호락호락 받아주지 않는다. 만만하게 보고 접근했다가 오히려 심리적 열패감을 선사받고 마는 손영아와의 관계가 말해주듯 주인공의 하강을 통한 존재 상승의 추구는 매번 난관에 부닥치고 만다. 그를 삼키려 드는 털투성이 입은 털투성이 입이고 수렁은 수렁에 그칠 뿐 그가 희구하는 자운영꽃이나 눈부신 빛은 쉽사리 그의 눈앞에 나타나지 않는다. 이처럼 여자의 털투성이 성기가 상징히는 세상의 육식성에 삼켜져 자아 상실 직전에까지 이른 것을 가리켜 화자는 정신적 마목(麻木) 상태라고 언급하고 있다.

그렇듯 모든 사물들은 한 겹의 하얀 망사로 된 공간 저편에서 나오는 무관한 듯이 흘러왔다가 흘러 지나고는 했다. 모름지기 나는 자신에게 부딪쳐오는 현실에 대하여 마치 먼 나라의 낯선 풍물들이라도 구경하듯이 그 현재감을 상실해버린 것이었다.

"현실의 모든 사물들이 탈각기의 게처럼 껍질을 벗어버린 나의 속살에 부딪쳐 상처를 내고, 나의 무른 살이 분명히 피를 흘리는데도 불구하고 정작 나는 그 상처에서 어떤 고통도 느끼지 못하는" 화자의 이러한 내면 상태는 나아갈 수도 물러날 수도 없는 그의 곤경을 반영하고 있다. 그러나 여기서 다시 반전이 일어난다. 의식적 하강의 추구가 한계점에 도달함으로써 생긴 이 어중간한 상태에서 벗어나기 위해 주인공의 무의식은 그로 하여금 실제적인 투신을 하게 만드는 것이다. 술에 취한 주인공이 길을 가다가 아무 이유 없이 다리 밑 개천을 향해 몸을 던지는 것은 그런 점에서 보면 이유가 없기는커녕 충분히 이유가 있는 행위라고 할 수 있다. 주인공이 의식하고 있지 않았을 뿐 그의 내면은 존재 전이를 위한 어떤 적극적이고도 결정적인 행동을 기다려오고 있었던 것이다.

과연 그러한 순간은 다리 밑으로 몸을 던진 그가 얼마 후 군에 입대해 훈련을 받던 중 우연치 않게 똥통에 빠지는 경험을 통해 현실화된다. 추락의 끝, 투신의 끝에 '똥통'이 자리잡고 있다는 것은 얼마나 상징적이며 또 필연적인가. 삼켜짐이란 존재의 하강-무화의 과정의 종착점에 '똥통'이 기다리고 있는 것이다. 인간이 쌓아올린 욕망의 성채 저 밑에 입을 벌리고 있는 똥통은 바로 그러한 욕망의 추구가 분비한 모든 배설물의 집결지이다. 더럽고 냄새나는 그곳에 빠졌다는 것은, 따라서 그가 드디어 밑바닥의 밑바닥, 존재의 최저 지점에 이르렀다는 징표라 할 수 있다. 아울러 그것은 뒤집힌 정화이자 세례의 패러디이기도 하다. 그는 깨끗한 물로 씻김을 받아 새로운 존재로 다시 태어나는 것이 아니라 더러운 오물 속에 멱을 감음으로써 다시 삶을 시작할 수 있는 계기를 갖게 된다. 더러움은 이제 회피의 대상이 아니라 적극적으로 자기화해야 할 획득의 대상이 된다. 더러움은 축복으로 전환되며 더러워진 존재는 예외적이라는 바로 그 이유 때문에 성스러운 존재가 된다. 똥물을 뒤집어쓴 자신을 평소 포악하기 이를 데 없던 내무반장이 손수 씻어주는 것은 물론이요 그가 기절한 척하자 둘러업고 달리기까지 하는 것을 보며 주인공이 느끼는 "사정이라도 해버"릴 것 같은 쾌감과 도취는 바로 이 점을 여실히 증명해주고 있다. 그가 문학에 눈뜬 이후 여러 여자와 만나고 여러 시도를 한 것을 두고 "그 모든 것들이 사생아에게는 일테면 바로 저 똥물의 힘을 발견하기 위한 일종의 시행착오였던 셈"이라고 단언하는 것은 바로 그 때문이다. 그 똥물의 힘 덕분에 그는 정신적 마비 상태에서 벗어나 주어진 삶을 자신 있게 밀고 나갈 수 있게 되며 군대라는 집단 내에서는 항상 열외의 혜택을 누리게 된다. 더러움은 타자의 접근을 차단한다는 점에서 일반적이고 일상적인 세계의 지평 바깥에 위치하게 된다. 주인공은 더러움에 대한 일반 사람들의 두려움을 역이용해서 그토록 열망해왔던 외적 힘과 내적 평온에 도달한다. 장돌뱅이의 사생아라는 출신성분을 비롯해서 그에게 선고된 온갖 '저주의 몫'은 선택받은 자, 타인의 침해를 받지 않는 자라는 '카인의 표지'가 된다.

그가 월남에서 돌아와 복학을 하고 다시 여러 여자들과 관계를 맺다가 조영희라는 여자와의 잠자리에서 털투성이 거대한 입과 자운영꽃이 환상적 일치를 이루는 광경을 목격하는 것은 그런 의미에서 보면 일종의 사족일 수 있다.[2] 빛/어둠, 아름다움/추함, 순수/불순의 양극성을 넘

---

2) 조영희라는 여성에 대한 보다 깊이 있는 이해를 위해선 이 소설만이 아니라 작가의 다른 작품에 나오는 여자 이미지와의 비교 고찰이 필수적이다. 따라서 이 과제는 후일을 기약하기로 하겠다. 한 가지 지적하고 싶은 것은 조영희라는 여성에겐 어머니―달―대지모신(大地母神)의 흔적이 남아 있다는 점이다. 조영희의 필사적인 구애에도 불구하고 주인공이 그토록 그녀와의 정사를 회피하는 것은 그녀 속에서 어머니의 흔적을 보고 근친상간의 금지란 금기의 위협을 느꼈기 때문이다. 이런 상상을 조금 더 확대해보면 소설에 나오는 숱한 성적 난교는 유년 시절 잠에서 깬 그가 의붓아버지와 어머니가 정사를 벌이는 것을 목격한 사실과 관련이 있을 법하다. 바라봄―보여짐에 대한 주인공의 강한 집착, 그리고 빈번히 등장하는 한 여자와 두 남자의 삼각관계는 이러한 '원초적 장면'의 변형이라고 볼 수 있다. 예컨대 하민과 조영희의 정사를 지켜보는 주인공의 모습은 의붓아버지―어머니―주인공이란 오이디푸스적 삼각형의 변주이다. 또한 여성에 대한 주인공의 양가감정 역시 거슬러올라가면 어머니에 대한 애증에 그 뿌리를 두고 있는 것이 아닐까.

어선 차원에 주인공은 이미 도달했기 때문이다. 마찬가지로 조영희라는 여자 역시 어떤 한 특별한 개체가 아니라 그가 거친, 아니 그와 상관이 없어도 되는 이 땅의 모든 여자들로 그 이미지의 확산이 이루어진다. 조영희는 어떤 한 여자인 동시에 모든 여자인 것이다. 그녀는 순결한 처녀가 될 수도 있고 화자가 여행중에 만난 남도의 늙은 창녀로 현신할 수도 있다. 그래서 작품의 에필로그에서 화자는 "도대체 얼마나 많은 여자들하고 연애를 한 거냐"는 후배 여기자의 물음에 "단 한 명"이라고 떳떳하게 답하는 것이다. "자신의 부끄러운 치부"를 나눌 수 있다면 그 여자는 누구라도 같은 여자인 것이다. 나는 너고 너는 나다. 이 거룩한 한몸됨에 의해 지옥의 풍경은 천상의 꽃으로 탈바꿈하게 된다.

5. 세상의 모든 여자들

이상에서 살펴보았듯이 송기원의 『여자에 관한 명상』은 '세상에 대한 명상'인 동시에 '글쓰기에 대한 명상'이자 '죽음에 대한 명상'이다. 이 소설에 서식하고 있는 이십대 젊은이의 상처와 꿈, 원한과 욕망은 그 자체로 흥미로운 성찰의 대상이 되고 있다. 자율적 성장이 허락되지 않는 현대사회에서 한 젊은 영혼이 앓는 치열한 진통을 생생히 묘파함으로써 작가는 그 동안의 우리 소설에서는 찾아보기 힘들었던 인물을 문학사에 등재시켜놓았다. 그 인물은 하강을 두려워하지 않고 추락의 현기증에 몸을 맡긴다. 그는 날개가 있기 때문에 추락하는 것이 아니라 추락을 통해 날개를 획득한다. 죽음에 대한 정열이 삶을 풀무질하고 악에 대한 헌신이 아름다움을 꽃피운다. 그 아름다움은 창백한 순결의 소산이 아니라 더러운 진창의 소산이라는 점에서 한결 의미심장하다. 이 소설에서 신분 상승-존재 전이의 욕구가 예술혼에 대한 열정으로 이월되고 이것이 다시 여성·죽음·위악 등과 혼재돼 벌어지는 다양한 에피소드들은 서울 월남 등으로 무대의 확장이 이루어지는 현상적 사실과는 별도로 삶은 난장(亂場)이며 세상은 장터라는 이 작가의 애초의 출발점으로 되돌아오게 만든다. 그런 의미에서 이 작가의 탐미주의나 퇴폐주의는 서구의 그것과 달리 서재나 살롱에서 탄생한 것이 아니라 장터의 저잣거리에서 탄생했으며 그 때문에 그 나름의 리얼리티를 확보할 수 있었다는 진단이 가능해진다.

작가에게 소설 제목에 나오는 '여자'는 단수이면서 복수이다. 여자는 곧 여자들이기도 하다. 하나이면서 여럿인 그 '여자' 속에서 작가는 세상의 모든 고난과 치욕을 말없이 받아들이고 감내하는 '위대한 창녀'를 발견한다. 그 창녀는 신전을 지키며 길손들에게 몸을 파는 고대 근동 지방의 여사제가 그렇듯이 더럽혀진 존재인 동시에 순결하기 이를 데 없는 처녀이다. 그 창녀 ─ 처녀가 소설 속에서 소설 밖의 독자를 향해 다음과 같이 묻고 있다. "참말로 나를 원해서, 나가 없으믄 살어남지도 못하는 그런 남자가" 혹시 당신은 아니겠느냐고.

(1996)

성찰적 자아와 회귀의 서사

— 박범신의 『흰 소가 끄는 수레』의 한 읽기

1. 아버지의 죽음과 문학의 내면화

1990년대 문학의 특성 가운데 하나로 아버지 – 교사 – 지사로 대표되던 사회적 초자아social superego의 현저한 약화를 들 수 있다. 식민지 시대와 동족상잔의 참화와 개발독재의 암흑기를 통과해오면서 우리 문학은 의식적이든 무의식적이든 단호하고도 금욕적인 부성의 압도적인 지배를 받아왔다. 대다수 작가들은 아버지의 법 아래에서 아버지의 목소리를 흉내내며 아버지의 행방을 찾는 문학적 도정에 오르곤 했다. 부재하지만 현존하는 아버지의 목소리는 지상명령과도 같았다. 그 아버지는 때로 이념의 광휘에 둘러싸인 모습으로 현상하기도 했고 때로 복고적 가족주의의 의상을 걸치고 나타나기도 했다. 물론 간간이 부친 살해의 욕망이 금기의 장벽을 뚫고 표출되기도 했지만 그 욕망 또한 깊이 파고 들어가보면 아버지에 대한 강렬한 동경과 애착의 역설적 표현이라는 점에서 아버지의 시절은 좀처럼 마감될 기미를 보이지 않았다. 문제는 아버지의 실재성이나 아버지와 자신 사이의 물리적 거리가 아니라 아버지로 상징되는 빛의 찬란함이었다. 그 빛이 저기 빛나고 있는 한 아버지에 대한 추구가 초래할 수도 있는 현실의 왜곡이나 균형의 상실은 대개 무시되기 마련이었다.

그러나 현실 사회주의권의 몰락과 함께 찾아온 1990년대는 우리에게서 돌연 그 빛을 앗아가버렸다. 아버지는 이제 희망이 아니라 억압의 대명사가 되었고 모방의 전범이 아니라 폐기 내지 처형의 대상이 되었다. 신의 일식에 이어 아버지의 일식이 시작된 것이다. 아버지의 빛이 사라진 대신 후기산업사회의 현란한 인공 불빛이 우리의 시야를 어지럽히며 우리의 의식을 장악해가기 시작했다. 도처에서 아버지를 죽인 아이들의 환호성이 울려퍼지고 아버지의 시신을 분배하는 축제가 벌어졌다. 이를 혹자는 새로운 시대의 개막을 알리는 징후라고 기대감을 표시했고 혹자는 새로운 야만의 도래라고 개탄했다. 아버지라는 초자아가 사라졌다는 것은 모든 금지와 위계가 약화·소멸·철폐되었다는 것을 의미한다. 아버지의 법 바깥으로 미끄러져나간 아이들은 저마다 탈주와 위반의 몸짓을 선보이며 새로운 문학적 지형도를 그려나갔다. 그 결과 1990년대 문학은 지난 연대의 문학과는 여러모로 다른 개성이 출현할 수 있었고 또 거기에 많은 시선이 모이도록 하는 효과를 산출했다. 특정 이데올로기에 포박된 문학적 경향의 쇠퇴와 신세대문학을 둘러싼 다양한 풍문들은 1990년대 문학의 이러한 측면을 명확히 예시해준다고 하겠다.

1990년대의 또다른 특징인 문학의 연성화(軟性化)와 내면화는 바로 이러한 조건에서 출발한다. 흔히 이야기되는 대로 정치·사회·역사 같은 거시적 주제에 대한 상대적 무관심에 병행해서 일상의 미시적 진실에 대한 천착과 욕망·육체·대중문화·테크놀로지 같은 테마에 대한 형상화가 수면 위로 부상함에 따라 전시대의 남성적 이념 지향적 문학은 근본적 도전에 직면하게 되었다. 집단적 이념과 관련된 큰 주제보다는 탈이념의 작은 주제가, 흥미로운 사건 중심의 서술보다는 등장인물의 심리에 대한 섬세한 접근이, 강렬한 이야기성보다는 아름답고 정교한 문체가 더 선호되고 더 많은 주목을 끌게 된 것이다.

이러한 문학의 연성화는 자연히 내면화라는 특성과 맺어지게 된다. 여러 평자들이 지적한 대로 1990년대 문학의 다양한 지류 가운데 가장 유니크하면서도 높은 평판을 받은 게 바로 신경숙과 윤대녕으로 압축되는 내성(內省/內性)문학의 계열이다. 이들은 개인의 고유한 실존에 대한 민감한 인식과 정신적 상처를 감각적이면서도 우수 어린 문장에 담아내 우리 소설을 새로운 단계에 진입시키는 데 결정적인 역할을 했다. 그러나 이러한 흐름에 대한 비판이나 반발이 전혀 없었던 것은 아니다. 최근 1990년대 소설의 내면성을 둘러싸고 제기된 몇몇 비판적 시각은 내성문학의 시대적 필연성과 미학적 가능성에 대해 원점에서 다시금 사고하게 만드는 계기가 되어주고 있다.[1]

---

1) 예컨대 이성욱은 「내면, 타자의 복원과 타자의 배제」(『세계의 문학』 1997년 가을호)라는 글에서 1990년대의 문학적 주류로 정착한 내성소설을 비판적으로 고찰하고 있다. 그는 내성소설이 탐구하고자 한 '새로운 자아'라는 것이 "단지 독아(獨我) 수준에 머물지 않고 역사 대 개인이라는, 구태의연한 이항대립적 담론을 해체하는 임무를 수행하면서 양 영역의 새로운 접합 가능성을 꿈꾸고자" 한 것이었다면 실제 작품에선 그러한 접합이 제대로 이루어지지 못했다고 평가하고 있다. "객관적 현실은 황망히 퇴각해버리고 개체적 개인만이 덩그러니 서 있는 정경"이라는 것이다. 이러한 지적은 어느 정도 1990년대 소설의 한 측면을 평이하게 진단한 내용으로 동의할 만하다. 그러나 이어지는 글에서 그가 자아·내성·내면화 등에 대해 설명하면서 데카르트의 코기토에서부터 헤겔의 주인/노예의 변증법, 바흐친의 대화주의 등을 거론한 것은 전혀 정곡을 찌르지 못한, 현학의 나열로 보인다. 단적으로 이야기해서 신경숙이나 윤대녕 등이 탐구하는 내면은 데카르트에서 헤겔을 거쳐 현상학으로 이어지는 주체나 자아 개념으로는 포획되지 않는 영역이기 때문이다. 오히려 그들은 데카르트를 시발점으로 하는 현대적 주체—합리적 이성이 침묵시켜온 자아의 또다른 부분, 그 유현하고도 심원한 세계를 탐색하고 있다. 신경숙이나 윤대녕 소설에 나오는 신비적 합일의 경험이나 유령 허깨비에 관한 이야기는 데카르트의 이성적 주체나 헤겔의 주인/노예 변증법의 '바깥'에 위치해 있는 것이다. 여기서 우리는 이성욱이 자아의 단일성에 지나치게 매달려 있다는 점을 지적할 수 있겠다. 신경숙이나 윤대녕 소설의 미적 특수성을 제대로 해명하기 위해선 자아의 복수성을 긍정하고 현대 이후 배제 소외되어온 자아의 또다른 일면에 대한 깊은 천착이 요구된다.(심상대나 김영하의 최근 소설에서 볼 수 있는 '탐미적 자아'의 등장에 대해서도 같은 말을 할 수 있다. 그 동안 우리 문학은 자아의

명백한 것은 우리가 문화사적으로 '자아의 소환'이라고 부를 수 있는 새로운 현상을 눈앞에 두고 있다는 사실이다. 당연하게 거기 그냥 있는 것으로 치부돼왔던 자아가 문제시되고 다양한 각도에서 탐구되는 것은 그만큼 우리 시대에 주체 – 자아 – 내면이라는 것이 위기에 처해 있다는 점을 반증해주는 것일 것이다. 안정되고 명료한 자기 동일성이라는 것 자체가 환상이 되어버린 시대에 작가들은 다채로운 길을 통해 주체 – 자아 – 내면을 가로지르고 그 존재 방식과 의미를 탐문하고 있다. 이때 그 내면이라는 것이 또다른 '허상'이나 '도피처'가 되지 않기 위해서는 성찰의 진정성과 진지성이 담보되어야 할 것이다. 박범신의 연작소설집 『흰 소가 끄는 수레』가 우리에게 특히 유의미하게 다가오는 것은 바로 그 때문이다. 그의 소설은 심층적 자아를 깊이 있게 파고 들어가는 투시력을 보여주고 있다. 아울러 그는 아버지의 죽음이 일상화되어버린 시대에 아버지로 남아 세상을 살아나가는 일의 힘겨움을 감동적으로 형상화해 드러내고 있다. 그의 성찰적 시선은 아버지의 죽음 이후 허용된 자유의 공간을 유영하는 대신 한 사람의 가장으로서 대지에 발 딛고 서서 생을 계속해나가는 과업의 둔중하고 엄숙한 의미를 헤아리고 있다. 그에 따라 이 소설집엔, 김치수의 지적에 따르면 "과장 없는 진술함이 잔잔하게 깔려 있"으며 "야성적인 그의 세계가 세련성을 획득하고 있음을 확인할 수 있다."[2] 이제 박범신 소설의 새로운 경지를 구체적으로 살펴볼 차례가 되었다.

다양하고도 풍부한 측면에 대한 탐구를 '과도한 개인성의 탐닉'이란 미명 아래 지나치게 억압해온 면이 없지 않다.) 현대적 주체 – 합리적 이성의 '타자'인 자아의 또다른 일면 앞에서 '독백'만 한 것은 정작 평자 자신인 것 같다.

2) 김치수, 「부랑의 세계 혹은 깨달음의 길」(『흰 소가 끄는 수레』 해설)

2. 회귀와 순환의 여정

　잘 알려진 대로 박범신은 1970년대에 등단한 작가 가운데 누구보다
도 왕성한 작품활동을 꾸준히 전개해왔으며 또 광범위한 독자층의 사
랑을 받았던 작가이다.『흰 소가 끄는 수레』는 그런 그가 돌연 절필 선
언—작가 자신의 표현을 빌리면 '임종사'—을 발표하고 독자들의 시야
에서 사라진 지 삼 년여의 세월이 지난 후 발표한 일련의 노작들을 묶
은 창작집이라는 점만으로도 우리의 주목을 끌기에 족하다. 인기작가로
한 시대를 풍미한 작가가 절필 선언이란 극단적 방법으로 문학적 사망
신고를 발표하고 세인들의 시선에서 몸을 감추기까지엔 남다른 고민과
불면의 밤이 있었을 터이다. 그러나 그는 당연하게도 문학 그 자체를
포기한 것은 아니었다. 그는 작가라는 "언제나 무릎 꿇어 받고 싶었던
성찬" 앞으로 언젠가는 돌아올 수밖에 없는 숙명을 타고난 사람이었다.
따라서 작가 자신이 서문에서 밝히고 있는 바대로 이 작품집은 "글쓰
기를 중단하고 있는 동안 내가 아프게 만났던 자기 성찰의 보고서"인
셈이다. 그 성찰은 자신이 지금까지 열정을 다 바쳐가며 해온 글쓰기가
거의 한계 지점에 도달했다는 자각과 자신이 지금까지 쓴 글들이 어쩌
면 전혀 무가치한 허위의 집적에 불과할 수도 있다는 쓰디쓴 회의에
바탕을 두고 있다. 그 자각과 회의는 이 연작소설집의 맨 마지막에 수
록된, 그러나 시간적으로는 가장 먼저 씌어진 작품인 「그해 내린 눈 지
금 어디에」에 잘 드러나 있다.
　이 소설집에 실린 작품 가운데 가장 통렬한 자기 반성을 담고 있는
이 소설의 중심인물은 마흔아홉 살에 이른 작가로서 현재 자신의 글쓰
기와 베스트셀러 작가로서 지내온 지난 시절에 대해 극심한 자의식과
회한에 사로잡혀 있다. "남다른 문학에의 열정과 소외된 시절에 대한
보상심리로 무장"한 그는 삼십대를 거치면서 다수의 문제작과 베스트
셀러를 잇따라 발표해 사람들로부터 한때 "타고난 이야기꾼" "감성의
황제"라는 칭호를 들으며 세속적 성공을 구가해왔지만 오십을 앞둔 지

금 스스로를 가리켜 "늙은 복서"라고 자조적으로 말할 정도로 정신적 위축과 무력감에 빠져 있다. 대중의 환호와 갈채도 이젠 더이상 도움이 되지 않는다. 대중의 인정과 찬사를 고취시키기 위한 노력은 종국적으로 무한대의 자기 착취로 귀결될 뿐이다. "당신 그러다가 죽겠어. 제발 당장에, 지금 당장에, 때려치워, 그 소설"이라는 아내의 부르짖음은 그러한 저간의 사정을 잘 요약해주고 있다. 피폐한 정신과 쇠약해진 육신으로 바라본 세계는 텅 빈 들판처럼 황량하다. 그리하여 그는 새삼 "문학이란 무엇이고 무엇이어야 하는가"라는 고전적이면서도 그로서는 절실하기 이를 데 없는 질문에 맞닥뜨리게 된다.

이런 그에게 몇 년 전 무턱대고 그의 집을 찾아온 정체불명의 한 여인에 대한 기억이 떠오른다. 1980년대 초반 군사정권이 폭압적인 방식으로 세상의 질서를 재편하고 있을 즈음, 그는 한 일간지에 "허망하기 이를 데 없는 비극적 구조 속에서 세 남녀 주인공의 사랑이 어떻게 침몰되는지"에 관한 내용의 소설을 연재하고 있었다. 그해 겨울 어느 날 술집에서 집으로 전화를 걸어본즉 낯선 여인이 찾아와 그를 기다리고 있다는 것을 알게 된다. 전화로 몇 마디 주고받은 끝에 그녀가 자신과 전혀 무관한 사이이며 정신까지 약간 이상한 상태라는 사실을 깨닫고 그는 호통을 쳐서 그녀를 집 바깥으로 내쫓는다. 그러나 그후로도 그녀를 기억에서 완전히 추방하지 못한 그는 실성해서 떠돌아다니는 그 여인의 이미지가 어느새 자신의 내면에 "집구렁이처럼 똬리를 틀고" 있음을 느끼게 된다. 작품은 오랜 시일이 흐른 후 당시 집을 나간 그녀가 얼어 죽었을 것으로 판단한 주인공이 그녀의 신원을 파악하기 위해 노력하는 모습을 보여주고 어쩌면 그녀가 광주 민주화운동의 희생자 가운데 한 사람이었을 수도 있다는 점을 제시하며 끝을 맺고 있다. 시대와 무연하게 글을 써온 직업작가라는 점에 자부심과 곤혹감을 함께 느껴온 그는 이 경험을 통해 자신의 소설이 "당시의 폭력적 시대 상황과 이야기를 은유적으로 비끄러매"고자 했지만 "그건 겉구조에 불과했다"는 참담한 반성을 하게 된다. 그러면서 그는 "나 정영호는 그 여자를 죽음의 어둠으로 내쫓은 장본인이다. 인중에 점이 있느냐 없느냐는 상관없다. 인중에 점이 있는 여자도 내쫓았고, 인중에 점이 없는 여자도 내쫓았던 나는 죄인이다. 내 죄가 지금도 이렇게 무겁다"는 비장한 심경을 토로하기에 이른다. 원하든 원치 않았든 자신 역시 시대의 가해자 편에 서 있던 사람 중에 한 명이었음을 그는 뒤늦게나마 뼈저리게 인식하게 된 것이다. 이처럼 그가 글을 쓰지 못한 것은 '대중주의'라는 자신이 그 동안 고수해왔던 신념이 산산이 붕괴된 대신 그걸 대신할 만한 새로운 신념 체계는 아직 형성되지 못한 것에 기인한 탓이 크다고 할 수 있다. 그러나 그것이 곧 작가로서의 삶에 종지부를 찍는 이유가 될 수는 없다. 소설 말미에 언급돼 있듯이 새롭게 맞이하는 오십대엔 또다른 자아로 다시 태어나 새로운 글쓰기를 시도해야 함을 그는 절감하고 있기 때문이다.

이렇게 본다면 「그해 내린 눈 지금 어디에」는 가파른 상승 끝에 정점에 이르렀다가 한순간에 허방으로 떨어져내린 주인공이 존재의 갱신을 앞두고 쓴 전락의 기록이며 그에 이어지는 '흰 소가 끄는 수레' 연작은 절필이란 작가로서는 존재의 최저 지점이라 할 수 있는 바닥에서 몸을 일으킨 그가 다시 새로운 상승의 길을 모색해나가는 과정에 대해 쓴 통과제의의 기록이라 할 수 있다. 그러나 우리는 여기서 '흰 소가 끄는 수레' 연작에 대한 분석으로 직진하는 대신 「그해 내린 눈 지금 어디에」에 나오는 다음 구절을 다시 한번 되새겨 읽어볼 필요가 있다. 왜냐하면 작가인 주인공과 무작정 그의 집을 찾아온 낯선 여인과의 통화 장면을 그리고 있는 이 대목은 이 소설집 전체의 주제를 조그맣게 응축해서 담고 있는 '그림 속의 그림' 같은 역할을 맡고 있기 때문이다.

당장 내 집에서 나가시오!
벽시계의 아래쪽에서 작은 쪽문이 열리며 뻐꾸기가 뛰쳐나온 게 바로 그때였다. 뻐꾹, 하고 어린 뻐꾸기는 울었다. 회색 배면(背面)에 갈색 부리가 뚜렷했다. 가택침입이야, 당신. (……)

뻐꾹.

당장.

뻐꾹. 지금 당장.

뻐꾹. 내 집에서 뻐꾹, 나가시오.

　이 작품 속에서 여러 번 되풀이되어 동일선율의 반복 같은 음악적
효과를 거두고 있는 벽시계의 뻐꾸기 울음소리와 주인공의 외침은 이
소설의 씨줄과 날줄을 이루고 있는 시간적/공간적 테마를 함축적으로
보여주고 있다.

　먼저 시간에 관한 테마. 작중인물의 말을 끊고 대화 사이에 침입해
들어오는 뻐꾸기 울음소리는 주인공의 시간에 대한 강박관념을 여실히
보여준다. 그는 시간의 파괴적 리듬에 불안을 느끼고 그로부터 벗어나
고자 한다. 그는 늙어가는 것에 대해, 육체의 기능이 쇠퇴하는 것에 대
해, 원기왕성하던 상상력이 메말라가는 것에 대해, 그리하여 서서히 죽
음 앞으로 떠밀려갈 수밖에 없는 것에 대해 절망적인 무력감을 느끼고
있다. 즉 이 작품집에 수록된 소설들은 젊음을 앗아가는 가차없는 시간
의 흐름을 거슬러오르려는 불가능에 가까운 몸부림을 추적하고 있다.
그는 시간이라는 거인과 싸우고 있는 야곱이다. 일방향으로 질주하는
시간의 직선운동과 싸우고자 한다면 어떻게 해야 하는가. 거기에 대한
가능한 답변 중의 하나는 그 직선을 구부려 과거로 흐르게 한다는 것
이다. 잃어버린 시간을 찾아서 떠나는 작업이 바로 그것이다. 과연 '흰
소가 끄는 수레' 연작은 오십대에 들어선 작가가 자신의 젊은 날로, 유
년 시절로, 육체적 탄생의 순간으로, 그리하여 심지어는 먼 옛날 조상
들이 살았다는 민족의 시원으로 거슬러오르는 시간여행을 보여주고 있
다. 그 시간여행은 망각에서 기억으로 가는 여정이기도 하다. 주인공은
과거의 자신과 해후하고 잊고 지냈던 사건을 하나씩 반추해나가다가
현실적으로 도저히 기억해낼 수 없는 일까지 의식의 표면으로 떠올리
기에 이른다. 「흰 소가 끄는 수레」에서 유년 시절 길렀던 황구의 죽음

에 얽힌 삽화나 「골방」에서 자신이 어머니의 자궁을 빠져나오던 출생의 순간을 추체험하는 것은 그 극명한 예라고 할 수 있다.

다음 공간에 관한 테마. 벽시계라는 둥지(집)에서 뛰쳐나와 뻐꾹 소리를 내는 뻐꾸기와 당장 내 집에서 나가라는 주인공의 외침은 상호조응하면서 이 소설이 집이라는 공간을 둘러싸고 벌어지는 이야기임을 시사하고 있다. 그런데 여기엔 하나의 미묘한 아이러니가 잠복해 있다. 정작 집을 나가야(=떠나야) 하는 것은 그 여자이기 전에 그 자신이기 때문이다. 주인공은 이 소설집 곳곳에서 문학에 대한 열정 하나만으로 경제적 궁핍과 가족적 불행 및 자살에의 유혹을 견뎌내며 문학에의 꿈을 실현해온 지난날을 '부랑'이라는 단어로 요약하고 있다. 평생 그를 추동하던 것은 "떠나고 싶었던 열망과 신열"이며 "걷고, 달리고, 관성의 바람 속을 솟구쳐 날"고자 하는 욕망이다. 그런 그도 소설의 대중적 성공으로 인해 쉰 살의 초입인 지금에 이르러선 세 아이의 아버지이자 한 여자의 남편으로서 "우뚝한 이층집, 따뜻한 아랫목, 푹신한 침대" 같은 표현이 말해주는 정주의 행복을 누리고 있다. 그러나 이런 일상의 안락이 자기 기만 내지 자기 마취 위에 쌓아올린 모래성이라는 사실을 확인하는 순간 그는 다시 "부랑의, 저 잔인한 살의"에 사로잡혀 "조포한 질주"를 하게 된다. 그렇다면 뻐꾸기 울음소리는 전화 저편의 여자에게 보내는 통고이기 전에 전화 이편의 남자에게 전하는, 길을 떠나라는 촉구인 셈이다. 과연 그는 일상적 평안을 박차고 나와 젊은 시절의 방황의 자취가 남아 있는 해인사로, 무주로 떠나는가 하면(「흰 소가 끄는 수레」), 용인 변방에 위치한 굴암산 자락의 외딴집에 칩거해 있기도 하고(「제비나비의 꿈」), 막내아들과 자동차로 밤길을 달려 고향 마을을 찾기도 하고(「골방」), 멀리 우리 민족의 시원인 바이칼 호수로 날아가 고국의 딸에게 편지를 쓰기도 한다.(「바이칼 그 높고 깊은」) 그의 여정은 기존의 집을 떠나 새로운 집을 찾아가는 도정이며, 이는 항상 미답의 세계를 향해 나아가야 하는 모든 진정한 작가에게 짐지워진 운명이기도 하다.

이렇게 본다면 이 소설집은 시간적으로는 과거를 향해 떠나며, 공간적으로는 현재 실제 살고 있는 집으로부터 점차 멀어져 보다 근원적인 집으로 가까이 가는 회귀의 서사로 이루어졌다고 할 수 있다. 그 떠남은 앞만 보고 달리는 젊은 날의 직선적인 부랑과는 달리 제자리로 다시 돌아올 수밖에 없는 순환의 궤적을 그리고 있다. 그 회귀와 순환의 여정은 곧 내면의 동반자, 내 속의 여성female in me, 자신의 아니마를 찾아나서는 과정이기도 하다. 「그해 내린 눈 지금 어디에」에서 주인공이 소리를 질러 내쫓았던 여인, 얼굴도 모르고 이름도 모르는, 그러면서도 그의 내부에 똬리를 틀고 있는 그 여성이야말로 그가 작가로서 새롭게 태어나기 위해선 기필코 다시 살려내야 할 영혼의 다른 반쪽, 글쓰기의 수호천사이기 때문이다.

가끔 그 여자가 떠올랐다.
내가 '행복한 작가'로 지내던 몇 년 동안, 모든 죽은 자들이 내 환영의 들길을 떠났음에도 불구하고, 유독 그 여자만 남아 있었다. 그 여자는 원고를 밤새 쓰고 난 어느 새벽, 잡다한 술자리를 파하고 돌아오는 어느 한밤, 좋아하는 설렁탕 국물을 후룩후룩 마시고 난 어느 한낮, 문득문득 떠올라 거꾸로 놓인 압핀처럼 발에 밟혔다. 그 여자는 늘 어둠 속의 눈길을 가고 있었다.

'행복한 작가'와 '불행한 작가'는 사실 종이 한 장의 차이에 지나지 않는다. 자기 동일성에 금이 가는 순간 작가는 행복한 무지의 상태에서 고통스러운 지의 상태로 이행한다. 새롭게 자기 동일성을 정립하기 위해 집을 나선 그 앞에 저 멀리 가물거리며 가고 있는 여자의 뒷모습이 보인다. 그녀는 누구인가. 위 인용이 나오는 대목보다 몇 페이지 앞엔 "그 무렵, 지금 누군가 등을 보이고 그 들 가운데의 수로를 따라 걸어가는 환영이 보이곤 했다. 돌아가신 어머니가 갈 때도 있었고, 젊어 자살한 누이가 갈 때도 있었다"는 구절이 나온다. 슬쩍 지나치듯 언급한 이 구절이 그러나 의미심장하게 보이는 것은 왜일까. 이제 우리는 이 작품집의 지층 저 밑에 도사리고 있는 오이디푸스적 갈등 구조에 대해 알아볼 단계에 도달했다.

3. 오이디푸스, 끝없는 부랑의 길

『흰 소가 끄는 수레』를 흥미롭게 읽는 방법 중의 하나는 이 소설집을 늙은 오이디푸스의 드라마로 치환시켜 읽는 것이다. 소설가 오이디푸스는 인생의 절정기를 지나 황혼을 맞이하고 있다. 그는 자식들도 자기 마음대로 되지 않는 현실에 직면해 있으며 육체적 노쇠가 수반할 수밖에 없는 작가적 능력의 저하에 대한 공포에 사로잡혀 있다. 우리는 이미 앞에서 뻐꾸기 울음소리에 대한 분석을 통해 이 작품을 관류하고 있는 시간에 대한 강박관념을 추출해낸 바 있다. "시간은 저의 존재 증명을 위해 모든 사물에다 사멸의 옷을 입힌다." 시간의 "잔인한 침식"은 가차없이 육체를 부식해들어오고 상상력의 불을 꺼뜨린다. 남는 것은 주인공이 문학청년 시절 썼다는 소설 제목 그대로 "이 음산한 빛의 잔해"뿐이다.

전엔 그랬었다. 푸르렀던 연대에는. 연필을 들고 원고지와 마주해 앉으면, 천지창조의 마지막 날 아침처럼, 휘황한 광휘의 허공으로 형형색색 수천의 나비떼가 날아올랐다. 상상력은 억겁의 어둠을 뚫는 섬광이 되어, 모든 감각의 촉수들을 열고, 그 촉수들의 황홀한 운행으로 하나씩 열씩 백씩…… 지표면을 차고 나는 어휘의 나비떼들. 고통이 있다면 동시다발적으로 떠오르는 그 수많은 나비 중에서 어떤 나비를, 어떤 포충망에 담아 원고지 네모난 우물에 가두느냐 하는 것이었다. 불편해도 여보, 돋보기를 써요. 돋보기를 아무리 써도 나비떼는 차츰 보이지 않고, 바리케이드가 통행금지, 통행금지, 둘씩 셋씩 짝지어 늘어가고, 초조하고 화가 나서 쓰고 또 써보지만, 원고지에 칸칸이 채워지는 부화되지 못한 나방의 시신들. 베갯머리에 빠진 죽은 머리칼들.

문학적 창조력의 고갈에 직면한 작가의 고뇌를 토로한 위 대목에서 두드러진 것은 글쓰기의 좌절이 심리적 성불능psychic impotence 상태와 겹쳐 있다는 점이다. 젊은 시절 어둠을 뚫는 섬광이 되어 날아오르는 나비떼가 황홀한 성적 오르가슴을 떠올리게 한다면 중년에 도달한 지금 부화되지 못한 나방의 시신은 성적 불능과 생식력의 상실을 암시하고 있다. 그것은 나방의 시신에 이어지는 죽은 머리카락과 원형탈모증에 대한 언급으로 한층 강화된다. 문학적 창조의 원천인 머리에서 빠져나간 '죽은 머리카락'은 다음 문단에서 의지와 상관없이 생식기에서 빠져나가는 정액으로 그 내포를 명확히 드러내고 있다.

사십대 중반이었던가, 정액이 쑤욱 요도를 빠져나가던 첫경험의 불쾌감. 그것은 목표물을 향해 직진으로 날아가는 카미카제로서의 사정(射精)이 아니었다. 정액은 쑤욱, 특별한 긴장감 없이 쑤욱, 배출되었다. 비뇨기과에 가봐요, 여보. 전립선이 안 좋으면 그런답디다. 의사는 전립선에 아무 이상이 없다고 말했다. 정액은 그후부터 자주, 아버지의 이처럼, 쑤욱 빠졌다.

쑤욱 빠지는 머리칼은 쑤욱 빠지는 정액이며 부화되지 못한 나방의 시신이다. 육체적 노쇠의 징후들은 글쓰기의 무력감과 한 동전의 양면을 이루고 있다. 주인공이 원하는 것은 목표물을 향해 직진으로 날아가는 사정, 그 화려한 폭발이다. 그것은 '카미카제가 만나는 통렬한 죽음에의 오르가슴'에 대한 회원이며 '카미카제식 통렬한 산화(散華)'에 대한 갈망이다. 주체와 객체의 경계선이 무화되는 그 황홀의 순간, 글쓰는 주체와 그가 쓴 글 역시 한몸이 된다. 이처럼 젊은 날 밤마다 휘황한 빛깔로 작중인물의 상상력과 직관의 청천을 날던 나비떼는 곧 사정의 순간의 통렬한 산화(散華/散花)와 동일한 것이다. 작가의 무의식 속에서 펜pen과 페니스penis의 은유적 일치가 작동하고 있음을 알 수 있다. 그에게 글쓰기는 단순한 욕망을 넘어 거의 욕정의 대상이며 글쓰는 작업은 성행위에 다름아니다. 화려한 투신과 산화, 그리고 오르가슴—이것이 그가 꿈꾸는 '직진강하' '쾌속 항진'의 글쓰기이다. 하지만 냉철하게 객관적으로 생각해보면 글쓰기란 어휘들이 "원고지 공간마다 불꽃으로 터지는" 폭발적이고 환상적인 절정의 체험이라기보다는 긴 노력과 헌신이 요구되는 수고로운 노동에 더 가깝다는 사실을 알 수 있다. 글쓰기에 있어서도 이상과 현실은 쉽사리 합치되지 않는 것이다. 과연 시간의 흐름과 함께 그러한 산화의 황홀경은 종말을 고하고 모든 존재는 사멸의 어둠 속으로 잠기는 운명에 처해진다. "쑤욱, 소리도 없이, 걸림쇠도 없이 쑤욱쑤욱, 뭔가 빠져나가지만 아랫배엔 죽은 살들이 차오르"는 것을 지켜봐야 할 때의 암담함. 따라서 이 작품에서 작중인물을 위협하는 글쓰기의 무력감은 단순히 문학적 창조력의 저하 및 자신이 지금까지 해온 문학적 작업에 대한 회의의 소산에 머무는 것이 아니라 생로병사로 이루어진 삶의 본질에 대한 물음과 고뇌라는 보다 근원적인 문제에 연결된다고 할 수 있다.

'흰 소가 끄는 수레' 연작의 첫머리를 장식하고 있는 작품에서 주인공은 절필 선언 후 한동안 갈피를 잡지 못하고 방황하다 자살까지 염두에 두고 차를 몰아 서울을 벗어난다. 해인사를 거쳐 문학청년 시절의 추억이 서린 무주 적상산으로 가기 위해 눈길을 달리던 그는 도중 우연히 만난 동갑내기의 낯선 사내를 태우게 된다. 자신에 대해 모든 것을 알고 있는 듯한 그 사내와 대화를 주고받으면서 주인공은 서서히 자신을 사로잡고 있던 미망과 집착의 사슬에서 헤어나오게 된다. "선생이 안쓰러웠소. 글쓰기를 중단한다고 해놓고도 정작 아무것도 버리지 못하는 선생이, 스스로 이르되 임종사를 써 던지고 왔다면서도 정작 죽지 못해 고통받는 선생이 말이오"라는 사내의 말을 통해, 그리고 아버지와 어머니와 막내누나의 덧없기도 하고 끔찍하기도 한 죽음에 대한

356

회상을 통해 주인공은 자신의 고뇌가 글쓰기에 대한 욕망과 좌절의 차원을 넘어 보다 근원적인 것, 다시 말해 원형적인 것에 그 뿌리를 드리우고 있음을 깨닫는다.

사내가 내게 가르쳐준 것의 하나는 내가 지금 가위눌리면서 짐지고 있는 것들이 글쓰기, 그 유일한 사랑에의 침식과 사멸 때문이 아니라, 그보다 더 원형적인 것, 원통한 아버지가 만났던, 가출한 어머니가 만났던, 노래 부르는 누나가 만났던, 사멸이라는 말의 허깨비 관념, 혹은 존재의 무위(無爲).

그가 문학을 통해 이루려 했던 불멸의 꿈 또한 덧없기는 마찬가지라는 것, 불난 집〔火宅〕과 같은 이 세상, 생로병사와 온갖 욕심으로 타고 있는 이 세상에서 불멸이 있다면 "흰 소가 끄는 수레에 실려 있을" 거라는 인식에 도달하는 것이다. 그러나 그렇다고 해서 작가가 명리와 욕망을 초월하여 불교적 달관의 세계로 선뜻 건너가버릴 수는 없는 법이다. 작가인 한 그는 여전히 속세인 이 땅에 남아 글을 써야 한다. 내면의 분신이라 할 수 있는 유령 같은 사내의 도움은 그로 하여금 자살의 꿈을 포기하고 새롭게 삶의 의욕을 되찾게 했지만 이는 문제 해결의 끝이 아니라 단지 시작일 뿐이다. 삶은 계속 새로운 도전의 형태로 그에게 다가오기 때문이다.

자아의 좁은 감옥에서 유폐된 단계에서 벗어나 바깥으로 눈길을 돌릴 때 제일 먼저 시선에 들어오는 것은 당연히 가족일 수밖에 없다. 「흰 소가 끄는 수레」에 이어지는 「제비나비의 꿈」 「골방」 「바이칼 그 높고 깊은」 등은 각각 두 아들과 딸과 관련해서 주인공의 마음이 변화해가는 과정을 글쓰기의 고뇌와 겹쳐서 보여주고 있다. 이들 작품은 공통적으로 주인공과 자식 간의 은밀하면서도 절실한 갈등을 섬세하게 포착하고 있다. 「제비나비의 꿈」에서 대학생인 큰아들은 수업중 한 강사가 자신의 아버지의 문학세계를 폄하하는 발언을 하는 것을 듣고 충격을 받는다. 그는 '전능한 아버지'라는 유아적 환상이 깨진 것에 대한 아픔과 함께 평소 친하게 어울렸던 주위 친구들이 그러한 비판에 암암리에 동조하고 공모의 웃음을 짓는 것에 상처를 입는다. 「골방」에서 십대 후반에 이른 막내아들은 심한 정서적 불안정을 느끼고 밤에 몰래 집을 나갔다가 돌아오는 것을 되풀이한다. 그것은 일단 사춘기적 반항의 외양을 띠고 있지만 아버지에 대한 강한 적대감을 동반하고 있다는 점이 두드러진다. 「바이칼 그 높고 깊은」에선 대학생이 된 딸이 학생운동에 발을 들여놓음으로써 부모의 통제권에서 이탈한다. 자식들의 반항과 아버지의 포용이란 구도로 전개되는 이들 이야기에서 쟁투는 아버지와 자식 사이에서 일어나는 것 못지않게 그의 내면에서 일어난다. 그의 분열된 의식과 무의식이 바로 싸움터인 것이다.

그 싸움이 가장 선명한 양상을 하고 드러나 있는 「골방」을 보도록 하자. 굴암산의 집필실에 머물다 오랜만에 서울에 돌아온 그는 한밤중에 막둥이가 몰래 집을 빠져나와 어머니가 몰고 다니는 차에 오르는 것을 보고 동승한다. 어렸을 적부터 유난히 아버지를 완력으로 꺾어 이기는 데 관심이 많았던 막둥이는 밤마다 어디로 가느냐는 물음에 "그냥 아무 데나 가요"라면서 "길이 좋은 곳에선 액셀을 끝까지 다 밟아버려요. 시속 백오십 킬로미터를 넘으니까 차의 앞대가리가 흥분했는지 버르르르 떨리더라구요"라고 대답한다. '앞대가리'라는 상스러운 표현이나 '흥분' '버르르르 떨림' 같은 말이 어떤 의미를 띠고 있는지는 막둥이가 모는 게 하필이면 '어머니의 차'라는 점을 생각해보는 것으로 충분하다. 차의 여성성, 그 차를 몰고 질주하는 남성, 절정에 달했을 때의 앞대가리의 떨림. 이처럼 아버지와 아들 간의 성적 경쟁관계는 고향집을 앞에 두고 둘이 나란히 서서 오줌을 누는 장면에서 다시 한번 환기된다.

모든 아들은 숙명적으로 오이디푸스의 운명을 타고난다. 그러나 여기서의 오이디푸스는 단지 근친상간이나 살부 욕망의 화신으로 나타나는 데 그치는 것이 아니라, 인간이란 그 자체로 하나의 수수께끼이며 해결 불가능한 문제라는 고차원적인 의미를 표상하고 있다. 폴 리쾨르에 따르면 오이디푸스의 죄악은 리비도의 영역에 속하는 것이 아니라 자의식의 영역에 속한다. 그는 유아적 욕망 때문이 아니라 왕의 긍지 때문에 멸망한다.[3] 아버지 넘어서기가 오이디푸스의 한 면을 나타낸다면 유랑과 편력은 오이디푸스의 다른 한 면을 나타낸다. 그는 고독하게 무리로부터 떨어져나와 자신에게 주어진 운명의 죄를 대속하기 위해 길을 떠나야 하는 것이다. 「제비나비의 꿈」에서 화자=아버지가 큰아들에게 들려주는, 자신이 자라오면서 겪은, 무리 속에서의 소외감과 관련된 에피소드들은 바로 작가이기 이전에 오이디푸스의 운명을 타고난 한 남성이 거쳐가야만 하는 형극의 길을 잘 말해주고 있다. 추방과 소외, 그리고 고독이야말로 그가 일용할 양식인 것이다. 그렇게 본다면 주인공이 왜 자신의 조부를 아무 근거 없이 절름발이로 상상했는가 하는 의문도 풀리게 된다. 성씨는 같지만 파가 다른 씨족부락에 끼여 산 조부는 선친의 묏자리 문제로 다른 마을 사람과 대립하다 결국 쫓겨나게 된다.

너의 증조부님이 결국 향리에서 쫓겨나 충청도 변방으로 이주해온 것이 그 때문이었다. 누대에 걸쳐 피붙이로, 이웃으로 살던 사람들 두고 고향 떠날 때, 왜 그런지 모르겠다만, 그걸 상상해보면, 내 머릿속의 삽화에서 할아버님은 자꾸자꾸 다리를 절지 뭐냐. 그분은 물론 절름발이가 아녔어. 그런데도 내 상상 속에서 그분은 절며 절며, 뿌리뽑혀 흐르고 있어.

신화에서 육체적 장애나 기형은 흔히 그 인물에게 부여된 '선택받은

---

3) 프랑스의 철학자 장 피에르 베르낭은 오이디푸스 신화를 고대 그리스 도시국가의 독특한 정치제도였던 오스트라키즘(도편추방)과 결부시켜 해석하고 있다. 고대 그리스인들은 지나치게 위대한 인물이나 지나치게 비천하고 죄가 많은 인물은 공동체의 결속을 저해하고 그 사회에 화를 초래할 수 있다고 믿었다. 그래서 매년 최악의 인간이나 최고의 인간을 한 명 선출해 지난 일 년 동안 그 도시에서 집적된 모든 악을 짊어지워 추방했다는 것이다. 오이디푸스는 최고의 인물(도시의 구원자이며 왕)이자 최악의 인물(근친상간과 근친살해를 저지른 죄인)이라는 점에서 이 기준에 정확히 들어맞는다. 오이디푸스는 이처럼 욕망과 자아 인식, 무의식과 영혼, 죄악과 숭고한 희생의 접점에 위치한 문제적 인물이다.

자'의 표지 구실을 하곤 한다. 그것은 다수를 내세우는 정상인들의 따돌림과 핍박을 불러오며 나아가 공동체의 안녕을 위한 희생양으로 내몰리는 근거가 되기도 한다. 오이디푸스는 어원상 '부은 발'이라는 의미를 지니고 있다는 사실에서 유추할 수 있듯이 절름발이였다.[4] 다리를 절며 공동체 바깥으로 내쳐짐을 당하는 이러한 오이디푸스의 운명은 주인공 집안의 경우, 할아버지대에서 그친 것이 아니라 아버지, 그 자신, 그리고 그의 아들에 이르기까지 대물림하여 이어져내려왔다고 볼 수 있다.(「그해 내린 눈 지금 어디에」의 여인도 주인공의 환상 속에서 "멀고도 험한 길을" "때때로 절룩거리며" 걷는다.) 향리에서 쫓겨나 이역의 변방으로 이주해야 했던 할아버지는 물론이고, 시조창이나 그림에 남다른 소질이 있었음에도 불구하고 장돌뱅이로 떠돌다 명을 달리한 아버지나, 어릴 때부터 무리에 편입되고 싶다는 강한 열망을 지니고 있었음에도 불구하고 항상 무리에 섞이지 못하고 고난을 자초하는 쓸쓸한 경험을 여러 차례 겪어야 했던 주인공 역시 "면면히 가계(家系)를 따라 내려오는" 무리와의 불화—외톨이 의식에 사로잡혀 있다. 그리고 이러한 외부세계의 소원화(疏遠化)와 자폐적인 의식은 형태를 달리하여 그의 큰아들과 막둥이에게로 유전되고 있는 것이다. 그렇다면 "무리 안에 들 수 없는 자가 만나야 되는 살집 저미는 그 무엇, 상처, 고독, 압박" 그런 것들은 무엇으로 치유해야 하는가. 오이디푸스에게 허여된 삶의 가능성은 어떤 것인가. 거기에 대한 답변은 불행히도 '부랑' 밖에 없다는 것이다. 그는 스스로를 매질하며 화택 세상에서 '길 없는 길'을 끝없이 가는 수밖에 없다. 그를 태워다 줄 흰 소가 끄는 수레는 어디에도 없다. 그 스스로 흰 소가 되어 자신의 삶과 문학과 괴로운 기억들을 끌고 나

---

4) 오이디푸스와 함께 대표적으로 절름발이면서 경배의 대상이 되었던 신화적 인물로 그리스의 디오니소스와 구약성서의 야곱을 들 수 있다. 그들의 불구는 저주받은 출생/영웅적 자질이란 상반된 의미를 보유하고 있다. 그것은 열등성과 우월성을 동시에 표상한다. 운명적으로 정상인들과 어긋날 수밖에 없는 외양의 소유자인 그들은 한 곳에 정착하지 못하고 평생을 고단하게 떠돌게 된다.

가야 되는 것이다. 어머니의 자궁이 그를 내뱉은 그 순간부터 그의 부랑은 이미 시작됐다. 그 부랑의 끝에 또다른 자궁＝골방이 기다리고 있다. 그의 조포한 질주는 밝은 세상을 향해서가 아니라 어두운 골방을 향해, "어머니, 옳다고도 그르다고도 말하지 않는 무기(無記)의 자궁 속, 깊고 깊은 골방"을 향해 이루어진다. 그리하여 과거로 거슬러오르던 그는 젊은 시절과 어린 시절을 거쳐 태어나던 순간의 숨막히는 순간과 조우한다.

　　이미 개구기(開口期)였다.
　　시시각각 다급해지고 있는 어머니의 심장 박동 소리를 나는 자궁 속에서 들었다. 발작은 더욱더 빈번해지고 내가 열 달이나 살았던 골방 속의 내압(內壓)은 초를 다투어 높아지고 있었다. 어머니는 그렇지만 비명 한 번 지르는 법 없이 고통을 견디고 있었다. 끽소리도 하지 마라들. 뽀드득 이빨을 갈면서 물어뜯듯이 말하는 낮고 앙칼진 어머니의 목소리가 분명 내 귀에 들렸다.
　　끽소리도 내지 마라들. 지지배면 엎어놔버릴 것인즉.

　　어머니가 자신을 낳는 순간을 환상 속에서 다시 체험하는 이 장면은 질식시킬 듯 탐욕스럽고 독점적인 어머니에 대한 유아기의 불안을 반영하고 있다. 오직 아들을 낳기 위해 딸이라면 가차없이 없애버리겠다는 결의로 충만한 그 어머니는 다사로운 모성의 화신이라기보다는 잔인하고 원시적인 '무서운 어머니'의 형상을 하고 있다 주인공은 선오이디푸스적pre-Oedipal 환상을 통해 거세적인 모성과 조우한다. 그 어머니는 실제의 어머니라기보다는 비개인적인 원형적인 여성상의 현현이라고 할 수 있다. 이러한 설정은 오이디푸스의 탄생 외상birth trauma을 알려줌과 아울러 그의 정신세계에 강력한 영향력을 행사하는 여성의 본질에 대해 시사해주고 있다. 자기 내부로의 여행journey into myself을 통해 주인공은 그의 정신을 사로잡고 있는 양면적인 여성상과 대면하게 된 것이다. 그 여성은 때로 어머니의 모습을 하고 있기도 하고 때로 누이의 모습을, 때로 아내의 모습을, 때로 딸의 모습을 하고 있기도 하다.[5] 그리고 어느 겨울날 문득 그의 집에 찾아왔다 떠난 미지의 여인으로 출현하기도 한다. 그 여인(들)은 하나이면서 여럿이고 여럿이면서 하나이다. 그 여성=자궁=골방은 눈부신 햇빛이 아니라 "요요(姚姚)한" 달빛의 조명을 받고 있다. 여성의 원형을 세계 각지의 광범위한 달 신화와 관련지어 심도 있게 파헤친 에스터 하딩의 명저 『사랑의 이해』를 직접 인용하고 있는 데서 드러나듯이 「골방」은 작가가 드디어 자신의 무의식을 사로잡고 있었던 힘의 정체를 서서히 의식하기 시작했음을 말해주고 있다. 달은 그의 부랑을 한편으로 추동하면서 다른 한편으로 앞장서서 인도하는 내면의 동반자에 다름아니었던 것이다. 달은 그가 거처하고 있는 굴암산의 오두막을 "푸른 달빛의 양수"로 둘러싸고 있다.[6] 그 힘은 어둡고 음습한 파괴력으로 드러날 수도 있고 평안하고 원융한 생명력으로 표출될 수도 있다. 그 힘에 의해, 아니 그 여성의 안내에 의해 아비지옥의 화택 같은 이 세상은 달빛으로 꽉찬 "거대

---

5) 「골방」 후반부에서 막둥이의 안부가 확인되는 순간, 막둥이의 부재 속에서 이루어지는 주인공과 아내의 정사는 '원초적 장면'의 재현이라 할 만한데 이때 주인공은 아내를 향해 "나야, 엄마. (……) 안아줘"라고 속으로 부르짖는다. 그 순간 아내는 아내라는 단일한 존재이면서 나의 어머니이기도 하고 나의 딸이기도 하다. 역으로 나는 나이면서 나의 아버지이고 나의 아들이기도 하다. 나는 단일자가 아니라 원형적 힘의 담지자로서 무수히 변모하고 무한히 증식하는 변전의 한가운데에 있다. 연작의 대미를 장식하는 작품 「혼잣말」에서 "아아, 엄마. 사정할 것 같아요"라든가 "쭉정이 같은 엄마의 자궁을 열 달이나 내가 온몸으로 충만하게 채웠던 은혜를 언제 갚으실 건가요?"라고 말하는 것(엄마가 나를 잉태한 게 아니라 내가 엄마의 자궁을 채웠다는 이 전도된 인식. 그때 아이는 전신이 남근이다)도 이런 맥락에서 이해할 수 있다.
6) 주인공이 머무는 굴암산 외딴집은 어머니의 무덤과 산등성이 두엇을 사이에 두고 있다. 절필하고 있는 동안 그는 자주 어두운 한밤중 산을 넘어 어머니의 무덤을 찾아가곤 한다. 굴암산의 모성성은 이 산의 중턱에 이름 그대로 굴(대지의 자궁)이 숨겨져 있다는 데서 더 강화된다. 그 굴은 "꽉 막힌 듯하지만 아주 어둡진 않고, 열린 듯도 하지만 아주 밝지는 않은, 부드러운 빛이면서 부드러운 어둠인" 유년의 짚단 더미를 생각하게 한다. 이렇게 본다면 굴암산 기슭에 은거중인 주인공은 모태에 안겨 다시 태어나기를 기다리고 있는 아기인 셈이다.

한 어머니의 자궁 속"으로 탈바꿈하게 된다.

그런 점에서 「바이칼 그 높고 깊은」에서 주인공이 고국의 딸 하나에게 편지를 보내는 곳이 바이칼 호수라는 사실은 매우 의미심장하다. 호면 해발 455미터, 깊이가 최저 1620미터인 그 호수는 "세계에서 가장 높고 가장 낮은" 그러니까 지정학적 위치 자체가 대립적 요소의 통합을 구현하고 있는 호수인 동시에 초승달 같은 형태가 말해주듯 달의 힘을 받고 있는 신생의 땅이기도 하다. "지도에서 보았던 초승달 모양 때문일까, 바이칼이 보여준 첫인상은 아미를 내리깔고 앉은 수줍은 신부의 느낌 그것이었어"라는 표현을 빌린다면 주인공의 바이칼 행은 우주적 자궁=여성과의 결합을 위한 여정이기도 한 것이다. 그곳에서 그는 깊은 상념 끝에 학생운동에 몸을 던진 딸의 마음을 이해하고 젊은 이들이 추구하는 대의에 공감을 느낀다는 점을 피력하기에 이른다. 자아 내부의 골방을 파고들던 그는 그 끝에서 보다 나은 세계, 보다 바람직한 삶을 위한 숭고한 노력과 그것이 목표로 하는 공동체의 비전을 공유하고 있음을 표명한다. 그의 내면 칩거는 내부로의 함몰이 아니라 내면의 열림이며 이 열림을 통해 그는 단자의 고독에서 벗어나 타인을 향해, 보다 나은 세상을 위한 노력을 향해 손을 뻗는 단계에 도달한 것이다.

4. 길 없는 길

박범신의 『흰 소가 끄는 수레』는 개인적 위기를 거쳐 자기 자신에 대한 성찰적 의식이 점차 심화 확대되어가는 과정을 그린 자아의 서사 narratives of self이다. 인생의 후반기에 맞닥뜨린 다양한 도전을 극복해가는 주인공의 모습은 그 진솔함만큼이나 절실한 감동을 읽는 사람에게 선사한다. 진정한 자기 발견을 위한 그의 여정은 불교에서 말하는 기사구명(己事究明)을 연상시키는 바가 있다. 자기를 탐구한다는 것은 자기라는 존재가 점점 더 깊은 의심의 대상이 되는 것을 의미한다. "찾으면 찾을수록 벗어나게 되고 가면 갈수록 길은 멀어지"는 것이다. 자기에게로의 여행은 끝이 있을 수 없다. 때문에 자기 존재에 대한 그 물음을 끝까지 계속 추구해가는 기사구명의 정신이 요청된다. 이 소설집에서 우리가 볼 수 있는 것도 바로 그러한 순정한 열정으로 가득 찬 정신의 고투이다.

물론 연작소설이란 형식상의 제약이 주는 문제점을 비롯해 이 작품집이 완성도에 있어 미흡감이나 아쉬움을 전혀 주지 않는 것은 아니다. 지나치게 독자를 배려한 나머지 작품 결말 부분에 종종 사족이 따라붙어 독자로 하여금 홀로 상상하고 여운을 즐길 수 있는 기회를 사전에 차단한 점이라든가 주인공과 자식 간의 화해가 너무 예정된 것처럼 보인다는 점, 작가의 사유가 대부분 가족이라는 좁은 동심원만을 맴돌고 있다는 점 등을 단점으로 꼽을 수 있을 것이다. 그리고 '흰 소가 끄는 수레' 이야기를 빌려 제시되고 있는 주인공의 깨달음에도 불구하고 과연 그가 장엄한 자아상imperial self-image에 대한 집착에서 얼마나 벗어났는지 하는 의문도 남는다. 그는 여전히 청산 같은, 혹은 청대(靑竹)처럼 직립한 팔루스적 권력에 대한 희구로부터 완전히 자유로워 보이지 않기 때문이다.

그럼에도 불구하고 박범신의 이번 창작집은 1990년대 우리 문학이 거둔 중요한 수확이며 그것이 던져준 신선한 충격은 적지 않은 파장을 불러오리라고 예측할 수 있을 것이다. 우리는 과거의 자신과 결별하고 새로운 문학적 처녀지를 찾아나선 이 작가의 모험을 존중하고 더 큰 기대의 짐을 그의 어깨 위에 올려놓을 마음의 준비가 되어 있다. 소설 속의 인물이 이야기했던 "고통스럽게 찾아가야 할 쉰 살의 새 들길"이 여전히 아득하게 작가 앞에 펼쳐져 있음을 잘 알고 있기 때문이다.

(1997)

V. 저 너머의 부름

나비의 꿈, 변신의 욕망

— 소설/영화 『양들의 침묵』의 한 읽기[1]

1. 대중소설의 음화와 양화

버지니아 쿠안티코 근처의 숲. 푸르스름한 조명. 아침 안개가 옅게 깔려 있다. 가끔 새 울음소리가 들릴 뿐 고요하기 이를 데 없는 그 숲길을 한 젊은 여자가 달리고 있다. FBI 연수생으로서 훈련을 받고 있는 중인 그녀 앞에 한 사나이가 나타나 상관의 부름을 알린다.

1992년 아카데미 시상식에서 저널리즘의 예상을 깨고 작품상 감독상 각색상 남우주연상 여우주연상 등 무려 5개 부문에 걸쳐 수상작으로 선정됨으로써 시선을 모은 영화 〈양들의 침묵〉의 시작 부분이다. 서정적이기까지 한 서두 장면의 고요함과 아름다움은 이어서 벌어질 끔찍

---

[1] 이 글의 텍스트는 『양들의 침묵』(이윤기 옮김, 고려원)이지만 본문을 인용할 때는 영화 대사와 소설 가운데 적절하다고 판단되는 것을 취사선택했다.

한 사건의 전조를 예감케 하는 듯 불길함과 음산함을 내포하고 있다. 그것은 평화롭고 단조로운 일상 저편에 숨어 있는 혼돈과 파국의 분위기를 암시한다.

한동안 지지부진한 작품활동으로 침체에 빠져 있던 조나단 뎀 감독을 단숨에 할리우드의 총아로 밀어올리는 저력을 발휘한 이 작품은 엽기적인 연쇄살인범과 그의 뒤를 좇는 미모의 여수사관이라는 인물 설정이 말해주듯 스릴러의 외양을 취하고 있으며 전형적인 상업영화로 분류 가능한 영화이다. 그러나 이 작품이 그처럼 과분하다면 과분할 정도의 상복을 누리며 각광을 받을 수 있었던 것은 단순히 운이 좋았기 때문만이 아니며 주연배우들의 뛰어난 연기 덕분만도 아니다. 이 영화는 인간과 사회—보다 구체적으로 이야기해서 현대인과 미국사회—의 겉과 속, 어둠과 밝음에 대한 심도 있는 통찰을 담고 있는 흔치 않은 수작이다. 『양들의 침묵』을 조심스럽게 들여다보면 남성과 여성, 정상과 비정상, 구속과 해방, 욕망과 대상 등 다채로운 주제를 응집력 있는 서사구조 속에 담아내고 있음을 알게 된다. 아울러 정체성을 상실한 채 표류하고 있는 현대인에게 있어 진정한 자기 발견과 자아 실현은 어떻게 가능한가, 라는 문제를 다시 한번 성찰할 수 있는 기회를 제공하고 있기도 하다.

원작자 토마스 해리스는 기자 출신의 작가로서 이미 『블랙 선데이』나 『레드 드래곤』 같은 베스트셀러를 낸 바 있으며 할리우드 영화계와도 긴밀한 관계를 맺어온 인기작가이다. 추리소설의 외양을 취하고 있는 그의 작품은 악몽 같은 과거에 붙들린 인간의 광기와 이상심리를 첨예하게 파고드는 한편 긴박한 사건 전개와 의표를 찌르는 반전으로 독자들로 하여금 책에서 눈을 돌리지 못하게 하는 데 성공하고 있다. 그에게 가장 큰 대중적 성공을 안겨준 작품 『양들의 침묵』에서도 작가는 일반적인 상식으로는 접근이 쉽지 않은 기괴한 인간들이 벌이는 어둡고 음습한 이야기를 상당히 설득력 있게 펼쳐 보이고 있다. 조나단 뎀 감독은 비교적 충실하게 원작의 스토리 라인을 따라가는 한편 영상과 음향이 줄 수 있는 효과를 극대화함으로써 문학작품의 영화화에 일정한 성과를 거두고 있다. 그러나 어느 정도 시간이 흐른 지금 와서 볼 때 영화의 지나친 성공은 원작소설을 관심권에서 밀려나버리게 만든 역효과를 가져온 면도 없지 않은 듯하다. 특히 영화에서 열연을 보여준 조디 포스터나 앤소니 홉킨스의 강렬한 이미지에 경도된 나머지 이 작품이 함유하고 있는 문제성은 정작 부각될 기회조차 갖지 못하게 된 면이 있다.

물론 『양들의 침묵』은 대중적 추리소설이다. 따라서 이 작품은 대중소설과 추리소설이란 장르가 요구하는 규범의 틀에서 크게 벗어나지 못했다는 원초적 태생적 한계를 안고 있다. 그러나 그렇다고 해서 이 작품을 대중을 오도할 우려가 다분한 좋지 못한 외국소설의 표본 정도로 치부하고 가볍게 취급하는 태도가 온당하다고 보기는 어렵다. 이 작품을 대상으로 한 국내 필자의 다음과 같은 비판이 경청할 만한 구석이 없지 않다고 여겨지면서도 일말의 아쉬움을 남기는 것은 그 때문이다.

> 이 소설은 심리 스릴러이다. 전통적인 추리소설의 문법에서 보자면 사건 해결의 열쇠는 그다지 고도의 지능을 요구하는 것이 아니다. 독자들에게 범인의 정체가 이미 알려진 상태에서, 문제는 주인공이 어떻게 범인과 만나게 되는가이다. 그 과정에서 수수께끼의 열쇠는 심리적 상징으로 던져진다. (……) 렉터 박사에게 있어서 상징을 분석한다는 것은 곧 그 인간을 안다는 것이다. 그러나 이 소설의 독자들에게도 그러할까. 소설 속의 상징의 분석을 통해 인간의 깊은 내면에 들어서게 되는 것일까. 그런 것 같지는 않다. 책을 덮었을 때, 혹은 영화관을 나설 때 머릿속에 남아 있는 것은 양들의 울음소리도 나방의 형상도 아니었다.(그런 이미지는 작품 자체가 아니라 책표지나 영화 포스터에나 중요한 역할을 한 것 같다.) 불가해한 현실의 공포스런 '분위기'일 따름이다. 그러므로 상징이란 실은 하나의 트릭이다.
>
> ―임진영, 「즐길 수 있는 지식과 공포의 세계」, 『민족문학사연구』 제2호

지금까지 필자는 렉터 박사를 축으로 삼아 『양들의 침묵』의 소설적 '독창성'과 효과를 좋은 뜻에서건 나쁜 뜻에서건 좀 과장해서 풀어보았는데, 그 '독창성'은 사실 추리소설을 좀 읽은 독자들에겐 그다지 대단할 게 없고, 그 효과를 불러일으키는 장치 또한 조금 치밀한 독자에게는 잘 먹힐 법하지 않다. (……) 클라리스와의 교감이 이루어지는 과정도 실은 그다지 유별나달 것 없는 대화들을 모호한 암시적 분위기로 감싸는 정도에 지나지 않는다. 한마디로, 소설에 제시된 바와 소설이 주장하는 효과 사이에 간극이 있고 그 간극을 작가는 적당히 땜질하고 넘어간다. (……) '양들의 침묵'은 어린 시절 아버지를 잃은 클라리스가 친척의 농장에 의탁했던 시절, 죽음을 앞둔 양들이 두려움에 울부짖던 기억을 그녀가 상기하는 데서 따온 것인데, 어느 일간지의 기사에서 그랬듯 거기에 무슨 심오한 상징적인 의미를 부여해서 그것을 억압받는 이들의 해방쯤으로 새기는 건 심오함을 가장한 작가의 연막작전에 홀리는 일로서 문자 그대로 난센스다.

　　　　　　　　　　─설준규, 「잘 팔리는 번역소설의 상업성과 '문학성'」,
　　　　　　　　　　　　　　　　　　　　　『창작과비평』, 1992년 가을호

『양들의 침묵』에 배치된 상징이나 알레고리를 단순히 하나의 '트릭'으로 보고 그것에 주목하는 것을 '난센스'로 여기는 이러한 주장은 목소리의 당당함만큼이나 충분한 공감을 이끌어내는 것 같지는 않다. 이런 주장의 배후에는 대중문학─대중문화라면 무조건 한 수 접고 내려다보고자 하는 지식인들의 오랜 타성과 오만이 숨어 있다고 진단한다면 지나친 억측일까. 어떤 한 작품에 나오는 상징이나 알레고리가 "심오함을 가장"하고 있다거나 "분위기"에 지나지 않는다고 단정짓고 치워버리기보다는 그것의 내포와 외연을 구체적으로 파악해보는 수고가 분석자에게 더 요청되는 것이 아닐까. 그런 점에서 우리는 이 만만치 않은 대중소설이 지닌 유인력의 원천을 좀더 섬세하게 살펴볼 필요성을 느낀다. 대중소설의 사이비성을 폭로해야 한다는 사명감에 사로잡힌 나머지 이들 작품이 내장하고 있는 긍정적인 측면조차 유실시켜버리는 우를 범해서는 안 되기 때문이다. 이제 『양들의 침묵』을 에워싸고 흐르고 있는 불편한 기류를 헤치고 그 속으로 한 걸음 내딛어보기로 하자.

2. 선과 악, 정상과 비정상의 경계

FBI 연수생인 클라리스 스탈링은 행동과학과장 잭 크로포드의 부름을 받고 그의 사무실로 간다. 그녀는 크로포드로부터 수감중인 하니발 렉터라는 인물을 인터뷰해오라는 임무를 부여받는다. 하니발 렉터는 전직 정신과 의사로서 연쇄살인을 저지른 자인데 특히 마음에 들지 않는 인물의 인육을 먹는 것으로 유명하다. 그래서 그를 언급할 때는 흔히 식인종 하니발 Hanibal the Cannibal이라는 말장난 pun이 뒤따를 정도의 유명한 흉악범이다. 그녀에게 맡겨진 임무는 표면적으로는 연쇄살인범의 범죄심리에 관한 데이터베이스를 만들기 위한 작업의 일환으로 렉터를 찾아가 설문조사를 해오는 것이지만 실질적으로는 최근 사회적 물의를 빚고 있는 버팔로 빌이란 또다른 연쇄살인범을 잡을 수 있는 단서를 찾기 위함이라는 점이 덧붙여진다. 버팔로 빌은 말 그대로 희생자의 가죽을 벗긴다는 데서 붙여진 별명이다. 이 변태적인 인물은 벌써 다섯 번에 걸쳐 여성을 납치한 뒤 살가죽을 벗기고 죽인 다음 그 시체를 유기하는 끔찍한 범죄를 저질러왔다.

이렇게 해서 스탈링과 렉터와의 조우가 이루어진다. 질식할 것 같은 음침한 지하병동의 독방에 갇혀 있는 렉터는 스탈링을 상대로 자신의 악마적 천재성을 유감없이 발휘해 보인다. 그는 대형 유리창을 사이에 두고 스탈링이 제시한 신분증을 보고 그녀가 아직 정식 수사관 신분이 아님을 알아맞히는가 하면 환기 구멍으로 스며드는 냄새로 그녀가 쓰는 향수를 분별해내기도 한다. 또 그녀의 옷차림과 말씨를 통해 그녀의 지난 시절을 놀라울 만큼 정확하게 재구성해 보이기도 한다. 시종 그녀를 가지고 노는 듯한 정황을 연출해 보인 그는 그녀가 옆방 죄수로부터 정액을 뒤집어쓰는 수모를 당하자 그 대가라면서 버팔로 빌과 관련된 힌트를 한 가지 가르쳐준다. 버팔로 빌은 예전에 렉터가 정신과 의사로 활동했을 때 그의 환자 중 한 사람이었던 것이다. 이때부터 스탈링과 렉터 사이에 기묘한 거래가 성립된다. 렉터가 버팔로 빌의 정체에 대해 조금씩 가르쳐주는 만큼 스탈링도 자신의 과거를 조금씩 말해야되는 일종의 교환관계가 이루어진 것이다.

그러나 버팔로 빌이 연방 상원의원 루스 마틴의 딸 캐서린을 납치함으로써 상황은 더욱 급박해진다. 스탈링은 버팔로 빌에 관한 정보를 알려주면 그를 지하병동에서 빼내어 훨씬 좋은 조건의 수감생활을 할 수 있게 해주겠다고 제안하지만 이마저 공명심에 불타는 속물근성의 소유자인 정신병원장 칠튼 박사의 농간에 의해 좌절되고 만다. 칠튼 박사의 주선으로 딸을 구하고자 하는 마틴 의원과 렉터 사이에 협상이 이루어져 렉터는 팔 년 동안의 지하감방 생활을 청산하고 멤피스로 이송된다. 그러나 애초부터 경찰에 협조할 마음이 전혀 없었던 렉터는 교묘하면서도 잔악한 방법으로 감시요원들을 살해하고 엄중한 감시망을 뚫고 유유히 사라진다. 하지만 스탈링은 렉터가 이전에 단편적으로 흘린 정보를 꾸준히 종합 분석 유추해서 단신으로 범인의 실체를 파악하고 그에게 접근해 끝내 그를 사살하기에 이른다.

이러한 줄거리로 이루어진 이 영화에서 가장 관심을 끄는 것은 탐정과 범인의 명료한 이분법에 기초한 추리소설의 고전적 공식이 이 작품에선 상당 부분 부서져나가고 있다는 점이다. 범죄의 발생으로 인한 일상 질서의 교란, 영민한 탐정의 수사, 각각 선과 악을 상징하는 이 두 사람의 최후의 대결, 범인의 멸망과 일상의 회복으로 정리 가능한 정통적 추리소설의 문법은 이 작품에선 회복 불가능할 정도로 침해를 당하고 있다. 그것은 무엇보다 수사관 스탈링과 범인 버팔로 빌 사이에 렉터라는 제3의 존재가 버티고 있기 때문이다. 물론 대다수 추리소설엔 탐정의 수사를 음으로 양으로 뒷받침해주는 조력자가 등장하기 마련이다. 그러나 이 작품에서 렉터는 단순한 조력자 이상의 의미를 부여받고 있다. 그는 최악의 인물이면서 최선의 인물이라는 양면적인 성격을 지니고 있으며 그 결과 선과 악, 정상과 광기라는 정반대되는 영역을 마음대로 가로지르는 능력을 보여주고 있다. 그는 인육을 먹는 악마적 존재이면서 여주인공에게 무례했다는 이유로 옆방의 죄수를 대신 응징하는 더없는 신사이기도 하다. 또한 그림에도 남다른 소질을 가졌다는 데서 알 수 있듯이 그는 예민한 감수성과 풍부한 교양, 그리고 다양한 재능을 겸비하고 있는 인물이다. 그 자신 정신과 의사이면서 그는 해명하기 힘든 비정상성의 소유자이다. 칠튼 박사의 단언 그대로 그는 "괴물이자 완전한 정신병자"인 것이다. 이 영화의 매력은 이처럼 버팔로 빌의 엽기적인 범죄보다도 오히려 렉터라는 통상적인 분류와 이해를 허락하지 않는 특이한 인물의 활약에 더 많이 의존하고 있다.

따라서 스탈링 역시 처음엔 오직 경계와 회유의 대상으로 렉터를 대하지만 점차 그의 권능에 의지하게 된다. 렉터를 심문하기 위해 찾아간 그녀는 오히려 렉터에게 자신의 비밀스런 과거를 하나씩 털어놓고 그의 도움에 매달리게 된다. 스탈링이 버팔로 빌의 실체에 접근해가는 것은 곧 그녀에겐 어둠에 싸인 자신의 내면의 심층에 접근하는 노력을 수반하게 된다. 그녀가 알고자 하는 것은 저 밖에 있는 범인의 정체일 뿐만 아니라 자신의 깊은 내부에 자리잡은 그 무엇이기도 한 것이다. 그 결과 심문하는 자가 심문당하는 자가 되고 쫓는 자가 쫓기는 자가 되는 역설적 상황이 벌어지게 된다. 악인을 붙잡기 위해서 또다른 악인의 도움에 의존하는 이 전도된 상황은 선과 악, 정상과 비정상이 착잡하게 뒤얽힌 포스트모던 사회의 한 단면을 반영하고 있다.

크로포드는 스탈링을 렉터에게 보내면서 그를 각별히 조심해야 하며 개인적인 이야기는 절대 하지 말고 "머릿속에 하니발 렉터가 들어오는 것은 피해야 한다"고 충고한다. 그러나 스탈링이 렉터를 통해 범인의 윤곽에 접근할 수 있었던 것은 이 두 사람 사이의 '감정적 교류' 덕분이었다. 여기서 감정적 교류란 스탈링이 감추어두었던 자신의 과거를 하나씩 꺼내 보임으로써 그녀의 "머릿속에 렉터가 들어오"게끔 한 것을 말한다. 그 과정은 정신분석의 치료 과정과 흡사하다. 스탈링은 묻어두고 싶었던 유년기의 악몽을 정신과 의사 렉터 앞에 드러냄으로써 치유의 단계를 밟아나가는 것이다. 그런 의미에서 대형 유리벽이나 철창을 사이에 두고 이루어지는 두 사람의 대화는 정신분석학적 대화요법 talking cure의 일종이며 두 사람 사이에 오가는 말들은 일련의 증상과 저항의 진술이자 감정적 전이를 통해 유년기의 정신적 상흔trauma을 극복해나가는 여정이라 할 수 있다.

그렇다면 스탈링이 간직해온 상처의 근원은 무엇인가. 그것은 어린 시절 어머니 없이 자란 그녀를 유난히 사랑해주던 아버지의 갑작스런 죽음이었다. 작은 마을의 보안관이었던 아버지가 악당의 총에 맞아 죽게 됨에 따라 그녀는 하루아침에 고아가 되어 친척 손에 맡겨지게 된다. 그녀가 FBI에 투신한 것은 바로 아버지를 향한 자신의 사랑을 달성하는 한 방식이며 그녀의 무의식 속엔 아버지를 대신할 수 있는 연상의 남자를 위한 빈자리가 간직돼왔다고 할 수 있다. 그 빈자리를 메울 수 있는 남자는 현실 속에서 서로 다른 두 얼굴로 나타난다. 하나가 그녀의 스승이자 직속상관인 크로포드라면 다른 하나는 희대의 살인범 렉터이다. 한편에 법과 질서의 수호자, 건실한 양육자로서의 아버지상이 버티고 있다면 그 대척점엔 무섭고 기괴한 욕망과 무질서의 화신으로서의 아버지가 자리잡고 있다. 그들은 각기 선과 악, 세상의 밝은 부분과 어두운 부분을 대표한다. 과연 렉터는 스탈링과 대화를 나누다가 "잭 크로포드가 자네 앞일을 돕고 있지? 서로 맘에 들었어?"라거나 "나이 차이가 많지만 (크로포드가 너랑) 자는 걸 상상할까?"라는 노골적인 질문을 던지기까지 한다. 더욱이 크로포드의 아내는 이야기가 전개되는 동안 매우 위독한 상태에 있으며 후반부에 이르면 결국 타계하는 것으로 설정돼 있다. 스탈링에게 크로포드는 아버지 – 스승이자 잠재적 연인이기도 한 것이다. 따라서 크로포드가 버팔로 빌에 관한 일말의 단서라도 찾기 위해 스탈링을 렉터에게 보낸 것은 그의 원래 의도와는 상관없이 스탈링을 새로운 아버지에게 인계하는 상징적 절차라고 할 수 있다. 영화 속에서 그녀가 희생당한 여성들에게서 나온 증거를 토대로 범인의 인상을 추리하고 실내를 떠나려 하지 않는 남자 보안관들을 적절히 구슬러 내보내는 장면이 말해주듯 이미 그녀는 크로포드에게서 배울 만한 것은 다 배워 충분히 소화한 상태에 있다. 스탈링의 상징적 아버지–스승으로서 크로포드에게 주어진 소명은 이미 완수된 것이다. 스탈링이 다시 한 걸음 전진하기 위해서는 새로운 아버지–스승이 필요한 시점에 이르렀는데 그 사람이 바로 렉터이다. 스탈링을 꼭지점으로 한 이 기묘한 삼각관계는 이야기가 진전될수록 무게중심이 크로포드에게서 렉터 쪽으로 이동한다. 렉터는 스탈링으로 하여금 유년기의 상처와 직면하게 함으로써 그녀를 사로잡고 있는 두려움에서 벗어나게 하는 한편 아버지에 대한 소녀적 애착에서 해방될 수 있게 해준다.

스탈링의 무의식 속에 도사리고 있는 유년기의 외상은 아버지마저 잃고 고아나 다름없는 처지가 된 그녀가 말과 양을 기르는 목장을 하는 친척에게 맡겨진 잠시 동안의 기간에 발생한다. 한밤중에 어린아이의 비명 소리 같은 것에 잠에서 깬 그녀는 친척이 봄에 태어난 양을 도살하고 있는 광경을 목격하게 된다. 그 목장이 말 도살장이기도 하다는 사실을 깨닫게 된 그녀는 시력이 좋지 못한 말 하나를 살리고자 안장도 없이 그 말을 타고 어둡고 추운 밤길을 달린다. 그러나 얼마 가지 못해 그녀는 마을 보안관에게 발견돼 친척 손에 인도되고 다시 고아원으로 가게 된다. "요즘도 넌 그것 때문에 자다가 깨어나지. 안 그래? 어둠 속에서 일어나 양들의 울음소리를 듣지? 넌 가엾은 캐서린을 구하면 그 울음소리가 그칠 거라고 생각하지. 안 그래? 그녀를 살리면 넌 다신 어둠 속에서 깨어나 그 양들의 울음소리를 안 듣게 되리라고 생각하고 있지?"라는 렉터의 지적은 스탈링의 무의식 속에서 양이 어떤 의미를 차지하고 있는지 함축적으로 말해주고 있다. 아버지와 분리된 채 비정한 세상 한가운데 내동댕이쳐진 그녀 자신이 곧 한 마리의 어린 양인 셈이다. 한 마리의 말 - 양의 생명이라도 건지고자 하는 그녀의 소망은 희생양의 존재에 의해서만 지탱되는 세상의 폭력적 구조에 대한 작은 반항이라 할 수 있다. 이처럼 긴 시간에 걸쳐 스탈링의 무의식을 분석하고 진단과 처방까지 내린 렉터는 자신이 검토했던 버팔로 빌과 관련된 서류를 건네주며 아주 잠깐 스탈링의 손가락을 애무하듯 만진다. 영화에서 흡사 미켈란젤로의 그림 〈천지창조〉 가운데 창조주와 아담의 손이 맞닿는 부분처럼 처리된 이 장면은 자신의 치료에 의해 새롭게 태어난 피조물을 떠나보내는 아버지 - 스승의 심정을 극히 암시적으로 나타내 보이고 있다.

3. 나비와 고치

이러한 시각을 더 확대해보자면, 이 작품의 주요 모티프 중의 하나는 진정한 자기의 발견, 자아의 재탄생이라고 할 수 있다. 그것은 곧 변신에 대한 욕망과 연결된다. 욕망은 곧 무엇에 대한 욕망이다. 렉터는 버팔로 빌의 살인행각이 단순히 결핍에 대한 반작용, 다시 말해 원한의 소산이 아니라 적극적인 욕망의 발로라고 규정짓는다.

"당신이 찾으려 하는 이 자가 무슨 짓을 하나?"
"사람을 죽이죠."
"그건 가지에 지나지 않아. 둥치를 잡아야지. 사람을 죽임으로써 어쩌자는 것인가? 왜 죽이는가?"
"분노, 사회에 대한 증오, 성적 좌절……"
"아니야."
"그럼 뭐죠?"
"그는 뭘 가지고 싶어해. 바로 당신 같은 여자를 가지고 싶어해. 뭘 가지고 싶어하는 게 그의 본성이야. 가지고 싶다는 열망은 어디에서 시작되지? 열심히 생각하면 대답이 나올 거야."

"우리는 그저……."

"암, 바로 그거야. 우리는 매일 우리 눈에 보이는 것을 가지고 싶어하는 마음으로 하루를 시작해. 당신은, 혹 무엇이 있지 않을까 하고 매일 눈을 두리번거리지 않나? 당신의 눈은 쉴새없이 구르고 있지 않나?"
(246쪽)

스탈링, 렉터, 버팔로 빌은 각각 그 지향점은 다르지만 현재의 상태에서 벗어나 다른 존재가 되고 싶다는 공통된 욕망을 갖고 있다. "가지고 싶다는 열망"은 누구에게나 보편적이기 때문이다. 스탈링에게 있어 그것은 표면적으로는 연수생의 신분에서 벗어나 정식 수사관으로 임명되는 것이지만 보다 심층적으로는 아버지에 대한 애착, 유년기의 정신적 외상으로부터 해방돼 한 사람의 성인으로 독립성을 쟁취하는 것이었다. 그녀가 버팔로 빌을 잡기 위해 그의 집의 지하에서 사투를 벌이는 것은 미로학습을 통한 일종의 통과제의를 의미한다. 어둠에 싸인 미로를 통과하고 거기 숨어 있는 괴물을 무찌름으로써 그녀는 비로소 변신을 위한 모든 난관을 극복한 셈이 된다. 렉터에게 변신의 욕망은 자유를 의미한다. 버팔로 빌이 욕망하는 것이 '변형'이라는 렉터의 지적에 스탈링이 "변형의 뜻이 뭔가요"라고 묻자 그는 자신이 "팔 년 동안여기에 갇혀 있었어. 절대로 살아 있는 동안엔 안 내보내줄 거야. 난 나무나 물이 보이는 창문이 필요해"라고 대답한다. 이 말은 얼핏 동문서답처럼 들리지만 그의 진정한 욕망이 무엇인지를 선명하게 드러내고 있다. 그는 부자유한 감금 상태에서 벗어나 세상을 활보하고 싶은 것이다. 결국 이 두 사람은 그들이 희망하던 변신에 성공한다. 스탈링은 버팔로 빌을 퇴치하는 수훈을 세우고 정식 수사관으로 임명되며 렉터는 탈옥해서 그토록 원하던 자유를 얻는다.

그러나 살인마 버팔로 빌이 지닌 변신의 욕망은 그 경우가 조금 다르다. 그는 어린 시절 받은 학대 때문에 자신의 존재를 증오하고 있으며 다른 존재가 되고 싶어한다. 그것은 엉뚱하게도 여자가 되고 싶다는 변태적 욕망으로 표출된다. 하지만 병원에서 정밀검사를 받은 결과 그의 욕망이 진정한 것이 아니라는 사실이 드러났기 때문에 그는 성전환 수술을 받을 수 없게 된다. 여자로의 변신은 그가 욕망한다고 생각한 것일 뿐 실제로 욕망한 것이 아니었던 것이다. 그래서 그는 덩치가 큰 여자를 납치해 그녀의 껍질을 벗겨 옷을 만드는 범죄 행각에 나서게 된다. 그리고 죽은 희생자의 목구멍에 변신을 상징하는 해골나방의 고치를 넣어 유기한다.[2] 뱀이 허물을 벗듯 그는 새로운 껍질을 뒤집어씀으로써 다른 존재로 다시 태어날 수 있다는 망상에 사로잡혀 있는 것이다.

인육을 먹는 렉터의 행위나 사람의 껍질을 벗기는 버팔로 빌의 짓이나 현실적인 차원에서 모두 상대방의 생명을 강제로 탈취하는 역겨운 범죄라는 점에선 마찬가지이다. 그러나 그것의 상징적 의미는 조금 다

---

2) 이 소설이나 영화를 본 사람들이 놓치기 쉬운 주제 가운데 하나는 '금지된 말 끄집어내기'이다. 이 점은 영화 포스터이자 이 책의 표지이기도 한 사진, 즉 여주인공의 입술 위에 해골나방이 앉아 있는 장면이 함축적으로 지시하고 있다. 이는 이 작품이 금지된 말 내지 억압된 욕망과 연관돼 있음을 암시해준다.

렉터는 스탈링에게 버팔로 빌에 관한 단서를 제공하는 대가로 그녀가 숨겨온 과거의 어두운 기억을 털어놓기를 요구한다. 반대로 스탈링은 렉터에게 버팔로 빌의 정체를 가르쳐줄 것을 요구한다. 그들은 자신은 최소한으로 말하면서 상대방에게서 최대한의 말을 끄집어내는 게임을 벌이고 있는 셈이다. 더욱이 렉터는 단순한 범죄자가 아니라 인육 먹기를 즐기는 끔찍한 인물이다.

입은 '먹는' 기관인 동시에 '말하는' 기관이다. 하나를 금지하면 자동적으로 다른 하나까지 그 기능이 침해당한다. 아이러니컬하게도 수사 당국은 입을 열어야 할 렉터의 입에 가죽이나 하키 선수용 마스크 같은 재갈을 물림으로써 그에게서 진실을 듣는 것에 실패한다. 반대로 렉터는 전직 정신분석의답게 대화요법을 통해 스탈링의 목에 고치 상태로 걸려 있는 말, 즉 아버지에 대한 애착과 유년 시절의 공포를 외부로 토해내게끔 유도한다. 그 순간 목구멍 속의 애벌레고치는 눈부신 나방이 되어 날개를 펼 수 있게 된다. 타인의 말을 듣는다는 것은 타인의 입이 자신에 대한 공격 무기가 될 수도 있다는 점을 인정한 바탕 위에서 가능하다. 현실적으로 인간은 완전한 발설의 자유-카니발리즘과 완전한 침묵-금지의 내면화란 양극단 사이에서 부단히 동요할 수밖에 없다. 그런 의미에서 입술 위의 나방은 침묵-금지와 발화-해방을 동시에 표상하는 이미지로 해석될 수 있다.

르다. 렉터의 식인 행위가 대상의 생명력을 자신 속에 흡수해들이는 것이라면 버팔로 빌의 인피 벗기기는 대상의 외면만을 본뜨고자 하는 모방 욕망에 불과하다. 즉 렉터가 내면을 취하고자 하는 사람이라면 버팔로 빌은 외면을 취하고자 하는 사람이며 렉터가 포획하는 것이 대상의 정신과 영혼이라면 버팔로 빌은 오직 물질적 차원에 그친다는 설명이 가능해진다. 앤소니 홉킨스가 연기한 렉터의 쏘아보는 듯한 빛나는 눈동자와 환기 구멍을 통해 스탈링이 발산하는 냄새를 탐욕스럽게 들이마시는 장면을 생각해보라. 그는 상대방을 속속들이, 보다 실감나는 비유를 들자면 먹어치우듯 알고 싶어하는 성향의 사람인 것이다. 그의 무서운 식성은 스탈링의 유년 시절의 기억까지 먹어치운다. 이에 비해 버팔로 빌은 대상의 외곽만을 맴돈다. 영화 결말 부분에서 적외선 투시경을 쓴 버팔로 빌은 미아처럼 지하실의 어둠 속을 더듬거리며 헤매는 스탈링을 뒤에서 어루만질 듯한 제스처를 취하지만 그의 손은 끝내 그녀의 몸에 도달하지 못한다. 그런 의미에서 렉터와 버팔로 빌은 같으면서 다르다. 그들 모두 흉악무도한 악인이라는 점에선 동일하지만 그들의 범죄가 내포하고 있는 의미엔 상당한 격차가 있다. 렉터가 탈옥할 때 살해한 경관을 나비 형상으로 철창에 매달아놓고 유유히 사라진 데 비해 버팔로 빌이 즉사한 지하실 벽엔 나비를 그린 장식물이 비웃듯 펄럭이고 있을 따름이다. 두 사람 다 고치에서 나비(나방)로의 변신을 꿈꾸었지만 한 사람은 활짝 날개를 펴고 바깥으로 날아간 데 비해 다른 한 사람은 고치에 갇혀 죽는 것으로 생을 마친다.

4. 계속되는 양들의 울음소리

『양들의 침묵』에 대한 분석을 마치며 다음 두 가지 사항을 덧붙이고 싶다. 첫째, 이 영화를 페미니즘적 관점에서 호평하는 시각이 있는데 그것이 과연 얼마큼 타당한가에 대해선 좀더 정치한 분석이 요구된다는 점을 말하고 싶다. 사명감에 불타는 여수사관이 여성 희생자를 위해 악마적 남성을 징계하는 내용으로 이루어져 있다는 점에서 이 영화는 페미니즘적 요소가 다분하다고 할 수 있다. 또 왜소한 체구의 여주인공이 엘리베이터에서 동료 남성들에 둘러싸이거나 희생자 부검시 좁은 방에서 거구의 남자 보안관들에 둘러싸인 장면은 남성우월주의 사회에서 단신으로 분투하는 여성의 초상을 떠올리게 만드는 면이 있다. 그러나 그 악마적 남성이 '여성이 되고 싶은 남자'라는 점에 생각이 미치면 조금 다른 평가가 가능해진다. 거기엔 남성성/여성성에 대한 고정관념과 생물학적 성 구분에 반하는 모든 경향과 시도를 불온시하는 보수적 시각이 숨어 있으며 이는 또다른 폭력의 원천으로 작용할 수 있기 때문이다.[3) 아울러 스탈링이 버팔로 빌을 사살하기까지엔 렉터라는 아버지-스승이 절대적 역할을 담당한다는 점에서 과연 그녀가 완벽한 정신적 독립을 얻은 것인지에 대해서도 의문이 제기된다. 영화 결말 부분에서 렉터의 전화를 받고서 "어디에 있어요?"라고 안타깝게 묻는 대목이 말해주듯 그녀는 여전히 '아버지의 목소리'에 갇혀 있지 않은가.

둘째, '양들의 침묵'이란 표제엔 폭력에 희생당하는 약자를 향한 연민과 애정이 스며 있다. 스탈링의 목표는 깊은 밤 더이상 양의 울음소리가 울려퍼지지 않도록 하는 것, 다시 말해 양의 희생을 막는 것이다. 그러나 "스탈링 양, 이제 양들이 조용해졌나?"라는 렉터의 물음은 세상이 계속 지속하는 한 양들의 희생 역시 계속 되풀이될 수밖에 없음을 말해주고 있다. 양의 울음소리가 들리지 않는 것은 더이상의 희생이 필요없어진 세상의 도래를 알리는 것이 아니라 희생과 다음 희생 사이의

---

3) 영화 〈양들의 침묵〉이 개봉됐을 때 미국에서 일부 동성애자들이 벌인 항의시위는 그런 점에서 수긍할 만한 요소를 가지고 있다. 그런데 이는 영화보다 원작소설 자체에서 기인한 문제라고 여겨진다. 이 작품을 비롯해서 토마스 해리스의 모든 작품에 깔려 있는 이데올로기적 편견과 맹점에 대해서는 가혹한 비판이 뒤따를 필요가 있다. 조나단 뎀 감독은 〈양들의 침묵〉에 이어 동성애자의 인권 문제를 정면에서 조명한 영화 〈필라델피아〉를 선보임으로써 전작이 지니고 있는 문제점에 대해 간접적으로 사죄하는 노력을 기울였다고 여겨진다.

잠시의 휴지기를 나타낼 뿐이다. 그런 의미에서 '양들의 침묵'은 양이 희생당한 다음의 무시무시한 정적을 지시하기도 한다. 그렇게 본다면 양의 울음소리는 아직 양이 살아 있다는 것을 의미한다는 점에서 최소한 완전한 침묵보다는 더 낫다고 볼 수 있을 것이다. 그렇다면 양들의 울음소리가 계속될 수밖에 없는 거친 이 세상에서 우리가 믿고 의지할 것은 무엇인가. 어쩌면 그것은 FBI 장애물 훈련교장에 붙은 "상처, 번민, 고통—이것들을 사랑하라, 아니면 죽음뿐"이라는 경구가 진정 의미하는 것일지도 모른다. 깊은 밤 자지 말고 귀기울여볼 일이다. 어디선가 가냘픈 양 울음소리가 들려오지는 않는지.

(1996)

도주, 존재를 위한 투쟁

― 파트리크 쥐스킨트 소설의 한 읽기[1]

이런 세상이 나와 무슨 상관이 있단 말인가.
―『좀머 씨 이야기』 중에서

1. 지금 이곳에서 쥐스킨트 읽기

국내 독서계에 파트리크 쥐스킨트 열풍이 불고 있다. 많은 양이라고
할 수는 없지만 그의 전 작품 ― 장편소설은 물론이고 모노드라마, 단편
소설, 에세이에 이르기까지 ― 이 우리말로 옮겨졌고 한결같이 독자의
사랑을 받고 있다. 언론에서 '쥐스킨트 신드롬'을 거론하는가 하면 청
소년들 사이엔 좀머 씨를 빗댄 농담이 유행하고 있을 정도라고 한다.
쥐스킨트의 작품은 문학의 차원을 넘어 우리 사회 여러 부문에서 크고
작은 파장을 일으키고 있는 것으로 보인다. 이국의 낯선 작가가 이처럼
우리 독자를 단시일에 사로잡을 수 있었던 것은 어떤 비결 때문일까.

---

1) 텍스트로 선택한 번역본은 다음과 같다. 『향기』(이재형·김운찬 옮김, 예하), 『좀머 씨 이
  야기』(유혜자 옮김, 열린책들), 『콘트라베이스』(유혜자 옮김, 열린책들), 『비둘기』(유혜자 옮
  김, 열린책들), 『깊이에의 강요』(김인순 옮김, 열린책들)

가장 손쉬운 답변은 재미있다는 것이다. 그의 소설은 독일문학이 일 반적으로 갖고 있는 '관념주의적 성향'이나 '내면성의 추구'로부터 한 걸음 떨어져 있으며 그 때문에 그는 본격문학물로는 헤르만 헤세 이후 독일 국경 바깥에서도 광범위한 대중적 호응을 얻는 데 성공한 거의 유일한 독일작가로 평가받고 있다. 극단적으로 과장된 인물의 비정상적 인 행위를 흥미진진한 이야기를 통해 드러낸다는 점에서 그의 소설은 대중들에게 환영받을 수 있는 소지가 다분하다. 그러나 단지 그것에 그 친다면 우리가 쥐스킨트를 특별히 주목할 필요는 없을 것이다. 쥐스킨 트가 단순히 한 시대를 풍미하는 인기작가의 범주를 넘어 중요한 작가 로 부각되는 이유는 그의 문학이 지닌 강렬한 문제성 때문이다. 바로 이 문제성에 대한 인식 없이 유행적으로 번져가는 쥐스킨트 붐은 자칫 또하나의 문화적 거품으로 끝날 수가 있다. 작가가 궁극적으로 말하고 자 한 진의에 도달하지 못한 채 경쾌하게 표면적인 줄거리만 따라가는 '쥐스킨트 읽기'는 소비적일 뿐이다.

예컨대 쥐스킨트의 작품 가운데서도 국내에서 가장 열렬한 환영을 받은 것으로 알려진 『좀머 씨 이야기』를 놓고 생각해보자. 이 작품이 상페의 귀여운 삽화에 힘입어 청소년을 위한 성인동화쯤으로 여겨지곤 한다는 것은 충분히 짐작이 가는 일이다. 그러나 과연 이 작품은 외양 그대로 『어린 왕자』류의 예쁘고 사랑스럽고 아기자기한 동화풍의 소설 에 불과한가. 좀머 씨를 "가만히 앉아 있지 못하고 지나치게 활동적인 사람"으로, 혹은 "끊임없이 걸어다니다가 충분히 준비가 됐을 때 의식 적으로 죽음을 택한 수도승 같은 인물"[2]로 본다는 일부 독자들의 시가 은 해석의 자유 차원을 넘어 거의 난센스이지 않은가. 한국 독자들의 이런 기상천외한 설명을 듣는다면 정작 쥐스킨트 자신은 얼마 남지 않 은 자신의 머리칼을 쥐어뜯지나 않을까.

여기서 우리는 쥐스킨트의 문학적 특성을 심층적으로 파악해야 한다

---

2) 가르리엘라 푹스, 「한국에서 만난 파트리크 쥐스킨트」(『문학동네』 1996년 여름호) 참조.

는 요청 앞에 서게 된다. 물론 한 작가의 문학세계의 핵심에 접근할 수 있는 통로는 한 개가 아니라 여러 개이며 그것도 각각 분리된 채 단선적으로 중심과 연결돼 있기보다는 나선형으로 회전하며 서로 얽히는 복잡 미묘한 구조를 하고 있다. 쥐스킨트의 소설 역시 경쾌하게 읽히는 표면적 특성과는 별도로 매우 섬세하고 다층적인 회로로 짜여 있음을 알 수 있다. 그러나 이 작가의 글쓰기를 관통하고 있는 몇 가지 중추적 요소를 추출해내기란 그리 어려운 일이 아니다. 제일 먼저 눈에 띄는 것은 작품의 '단순성'이라 할 수 있다. 그의 소설은 『향기』를 제외하고는 하나같이 우리 시각으로 봐선 긴 단편 내지 짧은 중편 정도의 분량으로 이루어져 있다. 아울러 『향기』조차도 이야기는 극히 단순하게 일직선의 선로를 질주하는 형식으로 이루어져 있다. 물론 작품의 물리적 길이가 작가의 사유나 글쓰기의 호흡을 규정짓는 것은 아니다. 작은 분량 속에도 얼마든지 복잡하고 큰 이야기가 담길 수 있다. 이 작가의 경우 현대문학의 일반적인 특징인 난해성 실험성 등과 거리가 먼 작법을 고수하고 있으며 해박한 지식을 과시하거나 시대적 쟁점에 논평을 가하는 식의 태도를 취하지도 않는다는 점이 두드러진다. 그는 마치 '최소한으로 말하기'에 익숙한 사람처럼 극히 절제되고 계산된 글쓰기 방식을 유지해오고 있다. 즉 그의 소설의 '단순성'은 단순히 작품의 소품성을 말하는 데 그치는 것이 아니라 작품이 지닌 고도의 함축성을 지시하는 말인 것이다. 이처럼 그의 소설은 단순하면서도 함축적이고 함축적이면서도 명쾌하다는 특성을 보유하고 있다.

그의 문학이 지닌 다른 한 면은 '극단성'이라고 할 수 있다. 그의 소설은 상식적으로는 납득이 가지 않는 인물과 상황을 매우 자연스럽고도 당연하다는 듯이 제시하곤 한다. 최고의 향수를 만들기 위해 살인까지 저지르는 『향기』의 그르누이는 말할 것도 없고 비둘기 한 마리가 출현한 것을 무슨 청천벽력이라도 되는 것처럼 받아들이는 『비둘기』의 조나단 노엘이나 일생을 공포에 사로잡혀 어디론가 도주하는 데 탕진하는 『좀머 씨 이야기』의 좀머에 이르기까지 그가 즐겨 다루는 인물들은 현실에선 쉽게 찾아보기 힘든 비정상적인 인물들이다. 그런데 작가는 이러한 비일상적이고 과장된 느낌을 주는 인물이나 사건을 집요하게 추적함으로써 그 인물을 살아 생동하게 만드는 성과를 거두고 있다. 이야기의 전개 역시 기승전결의 전통적 서사 형식을 충실히 뒤따르면서도 점층법과 점강법을 자유자재로 구사함으로써 극적 긴박감을 자아내는 데 성공하고 있다.

그 결과 쥐스킨트의 소설은 삶의 다면성이나 총체성을 구현하기보다는 어떤 한 예외적 개인의 삶을 통해 인생의 한 단면을 예각적으로 도출해내는 효과를 거두게 된다. 이것은 쥐스킨트 소설의 또다른 특성인 '우의성'과 연결된다. 일견 황당하게 보일 수도 있는 인물이나 정황을 끈질기게 파고 들어감으로써 쥐스킨트는 삶의 감춰진 진실을 여지없이 들추어낸다. 우의란 사람들이 일반적으로 대면하기 싫어하거나 미처 눈치채지 못한 진실을 그럴듯한 이야기를 통해 우회적으로 드러내는 말하기—글쓰기의 한 방식이다. 쥐스킨트의 작품은 『향기』처럼 특정 인물의 전기 형식을 취하고 있건 『좀머 씨 이야기』처럼 동화의 형식을 취하고 있건 『콘트라베이스』처럼 일인칭 독백의 형식을 취하고 있건 바로 이러한 삶에 대한 무서운 통찰을 흥미로운 이야기로 풀어냈다는 점에선 동일하다고 할 수 있다. 이는 바꿔 이야기해서 쥐스킨트가 삶의 비극적 진실을 희극적 구도를 통해 드러내는 데 능란한 작가라는 사실을 말해준다. 여기서 삶의 비극적 진실이란 "이 세계는 존재 가능한 세계 가운데 최악의 세계이다"라는 명제로 요약할 수 있다. 그의 소설이나 희곡 모두에서 우리가 느낄 수 있는 것은 이 작가가 병적 혹은 악마적이라고까지 부를 수 있는 특이한 상상력의 소유자이자 인간 혐오자라는 점이다. 그의 소설에 따르면 이 세상과 우주에 미만해 있는 것은 고통과 환멸, 그리고 죽음의 허무일 뿐이며 그 속에 사는 사람들은 소통불능의 고립 속에 놓여 있다. 자신의 가치를 몰라주는 세상을 향해 독설을 퍼붓는 『콘트라베이스』의 주인공이나 스스로는 전혀 냄새가 나지 않으면서 냄새맡는 것에 천부적인 재능을 지닌 『향기』의 주인공이나

외부로부터 격리된 채 절대고독 속에 칩거하는 인물들이라는 점에선
동일하다. 따라서 쥐스킨트의 주인공들은 이 세상으로부터 한사코 벗어
나고자 하는데 그것이 『비둘기』에선 조나단 노엘의 밀실 애호증으로
나타나고, 역으로 『좀머 씨 이야기』에선 좀머의 밀폐 공포증으로 현상
하고 있다. 그러나 작가는 이러한 삶의 부조리와 모순을 있는 그대로
비극적으로 제시하지 않고 매우 희극적으로 가공해서 제시하기 때문에
독자들은 미처 이 작가의 작품 속에 숨어 있는 염세주의와 종말론적
시각을 제대로 포착해내지 못하는 경우가 많은 듯하다. 따라서 우리에
게 주어진 과제는 쥐스킨트의 상상공간에서 중요한 비중을 차지하고
있는 삶에 대한 극단적인 냉소와 현실로부터의 탈출 의지를 살펴보는
일이 될 것이다. 무엇이 이 작가로 하여금 세계를 거대한 감옥으로 보
게 했으며 삶을 끝없는 도주로 여기게 했을까.

2. 석화하는 세계와 도주의 꿈

삶의 비극적 진실에 대한 이 작가의 날카로운 인식을 알아보기 위해
선 먼저 『깊이에의 강요』에 수록된 단편 「장인(匠人) 뮈사르의 유언」을
읽어볼 필요가 있다. 이 작품은 제목 그대로 뮈사르라는 사람이 임종을
앞두고 쓴 유언의 형식을 취하고 있다. 17세기 후반에 태어나 18세기
중반에 죽은 이 인물은 젊은 시절 금세공사 및 보석상으로 큰 성공을
거둔다. 비교적 평탄했다고 할 수 있는 그의 인생은 만년에 그가 일선
에서 물러나 편안한 여생을 보내기 위해 저택을 마련하면서부터 뒤틀
리기 시작한다. 새로 지은 집의 구조를 변경하기 위해 손수 흙을 파다
가 그는 진기한 사실을 발견하게 된다. 그 사실이란 땅속에 돌로 된 조
개가 대량으로 번식하고 있다는 것이었다. 그는 자기 집뿐만 아니라 집
근처, 나아가 다른 지방까지 탐색의 범위를 넓혀보았지만 어디서나 똑
같은 성분의 돌조개를 발견하게 된다. 그리하여 그는 "우리의 행성 전

체가 조개와 조개 종류의 성분으로 이루어져" 있으며 "지구의 조개화는 막을 수 없이 급속도로 진행되어가는 과정"에 있다는 추론을 하게 된다. 현대의 과학적 지식으로 단련된 사람에겐 한낱 조롱거리에 불과할 이러한 생각에 그는 너무도 진지하게 사로잡힌 나머지 자신의 몽상을 전 우주로 확대하기에 이른다. 예컨대 달은 모든 물질이 이미 조개 성분으로 변해버린 단계에 도달한 행성이며, 우리 육신이 늙어갈수록 유연성과 탄력성을 잃고 끝내 죽음에 이르게 되는 것은 몸이 조개 성분으로 붕괴되어가기 때문이라는 것이다. 그래서 그는 전 세계적인 조개화의 이면엔 바로 그러한 움직임을 추동하는 "유일한 최고의 의지"가 있다는 믿음을 갖게 된다. 그리고 그런 믿음을 공고히 해줄 수 있는 어떤 내밀한 경험이 그에게 찾아온다. 초여름날 정원을 산책하다 잠시 벤치에 앉아 휴식을 취하던 그는 우주를 관장하는 거대한 '조개의 신'에 관한 백일몽을 꾸게 된다.

이제 어둠은 내 위의 거대한 검은 덩어리가 되었다. 아래로 깊이 떨어질수록 그 덩이를 더 잘 분별할 수 있었으며, 그것의 규모는 더 커졌다. 이윽고 나는 위에 있는 검은 덩어리가 하나의 조개라는 것을 깨달았다. 그때 덩어리가 두 부분으로 갈라지면서 어마어마하게 큰 새처럼 검은 날개를 펼쳤다. 그리고는 삼라만상 위로 양 조개껍질을 벌려 나와 세계, 존재하는 모든 것과 빛 위로 내려앉은 다음 닫혔다. 영원한 밤이 되었고, 존재하는 유일한 것은 가루로 빻는 소리와 좔좔 흐르는 물소리뿐이었다.(72쪽)

뮈사르가 "모든 생명을 속박하고 모든 것의 종말을 가져오는 힘"이라고 언급한 이 조개 형상의 신은 세계를, 우주 전체를 뒤덮고 삶을 화석으로 만드는 악의적인 존재이다.[3] 세계는 거대한 조개 감옥이며 인간

---

3) 조개는 그 서식처가 물가이며 형태적으로 여성 성기와 유사하다는 점 때문에 흔히 모태나 처녀성 탄생 풍요를 의미하는 것이 보통이다. 그러나 쥐스킨트의 소설에서 조개는 물이 상징하는 여성 원리와 정반대되는 불모와 죽음 유폐를 상징하고 있다. 여기서 조개는 삼라

의 삶이란 기나긴 조개화(석화)의 과정에 다름아니다. 탈출구는 어디에도 없으며 해결책은 찾아지지 않는다. 우리는 이 작품에서 물/돌(조개), 생명/무생명의 단순한 대립으로 구축된 세계 종말의 이미지를 찾아볼 수 있다. 이 양자 가운데 종국적으로 승리를 거두는 것은 보석세공사란 주인공의 직업에서 알 수 있듯이 차디찬 광물성의 죽음이다. "좔좔 흐르는 물소리"가 사그라드는 그만큼 "가루로 빻는 소리"는 더 커져만 갈 것이다. 이러한 뮈사르의 예언은 전형적인 전과학적 지식에 토대를 둔 환각이자 궤변에 지나지 않는다. 그러나 뮈사르의 이러한 기발한 통찰은 다른 차원에선 정확히 역사적 사실과 일치하고 있다. 그것은 현대 이후 우리를 둘러싸고 있는 삶이 그리고 세계가 점차 석화의 과정을 밟고 있다는 무서운 사실에 대한 생생한 우의일 수 있다는 점이다. 생명의 물기를 상실하고 딱딱하게 굳어가는 현대사회, 현대인의 초상을 돌조개의 이미지는 강렬하게 드러낸다. 그런 의미에서 뮈사르가 유언의 서두에서 동시대의 대표적인 지식인들인 콩디악 달랑베르 볼테르 루소 등과 자신의 교분을 강조한 것은 의미심장하다고 아니할 수 없다. 이는 물론 뮈사르가 자신의 말의 신빙성을 높이고 읽는 사람의 불신을 방지하기 위해 내세운 이름들이지만, 동시에 이들은 바로 현대사회의 기초가 된 계몽적 이성의 열렬한 전파자들이기도 하기 때문이다. 즉 이들의 주장을 앞세운 현대화와 계몽적 이성의 전 지구적 파급이 가져온 뚜렷한 결과는 오늘날 우리 주위의 현실이 뚜렷이 증명해주고 있듯이 "우리들 모두를 하나하나 질식시키고, 세계를 황무지로 만들고, 온 천지를 돌조개의 바다로 변화시키는" 것에 불과했다.

그러나 세계의 석화=종말에 대한 잔혹한 환상은 뮈사르 개인에게만 해당되는 것은 아니다. 우리는 쥐스킨트의 다른 소설에서 바로 이러한 감옥이 되어버린 세계, 형벌이 되어버린 삶으로부터의 필사적인 도주를 감행하는 뮈사르의 동료 및 형제들을 발견할 수 있다. 광대하면서도 소

만상을 삼키는 거대한 어둠의 입이며, 모든 존재를 빨아들이는 블랙홀로 나타나고 있다.

름 끼치는 '조개의 신'의 현현에 놀라 삶의 의욕을 상실하고 뻣뻣하게 굳은 모습의 시체로 발견되기까지 무의미한 나날을 보낸 뮈사르와 달리 쥐스킨트의 다른 작품에 나오는 인물들은 자신이 왜 그토록 세계와 삶에 절망하고 그로부터 도피하려고 하는지 구체적으로 말해주지는 않는다. 그들은 거의 선험적으로 삶이 곧 죽음이며 세계는 거대한 무덤이라는 사실을 알아차리고 있다. 그러나 그들에게 세계 – 삶의 무의미함은 종착점이 아니라 출발점이다. 그들은 뮈사르처럼 세계 – 삶의 부조리한 진실을 알아차리고 그 때문에 절망에 빠져 아무런 시도도 하지 않고 수동적으로 죽음을 기다리고만 있는 대신 그 세계 – 삶으로부터 필사적인 도주를 감행한다. 그러한 도주의 시도를 가장 집약적으로 보여주고 있는 인물이 바로 『비둘기』의 조나단 노엘과 『좀머 씨 이야기』의 좀머이다. 이 두 인물은 절대고독 속에 칩거하는 은둔자라는 점에서 공통적이다. 좀머는 평생 마을사람들의 조소를 받으며 아침부터 저녁까지 끊임없이 어디론가 걸어가고 있고 은행 경비원 노나단 노엘은 자신의 비좁은 방 안에서만 평안을 누린다. 그들은 외부세계와 단절된 채 그러한 소통 불능을 오히려 축복처럼 여기고 사는 인물들이다. 작품엔 그들 두 사람 모두 어린 시절 혹은 젊은 시절 겪었던 전쟁의 상처 때문에 그런 자폐적인 삶을 살게 됐을지 모른다는 암시가 주어져 있다. 그러나 이 두 작품의 진정한 주제는 어떤 역사적 사회적 폭력이 개인에게 가한 상처의 근원을 규명하는 데 놓여 있는 게 아니라 그러한 어두운 과거를 지닌 존재의 현실 부적응을 묘사하는 데 바쳐져 있다. 이 두 작품은 한결같이 이 세상에서의 거주 불가능성, 세상과 관계하는 것의 무용성을 역설하고 있다. 좀머와 조나단은 다 같이 외계와 접촉하거나 타자와 교류하는 것을 대단히 고통스럽게 받아들이는 인물이다. 그러나 그들의 반응은 정반대로 이루어진다. 좀머가 한사코 '바깥'으로 나가기 위해 애쓰는 인물이라면 조나단은 '안'을 고수하기 위해 전력을 기울인다. 그렇게 본다면 조나단의 밀실 애호증은 좀머의 밀폐 공포증과 짝을 이루는 행동의 양태라는 설명이 가능해진다. 좀머가 마치 "나는 도주한다.

고로 존재한다"라고 말한다면 조나단은 "나는 은둔한다. 고로 존재한다"라고 말하는 듯한 인물이다. 조나단의 '안'은 좀머의 '바깥'이다.

먼저 『좀머 씨 이야기』를 살펴보기로 하자. 이 작품은 키가 1미터를 간신히 넘는 꼬마였던 화자가 키 1미터 70인 16세의 건장한 소년이 되기까지 자신이 겪었던 일들을 기록한 내용으로 엮어져 있다. 그는 훨훨 나는 꿈을 꾸기도 하고 높은 나무를 타고 오르기도 하고 이런저런 곤욕을 치르며 자전거 타는 법을 배우기도 하고 매정한 피아노 여선생으로부터 견딜 수 없는 모욕을 받고 자살을 결심하다 포기하기도 하는 등 사소하다면 사소하지만 나름대로 성장에 있어서 중요한 역할을 담당한 다양한 체험을 쌓는다. 그러나 어린 시절의 화자에게 가장 깊은 인상을 남긴 것은 어디론가 끊임없이 가고 있는 좀머라는 이웃사람이다. 그는 항상 배낭을 메고 긴 지팡이를 짚고 계절이나 날씨에 관계없이 엄청나게 빠른 속도로 걷고 있는 모습으로 나타난다. 그는 왜 그렇게 무엇엔가 쫓기는 듯 걷고만 있는가. 여기에 대해 화자가 유일하게 들려주는 구체적인 언급은 그가 '죽음의 공포'로부터 도망치고 있다는 것이다.

> 난 내가 어떻게 그런 바보 같은 생각을 했는지조차 기억할 수 없었다. 그까짓 코딱지 때문에 자살을 하다니! 그런 어처구니없는 생각을 했던 내가 불과 몇 분 전에 일생 동안 죽음으로부터 도망치려고 하는 사람을 보지 않았던가!(98쪽)

좀머는, 단적으로 이야기해서, 죽음으로부터 운명으로부터 타인의 시선으로부터 그리고 자기 자신으로부터 도주하려고 하는 자이다. 그런데 역설적인 것은 죽음으로부터의 필사적인 도주는 결국 삶으로부터의 도주를 초래한다는 점이다. 좀머의 "나를 좀 제발 그냥 놔두시오"라는 애원이나 반쯤 벌린 입과 공포에 질린 커다란 눈동자는 이 세상에서의 삶에 대한 본능적인 두려움을 말해준다. 물론 그 두려움이 전쟁 때 겪었을지 모를 참혹한 체험 때문이라고 추측할 수 있는 여지가 전혀 없는 것은 아니다. 그러나 두려움의 근원은 전쟁의 상흔을 넘어서 보다 원초적이고 보다 더 깊은 존재의 심연에 그 뿌리를 두고 있다. 그것은 곧 유년기의 상실–삶에 대한 환멸에 기초하고 있다. 이 작품에서 화자의 성장엔 좀머와 관련된 에피소드를 제외하면 크게 다음 두 가지 이야기가 중요한 비중을 차지하고 있다. 그 하나가 짝사랑하던 소녀 카롤리나로부터 배신을 당하는 것이라면 다른 하나는 히스테리컬한 피아노 선생 때문에 자살을 결심하는 대목이다. 이 두 이야기는 모두 삶에 대한 환멸의 체험이라는 점에서 동일하다. 그런데 흥미로운 것은 그러한 환멸의 순간마다 화자는 좀머를 목격하게 된다는 것이다. 카롤리나와 헤어져 쓸쓸히 돌아가는 화자의 눈에 "마치 시계의 초침처럼 빠른 속도로" 움직이는 "좀머 아저씨의 다리 세 개"가 눈에 들어오며, 피아노 선생에게 받은 모욕 때문에 화자가 자살하려고 나무 위에서 뛰어내리려는 순간 나무 밑에 좀머가 나타나 사방을 살피며 황급히 식사를 하고 다시 어디론가 떠나간다. 이러한 설정은 이 작품에서 성년의 좀머와 유년의 화자를 서로의 분신으로 보게 만든다. 즉 좀머의 진정한 역할은 꼬마인 화자에게 이 세상은 살 만한 곳이 못 되며 어떻게 해서든 이 세상 바깥으로 나가야 한다는 가르침을 그야말로 온몸으로, 일생을 통해 전수해주는 것이었다고 할 수 있다. 과연 화자가 열여섯 살이 되어 소년기를 졸업할 시점에 이르자 좀머는 그가 보는 앞에서 호수로 걸어 들어가는 신비스러운 죽음의 의식을 치름으로써 자신의 사명을 완수하고 사라진다.

하늘을 날 수 있다고 믿고서 나무 오르기를 즐기던 꼬마는 성장과 더불어 이제 지상에서의 환멸에 가득 찬 삶을 감수해야 한다. 모든 것이 가능했던 충만한 순간으로부터 추방당한 그는 규범적이고 평균적인 삶으로 내몰린다. 상승과 비행의 꿈은 먼 추억이 되고 그 앞엔 오직 "불공정하고 포악스럽고 비열한" 세상이 버티고 있다. 좀머는 바로 그러한 세상 바깥으로 나가기를 희구한 사람 가운데 하나였을 뿐이다. 이렇게 본다면 어린 시절 화자가 즐겨 타고 오르던 나무와 좀머가 들고 다니던 기다란 지팡이는 서로 동일한 내포를 품고 있는 이미지로 볼 수 있다. 그 나무-지팡이는 화자-좀머를 지금 이곳이 아닌 다른 어딘가로 데려다 주는 '제3의 다리'인 것이다. 따라서 어린 화자를 높은 곳으로 데려다 준, 지상과 천상의 가교인 나무는 자전거라는 과도기적 이동 기구를 거쳐 저 세상으로의 순례를 인도하는 좀머의 지팡이로 변주되었다고 할 수 있다.

『비둘기』는 이러한 유년기의 상실과 환멸로 가득 찬 성년으로의 입문이라는 주제를, 동화적 분위기를 배제한 채, 극사실적으로 보여준 작품이다.(『좀머 씨 이야기』가 유년에서 성년으로 들어가는 성인식을 다루고 있다면 『비둘기』는 노년에서 유년으로의 회귀를 그린 작품이라는 점에서 서로 대칭을 이룬다.) 이 작품에서 주인공 조나단 노엘의 유년 시절은 대단히 짧고 경제적으로 처리돼 있다. 여름날 소나기가 내린 후 낚시를 갔다가 맨발로 천진스럽게 물웅덩이 속을 첨벙거리며 돌아오는 삽화가 바로 그것이다. 그러나 이러한 행복의 순간은 곧 종말을 고하고 그는 전쟁의 소용돌이에 휘말려 여러 지역을 전전하다 파리에 정착하게 된다. 결혼생활도 파국으로 끝낸 그가 평생 목표로 삼은 "마침내 아무런 일도 일어나지 않는 단조로운 평화"는 그가 파리의 한 은행 경비원으로 취직하고 플랑슈 가에 있는 집 7층에 작은 방을 마련함으로써 겨우 얻어진다. 어린 시절 전쟁 때 부모를 잃고 아내로부터도 배신당한 그에게 오직 그 작은 방만이 위안이 되어준다. 그 방은 단순한 거처가 아니라 그에게 결핍된 모성-여성성의 구현체, 그의 요나 콤플렉스를 충족시켜주는 자궁과도 같은 공간이다.

그곳은 조나단에게 있어서 불안한 세상의 안전한 섬 같은 곳이었고, 그의 확실한 의지처였으며, 도피처였다. 그것은 그를 따뜻하게 맞이해주는 애인, 정말 애인 같은 것이었다. 그 작은 방은 저녁에 그가 돌아오면 그의 체온을 따스하게 해주었고, 포근하게 감싸주었으며, 그가 필요로

할 때는 영혼과 실체로서 항상 그의 곁에 있어주었고, 결코 그를 버리지 않았다. 그렇게 함으로써 그곳은 그의 일생에 있어서 오직 유일하게 신뢰할 수 있을 만한 것으로 자리매김하게 되었다.(11~12쪽)

좀머가 평생 '밖'을 향해 나가고자 분투한 사람이었다면 조나단은 젊은 시절의 타율적 이주 경험에 지쳐 자신이 마련한 '방'에 집착하는 인물이다.(경비원이란 직업 역시 그가 '내부의 수호자'임을 말해준다.)[4] 방은 그의 유일한 행복과 평화의 원천이다. 이제 나이 오십을 넘어 몇 달만 지나면 그 방이 영원히 자기 것이 되는 그에게 어느 날 위기가 닥친다. 그런데 그 위기란 우습게도 그의 방이 있는 7층 복도에 비둘기 한 마리가 나타났다는 것에 지나지 않는다. 그렇다면 이러한 정경이 의미하는 것은 무엇인가. 우리는 여기서 조나단 노엘이 요나와 노아라는 구약성서의 신화적 인물과 어떤 원형적인 동질성을 공유하고 있는 사람이란 점에 유의할 필요가 있다.[5] (전쟁중 부모가 수용소에 끌려가 죽은 것으로 봐서 조나단 역시 유태인일 가능성이 크다.) 고래 뱃속에 갇혔다가 토해져 살아난 요나나 대홍수 때 거대한 방주에 갇혀 지내다 물이 빠진 후 밖으로 나온 노아는 모두 항해자, 한정된 공간에 갇혔다가 살아난 인물이란 원형성을 갖고 있다. 따라서 조나단이 연인처럼 여기는 그 방은 요나의 고래 뱃속이자 노아의 방주와 동일한 상징적 의미를 머금고 있는 공간이다. 외부로부터의 그 어떤 침입도 미치지 못하는 안

---

4) 『콘트라베이스』의 주인공 역시 외부와 철저히 담을 쌓고 지낸다. "저는 여기 우리집에 사방 벽과 천장과 바닥에 방음판을 더 붙여놓있습니다. 문은 이중으로 만들었고, 이중문 사이는 비어 있지 않도록 속을 꽉 채워놓았습니다. 창틀의 틈 사이를 완전히 밀봉시킨 창문에는 특수 이중유리로 된 유리창을 끼워놓았습니다."(27쪽) 그래서 그는 "이렇듯 모든 것이 완벽한 이 집을 두고 나갈 엄두가 나지 않"(98쪽)는다고 고백한다.
5) 조나단 노엘Jonathan Noël이라는 이름 자체가 음성학적으로 요나Jonah와 노아Noah — 프랑스어로는 노에 Noé — 를 연상시키는 면이 있다. 또 이 이름은 요단Jordan 강과 크리스마스를 뜻하는 노엘을 상기시키기도 한다. 죽은 자가 건넌다는 요단 강과 탄생을 의미하는 크리스마스의 결합으로 본다면 조나단 노엘은 이미 이름 자체가 죽음과 탄생이라는 양극의 의미를 계시하고 있는 존재하고 할 수 있을 것이다.

정되고 편안한 그 공간은 어머니의 모태에 다름아니다. 그것은 "방은 마치 너무 많은 진주알을 품은 조개처럼 안쪽으로 빠듯해져갔다"는 구절이 암시하듯 절대적 충일을 의미하는 동시에 "배의 선실이나 고급 기차의 침대칸처럼 보"였다는 구절이 말해주듯 불확실한 세상에서 어디론가 약속의 땅을 찾아 끝없이 헤매는 표류 이주를 의미하기도 한다. 그런 방에 갇혀 지내는 그 앞에 마치 노아에게 그러했듯이 바깥세계의 소식을 알려주는 비둘기가 나타난 것이다. 그 비둘기는 조나단이 느끼는 행복이 실은 무감각에 지나지 않으며 그가 누리는 일상의 안녕이 허구에 지나지 않음을 폭로한다. 이제 단순명료했던 그의 정신은 현기증에 사로잡히고 질서정연했던 하루의 일과는 뒤죽박죽이 되어버린다.

그는 직장인 은행에서도 평소와는 달리 연거푸 실수를 저지르는 등 연속적으로 불운을 겪는다. 그토록 애지중지하던 방을 잃게 될지도 모른다는 그의 과민한 두려움은 바깥으로 나가기 싫다는, 영원히 자궁과도 같은 공간에 안주하며 자기 충족적인 삶을 누리고 싶다는 욕망과 포개져 있다. 그런 의미에서 비둘기의 출현은 이중적 의미를 갖고 있다. 즉 그 비둘기는 "살아 있는 흔적이라고는 도무지 찾아볼 수가 없"으며 "아무것도 보지 못할 눈"을 가졌다는 묘사에서 암시되듯 죽음의 사신인 동시에 일정한 구간만을 오가는 옹색한 "순환의 틀"에 갇혀 지내는 그에게 새로운 삶의 가능성을 고지해주는 다른 세계의 전령이기도 한 것이다. 때문에 조나단이 아침에 비둘기를 발견한 장소가 자기 방 문지방인 것은 당연하면서도 의미심장하다. 그 문지방은 일상과 비일상, 현실과 초현실, 순응과 일탈의 경계선인 것이다. 비둘기를 보고 바깥으로 나갈 때가 되었다는 것을 판단한 노아와 달리 조나단은 극심한 망설임을 겪는다. 비둘기를 보고 난 직후 그가 한 행동은 "후다닥 방문을 닫고 방 안으로 들어"가는, 다시 말해 내면으로 더욱 깊숙이 퇴각하는 것이다. 그러나 그 퇴각은 일시적일 뿐 영속적일 수는 없다. 평소와는 달리 심적 평형을 잃고 고뇌에 사로잡힌 그는 결국 그날 밤 요나와 노아처럼 좁은 공간에 갇혀 상징적 죽음을 겪는 과정을 거치게 된다. 비둘기가 출현한 날 저녁 집으로 돌아가지 못한 조나단이 하룻밤을 묵기 위해 들른 호텔 방이 '관'처럼 생겼다는 것은 이런 각도에서 보면 매우 암시적이다. 작가는 그 방의 형태를 자세히 묘사하고 나서 "방의 모양새가 말하자면 관 같았다. 그리고 실제로 그것은 관보다 훨씬 더 넓지도 않았다"고 언급하고 있다. 조나단은 그 방=관 속에 누워 그날 밤을 보내는 것이다.

더욱이 다음날 새벽 그의 상징적 죽음을 기리기라도 하는 듯 천둥소리가 울려퍼진다. 그 소리는 "끔찍스러운 공포로 그의 관절 마디마디에 부서"지며 "죽음의 공포로 느껴지는 경악스러움"을 느끼게 만든다. 이때 그는 어둠 속에서 "절대로 토하지 말아야겠다는 생각"을 한다.(다시 되풀이되는 요나적 주제. 토하는 주체가 고래에서 고래 뱃속에 갇힌 사람으로 전이돼 있다.) 그리고 이어서 어린 시절로의 퇴행이 이루어진다. 무의식에 숨어 있던 불쾌하고 공포스러운 체험이 기억의 수면 위로 떠오르는 것이다. "파리에서 늙어빠진 경비원이 된 것은 다 꿈이고, 어린아이가 되어서 집의 지하실에 갇혀 있는 것이 사실 같았다." 그 순간 그는 평생에 걸쳐 꿈에도 가져보지 못한 충동을 느낀다. 애늙은이 조나단 노엘은 "다른 사람이 없으면 살 수 없다는 말을 침묵 속에서 크게 내뱉으려는 중이었다". 유소년기의 상처가 타인과 격리된 채 자기 보존에만 집착하는 삶의 태도를 낳았음을 알게 해주는 구절이 아닐 수 없다. 비둘기로 인한 하루 동안의 일탈 체험을 통해 그는 비로소 자신을 속박해온 것은 바로 자기 자신이라는 점을 인식하게 된 것이다. 이제 존재론적 변모를 이룬 그의 귓가에 해방을 알리는 빗소리가 들린다.

매트리스를 꽉 움켜잡고 있던 손을 풀었고, 다리를 가슴에 닿게 오므린 다음 팔로 둥글게 감싸안았다. 그렇게 잔뜩 웅크린 자세로 오랫동안, 아마 약 삼십 분 정도는 족히 될 시간을 가만히 있으면서 좍좍 흘러내리는 빗소리를 들었다.(93쪽)

위 구절이 명백히 드러내는 태아 자세는 주인공의 요나 콤플렉스를 여실히 드러내고 있다. 관에 갇히고 천둥 소리에 몸이 해체되는 제의적 죽음에 이어 신생의 빗소리가 사방을 가득 채운다. 이제 그는 다시 태어났으며 비둘기를 보고 놀라는 어제의 자신과 결별할 수 있는 용기를 얻게 되었다. 그리하여 그가 일어나 다시 아침의 빛을 향해 떠나는 모습을 두고 작가는 "그는 자유 속으로 걸어나갔다"라고 감히 표현할 수 있었던 것이리라. 비둘기는 애초의 예단과는 달리 죽음을 가져온 것이 아니라 생명의 회생을 가져다 주었다. 조나단이 호텔을 나와 집으로 돌아오는 장면에 대한 묘사가 작품 서두에 나오는 어린 시절의 삽화와 놀라우리만치 유사한 것도 마찬가지의 설명을 할 수 있다. 그는 "어린 아이들이 하는 그런 지저분한 유희를 다시 되찾기라도 한 듯" 비에 젖은 거리를 첨벙거리며 걷는다. 비는 대지를 비옥하게 하고 더러운 것을 깨끗이 씻어내는 정화의 힘을 행사한다. 상징적 죽음의 의례를 거쳐 그는 다시 '되찾은 유년'을 소유하게 된 것이다.

우리는 여기서 쥐스킨트 소설에서 물 이미지가 차지하는 기능에 대해 숙고할 필요가 있다. 물은 모체, 제1질료로의 회귀를 의미한다. 『좀머 씨 이야기』와 『비둘기』 이 두 작품 모두 주인공이 마지막으로 안착하는 곳은 호수나 비와 같은 물로 침윤된 장소이다. 세상 '밖'으로 나가기 위해 그토록 부지런히 돌아다니던 좀머는 호수 '안'으로 걸어 들어가 죽는다. 그렇다면 그는 과연 모태의 양수를 의미하는 그 물 속에서 원하던 휴식과 평안을 얻을 수 있었을까. 역으로 방 '안'에 틀어박힌 채 나오길 싫어한 조나단은 신생의 비 때문에 다시 '밖'을 향해 나설 수 있는 기력을 회복한다. 그는 다시 자신의 방으로 복귀하지만 아마도 그의 나머지 생애는 예전과 같은 편협하고 근시안적인 방식과는 다른 유형의 삶이 될 것이다. 그렇다면 조나단에게 찾아온 이런 우연찮은 행운은 얼마나 현실에 밀착해 있으며 구체적인 힘을 발휘할 수 있는 것일까. 좀머의 자살이나 조나단의 자기 방으로의 복귀는 문제의 원천적 해결이기보다는 문제 자체를 초월해버리는 방식이지 않을까. 보다 정확한 진단은 이 세계에서 완전한 탈출도 은둔도 사실은 불가능하다는 것이 아닐까. 작품이 말해주고 있듯이 이 세계에 '바깥'은 없으며 '안' 역시 사소한 존재의 출현으로 그 보호적 기능을 상실당한다. 호수나 비 같은 물 이미지의 출현으로 쥐스킨트의 등장인물은 잠시 숨을 돌릴 수 있는 여유를 얻게 되지만 이것이 궁극적인 해결책이 되지는 못한다. 「장인 뮈사르의 유언」이 말해주듯 세계를 석화시키는 과정은 지금 이 순간에도 가차없이 진행되고 있기 때문이다.

지금까지 살펴보았듯이 『좀머 씨 이야기』와 『비둘기』는 인간을 둘러싸고 있는 세계─삶의 냉혹한 법칙을 웃음을 곁들여 비판적으로 형상화하고 있다. 거기서 우리는 코믹한 비극성, 기지와 해학 속에 숨어 있는 비애를 맛보게 된다. 작은 위안 속에 숨어 있는 크나큰 비애는 인간에겐 '물'보다 한 단계 더 진전된 도주의 표상이 필요하다는 점을 일깨워준다. 아마도 『향기』가 이 작가의 작품 가운데 초기작에 속하면서도 신선하게 다가오는 이유는 다음의 분석이 말해주고 있듯이 이러한 주제를 그 극한까지 밀고 나가고 있기 때문일 것이다.

3. 반그리스도로서의 디오니소스

총 4부로 이루어진 『향기』는 대혁명 전야의 18세기 프랑스를 배경으로 장 바티스트 그르누이란 가공의 인물의 탄생에서 죽음까지를 보고하고 있는 전기 형식의 소설이다. 소설의 제1부에서 그르누이의 유년 시절과 소년 시절이 그려진다. 무더운 여름날 파리의 시장바닥에서 생선 파는 여자의 사생아로 태어난 그는 출생부터 비천하고 비참하기 이를 데 없는, 그러면서 다른 한편으로는 비범하기조차 한 전조를 보여준다. 그것은 삶에 대한 악착같은 집착, 그리고 타인에 대한 악의로 집약된다. 젖먹이 시절에도 그는 냄새가 나지 않으면서 다른 사람의 냄새에 민감하다는 특성 때문에 여러 양육자의 손을 전전하며, 어느 정도 나이가 들자 가죽공장을 경영하는 그리말 밑에서 중노동을 하게 된다. 그러다 어느 축제날 한 소녀의 향기에 취해 그녀를 교살하는 체험을 겪으면서 자신이 '향기의 천재'이며 최고의 향수를 만드는 것이 자기에게 주어진 소명이라는 점을 깨닫게 된다. 그래서 몰락해가는 향수 제조업자 발디니의 가게에 들어가 그로 하여금 대단한 성공을 거두게 만든다. 하지만 발디니에게서 배운 향수 제조법이 한계에 이르자 사경을 헤매는 병을 앓고 난 뒤 떠나기로 결심한다. 제2부에선 삼 년간의 유예 기간을 지내고 발디니를 떠나 그르누이가 새로운 향수 제조법을 배우기 위해 남쪽으로 내려가는 장면으로부터 시작한다. 그러나 인간의 냄새에 대한 극도의 거부감 때문에 점차 인간의 마을을 벗어나 궁벽한 곳으로 들어가게 되며 끝내는 인적이 끊긴 화산 지대의 오지의 동굴 속에 칩거하게 된다. 칠 년이란 은둔 기간을 마치고 하산한 그는 잠시 '치명적 유체이론'이란 사이비 과학의 신봉자인 따이아드 에스뻬냐스 후작의 실험 대상이 되기도 하지만 다시 탈출에 성공한다.

제3부에선 그르누이가 원래 가고자 했던 향수의 고장 그라스에 도착해 그가 찾던 최고의 향기를 지닌 소녀를 찾아내는 한편 미망인이 경영하는 향수 가게에 취직해 '온침법' '냉침법' 같은 다양한 향기 추출법을 익히는 과정이 그려진다. 그는 차례로 스물네 명의 소녀를 살해해서 인체에서 향기를 추출해내는 실험을 하고 마지막으로 여러 가지 장애를 물리치고 목표로 삼았던 소녀를 살해한 다음 역시 향기를 추출해내기에 이른다. 하지만 자신의 소행이 발각돼 살인범으로 체포된 그는 사형을 언도받지만 사람을 매혹시키는 향수의 작용으로 인해 사형이 집행될 예정이었던 광장은 대규모의 바커스 축제를 방불케 하는 광란이 벌어지고 그는 다시 탈출에 성공한다. 에필로그로 짧게 덧붙여진 제4부는 인간에 대한 극도의 혐오와 냉소에 사로잡힌 그르누이가 파리의 공동묘지 근처에 나타나 온몸에 문제의 향수를 끼얹고 그 향기에 매혹된 주위의 부랑아들에게 뜯어먹힘으로써 최후를 맞이한다는 내용으로 되어 있다.

다분히 엽기적이고 자극적인 소재를 다루고 있는 이 작품은 규모가 큰 만큼이나 다양한 해석을 가능케 해주고 있다. 이 작품을 흥미롭게 읽어내는 방법 중의 하나는 주인공 그르누이의 일생을 예수의 생애의 소설적 변용fictional transfiguration으로 보는 것이다. 아마도 이러한 판단에 대해선 동의보다는 놀라움이나 반감을 표시하는 사람이 더 많을 것이다. 작가 자신이 "외로운 진드기이며 추악한 괴물"이라고 표현할 만큼 일반인들의 혐오의 대상이며 수많은 소녀를 살해하고도 무감각한 이 비도덕적 인물을 거룩한 예수 그리스도에 견주는 것 자체에 대해 체질적인 거부감을 표시하는 사람도 적지 않을 터이다. 그러나 이 작품을 유심히 읽어보면 작가가 그르누이의 삶을 예수의 어떤 측면과 일치되게끔 형상화했음을 눈치채게 된다. 물론 그렇다고 해서 작가가 기독교 호교론의 입장에서 이 작품을 집필했다는 것은 아니고 그르누이를 통해 예수의 일생을 평면적으로 재생시켜놓은 것도 아니다. 오히려 작가는 일반적으로 예수에게 부여된 신격과 이미지를 완전히 전복시키고 패러디하는 자세를 취하고 있다.

예수 그리스도가 이 세상에 '생명'과 '사랑'을 주었다면 그르누이는 '죽음'과 '악의'를 선사하는 존재이다. 그르누이는 단순히 스물다섯 명—보다 정확히는 파리 시절 교살한 소녀까지 포함해 스물여섯 명—의 소녀를 실제로 죽인 살인자라는 점에서만이 아니라 그가 가는 모든 곳에 죽음과 몰락을 가져다 주는 존재라는 점에서 악의 화신이다. 그와 어떤 식으로든 관계를 맺은 사람들은 모두 갑작스럽고 비참한 죽음을 맞이한다. 그르누이의 생모는 그가 갑자기 울음을 터트림으로 해서 영아 살인죄로 체포돼 참수형을 당하며, 젖먹이 시절 그를 기른 가이아르 부인은 평소의 바람과는 동떨어진 처참한 만년을 맞이한다. 가죽 제조업자 그리말이나 향수 제조업자 발디니 또한 그르누이와 결별한 직후 어이없는 최후를 맞이한다. 에스삐냐스 후작이나 그라스의 향수 가게에서 그르누이를 조수로 두었던 드뤼오 또한 우스꽝스럽고 비참한 방식으로 죽는다. 그들의 죽음은 개개인의 잘잘못을 떠나 그르누이라는 인물이 지닌 어둡고 악의적인 힘의 작용이라는 인상을 강하게 준다.(예수의 탄생 역시 폭군 헤롯의 명령에 따른 무고한 영아 살해로 얼룩져 있다.)

공관복음서에 기록된 바에 따르면 예수의 일생은 처녀수태 – 유년 시절 – 광야에서의 명상 – 전도 – 십자가에 못박혀 죽음 – 부활로 요약된다. 그르누이 또한 부친이 밝혀지지 않은 채 젊은 여인의 사생아로 태어나며, 소년기에 자신에게 주어진 재능과 소명을 깨닫고, 일정 기간 인적이 끊긴 오지에서 자기 내면의 심연과 대좌하며, 그후 세상에 나가 자신의 소명을 실행에 옮기다가 대중의 미움을 받아 사형을 언도받는다. 그러나 극적으로 다시 살아나게 된 그는 부랑아들에게 온몸을 뜯어먹혀 죽음으로써 성찬식의 신비를 완성한다. 예수가 추운 겨울날 마구간이란 비천한 곳에서 태어났다면 그르누이는 무더운 여름날 시장바닥의 생선쓰레기 더미 속에서 태어난다. 여기서 '생선'을 그냥 지나쳐선 안 되는 것은 그가 유년 시절 최초로 발음한 말도 생선이기 때문이다.[6] 물고기가 초대 교회에선 예수나 교부의 상징으로 사용됐다는 사실을 염두에 두면 이러한 설정이 의미하는 바가 보다 확연해질 것이다. 또 그가 살인범으로 체포돼 언도받은 형은 하필이면 대중 앞에서 공개적으로 나무 십자가에 매달리는 것이었다.(반면 나중에 그를 대신해 죽는 드뤼오는 교수형에 처해진다.)

예수가 이 세상을 복음을 전하러 왔다면 그르누이는 완벽한 향수를 만들어 전하기 위해 왔다. 즉 예수의 말씀과 그르누이의 향수는 등가의

---

6) 이는 쥐스킨트의 다른 작품의 주인공과 마찬가지로 『향기』의 그르누이 또한 '물'과 친연성이 깊은 수성적(水性的) 존재라는 사실을 말해주기도 한다. 프랑스어로 그르누이grenouile는 개구리라는 뜻이다. 그는 물(어류)과 육지(포유류) 사이에 끼어 있는 중간적 존재(양서류)인 것이다. 소년 시절 그는 파리의 강변에서 멀리서 불어오는 바다 냄새를 맡으며 바다를 동경한다. 그는 "바다 냄새를 무척 사랑하였으며, 언젠가는 한번 다른 것과 혼합되지 않은, 순수한 바다 냄새를 완전히 취할 수 있을 정도로 한껏 마셔보기를 열망하였다".(50쪽) 그러나 그는 한 번도 바다에 가보지 못한 채 육지에서 살다 죽는다. 아울러 양서류에 대한 인간의 본능적인 혐오는 작고 못생기고 한쪽 다리를 저는 그르누이에 대한 사람들의 역겨움과 통하는 면이 있다. 그르누이는 그 어디에도 귀속되지 못하는 불균형한 존재인 것이다.

것이다. 그르누이는 '말'의 사제가 아니라 '향기'의 사제이다. 그는 말로 기도드림으로써 신을 찬양하는 것이 아니라 기분좋은 '향기'를 내뿜는 여자를 봉헌물로 희생시킨다. 최고의 향기가 발산하는 매력은 "더 이상 인간적인 것이 아니라 신성(神性)의 매력이 될 것이다". 향기는 가장 높은 경지에 이르면 신의 현현을 나타내게 되는 것이다. 여기서 그르누이가 후각이 발달한 대신 말을 배우는 데 매우 서툴렀고 보통사람들이 사용하는 말로는 자신만이 알고 구분하는 수천 수만 가지에 달하는 미묘한 향기를 표현하기엔 역부족이라는 사실에 심한 곤란을 느꼈다는 점을 주목할 필요가 있다.[7]

그러나 다른 한편 현재 사용되는 언어로써는 그가 후각적인 개념의 형태로서 상상하였던 그 모든 것들을 정확히 정의하기에 불충분했었을 것이다. (……) 후각으로 감지된 세상의 풍부함과 언어의 빈곤함 사이에 놓인 이 모든 엄청난 불균형으로 인하여 그르누이는 일반적인 언어의 의미를 의심하게 되었으며 결국 다른 인간들과의 관계상 꼭 필요한 경우에 한해서만 언어를 사용하기로 단념하고 말았다.(36~37쪽)

인간을 다른 동물과 분리시켜주는 결정적인 요소로 언어를 드는 것은 하나의 상식이다. 인간은 언어를 통해 오늘날 우리가 보고 있는 역사와 문화를 창조할 수 있었다. 그러나 인간 존재의 핵심에, 본질의 심층에 놓여 있는 게 과연 '말'이라고 할 수 있을까. 오히려 후각이야말로 시각이나 청각보다 훨씬 동물적이고 본능적인, 달리 말하면 그만큼 본성에 가까운 감각이 아닌가. 작가 자신의 말을 빌리면 "향기를 피할 수는 없는 법이다. 향기와 호흡이란 한 뱃속에서 나온 친자매이기 때문이다. 호흡을 하면 향기도 똑같이 인간의 몸속으로 스며 들어간다.

---

7) 언어의 한계, 언어의 빈곤에 대한 인식은 사람들 사이의 의사소통의 가능성에 대한 절망을 초래한다. 소외와 고립에 처해 있는 쥐스킨트의 모든 등장인물이 이를 증거한다.

죽기로 작정하지 않는 한 인간은 향기 없이는 살 수가 없다". 그리고 이어지는 무서운 단언—"향기를 지배하는 자는 인간의 마음을 지배하게"(208쪽) 된다. 과연 이 작품은 인간의 어리석음과 탐욕을 철저히 조롱하는 한편 인간이 자랑하는 문명 이성 제도 이런 모든 것들이 보이지도 잡히지도 않는 향기의 내습에 의해 얼마나 허망하게 무너져내리는지를 생생히 보여주고 있다.

이처럼 향기-후각은 가장 열등하고 원시적인 차원의 존재-감각인 동시에 가장 지고하고 영적인 차원의 현현이기도 하다. 냄새를 잘 맡는다는 것은 그만큼 이성적 진화가 덜 됐다는 점을 말해주기도 하지만 향을 사르는 것이 신에 대한 공양과 영혼의 정화를 나타내듯 가장 고도의 정신적 경지에 그만큼 근접해 있다는 것을 의미하기도 한다. 따라서 냄새를 맡는 데 천부적인 소질을 지닌 그르누이 자신이 정작 아무 냄새도 갖지 못했다는 것은 그가 인간이 지닌 동물적인 차원도 영적인 차원도 결여하고 있는 인물임을 말해준다. 그의 끔찍한 소녀 살해는 성욕 같은 인간의 생리적 욕망의 발산과는 별 관련이 없다. 마찬가지로 그가 살해당한 여자와 그녀의 가족들의 고통에 전혀 둔감한 것은 그에게 타자에 대한 배려와 회개 가능성 등이 원천적으로 부재함을 말해준다. 그는 동물적 비천함으로부터 면제된 존재이자 천상의 신성에 이를 수 있는 가능성도 박탈된 존재이다. 그르누이, 그는 이처럼 아무것도 아니다. 그러나 동시에 그는 아무것도 아니기 때문에 모든 것이 될 수 있다. 그는 동물도 아니요 영적 존재도 아니지만 바로 그 때문에 잔혹한 동물 같은 범죄자가 될 수도 있고 소설 말미에서 보여지듯 모든 사람들이 우러르며 사모하는 지고의 존재가 될 수도 있다. 이는 역으로 보면 그르누이에 대한 대중들의 증오와 사랑이 실은 전혀 근거도 실체도 없는 것임을 말해준다. 그르누이는 냄새 없음이 상징하듯 제로 존재, 무(無)의 현존일 따름이다. 그는 다른 사람이나 사물의 향기를 자신의 몸에 덧붙임으로써만, 다시 말해 자기 아닌 존재가 됨으로써만 사람들에게 받아들여지고 어떤 인상을 남길 수 있었다. 따라서 대중들은 실제의 있는 그대로의 그르누이를 증오하거나 사랑한 게 아니라 그의 몸에 입혀진 어떤 이미지에 극단적인 반응을 나타냈을 뿐인 것이다.

　　모든 사람들이 그 푸른색 재킷을 입은 사람은 인간이 상상할 수 있는 가장 아름답고, 가장 매력적이며, 가장 완벽한 존재라고 생각하였다. 수도사들에게는 마치 육화한 구세주처럼 보였으며, 사탄의 추종자들에게는 찬란한 어둠의 마왕처럼 보였고, 교양 있는 사람들에게는 가장 숭고한 이성의 존재로 보였고, 소녀들에게는 동화 속의 왕자님처럼 보였고, 남자들에게는 가장 이상적인 자화상처럼 보였다.(321쪽)

그르누이의 사형 집행을 보기 위해 모인 사람들은 향기에 현혹된 나머지 이성을 상실하고 지위와 신분을 망각한 채 광란 속으로 빠져든다. 도덕적 복수심으로 가득 찼던 대중들은 순식간에 디오니소스를 따라다니는 메나드의 무리로 돌변하여 성적 카니발을 벌인다. 이러한 광태는 제4부에서 공동묘지를 무대로 다시 한번 되풀이된다. 향기에 취한 부랑아들이 그르누이에게 몰려들어 그의 살을 잡아 찢고 갈기갈기 으스러뜨리고 게걸스럽게 먹어치우는 식인제를 벌인다. "그르누이는 조그마한 살점 하나 남기지 않고 지상에서 사라졌다." 더욱 이색적인 것은 그후 그들이 양심의 가책을 느끼긴커녕 일종의 유쾌함, 행복을 느꼈다는 점이다. 소설의 마지막 문장은 "그들은 처음으로 무언가 사랑이 담긴 행위를 하였다"이다. 그들의 난행과 식인은 극악한 범죄라기보다 존재들 간의 불연속을 뛰어넘는 사랑의 행위, 리비도의 분출에 가깝다. 이 야만적인 대목은 십자가 위에서 인류의 죄를 대신하여 죽은 예수의 대속 신화를 완벽하게 뒤집어 보이고 있다. 메시아가 자신의 무죄한 육체를 전 인류에게 나눠줌으로써 세상을 치유하고 동일성을 회복한다는 의미를 갖고 있는 성찬식은 디오니소스의 도취와 열광으로 뒤바뀐다. 그는 갈가리 찢기고 먹힘으로써 사람 속으로 세상 속으로 향기처럼 퍼져나간 것이다.

그르누이, 그는 무에서 나와 무로 돌아갔다. 그의 육신은 무수히 찢기고 완벽하게 해체돼 지상에서 사라진다. 존재의 완벽한 증발이라는 점에서 그르누이는 그가 탐닉한 '향기'와 동일한 존재 방식을 보여준다. 향기는 프랑스 상징주의 시인들이 즐겨 노래했듯이 물질인 동시에 물질의 초극이며 현존하면서도 부재하는 것이다. 그것은 스치듯 우리 곁을 맴돌다가 사라진다. 물질적 비물질성을 현시한다는 점에서 향기는 부동성으로부터의 해방이며 한계의 돌파, 존재의 확산을 나타낸다. 그것은 세상이란 감옥, 삶이란 형벌의 구속을 가볍게, 지극히 가볍게 뛰어넘는다. 좀머의 도주나 조나단 노엘의 은둔, 그리고 그들에게 안식을 가져다준 물 이미지마저도 사라지는 향기의 매혹에 비하면 얼마나 무겁고 고단한 것이랴. 우주에 가득 차 있는 죽음과 허무라는 장엄한 비극 앞에서 작가는 그르누이의 일생을 통해 삶이란 일순간의 환영, 덧없는 희극일 수도 있다는 점을 말해주고 있다. 심술궂은 웃음을 입가에 머금은 채.

4. 환멸…… 그리고 사라짐의 매혹

파트리크 쥐스킨트가 소설을 통해 우리에게 보여주는 통찰은 잔혹한 것이다. 삶은 "지긋지긋한 재난"이거나 "웃기는 짓거리"일 따름이다. 환멸과 냉소만이 일용할 양식이며 삶으로부터의 도주보다 더 나은 삶의 태도란 없다. 그렇다면 작가는 왜 이처럼 비극적이고 암울한 세계 인식을 소유하게 되었을까. 이 세계는 잘못 돌아가고 있으며 인간들의 노력이란 도로에 지나지 않는다는 전제가 아무리 작중인물 개개인들에게 선험적으로 부과된 것이라 해도 작가 자신이 그렇게 인식하게 된 배경에 대한 물음이 사라지지는 않는다. 바로 이 점에서 17~18세기라는 지난 시대를 다룬 단편 「장인 뮈사르의 유언」과 장편 『향기』는 적잖은 추론의 근거를 마련해주고 있다. 대학에서 역사학을 전공한 작가답게 치밀하면서도 박진감 넘치는 역사적 상상력이 돋보이는 이 두 작품에서 우리는 세계에 대한 상반된 이미지를 발견하게 된다. 즉 한편에 끝없이 돌처럼 굳어서 화석이 되어가는 과정이 존재한다면 그 맞은편엔 향기로 화해 완벽하게 사라지는 정반대의 충동이 있는 것이다. 이 양극단의 움직임은 죽음·소멸·종말이란 동일한 지점에서 합류한다.

그런데 여기서 우리가 놓칠 수 없는 점은 바로 이 두 작품의 무대가 현대의 기점이라 할 수 있는 프랑스 대혁명 직전의 시공간이라는 점이다. 미셸 푸코의 시대 구분에 따르면 고전주의 시대에 해당되는 이 시기는 르네상스와 본격적인 현대의 개막 사이에 낀 불안정하고 불확실한 시대인 동시에 이미 현대의 여러 복합적인 징후가 현실적으로 힘을 발휘하기 시작한 시대이다. 우리는 앞에서 이미 「장인 뮈사르의 유언」의 분석을 통해 세계의 석화라는 이미지가 바로 현대의 비인간적 질서의 편재화에 대한 우의일 수 있다는 점을 지적한 바 있다. 마찬가지로 『향기』에서도 우리는 현대의 악성적 조짐이 이미 서사의 핵심 동력으로 자리잡고 있음을 발견하게 된다. 그것은 소설 서두의 시장바닥에 대한 압도적인 묘사에서도 엿보이지만 그르누이가 거치며 맺게 되는 직간접적인 인간관계가 모두 상대방에 대한 착취에 의해 지탱되고 있다는 사실에 의해 한층 역력하게 드러난다. 어린 그르누이의 노동력을 착취한 가죽 제조업자나 그르누이의 천재성을 착취한 향수 제조업자 같은 상인계층은 말할 것도 없고 성직자나 귀족이나 관리 역시 모두 철저히 자기 안위와 이익 그리고 명성에 눈먼 존재들로 그려져 있다. 그들 모두를 지배하고 있는 것은 냉혹한 자기 보존의 욕망이며 이 욕망은 타자에 대한, 특히 보잘것없는 계층에 대한 무자비한 착취로 이어진다. 아무런 죄의식 없이 소녀들을 살해한 그르누이만 괴물이 아니라 그가 속한 사회 전체가 생명의 존엄성에 대해 극히 냉담하고 무관심한 괴물인 것이다. 그 착취는 인간의 인간에 대한 착취일 뿐만 아니라 인간 아닌 모든 존재들에까지 그 범위가 확산된다. 그것의 가장 대표적인 예로 향수를 만들기 위해 동식물로부터 다양한 방법으로 향기를 추출해내는 기술을 들 수 있다. 향기를 추출해내기 위해선 반드시 대상을 죽여야만 하는 것이다.

그와 동시에 꽃잎들은 새하얗게 말라 죽었으며 갑작스러운 죽음과 함께 뜨거운 기름 속으로 자신들의 마지막 향기로운 호흡을 토해낼 수밖에 없었다. 실제로 꽃잎들이 가마솥 안으로 점점 더 많이 섞여 들어감에 따라 지방질 기름은 더 많은 향기를 냈다. 그르누이는 말할 수 없는 열정과 함께 그러한 모습을 지켜보고 있었다. 사실은 죽은 꽃들이 기름 속에 향기를 내뿜는 것이 아니라 바로 지방질 기름이 꽃들의 향기를 빼앗는 것이었다.(232쪽)

존재가 농축된 향기를 빼앗긴 순간 물질은 "껍데기와 찌꺼기에 지나지 않"는다. 현대란 바로 이러한 비인간적이고 반생명적인 가치관 세계관이 제도화되어 정착한 것에 다름아니다.[8] 이러한 주체 우위의 삶의 태도는 장인 뮈사르의 '유언'이자 '예언' 그대로 세계를 차디찬 돌조개로 덮인 무덤으로, 삶을 조개병을 앓다 죽어가는 것으로 만들어버렸다. 그러한 석화된 세계에 살아야 하는 사람들이 직면하는 괴로움을, 우리 시대를 배경으로 하고 있는 『비둘기』와 『콘트라베이스』는 조나단 노엘의 단조로운 일상과 콘트라베이스 연주자의 박탈감을 통해 보여주고 있다.

땀으로 흥건하게 젖어가는 것을 더이상 느끼지도 못하게 되어서 그는 정말로 몸이 사그라진 느낌이었다. 오천 년의 세월을 보낸 석제 스핑크

---

[8] 동물의 경우 후각의 상호작용이 성애의 필수요소로 기능하는 데서 드러나듯이 생활에서 후각이 차지하는 역할이 상대적으로 큰 반면 인간은 이와 반대되는 방향으로 진화해왔다. 특히 현대문명은 명백히 시각 우위에 기초하고 있으며 문화 전반이 후각을 억제하는 방향으로 나아가고 있다. 후각의 경시 내지 부정은 곧 인간의 육체적 본성에 대한 경시 내지 부정이다.(이 점에 대해선 스티븐 컨의 『육체의 문화사』 제5장을 참조할 것) 따라서 일반적으로 열등한 감각으로 무시당해온 후각 기능에 대해 천부적인 재능을 타고난 그르누이는 바로 현대문명의 전반적 추세에 대한 극단적 반동의 구현이라 할 수 있다.

스처럼 사그라지고, 피폐해지고, 열에 찌들고, 부서진 것 같았다. 그리고 세월이 얼마 흐르지 않아 완전히 말라 비틀어지고, 전소하고, 오그라들고, 부서져서 마치 먼지나 재처럼 가루가 되어, (……) 멀리 날아가버리게 되리라는 상상이 되었다.(『비둘기』, 80쪽)

　그렇지만 오케스트라에서는 희망이라고는 전혀 찾아볼 수가 없습니다. 그곳에는 냉엄한 능력별 계급 제도, 옛날옛적에 내려진 결정을 그대로 고수하는 잔인한 계급 제도, 재능에 따른 냉혹한 계급 제도, 진동음과 음의 빛깔에 따라 절대로 번복 불가능하기도 한 자연의 질서이며, 물리적인 계급별 차별화 제도 등이 있을 뿐입니다. 여러분 절대로 오케스트라에는 들어가지 마십시오!(『콘트라베이스』, 65쪽)

　『비둘기』에서 조나단은 자칫 공원의 거지처럼 폐인이 될지도 모른다는 두려움 때문에 "꼭두각시 인간기계"로 "인생의 삼분의 일을 은행 앞에 서서 허송하는 일"로 보낸다. 그의 몸은 점차 석화하여 석제 스핑크스같이 변해간다. 『콘트라베이스』의 연주자 또한 조나단보다 훨씬 고상한 직업을 갖고 있긴 하지만 인간사회의 모형이라 할 수 있는 오케스트라 안에서 "최후의 쓰레기 같은 존재"에 불과하다. 전락에 대한 공포가 그들을 일상에 붙들어매고 있지만 그들 내면엔 수치와 분노 증오가 응어리져 출구를 찾고 있다. 그래서 그들은 쉴새없이 이 세상으로부터의 벗어남을 꿈꾼다. 엄숙한 연주회장에서 공연 도중 사랑하는 여자의 이름을 외치겠다는 콘트라베이스 연주자나, 마을사람들이 점차 전쟁의 후유증에서 벗어나 소득 증대라는 단 한 가지의 목표를 위해 매진하고 있을 즈음에도 그런 주변 여건에 아랑곳하지 않고 비생산적(?) 도주에만 열중하는 좀머는 그 대표적인 예라 할 수 있다. 작가의 비극적 세계관 밑엔 이처럼 현대성 현대사회에 대한 날카로운 인식과 강력한 거부가 자리잡고 있는 것이다.

　이상에서 알 수 있듯이 쥐스킨트 소설의 등장인물들은 모더니티가 주조해낸 주체의 알레고리들이면서 동시에 모더니티의 전횡성에 저항하는 문제적 개인들이다. 그들은 체제의 가장자리, 현대성의 외곽을 부유하고 있다. 그들은 한사코 현대적 삶의 질서에 통합되기를 거부한다. 그 거부는 좀머의 도주나 조나단의 운둔처럼 소극적인 것일 수도 있고 그르누이처럼 합리성과 도덕률을 전복 파기하는 디오니소스적 황홀경을 연출하는 혁명적인 것일 수도 있다. 도주든 증발이든 쥐스킨트의 주인공들은 한결같이 자신과 세상의 무관함irrelevance을 강조한다. 그들은 세계-내-존재로서 자신의 위상을 수락하려 들지 않는다. 그러나 우리는 여기서 그들의 비순응과 일탈이 단순한 위악적 비관주의의 소산이 아님은 물론 신비주의로의 경사도 아니라는 점에 주목해야 할 것이다. 쥐스킨트는 세상에 휘둘리지 않고 고집스럽게 '존재를 위한 투쟁'(『콘트라베이스』에 붙인 작가 자신의 설명)을 계속하는 인물을 통해 결국 필요한 것은 이 세상에서의 '견딤'이라고 말하는 듯하다. 타협을 모르는 이 세련된 냉소주의자는 위안 없이 환상 없이 이 세상에 살아남아 견디는 것의 중요성을 강조한다. 그 견딤의 다른 이름이 바로 도주이다. 이 세상에 있으면서 이 세상으로부터 벗어나기.

영적 가치가 고갈되어버린 딱딱하고 기계적인 이 세계에서 무의미하고 강요된 삶을 살아가던 존재들이 시도하는 도주의 몸부림은 우리에게 많은 생각거리를 제공한다. 그 도주의 끝에서 어쩌면 우리는 상실했던 유년 시절을 되찾을 수 있을지도 모르고 지상에 없는 최고의 향기를 맡을 수 있을지도 모른다. 그래서 쥐스킨트는, 그리고 쥐스킨트의 주인공들은 합창하듯 말한다. "그러니 나를 제발 내버려둬요."

(1996)

오르페우스의 귀환
─무라카미 하루키, 댄디즘과 오컬티즘 사이에서 방황하는 청춘[1]

세계는 온갖 형태의 계시로 가득 차 있다.
─『일각수의 꿈』 중에서

1. 하루키, 떠다니는 기표

무라카미 하루키의 소설은 매혹적이다. 그 매혹은 강한 전파력을 동반하고 있어서 소수의 매니아들만이 아니라 광범위한 대중들의 호응을 얻는 성공을 거두어왔다. 국경을 넘어서 번져가는 하루키 바람은 이 땅에도 상당한 문학적 파장을 던져주었으며 문학외적으로도 적잖은 화제거리를 몰고 온 바 있다.[2] 의심할 여지 없이 하루키는 1990년대 우리

---

1) 텍스트로 선정한 번역본은 다음과 같다. I. 『바람의 노래를 들어라』(김난주 옮김, 열림원) Ⅱ. 『1973년의 핀볼』(김난주 옮김, 열림원) Ⅲ. 『양을 둘러싼 모험』(박은주 옮김, 모음사) Ⅳ. 『일각수의 꿈』(원제:세계의 끝과 하드보일드 원더랜드, 김난주 옮김, 모음사) V. 『상실의 시대』(원제:노르웨이 숲, 유유정 옮김, 문학사상사) Ⅵ. 『댄스 댄스 댄스』(유유정 옮김, 문학사상사) Ⅶ. 『국경의 남쪽, 태양의 서쪽』(김난주 옮김, 모음사) Ⅷ. 『태엽 감는 새』(윤성원 옮김, 문학사상사) Ⅸ. 『무라카미 하루키 단편걸작선』(유유정 옮김, 문학사상사). 앞으로 본문을 인용할 때는 해당 책의 번호와 쪽수를 표기한다.

문학 시장에서 가장 인기 있는 브랜드 네임으로 군림하고 있다. 그의 소설에 대한 일부 독자층의 열광은 그 유례가 없을 정도이다.

그런 의미에서 하루키는 1990년대 우리 문화계의 '떠다니는 기표'라고 할 수 있다. 그의 소설은 작가와 작품 역시 하나의 패셔너블한 상품으로 팔리는 시대의 도래를 알리고 있다. 이제 그 실체가 분명치 않으면서도 많은 사람들을 유인해들이는 힘을 발휘하는 하루키 혹은 하루키적 스타일은 우리 앞에 시급히 그 의미를 규명하지 않으면 안 될 화두로 놓여 있다.

그렇다면 하루키 소설의 어떤 점이 1990년대 우리 독자들로 하여금 일본문학에 대한 통상적인 무시 내지 경시에서 벗어나 거기에 탐닉하도록 한 것일까. 무엇이 우리 독자들로 하여금 하루키의 소설에서 낯선 타인이 아니라 바로 자신의 얼굴을 발견하도록 한 것일까. 우선, 이미 많은 사람들이 언급했듯이, 1990년대 우리나라의 정치사회적 상황이 하루키 문학의 수용에 아주 유리하게 작용했다는 지적을 빠트릴 수 없을

---

2) 하루키 문학의 수용 양상을 밝히는 것은 90년대 한국문학을 연구하는 데 있어 반드시 필요한 항목이다. 젊은 작가들의 경우 상당수가 음으로 양으로 하루키에게 많은 부분을 빚지고 있는 것으로 판단된다. 물론 그 수준은 천차만별이다. 윤대녕이나 이응준처럼 하루키 문학의 어떤 측면을 진지하게 소화 변용해서 나름대로 의미 있는 결실을 거둔 경우가 있는가 하면,『살아남은 자의 슬픔』의 박일문처럼, 장정일의 독설을 빌리자면, 무뇌아적 해프닝을 연출하는 데 그치고 만 경우도 있다.『내가 누구인지 알 수 있는 자는 누구인가』의 이인화는 조금 특이한 케이스인데, 하루키 소설의 문장 몇 개를 훔쳐 쓴 것을 제외한다면 이 작가처럼 하루키를 닮지 않은 작가도 드물 것이다. 노골적인 권력 추종과 현실 추수의 논리는 하루키와 가장 먼 거리에 있는 특질이라 할 수 있다. 그의 문장 베끼기는 작가적 천품을 타고나지 못한 자의 안간힘과 간지가 낳은 한바탕의 소극에 불과하다. 이 밖에 장 아무개나 구 아무개 등도 하루키 소설을 모방한 조잡한 작품을 선보인 바 있다. 국내의 하루키 모방자들의 대열에서 구 아무개처럼 문학적 능력이 충분하다고 여겨지는 작가가 끼어 있는 것을 볼 때의 서글픔이란! 한 가지 분명히 해둘 것은 하루키 추종 및 모방 현상은 단순하게 단죄될 수 있는 성질의 것은 아니라는 점이다. 간교하고 부도덕하기로 말하면 어설프게 하루키를 흉내낸 작가들보다 로브그리예의『변태성욕자』의 줄거리를 그대로 베끼다시피 한『경마장은 네거리에서……』의 하일지 같은 작가가 더하다고 할 수 있기 때문이다. 기회가 주어지면 표절/모방/패스티시에 관하여 구체적인 실례를 들어가며 분석한 글을 써보고 싶다.

것이다. 주로 1970~80년대의 일본 사회를 배경으로 하고 있는 하루키의 소설은 이데올로기적 대립구도가 무너지고 사회 전반에 걸쳐 가속적으로 탈정치화가 진행되는 한편 자본주의의 고도화로 물질적 풍요가 정착된 단계를 반영하고 있는데 바로 이러한 측면이 '불의 연대'를 통과하여 1990년대라는 이데올로기적 침체기에 접어든 우리 정서에 호소력 있게 다가올 수 있는 빌미를 제공해주었다는 설명이다. 하루키 소설의 주인공들은 대개 고등교육을 받고 경제적 안정을 누리고 있으며 가정 학교 직장 등 다방면에서 매인 데 없는 자유로움을 향유하고 있다. 또 그의 소설에서 1960년대 학생운동 세대를 사로잡았던 이상주의에 대한 환멸과 정치적 비관주의 및 내면으로의 퇴각이란 기본인자를 검출해내기란 그리 어려운 일이 아니다. 하루키 소설과 우리 독자를 이어주는 이러한 정서적 동질성은 지나치게 과장할 필요도 없지만 그렇다고 무시되어도 좋을 만큼 사소한 것도 아님이 분명하다.

하지만 하루키 소설이 이처럼 국내외적으로 큰 성공을 거둘 수 있었던 것은 역시 그의 뛰어난 문학적 재능 덕분이라고 해야 할 것이다. 이야기를 재미있게 풀어나가고 이미지와 상징을 긴밀하게 짜넣는 능력도 출중하지만 하루키는 무엇보다 먼저 탁월한 산문가라고 할 수 있다. 번역이란 해협이 가로놓여 있음에도 불구하고 그의 문장이 내뿜는 신선함과 아름다움은 금방 감지된다. 가벼운 미열과 함께 몸 전체로 서서히 퍼져나가는 약기운처럼 그의 문장엔 읽는 사람을 취하게 만드는 그 무엇이 있다. 돌연히 스치고 지나가는 풍경이나 상념을 간결하면서도 선명하게 부조시키는 데 있어서 그보다 더 나은 능력을 지닌 동세대 작가를 찾기란 그리 쉽지 않을 것이다. 그의 문장은 가장 환상적인 장면조차도 바로 눈앞의 정경처럼 구체적으로 떠올려주는 조형 능력을 자랑한다. 하루키는 자기 작품을 해설하는 글에서 "나는 좀더 심플하게 쓰자고 생각했다. 지금까지 어느 누구도 쓰지 않았을 정도로 심플하게 언어를 쌓아, 심플한 문장을 만들고, 심플한 문장을 쌓아, 결과적으로 심플하지 않은 현실을 그리는 것이다"라고 말하고 있는데 이는 그의 산문이 지닌 매력의 한 단면을 정확히 나타내주고 있다. 여기서 하루키가 지향하는 '심플한 문장'은 현실의 복잡다단함을 사상하지 않으면서 현실의 핵을 포착하는 기민한 정신과 세련된 감수성의 소산이다.

그 심플함은 당연히 일상적 삶의 구질구질함 질척거림 흐릿함의 반대항에 해당된다. 하루키의 소설은 인습과 타성과 정한으로 착잡하게 뒤얽힌 현실을 거절하고 밝고 단순하고 경쾌한 인공낙원을 꿈꾼다. 바로 이 지점에서 하루키 문학의 상표가 되어버리다시피한 '가벼움의 추구'가 시작된다. 소설의 한 문장을 빌리면 그가 선호하는 것은 "소금 냄새, 먼 기적 소리, 여자애의 피부 감촉, 헤어 린스의 레몬 향, 해질녘의 바람, 희미한 희망, 그리고 여름의 꿈……"(I, 153쪽) 같은 가볍고 아련하고 감각적이면서 조만간 소멸해버릴 듯한 현실의 소품들로 이루어져 있다. 소멸하는 것들에 대한 애정과 경도는 결국 그의 소설에 짙은 상실감의 정조를 드리운다. 그래서 하루키의 소설은 삶의 우수에 특히 예민하게 반응한다.

표면적으로 볼 때 하루키의 소설은 경기병파라는 호칭을 부여하는 것이 어색하지 않을 만큼 문장 구성 인물의 성격 등 여러 면에서 날렵하고 경쾌하다는 인상을 준다. 그러나 그렇다고 해서 그의 소설이 피상적이고 말초적인 감각이나 세계 인식의 소산인 것은 아니다. 오히려 하루키 소설의 진정한 매력은 표면적 가벼움을 넘어선 어떤 '진지함의 추구'에 있다. 소설 속에서 그 추구는 흔히 현실적 보상을 얻지 못하는 경우가 대부분이며 숙명적으로 이미 시작 단계부터 좌절을 예비하고 있다. 그러나 하루키의 등장인물은 바로 그 길을 끝까지 성실하게 가고자 한다. 가볍기 이를 데 없어 보이는 그의 언어의 보행엔 삶에 대한 둔중한 통찰이 담겨 있는 것이다. 유희적 하루키 반대편에 성찰적 하루키가 자리잡고 있다. 한편에 '게임으로서의 삶'이 있다면 다른 한편에 '탐색으로서의 삶'이 있다. 언뜻 생각해서 서로 상반돼 보이는 이 두 요소가 하루키 작품 속에 어떻게 교직돼 있는지 살펴보기로 하자.

2. 마른 우물

　하루키 소설이 지닌 특성 중의 하나는 주인공이 대부분 매우 내면지향적이라는 점이다. 화려하고 거대한 도시문화에 둘러싸여 있음에도 불구하고 그는 외부와의 의사소통에 큰 기대를 두지 않은 채 자기만의 세계, 사적 영역에 관심을 국한하는 면모를 보여주고 있다. 데뷔작 『바람의 노래를 들어라』에는 주인공이 어렸을 적 지나치게 말이 없는 소년이어서 부모가 정신과 의사에게 데려가 치료를 받게 하는 대목이 나오는데 이 장면은 커뮤니케이션의 부재, 언어에 대한 불신, 삶에 대한 자폐적 태도 등을 여실히 보여주고 있다. 이 소설의 화자는 "정직하게 말하는 일은 몹시 어렵다"면서 "내가 정직하게 말하려 하면 할수록, 정직한 말은 어둠의 깊은 심연으로 가라앉는다"(I, 13쪽)라고 증언하고 있다. 이처럼 외부와 단절된 채 자신의 내면만을 들여다보는 등장인물의 태도는 종종 홀로 바다를 마주하고 있는 단독자의 모습으로 현상하곤 한다. 각기 다른 작품에서 가져온 다음 두 문단은 하루키 소설의 상상 공간을 매우 집약적으로 보여주고 있다.

　　공원 묘지의 숲속에서 쥐는 혼자 모든 언어를 잃은 채 앞 유리창만을 하염없이 바라보고 있었다. 차 바로 앞 몇 미터 거리에서 지면이 푹 꺼져들어가, 그 앞에는 어두운 하늘과 바다와 밤거리가 펼쳐져 있었다.
　　(……)
　　잠들고 싶었다.
　　잠이 모든 것을 깨끗이 씻어가줄 듯한 기분이 들었다. 잠들기만 하면…….
　　눈을 감았을 때 귓속으로 파도 소리가 들렸다. 방파제를 때리는, 콘크리트 호안 블록 사이로 헤집듯 빠져나가는 겨울의 파도였다.(II, 213쪽)

항구에 도착하자 나는 인기척이 없는 창고 옆에 차를 세우고, 담배를 피우면서 보브 딜런의 테이프를 오토 리피트로 해놓고 들었다. 등받이를 뒤로 넘어뜨리고, 두 다리를 스티어링에 올려놓고, 조용히 숨을 쉬었다. 좀더 맥주를 마시고 싶은 것 같은 기분도 들었지만, 이미 맥주는 없었다.

(……)

이윽고 그 비는 희뿌연 색의 불투명한 커튼이 되어 내 의식을 덮었다. 잠이 방문해온 것이다.(IV, 2권, 320쪽)

인용한 두 문단에서 등장인물은 상이한 공간의 경계에 자리잡고 있다. 그의 뒤엔 혼잡하고 메마른 도시가 있으며 그 앞엔 광활한 바다가 자리하고 있다. 등장인물은 현대적 삶과 시원으로부터의 부름 사이에 위치해 있다. 그는 단호하게 도시적 삶으로부터 등을 돌리고 내면의 요청에 따라 바다를 향한다.[3] 이러한 등장인물의 태도는 고독하고 예외적인 그만큼 영웅적인 풍모를 띠고 있다. 그는 일체의 현실원칙이나 합리성을 무시하고 자신의 주관성 깊숙이 침잠한다. 바다는 저 바깥에 있는

---

3) 바다는 태초의 혼돈, 생명의 시원, 태모(太母)의 화신이다. 유소년 시절을 항구도시에서 보낸 탓인지 하루키의 소설에선 바다가 빈번히 그 모습을 드러낸다. 그의 주인공은 따스한 물의 흐름이 가져다 주는 '조촐한 평화로움'을 꿈꾼다. 『1973년의 핀볼』에서 쥐는 "바닷속은 그 어떤 동네보다도 따뜻하고, 평온함과 고요함으로 가득할 것이라고 생각한다". 또 바다 외에도 하루키 소설엔 강이나 우물 저수지 수영장 비 같은 물 이미지가 높은 빈도수를 자랑하고 있다. 『양을 둘러싼 모험』에서 주인공이 어릴 적 자주 수족관에 찾아가 고래 페니스를 들여다보는 것이나 『태엽 감는 새』에서 수족관의 해파리 구경을 하는 장면은 인간의 무의식 깊은 곳에 자리한 '바다에 대한 향수'를 잘 말해주고 있다.

따라서 홀로 바다를 마주 본다는 것은 현실원리─현대문명에 등을 돌리고 고독하게 자신의 내면과 대좌하는 의미를 갖게 된다. 단편 「중국행 화물선」 끝부분에서 화자는 오류와 우연으로 가득한 삶을 뒤로 하고 "항구의 돌층계에 걸터앉아, 공허한 수평선 위로 언젠가 모습을 드러낼지도 모를 중국행 화물선을 기다리자"라고 말하고 있으며 『국경의 남쪽, 태양의 서쪽』도 주인공이 손바닥으로 얼굴을 감싸고 바다에 내리는 비를 상상하는 것으로 끝을 맺고 있다. "나는 그 어둠 속에서, 바다에 내리는 비를 생각했다. 광활한 바다에, 누구에게도 드러나지 않도록 은밀하게 내리는 비를 생각했다. 비는 소리도 없이 해면을 두드리고, 그것은 물고기들에게도 전해지는 일이 없었다."

것이 아니라 실은 그의 내부에 있는 것이다. 이때 등장인물을 사로잡는 것이 '잠'이라는 사실은 대단히 의미심장하다. 여기서의 잠은 단순히 현실로부터의 도피나 의식의 방기를 의미하는 것이 아니라 다른 세계로의 진입을 위한 제의의 성격을 갖고 있다. 도시를 등지고 잠든다는 것은 낮의 원리의 반대편, 세속적 질서와는 다른 질서로의 하강을 뜻한다. 그것은 달리 이야기해서 우물로 내려가는 것이다. 그는 한계지어진 도시적 삶의 반경을 넘어 다른 세계, 다른 질서, 다른 삶 속으로 투신한다.

그것은 화성의 지표에 무수하게 파여 있는 한없이 깊은 우물에 내려간 청년의 이야기다. 우물은 몇만 년 전에 화성인이 파놓은 것임은 분명한데, 신기하게도 그 우물들은 하나같이 수맥을 피해 파여 있었다. 대체 무엇 때문에 그들이 그런 것을 팠는지는 아무도 알 수 없었다. 실제로 화성인은 그 우물 이외에 아무것도 남기지 않았다.

(······)

어느 날 우주를 방황하던 한 청년이 우물로 내려갔다. 그는 우주의 광활함에 권태를 느끼고 남몰래 죽음을 소망하고 있었던 것이다. 아래로 내려감에 따라 우물은 조금씩 편안하게 느껴졌고, 기묘한 힘이 그의 몸을 포근하게 감싸기 시작했다. 일 킬로미터 정도 내려간 그는 적당한 굴을 찾아 그곳으로 기어들어가서는, 그 구불구불한 길을 정처없이 걸었다.(I, 138쪽)

우물 속으로 내려가기는 하루키 소설에서 자주 되풀이되는 주제이다. 그것은 도시와 바다라는 이질적 공간을 한데 이으려는 시도의 일환이다. 위 인용에 나오는 우물은 "수맥을 피해" 파여 있으며 그 우물 속으로 내려가는 것은 "죽음을 소망"하는 등장인물의 마음의 움직임과 관련이 있다. 즉 우물은 일단 불모와 죽음의 공간으로 그 모습을 드러내는 것이다. 마른 우물은 주인공이 몸담고 있는 세계의 불모성을 말해준다. 그는 그런 세계에 적응하지 못하며 거기서 벗어나고자 한다. 그는 바다로 상징되는 수성(水性)의 회복을 꿈꾼다. 다음 장면은 불치의 병에 걸린 어부왕이 다스리는 불모의 세계를 강력하게 상기시킨다.

내가 우연하게도 절판된 하트필드의 첫 단행본을 입수한 것은 사타구니에 지독한 피부병을 앓고 있었던 중학교 삼학년 여름방학 때의 일이다. 내게 그 책을 준 숙부는 삼 년 후에 장암으로 온몸이 갈가리 찢기고 몸의 입구와 출구에 플라스틱 파이프를 꽂은 채 고통에 몸부림치다 죽었다. 마지막 만났을 때, 그의 몸은 마치 교활한 원숭이처럼 붉은 갈색으로 변해 쪼그라들어 있었다.(I, 14쪽)

사타구니의 피부병이 암시하는 거세 모티프와 몸의 입구와 출구에 꽂은 플라스틱 파이프가 상징하는 불모성은 세계의 황폐화를 우의적으로 말해주고 있다. 하루키 소설의 주인공은 자주 "텅 비어버리고 만 듯한 기분이 들"며 스스로를 "시대에 뒤떨어지고 만 고철 덩어리"로 느낀다. "대체 얼마나 물을 마셔야 충분한가"(II, 176~177쪽)라는 한 작중인물의 탄식은 역으로 우리 시대가 그만큼 마실 물이 부족하다는 것을, 그를 둘러싼 세계가 그만큼 건조하다는 것을 말해준다.

이처럼 마른 우물이 『바람의 노래를 들어라』에선 데릭 하트필드라는 가공의 작가의 작품을 빌려 추상적으로 이야기되는 수준에 머물러 있었다면 다음 작품 『1973년의 핀볼』에선 보다 구체적인 양상을 하고 나타난다. 그 우물은 주인공이 대학생 때 사귄 나오코라는 여자가 소녀 시절 살았던 고장에 있는 우물이다. 나오코의 말에 따르면 푸르고 평화로운 골짜기에 자리잡은 그 고장엔 "우물을 파는 데만은 명실상부한 천재"인 아저씨가 있어서 그 고장 사람들은 평소 맛있는 물을 마음껏 마실 수 있었다. 그러나 나오코가 열일곱 살이 되는 해 가을 그 아저씨가 사고를 당해 죽고 난 뒤부터 그 고장에서 물이 샘솟는 우물은 얻기 어려워졌다. "평화로운 시대의 평화로운 세계"(II, 75쪽), 다시 말해 전산업사회의 목가적 풍광은 끝장이 난 것이다.

그들은 이른 아침 산비둘기 소리에 눈을 뜨고, 너도밤나무의 열매를 밟으며 정원을 산책하고, 그러다 멈춰 서서는 잎사귀 새로 흘러넘치는 아침 햇살을 올려다보았다.

세월이 흘러, 도심에서 급격하게 신장한 주택화의 물결이 미미하게나마 이 고장에도 영향을 미쳤다. 도쿄 올림픽 전후다. 산에서 내려다보면 마치 풍요로운 바다처럼 보였던 뽕나무밭은 불도저가 검게 짓뭉개버렸고, 역을 중심으로 평탄한 거리가 조금씩 자리를 잡아갔다.(II, 31쪽)

위 인용은 나오코가 살던 고장에 밀어닥친 변화의 물결을 이야기하고 있지만 사실 일본 전역으로 확대해도 큰 무리가 없을 것이다. 도쿄 올림픽을 전후하여 일본 전체가 급속히 고도 산업사회―도시화의 물결에 휩쓸려 들어가기 시작하면서 물이 샘솟는 우물은 자취를 감추고 세상은 삭막한 유형지로 변해버렸다. 그 세계는 "세 개의 수레바퀴, 즉 테크놀로지와 자본 투자, 그리고 인간들의 근원적인 욕망으로 굴러갔다". (II, 39쪽) 경제지상주의에 현혹되어 발전의 스피드에 몸을 맡긴 사람들은 무한 반복되는 일상 속에 갇혀 익사해간다. 물론 이런 시대적 추세를 뒤엎을 움직임이 전혀 없었던 것은 아니다. 전공투로 대변되는 1960년대 말의 거센 스튜던트 파워의 분출은 그 극단적인 예라고 할 수 있다. 그러나 이마저 실패로 끝나자 환멸에 사로잡힌 젊은 세대는 모두 뿔뿔이 각자의 골방으로 흩어져야 했다. 작가의 초기작 『바람의 노래를 들어라』와 『1973년의 핀볼』을 관류하고 있는 삶에 대한 무력감과 위화감은 바로 이런 시대적 맥락 속에서 부각된 정서적 침전물들이다.

물론 대다수 사람들은 현실에 적응해서 그럭저럭 살아간다. 그러나 허위로 가득 찬 기성 질서에 재빨리 영합하는 기회주의자가 되지도 못하고 그렇다고 철지난 이상주의에 매달리는 둔감함도 소유하지 못한 사람에게 현실은 지극히 처치 곤란한 그 무엇이 된다. 이를 한 등장인물은 의자뺏기 게임에 비유하고 있다.

> 하지만 말이지, 난 나름대로 열심히 했다구. 스스로도 믿을 수 없을 만큼 말이야. 나 자신을 생각하듯 남도 생각했고, 덕분에 경찰한테 얻어맞기도 했어. 그런데 말이야, 때가 되면 결국은 모두들 자기 자리로 돌아가더군. 나만 돌아갈 자리가 없었어. 의자뺏기 게임처럼 말이야. (I, 128쪽)

그렇다면 유독 "돌아갈 자리가 없"는 사람이 현실 속에서 선택할 수 있는 길은 어떤 것이 있을까. 우리는 여기서 하루키의 작중인물의 삶의 방식을 지배하고 있는 댄디즘에 대해 알아볼 필요성을 느낀다.

3. 댄디즘

우리는 앞에서 하루키의 작중인물들이 주어진 삶에 대해 느끼는 위화감을 지적한 바 있다. 현실에 참여하여 자기 지분을 주장하는 것에 대해 원천적으로 흥미를 잃어버린 주인공에게 삶이란 무용한 정열에 불과하다. 『바람의 노래를 들어라』와 『1973년의 핀볼』을 가득 메우고 있는 하릴없는, 따분한, 고여 있는 젊음의 풍경을 보라. 그들은 "여름 내내 나와 쥐는 마치 무엇에라도 홀린 듯 25미터 풀을 가득 메울 만큼의 맥주를 마셔치웠고, 제이스 바의 바닥을 5센티미터 두께로 온통 메울 만큼 땅콩 껍질을 뿌렸다"(I, 20쪽)거나 "골치 아프게 생각할 필요가 없다, 는 것이 우리들 수준의 번역 작업에 있어 매력적인 점이다. 왼손에 동전을 쥔다, 오른손을 탁 겹친다, 왼손을 편다, 오른손에 동전이 남는다, 그 정도였다"(II, 45쪽)라는 구절이 말해주듯 다람쥐 쳇바퀴 돌기 같은 삶을 산다. 그 어떤 모험이나 흥분과도 절연된 삶. 주인공의 신분이 대학생이거나 화이트칼라거나에 상관없이 그는 모든 우발성과 예외성을 괄호 안에 가두고 '정체된 시간'을 산다. 그것은 평탄하기 그지없지

418

만 그만큼 무료한 삶이기도 하다. 그런 삶에서 대수로운 일이란 없다. 모든 게 동일한 풍경, 동일한 인물, 동일한 사건의 반복일 따름이다. 신선함과 경이로움이 사라져버린 그 세계는 안온한 동시에 답답하다. 그래서 주인공은 "하루하루가 거품 같은 것들 뿐"인 그 삶은 "이 시궁창의 물을 저 시궁창으로 옮긴다, 그뿐이야"(II, 200쪽)라고 자조한다. 이러한 삶에 대한 불만족으로부터 "여기는 나를 위한 장소가 아니야"라는 돌연한 외침이 터져나오게 된다.

어느새 서른 살을 넘어선 한 사람의 남자로서, 다시 한번 외야 플라이 볼을 전속력으로 쫓다가 농구 골대에 부딪쳐, 다시 한번 글러브를 베개 삼고 포도덩굴 밑에서 잠들었다가 깨어났다고 하면, 나는 이번에는 도대체 무슨 말을 중얼거릴 것인가?

어쩌면 나는 이런 말을 할지도 모른다.

'여기는 나를 위한 장소가 아니야'라고.(IX, 36쪽)

그러나 이 세상에 대한 거부가 다른 세상에 대한 희원으로 이어지는 것은 아니다. "이곳이 아니라면 어디라도" 식의 낭만주의적 현실 초월의 열정은 그의 몫이 아니다. 바로 이 지점에서 댄디즘이 탄생한다. 현실 속에 있되 현실에 실질적으로 개입하기를 멈추고 다만 현실을 스쳐 지나가는 것. 작가의 어법을 빌리면 그것은 '거리 두기의 철학'이라고 옮겨질 수 있다. "모든 사물을 너무 심각하게 생각하지 말 것, 모든 사물과 나 자신 사이에 적당한 거리를 둘 것."(V, 58~59쪽) 포스트모던 시대를 사는 댄디의 좌우명이라 할 수 있는 이 경구는 삶으로부터 후퇴하여 내면의 밀실에서 안락한 자족감을 누리며 살고자 하는 마음의 일단을 보여준다. 그래서 『1973년의 핀볼』에서 한 여성은 주인공에게 "친절하기는 한데, 너한테는 뭐랄까, 어딘가 냉담한 부분이 있어……"(I, 122쪽)라고 말한다. 한없이 다정하고 친절하며 남에 대한 배려가 체질화되어 있긴 하지만 절대 자신의 내면을 열어 보이지 않고 타인의 내면 속으로 침투하려고도 하지 않는 이 태도는 삶의 한계 지점을 보아 버린 자의 오만한 고독을 나타내 보인다.

우리의 일상생활에서 댄디는 가장 오해받고 있는 용어 가운데 하나이다. 그 용어엔 으레 겉멋부리기나 유한계급의 도락, 문화적 속물근성 등의 부정적 의미가 따라다닌다. 그러나 원래의 댄디즘엔 이런 통념과 정반대되는 의미가 담겨 있었다. 서구에서 댄디즘의 개념을 가장 현대적으로 잘 정립시킨 인물로 평가받는 보들레르는 댄디즘을 "하나의 종교"라고 부르고 댄디를 "새로운 귀족계급"이라고 정의한다. 댄디는 "현세대에게는 찾아보기 힘든 진부(陳腐)를 물리치고 파괴하려는 욕구의 대변자"이며 "퇴폐 가운데 빛나는 마지막 영웅주의의 섬광"이다. 댄디가 지닌 미의 특성은 "감동되지 않으려는 확고한 결심에서 유래하는 냉정함"(이상 『현대적 생활의 화가』에서 인용)에 있다. 보들레르의 댄디는 구체제의 귀족이 몰락하고 새로 등장한 부르주아 계층의 문화적 천민성에 대한 반발이 새로운 정신주의의 의장을 하고 나타난 것이라 할 수 있다. 댄디는 민주주의가 초래하는 하향적 평준화를 거부하고 자기만의 스타일과 고고한 정신적 귀족주의를 구가하고자 한다. 남과 구별되고자 하는 욕망이 부단히 스타일의 자의식적 계발로 이어지고 이것이 다시 삶의 미학화로 표출되는 것에 댄디즘의 특성이 있다.

댄디는 반속물, 반부르주아의 기치 아래 탄생했으며 물질적 풍요와 대립하는 정신주의 노선의 추종자들이다. 하루키 소설의 주인공들은 많든 적든 이런 댄디의 계보에 속하는 자질을 타고난 사람들이다. 그들이 입는 의상, 그들이 먹는 음식, 그들이 즐기는 기호품, 그들이 듣는 음악, 그들이 들고 다니는 소설, 이 모든 것들은 무차별성이 일반화된 세계에서 차별화를 강구하는 한 방식으로 드러난다. 그의 소설에 패션이나 음식에 대한 묘사가 자주 등장하고 좋아하는 팝 음악 가수와 곡명이 자주 나오는 것은 작가의 교양 현시 욕구가 아니라 바로 이런 댄디즘의 구현이다. 댄디는 자신의 정신주의를 구가하기 위해서 역설적으로 부유하고 한가로울 필요가 있다. 그는 다만 경제적 부를 경멸하기 위해서 물질적 풍요를 요구하는 것이다. 『바람의 노래를 들어라』에서 주인공의 단짝으로 나오는 쥐라는 친구는 "돈 있는 놈들은—모두—엿이나 먹어라"라고 외친다. 이 말은 그러나 매우 모순적인데 왜냐하면 쥐의 집안이 상당한 부자이기 때문이다. 주인공이 그 점을 지적할 때마다 쥐는 "내 탓이 아니야"라고 대답한다. 그리고 "가끔, 도저히 참을 수 없을 때가 있어. 자신이 부자라는 것에 말이야. 도망치고 싶어져. 이해할 수 있겠니, 내 기분?"(I, 125쪽)이라고 고백한다. 그렇다고 그가 자신의 출신으로부터 구체적인 일탈의 조짐을 보여주는 것은 아니다. 다만 자신을 에워싸고 있는 부르주아적 삶을 증오하고 그것에 혐오를 표시할 뿐이다.

댄디즘은 전형적으로 현대의 산물이면서 현대성에 적대하고 반발하는 것에서 자신의 위상을 확보했다. 그것은 현대에 대한 전면적 회의의 소산은 아닐지언정 시장성의 유혹에 대한 방어와 자기 단련의 의미를 갖고 있다. 그래서 보들레르는 "댄디는 끊임없이 고상하기를 갈망하여야 한다. 거울 앞에서 살며 잠자야 한다"(『나심(裸心)』)는 철칙을 제시하기에 이른다. 댄디는 외모 인상 복장에서 제스처 취향에 이르기까지 철저하게 자신을 통제하고 타인과 구분되는 자신만의 아우라를 형성하는 것에 힘써야 한다는 것이다. 하루키의 소설에서 우리가 받을 수 있는 인상 중의 하나는 등장인물들이 성에 대해 매우 개방적이고 감각적 쾌락에 민감한 듯하지만 조금 다른 각도에서 보면 아주 금욕적인 일면을 보여준다는 점이다. 하루키의 주인공들은 금전에 대해 그렇듯이 성에 대해서도 초연하다. 그런데 그 초연함은 자신은 그런 것과는 아무 상관 없다는 식의 초연함이 아니라, 그러한 현상 속에 깊숙이 몸담고 있으면서 거기에 매몰되지는 않는 정신의 자유로움이 가져다 주는 초연함이다. 이 정신의 자유로움은 한편으로 주위 현상에 기동성 있게 반응하는 순발력을 가져다 주면서 다른 한편으로 상투적인 인식과 삶에 비판적 시선을 유지할 수 있는 거리감을 주었다고 할 수 있다. 하루키의 주인공들이 매혹적인 이유 중의 하나는 바로 이런 댄디즘의 세련된 구현에 있다. 일본의 한 언론매체에서 나온 다음과 같은 촌평은 이 점을 잘 말해주고 있다.

독특한 문체, 주인공의 성격, 소설에 담은 음악이나 음료 같은 소도구
에 이르기까지, 하루키의 소설은 독자의 감흥에 딱 맞아 읽으면 기분이
상쾌하다. 그가 독자들로부터 압도적인 지지와 공감을 얻는 까닭도 그
때문이다.

—『일본 도서신문』(VIII, 2권 뒤표지에서 재인용)

하루키의 주인공들이 보여주는 품위와 절제 그리고 그것을 가능케
해주는 경제적 여유는 그야말로 "독자의 감흥에 딱 맞"으며 읽는 사람
의 "기분을 상쾌하게" 만들어준다. 그것은 주어진 현실을 불만족스러워
하는 독자들의 기호에 적절히 영합하면서도 그 현실을 완전히 뒤바꿔
야 된다는 식으로 결단을 촉구하거나 해서 부담을 자아내지는 않는다.
우리가 여기서 놓치지 말아야 할 점은, 하루키의 소설에 나타난 댄디즘
이 서구에서 발생했을 당시의 원래 모습에 가까운 것이 아니라 현대에
이르러 변질되고 대중화된 양상으로서의 댄디즘이라는 점이다. 자본주
의의 고도화로 상류계급에만 허용됐던 상품과 이미지가 대중적으로 보
급되고 소비되면서 댄디즘 또한 엘리트의 전유물이기를 그치고 대중들
의 라이프 스타일의 하나로 자리잡기에 이르렀다. 이른바 일상생활의
미학화 aestheticization of everyday life가 바로 그것이다. 댄디는 이제
더이상 저주받은 소수 예술가들만이 누리는 특권/천형이기를 그치고
상품미학의 바닷속에서 새롭게 각광받는 또하나의 상품으로 자리잡기
에 이르렀다. 자기 이미지의 고양에 대한 물릴 줄 모르는 식욕에 사로
잡힌 현대인들은 댄디즘의 다양한 기호조차 쉽사리 포획 변형해 자신
의 영토로 삼고 있다.[4]

---

[4] 현대로 올수록 댄디즘이 원래 가졌던 강한 현실 비판의 정신과 고급한 사유는 점차 말
소되고 그 자리에 새로움-차이짓기에 대한 강박만이 노골화되는 추이를 보여주고 있다.

하루키 소설의 주인공들이 보여주는 댄디적 기질은 여러 가지 측면에서 검토가 가능하다. 앞에서 지적했듯이 그의 주인공들은 경제적 여유와 성적 자유방임의 상태 속에서 놓여 있으면서도 그것으로부터 초연하다. 그는 진지하고 성실한 품성을 지녔지만 사회적 출세나 물질적 성공에는 무척 냉담한 편이다. 그는 세속적 욕망을 단념하고 삶의 무상성에 충실한 태도를 취한다. 그가 찾는 것은 다수 대중이 원하는 상투형이 아니라 자기 고유의 실존인 것이다. 초기 작품에서 작가는 그것을 "숫자로 환산된 프라이드"라고 말하고 있다.

나는 이전에 인간의 존재 이유를 테마로 한 짧은 소설을 쓰려 한 적이 있다. 결국, 그 소설은 완성되지 않았지만, 그 동안 나는 줄곧 인간의 레종 데트르에 대해서 생각했고, 덕분에 기묘한 버릇에 집착하게 되었다. 모든 사물을 숫자로 환원하지 않고서는 못 배기는 버릇이다. 약 팔 개월 동안, 나는 그 충동에 휘둘렸다. 나는 전철을 타면 우선 승객의 숫자를 세고, 계단의 숫자를 전부 세고, 틈만 있으면 맥박수를 쟀다.(I, 105쪽)

당신이 핀볼 머신에서 얻을 수 있는 것은 거의 없다. 수치로 환산된 프라이드뿐이다. (······) 핀볼 머신은 당신을 그 어떤 곳으로도 인도하지

즉 댄디즘 내부에서 다시 수많은 분파와 계열이 형성되고 서열이 매겨지는 것이다. 자본주의의 속악함에 대한 반발로 시작한 댄디즘은 오늘날 현실의 속악함의 일부로 화하고 있다. 조금 거칠게 단순화시켜 이야기하자면 오늘날 댄디즘은 문화적으로 아방가르드와 키치 사이에 있다. 댄디즘이 그 사회의 정신적 문화적 부패를 막는 소금으로서의 역할을 다하지 못할 때 우리가 마주하게 되는 것은 관음적 소비 대상으로 전락해버린 댄디즘의 형해일 따름이다. 하루키의 소설은 바로 이 경계에 있다. 그의 소설은 이처럼 우리 시대에 댄디즘이 어떤 방식으로 존재하고 전파되고 있는지에 대한 문학적 반영이면서 현실 속에서 그처럼 댄디즘이 유행의 물살을 탈 수 있도록 주도하는 또하나의 요인으로 작용하고 있다. 그의 소설은 '문학의 죽음'이 주요한 주제로 부상하고 있는 이 시대에 새로운 문학적 가능성을 보여주는 전범이 될 수도 있고 또다른 얍삽한 문화적 신상품에 지나지 않을 수도 있다. 하루키는 이 아슬아슬한 곡예를 지금까지는 비교적 성공적으로 계속해오고 있는 듯이 보인다.

않는다. 리플레이 램프가 켜질 뿐이다. 리플레이, 리플레이, 리플레이……
마치 핀볼 게임 그 자체가 어떤 영겁성을 지향하고 있는 것처럼 생각되
기까지 한다.(II, 40~42쪽)

타인과의 소통 가능성에 대해 절망한 주인공은 숫자라는 중성적이고
비개성적인 영역으로 은신한다. 이 사소하다면 사소한 버릇은 세상의
통념과 가치관에 휘둘리지 않으려는 정신의 고집스러움을 보여준다. 오
직 그 프라이드만이 그를 시대의 거품에 휩쓸리지 않은 채 단독자로
지탱할 수 있게 해준다. 그것은 자신을 특수화하려는 욕구, 나아가 자신
의 삶을 하나의 예술작품으로 만들려고 하는 욕구이다. 물론 그 행위
자체는 부질없는 유희에 지나지 않는다. 숫자 세기나 핀볼 게임이 현실
적으로 안겨주는 보상은 거의 없다. 그러나 아무것도 아닌 것에 자기만
의 가치를 부여하고 거기에 전심전력을 기울이는 것에 댄디의 모럴이
있다. 그에게 삶의 진정한 의미는 외부에서 주어지는 것이 아니라 스스
로 창출하는 것이기 때문이다.

그런 점에서 우리는 하루키 소설에 자주 나오는, 등장인물들의 농담
이나 게임을 단순히 봐넘겨서는 안 된다. 하루키 소설에서 윤활유 역할
을 하는 재치 있는 대화와 핀볼에서부터 말 잇기나 글자 맞추기 같은
시간 때우기용 놀이에 이르기까지 여러 모습으로 등장하는 게임은 의
미 없는 세상에서 젊음을 소비해야 하는 처지에 놓인 댄디의 삶의 방
식, 다시 말해 존재의 기술art of existence이라고 할 수 있다. 『바람의
노래를 들어라』에 나오는 '나'와 쥐의 함축적이면서도 뼈가 들어 있는
대화나 『1973년의 핀볼』에 나오는 '나'와 쌍둥이 자매 사이의 난센스를
방불케 하는 천진난만한 대화, 그리고 『노르웨이 숲』을 가득 메우고 있
는 와타나베와 미도리의 유머러스한 대화를 상기해보라. 미도리가 와타
나베에게 "봐요, 그쪽 말투는 꼬옥 험프리 보가트 같아요. 쿠울하고 터
프하고"라고 한 대목은 현대의 인간관계에서 말하기 방식이 차지하는
의미를 간략하게 드러내고 있다. 이들의 대화는 강한 성적 뉘앙스를 담

424

고 있을 경우에도 절대 우스꽝스럽다거나 천박한 경지로 떨어지지 않고 정치적 메시지를 담고 있을 때라도 경직된 구호나 이데올로기적 결정론에서 벗어나 있다. 그들의 대화는 재치 자랑에 머물지 않고 삶을 바라보는 예기치 않은 새로운 시각의 가능성을 암시해준다.

현실적으로 댄디는 소수일 수밖에 없다. 현존하는 질서에 순응하지 않고 영원히 소수파로 남겠다는 오만한 소외감 없이 댄디의 대열에 낄 수는 없다. 그래서 『1973년의 핀볼』의 주인공은 "그럼 거의 아무와도 친구가 될 수 없다는 얘기예요?"라는 물음에 "아마 그럴 거야. 거의 아무와도 친구가 될 수 없어"라고 답변한다. 그러나 때로 어떤 징표를 나침반 삼아 소수가 다른 소수를 알아보고 접근하는 경우가 있다. 『노르웨이 숲』에서 대학 선배 나가사와가 와타나베를 보고 "『그레이트 개츠비』를 세 번 읽는 작자라면 나와 친구가 될 수 있지"라고 말하는 대목은 그 대표적인 경우라고 할 수 있다. 지나치게 오래된 고전도 피하지만 죽은 지 삼십 년이 지나지 않은 작가의 책은 원칙적으로 손에 대려고 하지 않는다는 나가사와의 독서 방침은 원칙 아닌 원칙에 지나지 않는다. 거기서 두드러지는 것은 자신과 타자를 구별짓는 방식의 하나로 스스로에게 그런 내적 규율을 강제하고 있다는 사실이다. 그것은 단순한 장난이나 괴벽이 아니라 엄숙한 자기 명령이라는 점에서 그 가치가 있다.

삶을 게임으로 받아들이고 거기에 참여한다는 것은 얼핏 실없어 보이지만 그것엔 나름대로 확고한 원칙과 자기 통제가 따른다. 하루키의 주인공들은 아무도 거들떠보려 하지 않는 일상이 사소한 것들 속에서 삶의 의욕과 세상의 아름다움을 발견해낸다. 단순히 샌드위치를 만들어 먹거나 연인과 한적한 길을 산책하거나 아르바이트로 잔디를 깎는 일 따위의 일상적인 장면에 하루키는 종종 오래 기억에 남을 만한 미적 후광을 부여한다. 그 순간 일상생활은 진부한 나날의 틈에서 빠져나와 감각적 즐거움으로 충만한 시적 순간으로 탈바꿈한다. 그러나 댄디가 일상 속에서 일상을 통해 거두는 이러한 승리는 극히 찰나적인 것에 지나지 않는다. 댄디가 누리는 작은 즐거움은 거대한 불확실성의 바다 위에 떠 있는 포말에 불과하다. 나른하기까지 한 일상의 평안은 조만간 깨질 수밖에 없으며 그는 어느 한순간 원하든 그렇지 않든 간에 부득불 다른 세계의 부름 앞에 소환당한다. 지금 이곳에 살고 있는 그 앞에 다른 시간, 다른 장소가 펼쳐진다. 이처럼 유희하는 자아가 막다른 벽에 봉착했을 때, 게임으로서의 삶이 한계에 부딪혔을 때 그는 새롭게 성찰하는 자아, 탐색으로서의 삶에 눈뜨게 된다. 우물 밑으로 내려가야만 할 시간이 도래한 것이다.

.

4. 우물 속으로 내려가기

현실의 표면에서 여유 있게 세련된 삶을 구가하던 하루키의 주인공들도 어느 시점에 이르면 막다른 경계에 도달하게 된다. 댄디의 경쾌한 행보로는 극복할 수 없는 운명의 과제가 그 앞에 제기되는 것이다. 이 불가항력적인 사건의 흐름에 휘말리는 순간 그는 삶 앞에서 다른 태도를 취할 수밖에 없게 된다. 드디어 그는 농담과 유희로 적당히 사태를 웃어넘기는 방식을 그만두고 곰곰이 자기의 과거와 현재를 살펴보기 시작한다.

그 과제는 연인의 죽음(『노르웨이 숲』)이란 형태로 찾아오기도 하고, 친구의 돌연한 실종과 지하 세력의 협박(『양을 둘러싼 모험』)으로 현상하기도 하고, 고양이의 실종과 그에 연이은 아내의 실종(『태엽 감는 새』)으로 나타나기도 한다. 그리하여 주인공은 과거의 자신과 결별한 채 새로운 삶 속으로 내던져진다.

하루키의 소설을 이처럼 탐색담으로 파악할 경우 그 줄거리는 흔히 주인공을 둘러싼 일상에 균열이 가고, 주인공이 그 균열의 원인을 조사하기 위한 장정에 오르고, 그 와중에 여러 가지 난관을 겪고, 그러다 맨 마지막에 해결의 실마리를 찾지만 원하던 것을 손에 넣지는 못한다는 걸로 요약될 수 있다. 누군가의 돌연한 실종 혹은 죽음은 주인공으로 하여금 삶을 근본적으로 재검토해야 하는 필연성 속으로 밀어넣는다. 그런데 하루키는 이러한 탐색의 여정을 자주 우물 속으로의 하강 이미지에 담아 형상화하고 있다. 그 우물은 데뷔작 『바람의 노래를 들어라』에 나오는 화성의 마른 우물이자 『1973년의 핀볼』에 나오는 나오코가 살던 지방의 우물이기도 하다. 그러나 그 우물이 가장 명료한 형태를 부여받은 것은 『노르웨이 숲』에 이르러서였다.

> 우물은 초원이 끝나고 잡목숲이 시작되는 바로 그 경계선에 있다. 대지에 빠끔히 열린 지름 일 미터 가량의 어두운 구멍을 풀이 교묘하게 덮어 감추고 있다. 둘레에는 목책도 없으며, 약간 높다란 돌담도 없다. 다만 그 구멍만이 입을 벌리고 있을 뿐이다.
> (……)
> 나로서 유일하게 알 수 있는 건 그것이 아무튼 지독하게 깊다는 그것뿐이다. 어림할 수조차 없을 만큼 깊은 것이다. 그리고 그 구멍 속에는 암흑이—이 세상의 온갖 종류의 암흑을 응축해놓은 것 같은 농밀한 암흑이—가득 차 있다.(V, 28쪽)

주인공이 사랑하던 여인 나오코가 요양하던 산속에 있는 것으로 묘사된 이 우물은 죽음의 입구에 다름아니다. 그것은 혼자 외롭게 자신의 밀폐된 내면에 갇혀 죽어갈 나오코의 운명을 예고해주고 있다. 즉 이 작품에서 주인공에게 맡겨진 임무란 저쪽 세계 그러니까 저승으로 하강하는 나오코를 어떻게 해서든 다시 이쪽 세계 그러니까 이승으로 복귀시키는 것이라고 할 수 있다. 그러나 오르페우스 신화가 말해주듯 이러한 모험은 실패로 귀착되기 마련이다. 나오코는 결국 자살하고 말며 주인공은 그제서야 홀로 지상을 미친 듯이 헤매며 방황하게 된다.
이처럼 주인공은 두 세계의 경계선에 발을 걸치고 있다. 한편에 현대적 합리성으로 운영되는 도시공간이 펼쳐져 있다면 다른 한편엔 이러한 밝고 화려한 현실 속에 편입되지 못한 어둡고 음습한 또다른 세계가 있다. 이 대조되는 공간은 삶/죽음, 현실/환상으로 도식화할 수 있겠는데 우물은 때로 이 양 세계를 이어주는 통로 구실을 하기도 하고 때로는 죽음으로 일방통행하는 나락이 되기도 한다. 『노르웨이 숲』이 도쿄─미도리에 의해 대표되는 삶의 공간과 교토 산속의 요양원─나오코에 의해 대표되는 죽음의 공간이라는 대위법적 공간분할로 이루어져 있다면 『세계의 끝과 하드보일드 원더랜드』는 제목 그대로 하드보일드 원더랜드의 현실 공간과 세계의 끝이라는 환상 공간의 평행 공존에 의해 축조돼 있다. 『태엽 감는 새』 역시 도쿄 교외의 주택가를 무대로 한 일상적 공간과 우물 속에서 잠들며 왕래하는 환상의 공간이라는 이중 구조로 돼 있다.

우물 속의 세계는 현실세계와 달리 낯설고 두려우며 어둡고 춥다. 아직 하루키 특유의 본격적인 탐색의 서사가 펼쳐지기 이전 작품인 『1973년의 핀볼』에서도 그 우물 속의 세계는 주인공이 찾는 핀볼 기계가 보존돼 있는 거대한 창고의 형상으로 그 몰골을 드러내고 있다.

춥다. 그리고 역시 죽은 닭의 냄새가 난다.

나는 천천히 좁은 콘크리트 계단을 다섯 단 정도 내려갔다. 계단 아래는 한층 춥다. 그런데도 땀이 났다. 기분나쁜 땀이다. 나는 주머니에서 손수건을 꺼내 땀을 닦는다. 다만 겨드랑이에 고인 땀만은 도저히 어쩔 도리가 없다. 나는 제일 아래 계단에 앉아, 떨리는 손으로 담배를 피웠다.(II, 192~193쪽)

침묵과 싸늘함이 지배하는 그 공간에서 주인공은 이제는 효용가치를 잃어버린 수많은 핀볼 머신을 본다. 핀볼 머신의 무덤인 그곳에서 그는 예전에 그가 즐겨 다뤘던 스리 플리퍼 스페이스 십을 찾는다. 주인공은 시종 그 기계를 '그녀'라고 부르며 그 앞에서 오랜만에 해후한 연인처럼 대화를 주고받는다. "종종 네 생각을 해"라든가 "왜 왔는데요?"라는 물음에 "네가 불렀어"라고 대답하는 식으로. 기계의 영혼과 대화를 주고받는 이 장면은 저승에서 에우리디체와 해후하는 오르페우스의 모습을 떠올리게 해준다. 그러나 그 해후는 잠시에 그치고 그는 다시 홀로 일상으로 복귀해야 한다.

이 춥고 고요한 죽음의 세계는 『양을 둘러싼 모험』이나 『댄스 댄스 댄스』에선 양 사나이로 변한 친구 '쥐'가 은거하고 있는 북해도의 오두막집이나 돌핀 호텔 내부의 신비스러운 공간으로 나타난다. 이들 공간은 한결같이 춥고 어두우며 그 공간에서 주인공은 이제 현세의 사람이 아닌 쥐-양 사나이와 대화한다. 그 대화는 죽음의 의미화를 지향하는 동시에 주인공이 삶을 살아가며 상실한 그 무엇에 대한 새삼스런 인식에 맞닿아 있다. 죽은 자는 산 자 앞에 나타나 산 자가 그 동안 바쁜 일상 속에서 잃어버리거나 잊어버린 그 무엇을 환기시켜주고 현실을 움직이는 힘의 역학에 대해 충고해주는 것이다.

아울러 우물 또한 도시 공간으로 자리를 옮기면서 엘리베이터나 거대 빌딩 내부에 뚫려 있는 비밀통로로 그 모습을 달리해 나타난다. 『양을 둘러싼 모험』에 나오는 관처럼 생긴 괴상한 형태의 엘리베이터나 『댄스 댄스 댄스』에 나오는, 엉뚱한 순간 실제로는 존재하지 않는 공간에 주인공을 내려놓는 엘리베이터는 바로 우물의 변형인 것이다. 포스트모던 시대의 미로를 헤매며 주인공은 정체불명의 적과 싸우고 결코 도달하지 못할 목표 지점을 향해 나아간다. 그러나 주인공이 탐색의 끝에서 만나는 것은 항상 죽음이거나 유령 그리고 부재일 뿐이다. 역으로 그 죽음과 유령이 그들이 깃들여 있는 공간을 침묵과 싸늘함이 지배하는 공간으로 만든다.

하루키의 소설에서 탐색은 대개 개인적 실존의 문제와 정치사회적 알레고리가 접합돼 있는 양상으로 나타난다. 물론 『1973년의 핀볼』이나 『노르웨이 숲』처럼 젊음의 상실과 우수에 초점을 맞추고 있는 경우 정치사회적 함의가 상대적으로 두드러지지 않지만 『양을 둘러싼 모험』이나 『세계의 끝과 하드보일드 원더랜드』 『태엽 감는 새』 같은 작품에선 개인적 문제와 사회적 주제의 교차가 비교적 선명히 드러나고 있다. 이는 물론 작가의 인식의 심화 및 확대에 따라 소설의 스케일이 커지고 그 구조가 중층화되어 나타난 결과일 것이다.

하루키의 주인공들은 흔히 자신의 내부에 어떤 결락된 부분이 있다고 느끼고 그것이 그를 사회에 쉽사리 적응하지 못하게 한다고 생각한다. 그리고 그 결락된 부분을 찾아 나서는 여정에 오르는 것이다. 그 결락된 부분은 그러나 한 개인에게만 해당하는 게 아니라 그를 둘러싸고 있는 사회 전체가 상실하거나 망각한 그 무엇이라는 점에서 주인공의 행위는 시대적 추세를 거스르는 가역 반응으로 자리매김된다. 그런 의미에서 주인공은 시대적 대표 단수로서 성배—사라져버린 여인을 되찾아오는 임무를 수행하는 자라고 할 수 있다. 주인공이 위화감을 느끼는 그 시대적 추세는 초기작에선 막연하게 상실과 환멸의 정조로서만 그 편린을 드러냈지만 『양을 둘러싼 모험』에 이르면 일본의 현대사를 지배한 군국주의와 야쿠자 같은 어두운 지하세력의 힘으로 그 모습을 드러낸다. 이 작품에서 주인공이 찾아 헤매는, 등에 별 마크가 붙은 특별한 양은 인간의 체내에 들어가 막강한 힘을 발휘하는 특이한 양이다. 그 양은 전쟁 전 몽고의 초원에서 양 박사라는 학자의 몸 속에 들어갔다 나온 뒤 '우익의 거물'의 몸 속으로 들어가 그로 하여금 전후 일본의 정치와 경제에 절대적 영향력을 미치게 만든다. 그리고 '우익의 거물'마저 이용가치가 없어지자 주인공의 친구인 '쥐'의 몸 속으로 침투한다. 양으로 육화돼 나타난 이 힘은 주인공이 지향하는 삶의 태도와는 정반대되는 삶의 원리를 상징한다. 그것은 권력에 대한 추종, 파괴와 죽음의 메커니즘에 다름아니다. '쥐'가 자신의 목숨을 담보로 양의 음모를 분쇄하는 것은 그 때문이다.

『세계의 끝과 하드보일드 원더랜드』에 이르면 주인공을 압박하는 외부의 거대한 힘은 정보사회의 외양을 취하고 있다. 일본 사회의 현주소라 할 수 있는 하드보일드 원더랜드 쪽의 주인공은 자신의 의도와 무관하게 원래 그가 소속되어 있는 '조직'과 또다른 마피아적 단체인 '공장' 및 지하를 지배하고 있는 야미쿠로 사이의 정보 쟁탈전에 휘말려 거대 빌딩 속에 뚫려 있는 미로를 헤맨다. 생명의 존엄성과 개인의 창의성을 도외시한 후기산업사회의 이러한 정보 전쟁의 아귀다툼 저편에 일각수들이 거니는 폐쇄적인 마을이 있다. 거기선 모든 것이 신비스러운 고요 속에 침잠해 있다. 하지만 일체의 변화나 발전과 무관한 그 세계에서도 주인공은 완벽한 평정을 얻지 못한다. 소설은 하드보일드 원더랜드와 세계의 끝, 이 두 상이한 차원이 점차 서로를 향해 접근해가다 하나로 접속되는 순간 막을 내린다. 주인공은 바다 앞에 차를 세우고 그 안에서 잠에 빠져든다. 그 잠은 다른 세계로의 진입을 위한 제의이다. 그러나 동시에 그것은 추구의 잠정적 중단이기도 하다. 작가는 우물 저편의 세계 속으로 완전히 뛰어드는 것에 불안감을 느낀 것일까. 길이 발견되는 순간 탐색은 끝나고 마찬가지로 작품 또한 끝난다.

아마도 『태엽 감는 새』가 우리에게 각별하게 다가오는 이유는 이 작품이야말로 우물 속 가장 먼 지점까지 나아가는 주인공의 모험을 보여주고 있기 때문일 것이다. 그는 우물 언저리를 배회하며 사라진 누군가가 다시 돌아오기를 수동적으로 기다리지 않고 직접 우물 속으로 투신해 상대방을 찾아 나선다. 주인공 오카다 도루는 서른 살 먹은 남자로서 근무하던 법률사무소를 그만둔 뒤 집안 일을 하며 지낸다. 그의 아내 구미코는 고급 공무원의 딸로 잡지사에서 편집 일을 하고 있다. 이 두 사람은 구미코 집안의 심한 반대를 무릅쓰고 육 년 전 결혼했다. 어느 날 기르던 고양이가 사라진 다음 정체불명의 여인으로부터 알 수 없는 전화가 걸려오는 등 이상한 일이 연이어 벌어진다. 그리고 아내마저 아무 설명 없이 그의 곁을 떠난다. 이제 주인공은 아내 찾기라는 탐색의 여정에 오르게 된다. 이 작품에서 주인공은 아무 특징 없는 평범한 남자에 지나지 않는다. 이런 주인공의 반대편에 아내의 오빠인 와타야 노보루가 있다. 대학교수이자 인기 있는 경제비평가로서 저널리즘의 각광을 받는 노보루는 출세 지향적이고 권위주의적인 사고에 철저하게 물들어 있는 문제적 인물이며 나중에 정계에 진출해 자신의 영향력을 극대화하는 데 성공한다. 주인공은 겉으로는 화려하고 그럴듯해 보이지만 공허하고 가짜에 불과한 이러한 인물이 지배하는 세계를 다음과 같이 우화적으로 그려 보이고 있다.

어딘가 아주 먼 곳에 천박한 섬이 있었어요. 이름을 붙일 만한 섬도 아니죠. 아주 천박한 모양의 천박한 섬으로, 그곳에는 천박한 모양을 한 야자나무가 잘 어울리죠. 그 야자나무는 천박한 냄새를 풍기는 야자 열매를 만드는데, 마침 그곳에는 천박한 원숭이가 살고 있고, 그 천박한 냄새를 풍기는 야자 열매를 좋아해서 즐겨 먹죠. 그리고 천박한 배설을 하죠. 그 배설물은 땅바닥에 떨어져 천박한 토양을 더욱 천박하게 하고, 그 토양에서 자란 천박한 야자나무를 더욱 천박하게 하는 거예요. 그러한 순환이 계속되는 거죠.(VIII, 2권, 53쪽)

여기서 주인공이 말하려고 하는 바는 자명하다. 금전 만능의 소비자본주의와 국가주의의 망령에 사로잡힌 전후 일본 사회에 대한 비판의 집약인 셈이다. 남편에게서 떠나 오빠인 노보루의 관할로 들어간 아내를 되찾기 위한 주인공의 노력은 현실 속에서 세를 얻고 있긴 하지만 정작 인간에게 중요한 그 무엇을 도외시한 현대 일본 사회의 전반적 흐름과의 투쟁인 것이다. 노보루 같은 인물이 가속화시키는 '천박한 순환'에 대항해서 주인공은 잃어버린 순수의 상징인 아내를 필사적으로 되찾으려 한다. 그 되찾기는 주인공이 좁은 골목을 사이에 두고 이웃해 있는 텅 빈 집의 버려진 우물에 들어가는 것으로 나타난다. 물이 마른 우물에 웅크리고 앉아 잠에 빠져든 그는 "젤리처럼 차갑고 물컹물컹한" 벽을 통과하여 다른 세계로 미끄러져 들어간다. 거기서 그는 미지의 여인과 그 여인을 에워싸고 있는 정체불명의 음험하고 폭력적인 힘과 조우하게 된다.

현실과 꿈, 실재와 환상, 현재와 과거가 뒤섞여 전개되는 이 작품은 방대한 분량만큼이나 다양한 상징들이 배치돼 있어 그것들을 정교하게 따라 읽는 데는 별도의 지면을 필요로 한다. 그러나 이 작품에서 유난히 두드러진 특징으로 다음 두 가지를 지적할 수 있을 듯하다. 첫째는 시간적 배경이 확장됨에 따라 현시대에 대한 공시적 분석에 머물지 않고 통시적 고찰까지 동반하는 시야의 확장이 이루어졌다는 점이다. 이 작품에서 주인공은 결혼에 도움을 주었던 혼다라는 노인의 유품을 전달하러 온 마미야라는 사람에게서 노몬한 전쟁에 얽힌 처절한 이야기를 듣게 된다. 당시 몽고에서 정찰활동을 하고 돌아오던 마미야 중위 일행은 소련 장교가 이끄는 몽고군에게 사로잡혀 대부분 죽고 마미야 자신은 사막의 외딴 우물 속에 유폐되는 지경에 처해진다. 춥고 어두운 우물 속에서 며칠간 죽음 같은 고행을 치른 그는 하루 한 번 빛이 우물 속으로 스며드는 순간 어떤 절정을 체험한다. "내가 당신에게 전하고 싶은 것은 내 인생은 아마도 그 외몽고 사막에 있는 깊은 우물 안에서 끝나버렸던 것이 아닐까 하는 것이오. 나는 하루중에 십 초나 십오 초 동안만 우물 바닥에 비쳐 들어오는 강렬한 빛 속에서 생명의 핵 같은 것을 완전히 태워버린 듯한 느낌이 들었소"라는 마미야의 발언은 우물 속으로 내려가기가 함축하고 있는 존재 갱신의 열망을 잘 말해주고 있다. 이러한 우물과 관련된 마미야의 경험은 주인공 자신이 이웃집 우물로 내려가는 행위와 겹쳐 독특한 울림을 자아낸다.

또한 주인공은 우물 속에 들어갔다 나오면서 얼굴에 반점이 생기는데 이것은 그가 아내를 찾던 와중에 만난 또다른 인물 아카사카 너트메그라는 여인의 아버지와 이어진다. 너트메그의 부친은 2차 세계대전이 막바지에 이를 무렵 만주의 동물원에서 수의사로 재직하다가 전생의 어리석음과 폭력성을 여실히 깨닫게 해주는 일련의 체험을 하는데 그의 얼굴엔 주인공과 똑같은 반점이 자리잡고 있다. 이러한 설정은 지금 이곳에서 주인공이 겪는 체험이 일회적이고 비가역적인 것이 아니라 그 형태와 인물만 달리하여 역사 속에서 계속 되풀이되고 있음을 암시해주고 있다. 즉 주인공은 오카다 도루라는 고유한 존재인 동시에 노몬한 전쟁 당시의 마미야 중위이기도 하고 2차 대전 막바지의 만주

동물원 수의사이기도 한 것이다. 이러한 상호주관성intersubjectivity의 세계에서 나는 나이면서 동시에 타자이기도 하다. 나와 다른 사람은 고통과 사랑의 연대를 통해 하나가 된다. 우물 속으로의 하강은 출구 없는 밀폐된 자아 속으로의 칩거에 그치는 것이 아니라 우물 밑으로 연결된 통로를 통해 다른 사람을 만나고 다른 사람과 일체가 되는 체험을 수반한다. '나'는 복수의 나가 되는 것이다. 주인공이 수영장에서 수영을 하다 자신이 어느새 그 우물 속에 있음을 발견하고 "그 우물은 세계의 모든 우물 가운데 하나며, 나는 세계의 모든 나 가운데 한 사람이었다"(2권, 316쪽)는 깨달음을 얻는 것은 이 점을 잘 말해주고 있다. 그 순간 '나'는 혼자 있으되 혼자 있는 것이 아니다. 이러한 상호주관성의 세계는 오만한 자기 중심주의도 아니고 무차별적인 대중추수주의도 아닌, 인간들 사이의 진정한 친교가 가능하다는 사실을 말해준다.

둘째, 이런 상호주관성의 경험은 현실에서 일반적으로 접할 수 있는 것은 아니다. 당연히 어느 정도 비현실적이고 신비주의적인 분위기를 띠고 있다. 여기서 강렬하게 드러나는 것은 오컬티즘이다. 하루키의 다른 작품에 간접적으로 암시된 오컬트적 분위기는 이 작품에 이르면 돌출적으로 작품 전면에 내세워져 있다.[5] 주인공에게 마미야 중위를 소개해준 혼다 노인, 사라진 고양이를 찾아주는 임무를 맡고 주인공 앞에 나타난 가노 마루타와 구레타 자매, 디자이너에서 심령치료사로 변신한 아카사카 너트메그와 그녀의 아들 시나몬, 이들은 모두 초능력이라고밖에 부를 수 없는 신비스러운 힘의 소유자로 그려져 있다. 그들은 미래를 예언하고 원인 모를 마음의 병을 치료하고 다른 사람의 꿈속에 자

---

5) 오컬티즘은 하루키만이 아니라 현대의 일본 작가 중 상당수가 천착하고 있는 주제이다. 요시모토 바나나는, 문학성이 의심스럽긴 하지만, 이 분야에 가장 매진하고 있는 작가인 듯하며 무라카미 류나 시마다 마사이코 등의 소설에서도 초능력이나 텔레파시 같은 것을 쉽게 대할 수 있다. 이는 어쩌면 옴진리교 파동이 말해주듯 일본 사회에 불건전한 신비주의가 만연해 있으며 괴기물이나 환상물이 유행하고 있다는 사실과도 관련이 있을 듯하다. 오컬티즘은 합리주의의 협소한 반경을 넘어 세계를 바라보는 다른 시각을 제공해줄 수 있다는 점에서 긍정적으로 평가할 수도 있고 사회적 퇴폐의 한 징후로 부정적으로 볼 수도 있다.

유자재로 출몰한다. 꿈속에서 정사와 살인이 벌어지고 이미 벌어졌다고 전제된 사건이 뒤늦게 실제로 일어나는 시간의 역류 현상이 나타나기도 한다. 더욱이 주인공 자신이 우물에 들어갔다 나온 뒤 영적 능력을 획득해 치료 행위에 나서기까지 한다. 현대적 합리성을 내면화한 관점에서 보자면 이들의 사고와 행위는 황당하고 기이한 면이 없지 않다.

우물 속으로 내려가기는 현실세계와의 의도적인 단절인 동시에 신체적인 고행을 통한 심리적 훈련 과정이라 할 수 있다. 우물이란 자궁과도 같은 공간에서 그는 태아적 상태로 회귀하며 우주적 밤의 상태를 체험한다. 그럼으로써 그는 인간의 오감으로서는 파악할 수 없는 우주의 숨겨진 모습을 발견해내는가 하면 고차원적인 자아와 교섭하기도 한다. 고도의 정신집중과 명상으로 잠재된 무의식의 에너지가 유출됨에 따라 그는 존재의 진실과 삶의 신비를 투시하기에 이른다. 주인공은 이처럼 지상의 시간을 초월해서 이쪽 세계와 저쪽 세계를 오가며 끝내 와타야 노보루를 파멸에 이르게 한다. 오르페우스는 드디어 에우리디체를 구출하기 직전의 단계에 도달한 것이다. 그러나 그 구출이 초자연적인 힘의 도움에 의한 것이라는 점에서 우리는 무조건적인 동의를 잠시 유보하게 된다. 댄디즘이 그렇듯이 오컬티즘 또한 지금 이 시대의 난마와도 같이 얽힌 문제를 풀기엔 지나치게 '상상적인 해결책'에 지나지 않는 게 아닐까. 하루키는『태엽 감는 새』의 결말에서 오카다와 구미코의 재회를 끝내 성사시키지 않음으로써 순진한 낙관론을 경계하고 있다. 그러나 오컬티즘을 통한 사태의 해결이 안겨주는 아쉬움은 여전히 남는다.

5. 글쓰기의 기원

하루키의 소설은 동일한 지점을 우회해서 파고 들어가는 나선의 궤적을 그려왔다. 그 결과 그의 소설은 주제 인물 분위기 등에서 강한 상호텍스트성과 유기적 연속성을 보여왔다. 「반딧불」「마을과 그 불확실한 벽」「태엽 감는 새와 화요일의 여자들」 같은 단편이 『노르웨이 숲』 『세계의 끝과 하드보일드 원더랜드』『태엽 감는 새』 같은 장편으로 눈부신 확장을 이룬 것은 그 대표적 사례라 할 수 있다. 또 흔히 '쥐 삼부작'이라 부르는 『바람의 노래를 들어라』와 『1973년의 핀볼』『양을 둘러싼 모험』 그리고 『댄스 댄스 댄스』는 동일한 주인공이 등장해 자신이 겪은 일련의 사건을 서술해나가는 방식으로 엮어져 있다. 그래서 그의 소설은 어느 것을 읽어도 한결같다는 인상을 준다. 등장인물 역시 마찬가지이다. 예컨대 『바람의 노래를 들어라』와 『1973년의 핀볼』을 보면 이미 테니스 코트 옆의 잡목숲에서 목매달아 죽은 나오코라는 여자가 삽화적으로 언급되고 있다. 작가의 내면에서 발효를 거듭했을 그 이미지는 『노르웨이 숲』에 이르러 활짝 피어남을 볼 수 있다. 나오코의 죽음─사라짐은 그 뒤에도 다채롭게 변주되어 『국경의 남쪽, 태양의 서쪽』에선 시마모토란 여자의 모습으로, 『태엽감는 새』에선 구미코와 가사라하 메이의 모습으로 반복된다. 핀볼 머신처럼 그의 소설 역시 "리플레이 리플레이 리플레이……"되는 것이다. 달의 여신의 벌거벗음이란 원형적인 이미지를 보여주는 다음 두 대목을 비교해보라.

1) 그러더니 그녀는 두 손을 올리고 천천히 가운의 단추를 끄르기 시작했다. 단추는 모두 일곱 개가 있었다. (……) 그 일곱 개의 흰 단추가 전부 끌러지자 그녀는 벌레가 허물을 벗듯 가운을 허리 쪽으로 스스르 미끄러뜨려 벗어던지고, 알몸이 되었다.

가운 속에 그녀는 아무것도 입고 있지 않았다. 그녀의 몸에 붙어 있는 것은 나비 모양의 머리핀뿐이었다. 가운을 벗어던진 그녀는 마루에 무릎을 댄 채로 나를 보고 있었다. 부드러운 달빛에 비쳐진 그녀의 알몸은 갓 태어난 아기의 새로운 육체처럼 윤기 있고 애처로웠다.(V, 227쪽)

2) 나는 발가벗었어요. 흐흠. 왜 또 발가벗는 그런 짓을 했느냐고 묻지

마세요. 왜 그랬는지는 나도 잘 모르니까요. 그러니까 잠자코 다음 얘길 들어주세요. 어쨌든 나는 모조리 홀랑 벗어던지고 침대에서 나왔어요.

그러고 나서 하얀 달빛이 고여 있는 방바닥에 무릎을 꿇었어요. 방안은 난방이 꺼져서 썰렁했을 텐데도 전혀 춥게 느껴지지 않았죠. 창문으로 들어오는 달빛 속에 뭔가 특별한 것이 들어 있어서 그것이 내 몸을 얇은 필름처럼 폭 감싸서 보호해주는 것 같은, 그런 느낌이 들었어요.(VIII, 4권, 231쪽)

세속과 격리된 채 각각 깊은 산속의 요양원과 공장 기숙사에 머물고 있는 이 두 여성은 남자 주인공의 시선이나 부름에 응답이라도 하듯이 옷을 벗는다. 1)의 나오코와 2)의 가사하라 메이가 달빛 속에 벌거벗고 꿇어앉은 장면은 제의를 집행하는 여성 샤먼의 모습을 잘 나타내주고 있다.(종교학자 엘리아데의 설명에 따르면 남성은 가면을 씀으로써 주술적 힘을 증강시키는 반면 여성의 힘은 제의적 벌거벗음을 통해 증폭된다.) 그녀들은 한 사람의 자연인으로서가 아니라 비개성적인 여성원리의 현현으로 거기 달빛 속에 있는 것이다. 달은 신화적으로 물과 연결된다. 앞의 인용에서 여성의 알몸을 감싸는 눈부신 달빛이 어두운 물로 화할 때 그녀들은 우물 저편 죽음의 세계로 하강한다. 주인공의 탐색은 이처럼 육체를 넘어선 육체, 바로 눈앞에 있는 듯하면서 동시에 아득히 먼 곳에 있는 여성을 찾아나서는 여정이라 할 수 있다.

그러나 에우리디체를 구하고자 하는 오르페우스의 이러한 모험은 항상 좌절에 부딪치고 만다. 마지막 순간 그녀는 사라지고 그에겐 희한어린 기억만이 남겨지기 때문이다. 따라서 하루키의 글쓰기는 사라져가는 에우리디체의 얼굴을 복원하고자 하는 안타까운 열망의 소산이라 할 수 있다. 오직 글쓰기만이 시간의 마모와 부식을 넘어 그 대상을 지금 이 자리로 소환할 수 있다. 그런 각도에서 보자면 "완벽한 문장 같은 것은 존재하지 않아. 완벽한 절망이 존재하지 않는 것처럼 말이야"(I, 11쪽)라는 그의 데뷔작의 첫 문장은 얼마나 암시적인가. 글쓰기만이,

불완전을 감수할 수밖에 없는 글쓰기만이 우리에게 남겨진 유일한 구원 가능성이다. 일상에서 신비를 발견해내고 사회적 존재에게 신화적 차원을 부여하는 하루키의 독특한 글쓰기는 바로 거기서 진정성을 획득한다. 그의 소설이 때로 댄디즘의 경박함과 오컬티즘의 황당함을 떨쳐버리지 못함에도 불구하고 우리로 하여금 지속적인 관심을 기울이도록 만드는 것은 그 때문이다. 하루키의 소설을 덮고 귀를 기울여본다. 이 세상 어디선가, 누군가가 누군가를 부르고 있지 않은가. 누군가가 누군가를 찾고 있지 않은가. "소리가 되지 않는 소리로. 말이 되지 않는 말로."(VIII, 2권, 324쪽)

(1997)

문학동네 평론집

숲으로 된 성벽

ⓒ 남진우 2010

1판 1쇄 1999년 4월 3일
1판 3쇄 2000년 3월 22일
2판 1쇄 2010년 4월 3일

지은이 남진우
펴낸이 강병선
책임편집 김민정 | **디자인** 한혜진
마케팅 장으뜸 이귀애 서유경 정소영 | **온라인 마케팅** 이상혁 한민아
제작 안정숙 서동관 김애진 | **제작처** 한영문화사

펴낸곳 (주)문학동네
출판등록 1993년 10월 22일 제406-2003-000045호
주소 413-756 경기도 파주시 교하읍 문발리 파주출판도시 513-8
전자우편 editor@munhak.com | **대표전화** 031)955-8888 | **팩스** 031)955-8855
문의전화 031)955-8890(마케팅) 031)955-2656(편집)
문학동네카페 http://cafe.naver.com/mhdn

ISBN   978-89-546-0960-9   03810

www.munhak.com